웨스트포인트 2005

THE MIDNIGHT LINE

웨스트포인트 2005

THE MIDNIGHT LINE

잭 리처 컬렉션

리 차일드 지음
정경호 옮김

오픈하우스

일러두기

1. 본문의 괄호는 모두 옮긴이주이다.
2. 외국 인명·지명은 외래어표기법을 따르되 일부는 관용적인 표기를 따랐다.
3. 책·신문·잡지명은 『 』, 영화·연극·TV·라디오 프로그램명은 「 」, 곡명은 〈 〉,
   음반·오페라·뮤지컬명은 《 》로 묶어 표기했다.

1

잭 리처와 미셸 장은 밀워키에서 사흘을 함께 보냈다. 나흘째 되는 날 아침, 그녀가 사라졌다. 리처가 커피를 챙겨서 그들의 객실로 돌아왔을 때 빈 침대 머리맡, 그의 베개 위에 쪽지 한 장이 달랑 놓여 있었다. 그런 건 전에도 여러 번 본 적이 있었다. 하나같이 똑같은 내용. 어떤 것들은 직접적이고 또 어떤 것들은 간접적일 뿐. 장의 쪽지는 간접적이었다. 그리고 멋스러웠다. 겉모양이 그랬다는 건 아니다. 눅눅하게 구겨진 모텔 메모지에 마구 갈겨쓴 볼펜 글씨였으니까.

멋스러운 건 문구였다. 그의 체면을 세워주는 동시에 자신의 결정에 대한 설명과 미안한 마음을 적절하게 담아낸 비유법.

당신은 뉴욕 같은 사람이에요. 한 번씩 방문하기엔 좋은 도시, 하지만 삶의 터전으로 삼을 수는 없는 곳.

그의 심정은 여느 때와 똑같았다. 그래, 보내주지. 그는 이해했다. 사과할 필요는 없다. 어느 곳에서도 정착할 수 없는 삶, 잠시 들렀다 떠나기를 반복해온 일생. 그런 생활을 어떤 여자가 참아낼 수 있겠는가. 그가 제 몫의 커피를 마셨다. 그녀 몫의 커피도 마셨다. 그가 화장실 유리 선반 위에서 칫솔을 챙겼다. 그리고 떠났다. 매듭처럼 얽힌 길을 따라. 왼쪽, 오른쪽, 왼쪽, 오른쪽, 버스 터미널을 향해. 그녀는 택시에 몸을 싣고 공항을 향해 달리고 있을 것이다. 그녀에게는 골드 카드와 휴대폰이 있으니까.

버스 터미널에서는 규칙대로 정해진 목적지 없이 가장 먼저 출발하는 버스 티켓을 샀다. 이번에는 북서쪽이었다. 슈피리어 호반의 국경마을. 좀 더 따뜻한 곳이길 바랐는데 아쉬웠다. 하지만 규칙은 규칙이다. 그가 버스에 올라탔다. 그의 눈길이 차창 밖에 꽂혔다. 위스콘신이 스쳐 지나갔다. 누런빛이 두드러지는 목초지, 황량한 목장, 칙칙하고 둔중한 나무들. 여름의 끝자락이었다.

끝난 건 여름만이 아니었다. 그녀가 던졌던 질문들. 언뜻 듣기에는 대수로울 게 없었다. 하지만 사실은 일종의 통고였다. 일 년쯤은 이해할 수 있다고 했다. 당연하다고 했다. 해외 군 기지를 전전하며 유년 시절을 보내고 어른이 되어서는 파병되어 세계 곳곳을 떠돌아다닌 사내. 그 중간에 웨스트포인트에서 보낸 4년이 있긴 있었다. 하지만 웨스트포인트가 어디 여가를 즐길 수 있을 만한 곳이던가. 그렇게 살아온 삶이라면 민간 사회의 일원으로 정착하기 전에 일 년 정도는 여행을 즐길 여유를 원하는 게 당연하다. 아니 2년까지도 용납될 수 있다. 하지만 더 이상은 아니다. 영원히 떠돌아다니는 건 더더욱 안 될 일이고. 그녀는 현실을 직시하라고 했다. 방랑은 습관이 아니라 병이라고 했다. 물론 그녀가 야멸차게 지적한 건 아니었다. 그 모두 진심에서 우러난 걱정이었다. 심각한 분위기도 아니었다. 그저 2분 남짓 편안하게 이어진 대화였다. 하지만 메시지는 분명했다. 그건 틀림없었다.

"이건 아니에요."

"뭐가 아니라는 거지?" 그는 물었다. 자신의 삶에 문제가 있다는 생각은 한 번도 해본 적이 없었으니까.

"그게 바로 문제가 있다는 증거예요." 그녀가 말했다.

그래서 그는 버스에 올라탔다. 북서쪽 국경마을이 종점인 버스. 규칙은 규칙이니까. 그 규칙은 반드시 지켜졌을 것이다. 만일 두 번째로 멈춰 선 휴게소에서 그가 산책에 나서지 않았다면. 그 산책길에서 전당포 앞을 지나치지 않았다면. 그 전당포 진열창에 놓여 있는 반지가 그의 눈에 들어오지 않았다면.

버스가 두 번째 휴게소에 멈춰 선 건 늦은 오후였다. 개발의 손길이 절실해 보이는 작은 마을의 구 중심가. 카운티 행정소재지일 수도 있었다. 그렇다 해도 출장소 수준일 것이다. 하지만 카운티 경찰서가 자리 잡고 있을 가능성은 높았다. 구치소가 있었으니까. 휴게소 화장실 뒤편으로 길게 그어져 있는 도로변에 보석금 대납 사무소들이 줄지어 늘어서 있었다. 그리고 전당포 하나.

오랫동안 앉아 있었기에 몸이 뻑적지근했다. 그의 눈길이 화장실 뒤편의 도로를 쭉 훑었다. 그가 전당포를 향해 걸음을 옮겼다. 특별한 이유는 없었다. 그냥 산책이었다. 몸을 풀어야 했으니까. 거리를 좁혀가는 동안 그가 전당포 진열창 안쪽에 걸린 기타들의 숫자를 헤아렸다. 일곱 개. 그것들 모두 서러운 이야기를 간직하고 있을 것이다. 컨트리 음악 채널에서 흘러나오는 노래들처럼. 이루어지지 않은 꿈들.

진열창 아랫부분에는 유리 선반들이 가로로 장착돼 있었다. 그 위에는 자잘한 물건들이 잔뜩 쌓여 있었다. 갖가지 싸구려 장신구들. 그중에는 반지들도 있었다. 그 반지들 중에는 졸업 기념 반지들도 있었다. 모두 고등학교 졸업 반지였다. 단 하나만 제외하고.

웨스트포인트 2005년도 졸업 반지.

전체적인 모양과 스타일은 평범했지만 정교한 금 세공 기술이 돋보이는 물건이었다. 유리인지 저가의 보석류인지 확실치는 않았지만 큼지막한 검정색 돌이 정중앙에 박혀 있었다. 그 돌을 에워싼 타원형 금테두리의 상단과 하단에는 각각 웨스트포인트와 2005라는 글자와 숫자가 새겨져 있었다.

고전적인 글자체였다. 옛것을 중시해서? 아니면 창의력이 부족해서? 이유야 모를 일이다. 어쨌든 웨스트포인트에서는 졸업 반지를 직접 디자인한다. 디자인은 졸업생들 마음이라는 얘기다. 그건 오랜 전통이다. 아니, 권리라고 해야 옳을지도 모른다. 졸업 반지를 나눠 끼는 전통 자체가 웨스트포인트에서부터 시작됐기 때문이다.

반지는 아주 작았다. 리처의 어떤 손가락에도 들어가지 않을 만큼 작았다. 왼손 새끼손가락에도 맞지 않을 것 같았다. 맞기는커녕 첫 번째 관절, 아니 손톱 부분조차 통과할 수 없을 정도로 작았다. 따라서 여자 생도의 반지다. 물론 남자 생도의 여자친구나 약혼자를 위한 복제품일 가능성도 있었다. 졸업 반지를 복제해서 주변에 선물하는 경우가 실제로 드물지 않았다.

하지만 복제품이 아니라면?

리처가 전당포 문을 열었다. 그가 안으로 들어갔다. 계산대 뒤에 앉아 있던 사내가 그를 올려다보았다. 불곰을 연상시키는 사내였다. 나이는 30대 중반쯤으로 보였다. 지저분했다. 골격이 크고 살집이 두둑했다. 사내의 두 눈에 경계의 빛이 감돌았다. 당연했다. 195센티에 110킬로그램짜리 덩치가 갑자기 들어섰으니까. 하지만 겁을 집어먹은 기미는 없었다. 그것도 당연했다. 카운터 아래에 장전된 총이 있을 테니까. 멍청이가 아니라면 전당포를 운영하면서 그런 대비를 해놓지 않을 리가 없었다. 그리고 사내는 멍청해 보이지 않았다. 그렇다 해도 사내는 거구의 이방인을 도발하고 싶지는 않았다. 반면에 약한 모습을 보이고 싶지도 않았다. 그래서 사내의 어투는 퉁명스럽지도, 싹싹하지도 않았다.

사내가 말했다. "안녕하십니까?"

'솔직히 말하자면 안녕하지 못해.' 리처가 생각했다.

지금쯤 장은 되돌아갔을 것이다. 시애틀로, 자신의 일상 속으로.

"그럭저럭." 리처가 말로는 그렇게 대답했다.

"뭘 도와드릴까요?"

"졸업 반지들 좀 봅시다."

사내가 진열창 선반 위에서 반지 상자를 요령 있게 빼냈다. 그가 그걸 카운터 위에 올려놓았다. 웨스트포인트 반지가 작은 골프공처럼 굴러 떨어졌다. 리처가 그걸 집어 들었다. 반지 안쪽에 글자가 새겨져 있었다. 복제품이 아니었다. 약혼자나 여자친구를 위한 선물이 아니었다. 그런 경우에는 글자를 새겨 넣지 않는다. 그건 오랜 전통이다. 이유는 아무도 모른다.

기념품도 아니고 선물도 아닌 진품 반지였다. 4년에 걸친 인내와 노력을 상징하는 육군사관생도의 반지.

그 주인은 뿌듯한 자부심과 함께 그 반지를 꼈을 것이다. 당연했다. 웨스트포인트에 대한 자부심이 없었다면 아예 반지를 사지도 않았을 것이다. 강제적으로 일괄 구매하는 게 아니었으니까.

반지 안쪽에는 'S.R.S. 2005'라는 글자가 새겨져 있었다.

그 순간 경적이 연속해서 세 차례 울렸다. 출발 준비를 마친 버스가 아직 타지 않은 한 사람의 승객을 재촉하는 신호. 리처가 반지를 내려놓으며 말했다. "고맙소." 그리고 그는 가게 밖으로 나갔다. 걸음을 급히 옮겨서 휴게소 주차장으로 돌아왔다. 그가 열려 있는 버스 문짝에 몸을 기대고 버스 기사에게 말했다. "난 여기 남기로 했습니다."

"환불은 안 됩니다."

"알고 있습니다."

"짐칸에서 꺼낼 가방은 없습니까?"

"없습니다."

"그럼 이만."

기사가 레버를 당겼다. 김빠지는 소리와 함께 문짝이 빨려가듯 닫혔다. 엔진이 굉음을 울렸다. 버스는 리처를 남겨 두고 떠났다. 그가 자욱이 뿜어진 디젤 배기가스로부터 등을 돌렸다. 그리고 걸음을 옮겼다. 다시 전당포를 향해.

2

전당포 사내의 표정에서 불만스러운 기색을 읽어 내기는 그리 어렵지 않았다. 방금 전에 집어넣었던 반지 상자를 또 꺼내야 했으니까. 어쨌든 반지 상자는 다시 카운터 위 똑같은 자리에 올려졌다. 웨스트포인트 반지가 다시 굴러 떨어졌다. 리처가 다시 그걸 집어 들었다.

그가 말했다. "이걸 전당 잡힌 여자를 기억합니까?"

"그걸 무슨 수로요?" 사내가 말했다. "여기 이 많은 물건들이 안 보입니까? 여자는커녕 그 반지조차 제대로 본 적이 없는데요."

"출납 기록이 있을 텐데?"

"경찰에서 나오셨나요?"

"아니." 리처가 말했다.

"우린 합법적인 물건들만 다루고 있습니다."

"그건 내 알 바 아니고. 난 이 반지를 전당 잡힌 여자의 이름만 알면 그만이오."

"이유가 뭐죠?"

"나와 같은 학교 출신이니까."

"어디 있는 학교인데요? 북부?"

"여기서 보자면 동부." 리처가 말했다.

"이 반지 주인하고 동창은 아닐 것 같은데요. 거기 2005년이라고 새겨져 있는 것 같던데, 아무래도 손님과는 차이가 있지 않나 싶어서요. 기분 나쁘시다면 미안합니다만."

"천만에. 내가 훨씬 전에 졸업한 건 사실이니까. 하지만 거긴 세월이 흘러도 그리 변하지 않는 곳이오. 그녀 역시 이 반지를 얻기 위해 엄청난 노력을 했을 거라는 얘기지. 따라서 난 어떤 곤경에 처했기에 그녀가 이 소중한 물건을 포기하게 됐을지가 궁금한 거요."

사내가 말했다. "어떤 학교입니까?"

"사는 데 필요한 기술들을 가르치는 학교."

"이를테면 직업훈련소처럼?"

"뭐 그렇다고 볼 수도 있고."

"그 여자가 사고를 당해 죽었을 수도 있어요."

"그럴 수도 있겠지." 리처가 말했다. '사고가 아니었을 수도 있겠지만.' 그가 생각했다. 이라크, 그리고 아프가니스탄. 웨스트포인트 2005년도 졸업생들은 곧장 사지로 뛰어들어야 했다. 그가 말했다. "어쨌든 나는 사실을 확인하고 싶은데."

"이유가 뭐죠?" 사내가 다시 물었다.

"정확히 설명하기는 어렵군."

"명예 같은 거랑 상관있는 이유입니까?"

"그럴 수도 있겠고."

"직업훈련소에서도 지켜야 될 명예가 있습니까?"

"어떤 곳들에서는."

"이 반지를 전당 잡히러 온 여자는 없습니다. 그때 내가 한꺼번에 구입한 물건들 속에 이 반지도 끼어 있었던 것뿐이에요."

"그때라면?"

"한 달 전쯤?"

"누구에게서?"

"내 사업에 관한 일들은 묻지 마십시오. 내가 왜 당신한테 그런 것까지 말해야 합니까? 난 합법적으로 사업을 하고 있습니다. 법을 어긴 적이 단 한 번도 없다고요. 주 정부에서 내준 사업자등록증이 그 증거예요. 지금까지 감사에 걸린 적도 없고요."

"그렇다면 말 못할 이유가 없을 것 같은데?"

"개인적인 정보니까요."

리처가 말했다. "내가 이 반지를 사겠다면?"

"50달러."

"30."

"40."

"그럽시다." 리처가 말했다. "그럼 이제 나도 이 반지가 흘러 들어온 내력을 알 권리가 생긴 것 같군."

"여기는 소더비 경매장이 아닙니다."

"어디든 간에."

사내가 잠시 뜸을 들였다.

이윽고 그가 입을 열었다. "자선단체를 끼고 사업을 하는 사람한테서 구입한 겁니다. 현금이든 물건이든 기부하면 세금공제 혜택을 받잖습니까. 그 물건들이란 게 보통은 낡은 차량들입니다. 가끔씩은 보트도 있고. 하지만 다른 것들도 당연히 있지요. 그 사람은 기부자들에게 부풀린 영수증을 끊어준 뒤 기부된 물품들을 처분합니다. 그리고 수익의 일부를 자선단체 통장에 꽂아주는 겁니다. 난 그 사람에게서 자질구레한 물건들을 구입합니다. 되팔아서 재미 좀 보려고요."

"그렇다면 누군가 이 반지를 자선단체에 기부하고 소득공제 혜택을 받았다는 얘긴가?"

"원 주인이 사망했다면 가능한 얘기 아닙니까? 유품을 어떻게 처분하든 그건 상속인 마음이니까요."

"내 생각은 다른데." 리처가 말했다. "이런 반지라면 친척 가운데 누군가가 간직하지 않을까?"

"그건 그 누군가가 먹고사는 데 큰 어려움이 없을 때 얘기지요."

"당신도 사업하기 어려우신가?"

"나야 괜찮지요. 하지만 전당포 하는 놈이 먹고살 만하다면 다른 사람들은 힘들다는 얘기 아니겠습니까?"

"하지만 조건 없이 기부를 하는 사람들도 많을 텐데."

"많기는요. 대부분 부풀린 영수증과 바꾸는 거죠. 누구 좋으라고 곧이 곧대로 세금을 내겠습니까? 결국은 정부에서 꿀꺽할 텐데요. 전체 사회의 복지라는 명분을 내세워서 말입니다."

리처가 말했다. "자선단체를 끼고 사업을 한다는 남자는 누구요?"

"그건 절대로 알려줄 수 없습니다."

"알려줄 수 없는 이유는?"

"손님하고는 상관없는 일이잖습니까. 대체 누군데 이렇게 캐묻는 겁니까?"

"이미 엿 같은 하루를 보내고 있는 사람. 물론 그거야 당신 탓이 아니지. 하지만 충고 하나 해드릴까? 지금 상태에서 나를 좀 더 열 받게 만드는 건 절대로 좋은 생각이 아니야. 고작 지푸라기 하나라도 최대한의 짐을 실은 낙타 등에 얹으면 그 등이 부러지거든? 난 모쪼록 당신이 그런 지푸라기가 되지 않기를 바라는 마음이고."

"지금 날 협박하는 겁니까?"

"일종의 일기 예보라고 생각하시오. 공공 서비스 차원에서 대피 준비를 알리는 토네이도 경보라고나 할까."

"내 가게에서 그만 나가주시죠."

"당신한테는 물론 불행이지만 나로서는 다행스럽게도 육체적인 컨디션은 아주 좋소. 최근까지 시달렸던 두통이 깨끗이 나았거든. 어떤 녀석한테 한 방 맞았는데 내 여자친구가 병원에 데려갔지, 두 번씩이나. 진심으로 날 걱정해준 여자였소."

전당포 사내가 다시 한 번 뜸을 들였다. 이윽고 그가 입을 열었다. "이게 정확히 어떤 학교 졸업 반지입니까?"

리처가 말했다. "군사학교."

"그런 학교는, 음, 문제아나 지체아들이 다니는 곳 아닌가요? 불쾌하시다면 미안합니다만."

"그건 아이들 잘못이 아니지." 리처가 말했다. "전적으로 가정환경 탓이니까. 솔직히 말해서 우리 학교 학부모들 가운데에는 살인을 저지른 사람들이 아주 많았거든."

"진담입니까?"

"평균치보다 많았던 건 틀림없소."

"그래서 그 학교 동문들이 유난히 끈끈한 겁니까?"

"최소한 동료를 뒤에 남겨두는 법은 없지."

"그는 낯선 사람과 말을 섞으려 하지 않을 겁니다."

"그 사람도 사업자등록증이 있소? 정부기관의 감사도 모두 통과했고?"

"난 합법적으로 사업을 하고 있습니다. 내 변호사가 뭐라고 하는지 아십니까? 내가 불법을 저지를 마음이 없는 한 내 사업은 정당하다더군요. 물론 나는 그럴 마음이 전혀 없고요. 난 자선단체에 기부된 물건들을 사오는 겁니다. 서류도 늘 확인합니다. 요즘은 자선단체를 끼고 사업하는 사람들이 많습니다. 그들은 TV 광고까지 때려댑니다. 대부분이 자동차들이지요. 물론 보트도 있고요."

"그런데 그 남자는 나와 말을 섞지 않을 것이다?"

"내 손에 장을 지져도 좋습니다."

"싸가지를 상실한 인간인가?"

"최소한 나로서는 어울리고 싶지 않은 사람입니다."

"그자의 이름은?"

"지미 랫."

"본명인가?"

"다들 그렇게 부릅니다."

"어디로 가면 그 쥐새끼 씨를 만날 수 있을까?"

"할리데이비슨이 여섯 대 이상 무리를 지어 서 있는 주차장만 찾으면 됩니다. 그 술집에 들어가면 반드시 지미를 만나게 될 겁니다."

3

작은 마을이었다. 이미 슬럼화가 된 구역 너머에는 짧으면 5년, 길어야 10년 뒤엔 슬럼화가 될 것 같은 구역이 자리 잡고 있었다. 하지만 아직 희망은 있었다. 상당한 사업 규모를 말해주는 대형 간판들이 듬성듬성하게나마 내걸려 있었다. 붐비는 상점은 없었지만 폐업한 점포도 거의 없었다. 도로에는 화물차들이 느릿느릿 지나다녔다. 당구장도 한 군데 있었다. 가로등은 띄엄띄엄 늘어서 있었다. 날이 어두워져 갔다. 건물들의 외양으로 미루어 낙농업이 중심 산업인 지역인 게 분명했다. 상점들의 모습이 옛적 외양간을 닮아 있었다.

바는 외떨어진 목조건물에 자리하고 있었다. 그리 넓지 않은 자갈밭이 주차장 구실을 하고 있었다. 잡초가 무성한 그 자갈밭 위에 할리데이비슨 일곱 대가 일렬로 깔끔하게 세워져 있었다.

헬스 앤젤스(Hell's Angels), 혹은 그 비슷한 수준의 범죄적 폭주 집단은 아닐 것이다. 분파로만 놓고 보자면 바이커 집단은 결코 침례교에 뒤지지 않는다. 본질은 같으면서도 특색은 서로 다른 무리들이 끝없이 가지를 쳐나가는 것이 그 집단의 속성이다. 그 일곱 대의 할리 무리 역시 그들만의 외형적 특색이 있었다. 검정색 가죽 태슬, 크롬 도금, 그리고 뒤로 완전히 기대앉을 수 있게 특수 제작한 좌석. 바이크를 달릴 때면 그렇게 앉아서 양다리를 벌릴 것이다. 발은 앞으로 쭉 뻗을 것이다. 단순히 멋을 부리기 위해서만은 아니다. 조끼와 바지, 그리고 부츠까지 모두 통가죽 제품이다. 따라서 특히 여름철에는 통풍과 냉각 효과를 위해 그런 자세가 필요하다.

공들여 광을 낸 일곱 개의 짙은 색 몸체가 저녁 불빛 아래 반짝이고 있었다. 네 대는 오렌지색 불꽃, 세 대는 은색 테두리를 두른 룬 문양으로 한 층 멋을 더한 폭주족의 애마들.

리처가 자갈밭 위에 서서 건물을 살펴보았다. 낡은 건물이었다. 지붕 여기저기 널판이 떨어져나간 자리가 그 역사를 말해주고 있었다. 창문 하나에 달려 있는 에어컨이 이미 흥건해진 웅덩이에 물방울을 뚝뚝 보태가며 열심히 돌아가고 있었다. 경찰차 한 대가 천천히 지나갔다. 바퀴와 아스팔트의 마찰음이 큰 뱀이 혀 놀리는 소리 같았다. 카운티 경찰. 고속도로에서 그날 근무 시간의 절반을 보냈을 것이다. 카운티의 수입을 올리기 위해 열심히 레이저 건을 쏘아댔을 것이다. 그리고 이제 마을의 흑기사로서 깃발 대신 경광등을 밝히고 취약지역을 순찰하고 있는 것이다.

운전석의 경관이 고개를 돌리고 리처를 바라보았다. 전당포 주인과는 전혀 다른 유형의 사내였다. 일단 미남형이었다. 갸름한 얼굴, 총기가 반짝이는 눈빛. 갓 다듬은 게 분명한 헤어스타일이 꼿꼿한 자세와 무척 어울렸다. 이발한 지 하루? 길어야 이틀? 특히 옆머리를 바짝 친 탓에 두피 부분이 하얗게 드러나 있었다. 리처는 제자리에 서서 순찰차가 지나가는 걸 지켜보았다. 그때 멀리서 오토바이 배기음이 들려왔다. 해머로 내리치듯 둔탁한 소음이 점점 더 크게 울리더니 마침내 할리 한 대가 느릿느릿 모퉁이를 돌아 육중한 모습을 드러냈다. 여덟 번째 할리. 특수 제작한 발판 위에 벌린 다리를 올리고 두 발은 앞을 향해 쭉 뻗은 자세. 주차장의 할리 일곱 대와 한 패거리인 게 확실했다. 라이더가 노련하게 상체를 기울여 회전을 한 뒤 속도를 바짝 늦춘 채 자갈밭 위로 진입했다. 까만 티셔츠 위에 까만 가죽조끼 차림이었다. 그가 정연한 할리 대열의 끝에 오토바이를 주차시켰다. 엔진의 공회전 소리가 마치 대장간에서 망치와 모루가 부딪는 소리 같았다. 사내가 시동을 끄고 받침대를 조작해서 오토바이를 고정시켰다. 다시 정적이 내려앉았다.

리처가 말했다. "지미 랫이라는 사람을 찾고 있습니다."

사내의 눈길이 일곱 대의 할리 가운데 한 대에 꽂혔다가 이내 되돌아왔다. 어쩔 수 없는 본능. 그가 말했다. "난 모르는 사람이에요." 사내가 뻣뻣해진 밭장다리를 부자연스럽게 놀려서 바 문을 향해 다가갔다. 마흔쯤 됐을까? 윤활유를 바른 듯 갈색으로 그을린 피부, 177센티 남짓에 상당한 덩치였지만 살집 대부분이 허리 부근에 몰려 있었다. 사내가 문을 당겨 열고 안으로 들어갔다.

리처는 잠시 더 그 자리에 머물러 있었다. 여덟 번째 사내가 힐끗 눈길을 주었던 바이크. 은색 룬 문양으로 멋을 부린 세 대 중에 하나였다. 몸체는 다른 일곱 대와 마찬가지로 육중했다. 하지만 발 받침대와 좌석 간의 거리가 상대적으로 가까웠다. 그건 핸들과 좌석 간의 거리도 마찬가지였다. 여덟 번째 바이크에 비해 약 5센티 정도? 따라서 지미 랫은 172센티 남짓일 것이다. 그리고 이름으로 미루어 깡마른 체형일 것이다. 빈약한 덩치로 두목 노릇을 하려면 칼이든 총이든 무기 다루는 솜씨가 제법일 것이다. 성격도 야비할 것이다.

리처가 술집 문을 향해 걸어갔다. 그가 문을 당겨 연 뒤 안으로 들어갔다. 어둡고 후덥지근했다. 맥주에 절은 냄새가 콧속으로 파고 들어왔다. 안으로 깊숙한 직사각형 공간이었다. 왼쪽은 문 바로 안쪽부터 끝까지 황동제 카운터를 길게 설치한 바, 오른쪽은 테이블들을 배치한 홀이었다. 안벽 한쪽에는 비상구로 통하는 아치형 문을 내고 그 사이 공간에 화장실과 공중전화 부스를 들여 놓았다. 현역 시절의 습관대로 리처의 두 눈이 일단 탈출구를 확인했다. 창문 네 개에 출입구와 비상문, 따라서 모두 여섯 개.

여덟 명의 바이커들은 창가에 탁자 두 개를 붙여 놓고 모여 앉아 있었다. 모두들 묵직한 잔으로 계속 맥주를 들이켜고 있었다. 마지막에 합류한 사내는 안쪽 구석에 앉아 있었다. 그를 포함한 일곱 명은 누가 봐도 한 패거리였다. 비슷한 키, 비슷한 살집, 두둑한 허리, 호감 가지 않는 인상. 그래도 나머지 한 명에 비하면 그나마 봐줄 만은 했다. 그 한 명은 다른 사내들보다 훨씬 추레했다. 키도 더 작았다. 그리고 깡마른 체격이었다. 얼굴은 쥐처럼 길쭉했고 두 눈빛은 쉴 새 없이 흔들리고 있었다. 리처가 바로 다가가서 커피를 주문했다.

"죄송합니다만 커피는 없는데요." 바텐더가 말했다.

"저기 앉아 있는 사람이 지미 랫입니까? 제일 작은 남자."

"저 사람하고 해결해야 할 일이 있으면 밖에 나가서 하십시오, 알겠습니까?"

바텐더가 리처 앞을 떠났다. 리처는 기다렸다. 바이커들 가운데 하나가 잔을 비우고 일어나 화장실 쪽을 향해 걸어갔다. 리처가 그들에게로 다가가서 새로 생겨난 빈자리에 앉았다. 나무의자에 남아 있던 온기가 엉덩이로 전해졌다. 여덟 번째 사내가 대충 감을 잡은 모양이었다. 그가 리처의 얼굴을 잠시 노려보았다. 이어서 지미 랫의 얼굴을 흘긋거렸다.

지미 랫이 말했다. "이봐, 여긴 친구들끼리 한잔하는 자리야. 당신을 초대한 적은 없는데?"

리처가 말했다. "궁금한 게 있어서."

"뭔데?"

"자선단체에 기부되는 물품들."

잠시 멍 때리던 지미 랫의 표정이 서늘하게 바뀌었다. 감을 잡았다는 얘기. 그가 출입구 쪽을 한 차례 흘긋거렸다. 그 너머 전당포. 불곰 같은 사장 녀석. 그렇게 입단속을 시켰건만.

그가 말했다. "꺼져, 임마."

리처가 왼손 주먹을 탁자 위에 올려놓았다. 슈퍼마켓에서 판매하는 특호 생닭만 한 크기. 호두알 같은 굳은살이 박인 길고 두꺼운 손가락들. 여름 햇볕에 그을린 살갗을 바탕으로 하얗게 두드러지는 옛적 상처와 흉터들.

그가 말했다. "난 그쪽이 무슨 사기를 치든 전혀 관심 없어. 누구한테서 뭘 훔쳐대는지, 그리고 그 장물들을 어떻게 처분하는지 조금도 궁금하지 않아. 나와는 상관없는 일이니까. 내가 알고 싶은 건 딱 한 가지뿐이야. 이 반지를 입수한 경로."

리처가 주먹을 풀었다. 그 손바닥 위에 놓인 반지, 웨스트포인트 2005. 정교한 금세공, 검은 돌, 아주 작은 사이즈.

지미 랫은 아무 말도 하지 않았다. 하지만 그 반지가 처음 보는 물건이 아니라는 사실을 그의 두 눈이 말해주고 있었다.

리처가 말했다. "'미합중국 군사학교'. 웨스트포인트의 또 다른 이름이지. 바로 그 이름 속에 단서가 있어. 처음 두 단어, 미합중국. 따라서 이건 연방 차원의 사건이라는 얘기야."

"경찰이신가?"

"아니, 하지만 저 공중전화에 먹여줄 25센트짜리 동전은 있지."

그때 의자 주인이 화장실에서 돌아왔다. 그가 리처 뒤에 멈춰 섰다. 그가 양팔을 활짝 벌렸다. 그 과장된 몸짓이 묻고 있었다. '무슨 일이야? 이 자는 누구야?'

리처의 두 눈이 각기 다른 피사체에 꽂혔다. 오른쪽 눈은 지미 랫의 얼굴, 왼쪽 눈은 정면의 창문. 머리 뒤에 눈이 달려 있어야만 뒤쪽을 볼 수 있는 건 아니다.

지미 랫이 말했다. "그 의자는 주인이 있어."

"알아, 나야." 리처가 말했다.

"5초 주지."

"난 대답을 듣기 전에는 일어나지 않을 거야."

"오늘 밤에는 뭔 짓을 해도 행운이 따라줄 것 같나?"

"내게 행운 따위는 필요 없어."

리처가 오른손을 탁자 위에 올려놓았다. 왼손보다 조금 더 컸다. 당연했다. 오른손잡이니까. 흉터와 상처도 더 많았다. 흉터 중 하나는 흰색 V 자 모양이었다. 얼핏 보아서는 뱀에 물린 상처 같았다. 하지만 사실은 못에 찔린 자국이다.

지미 랫이 어깨를 한 차례 으쓱거렸다. 별일 아니라는 의미로 받아들여 지기를 바라는 몸짓.

그가 말했다. "나는 전체 유통 과정의 한 단계일 뿐이야. 그냥 다른 사람들에게서 물건을 받는 거지. 그 사람들은 또 다른 사람들에게서 그것들을 받는 거고. 그 반지는 단순한 기부품일 수도 있어. 팔아버린 것일 수도 있고. 전당포에 맡겼다가 찾아가지 않았을 가능성도 물론 있겠지. 내가 아는 건 그게 전부야."

"이 반지를 넘겨줬다는 다른 사람들이 누구지?"

지미 랫은 아무 말도 하지 않았다. 리처의 왼쪽 눈은 여전히 창문에 고정돼 있었다. 그의 오른쪽 눈에 지미 랫이 고개를 까닥이는 모습이 들어왔다. 유리 속의 사내가 행동을 개시했다. 그의 오른손이 뒤로 한껏 젖혀졌다. 리처의 오른쪽 귀 언저리에 크게 한 방 먹이려는 계산. 리처를 의자에서 나가떨어지게 만들고 싶었을 것이다. 최소한 리처의 기를 죽이고 싶었을 것이다. 하지만 그건 그자의 바람일 뿐.

리처의 대응은 간결했다. 그는 상체를 숙였다. 사내의 주먹이 허공을 스치고 지나갔다. 리처가 상체를 세웠다. 그의 두 발이 바닥을 박찼다. 그 반동으로 그의 상체가 의자째 급격히 뒤로 기울어졌다. 그와 동시에 그의 오른쪽 팔꿈치가 후방을 향해 찔러갔다.

헛방을 날리는 서슬에 사내의 몸통이 왼쪽으로 뒤틀려 돌아갔고 자연히 그의 오른쪽 옆구리는 무방비 상태가 되었다. 리처의 팔꿈치가 전광석화처럼 그 부위에 꽂혀 들어갔다. 상체의 후진 운동에너지까지 실린 가공할 일격. 사내는 곧장 나가떨어졌다. 리처가 다시 자세를 바로잡았다. 아무 일도 없던 것처럼. 지미 랫이 그의 얼굴을 빤히 쳐다보았다.

바텐더가 소리쳤다. "밖에 나가서 해결하라고 했잖아!"

진심인 것 같았다.

지미 랫이 말했다. "넌 이제 뒈졌어."

역시 진심인 것 같았다.

장은 저녁거리를 사고 있을 것이다. 집에서 멀지 않은 식료품점일 것이다. 건강에 좋으면서 조리도 간편한 식자재. 그녀는 피곤할 테니까.

운수 나쁜 날.

리처가 말했다. "돼지 여섯 마리에 쥐새끼 하나? 너무 시시한데?"

리처가 일어섰다. 그리고 돌아섰다. 그가 바닥에 널브러져 있는 사내를 밟고 넘어선 뒤 곧장 문밖으로 걸어 나갔다. 그리고 자갈밭 위, 반짝거리며 늘어선 오토바이 대열 앞에 멈춰 섰다. 그가 돌아섰다. 일곱 사내가 그를 따라 자갈밭으로 내려섰다. 그럴싸해 보이는 집단은 아니었다. 뻣뻣한 몸놀림, 밭장다리, 뒤틀린 체형, 맥주살. 음주와 장시간의 오토바이 여행이 건강에 해로운 건 사실이다. 그렇다 해도 한 덩어리로 치자면 엄청난 무게였다. 게다가 주먹 열네 개, 그리고 부츠 열네 짝. 부츠 앞대가리의 테두리는 강철일 것이다.

진짜로 운수 나쁜 날이 될지도 모른다.

그런들 어쩌랴.

일곱 사내가 부채꼴로 퍼지며 반원형의 대열을 갖췄다. 꼭짓점에는 지미 랫, 그 왼쪽과 오른쪽에 각각 세 명씩. 리처가 계속 이동하면서 원하던 구도를 잡았다. 등이 길거리를 향하는 위치. 리처는 상대방에 의해 퇴로가 차단되는 구도를 싫어한다. 구석에 몰리는 상황도 가능하면 피하는 게 원칙이다. 물론 늘 도망갈 생각을 하기 때문은 아니다. 선택의 여지는 많을수록 좋은 것이다.

일곱 사내가 반원을 좁혀왔다. 하지만 아직은 공격 대형이 아니었다. 서로 간의 간격은 1미터, 리처와의 거리는 3미터. 그렇다면 전투의 제1장과 제2장의 시나리오는 이미 결정된 상태다. 일곱 사내는 눈에 힘을 주고 천천히 발을 끌며 다가올 것이다. 리처는 땅을 박차고 진격해서 적진을 돌파한 뒤 그들을 향해 돌아설 것이다. 사내들이 그를 향해 돌아서서 아까와는 반대 방향으로 불룩한 반원 대형을 정비할 것이다. 하지만 이번에는 일곱이 아니라 여섯일 것이다. 돌파하며 휘두른 리처의 팔꿈치에 의해 하나는 이미 바닥에 널브러져 있을 테니까. 리처의 돌파작전은 곧장 다시 한 번 전개될 것이다. 그리고 적의 머릿수는 다섯으로 줄어들 것이다. 돌파작전은 그걸로 그만일 것이다. 사내들이 세 번을 똑같이 당하지는 않을 테니까. 대신 그들은 반원 대형을 포기하고 한 덩어리로 뭉칠 것이다. 하지만 지미 랫은 그 속에 끼어 있지 않을 것이다. 아예 뒤로 빠질 것이다. 쥐새끼라는 별명을 어떻게 얻었겠는가. 결국 4대 1의 백병전이 될 것이다.

운수 나쁜 날.

누군가에게는.

"마지막 기회다." 리처가 말했다. "저 조그만 놈한테 너희가 얘기해. 내 질문에 대답하라고. 그러면 다시 술집으로 돌아가서 실컷 퍼마실 수 있게 해주지."

아무도 입을 열지 않았다. 사내들 간의 간격이 좁혀졌다. 그들의 자세가 더욱 낮아졌다. 그들의 양손이 모두 적당히 벌어졌다. 그들이 그 자세로 발을 끌며 다가오기 시작했다. 리처는 첫 번째 표적을 점찍어둔 채 기다렸다. 거리가 1.5미터로 좁혀질 때까지는 기다릴 것이다. 한 걸음 거리. 두 걸음은 낭비다. 나중을 위해 에너지를 아껴야 한다.

그 순간 리처의 등 뒤에서 타이어의 마찰음이 들려왔다. 그의 눈앞에서는 일곱 사내가 자세를 곧게 바로잡았다. 그들 모두 찌푸렸던 미간을 활짝 펴고 이리저리 눈길을 돌려댔다. 아무 일도 없다는 듯. 리처가 돌아섰다. 아까 본 순찰차. 카운티 경찰.

천천히 속도를 늦추던 차가 완전히 멈춰 섰다. 경찰이 한참 동안 유심히 현장을 살폈다. 순찰차 조수석 창문이 배터리 진동 소리를 울리며 내려왔다. 경찰이 상체를 인도 쪽으로 바짝 기울였다. 그가 리처의 눈길을 잡았다. 그리고 말했다. "제 차로 와주십시오, 선생님."

리처가 지시에 따랐다. 하지만 조수석 쪽이 아니었다. 리처는 적에게 등을 보이기 싫어한다. 그가 트렁크를 빙 돌아서 운전석 쪽으로 갔다. 배터리 진동 소리가 두 군데에서 울렸다. 조수석 창문은 올라가고 운전석 창문은 내려왔다. 경찰은 권총을 손에 쥐고 있었다. 리처를 겨눈 건 아니었다. 총신이 허벅지 아래로 늘어져 있었다. 만일에 대비해서.

경찰이 말했다. "여기서 무슨 일이 일어나고 있는 건지 말씀해주시겠습니까?"

리처가 말했다. "육군, 아니면 해병대? 군 생활을 어디서 했습니까?"

"육군이나 해병대? 무슨 근거로 그런 얘길 하시는 겁니까?"

"이런 지역의 경찰관들은 대부분 그쪽 출신들이니까요. 더구나 가까운 군부대 이발관으로 머리를 깎으러 다니는 경관이라면 백 프로 아니겠습니까."

"육군 출신입니다."

"나도 그렇소. 여긴 아무 일도 없습니다."

"제대로 신원을 밝혀주십시오. 육군 출신이 어디 한둘입니까? 더구나 처음 보는 사이인데요."

"잭 리처. 110헌병대. 소령으로 예편. 만나서 반갑소."

경찰이 말했다. "저도 110헌병대는 들어서 알고 있습니다."

"좋은 소리만 들었기를."

"본부가 펜타곤에 있었지요, 안 그렇습니까?"

"아니, 우리 본부는 버지니아, 록크릭에 있었소. 펜타곤에서 북서쪽으로 조금 떨어진 곳이지. 거기서 복무했던 2년이 내 군 생활의 전성기였소. 이제 확인 심문은 끝난 거요?"

"테스트를 통과하셨습니다. 네, 록크릭이 맞습니다. 이제 무슨 일인지 말씀해주십시오. 제가 보기에는 저 사람들과 한판 붙으시려는 것 같은데, 아닌가요?"

"현재까지는 얘기만 주고받았소." 리처가 말했다. "내가 저 친구들에게 뭘 좀 물어봤거든. 그랬더니 바깥 공기를 마시면서 대답해주겠다고 하더군. 정확한 이유는 나도 모르겠고. 다른 사람이 엿듣는 게 싫어서 그러나 보다 하고 따라 나왔소."

"저 사람들에게 뭘 물어보셨나요?"

"이 반지의 출처."

리처가 창턱에 손목을 내려놓고 손바닥을 폈다.

"웨스트포인트." 경찰이 말했다.

"저 친구들이 이걸 전당포에 넘겼소. 난 저들이 누구에게서 이 반지를 입수했는지 알고 싶을 뿐이고."

"이유는요?"

"글쎄, 그냥 사연을 알고 싶은 마음이라고 해둡시다."

"저 사람들은 절대 대답하지 않을 겁니다."

"저 친구들을 잘 알고 계신가?"

"아직 확증은 없습니다만."

"하지만?"

"저 사람들이 이 지역에 불법적인 물건들을 대량으로 풀고 있습니다. 사우스다코타에서부터 미네소타를 거쳐서 여기로 들어온 것들입니다. 하지만 연방수사기관에서 개입할 만한 단서가 없습니다. 사우스다코타 형사과에서 출동할 만한 증거도 없고요. 우리 경찰서로선 속수무책입니다."

"사우스다코타 어디?"

"우리도 모릅니다."

리처는 아무 말도 하지 않았다.

경찰이 말했다. "이 차에 타십시오. 저쪽은 일곱이나 됩니다."

"난 아무 일 없을 거요." 리처가 말했다.

"원하신다면 제가 선생님을 체포하겠습니다. 그럼 체면은 세우실 수 있을 겁니다. 하지만 그렇게 되면 여길 떠나셔야 합니다. 저도 떠나야 하니까요. 남은 근무 시간을 전부 여기서 보낼 수는 없습니다."

"내 걱정은 안 해도 됩니다."

"그냥 체포해야 옳을 것 같군요."

"무슨 혐의로? 아직 아무 일도 벌어지지 않았는데?"

"선생님의 안전을 위해서요."

"이거 기분이 상하려고 하는군." 리처가 말했다. "저 친구들의 안전은 왜 신경 쓰지 않는 거요? 마치 결과가 정해진 것처럼 애기하면 내가 섭섭한데."

"차에 타십시오. 작전상 후퇴라고 생각하시지요. 그 반지에 관해서는 달리 알아볼 방법이 있을 겁니다."

"다른 방법이라."

"아니면 그냥 잊어 버리시거나요. 십중팔구 특별한 사연은 없을 겁니다. 돈에 쪼들리던 어떤 남자가 처분했을 겁니다. 트레일러 주택의 월세를 내려고요."

"이 지역에서는 그런 경우가 흔합니까?"

"아주 흔합니다."

"경관님은 형편이 괜찮을 텐데요."

"집집마다 사정이 다른 법이지요."

"남자가 아니오. 그러기에는 사이즈가 작으니까. 반지 주인은 여자요." 경찰이 말했다. "여자들도 트레일러 주택에 삽니다."

리처가 고개를 끄덕이며 말했다. "맞아요. 십중팔구 아무 사연도 없을 겁니다. 하지만 난 확인해야겠소. 만일의 경우라는 것도 있으니까."

잠시 침묵이 내려앉았다. 들리는 거라고는 나지막이 웅얼거리는 엔진 소리와 전화선을 희롱하는 바람소리뿐이었다.

"마지막 기회입니다." 경찰이 말했다. "신중하게 판단하십시오. 차에 타세요."

"난 아무 일 없을 거요." 리처가 다시 말했다. 그가 뒤로 물러서서 자세를 바로잡았다. 경찰이 도리 없다는 듯 고개를 가로저었다. 그러고 나서도 미련이 묻은 한 박자를 쉬고 난 뒤 완전히 포기하고 떠났다. 타이어의 마찰음이 작별인사를 대신했다. 차를 쫓아간 건 배기가스뿐이었다.

리처가 모퉁이까지 눈으로 배웅했다. 그가 다시 인도로 올라섰다. 그곳에는 어느새 다시 갖춰진 검정색의 반원 대형이 그를 기다리고 있었다.

4

일곱 명의 바이커 무리가 다시 전투 대형을 갖추었다. 이번에는 좀 더 위협적이었다. 잔뜩 구부린 상체, 적당히 벌어진 두 다리, 활짝 편 양팔. 하지만 아무도 움직이지 않았다. 당연했다. 그들은 움직이고 싶지 않았을 것이다. 당장은 아니었다. 새롭게 등장한 변수를 검토할 시간이 필요했으니까. 그들의 눈앞에 버티고 있는 자는 단단히 돌아버린 인간이다. 그 자스스로 이미 그 사실을 입증하지 않았던가. 카운티 경찰은 분명히 명예로운 후퇴를 제안했다. 하지만 그는 그 기회를 거부했다. 대신 싸워 이겨서 해결하겠다는 결심을 굳히고 저렇게 버티고 있는 것이다.

왜?

그들로서는 알 수가 없었다.

리처는 기다렸다.

장은 식료품 꾸러미를 안고 집에 들어갔을 것이다. 그걸 주방 카운터에 내려놓았을 것이다. 양념통을 늘어놓고 칼도 꺼내 들었을 것이다. 스토브의 전원을 켰을지도 모른다. 한 사람을 위한 저녁식사. 적막한 저녁. 오히려 편안한 느낌일지도 모른다.

바이커들은 여전히 움직이지 않았다.

리처가 말했다. "이제 생각이 바뀐 건가?"

묵묵부답.

리처가 말했다. "내 질문에 대답만 해주면 돼. 그러면 얌전히 보내줄 테니까."

여전히 무반응.

리처는 기다렸다.

마침내 그가 말했다. "성격 급한 놈이었으면 욕 나오겠군. 한판 붙으려면 붙고 말려면 말고."

여전히 무반응.

리처가 씨익 웃었다. 그가 말했다. "아무래도 난 행운을 타고난 사람인가 보군. 이건 완전히 라스베이거스 슬롯머신에서 잭팟 터진 셈인데? 땡, 땡, 땡. 아가씨 일곱 명이 한 줄로 서서 맞이하고 있는 거잖아."

이번에는 반응이 왔다. 리처가 원했던 것. 그가 필요했던 것.

싸움판에서 상대방의 경솔한 움직임은 늘 유리한 변수이다. 그들의 무게중심과 운동에너지가 흐트러져야 승산이 높아진다.

바이커들은 바짝 약이 올랐다. 그다음 단계는 당연히 섣부른 공격이다. 리처가 바랐던 대로. 그들이 서로의 눈치를 살폈다. 잔뜩 화가 나기는 했지만 1번 타자로 나서기는 두려울 것이다. 마지막 타자로 나서는 건 쪽팔릴 것이다. 어느 순간 무언의 신호라도 떨어진 듯, 그들이 한꺼번에 돌진해왔다. 분노한 파도처럼, 그래서 거품 같은 약점을 고스란히 드러내며.

리처는 만반의 준비가 돼 있었다. 처음 세운 작전대로 제1장과 제2장은 여전히 유효했다. 여전히 간단한 수순이었다. 일단은 거리가 충분히 좁혀지기를 기다렸다. 드디어 1.5미터. 그가 땅을 박차고 돌진했다. 그의 무기는 수평으로 누인 팔꿈치. 그가 그걸로 첫 번째 타깃의 면상을 으깨면서 적진을 뚫고 들어갔다. 그 즉시 몸을 뒤틀면서 다시 한 번 땅을 박찼다. 이번에도 무기는 팔꿈치. 새로운 추진력을 얻은 그의 팔꿈치가 사선으로 허공을 갈랐다. 표적은 첫 번째 타깃의 빈자리 바로 오른쪽 사내. 리처를 향해 몸을 돌리던 사내는 그 가공할 팔꿈치 공격을 얼굴로 맞아야 했다. 이제 고속도로에서 정면충돌하는 느낌이 어떤 건지 충분히 깨달았을 것이다.

두 놈 끝.

리처가 돌아섰다. 그리고 생존자 다섯 명의 새로운 반원 대형과 맞선 채 잠시 그대로 서 있었다. 그가 뒤로 크게 한 걸음 물러섰다. 상대방의 의도를 파악하기 위한 움직임. 역시 그의 예상대로였다. 지미 랫이 슬그머니 뒤로 빠졌다. 나머지 넷은 앞으로 다가왔다.

리처는 미 군사학교들이 제공하는 특수전 훈련과정 대부분을 수료했다. 그런 학교들은 대개 옛적 남부연합 영토에 둥지를 틀고 있다. 교관들은 나이로만 보자면 퇴물들이다. 하지만 전성기에는 보통 사람들로서는 상상조차 불가능한 임무들을 거뜬히 수행했던 괴물들이다. 교육생들은 평가점수를 대외비 파일에 남긴 채 수료한다. 수많은 멍 자국, 혹은 골절상이 그들의 졸업장이다.

'네 명의 적을 상대할 때는 최대한 빨리 셋으로 줄여라. 그 즉시 그 숫자를 둘로 만들어라.'

특수전 훈련소의 첫 번째 강령들 가운데 하나이다. 상대의 숫자가 둘로 줄고 나면 승리는 보장된다. 그런 과정을 수료한 사람이라면 2대 1의 전투에서 패할 수가 없기 때문이다. 만에 하나 패한다면? 그건 전적으로 교관이 잘못 가르친 탓이다. 하지만 미 특수전 학교의 교관들은 결코 그런 잘못을 저지를 인물들이 아니다. 따라서 2대 1의 싸움은 패할 수가 없는 것이다. 리처는 그 법칙을 이렇게 새긴다. '맞지 않았지만 맞았다고 가정하고 받아치기. 쉽게 얘기하자면 선빵.'

네 사내가 다시 상체를 잔뜩 웅크렸다. 두 발은 적당히 벌리고 양팔은 활짝 벌린 자세도 아까와 똑같았다. 자기들 딴에는 충분히 위협적인 전투 대형이라고 생각했던 모양이다. 하지만 리처에게는 먹잇감 많은 사냥터에 불과했다. 그가 쏜살같이 튀어나갔다. 타깃은 왼쪽 끝 사내. 그가 사내의 불알을 걷어찼다. 그 즉시 오른쪽으로 가볍게 스텝을 밟아서 그들과 한 줄이 되는 위치에 멈춰 섰다. 아직 멀쩡한 세 놈이 그를 어쩌기 위해서는 새우처럼 허리를 꺾은 채 꺽꺽거리고 있는 동료를 돌아 나와야만 한다. 리처가 다시 뒤로 물러났다. 세 사내가 그를 쫓아왔다. 부상당한 동료를 돌아서. 첫 번째 사내는 오른쪽, 두 번째는 왼쪽, 세 번째는 다시 오른쪽으로.

그들이 시간을 끌어준 덕분에 리처도 전열을 정비할 여유를 가질 수 있었다. 그가 바이크 대열 뒤로 돌아가서 버티고 섰다. 이제 세 사내는 어려운 결정을 내려야 했다. 둘은 한쪽으로 바이크 대열을 돌아야 하고 나머지 하나는 반대편으로 돌아야 한다. 하지만 누가 어느 쪽으로 돌아야 할 것인가? 혼자 움직여야 할 사내는 당연히 더 큰 위험부담을 감수해야 한다. 그 한 명이 그들의 약점이었다. 가장 먼저, 그리고 가장 심하게 공격을 받을 테니까. 누가 그 임무를 맡으려 하겠는가? 지미 랫은 인도에 서서 지켜보고만 있었다. 세 사내가 두 그룹으로 찢어지며 행동을 개시했다. 둘은 오른쪽으로, 나머지 하나는 왼쪽으로 바이크 대열을 돌아서 리처에게 다가왔다. 리처 역시 행동 개시. 그가 왼쪽으로 몸을 돌린 뒤 외로운 공격수를 향해 돌진했다. 머릿속에서는 가상의 계산기가 분주히 작동하고 있었다. 왼쪽의 한 녀석을 처리하는 데는 3초도 걸리지 않을 것이다. 오른쪽의 두 녀석이 그 전에 그의 등 뒤로 바짝 다가서게 되는 경우는 성립할 수 없다. 물리의 법칙이 용납하지 않는다.

외로운 공격수는 자신이 준비가 돼 있다고 생각했다. 하지만 그건 큰 착각이었다. 전문적인 싸움꾼이 아닌 한, 전투에 직면하게 되면 무의식 속에서 여러 개의 자아가 충돌하게 마련이다. 그 사내의 경우, 첫 번째 자아는 기다리라고 했다. 그게 최선이라고 그를 말렸다. 사내는 그 충고에 따랐어야 했다. 하지만 두뇌 앞부분에 도사리고 있는 두 번째 자아가 치고 나왔다. 어차피 일전이 불가피한 상황이라면 달려 나가야 한다고 재촉했다. 반대편에서 다가오고 있는 두 명의 아군과 최대한 빨리 합류하는 게 상책이라고 우겨댔다. 멈추느냐, 전진하느냐, 두 개의 자아가 충돌하는 사이, 사내의 몸뚱이는 제 의지와 상관없이 비척거리며 리처를 향해 다가갔다. 너무 가깝게. 그리고 너무 일찍. 역시 아마추어였다. 그는 오직 시간과 거리에 대한 생각에만 매달려 있었다. 물론 방어 수단을 전혀 생각해두지 않은 건 아니었다. 하지만 상상력이 부족한 친구였다. 친구들을 쓰러뜨린 리처의 팔꿈치와 발끝의 가공할 위력은 이미 두 눈으로 똑똑히 확인한 터, 사내는 그 방면의 공격에만 대비하고 있었다. 하지만 리처는 팔꿈치를 휘두르지 않았다. 발을 내지르지도 않았다. 갑자기 한 걸음 전속력으로 내디딘 뒤, 품새 만점의 박치기로 사내의 콧등을 받아버렸다. 엄청난 무게가 실린 운동에너지와 가속도. 그 즉시 게임오버. 소요 시간 1.5초.

리처가 재빨리 돌아섰다. 두 사내는 이미 바이크 대열을 돌아서 그를 향해 다가오고 있었다. 거리는 3.5미터. 속도는 보통. 분위기는 승부욕과 의무감의 중간쯤?

리처가 박치기 희생자의 몸뚱이를 뒷걸음으로 넘어선 다음 계속해서 느린 백 스텝을 밟았다. 그의 두 눈은 두 사내에게 꽂혀 있었다. 그를 쫓아오던 그들이 어느 순간 상황을 깨달은 것 같았다. 바이크 대열을 중앙에 두고 있는 타원형의 경주로. 밤새도록 빙빙 돌기만 할 수도 있는 상황.

두 사내가 찢어졌다. 그들이 서로를 흘깃거리며 호흡을 맞췄다. 하나는 왼쪽 끝의 바이크 뒤에서, 다른 하나는 오른쪽 끝의 바이크 뒤에서 걸음을 멈추고 기다렸다. 생존자들. 그 패거리들 중에서는 가장 똑똑한 놈들. 그리고 마지막까지 기다릴 만큼 신중한 놈들.

그들이 속으로 함께 셋까지 헤아린 뒤 전진하기 시작했다. 그때까지 리처의 상대들 가운데 최악은 아니었다. 다가오는 속도가 적절했다. 각도도 정확했다. 육박전 교과서에 그 상황을 대입한다면 리처가 한 방 맞게 될 확률이 상당히 높다는 분석이 나올 것이다. 리처가 판단하기에도 왼쪽에서든, 오른쪽에서든 한 방은 불가피할 것 같았다. 두 사내가 동시에 다가설 테니까. 샌드위치 속의 칠면조 패티 신세.

장은 식탁에 앉아 자기가 만든 음식을 먹고 있을 것이다. 와인 한 잔을 곁들인 저녁식사. 간소한 축하 파티 분위기. 역시 집이 최고라고 느끼며.

리처가 언어맞는 경우는 드물다. 그는 맞는 걸 싫어한다. 단순히 자존심 때문만은 아니다. 언어맞는 건 비효율적이다. 다음번 전투 때 육체의 기능을 저하시키기 때문이다. 이번에도 맞을 생각은 없었다. 리처가 바이크 대열을 향해 바짝 다가섰다. 그 대열 양끝을 돌아서 다가오고 있는 두 사내와의 각도가 한층 완만해졌다. 이제는 삼각구도라기보다는 일직선쪽에 가까웠다.

그가 숨을 들이마셨다. 두 사내가 거리를 좁혀왔다. 하나는 왼쪽에서, 다른 하나는 오른쪽에서. 동료와의 거리를 신중하게 어림하면서 짧은 보폭으로 한 걸음, 한 걸음씩. 동시에 목표지점에 이르려는 전략. 인간의 본능이자 수백만 년에 걸친 진화의 결과.

리처가 왼쪽으로 몸을 돌리고 그쪽 사내를 향해 돌진했다. 그러자 두 가지 상황이 발생했다. 왼쪽 사내가 뒤로 물러섰다. 놀랐으니까. 오른쪽 사내가 달려들었다. 사냥꾼의 본능. 사냥감이 멀어지니까. 그 순간 리처가 잽싸게 돌아섰다. 그의 팔꿈치가 다시 한 번 허공을 갈랐다. 오른쪽 사내는 비스듬히 떨어져 내린 리처의 팔꿈치와 전속력으로 충돌했다.

리처가 다시 재빨리 돌아섰다. 왼쪽 사내가 뒤로 쏠린 무게중심을 추스르고 전진 운동 모드로 돌입하려면 시간이 필요했다. 0.5초? 리처가 공격 태세를 정비하기에 충분한 시간이었다. 제대로 자리를 잡고 선 리처가 사내의 무릎을 걷어찼다. 사내가 자갈밭에 얼굴을 박았다. 리처가 그의 머리통을 발로 걷어찼다. 왼발로. 오른발이었으면 충격이 훨씬 컸을 것이다. 오른손잡이들은 오른발이 더 강하니까. 하지만 그 정도면 충분했다. 지나칠 필요는 없었다. 멍청한 건 범죄가 아니다. 애초에 범죄 성립의 조건이 아니다. 일종의 장애일 뿐이다.

그가 숨을 내쉬었다. 한 방도 얻어맞지 않고 전투 종료.

인도에서 지미 랫이 말했다. "이제 기분이 좀 나아졌나?"

리처가 말했다. "약간은."

"내 밑에서 일해 볼 생각 없나?"

"없어."

"여자 문제야?"

리처는 대답하지 않았다. 대신 가까이에 있는 바이크 핸들 사이를 비집고 들어갔다. 그가 한쪽 다리로 보란 듯 긴 포물선을 그려가며 지미 랫의 바이크에 올라탔다. 그리고 안장 위에서 최대한 편한 자세를 잡은 다음 페달 위에 발을 올렸다.

"이봐." 지미 랫이 말했다. "그러지 마. 남의 오토바이에 앉으면 어떡해. 그건 그 주인을 완전히 무시하는 짓이란 말이야. 우리 세계에서는 반드시 지켜야 할 규칙을 어기는 거야."

"얼마나 대단한 규칙인데?"

"첫 번째 규칙이야."

"그래서 뭐 어쩔 건데?"

지미 랫은 아무 말도 하지 않았다.

리처가 말했다. "내 질문에 대답만 해. 곧장 사라져줄 테니까."

"뭔데?"

"사우스다코타에서 네게 반지를 넘긴 사람의 이름. 그리고 장소."

묵묵부답.

리처가 말했다. "난 밤새도록 이렇게 앉아 있을 수 있어. 지금은 우리 주위에 아무도 없지만 조만간 누구든 나타나겠지. 그러면 네 바이크에 앉아 있는 나를 보게 될 거야. 찍소리 못하고 서 있는 네 꼴도 보게 될 테고. 앞으로는 쥐새끼 지미가 아니라 겁쟁이 지미로 불리게 될 거야. 그럼 넌 끝장이야."

지미 랫이 주위를 흘깃거렸다.

그가 말했다. "그 사람이 누군지 알면 만나고 싶은 마음이 없어질 거야."

"네놈도 만나고 싶지 않았어." 리처가 말했다. "하지만 나는 지금 여기에 있지."

한 블록 떨어진 도로에서 차 소리가 들려왔다. 느리게 달리는 픽업트럭? 아마도. 지미 랫의 시선이 모퉁이에 꽂혔다.

차가 돌아 들어올까? 아니었다. 엔진의 소음이 점점 멀어지더니 다시 정적이 내려앉았다.

리처는 기다렸다.

다시 차 소리가 들려왔다. 이번에는 반대 방향으로 한 블록 떨어진 도로였다.

지미 랫이 외치듯 내뱉었다. "래피드시티에서 빨래방을 운영하는 사람이야. 이름은 아더 스콜피오."

엔진 소음으로 미루어 차의 속도가 줄어들고 있었다. 그들 쪽으로 돌아들어오려는 게 분명했다. 모습을 드러낼 때까지 대략 30초? 리처가 지미의 바이크에서 내려섰다. 그가 핸들 사이를 비집고 다시 인도로 나왔다. 지미 랫은 바이크 대열을 리처와 반대로 돌아서 건물이 드리운 그림자 속으로 걸어 들어갔다. 술집 뒷문을 향해서. 다음 순간, 차 한 대가 모퉁이를 돌아서 모습을 드러냈다.

순찰차. 카운티 경찰이 다시 돌아온 것이다.

5

경찰이 브레이크를 밟고 잠시 멈춰 섰다가 다시 천천히 차를 몰아 아까 섰던 자리에 세웠다. 그가 버튼을 조작해서 창문을 내린 뒤 현장을 살폈다. 바닥에 널브러져 있는 사내 여섯. 꿈틀거리는 두엇을 제외하고는 모두 완전히 뻗어버린 상태.

그리고 인도에 꼿꼿이 서 있는 한 사람.

경찰이 말했다. "제 차로 와주십시오, 선생님."

리처가 지시에 따랐다.

경찰이 말했다. "축하합니다."

"무슨 축하?"

"선생님이 여기서 하신 일 말입니다."

"이건 자기들끼리 벌인 일입니다. 난 그냥 지켜보고만 있었을 뿐이고. 서로 죽일 듯이 싸우더군요. 누군가가 다른 친구의 오토바이에 앉은 게 발단인 것 같던데."

"그럴듯한 각본이군요."

"거짓말 같으신가?"

"정황상, 그 얘기를 믿을 경찰은 없겠지요."

"전당포 사장의 변호사라면 생각이 다를 것 같은데. 그 얘기를 그냥 믿는 게 우리 두 사람 모두를 위해 최선이라고 충고하지 않겠소?"

"우리 카운티에서 떠나주셨으면 합니다."

"안 그래도 그럴 생각이오. 첫 버스를 탈까 하는데."

"그건 너무 늦습니다."

"오토바이라도 훔쳐 타고 떠나라는 얘기신가?"

"제가 모셔다 드리겠습니다."

"그렇게까지 날 쫓아내고 싶은가?"

"서류 작업이 엄청날 겁니다. 우리 두 사람 모두에게 힘든 시간이 되겠
지요."

"나를 어디로 데려다 준다는 거요?"

"이 사람들에게서 원하던 대답을 들으셨을 겁니다. 그러니 이제 서쪽
으로 가셔야겠지요. 우리 카운티 서쪽 경계선에서 조금만 더 가면 I-90
진입 램프가 나옵니다. 그쪽 주민들은 대부분 친절합니다. 차를 얻어 타
는 건 어렵지 않을 겁니다."

리처가 순찰차에 올라탔다. 이렇다 할 사건도, 특별한 대화도 없이 40
분이 흘러갔다.

리처가 차에서 내렸다. 황량한 벌판 위 어두운 2차선 도로, 외롭게 서
있는 표지판이 두 카운티의 경계선임을 말해주고 있었다.

그가 손을 흔들어 경찰에게 작별을 고한 뒤 앞으로 걸어 나갔다. 100
미터, 200미터. 그가 멈춰 서서 뒤를 돌아보았다. 경찰차는 경광등을 켜
고 뒤로 미끄러지다가 유턴을 했다.

차의 후미등 불빛은 이내 어둠에 묻혀 사라졌다. 리처가 다시 걸음을
옮겼다. 잠시 후, 그가 다시 멈춰 섰다. 갓길의 폭이 상대적으로 넓은 지점

이었다. 리처의 히치하이킹 임시 정거장. 그 앞으로 곧게 뻗은 2차선 도로를 타고 60마일 남짓 달리면 I-90이다. 그 고속도로를 서쪽으로 타고 미네소타를 관통한 뒤 사우스다코타로 진입해서 수폴스를 통과하고 나면 래피드시티이다. 물론 I-90은 거기서 끝나지 않는다. 그가 원한다면 시애틀까지도 데려다 줄 것이다.

그 시각, 리처의 임시 정거장에서 1500마일 이상 떨어진 곳. 미셸 장은 주방 탁자 앞에 앉아 배달시킨 피자를 먹고 있었다. 물 한 잔을 따라놓고. 와인은 낄 자리가 아니었다. 축하할 일이 없으니까. 그냥 배를 채우기 위한 식사였다. 한 주 동안 밀려 있던 집안일을 하느라 오후 내내 바빴다. 피곤했다. 혼자인 게 한편으론 다행이다 싶었다. 다른 한편으론 아니었고. 리처는 시카고로 갔을 것이다. 그다음엔? 모른다. 잭 리처가 어디로 튈지 누가 알겠는가? 그가 그리웠다. 하지만 그를 붙들 방법은 없었다. 그녀는 그 사실을 잘 알고 있었다. 여태껏 살아오면서 뭔가를 그토록 분명하게 깨달은 건 그때가 처음이었다.

같은 시각, 리처의 임시 정거장에서 대략 700마일 떨어진 곳, 래피드시티 경찰서 재산범죄과 책상 위의 전화기가 울렸다. 책상 앞을 지키고 있던 사람은 글로리아 나카무라. 가무잡잡한 피부에 아담한 체구의 3년차 형사. 신참은 아니지만 그렇다고 베테랑이랄 수도 없는 경력. 퇴근을 한시간 남겨두고 있던 그녀가 전화기를 집어 들었다. 그녀가 말했다. "재산과 나카무라입니다."

상대방은 컴퓨터범죄과의 기술요원이자 그녀의 친한 동료였다. 용건은 그녀의 협조요청에 대한 경과 보고.

그가 말했다. "전화회사에 근무하는 친구한테서 연락이 왔어. 지미라는 이름의 남성이 위스콘신 번호로 아더 스콜피오의 휴대폰에 보이스메일을 남겼다는군. 일종의 경고 메시지로 간주할 만한 내용이야."

나카무라가 말했다. "구체적으로 어떤 내용인데?"

"내가 이메일로 보내줄게."

"신세 갚을게." 나카무라가 말했다. 그녀가 전화기를 내려놓았다. 그녀의 이메일 알람이 한 차례 맑고 나직하게 울렸다. 그녀가 메시지 칸과 새로 전송된 파일을 차례로 클릭하고 볼륨 버튼을 몇 차례 눌렀다. 처음에 흘러나온 소음들로 미루어 장소는 술집인 것 같았다. 이어진 사내의 목소리는 다급했다.

"아더, 나 지미예요. 방금 전에 어떤 놈을 만났는데 당신에게서 받아온 어떤 물건에 관해 캐묻는 거예요. 그놈이 우리 유통단계를 차례로 추적하려는 것 같아요. 난 아무 말도 하지 않았어요. 하지만 어떻게든 당신을 찾아갈 거예요. 나를 찾아낸 걸 보면 충분히 그럴 수 있는 놈이에요. 만일 그놈을 만나게 되면 정신 똑바로 차리고 상대해야만 해요. 명심하세요. 숲에서 뛰쳐나온 빅풋과도 같은 놈이니까. 조심해요, 알았죠?"

통화는 그걸로 끝이었다. 마지막으로 들린 건 플라스틱 물체의 둔탁한 소음이었다. 구형 수화기가 거치대에 얹히는 소리. 벽에 설치된 공중전화기일 것이다. 위스콘신의 술집.

아더 스콜피오의 파일은 이미 7.5센티 두께로 불어나 있었다. 하지만 그를 엮을 단서는 하나도 없었다. 그래도 래피드시티 범죄수사대는 포기하지 않고 있었다. 아더 스콜피오에 관한 사안은 아주 사소한 것까지도 모두 그 파일 속에 기록되었다. 조만간 뭐든 걸릴 것이라는 희망과 함께.

나카무라가 새로운 정보를 파일에 기록했다. 끝에는 개인적 의견도 간략하게 첨부했다.

'단서가 될 만한 정보는 아님. 하지만 그들 네트워크의 존재를 유추할 수 있는 간접증거로서의 가치는 있음.'

그녀가 파일을 덮었다. 이어서 검색엔진을 켜고 '빅풋'을 검색했다. 전설 속의 유인원. 온몸이 털에 덮인 2미터 이상의 거구. 노스웨스트 숲 지대에서 출몰. 그녀가 다시 파일을 열었다. 그리고 문장 하나를 추가했다. '빅풋이 한 방 크게 터뜨려줄 가능성도 있음!' 새로운 파일을 전송하고 나서 후회가 일었다. 느낌표는 붙이지 말았어야 했다. 완전 소녀 취향이 아니던가. 하지만 그 순간에는 어쩔 수 없었다. 형사과장이 현실을 직시하게 만들어야 했다. 그래서 중단된 감시 작전을 재개하라는 명령을 얻어내야 했다. 즉각적으로. 지금 스콜피오를 찾아오고 있는 손님이 실제로 크게 한 방 터뜨려줄 수도 있다. 그렇다면 현장을 지켜보고 있어야 한다. 위스콘신의 지미는 그 남자에게 아무 정보도 흘리지 않았다고 말했다. 물론 거짓말이다. 앞뒤가 맞질 않는다. 지미는 스콜피오에게 그 남자를 조심하라고 했다. 자기 말을 명심하라고 당부까지 했다. 그것도 거듭해서. 그건 본인이 바짝 겁을 먹었다는 얘기다. 그런 남자라면 지미에게서 원하는 대답을 충분히 얻어냈을 것이다. 따라서 그 남자는 지금 이리로 오고 있는 중이다. 결국 시간 싸움이다. 하지만 형사과장은 아주 권위적인 인물이다. 섣불리 의견을 내세우거나 충고를 건넸다가는 역효과가 날 것이 뻔하다. 그래서 그녀가 빅풋을 강조한 것이다. 황당한 얘기로 일단 그의 주의를 끈 다음, 보고 내용의 타당성을 되씹어보게 만들기 위해서. 그가 처음부터 끝까지 자신의 아이디어라는 착각 속에서 감시작전 재개를 허락하기만 하면 성공이다.

야간 당직자가 출근했다. 나카무라가 사무실을 나섰다.

스콜피오의 빨래방은 다음날 아침으로 미뤘다. 30분, 길어야 한 시간만 일찍 출근길에 나서면 충분할 것이다. 그냥 스쳐 지나가며 슬쩍 살펴볼 거니까.

그때쯤에는 빅풋이 도착해 있을지도 모른다.

카운티 경찰은 위스콘신 서부지역 주민들이 대부분 친절하다고 했다. 사실일 것이다. 설사 사실이 아니라고 해도 리처에게는 중요하지 않았다. 중요한 건 질이 아니라 양이었다. 황량한 벌판, 외롭게 뻗은 지방도로, 게다가 밤늦은 시각이었다. 애초에 지나다니는 차들을 기대하는 게 무리였다. 물론 어쩌다 한 대씩 지나가긴 했다.

첫 번째는 닷지 픽업트럭이었다. 하지만 기대할 짬도 주지 않고 뜨뜻한 바람만 훅 끼얹은 채 달려 지나갔다. 5분 뒤, 두 번째 차량이 다가왔다. 포드 F-150. 이번에는 속도가 확 줄어들었다. 하지만 결국 멈춰 서지는 않았다. 운전자는 리처를 한 번 훑어보더니 다시 속도를 올리고 멀어져 갔다. 이제 동쪽 지평선에는 어떤 움직임도 없었다. 어둠과 적막은 한참 동안 지속되었다.

하지만 리처는 초조하지 않았다.

어차피 한 대면 된다. 시간도 충분하다.

이 시점에서 서두르는 건 전략상 아무 의미가 없다. 반지는 한 달 동안 전당포 진열대에 놓여 있었다. 온기를 따라 추적할 수 있는 방법은 진작 사라졌다는 얘기다.

'십중팔구 어떤 사연도 없을 겁니다.'

리처는 기다렸다. 마침내 동쪽 멀리에서 헤드라이트 불빛이 비쳤다. 처음에는 밤하늘 먼 곳에서 희미하게 깜빡이는 두 개의 별빛 같았다. 한동안은 그 상태였다. 전혀 가까워지는 기미가 없었다. 당연했다. 한밤중, 드넓은 평지에서 정면으로 바라보고 있었으니까. 하지만 1분 남짓 흐르고 나자 그림이 명확해지기 시작했다. 픽업트럭 혹은 SUV. 두 불빛의 간격과 높이 때문이었다. 그가 차도로 한 걸음 들어섰다.

그리고 엄지를 곧게 세운 한 팔을 내밀었다. 할리우드 배우들처럼 비스듬한 자세였다. 그래야 덩치가 작아 보이니까. 물론 키까지야 어쩔 수 없었다. 아무튼 위압감이 덜할수록 차를 얻어 탈 확률이 높은 법이다. 리처는 히치하이킹의 고수다. 그 분야에서는 순간의 선택이 성패를 좌우한다.

픽업트럭이었다. 일제 대형 크루캡. 크롬 장식에 밝은색 페인트. 차가 속도를 늦추고 리처를 향해 다가왔다. 계기판 불빛에 운전자의 얼굴이 발갛게 드러났다. '글렀군.' 리처가 생각했다. 운전자는 여자였다. 온전한 정신 상태라면 차를 세워줄 리가 없었다. 트럭이 멈춰 섰다. 진홍색 금속 차체. 혼자였다. 조수석 창문이 내려갔다. 뒷자리에 개 한 마리가 타고 있었다. 저먼 셰퍼드 같았다. 아니, 그러기에는 너무 컸다. 망아지만 했다. 어떤 품종이건 돌연변이가 분명했다. 이빨 하나가 소총 총알만 했다. 여자가 조수석 쪽으로 상체를 기울였다. 짙은 색 머리를 틀어 올린 헤어스타일에 진홍색 티셔츠 차림이었다. 나이는 마흔다섯쯤?

그녀가 말했다. "어디까지 가요?"

리처가 말했다. "I-90까지 갑니다."

"타세요. 나도 그 근처까지 가니까."

"진담입니까?"

"내 목적지 말인가요?"

"나더러 타라고 한 얘기 말입니다. 신변의 안전에 신경을 쓰지 않는 것 같아서요. 내가 어떤 사람인지 모르잖습니까. 물론 난 절대 해를 끼칠 사람이 아닙니다. 하지만 내 모습을 보고도 정말 괜찮은지 확인은 하고 싶군요."

"내 뒤에 타고 있는 애가 한 성질 하거든요."

"내가 무기를 갖고 있을 수도 있잖습니까. 그럼 나는 저 개를 먼저 쏴 버리겠지요. 아니면 목을 그어 버리거나. 그다음은 당신 차례일 테고. 내가 걱정하는 게 바로 그 부분입니다. 전문가적인 입장에서 충고하자면 당신은 안전관리에 큰 허점을 드러낸 겁니다."

"경찰인가요?"

"헌병이었습니다."

"무기를 갖고 있나요?"

"아니요."

"그럼 타요."

여자는 농부였다. 목장이 아주 넓다고 했다. 소도 많다고 했다. 사실일 것이다. 차만 봐도 알 수 있었다. 내부가 거의 험비만큼 넓었다. 그 공간 대부분이 고급 누비 가죽으로 감싸여 있었다. 리무진처럼 엔진 소음도 거의 없었다. 소소한 대화 중에 평생 목장 일을 해왔냐고 그가 물었다. 그렇다는 대답이 돌아왔다. 4대째 목장 사업을 이어오고 있다고 했다. 이번에는 그녀가 물었다. 직업이 뭔지. 그는 현재 구직 중이라고 대답했다. 뒷좌석에 앉은 괴물 개는 두 사람의 대화를 흥미 있게 듣기라도 하는 양 살벌한 대가리를 좌우로 돌려대느라 정신이 없었다. 한 시간 뒤, 그녀가 I-90 입체교차로 아래에 차를 세웠다. 리처가 내려섰다. 그가 감사를 표한 뒤 손을 흔들었다.

좋은 사람.

그런 사람을 만나는 건 드문 일이었다. 하지만 그 드문 기회들 때문에 잭 리처는 이렇게 살고 있는 것이다.

그가 서쪽으로 향하는 진입로까지 걸어갔다. 그리고 몸에 익은 자세를 다시 한 번 취했다. 비스듬히 서서 한 발은 갓길에, 다른 한 발은 차도에, 엄지를 바짝 세운 한 팔은 수평으로 쭉 뻗고.

그 시각, 리처의 입체교차로에서 거의 700마일 떨어진 래피드시티. 아더 스콜피오는 자신이 운영하는 빨래방 뒤편 사무실에서 분주히 손가락을 놀리고 있었다. 그날 하루 휴대폰에 남겨진 텍스트와 이메일, 그리고 보이스메일을 모두 삭제하는 작업. 이제 지미 랫의 음성 메시지 차례였다.

'난 아무 말도 하지 않았어요. 하지만 어떻게든 당신을 찾아갈 거예요. 날 찾아낸 걸 보면 충분히 그럴 수 있는 놈이에요.'

쉽게 해석하자면 이렇다.

'내가 너에 관해 술술 불었다. 그래서 그 남자가 너를 찾아가고 있는 중이다.'

첫 문장에 대한 대책은 즉시 세울 수 있다. 앞으로 쥐새끼와는 모든 거래를 중단한다. 두 번째 문장에 대한 대책은 좀 더 신중하게 고려해야 한다. 가장 효율적인 경계 태세를 갖춰야 하니까.

스콜피오가 집에 있는 비서에게 전화를 했다. 그녀는 막 자려는 중이라고 했다. 그가 물었다. "빅풋이 누구야? 사람이야, 뭐야?"

그녀가 말했다. "거대한 유인원이에요. 북서쪽 숲지대 산비탈에 살아요. 온몸이 털로 덮여 있고 키는 2미터도 넘어요. 주식은 곰과 소들이고요. 어떤 목장에서는 여러 해에 걸쳐서 천 마리나 잡아먹혔대요."

"거기가 어딘데?"

"지도 위에는 없어요." 비서가 말했다. "모두 지어낸 얘기예요. 동화처럼 말이죠."

스콜피오가 말했다. "흠."

그가 전화를 끊었다. 이어서 두 차례 더 전화를 걸었다. 둘 다 그가 믿고 있는 사내들이었다. 그가 빨래방 문을 잠갔다. 그리고 직접 차를 몰고 집으로 갔다.

6

자정이 다 될 쯤에야 리처는 차를 얻어 탈 수 있었다. 보트 꼬리 모양의 5천 갤런들이 우유 탱크를 뒤에 매단 트럭이었다. 스테인리스 차체가 유난히 반짝거렸다. 목적지는 수폴스. 기사는 그곳이 자기 담당 구역의 서쪽 끝이라고 했다. 거기서부터 래피드시티까지는 350마일. 하지만 기사는 걱정 말라고 했다. 수폴스의 트럭 휴게소에서 얼마든지 차를 얻어 탈수 있다고 했다. 24시간 온갖 종류의 차량들로 북적대는 곳이라고 했다. 세계의 교차로, 기사는 그 규모를 그렇게 표현했다.

미네소타를 통과하는 내내 리처는 기사가 입을 다물지 않도록 계속해서 부추겨주어야 했다. 인간 암페타민. 그게 히치하이커의 역할이다. 기사가 졸아서는 안 될 일이니까.

'나도 우리 할아버지처럼 평화롭게 잠을 자다 죽고 싶어. 그 양반의 뒷자리에 타고 있던 사람들처럼 소리 지르다가 맞이하는 최후는 싫어.'

오래된 농담이다. 그리고 절대로 현실이 되지 말아야 할 농담이기도 하다.

결국 대화의 주제는 사방팔방으로 튀었다. 낙농업계에서 횡행하는 부조리들, 세상에 대한 온갖 불만들. 기사는 전쟁 이야기도 듣고 싶어 했다. 그래서 리처가 몇 가지 적당히 각색해서 들려주었다. 그러다 보니 어느새

'세계의 교차로'에 이르렀다. 기사의 표현은 허풍이 아니었다.

실제로 엄청난 규모였다. 100미터 길이의 몸체를 자랑하는 2층짜리 모텔. 외부의 네온과 내부의 형광등 불빛에 젖어 있는 대형 패밀리 레스토랑. 수 에이커에 달하는 주유 구역. 그 넓은 부지를 메우고 있는 차량의 물결. 18륜 트레일러, 중대형 트럭, 패널 밴, 그리고 온갖 종류의 일반 차량들. 리처가 우유 트럭에서 내렸다. 그가 곧장 모텔 사무실로 들어갔다. 새벽이 가까운 시각이었다. 하지만 리처는 방을 하나 잡았다. 기진맥진한 상태로 래피드시티에 도착하는 건 아무 의미가 없다. 저쪽에서 예상하고 있는 시간에 도착하는 것도 아무 의미가 없다. 지미 랫은 당연히 아더 스콜피오에게 전화를 했을 것이다. 미리 살 궁리를 해두려는 전략. '난 정말 아무 말도 하지 않았습니다. 누군가 당신에 관한 얘기를 흘린 것 같습니다.'

물론 그쪽에서는 그 말을 믿지 않을 것이다. 하지만 조기 경보는 받아들일 터, 그에 따른 경계 태세에 돌입해 있을 것이다.

'저 밖에 뭔가가 있다.'

인류 역사상 가장 뿌리 깊은 두려움.

스콜피오는 즉시 감시 병력을 배치할 것이다.

리처의 대응책은 김 빼기 작전. 최소한 첫날은 그래야 했다. 하루 동안 허공만 지켜보고 나면 그다음부터는 따분해질 것이다. 주의력도 분산될 것이다. 하품을 해대고 눈을 끔뻑거리며 자리만 지킬 것이다. 상대방이 아니라 내게 유리한 시간을 선택하는 것이 전투의 제1법칙 가운데 하나이다. 그래서 그는 북적대는 식당에서 이른 아침을 먹었다. 그리고 나선 방으로 돌아가 샤워를 했다. 이제 동틀 무렵, 그가 잠자리에 들었다. 작은 웨스트포인트 반지를 침대 옆 탁자 위에 올려놓은 채.

그 시각, 서쪽으로 350마일 남짓 떨어져 있는 래피드시티. 글로리아 나카무라 형사는 벌써 일어나 있었다. 이미 샤워도 했고 아침까지 챙겨 먹은 뒤였다. 이제 집을 나설 참이었다. 평소보다 한 시간 일찍 시작하는 일과. 하지만 곧장 사무실로 가려는 건 아니었다. 그녀가 자기 차에 올라탔다. 연푸른 중형 쉐비 세단. 일반 렌터카처럼 평범한 차량이었다.

시내를 가로질러 달리던 그녀의 차가 어느 지점에선가 방향을 꺾고 메인 도로를 벗어났다. 아더 스콜피오의 영역으로 가는 길. 래피드시티 중심가. 그가 통째로 소유하고 있는 블록. 그의 빨래방은 그 블록을 거의 다 차지하고 있는 긴 건물 한가운데 자리 잡고 있었다. 대양 함대의 기함처럼.

블록 자체는 이렇다 할 특색이 없었다. 곳곳에 균열이 간 채 구역을 가르고 있는 콘크리트 교차로. 비좁은 인도. 그 인도 위에 파 놓은 가로수 구덩이 하나. 그 구덩이에 죽은 뿌리를 박고 서 있는 나무 한 그루. 블록 뒤로는 폭 좁은 골목이 도로와 평행하게 뚫려 있었다. 배달 밴과 쓰레기 수거 차량들이 주로 이용하는 통로. 나카무라가 그 골목으로 차를 몰고 들어갔다. 좁고 노면도 울퉁불퉁했다. 머리 위에는 서로 엉킨 채 아래로 늘어진 전선과 전화선들이 기울어진 전봇대들을 연결해주고 있었다. 빨래방 뒷문 옆에 사내 하나가 서 있었다. 팔짱을 끼고 벽에 살짝 기댄 자세. 새벽의 냉기를 대비한 듯, 검정색 반코트와 그 아래 받쳐 입은 검정색 스웨터. 그리고 검정색 바지와 검정색 구두. 182센티는 충분히 넘을 것 같은 키와 나카무라의 두 배쯤 되는 덩치. 그리고 경계를 늦추지 않는 분위기.

그녀가 휴대폰을 집어 들었다. 사진을 찍어야 했다. 이제 스콜피오 파일은 더욱 두꺼워질 것이다.

하지만 조심해야 했다. 들키면 큰일이었다. 상부로부터는 아직 허락이 떨어지지 않고 있었다. 공식적으로 재개된 감시 작전이 아닌 것이다. 그녀가 화면을 밀어서 카메라 모드로 전환시켰다. 그녀가 휴대폰을 귀에 가져다 댔다. 카메라의 눈구멍이 운전석 창문에 고정되도록 주의하면서. 마치 전화 통화를 하고 있는 모습이었다. 그녀가 그 상태로 천천히 차를 몰았다. 두 눈은 정면을 응시한 채 엄지손가락을 비밀스럽게 놀려가며. 찰칵, 찰칵, 찰칵.

뒷문 보초가 뒤 유리창 밖으로 멀어졌다. 그녀가 골목 어귀에서 왼쪽으로 방향을 꺾었다. 교차로에 이르러서는 다시 좌회전을 한 뒤, 도로를 따라 천천히 차를 몰았다. 빨래방 앞문 옆에도 사내 하나가 서 있었다. 뒷문 사내와 똑같았다. 팔짱을 끼고 벽에 기댄 자세. 검정색으로 통일한 복장. 경계를 늦추지 않는 분위기. 그 주위에 벨벳 로프들만 늘어져 있었다면 영락없는 나이트클럽 기도였다. 나카무라가 또다시 휴대폰을 귀에 가져다 댔다. 찰칵, 찰칵, 찰칵. 블록 끝에 이르자 그녀가 오른쪽으로 방향을 꺾고 차를 세웠다. 앞문 보초의 눈에는 보이지 않는 지점. 그녀가 휴대폰 갤러리를 확인했다. 두 그룹의 사진들 모두 프레임이 기울어져 있었다. 흐릿하게 번진 것도 마찬가지였다. 조준도 빗나갔다. 만족스럽지 않았다. 하지만 건물은 알아볼 수 있었다. 최소한 전반적인 메시지만은 분명했다. 그 메시지만으로도 이야기를 구성하기에 충분했다.

스콜피오가 위스콘신으로부터 경계경보를 접수했다. 그 즉시 경호원들을 소집했다. 동네 주먹 둘. 하나는 앞문, 다른 하나는 뒷문.

빅풋에게 겁을 먹은 건 아닐 수도 있다. 하지만 그의 등장에 신경을 쓰고 있는 건 분명했다.

누구일까? 어디에 있을까?

아무튼 그는 오고 있다. 나카무라의 생각이 그랬다. 그럴 수밖에 없다. '그놈이 우리 유통단계를 차례로 추적하려는 것 같아요.'

그녀가 차에서 내렸다. 모퉁이를 돌아 스콜피오의 거리로 들어섰다. 그녀는 도로를 사이에 두고 빨래방 건물의 반대편 인도를 따라 걸음을 옮겼다.

빨래방 앞문 보초가 그녀를 보았다. 앞만 보고 걷고 있었지만 그녀는 충분히 느낄 수 있었다. 움직임은 없었다. 그냥 지켜보고만 있었다. 그녀는 계속해서 걸음을 옮겼다.

빨래방과 거의 마주 보고 있는 지점에 아침부터 문을 여는 식당이 있었다. 스콜피오의 소유는 아니었다. 식당 전면에는 창문이 하나 나 있었다. 작았다. 하지만 첫 번째 테이블에 앉아 목을 빼고 내다보면 충분한 시야를 확보할 수 있었다.

나카무라는 그 테이블에서 많은 시간을 보냈었다. 그녀가 문을 밀고 들어갔다. 그녀의 테이블에는 이미 다른 손님이 앉아 있었다. 남자였다. 다 먹지 않은 베이컨과 계란프라이 접시가 반쯤 찬 커피잔에 자리를 양보한 채 한쪽으로 밀려나 있었다. 단정한 용모의 사내였다. 고급 소재의 짙은 색 정장, 와이셔츠와 넥타이, 깔끔하게 빗어 넘긴 헤어스타일. 50을 넘긴 나이인 건 분명했다. 하지만 얼마나 넘겼는지는 어림할 수 없었다. 서리가 내리지 않은 갈색 머리. 주름살 없이 매끈한 얼굴. 어쩌면 60대일 수도 있다. 아니, 70대일지도 모른다.

남자는 창문을 통해 빨래방을 지켜보고 있었다.

나카무라는 단박에 그 사실을 알아챌 수 있었다. 물론 그가 목을 길게 빼고 있는 건 아니었다. 키가 작기는 했어도 그녀보다는 컸으니까.

하지만 허리를 부자연스럽게 꼿꼿이 세운 자세였다. 그녀보다는 컸어도 키가 작았으니까. 따라서 눈높이를 창틀 위로 유지하려면 그런 자세를 취할 수밖에 없었다. 게다가 그의 시선은 전혀 흔들림 없이 창밖을 향해 고정돼 있었다. 남자는 단 한 번도 아래를 내려다보지 않았다. 손을 더듬어서 컵을 찾아 쥐었고 그걸 들어 올려 마실 때도 눈으로 확인하지 않았다.

이 사람이 빅풋일까?

'정신 똑바로 차리고 상대해야 돼요.'

위스콘신의 목소리는 그렇게 말했었다. 그랬다. 테이블의 사내는 정신 똑바로 차리고 상대해야 할 사람 같아 보였다.

내면 깊숙이 자리 잡은 강인함과 자신감이 은연중에 비어져 나오는 타입이었다. 겉모습만으로는 섣불리 판단하기 힘든 유형이었다. 표정은 지극히 온화했다. 하지만 인내심의 한계를 넘어서면 걷잡을 수 없는 성격, 따라서 함부로 자극해서는 안 되는 인물이었다. 그건 분명했다. 만일 적이라면 아주 골치 아픈 상대일 것이다. 동료에게 조심하라는 경보를 보내야만 할 만큼.

급박한 경보에는 짤막한 묘사도 따라붙기 마련이다. 하지만 이 남자라면 그 묘사가 '숲에서 뛰쳐나온 빅풋'일 수는 없었다. 군중 속에 섞여 있어도 전혀 두드러지지 않는 영화 속의 KGB 킬러 정도라면 적당할 것이다. 단정한 인상착의도 첨부될 것이다. 전혀 위협적이지 않은 외모와 신체조건. 그리고 멋진 차림새. 결국 빅풋과 정반대되는 묘사일 것이다.

그렇다면 누구일까?

확실히 알아낼 수 있는 방법은 하나뿐이다.

그녀가 그의 맞은편에 앉았다. 그리고 손가방 속에서 지갑을 꺼냈다. 그녀가 지갑을 펼쳐 보였다. 한쪽에는 경찰 배지, 다른 쪽에는 반투명한 포켓 속의 신분증. 글로리아 나카무라, 형사. 그리고 그녀의 서명과 사진.

남자가 창밖에 눈길을 고정시킨 채 안주머니에서 안경을 꺼냈다. 거북 등껍질 테 돋보기. 그가 그걸 꼈다. 그의 눈길이 나카무라의 신분증을 잠깐 훑었다. 그리고 다시 원위치. 그가 반대쪽 안주머니에서 작은 노트를 꺼냈다. 그가 엄지손가락을 놀려서 노트를 펼쳤다. 페이지를 넘기는 동안 그의 눈길이 잠시 노트에 꽂혔다. 그리고 다시 원위치.

그가 여전히 창밖에 눈길을 꽂은 채 말했다. "재산범죄과 소속이시군요."

"우리 경찰서 직원들 모두 그 노트에 적혀 있는 건가요?"

"그렇습니다." 그가 말했다.

"왜죠?"

"누가 어디서 뭘 하는지 알고 싶으니까."

"당신은 여기서 뭘 하고 있는 거죠?"

"내가 해야 할 일."

"이름이 뭔가요?"

"성은 브라몰." 남자가 말했다. "이름은 테렌스, 그냥 테리라고 부르면 됩니다."

"직업은 뭐죠, 브라몰 씨?"

"사설탐정입니다."

"어디서 오신 거죠?"

"시카고."

"래피드시티에는 무슨 일로?"

"사설탐정이 해야 할 일."

"아더 스콜피오에 관해서?"

"미안하지만 내게는 기밀을 유지해야 할 의무가 있습니다. 범죄가 발생했거나 발생하기 직전이라는 판단이 서기 전까지는 난 그 의무에 충실해야만 해요. 하지만 지금은 그런 상황이 아닌 것 같군요."

나카무라가 말했다. "그럼 하나만 묻죠. 당신은 누구 편인가요? 우리 편, 아니면 그쪽 편?"

"당신들은 그 사람을 공공의 적으로 간주하고 있다는 말씀이신가요?"

"최소한 올해의 시민상 후보가 될 수는 없는 사람이죠."

"그는 내 고객이 아닙니다. 이 정도면 대답이 되겠습니까?"

"그럼 누굴 위해서 일하고 있는 거죠?"

"말할 수 없습니다."

나카무라가 말했다. "파트너가 있나요?"

"연애 쪽으로?" 브라몰이 말했다. "아니면 업무적으로?"

"업무적으로."

"없어요."

"소속은 있나요? 이를테면 흥신소라든가."

"그건 왜 묻는 거죠?"

"우리는 누군가가 여기로 오고 있다는 정보를 입수했어요. 당신은 분명히 아니에요. 누군가 다른 사람이죠. 그 사람은 어제 위스콘신에 있었던 걸로 확인됐어요. 혹시 당신 동료가 아닌지 궁금해서 물어본 거예요."

"내 동료가 아닙니다." 브라몰이 말했다. "난 소속 없이 혼자 일하는 사람이니까."

나카무라가 자기 지갑에서 명함을 꺼냈다. 그녀가 그걸 브라몰의 커피잔 가까이에 내려놓았다. 그녀가 말했다. "필요한 일이 생기면 전화하세요. 그 빌어먹을 기밀유지 의무를 벗어 던져야겠다는 판단이 설 때도 물론 연락하시고. 스콜피오는 아주 위험한 인물이에요. 절대 잊지 말아요."

"감사합니다." 브라몰이 말했다. 눈길은 여전히 창밖에 고정시킨 채.

나카무라가 빨래방 앞문 보초의 눈길을 의식하며 자기 차로 돌아왔다. 그녀가 차를 몰고 곧장 경찰서로 갔다. 이른 출근이었다. 그녀가 컴퓨터를 켜고 검색창을 띄웠다. 그녀의 손가락이 자판 위를 분주히 오갔다.

테렌스 브라몰, 사설탐정, 시카고.

검색결과는 상당했다.

67세, 전직 FBI 고위급 간부.

그 아래로 여러 줄에 걸쳐 이어진 이력. 수많은 포상과 훈장들. 화려했다. 현재는 개인 사무소 운영. 흥신업계에서 손꼽히는 거물. 광고가 필요 없는 명탐정. 엄청난 수임료에도 불구하고 의뢰가 밀려서 내로라하는 인사들조차 일을 부탁하기 어려운 인물. 오직 한 가지 서비스만 제공하는 전문가.

실종자 수배.

7

리처가 잠에서 깨어났다. 느낌상 점심때의 한바탕 휘몰이가 지나간 시각이었다. 컨디션은 괜찮았다. 전날 밤에 몸을 좀 쓰기는 했지만 무리가 오지는 않은 모양이었다. 딱히 아픈 곳은 없었다. 그가 거울을 들여다보았다. 이마에 살짝 멍이 들어 있었다. 네 번째 사내와의 박치기. 오른쪽 팔뚝도 조금 쓰라렸다. 혼자서 넷을 쓰러뜨린 일등 공신. 적군 병력의 정확히 절반. 어느 정도의 부상은 당연했다. 그래도 뼈 부위는 아무 이상이 없었다. 멍 자국도 보이지 않았다. 다만 피부가 부어올라 있었다. 벌게진 표면 곳곳에 미세하게 팬 자국들이 나 있었다. 팔뚝을 덮은 소매 정도로는 막을 수 없었던 상처. 종종 있는 일이다. 대개는 상대방의 이빨 자국 혹은 부러진 코뼈, 아니면 눈두덩이 뼈 때문일 수도 있다. 하지만 걱정할 만한 부상은 아니다. 새로운 하루를 시작하기에 전혀 지장이 없는 몸 상태. 어제와 다를 것 없는 오늘. 또 한 번의 외로운 하루.

그가 샤워를 한 뒤 옷을 챙겨 입고 객실을 나섰다. 식당은 한산했다. 그의 선택은 아무 때나 주문 가능한 아침 메뉴. 식사를 마치고 난 뒤에는 잔돈으로 25센트 동전들을 부탁했다. 공중전화는 출입문 가까이에 설치돼 있었다.

그가 오래된 기억을 더듬어서 번호를 눌렀다. 벨이 두 번 울렸다.

"웨스트포인트 교장 부속실입니다. 어떻게 도와드릴까요?" 여자 목소리였다.

"안녕하십니까?" 리처가 말했다. "거기 졸업생입니다. 궁금한 게 하나 있습니다. 여기저기서 물어봐야 결국 답을 얻을 곳은 거기뿐인 게 확실하기에 곧장 전화를 드렸습니다."

"성함이 어떻게 되시죠?"

리처가 이름에다가 생년월일, 군번, 그리고 졸업년도까지 말해주었다.

메모하는 소리가 전화선을 타고 들려왔다.

그녀가 말했다. "뭐가 궁금하신 건가요?"

"2005년도에 졸업한 어느 여성 동문의 신원을 확인하고 싶습니다. 이름의 약자는 알고 있습니다. S.R.S. 체구가 작다는 것도. 하지만 지금으로서는 거기까지가 전부입니다."

메모하는 소리.

그녀가 말했다. "기자이신가요?"

"아닙니다."

"사법기관 소속이신가요?"

"현재는 아닙니다."

"그렇다면 이 졸업생의 신원을 알고 싶어 하는 이유가 뭐죠?"

"그녀가 분실한 물건을 돌려주어야 합니다."

"여기로 보내세요. 우리가 전해줄 수 있을 겁니다."

"그런 방법이 있다는 건 나도 알고 있습니다." 리처가 말했다. "당신이 그 방법을 권하는 이유도 압니다. 여러 가지 보안상의 문제들이 신경 쓰일 겁니다. 사생활 보호라는 문제도 있겠고, 내가 재학 중이던 때와는 시절이 많이 달라졌지요. 충분히 이해합니다. 당신 입장에서는 내게 어떤 얘기도 해줄 수 없겠지요. 나로서는 어떤 유감도 없습니다. 당신을 난처하게 만들 생각도 없고요. 진심입니다."

"그럼 이제 서로 합의가 된 것 같군요."

"부탁 하나만 하겠습니다. 그녀의 기록을 확인해 주십시오. 내 파일도 검토해 주시고. 그런 다음에 상황을 판단해 보십시오. 내게 이름 하나를 알려주지 않은 게 잘한 일이라는 생각이 들 수도 있습니다. 반대로 미안한 마음이 들 수도 있겠고. 나중에 내가 다시 전화하겠습니다. 그때 둘 중 어느 쪽인지 알려주십시오. 그냥 호기심에서 드리는 말씀입니다."

"우리 규정에 따랐을 뿐인데 내가 미안해할 일이 있을까요?"

"S.R.S.라는 이니셜의 웨스트포인트 졸업생이 어디선가 모종의 곤경에 처해 있다는 제보를 접수하면서도 그 사실을 무시했다는 죄책감이 들게 될 테니까요. 물론 직접적인 증거는 없습니다. 그리고 학교의 규정과 법적인 문제들도 중요합니다. 하지만 지금 이 순간 당신이 처음으로 그 제보를 접하고 있다는 사실이 가장 중요합니다. 그 졸업생은 도움의 손길을 절실하게 고대하고 있을 겁니다. 혼자 힘들어하면서요. 시간이 흐른 뒤에야 당신은 깨닫게 될 겁니다. 제보를 처음 받았을 때 좀 더 진지하게 고려했어야 옳았다고 말이지요. 그때 이름을 알려주지 않은 걸 못내 후회할 겁니다."

"대체 누구신가요?"

"내 파일을 검토해 보십시오."

"다시 전화주세요." 여자가 말했다.

리처가 찾아야 할 장소는 모텔과 주유소 사이에 자리 잡고 있었다. 허가받지 않은 히치하이킹 마켓. 낡은 코트를 노끈으로 여민 차림의 노숙자 사내가 사장이었다. 히치하이커들이 새로 도착할 때마다 목적지를 접수한 뒤, 주유소의 트럭 기사들에게 그 목적지를 외쳐 부르는 게 그 사내의 사업 방식이었다. 방향이 일치하는 기사가 손을 흔들어 태워줄 의사를 밝히면 히치하이커는 사내에게 1달러를 꽂아주고 차에 올랐다. 재미가 쏠쏠한 사업이었다. 리처도 기꺼이 1달러를 꽂아주었다. 사내의 도움이 꼭 필요했던 건 아니다. 행운도 필요 없었다. 모든 트럭이 래피드시티 행이었으니까. 거리는 350마일이나 떨어져 있었지만 그 전에는 멈춰 설 만한 도시가 거의 없었다. 물론 그다음부터는 선택이 다양했다. 와이오밍, 몬태나, 아이다호. 하지만 일단은 래피드시티를 거쳐야 했다.

리처는 1분 30초 만에 차를 얻어 탈 수 있었다. 흰색 트레일러를 끄는 빨간색 트럭이었다. 운전석과 조수석 뒤에는 좌석 대신 침상이 설치돼 있었다. 장정 넷이 함께 누워도 충분한 크기였다. 트럭 기사가 설명해 주었다. 대륙을 횡단하는 이삿짐을 맡게 되는 경우, 인부들의 잠자리를 위해서라고 했다. 당연히 모텔비가 아깝기 때문이라고 했다. 대부분 그렇듯이 그 트럭 기사도 나이가 지긋했다. 이제 사양길에 접어든 직종이라서? 요즘 시대에는 너무 힘든 일이라서? 미국의 개척 정신은 트럭 운송업과 함께 사라질 것이다. 리처의 생각이 그랬다. 이 트럭 기사가 마지막 세대일 것이다. 개척 DNA의 종말. 객지에서 보내는 밤들을 감수하며 일을 하려는 사람은 더 이상 없다. 기사는 5시간 5분이면 래피드시티에 도착할 거라고 했다.

그 노선을 천 번쯤은 운행한 듯, 기사의 말에는 확신이 배어 있었다. 트럭이 출발했다. 대형 트럭이었다. 당연히 앉은 위치가 높았다. 툭 트인 시야 덕분에 먼 지평선까지 한눈에 들어왔다. 기사가 기어를 조작해서 속도를 높여갔다. 마침내 평지 시속 110킬로미터에 이르렀다. 물론 내리막길에서는 더욱 빨랐다. 지명과 남은 거리를 알리는 표지판들이 스쳐 지나갔다. 5시간 5분, 어쩌면 기사의 말이 정확히 들어맞을 것도 같았다.

늘 그렇듯, 이번에도 기사는 공짜 승객의 정확한 목적지와 여행의 이유를 궁금해 했다. 그건 일종의 승차요금이다. 장거리 운행의 무료함을 달래줄 수 있는 이야기. 리처는 이번에는 사실대로 얘기했다. 왠지 그러고 싶었다. 전당포, 반지, 그리고 거기에 얽힌 사연을 밝히고 싶은 마음까지. 왜 그런 강박에 사로잡히게 됐는지 자기도 모르겠다고 했다.

기사는 16킬로를 달리는 내내 그 부분을 캐묻고 또 캐물었다. 그러고 나서 그가 말했다. "내 아내가 당신 얘기를 들었다면 뭔가에 대한 죄책감이라고 말했을 겁니다."

리처는 대답하지 않았다.

"내 아내가 책 좀 읽거든요." 기사가 말했다. "생각도 많이 하고."

"난 이 반지의 주인을 모릅니다. 그녀의 이름조차 몰라요. 만나본 적도 없고요. 그런 사람에게 어떻게 죄책감을 느낄 수 있겠습니까? 그녀가 반지를 팔았다는 사실, 그게 내가 알고 있는 전부입니다."

"그 죄책감의 대상이 반드시 그 여자일 필요는 없어요. 이럴 때 쓰는 단어가 있잖아요. 전이 혹은 투영. 아니, 그 단어는 적절하지 않은 것 같군. 아무튼 내 집사람이라면 당신이 다른 문제에 관해 죄책감을 느끼고 있다고 말할 겁니다."

"그 두 가지 문제가 연관성을 가져야 하는 겁니까?"

"폭 넓게 생각하자면 그렇겠지요. 하지만 당신 때문에 어떤 여자가 보석을 팔아야만 했던 경험이 전제가 돼야 하는 건 아니지요. 그렇게 직접적인 연관성까지는 필요치 않아요. 과거의 실패나 부끄러운 행동이 그런 강박을 일으키지 않았을까, 내 아내라면 그렇게 말했을 겁니다."

리처는 아무 말도 하지 않았다.

"여기서 내 아내라면 한 가지 묻고 싶을 겁니다. 스스럼없이 대화를 나눌 수 있는 아내나 여자친구가 있으신지."

직장에 복귀한 첫날, 장은 일에 파묻혀 반나절을 보내고 있을 것이다. 어쩌면 벌써 새로운 사건을 맡았을지도 모른다. 그래서 공항에 나가 출장지 행 비행기를 기다리고 있을지도 모른다.

"부인께 계속 독서하시라고 전해주십시오." 리처가 말했다. "말씀으로만 들어도 아주 현명한 분 같습니다."

고속도로에서부터 시내까지의 구간이 히치하이킹의 가장 난코스이다. 차를 얻어 타고 다녀본 사람이면 누구나 공감하는 사실이다. 빨간 트럭은 시내로 들어가기에는 너무 컸다. 리처가 입체교차로 아래에서 내렸다. 저녁 8시 10분 전. 소요 시간은 정확히 5시간 5분.

리처는 기지개로 몸을 풀었다. 이어서 심호흡을 한 차례 하고 나서는 시내로 데려다줄 차를 기다리기 시작했다. 차들은 많았다. 픽업트럭, SUV, 일반 승용차. 하지만 운전자들의 마음가짐이 문제였다. 고속도로를 벗어나고 있는 사람들. 그들 모두 여행의 마지막 구간에 들어선 것이다. 이제 조금만 더 가면 내 집이다. 친구가 기다리는 술집이다. 여자친구의 집이다. 어디가 됐든 목적지를 코앞에 둔 사람들이다. 모두 오히려 속도를 올리며 지나쳐갔다. 히치하이커에게 옆자리를 내주려는 사람은 없었다. 그 시점에서는 아니었다. 당연했다. 히치하이커에 대한 관용은 여정의 출발점 부근에서 베풀어진다. 종착점 부근에서는 아니다.

그렇다고 희망의 불씨까지 사라지는 건 아니다. 수백 마일 전에 고개를 가로저었던 자신의 행동을 내내 후회하면서 달려온 운전자가 반드시 있기 때문이다. 굳이 표현하자면 자기 이미지의 작용이라고 할까? 난 그런 사람이 아니지 않은가. 좀 더 따뜻한 성격이 아니던가. 그런 후회에 사로잡혀 있던 운전자라면 여행의 마지막 구간이라 할지라도 차를 세울 확률이 높은 것이다. 물론 히치하이커의 목적지가 도저히 도움을 줄 수 없는 곳이기를 은밀히 바랄 수는 있다. 그래서 자신의 친절한 제안이 안타깝게 거절되는 상황을 기대할 수는 있다. 그 과정을 통해 전혀 힘들이지 않고 마음의 부담을 털어내기를 원할 수도 있다. 하지만 히치하이커의 목적지가 얼추 자신과 비슷하다면 5~10마일쯤은 기꺼이 봉사하려는 준비가 돼 있을 것이다. 양심의 가책도 털고 자신의 이미지도 회복할 수 있는 기회를 결코 마다하지 않을 것이다.

차량의 흐름으로 미루어 그런 운전자는 20~25분마다 한 명씩 나타날 것이다. 리처의 경험이 그렇게 말해주고 있었다. 이제 관건은 가시성이다. 그런 운전자의 눈에 일찍 띌수록 성공 확률이 높아지기 때문이다. 선량한 자기 이미지를 표면으로 끌어올리기에 충분한 시간적 여유, 천천히 속도를 줄이다가 자연스럽게 차를 세울 수 있는 거리적 여유.

이번에는 40분이 걸렸다. 8시 30분 정각, 닷지 크루캡 한 대가 리처 앞에 멈춰 섰다. 운전자는 호의와 미안함이 반반씩 섞인 표정으로 리처에게 말을 건넸다. 시내까지만 태워줄 수 있다고 했다. 리처는 잘됐다고 했다.

싸구려 모텔들이 몰려 있는 구역까지 태워다 주면 고맙겠다고 했다. 운전자는 그 근처를 지나갈 거라고 했다. 그 구역까지는 도로 두 개를 사이에 두고 있지만 방향을 자세히 일러주겠다고 했다.

그 구역은 어두웠다. 햇빛은 사라진 지 오래였다. 도로 모퉁이마다 가로등이 여러 개씩 서 있기는 했다. 하지만 작동하지 않는 것들이 꽤 많아서 어둠을 밝히기에는 부족했다. 리처가 닷지에서 내렸다. 그가 서쪽으로 방향을 잡고 걸음을 옮겼다. 첫 번째 블록은 길었다. 그리고 어두웠다. 가시거리가 고작 1미터에 불과했다. 리처는 대부분 느낌에 의존해서 그 블록을 통과했다. 두 번째 블록도 길었다. 그리고 어두웠다. 그 끝에서 리처가 왼쪽으로 방향을 꺾었다. 친절한 닷지 사내가 일러준 대로 모텔 두 개가 나란히 서 있었다. 저렴한 상업구역이었다. 식당, 주유소, 그리고 타이어 가게까지 자리 잡고 있었다. 도시를 들고나는 메인 도로인 게 분명했다.

오른쪽 모텔의 옆 벽에 긴 간판이 세로로 매달려 있었다. 그 위에는 세로로 적힌 글자들이 환히 빛나고 있었다.

조식 무료, 케이블 무료, 와이파이 무료, 업그레이드 무료.

왼쪽 모텔에도 간판이 매달려 있었다. 하지만 그 위에는 단 한 줄의 문구만 적혀 있었다.

전부 공짜.

리처는 믿기지 않았다. 숙박비까지 무료일 수는 없으니까.

하지만 모험을 하지 않으면 얻는 것도 없다. 데스크에는 늙은 여자가 앉아 있었다. 날씬한 몸매에 세련된 분위기, 솜사탕 오라기처럼 결이 가는 머리카락에는 푸른빛이 감돌았다. 80쯤 됐을까? 오래전에 그 모텔을 개업한 창업주일지도 몰랐다. 리처가 물어야 할 질문을 던졌다. 그녀가 미소를 지었다. 아니라고 했다. 방값은 내야 한다고 했다. 하지만 그 밖에 모든 건 공짜라고 했다. 그를 올려다보던 여자의 눈길이 다시 아래로 깔렸다. 손님의 순진한 질문이 못내 재미있다는 듯, 반쯤 웃음기를 머금은 눈빛이었다. 결국 '전부 공짜'는 옆 모텔의 무료 공세에 대항하기 위한 선전 문구였다. 어쩌면 그녀는 무한 경쟁 시대의 제 살 깎아먹기식 홍보 전략을 비웃고 싶었는지도 모른다. '우리는 전부 공짜야. 우리보다 더 싸게 팔 수 있어?'

어쨌든 그 문구를 글자대로 받아들인 손님은 리처가 처음이었을 것이다.

리처가 방값을 지불했다.

그가 그녀에게 물었다. "이 주변에 내가 직접 빨래를 할 만한 곳이 있습니까?"

"무슨 빨래요?" 그녀가 말했다. "가방도 없는 양반이?"

"만일 가방이 있다면요?"

"빨래방에 가면 되지요."

"이 근처에 빨래방이 몇 군데나 있습니까?"

"한 군데만 알면 되는 거 아닌가요?"

"서로 비교해서 좀 더 나은 곳을 골라야지요."

"혹시 빈대가 있을까봐 그러는 거예요? 그렇다면 걱정 붙들어 매요. 그 문제는 빨래방에서 깨끗이 해결되거든. 온도를 최고로 맞춰 놓고 건조기를 돌리면 빈대 따위는 모조리 죽여버릴 수 있어요. 완전히. 우리는 늘 그렇게 해요. 특히 침대 시트들은 반드시."

"잘 알겠습니다." 리처가 말했다. "래피드시티 전체에는 빨래방이 몇 군데나 있습니까? 그냥 호기심에서 묻는 겁니다. 궁금한 건 못 참는 성격이라서."

그녀가 생각에 잠겼다. 잠시 후 그녀가 대답을 해주려는 듯 말을 꺼내려다가 다시 입을 닫았다. 기억에만 의지하는 건 용납이 안 되는 성격이 분명했다. 그녀가 서랍에서 얇은 전화번호부를 꺼냈다. 기억을 검증할 보충 자료.

그녀가 일단 'L'자 페이지들을 훑었다. 'Laundromat(빨래방)'.

이어서 'C'자 페이지들도 훑었다. 'Coin-operated(동전 작동식)'.

"세 곳이네요." 그녀가 말했다.

"그 주인들을 아십니까?"

그녀가 다시 생각에 잠겼다. 처음에는 찝찝해하는 기색이 완연했다. '별걸 다 묻네. 내가 그 주인들을 어찌 아누.' 하지만 이내 그 얼굴에 미소가 피어났다. 아주 오래전, 고락을 함께했던 지역상인회 멤버들, 보람을 안겨주었던 자선 바자회, 흥겨웠던 칵테일파티 등 흐뭇한 추억들이 떠오른 게 분명했다.

그녀가 말했다. "생각해 보니 두 곳의 주인은 내가 아는 사람들이네요."

"그 두 사람의 이름이 어떻게 됩니까?"

"그것까지 알아서 뭐하시게요?"

"나는 아더 스콜피오라는 남자를 찾고 있는 중입니다."

"그 사람은 세 번째 빨래방 주인인데?" 그녀가 말했다. "난 전혀 모르는 사람이에요."

"하지만 이름은 아시잖습니까."

"여긴 작은 동네예요. 늘 소문이 떠돌아다니죠."

"그런데요?"

"좋은 소리는 못 듣는 사람이에요."

"구체적으로 어떤 소문인가요?"

"그냥 소문일 뿐이라니까. 그러니 내가 그 얘기를 옮기는 건 옳지 않아요. 하지만 한 가지는 일러줄 수 있어요. 내 친구 조카 손주가 여기 경찰서에서 근무하는데, 스콜피오 씨에 관한 서류 두께가 자그마치 7.5센티랍니다."

"그 사람은 장물을 거래하고 있습니다." 리처가 말했다. "내가 들은 바로는 그렇습니다."

"경찰서에서 나오셨나요?"

"아니요. 그냥 일반 시민입니다."

"아더 스콜피오 씨에게서 뭘 원하시는 거죠?"

"그 사람에게 한 가지 묻고 싶은 게 있습니다."

"조심조심 물어봐요. 스콜피오 씨는 누구든 마구 대하기로 소문난 사람이니까요."

"정중하게 물어볼 겁니다." 리처가 말했다.

전화번호부 앞 장에는 래피드시티 도로 지도가 인쇄돼 있었다.

나이 든 여자가 그 페이지를 조심스럽게 뜯어냈다. 그녀가 그 위에 스콜피오의 빨래방과 모텔의 위치를 표시했다. 그녀가 그걸 가로세로 한 번씩 접은 뒤 리처에게 건넸다.

그녀는 그게 아침에나 필요할 거라고 생각했을 것이다. 하지만 리처는 곧장 모텔을 나섰다. 밤 10시가 가까운 시각이었다. 칠흑 같은 어둠, 긴 블록들. 이따금씩 작동하고 있는 가로등이 나타날 때마다 리처는 모텔 여자의 지도를 펼쳐 들고 위치를 확인했다. 어느 순간 전방 모퉁이에 네온 빛 무리가 나타났다. 심야영업 중인 편의점. 지도상의 표기에 따르면 스콜피오의 빨래방은 그 맞은편 블록의 중간에 자리 잡고 있었다.

표기는 정확했다. 한 블록을 거의 다 차지하고 있는 긴 건물 정중앙의 빨래방. 그 앞 인도에는 죽은 나무 한 그루가 서 있었다. 영업은 끝난 상태였다. 불이 꺼져 있었다. 문손잡이에는 자물쇠 달린 체인이 감겨 있었다. 왼짝 유리문 옆에는 문보다 훨씬 넓은 유리창이 나 있었다. 그 내부의 한쪽 벽에는 대형 세탁기들이 희뿌연 빛을 발하며 한 줄로 늘어서 있었다. 맞은편 벽에는 값싼 플라스틱 의자들이 나란히 놓여 있었다. 그 대열의 끝에는 동전 교환기를 비롯해서 몇 대의 자동판매기들이 한 무리를 이루고 있었다. 가루비누, 분말 섬유유연제, 종이 섬유유연제 등등 빨래에 필요한 물품들 모두 다 1달러짜리 소포장으로 자동 판매되는 모양이었다.

리처가 맞은편 블록을 쭉 훑었다. 맨 왼쪽에는 불 켜진 편의점, 그 옆에는 신발가게, 이어진 점포 두 개는 비어 있었다. 그다음에는 식당이었다. 아침식사가 가능한 간이식당. 전면에는 작은 유리창이 나 있었다. 식당의 위치는 블록의 거의 한가운데였다. 따라서 그 유리창을 통해 스콜피오의 빨래방을 훤히 살펴볼 수 있을 것이다. 음식 맛도 괜찮을 것 같았다. 커피도. 리처의 머릿속 노트에 그 모든 것이 기록되었다. 그가 블록을 돌아서 걷다가 뒷골목 하나를 발견했다. 빨래방 뒷문과 통하는 길이었다. 뒷문은 전체가 하나의 철판이었다. 공장에서 규격에 맞춰 제작된 방화문. 보험회사, 혹은 관리당국의 지시사항일 것이다. 문은 잠겨 있었다. 그가 보폭으로 건물의 길이를 재며 골목을 빠져나왔다. 너무 길었다. 창문 밖에서 어림했던 빨래방의 깊이에 비해 두 배는 되는 것 같았다. 빨래방 안쪽 벽 뒤에 똑같은 크기의 공간이 하나 더 있는 것이다. 창고, 혹은 사무실. 떠도는 소문 속의 사업이 이루어지는 곳. 리처가 어둠 속에 한동안 서 있다가 다시 걸음을 옮겼다. 올 때와 역순으로 돌아가는 길. 하지만 그 길은 곧장 모텔로 이어지지 않았다. 그가 반대편 모퉁이 편의점에 들렀기 때문이다. 처음에는 커피 생각뿐이었다. 하지만 가게 안으로 들어가니 샌드위치도 당겼다. 배가 고팠다. 그리고 배고픈 사람은 리처만이 아니었다. 델리 코너 카운터 앞에 한 남자가 서 있었다. 그는 테이크아웃 컵에 담긴 커피를 홀짝거리며 자기 샌드위치를 기다리고 있었다. 키가 작았다. 깔끔하고 다부져 보였다. 넥타이까지 맨 짙은 색 정장 차림이었다. 카운터 점원이 널찍한 사각 프라이팬 위에서 분주히 손을 놀리고 있었다. 내용물을 이것저것 주문한 모양이었다. 최소한 달걀프라이와 치즈가루를 추가 주문한 건 분명했다. 콜레스테롤 수치를 걱정하지 않는 사람인 것도 분명했다. 점원이 요리를 끝냈다. 그가 자신의 흐물거리는 작품을 종이에 쌌다. 그가 그걸 다시 알루미늄 호일로 포장했다. 샌드위치를 건네받은 남자가 뒤돌아섰다. 그가 리처를 빙 돌아서 문을 향해 걸음을 옮겼다. 이제 리처 차례. 그가 단골 메뉴를 주문했다. 흰 빵, 로스트비프와 스위스치즈, 마요네즈와 머스터드, 그리고 커피.

점원이 뒤돌아서서 절단기를 작동시켰다.

리처가 물었다. "저 건너편 건물의 빨래방에 관해서 뭐든 아는 게 있습니까?"

점원이 뒤돌아섰다. 그의 등 뒤에서 절단기가 저만 아는 곡조의 휘파람을 나직하게 불어댔다.

점원의 표정이 순식간에 세 차례나 변했다. 처음에는 이게 무슨 일이냐는 듯 멍 때리는 표정이었다. 그다음에는 날 갖고 노느냐는 듯 빈정 상한 표정이었다. 마지막에는 어려운 산수 문제를 풀어내려는 듯 생각에 잠긴 표정이었다. 아무튼 답을 얻기는 얻은 모양이었다. 하지만 자신은 없는 듯 그가 어눌하게 중얼거렸다. "방금 나간 손님도 똑같은 질문을 했어요."

리처가 말했다. "달걀프라이 샌드위치 사간 남자?"

"그런데 그런 신사분이 빨래방에 무슨 볼일이 있을까요? 세탁소라면 모를까. 양복은 드라이클리닝을 맡겨야 하고 와이셔츠는 빳빳하게 풀을 먹여야 하는데 말입니다. 안 그런가요?"

"곧 돌아오겠소." 리처가 말했다. 그가 인도로 나섰다. 아무도 없었다. 넥타이 정장 사내의 모습은 보이지 않았다. 아무 소리도 없었다. 적막을 깨는 발자국 소리는 들리지 않았다.

리처가 다시 가게 안으로 들어와 델리 코너로 다가갔다. 샌드위치를 만들고 있던 점원이 말했다. "속옷이나 양말 때문일 수는 있겠지요. 하지만 여기 호텔들도 그 정도 서비스는 해주거든요? 제가 보기에는 플라스틱 의자에 앉아서 세탁기가 돌아가는 걸 지켜보고 있을 사람 같지는 않던데."

"그 사람이 호텔에 묵고 있는 것 같아 보였소?"

"일단 이 지역 사람은 아니에요. 손님도 보셨지요? 딱 봐도 전문적인 직업에 종사하는 사람이잖아요. 처음에는 대형사건 때문에 출장 온 변호사가 아닌가 했어요. 하지만 그렇게 부자 같아 보이지는 않더군요. 그래서 국세청이나 그 비슷한 곳에서 일하는 사람이다 싶었지요. 그런데 손님이 똑같은 질문을 하시는 거예요. 저 빨래방에 대해서. 제가 보기에 손님은 국세청 직원이 아니에요. 경찰이라면 모를까. 그래서 저 혼자 생각했어요. 이건 아더 스콜피오 씨에게 문제가 생긴 거다, 그렇게 말이죠."

"그 부분에 관해서 개인적으로는 어떤 생각이오?"

"그건 두고 봐야 알 일이지요."

"두고 보다니, 뭘?"

"그 사람한테 제대로 먹힐지 두고 봐야 한다는 얘기예요. 스콜피오 씨가 문제에 휘말렸던 게 어디 한두 번이던가요? 하지만 단 한 번도 걸려 들어간 적이 없었으니까요."

8

다음날 아침 해가 뜰 무렵 리처가 그의 유료 객실을 나섰다. 목적지는 스콜피오의 빨래방. 그가 전날 밤의 경로를 따라 걸음을 옮겼다. 하지만 마지막 두 블록은 뒤쪽으로 돌아서 통과했다. 그다음에는 스콜피오의 건물 옆 벽으로 접근해서 골목 어귀까지 다가갔다. 그가 머리만 살짝 들이밀고 안쪽을 살폈다. 사내 하나가 빨래방 뒷문을 지키고 있었다. 팔짱을 끼고 살짝 벽에 기대선 자세. 검은 반코트, 검은 스웨터, 검은 바지, 검은 구두.

마흔쯤 돼 보이는 사내였다. 키는 185센티, 몸무게는 95킬로그램 정도? 리처가 다시 자세를 바로잡았다. 그가 걸음을 옮겼다. 두 블록을 올라갔다가 우회해서 다시 두 블록을 내려오는 노선. 앞문도 보초가 지키고 있을 터, 그래야 눈에 띄지 않고 아침 식당 뒤쪽으로 접근할 수 있다. 그쪽에도 뒷골목이 있을 것이다. 스콜피오의 건물처럼. 당연하다. 대중식당은 쓰레기를 엄청나게 배출한다. 계란껍질, 커피찌꺼기, 포장용기, 잔반, 폐식용유 깡통. 그리고 뒷골목이 있다면 주방 뒷문도 있을 것이다. 그 문은 열려 있을 것이다. 법에 명시된 조항이다. **영업시간 중에는 반드시 뒷문을 개방해야 함.** 대중식당은 불이 나면 순식간에 전소되는 법, 주방직원들의 안전을 위한 필수조항이다.

과연 뒷골목이 있었다. 뒷문도 있었다. 물론 열려 있었다. 리처가 주방을 통해서 홀로 들어갔다. 그가 전면의 창문 밖을 온전히 살필 수 있도록 왼쪽으로 걸음을 옮겼다.

빨래방 앞문에도 역시 보초가 있었다.

골목의 사내와 똑같았다. 무표정한 얼굴로 벽에 기댄 자세, 검정 일색의 복장.

아더 스콜피오가 경계태세에 돌입해 있는 것이다.

'저 밖에 뭔가가 있다.'

리처가 시선을 돌리고 홀 안을 훑어보았다. 어젯밤에 보았던 남자가 첫눈에 들어왔다.

편의점의 그 손님. 여전히 넥타이까지 갖춘 짙은 색 정장 차림. 남자는 창가 테이블을 차지한 채 창문 밖을 주시하고 있었다.

글로리아 나카무라 형사의 아침은 전날과 똑같았다. 동트기 전에 기상해서 샤워를 하고 옷을 챙겨 입은 뒤 아침식사까지 마쳤다. 한 시간 일찍 집을 나선 것도 마찬가지였다. 이번에도 곧장 경찰서로 출근하는 건 아니었다. 그녀가 전날 그 자리에 차를 세운 뒤, 스콜피오의 건물 맞은편을 지나는 인도로 나섰다. 빨래방 앞문 보초의 눈길이 다시 그녀에게 꽂혔다. 그녀는 앞만 보며 걷다가 식당으로 들어갔다. 그녀의 테이블은 이번에도 주인이 있었다. 어제의 그 남자.

테렌스 브라몰, 사설탐정, 시카고.

어제와 똑같은 짙은 색 정장. 하지만 와이셔츠와 넥타이는 새것이었다.

그리고 홀 한가운데 우뚝 서 있는 또 다른 남자.

빅풋.

의심의 여지가 없었다. 엄청난 몸집이었다. 2미터가 넘을 것 같진 않았다. 하지만 컸다. 커도 무지 컸다. 머리가 거의 천장에 닿아 있는 것 같았다. 위로만 올라간 게 아니었다. 옆으로도 장난이 아니었다. 어깨에서 어깨까지가 농구공 네 개들이 박스만큼 길었다. 주먹은 또 얼마나 큰지 딱 보는 순간 추수감사절 칠면조가 떠올랐다. 남자는 거친 면 소재 작업복 바지에 검정색 특대 사이즈 티셔츠 차림이었다. 그 아래 드러난 팔뚝은 우람하고 울퉁불퉁한 것이 마치 여기저기 돋을새김을 해놓은 건물 기둥 같았다. 헤어스타일은 사전적 의미의 산발, 그 자체였다. 감고 나서 수건으로만 털어 말렸을 뿐 빗지 않은 머리. 어쩌면 아예 빗이라는 물건을 모르고 사는 사람인 듯.

골격이 두드러진 얼굴에는 수염이 덥수룩했다. 며칠 동안 면도를 하지 않은 게 분명했다. 두 눈은 그녀의 자동차처럼 연푸른색이었다. 그 눈이 그녀를 정면으로 바라보고 있었다.

리처는 유니폼 같아 보이는 검정색 스커트정장 차림의 조그만 동양 여자를 보고 있었다. 기껏해야 152센티에 옷이 흠뻑 젖은 채로 체중계에 올라서도 42킬로그램을 넘지 않을 것 같은 몸집. 서른 살쯤 됐을까? 길고 검은 머리, 크고 검은 눈동자, 단추처럼 귀여운 여자였다. 하지만 그 얼굴에 웃음기는 없었다. 아주 심각한 표정이었다. 아주 중요한 임무를 책임지고 있는 사람처럼. 심각한 표정만이 그 임무를 주도적으로 수행할 수 있는 유일한 방법이라고 생각하는 사람처럼. 어쩌면 그럴 수도 있다. 152센티미터에 42킬로그램짜리 몸집이라면 당연히 그래야만 할 수도 있다.

몸집과 표정이 어떠하든 수줍음을 타는 성격이 아닌 것만은 확실했다. 그녀가 그를 똑바로 마주 보고 있었다.

발끝부터 머리끝까지, 어깨에서 어깨까지.

그 눈빛에 뭔가 깨달은 듯한 기미가 어른거렸다. 리처로서는 이해할 수 없는 눈빛이었다. 당장에는 아니었다. 처음 본 여자였으니까. 그건 분명했다. 만난 적이 있다면 기억하지 못할 리가 없었다. 하지만 잠시 후 그 눈빛의 의미를 깨달을 수 있었다. 지미 랫. 그자의 경계경보 속에 인상착의도 포함돼 있었을 것이다.

까만 티셔츠 차림에 엄청난 덩치의 사내가 가고 있어.

어쩌면 아더 스콜피오 밑에서 일하고 있는 여자일 수도 있다. 그래서 그 경계경보의 내용을 알고 있을 수도 있다. 아니, 어쩌면 평범한 회사원일 수도 있다. 그렇다면 이른 출근이 못내 불만스러워 인상을 펴지 못하고 있는 것이다. 그가 눈길을 돌렸다. 넥타이 정장의 남자는 여전히 창밖을 바라보고 있었다. 그의 표정과 자세에는 끈기와 신중함이 배어 있었다. 사리에 맞는 질문이라면 정중하게 대답해줄 사람 같았다.

물론 그 모든 게 직업상의 가식일 수도 있었다. 구시대의 예의범절이 절대 규범으로 작용하고 있는 관료 집단의 일원이라면 충분히 그럴 수 있다. 그 남자를 지켜보는 동안 리처의 머릿속에는 그가 알고 지냈던 대령들이 떠올랐다. 깔끔한 외모, 단정한 차림새, 희끗한 머리칼, 내면의 열정과 자신감이 은근히 배어 나오는 분위기.

리처가 남자에게서 조금 떨어진 테이블을 찾아 벽을 등지고 앉았다. 남자의 머리 위로 창밖을 지켜볼 수 있는 위치였다.

바깥 풍경에는 아무런 변화가 없었다. 앞문 보초는 여전히 벽에 기대서 있었다. 빨래방은 불이 밝혀져 있었다. 하지만 손님은 없었다. 아직까지는.

웨이트리스가 다가왔다. 리처가 즐겨 먹는 아침 메뉴를 주문했다. 일단 커피. 그리고 계란 몇 개, 팬케이크 몇 장, 베이컨과 메이플 시럽.

커피가 먼저 나왔다. 색이 진했다. 신선했다. 뜨겁고 강했다. 아주 괜찮았다.

동양 여자가 그의 테이블에 앉았다. 그녀가 손가방에서 작은 지갑을 꺼냈다. 그녀가 리처 눈앞에 지갑을 펼쳤다. 왼쪽에는 금색 방패, 오른쪽에는 반투명 플라스틱 포켓에 꽂힌 사진 신분증. 글로리아 나카무라, 형사, 래피드시티 경찰서.

사진은 실물 그대로였다. 검은 눈동자, 심각한 표정.

그녀가 말했다. "어제는 위스콘신에 계셨나요?"

그 질문 덕분에 리처는 몇 가지 사실을 확인할 수 있었다.

지미 랫이 실제로 전화를 했다. 그리고 래피드시티 경찰은 스콜피오의 통화를 도청하고 있다. 아더 스콜피오에 대한 수사가 진행 중인 것이다. 지미 랫의 통화 내용은 7.5센티짜리 파일 맨 위에 이미 첨부됐을 것이다.

리처가 시치미를 떼고 말했다. "아무리 경찰이라 해도 그런 질문을 할 수 있는 겁니까? 내게는 사생활을 보호받을 권리가 있습니다. 원하는 곳을 원하는 시간에 찾아다닐 자유도 있고. 헌법 제1차 수정조항에 명시돼 있는 권리입니다. 제4차 수정조항에도 나와 있고."

"그래서 지금 내 질문에 대한 답변을 거부하는 건가요?"

"유감스럽게도 선택의 여지가 없군요. 난 현역 시절에 헌법을 수호하겠다는 맹세를 했습니다. 그 맹세는 지금도 유효하고."

"이름이 뭐죠?"

"리처. 이름은 잭. 중간 이름은 없고."

"무슨 병과였죠, 리처 씨?"

"헌병. 일반 사회로 따지자면 형사. 당신처럼."

"그럼 현재는 사설탐정이시다?"

그녀가 넥타이 정장 사내를 힐끗 쳐다보았다.

리처가 물었다. "저 남자가 사설탐정입니까?"

그녀가 말했다. "그 질문에는 대답을 거부하겠어요."

그가 미소를 지으며 말했다. "난 사설탐정이 아닙니다. 그냥 일반 시민일 뿐. 위스콘신에서 무슨 얘기를 들었습니까?"

"당신에게 그걸 말해줘도 괜찮을지 모르겠네요."

"경찰 대 경찰로. 실제로 그렇잖소."

"그런가요?"

"당신이 인정만 한다면."

그녀가 신분증 지갑을 손가방에 넣고 대신 휴대폰을 꺼냈다.

그녀가 손가락을 놀려서 음성녹음 파일을 띄웠다. 그녀가 화면 한 곳을 눌렀다. 술집의 소란스러움이 기계음으로 지직거리더니 이내 남자의 목소리가 들려왔다. 리처는 즉시 알아차릴 수 있었다. 지미 랫. 다급한 어조였다. '어, 나 지미예요. 방금 전에 어떤 놈을 만났는데 당신에게서 받아온 어떤 물건에 관해 캐묻는 거예요. 그놈이 우리 유통단계를 차례로 추적하려는 것 같아요. 난 아무 말도 하지 않았어요. 하지만 어떻게든 당신을 찾아갈 거예요. 나를 찾아낸 걸 보면 충분히 그럴 수 있는 놈이에요.'

나카무라가 정지 버튼을 눌렀다.

리처가 말했다. "그게 나라는 증거는?"

그녀가 다시 재생 버튼을 눌렀다. 지미 랫이 말했다. '만일 그놈을 만나게 되면 정신 똑바로 차리고 상대해야만 해요. 명심하세요. 숲에서 뛰쳐나온 빅풋과도 같은 놈이니까. 조심해요, 알았죠?'

나카무라가 정지 버튼을 눌렀다.

"'빅풋?" 리처가 말했다. "이거 섭섭하군."

그녀가 말했다. "어떤 물건이죠?"

"그건 중요하지 않아요. 난 스콜피오에게 하나만 묻고 싶을 뿐입니다. 그러고 나서는 미련 없이 떠날 거고."

"그가 대답해주지 않는다면?"

"위스콘신의 지미는 대답했습니다."

"스콜피오는 경호원들을 거느리고 있어요."

"위스콘신의 지미도 마찬가지였습니다."

"어떤 물건이죠?" 나카무라가 다시 물었다.

리처가 주머니에서 반지를 꺼냈다.

웨스트포인트 2005. 금세공, 흑석, 작은 사이즈.

그가 반지를 테이블 위에 올려놓았다.

나카무라가 그걸 집어 들었다. 그녀가 그걸 꼈다. 오른쪽 세 번째 손가락. 쉽게 들어갔다. 아니, 헐거웠다. 152센티에 42킬로. 연필처럼 가느다란 손가락. 그녀가 반지를 뺐다. 그녀가 그걸 손바닥에 올려놓고 무게를 가늠했다. 그녀의 눈길이 반지 안쪽에 꽂혔다.

그녀가 물었다. "S.R.S.가 누구죠?"

"나도 모르는 이름입니다." 리처가 말했다.

"무슨 사연인가요?"

"위스콘신의 작은 마을 전당포에서 이걸 발견했어요. 이건 쉽게 던져 버릴 수 있는 물건이 아닙니다. 이 반지를 얻기 위해 이 여자는 4년에 걸친 시련을 견뎌내야 했습니다. 그 4년 동안 그들은 그녀의 의지를 꺾고 단념시키기 위해 매일같이 닦달했을 테고. 웨스트포인트의 훈련방식이 원래 그러니까요. 게다가 9·11사태까지 겹쳤던 시기였습니다. 그녀가 재학했던 4년은 다른 어떤 때보다 끔찍했을 겁니다. 하지만 졸업한 뒤에 겪었을 일에 비하면 아무것도 아니지요. 이라크 그리고 아프가니스탄. 이 반지의 주인은 그 모든 시련을 이겨낸 사람입니다. 혹시 타고 다니던 차는 팔아 치웠을 수도 있습니다. 사랑하는 고모에게서 크리스마스 선물로 받은 시계를 처분했을 수도 있고. 하지만 이 반지는 아닙니다. 어떤 상황에서도 이걸 포기할 생각은 하지 않았을 겁니다."

"지미 랫이라는 남자가 그 전당포 주인인가요?"

리처가 고개를 저었다. "그자는 동네 폭주족입니다. 지미 랫은 별명이고. 전당포 주인에게 값싼 장신구들을 도매로 넘기는 사업을 하고 있지요. 그 속에 이 반지가 끼어 있었던 거고. 지미 랫의 얘기로는 아더 스콜피오에게서 그걸 입수했답니다. 여기 래피드시티에서. 그래서 난 아더 스콜피오가 누구에게서 그걸 입수했는지 알고 싶은 겁니다. 그게 내가 그자에게 묻고 싶은 질문입니다."

"그는 말하지 않을 거예요."

"전당포 주인도 지미 랫이 말하지 않을 거라고 장담하더군요."

나카무라는 대꾸하지 않았다. 창밖 풍경에는 여전히 어떤 변화도 없었다. 웨이트리스가 리처의 아침을 들고 돌아왔다. 팬케이크, 계란, 베이컨, 메이플 시럽. 맛있어 보였다. 그가 커피 리필을 부탁했다. 나카무라는 뜨거운 차와 브랜 머핀을 주문했다. 리처가 반지를 다시 주머니에 집어넣었다. 넥타이 정장 남자가 일어나서 나갔다.

창밖 풍경에는 여전히 어떤 변화도 없었다.

리처가 물었다. "저 사설탐정은 어떤 분야가 전문입니까?"

나카무라가 말했다. "난 저 사람이 사설탐정이라고 말한 적 없어요."

"지금까지는 나만 얘기했습니다. 이제 그쪽 차례인 것 같은데."

웨이트리스가 나카무라의 머핀을 가져왔다. 거의 그녀 머리통만 한 크기였다. 그녀가 콩알만큼 떼어내서 입으로 가져갔다.

그녀가 말했다. "시카고에서 내려왔어요. 이름은 테리 브라몰. 은퇴한 FBI예요. 전문 분야는 실종 사건."

"여기서는 누굴 찾고 있는 겁니까?"

"나도 몰라요."

"스콜피오가 납치까지?"

"그건 아닐 거예요."

"그렇다면 시카고에서 내려온 브라몰 씨가 스콜피오의 가게를 지켜보고 있는 이유는? 오늘 아침만이 아닐 겁니다. 어젯밤에도 이 부근을 돌아다녔으니까. 내가 편의점에서 그를 봤습니다."

"그럼 당신은 어젯밤에 도착한 거예요?"

리처가 고개를 끄덕였다. "밤늦게."

"위스콘신에서 곧장 떠난 게 아니었나요? 당신한테는 아주 중요한 일이잖아요."

"좀 더 일찍 도착할 수도 있었지만 수폴스에서 한눈 붙이고 왔습니다."

"정확히 어떤 방법으로 지미 랫에게서 아더 스콜피오의 이름을 얻어낸 거죠?"

"정중하게 물었습니다."

그녀는 대꾸하지 않았다. 그는 계속해서 아침을 먹었다. 그녀는 차를 홀짝거렸다. 긴 침묵. 갑자기 그녀가 말했다. "아더 스콜피오는 우리 경찰서에서 환영받는 인물이 아니에요."

"그럴 것 같군." 리처가 말했다.

"그렇다 해도 내 입장에서는 공식적으로 당신에게 경고할 수밖에 없어요. 우리 관할구역에서는 어떤 범법 행위도 용납되지 않아요."

"걱정할 것 없습니다." 리처가 말했다. "난 그저 질문 하나만 던질 거니까. 그게 법에 위배되는 일은 아니잖습니까."

"그가 대답하지 않는다면요?"

"그건 그때 가서 해결할 문제겠지요." 리처가 말했다.

나카무라가 손가방에서 명함을 꺼냈다. 그녀가 그것을 탁자 위, 그의 커피잔 근처에 내려놓았다. 그녀가 말했다. "이게 내 번호예요. 사무실과 휴대폰. 연락할 일이 생기면 전화하세요. 스콜피오는 위험한 인물이에요. 명심하시고요."

그녀가 테이블 위에 5달러를 올려놓았다. 차와 머핀. 그녀가 일어서서 나갔다. 문밖으로, 인도를 따라서, 시야 밖으로.

창밖 풍경에는 여전히 어떤 변화도 없었다. 그녀는 머핀을 남기고 갔다. 콩알만 한 흔적 말고는 온전한 머핀. 그래서 리처가 먹어 치웠다. 다시 리필한 커피와 함께. 그가 계산을 치렀다. 잔돈은 25센트 동전으로 부탁했다. 그가 화장실 복도로 걸어갔다. 위스콘신의 술집처럼 공중전화기가 매달려 있는 곳. 지미 랫이 아더 스콜피오에게 전화 연락을 했던 곳. 녹음 파일 속 배경 소음이 말해주고 있었다. 그자가 바이크 대열을 돌아서 건물 뒤로 사라지는 것을 리처는 보았다. 뒷문을 통해서 안으로 들어갔을 것이다. 벽에 걸린 공중전화기를 보는 순간, 경계경보를 날려야겠다고 마음먹었을 것이다. 리처가 밖에 머물고 있는 동안. 여전히 카운티 경찰과 얘기를 나누고 있는 동안.

지미 랫은 왜 그렇게 서둘렀을까?

리처가 복도 벽에 등을 기대섰다. 그가 창문 밖을 흘깃거리며 오래전 기억 속에 남아 있는 번호를 눌렀다.

지난번 그 여자가 전화를 받았다.

"웨스트포인트 교장 부속실입니다. 어떻게 도와드릴까요?" 그녀가 말했다.

"리처입니다." 그가 말했다.

"잠깐만 기다리세요, 소령님."

소령님. 그의 파일을 읽은 것이다. 딸그락 소리에 이어 한동안 침묵이 지속되었다. 이윽고 다시 한 번 딸그락거리고 나더니 남자의 목소리가 들려왔다.

"교장일세."

교장. 웨스트포인트의 최고위직. 일반 대학에서라면 총장이라 불리는 거물.

리처가 말했다. "안녕하십니까, 장군님." 정중한 인사였다. 하지만 어조는 약간 어색했다. 상대방의 이름을 몰랐기 때문이다. 모교의 근황을 실시간으로 확인한 적이 없으니까. 하지만 웨스트포인트의 교장은 당연히 장군이 맡게 돼 있다. 두뇌가 명석하고 상당한 공적을 쌓은 인물들이 대부분이다. 개중에는 진보주의자들도 있을 수 있다. 하지만 군인으로 평생을 살아온 사람들이다. 자칫 위계질서를 무시하고 주제넘게 굴다가는 큰 코다치기 십상이다.

교장이 말했다. "어제 자네가 했던 부탁은 규정을 지나치게 벗어났더군."

"네, 장군님." 리처가 말했다. 순전한 습관. 그런 상황에서 웨스트포인트가 허용하는 답변은 단 세 가지뿐이다. 네, 아니요, 죄송합니다.

교장이 말했다. "어디 설명 좀 들어 볼까?"

리처가 방금 전에 나카무라에게 들려줬던 얘기를 반복했다. 전당포, 반지, 그리고 불안한 느낌.

교장이 말했다. "결국 반지 하나에 얽힌 얘기로군."

"중요한 얘기일 겁니다."

"어제 자네가 연락을 취한 이유는 들었어. 우리 학교 졸업생 하나가 위험한 상황에 처해 있을지도 모른다고 했다지."

"그럴 수도 있습니다."

"하지만 자네도 확신할 수는 없다?"

"그녀가 졸업 반지를 전당 잡혔습니다. 물론 팔았거나 도둑맞았을 가능성도 있습니다. 하지만 어떤 경우든 곤란한 상황에 처해 있다는 사실을 암시하고 있습니다. 따라서 우리가 사실을 확인하는 게 옳을 것 같습니다."

"우리?"

"그녀도 우리 학교 출신입니다, 장군님."

교장이 말했다. "자네 파일을 훑어보았어. 대단했더군. 하지만 우리 교정에 동상이 세워질 만큼은 아니었지. 물론 그런 일은 일어나지 않았을 거야. 자네의 일탈이 너무 지나쳤으니까."

"죄송합니다, 장군님." 리처가 말했다. 순전한 습관.

"이쯤에서 당연한 질문 하나 해야겠네. 지금 하고 있는 일이 뭔가?"

"없습니다."

"그게 무슨 뜻이지?"

"사연이 깁니다, 장군님. 자세히 말씀드릴 시간이 없습니다."

"소령, 현직과 전직을 불문하고 미 군사요원의 신원을 공개하는 행위는 대략 19개에 달하는 조항에 의해 엄격히 금지돼 있다는 사실을 자네도 잘 알고 있을 거야. 물론 한 가지 방법은 있어. 웨스트포인트 출신끼리 은밀하게 정보를 주고받는 거지. 동문에 대한 예우 차원에서 말이야. 자네도 알겠지만 그 부분을 집어서 우리를 비난하는 사람들이 있어. 그런 비난을 감수하며 동지애를 발휘하기 위해서는 상호 간의 전적인 신뢰가 전제돼야 해. 지금 상황에서는 자네보다는 내게 더 중요한 전제일 테고. 자, 어떤가. 자네가 모든 걸 털어놓고 내게 신뢰를 심어주면 내 동지애가 백 퍼센트 발휘될 것 같은데."

리처가 한 박자 침묵을 지켰다.

"불안해집니다." 그가 말했다. "그래서 한곳에 오래 머무르지 못합니다. 재향군인회에 제 경우를 문의한다면 선례를 찾아낼지도 모르겠습니다. 어쩌면 장애연금이 나올 가능성도 있을 겁니다."

"일종의 병증인가?"

"그렇게 얘기한 사람도 있었습니다."

"그 증상 때문에 괴로운가?"

"아닙니다, 장군님. 어차피 한곳에 오래 머무는 건 제 자신도 원치 않습니다. 원래 그렇게 생겨먹었습니다."

"이동하는 빈도는?"

"항상입니다."

"그게 웨스트포인트 출신에게 어울리는 삶이라고 생각하나?"

"완전히 어울리는 삶이라고 생각합니다."

"어떤 점에서?"

"우리는 자유를 위해 싸웠습니다. 지금 저의 생활방식이 자유의 참모습이라고 생각합니다."

교장이 말했다. "반지를 파는 이유는 백 가지도 넘을 수 있어. 전당 잡히는 경우나 분실하는 경우에도, 심지어 도둑맞는 경우에도 많은 이유가 있을 수 있지. 그리고 그 이유들 모두가 나쁜 것만은 아니야. 문제되는 상황이 아닐 수도 있어."

"아닐 수도 있다고 말씀하셨습니까? 파일을 읽고도 그녀의 안전에 확신이 없으신 겁니까? 이제 제가 추측해보겠습니다. 군복을 벗고 난 뒤로는 그녀의 행적을 찾을 수 없게 된 겁니다."

"3년 전이었어."

"그 전에는 무슨 일이 있었습니까?"

"이라크와 아프가니스탄으로 다섯 차례 파병됐었네. 하나같이 어려운 임무였어."

"어느 정도로 어려운 임무였습니까?"

"기억에서 지워버리고 싶을 정도. 내 짐작이네만."

"체구가 작습니까?"

"새처럼."

"바로 그녀입니다." 리처가 말했다. "장군님, 이제 웨스트포인트의 동지애를 발휘해 주십시오."

교장은 대답하지 않았다.

리처의 두 눈은 창문 밖에서 속도를 늦추고 있는 검정색 세단 한 대를 좇고 있었다. 마침내 차가 멈춰 섰다. 건너편 길가. 빨래방 앞. 운전석 문이 열렸다. 사내 하나가 내려섰다. 마른 몸매에 훤칠한 키.

50쯤 됐을까? 잿빛 머리를 짧게 친 헤어스타일이 단정했다. 검정색 양복에 넥타이 없는 흰 와이셔츠를 첫 단추까지 잠근 차림새도 마찬가지였다. 사내가 인도로 올라선 뒤 보초에게 뭔가 질문을 던졌다. 보초가 고개를 가로저었다. '아무 문제없었습니다, 보스.'

아더 스콜피오.

그가 보초에게 고개를 끄덕인 뒤 빨래방 안으로 들어갔다.

보초가 스콜피오의 운전석에 올라탔다.

차가 출발했다. 주차하러 갔을 것이다. 옆 도로, 혹은 뒷골목일 것이다. 5분쯤은 문 앞이 비어 있을 것이다. 하루에 두 번은 그럴 것이다. 스콜피오의 출근과 퇴근. 한 번은 차를 대놓기 위해, 다른 한 번은 차를 가져오기 위해.

두 번의 공백.

값진 정보.

웨스트포인트 교장의 목소리가 다시 들려왔다. "그녀가 찾아주길 원하지 않을 수도 있어. 그 부분도 생각해 보았나? 누구라도 온전한 상태로 돌아온다는 건 불가능한 일이야. 다섯 번에 걸친 파병 뒤에 말이지."

"저는 그녀에게 멕시코 휴양지의 콘도를 팔려는 게 아닙니다. 일단은 멀리서 관찰만 하겠습니다. 그녀가 괜찮다는 확신이 들면 내버려두고 즉시 돌아서겠습니다."

"그녀를 어떻게 찾을 생각인가? 행방이 묘연한 상태이니 말이야. 그녀의 이름을 안다고 해서 무슨 도움이 되겠나?"

"모르는 것보다는 낫습니다." 리처가 말했다. "특히 마지막 단계에서는 큰 도움이 될 겁니다. 그녀에 관해 알고 있는 누군가를 만날 때까지 저는 반지의 흔적을 따라갈 생각입니다."

교장이 말했다. "그녀의 이름은 세레나 로즈 샌더슨이야."

9

정문 보초가 다시 유리창 프레임 속으로 들어왔다. 어디엔가 주차를 시킨 다음 제자리로 돌아온 것이다. 그가 빨래방 앞문 왼쪽 벽에 다시 기대섰다. 팔짱 낀 자세로 아무 표정 없이.

공백 시간은 5분 남짓.

여전히 빨래 손님은 없었다.

리처가 전화기에 대고 말했다. "세레나 로즈 샌더슨의 고향은 어딥니까?"

"후보생 파일에 따르면 와이오밍이야." 교장이 말했다. "그녀의 출신지에 관해 우리가 알고 있는 건 그게 전부야. 자네 생각에는 그녀가 고향으로 돌아갔을 것 같은가?"

"그럴 수도 있습니다." 리처가 말했다. "어떤 사람들은 고향집을 가장 먼저 찾아갑니다. 맨 마지막에 찾아가는 사람들도 있습니다만. 장군님이 보시기에 그녀는 어떤 생도였습니까?"

"내가 부임하기 전에 졸업했어." 교장이 말했다. "하지만 우수한 학생이었네. 파일에 따르자면 말이야. 최고까지는 아니었지만 상위권을 유지했더군. 전교 5등 이내에 든 적은 없지만 항상 10위권 안쪽이었어. 그녀는 보병을 지원했어. 과감한 선택이었지. 2005년도 기준으로 말이야. 여군 장교였으니 전투부대가 아니라 전투지원부대에 배속됐어. 하지만 위험하긴 마찬가지 아닌가. 다섯 차례 파병 기간 동안 늘 전장 가까이에서 임무를 수행했겠지. 자네도 익히 알다시피 일선 지원부대원들은 도로 위에서 많은 시간을 보내야 해. 매설된 폭탄들이 좀 많았나. 거기다 차까지 고장 나는 상황은 악몽 그 자체였겠지. 수리하는 동안 온몸이 완전히 노출되니까 말이야. 그녀 역시 기지 밖에서는 항상 중무장을 하고 있었을 거야. 실제로 교전도 여러 번 벌였을 테고. 전투지원부대에서도 총격전 사상자가 많이 나오잖아. 그녀는 동성무공훈장과 함께 퍼플하트 훈장도 받았어. 어느 시점에선가는 부상을 당했다는 얘기지."

"계급은 어떻게 됩니까?"

"소령으로 예편했어." 교장이 말했다. "자네와 같아. 5차 파병 때는 중책을 맡았어. 그녀는 훌륭한 장교였어. 부하들을 제대로 인솔했더군. 그녀는 후배들의 귀감이자 웨스트포인트의 자랑거리가 됐지."

"잘 알겠습니다." 리처가 말했다. "감사합니다, 장군님."

"이제 움직여 보게. 모쪼록 조심하고."

"걱정 마십시오."

"난 걱정 돼."

"이유를 말씀해주시겠습니까?"

"자네 파일을 읽었으니까." 교장이 다시 말했다. "그 파일을 오른쪽으로 살짝 기울여서 햇빛에 비춰보면 보이지 않던 글씨들이 드러나거든. 자네는 효용 면에서 보면 만점이었어. 하지만 무모함이 지나쳤지."

"보이지 않던 부분에 그렇게 적혀 있습니까?"

"자네도 그랬다는 걸 잘 알고 있잖아. 매번 행운이 따라줬기에 살아남을 수 있었던 것뿐이지."

"제가 그랬습니까?"

"자네가 사고 친 게 어디 한두 번이었나? 번번이 화려하게 복귀한 것도 사실이고."

"그렇다면 정당한 평가를 내려주십시오, 장군님. 전 무모하지 않았습니다. 임무를 수행할 때마다 예전에 먹혔던 방식을 활용한 것뿐입니다."

"다시 연락 주게." 교장이 말했다. "샌더슨에 관해 뭐가 나오든 내게도 알려줘."

연 이틀째 글로리아 나카무라는 일찌감치 출근했다.

그녀가 주차를 한 뒤 계단을 걸어 올라갔다. 형사과 사무실 입구의 사무직원이 그녀에게 말을 전했다. 형사과장의 호출. 출근 즉시 자기 사무실로 오라는 명령. 급한 용건이겠지만 혼날 일은 아닐 거라고 했다. 전화상의 목소리로 미루어 확실하다고 장담했다. 전혀 화난 목소리가 아니라고 했다. 나카무라가 가방을 책상에 내려놓고 다시 복도로 나섰다. 형사과장 사무실은 복도 끝 모퉁이에 자리 잡고 있었다.

그는 암을 이겨낸 사람이었다. 오랜 투병 생활 탓에 살점이라고는 없이 뼈와 힘줄만 남아 있었다. 하지만 내면의 에너지는 충일해서 종이처럼 얇은 피부가 늘 환하게 빛나는 것 같았다. 죽음의 문턱까지 다가갔던 경험을 통해 나름대로 깨달음을 얻은 게 아닐까, 나카무라는 그렇게 생각했다. 떠날 때 떠나더라도 살았던 흔적은 남겨놓겠다고 마음먹은 게 분명했다.

과장은 자기 책상에 앉아 이메일을 읽고 있었다.

그가 말했다. "자네가 아더 스콜피오에 관한 자료를 내게 보냈더군."

그녀가 말했다. "위스콘신의 보이스메일 말씀이세요? 네, 과장님. 상황이 진척되고 있습니다."

"빅풋은 도착했나?"

"네, 과장님. 하지만 그자보다 먼저 도착한 사람이 있어요. 시카고에서 왔고 직업은 사설탐정이에요."

"그 사람은 무슨 일로?"

"제가 캐물었지만 대답을 얻지 못했어요. 하지만 제가 따로 조사를 했습니다. 실종사건 전문 탐정이에요. 그쪽 분야에서는 최고인 모양이더라고요. 수임료가 장난이 아니에요."

"누가 실종된 거지?"

"전국에 걸쳐서 백만 명은 될 걸요."

"그들 가운데 한 사람이 스콜피오의 세탁기에 반지를 돌리고 있을 가능성은?"

"빨랫줄에는 아무것도 널려 있지 않았어요."

"빅풋에 관해서 얘기해봐."

"원래 이름은 리처, 군 출신이에요. 어느 전당포에서 웨스트포인트 졸업 반지를 발견한 뒤 그 출처를 파헤치고 있는 중이에요."

"취미로?"

"아뇨. 군대의 명예 때문인가 봐요. 혹은 동지애의 발로? 명분이야 어쨌든 감정이 개입된 건 분명해요. 제 생각이지만."

"스콜피오는 어떤 식으로 얽혀 있는 거지?"

"빅풋의 주장에 따르면 스콜피오가 그 반지를 다른 장물들과 함께 지미 랫이라는 위스콘신 폭주족에게 넘겼어요. 지미 랫은 그걸 전당포에 팔아 치웠고요. 빅풋이 반지를 발견한 그 전당포. 그는 전당포 주인에게서 지미 랫의 이름을 알아냈고 지미 랫은 그에게 스콜피오의 이름을 불었어요. 이제 빅풋은 다음 이름을 알아내기 위해 스콜피오를 찾아온 거고요. 누가 됐든 그 반지를 넘겨준 사람의 이름이요. 그렇게 해서 유통체인의 뿌리까지 훑어 내려가겠다는 거죠. 그 반지를 원주인에게 돌려주는 게 궁극적인 목적이고요. 거기까집니다."

"스콜피오는 절대로 입을 열지 않을 거야."

"아뇨, 입을 열 수도 있어요. 빅풋이 감추고 있는 게 있어요. 그가 어떻게 스콜피오의 이름을 얻어냈을까요? 장물 거래로 짭짤하게 재미를 보고 있는 폭주족이 입을 함부로 놀리겠어요? 물건을 대주는 사람들의 이름은 더더욱 발설할 리가 없죠. 자발적으로는 절대 그럴 수가 없어요. 그 보이스메일을 들어보세요. 지미 랫이 잔뜩 겁에 질려 있잖아요."

"빅풋이 두려워서?"

"제 눈으로 직접 그를 봤어요, 과장님. 동물원에 데려다 놓아야 할 정도예요."

"자네 생각에는 스콜피오도 겁에 질릴 것 같은가?"

"어느 쪽이든 사람이 심하게 상하는 폭력 범죄가 일어날 거예요. 빅풋이 지나치게 쥐어짜도 그럴 테고, 반대로 스콜피오가 지나치게 받아쳐도 그렇겠죠."

그리고 그녀는 기다렸다.

형사과장이 말했다. "감시 작전을 재개해야 할 것 같군."

그녀가 말했다. "네, 과장님." 그녀가 숨을 내쉬었다.

"병력은 자네 혼자야. 철저하게 감시해야 해. 아무리 사소한 것도 그냥 지나쳐서는 안 돼. 그자에게 바짝 붙어 있어."

"지원 병력이 필요할 수도 있어요. 제가 끼어들어야 할 수도 있고요."

"아니." 과장이 말했다. "끼어들지 마. 지들끼리 하는 대로 내버려둬. 어느 쪽이든 우리에게는 득이 되는 일이야. 스콜피오가 그 남자를 쓰러뜨린다? 아주 좋은 일이지. 그렇게 되면 마침내 그를 잡아넣을 구실이 생기는 거니까. 그 경우에는 자네가 폭행 범죄 현장의 목격자가 되는 거고. 반대로, 그 남자가 스콜피오를 쓰러뜨린다? 그것도 좋아. 스콜피오의 상처가심하면 심할수록 더 좋아. 그 남자는 싸움이 끝난 뒤에 얼마든지 체포할수 있어. 자네 손으로. 폭행치상, 혹은 폭행치사죄로. 자네 실적 그래프를키우고 싶으면 얼마든지 그래도 돼."

리처가 뒷문으로 식당을 나온 뒤 뒷골목을 통해서 빠져나갔다.

앞문 보초가 그의 얼굴을 보아서는 좋을 게 없었다. 아직은 아니었다. 보초는 경계경보 속의 빅풋을 한눈에 알아볼 것이다. 그 즉시 안으로 뛰어 들어가 스콜피오에게 보고할 것이다. 그들은 곧바로 준비 태세에 돌입할 것이다. 그래서는 리처에게 유리할 일이 없다.

리처가 안전거리를 유지하며 스콜피오의 구역을 빠져나왔다. 그의 발길은 곧장 시내로 향했다. FBI 출신의 사설탐정이 묵을 만한 숙박업소들을 찾아서. 그의 모텔보다는 급이 높을 것이다. 그렇다고 특급은 아닐 것이다. 아마 중산층 고객들이 편안해할 만한 호텔일 것이다. 그리고 전국적 프랜차이즈일 것이다. 그 남자의 스타일로 미루어 호텔 포인트 카드를반드시 챙길 테니까.

조건에 맞는 호텔은 네 군데였다. 리처가 첫 번째 호텔로 들어갔다. 그가 프런트 직원에게 테렌스 브라몰이라는 고객의 투숙 여부를 물었다. 인상착의도 설명했다. 작은 체구, 단정한 용모, 넥타이 정장. 직접 차를 몰고 왔다면 일리노이 번호판일 거라는 얘기도 덧붙였다. 여직원이 키보드를 타닥거린 뒤 화면을 확인했다. 그녀가 그런 이름의 고객은 투숙하지 않았다고 했다.

두 번째 호텔에서는 테렌스 브라몰이 30분 전에 체크아웃했다는 얘기를 들었다. 여직원은 어쩌면 30분이 채 안 됐을 거라고 덧붙였다. 20분일지도 모른다고 했다. 그녀가 기억을 확인하기 위해 스크린에 체크아웃 계정을 띄웠다. 27분 전이었다. 그 고객은 넥타이 정장 차림에 가죽 여행가방과 가죽 서류가방을 들고 퇴실 수속을 밟았다고 했다. 계산을 치른 뒤에는 주차장에 세워둔 자기 차로 갔다고 했다. 일리노이 번호판의 검정색 SUV라고 했다. 그 차에 짐을 실은 뒤 곧장 떠났다고 했다. 고속도로를 탄 것까지는 확실한데 동쪽인지 서쪽인지 그 방향은 모르겠다고 했다.

"혹시 그 사람 휴대폰 번호를 알 수 있을까요?" 리처가 물었다. 여자의 눈길이 잠시 스크린 한 지점에 꽂혔다. 왼쪽, 밑에서부터 3분의 2 높이. 리처가 눈여겨두었다.

여자가 말했다. "그것까지는 알려드릴 수 없습니다."

리처가 그녀 뒷벽 아래 부분을 가리켰다. "저거 바퀴벌레 아닌가요?" 그가 말했다.

호텔 관계자들로서는 결코 듣고 싶지 않은 단어.

그녀가 확인하기 위해 뒤돌아섰다. 리처가 데스크 위로 상체를 들이밀고 스크린을 향해 목을 꺾었다. 왼쪽, 밑에서부터 3분의 2 높이. 그 부분에 찍혀 있는 열 자리 숫자. 그쯤 기억하는 건 식은 죽 먹기다.

그가 자세를 바로잡았다. 여직원이 다시 돌아섰다.

"아무것도 없는데요." 그녀가 말했다.

"잘못 본 모양입니다." 리처가 말했다. "미안합니다. 그림자였나 봅니다."

리처는 24시간 영업하는 중국식당 로비에서 공중전화를 발견했다. 멀리서 보기에 붉은 벨벳 벽과 대비되는 크롬 몸체가 그럴듯했다. 하지만 가까이에서는 아니었다. 크롬 전화기는 여기저기 구멍투성이였고 곳곳에 올이 풀린 벨벳은 기름때에 절어 있었다.

리처가 브라몰의 휴대폰 번호를 눌렀다. 벨이 울렸다. 울리고 또 울렸다. 응답이 없었다. 놀랄 일은 아니었다. 그 남자는 고속도로를 달리고 있을 것이다. 안전이 최우선인 스타일. 당연했다. FBI로 평생을 살았던 사람 아니던가.

묵묵부답.

녹음된 목소리가 메시지를 남기라고 권했다.

그가 말했다. "브라몰 씨, 난 리처라고 합니다. 어젯밤, 우리 두 사람은 앞뒤로 서서 샌드위치를 기다렸었지요. 오늘 아침에는 짧게나마 식당에 함께 있었고. 당신이 아더 스콜피오의 빨래방을 지켜보는 걸 내가 보았습니다. 모종의 실종사건 때문이라고 생각했지요. 사실은 나도 그곳을 지켜보고 있었습니다. 어떤 장물의 출처를 추적 중이거든요. 당신과 직접 만나 대화를 나누고 싶습니다. 각자 알고 있는 정보를 나누자는 얘기입니다. 내가 보지 못한 걸 당신이 봤을 수도 있고, 혹은 그 반대의 경우도 있을 테니까요. 최소한 우리 중 한 사람에게는 도움이 되지 않겠습니까. 내게 전화를 주실 수는 없을 겁니다. 난 휴대폰이 없으니까. 그러니 내가 나중에 다시 전화를 하겠습니다. 그럼 이만."

리처는 전화를 끊었다. 그가 벨벳 로비에서 걸어 나와 인도로 내려섰다. 아더 스콜피오의 검정색 세단이 도로변에 멈춰 섰다. 리처 바로 옆에, 그의 엉덩이와 수평으로. 창문이 내려왔다.

앞문 보초가 말했다. "차에 타."

10

사내는 총을 갖고 있었다. 리볼버. 언뜻 보기에 구형 치프스 스페셜 모델이었다. 스미스 앤드 웨슨의 다섯 발들이 38구경. 짧은 총신은 사내의 손 안에서 더욱 작아 보였다. 사내는 운전석에 앉아서 열린 조수석 창문을 향해 반쯤 몸을 뒤튼 자세였다. 역시 반쯤 높힌 리볼버를 지탱하고 있는 오른쪽 팔은 휘어졌고 그쪽 어깨는 등받이에 눌려 불편해 보였다.

"차에 타." 사내가 다시 말했다.

리처는 가만히 서 있었다. 그에게는 몇 가지 선택이 있었다.

가장 쉬운 선택은 그냥 걸어가는 것이다. 인도를 따라 곧장. 차의 앞머리가 향하고 있는 방향으로. 왼쪽에 핸들이 있는 차량을 운전하며 오른손에 쥔 총으로 조수석 창문을 겨누고 있는 경우, 표적이 앞으로 걸어가게 되면 난관에 봉착할 수밖에 없다. 일단은 차의 앞 유리가 문제다. 거기다 대고 총을 발사할 수는 없다. 탄도가 굴절되면서 빗나갈 것이다. 게다가 구멍이 뚫리게 된다. 래피드시티는 위험한 도시지만 LA 중남부만큼은 아니다. 아침에 울려 퍼지는 총성은 사람들의 주의를 불러 모을 것이다. 더구나 시내 중심가이기에 호텔과 식당들이 몰려 있다. 경찰차들이 즉시 출동할 것이다. 다른 건 다 둘러댈 수 있을지 몰라도 앞 유리의 총알구멍은 어떤 변명으로도 메울 수 없다.

결국 리처를 쏘기 위해서는 사내가 움직여야 한다. 움직이는 방향은 두 가지. 조수석 방향과 운전석 방향. 조수석 방향으로 움직이는 건 너무 복잡하다. 변속기를 젖힌다. 브레이크에서 발을 뗀다. 몸을 뒤채서 안전벨트를 벗는다. 팔 받침대를 들어올린다. 엉덩이를 부지런히 놀려서 조수석 쪽으로 가깝게 옮겨 앉는다. 오른쪽 팔을 조수석 창문 밖으로 내민다. 그 모든 과정을 밟기까지 어느 정도 시간이 소요된다. 그동안 리처는 상당한 거리를 앞서나가 있게 된다. 사내의 총은 7.5센티 총신의 구형 38구경이다. 애초에 정확도가 떨어지는 모델이다. 게다가 멀어진 거리까지 감안하면 결국 맞추지 못할 것이다.

따라서 운전석 창문 쪽이 시간적으로 훨씬 유리하다. 바로 왼쪽에 있으니까. 하지만 만만치 않은 건 마찬가지다. 운전석 위에서 옆으로 무릎 꿇은 자세를 취한다. 창문 밖으로 상반신을 들이민다. 꽉 끼는 스웨터를 억지로 껴입을 때처럼 팔 전체와 어깨를 열심히 꿈적거려서 오른팔을 자유롭게 만든다. 창문 밖으로 허리까지 빼낸 다음 거의 90도 각도로 상체를 뒤튼다. 그렇게 자세를 잡은 다음 조준을 하고 방아쇠를 당긴다. 그 단계에서는 밖으로 떨어지지 않도록 균형을 잡아야 한다. 왼손으로 옆 유리라도 붙들고 있어야 한다. 정확도가 떨어지는 무기. 균형을 잃지 않기 위해 전전긍긍하는 저격수. 총에 맞을 걱정은 할 필요가 없다.

물론 사내의 선택은 아직 남아 있다. 차 밖으로 나오는 것이다. 그다음에는 경찰들처럼 열어젖힌 문짝 뒤에서 자세를 잡는 것이다. 하지만 거기까지. 방아쇠를 당길 기회는 없을 것이다. 차문이 삐걱대는 소리를 듣는 즉시 리처가 허리를 굽히고 가까운 상점이나 골목으로 숨어들어갈 테니까. 차가 굴러오는 소리를 듣게 되는 경우에도 마찬가지.

영화에서는 길 가는 사람을 총으로 위협해서 차에 태우는 장면이 자주 등장한다. 관객의 입장에서는 아주 그럴듯해 보인다. 하지만 실제 길거리에서는 제대로 먹히는 방법이 아니다. 특히 리처 같은 상대에게는 확률제로. 다시 한 번 말하지만 그 경우 침착하게 앞으로 걸어 나가는 것이 최선의 선택이다. 훗날을 기약하는 작전상 후퇴.

하지만 리처는 그 자리에 그대로 서 있었다.

그가 말했다. "내가 이 차에 타기를 바라나?"

사내가 말했다. "당장."

"그럼 총 치워."

"그렇게 못하겠다면?"

"차에 안 타지."

"당신을 쏴 버린 다음에 피 흘리는 채로 실어갈 수도 있어."

"아니." 리처가 말했다. "넌 그럴 수 없어."

리처로서는 왼쪽으로 한 발짝 잽싸게 옮기면 그만이었다. 사내의 총알은 옆 유리 두 개 사이의 철제 프레임을 맞추는 게 고작일 것이다. 아니, 실제로는 아예 총을 쏘지도 못할 것이다. 등받이 때문에 오른쪽 어깨를 자유롭게 놀릴 수 없으니까. 게다가 총성은 또 어쩌겠는가. 경찰들이 곧장 달려올 것이다. 경광등, 사이렌, 심문.

사내로서는 속수무책이었다. 아마추어. 리처로서는 잘된 일이었다.

"총 치워." 리처가 다시 말했다.

"그러고서도 당신이 안 타면?"

"스콜피오 씨를 방문하는 건 나로서도 대환영이야. 내게 필요한 정보를 그가 갖고 있거든. 안 그래도 오늘 오후쯤에는 찾아갈 생각이었어. 하지만 기왕에 자네가 찾아와 줬으니 지금 따라가도 나쁘진 않을 것 같군."

"내가 스콜피오 씨 밑에 있다는 걸 당신이 어떻게 알아?"

"마술이지." 리처가 말했다.

사내가 잠시 뜸을 들인 뒤, 권총을 코트 주머니에 쑤셔 넣었다.

리처가 조수석 문을 열었다. 낡아빠진 링컨 타운카였다. 까마득한 연식의 사각형 차체. 드라마에서 차량이 뒤집어지고 불타는 장면의 단골 주인공. 같은 무게의 흙더미보다 값이 싸기 때문이다. 차 안을 덮은 붉은 벨벳은 여기저기 주름이 잡히고 기름때에 찌들어 있었다. 중국식당 로비처럼.

리처가 몸을 구겨서 좌석에 앉았다. 그가 팔 받침대 위에 팔꿈치를 걸쳤다. 그의 왼손이 아래로 늘어졌다. 특대 접시만 한 사이즈. 사내의 눈길이 그 위에 꽂혔다. 길고 두꺼운 손가락들. 호두알만 한 주먹관절들. 하얗게 두드러진 옛적 상처와 흉터들.

사내가 눈길을 돌렸다. 그의 꼬리는 이미 다리 사이로 말려들어간 뒤였다. 벽에 기대서서 다른 사람들을 겁주어가며 으스대던 삶. 하지만 이 남자 옆에서는 더 이상 아니었다. 듣지도 보지도 못했던 세계. 그가 판을 치던 곳이 동물원 우리였다면 지금은 정글이었다.

"운전해." 리처가 말했다. "이 몸이 좀 바쁘거든."

왼쪽, 오른쪽으로 꺾어가며 다운타운 블록들을 통과한 링컨이 다시 제 구역으로 들어와 빨래방 앞에 멈춰 섰다.

사내가 다시 총을 꺼내 들었다. 스콜피오 앞에서 체면을 세워야 할 테니까. 리처는 신경 쓰지 않았다. 아무렴 어떠랴.

사내가 조수석 옆으로 돌아와서 문을 열었다. 리처가 인도로 내려섰다. 사내가 빨래방 앞문을 고갯짓으로 가리켰다. 리처가 먼저 들어갔다. 하수와 비누 냄새가 콧속을 파고들었다. 뒷문 보초가 세탁기에 기대서 있었다. 아더 스콜피오는 플라스틱 의자에 앉아 있었다. 그 모습이 휘돌고 있는 세탁기에 의해 최면이 걸린 손님 같았다. 가까이에서 보니 얼굴 곳곳에 곰보자국이 패 있었다. 피부가 유난히 하앴다. 모종의 화학치료를 받고 있는 것 같았다. 창백한 피부 탓에 두 눈은 더욱 어둡게 보였다. 키가 컸다. 187센티 정도? 그리고 삐쩍 마른 체구였다. 주머니 가득 동전을 채워 넣고 체중계에 올라서도 72킬로그램을 넘지 않을 게 분명했다. 뼈 위에 살점 없이 피부만 발라놓은 듯한 모습이 마치 사다리 같았다. 뒷문 보초가 세탁기를 몸으로 밀어서 자세를 바로 세운 뒤 리처 앞으로 다가왔다. 링컨 운전수는 리처의 등 뒤로 다가섰다.

스콜피오가 말했다. "원하는 게 뭐야?"

"당신이 지미 랫한테 반지 하나를 넘겼어." 리처가 말했다. "나는 당신이 그 반지를 누구에게서 입수했는지 알고 싶은 것뿐이야."

"완전히 잘못 짚으셨군. 난 빨래방 주인일 뿐이야. 지미 랫이라는 이름은 들어본 적도 없어."

"빨래방은 잘되나?"

"먹고살 만큼은."

"겸손하시군. 먹고사는 것 이상이잖아. 벌어들이는 돈을 지켜줄 어깨를 둘씩이나 고용하고 있으니 말이야. 그런데 그 많은 돈을 어떻게 버는 걸까? 손님 하나 없는데."

"무슨 트집을 잡으려고 이래?"

창밖 맞은편 도로변에 연푸른 차량 한 대가 멈춰 섰다.

미제. 쉐보레인 것 같았다. 기본 사양만을 갖춘 평범한 차량. 안에는 작은 체구의 동양 여자가 앉아 있었다. 까만 머리, 까만 눈동자, 심각한 표정. 나카무라. 그녀가 시동을 끈 채 운전석에 앉아 고개를 돌리고 지켜보기 시작했다. 스콜피오의 링컨 너머로. 그녀의 눈길이 리처의 얼굴에 꽂혔다. 두 장의 유리와 10미터 두께의 공기 벽을 사이에 두고.

리처가 스콜피오를 바라보며 말했다. "지미 랫이 당신에게 음성 메시지를 남겼어. 그래서 당신은 이 친구들을 불러 모은 거고. 지미 랫은 내가 찾아가고 있다고 말했어. 그래서 지금 내가 여기 와 있는 거야. 이제 내가 얼마나 오래 머물게 될지는 당신 하기에 달렸어."

스콜피오가 말했다. "일단, 나는 당신이 무슨 얘길 하고 있는지 모르겠어. 그리고 길 건너 파란 차에 타고 있는 사람이 누군지 혹시 알고 있나?"

"경찰. 나카무라 형사."

"나를 조용히 살게 내버려두지 않는 사람이지. 당신이 지금 보고 있다시피. 저 여자는 허무맹랑한 혐의를 들이대며 나를 괴롭히고 있어. 하지만 오늘만큼은 내게 도움이 될 것 같군. 내 업소에 무단 침입한 인간을 잡아가줄 테니까 말이야. 이제야 세금 낸 보람이 느껴지는군."

"당신이 세금을 낸다고?"

"대체 무슨 트집을 잡고 싶은 거야?"

"나는 무단으로 침입한 게 아니야. 당신이 날 초대했잖아. 정중한 방식은 아니었지만."

"웃기지 마. 감히 누굴 위협하려는 거야. 얼마나 오래 머물지는 나 하기에 달려 있다고 했나? 뭘 어쩌려고? 경찰이 저렇게 지켜보고 있는데?"

"내가 저 경찰의 이름을 알고 있는 건 그녀와 이미 대화를 나눴기 때문이야. 당신이 이 동네 경찰들에게 그다지 환영받는 존재가 아니라고 하더군."

"그건 피차 마찬가지야."

"그녀의 얘기는 일종의 암호야. 자, 쉽게 해석해주지. 내가 당신 팔을 뽑아서 그걸로 당신을 죽을 때까지 두들겨 패도 간섭하지 않겠다는 뜻이야. 알아듣겠어? 날 말리기는커녕 구경꾼들한테 티켓을 팔아댈 거야."

"암호 같은 소리. 당신도 경찰인 거야? 다른 도시에서 파견된 건가?"

"경찰이 오기를 기대하고 있었나? 그렇다면 미안하게 됐는걸. 나는 그저 질문 하나 던지러 온 평범한 시민이야. 이제 대답을 해주시지. 그러면 사라져 줄 테니까."

스콜피오가 말했다. "오늘 내가 당신을 어떻게 찾아냈는지 궁금하지 않아?"

리처가 말했다. "전혀. 이미 알아냈거든. 당신 부하가 어디서 튀어나왔는지 내 눈으로 봤으니까. 중국집 종업원. 당신이 그들에게 잔돈 좀 뿌렸겠지. 그들끼리는 늘 소문이 돌아다니니까. 휴대폰으로 통화도 하고 문자도 날려대지. 훌륭한 네트워크야. 일은 힘든데 보수는 짜고 인정도 받지 못하는 사람들. 그러니 당신 같은 인간의 유혹에 쉽게 넘어갈 수밖에 없지. 당신이 이미 내 인상착의를 알려주었을 거야. 지미 랫의 경계경보. 숲에서 뛰쳐나온 빅풋을 조심해라. 지미가 그렇게 일러줬지, 안 그래?"

"나는 지미라는 이름을 들어본 적도 없어. 그게 내가 하고 싶은 말이야. 하루 종일 나를 여기 앉혀두고 캐물어도 내 대답은 똑같아. 그래도 당신은 어쩔 도리가 없어. 경찰이 지켜보고 있으니까."

"그녀는 곧 떠날 수도 있어."

"아니. 저 여자는 하루 종일 버티고 앉아 있을 거야. 내가 퇴근하기 전까지는 절대 떠나지 않을 걸? 그럼 당신은 어쩔 거야? 우리 뒤를 쫓아올 건가? 어디 한번 그래 보시지. 어떤 식당에서도 당신한테 음식을 팔지 않을 거야. 커피 한 잔 구경 못할 걸? 방을 내어줄 모텔도 없을 테고. 내가 거느리고 있는 네트워크가 한두 개인 줄 알아?"

"이런, 알 카포네를 몰라봤군." 리처가 말했다. "하기야 똥차를 끌고 다니니 알아볼 도리가 없지."

"꺼져. 시간 낭비일 뿐이야. 당신은 아무것도 할 수 없어. 경찰이 지켜보고 있는 한 절대로. 암호? 웃기시네. 여기는 미국이야."

"그렇다면 시험해 보는 수밖에." 리처가 말했다. "일단 내가 당신 주둥이에 한 방 먹이는 거야. 그런 다음 그녀가 뛰어 들어올 때까지 얼마나 걸리나 지켜보자고."

두 보초가 거리를 좁혀왔다. 총은 뽑아 들지 않았다. 손으로든 어깨로든 리처를 떠밀지도 않았다. 그럴 수 없었다. 나카무라가 지켜보고 있으니까. 어느새 스콜피오의 의자 양옆에 버티고 섰다가 한 발짝씩 앞으로 내디딘 것뿐이었다. 주인을 보호하는 두 개의 방패처럼. 이제 그들과 리처의 위치는 팔을 뻗으면 닿을 거리에 짜인 납작한 삼각형 구도.

리처가 말했다. "그녀가 여전히 지켜보고 있나?"

스콜피오가 말했다. "다른 때보다 더 열심히."

"내 질문에 대답할 건가?"

"완전히 잘못 짚었다고 했잖아."

"그렇군." 리처가 말했다. "알겠어."

그가 한 손을 들어 허공의 한 지점을 손바닥으로 토닥거렸다. 운동선수들이 타임아웃을 요청할 때, 혹은 격투에서 패배를 인정할 때, 아니면 상대방의 흥분을 가라앉히기를 호소할 때, 그 밖의 어느 경우든 평화의 신호로 해석되는 동작이었다. 리처가 말했다. "이러면 어떨까?" 의미심장한 어조였다. 하지만 그는 말을 끝맺지 않았다. 대신에 허공을 토닥거리던 손을 이마에 갖다 대고 천천히 문질러댔다. 두통을 달래려는 듯, 혹은 적절한 단어를 생각해내려는 듯. 이어서 그가 다른 손으로 머리칼을 쓰다듬었다. 앞뒤로 빠르게. 마음속에 얽혀 있는 실타래를 풀어내려는 듯.

잠시 후 그가 양손을 입가로 모으더니 탑 모양으로 합치며 꾹 다문 입술 위에 세로로 포갰다. 생각에 잠긴 듯. 그가 이내 두 손을 다시 위로 올려 두 눈을 문지르더니 양쪽 관자놀이를 손가락으로 세게 눌렀다. 해결책을 떠올리기 위해 조금 더 머리를 쥐어짜려는 듯.

생각에 잠긴 얼굴, 눈어림에 올라와 있는 두 손. 상식적으로 공격을 예상할 수 없는 정황이었다. 세 사내 역시 한 점 의심 없이 리처가 생각을 마무리 짓고 말을 끝맺기를 기다리고 있었다.

다음 순간, 리처의 오른손이 빛의 속도로 곧게 뻗어나갔다. 뱀의 혓바닥처럼. 뻗어나가는 동안 손가락들이 접히며 쇠공처럼 뭉쳐진 주먹이 오른쪽 사내의 얼굴에 꽂혔다. 힘을 가득 실은 펀치는 아니었다. 기껏해야 콧등이 부러지는 정도? 더 이상은 아니었다. 딱 그 정도면 충분했다. 아주 잠시 동안만 사내의 운동신경을 얼어붙게 만들려는 의도였으니까. 그게 전부였다. 임무를 완수한 리처의 오른손이 사선을 그리며 뒤로 빠지다가 이번에는 수평으로 반원을 그리며 왼쪽 사내를 향해 날아갔다. 진작 뒤틀려 돌아가 있던 허리와 오른쪽 어깨가 풀리면서 그 운동에너지까지 실린 가공할 라이트훅이 사내의 옆 목을 강타했다. 뼈가 없어 얼굴보다 약한 부위. 왼쪽 사내가 넘어가는 문짝처럼 바닥에 널브러졌다. 그 즉시 리처는 왼쪽으로 돌아간 몸통을 풀면서 그 회전력을 실은 레프트훅으로 오른쪽 사내의 목을 가격했다.

완벽한 대칭. 기술점수 만점.

시작부터 마무리까지 소요 시간은 3초 미만. 시간점수 만점. 물론 예술점수 역시 만점.

오른쪽 사내는 천천히 넘어갔다. 트럭에 받힌 가로등처럼.

마침내 리놀륨 바닥과 사람의 몸뚱이가 충돌하는 소음이 짧게 울려 퍼졌다. 리처는 아무 일도 없었다는 듯 제자리에 서 있었다.

그가 말했다. "이제 당신과 나, 둘뿐이군."

스콜피오는 아무 말도 하지 않았다.

리처가 말했다. "그녀가 차에서 내렸나?"

스콜피오는 대답하지 않았다.

리처가 상체를 숙이고 두 사내의 주머니를 뒤져 전리품을 수거했다. 스미스 앤드 웨슨 치프스 스페셜 두 자루. 그가 태어나기 전에 제작된 듯, 형편없이 낡은 권총들.

그가 두 자루 모두 자기 주머니에 쑤셔 넣었다.

그가 말했다. "그녀가 아직도 안 내렸나?"

스콜피오가 말했다. "안 내렸어."

"전화 통화 중인가?"

"아니."

"무전교신 중인가?"

"아니."

"그럼 뭘 하고 있지?"

"그냥 보고만 있어."

"내가 시험해보자고 했던 말 기억하나?"

스콜피오는 대꾸하지 않았다.

나카무라는 지켜보고 있었다. 스콜피오가 황제처럼 의자 등받이에 기대고 앉아 있었다. 보초 둘은 충실한 경호무사들처럼 그 양옆에서 한 발짝씩 앞으로 나와 버티고 서 있었다. 리처는 그녀에게 등을 보인 채 세 사람을 마주 보고 있었다. 팔 뻗으면 닿을 거리에서.

모종의 대화가 오갔다. 두 개의 질문, 두 개의 대답. 짧은 문장들. 간결한 요점들.

어느 순간 리처가 머리를 긁적였다. 다음 순간 리처의 몸뚱이가 갑자기 요동을 쳤다. 보초 둘이 곧장 쓰러졌다.

리처가 때려눕힌 것이다. 그녀가 황급히 문손잡이를 더듬었다. 그녀가 동작을 멈췄다.

'어쨌든 잘된 일이야. 끼어들지 마.'

그녀가 깊게 숨을 들이마셨다. 그리고 계속해서 지켜보았다.

리처가 스콜피오 옆에 놓인 플라스틱 의자에 앉았다. 그가 몸을 쭉 뻗고 정면에 놓인 메이택 세탁기에 눈길을 모았다. 리처 옆에서 스콜피오는 조용히 앉아 있었다. 마치 야구경기를 관람하는 중늙은이들 같았다. 보초 둘은 여전히 바닥에 널브러져 있었다. 둘 모두 숨은 쉬고 있었다. 하지만 편안한 호흡은 아니었다. 리처가 주머니에서 웨스트포인트 반지를 꺼냈다. 그가 그걸 손바닥 위에 올려놓았다. 그가 말했다. "나는 당신이 이걸 누구에게서 입수했는지 알아야만 해."

"처음 보는 물건이야." 스콜피오가 말했다. "나는 빨래방 주인일 뿐이라고."

"당신 주머니에 뭐가 들어 있지?"

"그건 왜 묻는 거야?"

"전부 다 꺼내 놓는 게 좋을 거야. 이제 당신을 저 회전식 건조기 속에 처넣을 생각이거든. 그런데 당신 주머니 속의 열쇠나 동전 때문에 기계가 고장 날까봐 걱정이란 말이지."

스콜피오가 회전식 건조기를 힐끗 보았다. 어쩔 수 없는 본능.

그가 말했다. "내가 들어가기에는 너무 좁아."

"충분할 거야. 꾸겨 넣으면." 리처가 말했다.

"그 반지는 진짜로 처음 보는 거야."

"당신이 지미 랫에게 팔아 넘겼잖아."

"처음 들어보는 이름이야."

"저 건조기 다이얼을 어디다 맞추느냐는 당신 하기에 달렸어. 물론 처음에는 약한 세기에서부터 시작할 거야. 그러다가 점점 올려야겠지. 누가 그러더군. 끝까지 올리면 빈대 정도는 깨끗이 죽여준다고."

스콜피오는 아무 말도 하지 않았다.

"나도 알아." 리처가 말했다. "당신은 미스터 래피드시티야. 이 도시의 일인자. 거느리고 있는 네트워크가 수두룩하지. 하지만 그게 바로 당신의 문제야. 그 네트워크들은 어쩌면 서로 연결되어 있을지도 몰라. 그런 경우라면 쪽팔린 뉴스들이 금세 퍼져나가겠지. 오랫동안 공들여 이룩한 모든 것들이 하루아침에 폭삭 무너지고 말 거야. 당신으로서는 상상조차 끔찍한 악몽일 테지. 그래서 이렇듯 완강하게 버티고 있는 것이고. 나도 안다잖아. 충분히 이해할 수 있어. 하지만 여기서 당신이 잊지 말아야 할 두가지 중요한 사실이 있어. 첫째, 당신이 무슨 짓을 해왔든, 난 상관하지 않아. 난 경찰이 아니니까. 내게 두 번째 질문은 없어. 둘째, 난 당신을 저 회전식 건조기 속에 처넣을 거야. 그러니 당신은 지금 진퇴양난에 빠진 거지. 하지만 살 길은 있어. 어려운 일도 아니야. 창의력을 약간만 발휘하면되니까. 책 같은 거 읽어 본 적 있나?"

"물론."

"어떤 책?"

"달 착륙에 관한 책."

"그런 종류는 논픽션이라고 하지. 하지만 다른 종류도 있어. 픽션. 간단히 말하자면 얘기를 지어내는 거야. 진짜 중요한 진실을 드러나게 만드는 작업이라고 이해하면 쉬울 거야. 당신 같은 경우에는 내게 이런 픽션을 들려줄 수 있겠지. 어느 날, 다른 동네 출신의 노숙자 한 사람이 빨래를 하기 위해 당신 가게를 찾아왔다. 그런데 그에게는 돈이 한 푼도 없었다. 갖고 있는 거라고는 오직 반지 하나뿐이었다. 당신은 마지못해 그 반지를 받고 세탁기와 건조기를 몇 번 돌리게 해주었다. 그가 떠날 때는 밥값과 숙박비까지 쥐어주었다. 당신은 따뜻한 심장을 가진 사람이니까. 어때, 멋진 얘기잖아. 나카무라 형사라고 해도 트집을 잡을 수 없을 거야."

"그럼 내가 지미 랫한테 반지를 넘겼다는 걸 인정해야 하잖아."

"그건 완전히 합법적이었어. 당신은 빨래방을 운영하는 사람이야. 기계에서 털어낸 25센트짜리 동전들은 은행에서 처리할 수 있어. 하지만 반지는 아니지. 당신은 그걸 처분할 방법이 없었어. 그러던 어느 날, 아주 운

좋게도 오토바이를 타고 지나가던 어떤 남자가 그걸 사겠다고 나서준 거야. 그 남자가 나쁜 사람이라는 건 나중에야 알게 된 사실이잖아. 그러니 당신한테는 어떤 법적 책임도 없는 거야."

"그 정도 얘기면 진짜 중요한 진실을 드러내기에 충분할까?"

"멋진 얘기잖아." 리처가 다시 말했다. "당신이 그 남자의 이름을 기억해낼 수만 있다면 마무리까지 완벽해지겠지. 다른 동네에서 온 노숙자 말이야."

"다른 동네가 아니고 다른 주야." 스콜피오가 말했다. "그 얘기와 정확히 일치하는 건 아니지만 실제로 그런 일이 일어났었어. 와이오밍에서 어떤 중간 거래상이 날 찾아왔었거든. 난 그를 도와줬을 뿐이야."

"그게 언제였지?"

"6주쯤 됐어."

"와이오밍 어디?"

"뮬크로싱이라는 작은 마을. 내 기억이 정확하다면 거기야."

"그 사람 이름은?"

"세이모어 포터필드. 내 기억이 정확하다면. 사람들은 그냥 사이라고 부른다더군."

11

길 건너에서 나카무라는 여전히 지켜보고 있었다.

리처가 자리에서 일어났다. 그가 왼쪽 사내를 건너 걸음을 옮겼다. 그의 눈길이 건조기에 꽂혔다. 일반 가정용보다 컸다. 큰 이불 따위를 말리기에 적합한 크기였다. 스콜피오도 충분히 들어갈 것 같았다.

그가 말했다. "뒷문으로 나가줄까?"

스콜피오가 고개를 저었다.

"아니." 그가 말했다. "앞문으로 나가."

리처가 오른쪽 사내의 몸뚱이를 넘어선 뒤 문을 열고 인도로 나왔다. 따뜻하고 신선한 공기가 콧속을 파고들었다. 그가 오른쪽으로 방향을 틀고 걷기 시작했다. 나카무라의 차에 시동이 걸리는 소리가 들려왔다. 이어서 차체가 바람을 가르는 소리, 그리고 바퀴 아래 잔돌들이 튀는 소리도 들려왔다.

이윽고 차가 그 옆에 나란히 멈춰 섰다. 창문이 내려왔다.

검은 머리, 검은 눈동자, 심각한 표정.

그녀가 말했다. "타요."

"지금 나한테 화난 겁니까?"

"내 관할구역 내에서 범죄를 저질러서는 안 된다고 했잖아요."

"빨래방 안이었는데? 거기도 당신 관할구역에 포함되는 겁니까?"

"그건 반칙이에요. 우리가 이 사건에 얼마나 공을 들이고 있는지 당신은 모를 거예요."

리처가 조수석 문을 열고 미끄러지듯 몸을 밀어 넣었다. 그가 레버를 조작해서 좌석을 뒤로 밀었다. 그가 말했다. "미안합니다. 나도 당신들이 애 쓰고 있다는 걸 잘 알고 있습니다. 스콜피오는 만만한 상대가 아니니까."

"그가 무슨 얘기를 하던가요?"

"그 반지를 와이오밍의 사이 포터필드라는 사내에게서 입수했다더군요. 6주 전쯤에. 결국 위스콘신의 지미 랫과의 관계도 인정한 셈입니다. 따라서 그자 역시 I-90을 중심으로 서쪽에서 동쪽으로 이어지는 유통 체인의 한 단계인 거고."

"증거가 없어요."

"금전적 대가를 받고 그에게 정보를 제공하는 식당직원들도 있습니다. 그자의 얘기로는 그것도 자신이 운영하는 여러 네트워크들 가운데 하나라는군요. 내 생각에는 마을 사람들을 상대로 사채업도 하고 있는 것 같던데."

"그 어떤 것도 현재로서는 입증할 수가 없어요."

"하지만 사업적으로 크게 성공한 것 같지는 않습니다. 일단 자가용이 형편없는 고물이니까. 100달러나 할까? 똘마니들의 권총은 또 어떻고. 당신이 태어나기도 전에 제작됐을 겁니다."

"그 차가 시동은 걸리던가요?"

"곧잘 달리더군요."

"총은 작동하나요?"

"아마 성능에는 이상이 없을 겁니다. 리볼버는 내구성이 강하니까."

"여기는 사우스다코타예요. 검소한 삶이 미덕인 곳이죠. 아더 스콜피오는 사업적으로 상당히 성공한 인물이에요."

"그렇다고 칩시다."

"그 총들은 어디 있죠?"

리처가 주머니에서 리볼버 두 자루를 꺼내 운전석 뒷자리로 던졌다.

그녀가 말했다. "고마워요."

그가 말했다. "한 가지 더. 빨래방 뒤쪽 사무실이 수상해요. 상식적으로 볼 때 그자는 처음부터 나를 그리로 데려갔어야 했습니다. 내보낼 때도 뒷문이어야 했고. 앞문으로 나오면 당신이 나를 불러 세워서 질문을 퍼부어댈 게 뻔하니까. 하지만 그는 그러지 않았습니다. 그러니 그 사무실을 확인해야 해요."

"그러려면 영장이 필요해요."

"그의 전화를 도청하고 있잖습니까. 그가 은연중에 범죄 사실을 흘릴 수도 있어요. 지금은 와이오밍의 포터필드와 통화 중일 게 분명하고."

"당신은 이제 그리로 갈 건가요?"

"지도를 입수하는 즉시. 그 마을 이름이 뮬크로싱이라고 했습니다. 처음 들어보는 지명이에요."

나카무라가 휴대폰을 꺼냈다. 그녀가 화면을 문지르고 나서 글자들을 입력했다. 잠시 후 그녀가 말했다. "여기서 아래로 내려가야 해요. 라라미 근처군요. 도로변에 자리 잡은 아주 작은 동네예요."

그녀가 그의 눈앞에 휴대폰을 들이밀었다.

그녀가 말했다. "승용차라면 I-90이 아니라 I-80을 타야 해요."

그가 말했다. "여기서부터 서쪽으로는 한참 동안 무인지대가 이어집니다. 따라서 그들의 네트워크 거점은 하나가 아닐 겁니다. 와이오밍과 몬태나, 그리고 아이다호 전역에 걸쳐 수십 명의 포터필드가 고리를 잇고 있을 거라는 얘기지요. 그들이 입수한 건 모두 스콜피오에게 넘어오는 거고. 시냇물들이 강에서 합류하는 것처럼. 빨래방을 드나드는 사람들을 모두 지켜보고 있습니까?"

"그러려고 노력 중이에요. 그 뒷골목에 차량과 바이크들이 주차돼 있을 때는 특히 신경을 쓰죠. 상당수가 다른 주 번호판들이에요. 빨래방 뒷문으로 드나드는 타지 사람들이 꽤 된다는 얘기죠."

"빨래방 뒤쪽 공간을 확인해야만 해요. 거기는 여분의 세제통들만 쌓아놓는 창고가 아닐 테니까. 그건 확실해요. 난 빨래 손님을 단 한 사람도 본 적이 없습니다."

나카무라가 한 박자 침묵을 지켰다.

그녀가 말했다. "정보 고마워요."

그가 말했다. "천만에요."

"자, 이제 어디로 모셔다 드릴까요?"

"버스 터미널. I-90을 타고 서쪽으로 가는 노선이면 뭐든지 탈 생각입니다. 버팔로에서 내린 뒤, 남쪽으로 라라미까지 내려가면 되니까."

"시애틀 행 버스를 타면 되겠네요."

"네." 리처가 말했다. "내 생각도 그렇습니다."

리처가 터미널에서 내렸다. 그가 나카무라에게 작별인사를 건네며 행운을 빌어주었다. 그녀를 다시 만날 기회는 없을 것이다. 그의 생각이 그랬다.

리처가 버팔로 행 버스 티켓을 끊었다. 형광등이 밝혀진 대합실에는 그만그만한 여행객들이 스무 명 남짓 모여 있었다. 그가 그들 틈에 앉아 버스를 기다렸다. 연한 단색으로 칠해진 대합실 한쪽 벽면에는 전망창이 크게 뚫려 있었다. 창밖, 아스팔트 깔린 공간은 휑하니 비어 있었다. 이제 곧 시애틀 행 버스가 그 자리를 메울 것이다. 수폴스에서부터 달려온 버스일 것이다.

나카무라가 컴퓨터범죄과의 동료에게 전화를 걸어 다시 한 번 도움을 요청했다. 전화회사 친구에게 연락을 취해서 지난 한 시간 동안 스콜피오와 통화한 상대방의 신원을 확인해달라, 걸려온 전화보다는 스콜피오가 건 전화에 주목해 달라, 특히 와이오밍 지역번호, 307번은 더욱 집중해 달라.

그녀의 친구는 확인할 필요가 없다고 말했다. 형사과장이 이미 통신 및 전파 감시 작전 재개를 지시했으니까. 따라서 스콜피오의 유선전화 및 휴대폰의 통화 내역과 그 내용은 경찰서 컴퓨터 시스템의 하드 드라이브에 실시간으로 저장된다고 했다. 그 하드 드라이브는 나카무라의 책상 컴퓨터로도 접근이 가능하다고 했다. 하지만 한 가지 문제가 있다고 했다. 지난 한 시간 동안 스콜피오가 전화를 한 통화도 하지 않았다고 했다.

차창 밖의 풍경이 사우스다코타에서 와이오밍으로 바뀌어 가고 있었다. 리처는 그가 제일 좋아하는 자리에 앉아 있었다. 왼쪽 뒤 차축 위에 앉힌 좌석. 상대적으로 요동이 심해서 대부분의 사람들은 앉으려 하지 않는다. 다른 빈자리가 있는 한. 그래서 리처는 그 자리를 좋아한다. 그는 와이오밍도 좋아한다. 엄청난 지리적 여건, 엄청난 날씨, 그리고 공허함 때문이다. 와이오밍은 영국과 비슷한 면적이다. 하지만 인구수는 켄터키 루이스빌보다 적다. 인구 조사에 따르자면 대부분이 무인지대이다. 그렇게 흩어져 살고 있는 주민들의 성격적 특성은 한마디로 단순명랑이다. 그들은 다른 사람 일에 간섭하지 않는다. 리처가 좋아할 수밖에 없는 곳.

처음 한동안은 고원지대가 이어졌다. 이미 가을이 깊어가고 있었다. 그의 눈길이 까마득한 황갈색 광야가 끝나는 어림에 망령처럼 서 있는 산악지대를 천천히 훑었다. 고속도로는 지극히 한산했다. 가끔씩 트럭이 스쳐 지나가곤 했다. 천천히. 몇 번인가는 거의 1분 동안이나 버스와 나란히 달리기도 했다. 기사들은 모두 나이 든 남성들이었다. 어느 기사와는 눈도 한 번 마주쳤다.

'내 아내라면 당신이 뭔가에 대해 죄책감을 느끼고 있다고 말할 겁니다.'

그가 반대쪽으로 눈길을 돌렸다. 버스 통로를 지나 맞은편 지평선으로.

나카무라가 형사과장의 모퉁이 사무실로 들어갔다. 그가 그녀를 올려다보았다. 두 눈이 반짝거렸다. 마음의 여유와는 거리가 먼 눈빛이었다.

"빅풋이 떠났어요." 그녀가 말했다. "스콜피오가 그의 질문에 대답을 했거든요. 다음 목적지는 와이오밍이에요."

"와이오밍에 뭐가 있지?"

"와이오밍 뮬크로싱에 살고 있는 포터필드라는 남자가 그 반지를 스콜피오에게 넘겼어요. 대략 6주 전 일이에요."

"빅풋은 어떻게 스콜피오의 입을 열게 만든 거지?"

"스콜피오의 어깨들을 그가 때려눕혔어요. 스콜피오는 자기가 다음 차
례라고 겁을 먹은 것 같아요."

"자네가 직접 목격했나?"

"그게 좀 그런 게요. 직접 봤다고 말할 수가 없는 상황이었어요." 나카
무라가 말했다. "순식간에 끝나버렸으니까요. 정확히 무슨 일이 벌어졌는
지 제 눈에는 제대로 들어오지도 않았어요. 법정에서 목격자 진술로 인정
받기에는 정확성에 하자가 있는 거죠."

"그럼 이제 다시 원점이로군." 형사과장이 말했다. "아니, 한 걸음 퇴보
한 거야. 스콜피오의 전화기가 잠잠하잖아. 편의점에서든 잡화점에서든
요금 선불제 대포폰을 샀다는 얘기지. 앞으로 그자가 누구와 통화하든,
또 어디와 연락하든 우리로서는 알 길이 없어진 거야."

형사과장이 거기서 말을 끊었다. 그의 고개가 다시 책상 위 이메일을
향해 꺾어졌다. 나카무라는 말없이 물러나 자기 책상으로 돌아왔다.

거기서부터 동쪽으로 800마일 남짓 떨어져 있는 시카고 북단의 골드
코스트 호화주택 단지, 튜더 양식의 어느 대저택 주방에서 티파니 제인
매켄지라는 이름의 여자가 브라몰의 휴대폰 번호를 눌렀다.

신호가 갔다. 벨이 울렸다. 울리고 또 울렸다. 응답이 없었다. 이윽고 녹
음된 목소리가 흘러나와 메시지를 남길 것을 권했다. 그녀가 말했다. "브
라몰 씨, 매켄지입니다. 진전이 있는지 궁금해서 전화했어요. 물론 성급하
게 결과를 원하는 건 아니에요. 뭐든 밝혀진 게 있는지, 아니면 답보상태

인지 직접 듣고 싶네요. 그러니 가능한 한 빠른 시간 내에 전화주세요. 감사합니다. 그럼 이만."

전화를 끊은 뒤, 매켄지 여사의 손가락들이 휴대폰 위에서 분주하게 움직였다. 이메일, 즐겨찾기, 대화방, 그리고 메시지 파일. 아무것도 없었다.

리처는 버팔로 버스 터미널에서 하차했다. 난감한 상황이 그를 기다리고 있었다. 일단 라라미까지 직행편이 없었다. 인접한 샤이엔까지 가는 노선은 있었지만 막차가 이미 출발한 뒤였다. 그가 걷기 시작했다. 표지판이 가리키는 대로 남쪽의 고속도로를 향해서. 엄지손가락을 곧게 세운 채. 진입램프에 이르기 전에 차를 얻어 탈 수 있기를 바랐다. 확률은 50대 50. 앞면이냐, 뒷면이냐. 유리한 변수는 지역주민들의 단순명랑한 기질. 그들은 외모만 보고 고개를 젓지는 않을 것이다. 불리한 변수는 교통량. 지나다니는 차가 거의 없었다. 희박한 인구밀도 때문이다. 와이오밍. 대부분이 무인지대.

하지만 채 800미터도 걷기 전에 앞면이 나왔다. 먼지투성이 픽업이 리처 옆에 멈춰 섰다. 운전자가 조수석 쪽으로 상체를 기울였다. 캐스퍼까지 간다고 했다. 샤이엔과 라라미 중간쯤에 자리 잡은 곳이라고 했다. 그래서 I-25를 타고 남쪽으로 내려갈 것이라고 했다.

리처가 올라타서 편하게 자리를 잡았다. 도요타 트럭이었다. 완충장치 위로 들어 올린 차체에 온갖 외장 부품들을 장착한 개조차량이었다. 달 뒤 표면에서 타고 다녀도 끄떡없을 것 같았다. 그러니 I-25 정도가 문제될 리 없었다. 트럭은 흥얼거리듯 낮게 엔진 음을 울리며 쏜살같이 달려 내려갔다. 운전자는 청바지에 작업화 차림이었다. 팔다리가 유난히 긴 사내였다. 목수일을 한다고 했다. 겨울이 오기 전에 지붕보를 손봐달라는 주문이 많아 눈코 뜰 새 없이 바쁘다고 했다. 그래도 짬나는 주말이면 락 크롤러로 활동한다고 했다. 리처가 그게 무슨 일인지 물었다.

바위투성이 산악지대나 말라붙은 계곡 바닥을 따라 오프로드 차량을 몰고 달리는 레저라는 대답이 돌아왔다. 리처는 피치 못할 상황이라면 모를까 운전대와는 담을 쌓고 사는 사람이다. 따라서 실제로 체험하고 싶은 마음은 전혀 일지 않았다. 간접 경험의 스릴조차 느낄 수 없었다. 하지만 재미있게 들린 것만은 사실이었다. 그런 짓을 왜 할까라는 생각에는 변함이 없었지만.

나카무라는 다시 스콜피오의 블록까지 자신의 쉐보레를 몰고 갔다. 하지만 지난번과 같은 자리에 차를 세우지는 않았다. 대신 편의점 앞에 주차를 했다. 불현듯 그녀를 사로잡은 직감 때문이었다. 그녀가 편의점 안으로 들어갔다. 그녀의 눈길이 가게 안을 훑었다. 갖가지 통조림들과 다양하게 포장된 먹거리들, 음료수와 맥주가 가득 찬 냉장고들, 두루마리 화장지를 비롯한 공산품들, 샌드위치를 비롯해 간단한 음식들을 조리해서 판매하는 델리 코너, 그리고 계산대 뒤쪽의 진열판. 그녀의 눈길이 그곳에 꽂혔다.

처방전이 필요 없는 약품, 비타민류, 배터리, 휴대폰 충전기, 그리고 불룩하게 플라스틱 포장된 시간 선불제 대포폰. 임신한 여자의 과다한 음주를 경고하는 포스터 옆에 그런 휴대폰이 예닐곱 개가량 두 개의 고리에 나뉘어 걸려 있었다.

그녀가 그쪽을 가리키며 물었다. "아더 스콜피오가 저걸 사갔나요?"

계산대 점원이 말했다. "저, 그게……."

"걱정 말아요. 당신한테는 아무 일도 없을 거예요. 그에게 물건을 판 게 무슨 죄겠어요. 난 정보만 필요할 뿐이에요."

점원이 말했다. "네. 하나 사갔어요. 진통제도 같이."

"어떤 걸로요?"

"진통제 말인가요?"

"전화기요. 왼쪽 고리? 아니면 오른쪽 고리?"

점원이 잠시 생각을 한 뒤에 손으로 가리켰다.

"오른쪽 고리에 걸린 거요." 그가 말했다. "내가 뽑기에 그쪽이 더 편하니까요."

"그다음 거 두 개 주세요."

점원이 오른쪽 고리에서 전화기 두 대를 빼냈다. 나카무라가 신용카드를 건넸다.

그녀가 차로 돌아왔다. 그리고 곧장 컴퓨터범죄과의 친구에게 전화를 걸었다. 그녀가 말했다. "스콜피오가 편의점에서 대포폰을 샀어. 그래서 내가 그다음 거 두 개를 샀거든? 내가 이것들을 너한테 갖다 주면 전화번호들이 순차적인지 확인해줘. 만일 그렇다면 스콜피오의 통화를 다시 도청할 수 있을 거야."

"하는 데까지 해볼게." 그녀의 친구가 말했다.

테리 브라몰이 자기 객실로 들어갔다. 그가 양복 윗도리를 옷장에 걸었다. 그가 휴대폰을 꺼내 들고 메시지 확인 작업에 들어갔다. 첫 번째 메시지의 발신자는 리처라는 이름의 남자였다. 들어본 적이 없는 이름이었다.

'어젯밤, 우리 두 사람은 앞뒤로 서서 샌드위치를 기다렸었지요. 오늘 아침에는 짧게나마 식당에 함께 있었고.' 그 뒤로는 아더 스콜피오와 장물에 관한 내용이 이어졌다. 그가 삭제 버튼을 눌렀다. 스콜피오에게는 더 이상 볼일이 없었으니까.

두 번째는 매켄지 여사의 메시지였다. 그의 고객. 진척상황을 몰라 초조하고 답답한 마음. 충분히 이해할 수 있었다. '가능한 한 빠른 시간 내에 전화주세요.' 하지만 그는 전화하지 않았다. 그는 일에 관해 전화로 얘기하는 걸 좋아하지 않는다. 특히 초조해하는 고객과는 더욱 그렇다. 그래서 그는 문자를 보냈다. 오른쪽 검지만을 사용해서. 천천히, 격식을 차려가며. '매켄지 여사님, 일은 아주 순조롭게 진행되고 있습니다. 조만간 바람직한 결과가 나올 겁니다. 안녕을 기원하며, T. 브라몰.'

그가 전송 버튼을 눌렀다.

캐스퍼에서 라라미까지 가는 방법은 두 가지였다. 첫째, 계속 I-25를 타고 동남쪽으로 달려서 샤이엔으로 내려간 다음 I-80으로 갈아탄다. 거기서 서쪽으로 잠깐 달려가면 라라미다. 둘째, 라라미까지 연결되는 와이오밍 간선도로를 탄다. 첫 번째 방법은 갈아타는 번거로움이 있지만 시간적으로 유리했다. 히치하이커의 영원한 딜레마. 리처는 간선도로를 선택했다. 고속도로가 지겨워졌기 때문이다. 게다가 시간도 넉넉했다. 서두를 필요가 없었다.

반지가 와이오밍을 떠난 건 6주 전이다. 따끈따끈한 온기를 따라 추적할 수 있는 방법은 사라졌다는 얘기다. 그가 서쪽으로 방향을 잡고 걷기 시작했다. 1킬로쯤 지나자 좌우로 늘어서 있던 상가들이 사라지고 고도 높은 사막지대 특유의 관목 숲이 시작됐다. 다시 100미터 남짓 걷고 나자 머리 높이에 이정표가 나타났다. 라라미 152마일. 리처가 이정표 옆에 멈춰 섰다. 백 마디 말을 대신할 수 있을 것이다. 리처의 생각이 그랬다. 그의 눈길이 지평선에 꽂혔다. 다가오는 차량은 많지 않았다.

스콜피오가 보초 둘에게 각각 20달러와 타이레놀 한 통씩을 쥐여주고 나서 돌려보냈다. 그들은 앞문으로 나갔다. 스콜피오는 뒤쪽 사무실로 들어갔다. 장비들이 웅웅대는 대형 탁자, 그가 그 위에 걸터앉았다.

그가 불룩한 플라스틱 포장을 뜯어내고 새 전화기를 꺼냈다. 그가 작동 코드를 입력한 뒤 전화번호를 눌렀다. 지역번호 307. 와이오밍.

신호가 울렸다.

무응답.

메시지를 남길 것을 권하는 음성이 흘러나왔다.

그가 말했다. "빌리, 아더야. 엿 같은 일이 벌어지고 있어. 사실 심각한 건 아니야. 그냥 더럽게 찝찝한 상황이라고 할까? 어떤 놈이 뜬금없이 나타나서는 웬 반지의 출처를 따져 묻는 거야. 경찰은 아니야. 냄새를 맡고 찾아온 것도 아니고. 그냥 지나가던 놈이더라고. 아무것도 모르지만 시간적으로 우연히 맞아떨어진 것뿐이야. 그런데 보통 놈이 아닌 거야. 싸움 실력이 엄청나더라고. 그래서 사이 포터필드의 이름을 슬쩍 흘려줬어. 조만간 거기로 갈 거야. 맞상대할 생각은 아예 접어. 나무 뒤에 숨어서 사슴 사냥총으로 쏴 버려. 농담이 아니야. 헐크 같은 놈이라고. 눈도 마주쳐서는 안 돼. 하지만 확실히 처리해야 해. 알았지? 반드시 제거해야 할 놈이야. 느낌이 아주 안 좋아. 여기서보다는 네가 거기서 처리하는 게 더 쉬울 거야. 그러니 깨끗하게 해치워 버리라고." 그가 한 호흡 쉬었다가 한마디 덧붙였다. "성공했다는 소식이 오기 전까지 네 특권은 일시 정지야."

그가 종료 버튼을 누른 뒤 전화기를 쓰레기통에 던져 넣었다.

12

이번에는 통나무를 조각해서 먹고산다는 남자였다. 조각가의 고물 포드 브롱코는 저녁 6시 정각, 라라미 다운타운에 도착했다. 152마일의 장거리 여행이었다. 조각가는 3번가와 그랜드 거리가 만나는 모퉁이에 리처를 내려주었다. 그곳이 라라미의 중심가라고 판단한 것 같았다. 그의 판단이 옳을 수도 있었다. 하지만 조용했다. 일반 상점들은 5시에 이미 문을 닫았고 술집과 심야식당들이 북적거리기에는 너무 이른 시간이었다. 리처가 제자리에서 한 바퀴 돌면서 주위를 확인했다. 서쪽으로는 철로가 뻗어 있고 동쪽에는 대학교가 있었다. 남쪽으로 곧장 직진하면 콜로라도, 북쪽으로 올라가면 다시 캐스퍼였다.

그가 서쪽으로 방향을 잡았다. 어느 정도 걷고 나자 외양이 그럴듯한 술집이 나타났다. 그가 안으로 들어갔다. 한쪽 벽에 걸린 거울에 총알구멍이 하나 뚫려 있었다. 과거 어느 밤, 돌아버린 무법자가 난동을 피운 흔적일지도 모른다. 아니, 술집 주인이 멋으로 뚫어 놓았을 수도 있다. 어느 쪽이든 거울의 입장에서는 마찬가지다. 홀은 조용했다. 손님이 없어 바텐더는 놀고 있었다. 리처가 그에게 뮬크로싱으로 가는 길을 물었다.

그런 지명은 들어본 적이 없다는 대답이 돌아왔다.

"어딜 찾으시나?" 테이블에 앉아 있던 사내가 소리쳤다.

사내의 입술에는 맥주 거품이 잔뜩 묻어 있었다. 한참 동안 병째 들이 킨 흔적. 남 돕기를 즐기는 사람일 수도 있다. 혹은 참견하기를 좋아하는 사람일 수도. 아니면 지리적 전문지식을 과시할 기회를 노리던 그 고장 토박이일 수도 있다. 어쩌면 그 세 가지 유형의 짬뽕일지도 모른다.

"뮬크로싱." 리처가 말했다.

"거기에는 아무것도 없는데." 사내가 말했다. "폭죽가게 말고는."

"그곳이 작은 동네라는 얘기는 들었습니다."

"작은 동네는 여기가 작은 동네고. 뮬크로싱은 그냥 이름만 동네일뿐 이에요. 우체국이 있었지만 20년 전에 문을 닫았어요. 그 자리에는 상점 이 들어왔고. 이름이 벼룩시장이던가? 거기서 탄산음료나 감자칩 정도는 살 수 있을 겁니다. 하지만 주유 시설은 없어요. 그건 확실해요."

"인구는 얼마나 됩니까?"

사내가 한 차례 더 맥주병을 기울였다.

그가 말했다. "대여섯 명쯤?"

"그게 전부입니까?"

"일단 상점 주인은 거기 살고 있는 게 분명하고. 하지만 폭죽가게 사장 은 아닐 겁니다. 아래층에 폭죽 상자를 쌓아놓고 잠을 잘 수 있는 사람이 어디 있겠어요? 어디든 다른 곳에 살면서 출퇴근하겠지. 그렇다고 주민이 한 명이라는 얘기는 아니에요. 그곳에는 구릉지대로 올라가는 비포장도 로가 하나 있어요. 그 위쪽으로 통나무집들이 몇 채 있지요. 잘은 모르지 만 너댓 채쯤 될 겁니다. 우편 제도상으로는 그 구릉지대도 모두 뮬크로 싱에 포함됩니다. 그래서 옛날에는 우체국이 있었던 거예요. 우편번호도 시카고만큼이나 길어요. 고작 대여섯 명이 살고 있는 곳인데 말이지요.

하지만 여기가 어딥니까. 어서 옵쇼, 와이오밍입니다."

"뮬크로싱의 정확한 위치가 어떻게 됩니까?"

"일단 콜로라도로 통하는 와이오밍 간선도로를 타고 남쪽으로 내려가요. 40분쯤 달리면 로켓폭죽 광고판이 나올 겁니다. 거기가 뮬크로싱이에요."

리처가 다시 3번가와 그랜드 거리가 만나는 모퉁이로 걸어 돌아왔다. 차는 쉽게 얻어 탈 수 있을 것 같았다. 왼편으로는 대학교가 있었고 정면으로는 자동차로 한 시간 거리에 대마초 자유 흡연 구역이 있었으니까. 하지만 날이 어두워지고 있었다. 뮬크로싱에 가봐야 허탕일 확률이 높았다. 대여섯 명이 살고 있는 마을의 밤이 오죽하겠는가.

하지만 상점 주인은 거기 살고 있다고 했다. 그 집에 초인종은 있을 것이다. 지금이 늘 최고의 기회인 법이다. 리처가 3번가 배수로를 따라 남쪽으로 걸어 내려갔다. 엄지손가락을 치켜세운 팔을 수평으로 뻗은 채.

글로리아 나카무라가 엘리베이터를 타고 두 층을 내려갔다. 컴퓨터범죄과. 그녀의 친구는 자기 칸막이 공간에 앉아 있었다. 이미 포장이 벗겨진 전화기 두 대가 그의 책상 위 키보드 머리맡에 나란히 놓여 있었다. 두 개 모두 화면이 텅 빈 상태였다.

"절전 모드야." 그가 말했다. "잘돼가고 있어."

"번호를 알아낸 거야?"

"네가 직접 시도해봐. 일단은 중국 공장의 조립 담당자 입장에서 생각해야 해. 아니지, 요즘은 자동화 시대니까 공장의 기계 입장이 되는 게 맞겠군. 전화번호들은 서비스 공급원으로부터 대량으로 매입한 심 카드에 입력돼. 심 카드는 제조 공정의 거의 마무리 단계에서 본체에 삽입되지. 그다음에는 포장이야. 판지를 끼우는 작업, 열 접착 작업 등. 그러고 나서는 컨베이어 벨트를 타고 차례차례 선적용 상자 속으로 쌓여 들어가. 그 상자들은 또 다른 컨베이어 벨트에 의해 창고든 화물칸이든 가야 할 곳으로 보내지지. 네 생각에는 한 박스에 몇 개나 들어갈 것 같아?"

나카무라가 잠시 생각을 정리한 뒤 말했다. "열 개? 그 정도 아닐까? 재고관리상, 편의점에서는 한 번에 열 개 이상 들여놓지 않을 거야. 소규모 잡화점에서도 마찬가지고. 제조업자들은 시장의 수요를 정확히 파악하고 있을 거야. 그러니 상자 크기도 작지 않을까? 신발 상자보다 조금 큰 정도?"

"전화번호들은 순차적일 것 같아?"

"편의상 그래야 하지 않을까?"

"그럼 순차적이라고 가정해 보자고. 물론 그럴 거야. 일련번호로 쭉 뽑아야 편할 테니까. 그것들이 번호순으로 하나씩 하나씩, 열 개까지 상자 속으로 들어갔다고 치자. 이제 선적상자까지는 쉽게 끝난 거야. 하지만 지금부터가 문제야. 그 상자를 개봉할 때 어떤 변수가 작용할까? 상상력을 총동원해야 해. 테이프를 뜯는다, 박스를 카운터 위에 올려놓는다, 그리고 계산대 뒤의 진열 고리 두 개에 전화기들을 건다. 자, 너라면 어떻게 걸지 말해봐."

나카무라가 가상의 카운터를 눈앞에 설치했다. 어깨 뒤에는 가상의 진열판도 세웠다. 그 위에 고리도 두 개 걸었다. 그녀가 말했다. "일단 휴대폰들이 나를 향해 일렬로 서 있는 상태가 되도록 상자를 돌려놓을 거야.

포장상태에서 납작한 뒷면 말고 볼록한 앞면이 나를 보도록. 그래야 내가 180도 몸을 돌려서 고리에 걸 때도 앞면이 손님들 쪽을 보게 될 테니까. 안 그러면 일이 훨씬 힘들어지겠지."

친구가 말했다. "그것들은 중국 공장의 컨베이어 벨트에 실릴 때도 볼록한 앞면이 위를 보고 있는 상태였을 거야. 그래야 안정적이니까. 따라서 네가 앞면이 너를 향하게 돌려놓는다면 1번이 맨 앞이고 10번이 맨 뒤가 되겠지. 자, 이제 한 번에 몇 개씩 집어들 거야?"

"한 번에 하나씩이 옳지 않겠어? 고리들이 흔들거리니까 말이야."

"어디서부터? 앞쪽부터, 아니면 뒤쪽부터?"

"상자 앞에서부터 하나씩." 그녀가 말했다.

"어느 쪽 고리부터?"

"더 멀리 떨어진 왼쪽 고리부터. 그쪽 걸 먼저 채워야 효율적이겠지. 가까운 쪽은 더 쉬우니까 그다음에 채우고. 마치 보상을 받는 것처럼."

"그럼 오른쪽 고리에는 몇 번 휴대폰들이 걸리게 될까?"

"6번부터 10번까지. 따라서 10번이 제일 먼저 팔리게 되는 거지. 그다음에는 9번, 8번, 그렇게. 내가 가져온 휴대폰 두 대가 몇 번과 몇 번이었어?"

"연이어진 번호가 아니야." 친구가 말했다. "중간에 번호 두 개를 건너뛰었어. 7번과 4번이더군. 4번과 7번일 수도 있고. 어느 게 앞에 걸려 있던 건지 모르니까 말이야."

"내 실수야." 나카무라가 말했다. "고리에서 빠져나온 순서를 표시해놓았어야 했는데."

"그건 걱정하지 않아도 돼. 이제 또 한 가지 가정해 보자. 편의점 점원이 그것들을 고리에 걸 때 너와는 다른 방법으로 효율성을 추구한다는 가정. 이를테면 그가 왼쪽, 오른쪽, 왼쪽, 오른쪽, 그렇게 번갈아 걸 수도 있지 않겠어? 그게 훨씬 편한 방법이라고 생각한다면 어떨까?"

"그 경우라면 4번과 7번이 같은 고리에 걸려 있을 수 없잖아."

"자, 이제 또 다른 가정을 해보자. 넌 손이 아주 작다, 그래서 한 번에 하나씩 걸 수밖에 없다. 하지만 편의점 직원은 손도 크고 손놀림도 능숙하다. 그래서 한 번에 두 개씩 걸었다면?"

"맞다, 그거구나." 그녀가 말했다. "그럼 오른쪽에 3번과 4번이 걸리겠네. 그 위에는 7번과 8번이 걸리고. 따라서 내가 7번과 4번을 샀으면 스콜피오는 8번을 산 거야. 그 전화번호 끝자리는 7번보다 하나 더 높을 테고."

"이제 전화회사 친구가 뭘 찾아냈는지 들어봐." 그녀의 친구가 말했다.

그가 마우스를 조작했다. 그의 스크린이 환해졌다. 그가 이메일 하나를 클릭했다. 이어서 음성파일을 재생시켰다. 그러자 마치 해저 산맥지형 같은 초록색 대역폭이 화면에 나타났다. 그와 동시에 스콜피오의 목소리가 울려 나왔다.

'빌리, 나 아더야. 엿 같은 일이 일어났어.'

리처가 다시 차를 얻어 탔다. 마을 남쪽 끝의 주유소에서 돌아 나오는 젊은 커플이었다. 대학원생들인 것 같았다. 아니면 대학 고학년들이거나. 그들의 목적지는 주 경계선 너머의 포트콜린스라고 했다. 쇼핑하러 간다고 했다. 하지만 뭘 사려는지는 얘기하지 않았다. 말끔한 소형 세단이었다. 눈여겨볼 경찰은 없을 것이다. 돌아오는 길이 충분히 안전할 것이다.

그들은 로켓폭죽 광고판의 위치를 안다고 했다. 사실이었다. 평탄한 2차선 도로를 40분 남짓 달리고 나자 오른쪽 갓길에 세워진 광고판이 그 모습을 드러냈다.

연노랑 헤드라이트 불빛에 흠뻑 젖은 로켓 모양이 한편으로는 위협적이고 또 한편으로는 우스꽝스러웠다. 차가 멈춰 섰다. 리처가 내렸다. 차가 떠났다. 리처는 정적 속에 혼자 서 있었다.

폭죽가게는 어둠에 파묻혀 있었다. 그 뒤편, 남쪽으로 45미터쯤 되는 거리에 낡은 건물 한 채가 위태롭게 서 있었다. 하지만 2층의 사각 창문 하나에 불이 밝혀져 있었다. 벼룩시장. 한때는 우체국이었던 곳.

리처가 그곳을 향해 걸음을 옮겼다.

나카무라가 형사과장 사무실로 노트북을 들고 갔다. 그녀가 그에게 보이스메일을 들려주었다. '나무 뒤에 숨어서 사슴사냥용 총으로 쏴 버려. 성공했다는 소식이 오기 전까지 네 특권은 일시 정지야.'

"그가 살인교사를 하고 있어요." 그녀가 말했다.

과장이 말했다. "그의 변호사는 단순히 말만 가지고서는 증거가 되지 않는다고 주장할 거야. 게다가 우리가 영장도 없이 수사를 강행했다고 몰아세울 테고. 그 대포폰 번호 말이야."

나카무라는 대꾸하지 않았다.

과장이 말했다. "아직 할 말이 남았나?"

"스콜피오가 언급한 특권, 그게 무슨 의미일까요?"

"모종의 거래 관계에 대해서겠지. 할인, 혹은 우선권, 아니면 처분할 권리."

"뭘 말이죠? 가루비누?"

"감시하다 보면 알게 되겠지."

"우린 지금까지 그곳에서 특권이 개입할 만한 물건을 본 적이 없어요. 단 한 번도. 들어가는 것도 없고 나오는 것도 없어요."

"빌리가 스콜피오의 지시에 따르지 않을 수도 있어. 그게 누군지는 모르겠지만."

"빅풋은 지금 함정을 향해 걸어 들어가고 있어요. 우린 그쪽의 누군가에게 알려야 해요."

과장이 말했다. "보이스메일 다시 틀어봐."

그녀가 지시에 따랐다.

'반드시 제거해야 할 놈이야. 기분이 아주 안 좋아. 내가 여기서 처리하는 것보다 네가 거기서 처리하는 게 더 쉬울 거야. 그러니 확실하게 끝내버려.'

"스콜피오가 살인교사를 하고 있어요." 그녀가 다시 말했다.

과장이 말했다. "휴대폰 번호를 통해서 빌리란 자의 신원을 파악할 수 없을까?"

나카무라가 고개를 저었다. "그자의 전화기도 대포폰이에요."

"뮬크로싱이 정확히 어디야?"

"총면적 7000제곱마일에 달하는 카운티에 속해 있어요. 대원 둘과 개한 마리가 고작인 보안관 사무실에서 전체 치안을 담당하고 있고요."

"그래서 우리가 착한 사마리아인이 돼야 한다는 얘기인가?"

"우리의 의무잖아요."

"알았어. 아침에 그쪽 보안관 사무실로 전화하도록. 모쪼록 개 말고 사람이 전화 받기를 기도하라고. 그들에게 쭉 설명해줘. 빌리라는 남자를 아는지도 물어보고. 사슴사냥총과 나무에 관해서도."

낡은 건물은 실제로 우체국 같아 보였다. 외양과 크기가 그랬다. 관공서 건물 특유의 단조로움 속에 자부심이 배어 있는 것 같았다. 황무지든, 전장이든, 그 어디라도 우편물을 배달하겠다는 의지가 짙게 깔린 어둠만큼이나 무겁게 전해지는 듯했다. 눈, 비, 더위, 한밤중의 어둠마저 불사하고 우리의 집배원들은 맡은 바 임무를 신속히 완수한다. 그 건물도 한때는 그런 표어 아래 성실히 제 몫을 해냈을 것이다. 하지만 더 이상은 아니었다.

차 한 대가 도로를 지나갔다. 헤드라이트 불빛에 주위의 어둠이 잠시나마 썻겨나갔다. 덕분에 나무 간판도 환히 모습을 드러냈다. 20년 전, 철제 고딕 글자들이 뜯겨나간 자국이 선명했다. 미합중국 우편국, 물크로싱, 와이오밍. 그 자국들 바로 아래에는 건물의 현재 용도를 말해주는 철자들이 적혀 있었다.

벼룩시장.

서로 색이 다른 30센티 길이의 철자들. 붓질이 영 서툰 것이 아마추어의 솜씨였다. 진열창에도 팻말이 하나 걸려 있었다.

오늘 영업 끝.

내부는 어두웠다. 문은 잠겨 있었다. 쇠고리도, 초인종도 없었다.

그가 불 켜진 창문이 보이는 위치로 되돌아왔다. 그 창문 아래 문이 하나 나 있었다. 문 앞의 한 칸짜리 계단 양옆에는 신발 바닥 긁개와 쓰레기통이 각각 놓여 있었다. 둘 다 가정용이었다. 따라서 그 문은 살림집 출입구일 가능성이 높았다. 그 문을 열면 이층으로 올라가는 계단이 바로 모습을 보이지 않을까? 술집 사내가 옳았다. 가게 위층에서 살고 있는 주인. 초인종은 없었다. 리처가 문을 두드렸다. 세게, 시끄럽게. 그리고 기다렸다.

묵묵부답.

그가 다시 문을 두드렸다. 더 세게, 더 시끄럽게. 드디어 안쪽에서 소리가 들려왔다. 으르렁거리는 목소리. "뭐야?"

나이 든 남자. 한밤의 훼방꾼이 달갑지 않은 주인.

"얘기 좀 나눴으면 합니다." 리처가 소리쳤다.

"무슨 얘기?"

"질문이 하나 있습니다."

"무슨 질문?"

리처는 대꾸하지 않았다. 그냥 기다렸다. 그 남자는 내려올 것이다. 헌병으로 13년 동안 복무한 리처다. 그 기간 동안 두드린 문짝이 몇 개던가.

남자가 내려왔다. 백인이었다. 나이는 70쯤? 큰 키에 굽은 어깨, 살집 없이 호리호리한 몸매.

그가 말했다. "무슨 일이오?"

리처가 말했다. "이 지역에 대여섯 명이 거주한다는 얘기를 들었습니다. 나는 그중 한 사람을 찾고 있습니다. 내가 찾고 있는 사람이 당신일 확률이 대략 18퍼센트라는 얘기지요."

"찾는 사람이 누구요?"

"당신 이름부터 말씀해 주십시오."

"내가 왜?"

"만일 당신이 그 사람이라면 잡아뗄 테니까. 다른 사람인 척하고 날 따돌리겠지요."

"내가 그럴 것 같소?"

"만일 당신이 그 사람이라면." 리처가 다시 말했다. "당연한 일 아닙니까."

"경찰이신가?"

"옛날에는 그랬습니다. 군 시절에."

남자의 분위기가 가라앉았다.

그가 말했다. "내 아들도 군대에 있었소."

"병과가?"

"특전대. 아프가니스탄에서 전사했소."

"유감입니다."

"나만큼이야 유감이겠소? 자, 그럼 다시 한 번 말해보시오. 내가 오늘 밤에는 군대에 어떤 도움이 되어 드릴까?"

"군대 문제로 찾아온 게 아닙니다." 리처가 말했다. "저는 오래전에 제대했습니다. 순전히 개인적인 문제입니다. 어떤 남자를 찾는 중입니다. 그가 와이오밍 뮬크로싱에 살고 있다는 얘기를 들었거든요."

"하지만 내가 먼저 이름을 밝히기 전에는 그 남자의 이름을 말해줄 수 없다? 내가 그 사람이라면 거짓말을 할 테니까? 내가 제대로 이해하고 있는 것 같소?"

"희망은 최선을 기대하며 품는 것이고 계획은 최악을 대비해서 세우는 겁니다."

"만일 내가 사람들에게 추적당하고 있는 인물이라면 어차피 거짓말을 둘러대지 않겠소?"

리처가 고개를 끄덕였다.

그가 말했다. "신분증을 보여주신다면 상황이 훨씬 쉬워질 것 같습니다만."

"배짱 하나 좋군. 본인도 그걸 알고 있소?"

"모험하지 않으면 얻는 것도 없습니다."

남자가 잠시 가만히 서 있었다. 결정을 내릴 시간. 그가 미소를 지으며 천천히 고개를 내저었다. 그가 바지 뒷주머니에서 지갑을 꺼냈다. 그가 손목 스냅을 이용해서 지갑을 펼쳤다. 반투명 플라스틱 포켓 안에 와이오밍 운전면허증이 꽂혀 있었다. 사진이 일치했다. 주소도 일치했다. 이름은 존 라이언 헤들리.

리처가 말했다. "감사합니다, 헤들리 씨. 저는 리처라고 합니다. 만나서 반갑습니다."

남자가 손목 스냅을 이용해서 지갑을 닫았다. 그가 뒷주머니에 다시 지갑을 쑤셔 넣었다. 그가 말했다. "내가 당신이 찾고 있는 그 남자가 맞소, 리처 씨?"

"아닙니다." 리처가 말했다.

"내 생각도 그래요. 나 같은 사람을 누가 찾으려 하겠소?"

"제가 찾는 사람의 이름은 세이모어 포터필드입니다. 주위에서는 사이로 통한다고 들었습니다."

"사이를 만나기에는 조금 늦은 것 같소. 유감이오만."

"늦었다니요?"

"죽었으니까."

"언제 말입니까?"

136

"대략 18개월 전에. 작년 초봄 무렵이었소."

"6주 전에 사우스다코타에서 그를 봤다는 사람이 있는데요?"

"그렇다면 그 사람이 당신에게 거짓말을 한 거요. 의심의 여지가 없는 사실이오. 아주 충격적인 사건이었지. 그의 시체는 구릉지대에서 발견됐소. 거의 다 뜯어 먹힌 상태로. 곰이 그랬을 거라는 추측이 지배적이었소. 겨울잠에서 막 깨어나 한참 굶주려 있을 때니까. 퓨마를 의심하는 의견도 있었지. 내장이 갈가리 찢긴 상태였거든. 그건 퓨마들의 전매특허니까. 어쨌거나 그다음에는 까마귀를 비롯해서 날짐승들이 덤벼들었겠지. 너구리도 한몫 거들었을 테고. 아무튼 그 친구의 잔해는 사방에 널려 있었소. 이빨이 아니었으면 누군지도 몰랐을 거요. 물론 주머니 속에 있던 열쇠도 도움이 되기는 했지만. 맞아, 4월. 작년 4월이었소."

"당시 그의 나이가 몇 살이었습니까?"

"40쯤 됐을 거요."

"무슨 일을 하며 살았습니까?"

"일단 들어오시오." 헤들리가 말했다. "커피를 우려내는 중이었거든."

리처가 헤들리를 따라 좁은 계단을 올라갔다. 위쪽은 A자 형태의 길쭉한 다락이었다. 소나무 판자를 벽에 덧대고 역시 소나무 판자로 칸을 막아 방 두어 개짜리 집 모양을 꾸민 공간. 스토브 위에서는 알루미늄 퍼컬레이터가 들썩거리고 있었다. 가구들은 모두 작았다. 소파는 없었다. 좁은 계단으로는 들일 재간이 없었을 것이다.

헤들리가 컵 두 개에 커피를 부은 다음 리처에게 하나를 건넸다. 진하고 새까맸다. 약간 탄내가 났다.

"포터필드는 무슨 일을 하며 살았습니까?" 리처가 다시 물었다.

"그가 뭘 해먹고 살았는지 정확히 아는 사람은 없었소." 헤들리가 말했다. "하지만 돈에 쪼들리는 기미는 없었소. 부자 소리를 들을 정도까지는 아니었지만 시골 사람들의 상식을 넘어설 만큼 여유가 있었으니까."

"어디에서 살았습니까?"

"저 위쪽 구릉지대." 헤들리가 말했다. "여기서 32킬로쯤 떨어진 곳에 오래된 목장이 하나 있소. 그 한쪽 편의 통나무 오두막이 그 친구 집이었소. 혼자서 살았지. 고독을 즐기는 사람이었어."

"여기서 보자면 서쪽입니까?"

헤들리가 고개를 끄덕였다. "비포장도로를 따라 올라가면 돼요. 지금 그 집은 비어 있을 거요."

"그쪽에 살고 있는 사람들이 또 있습니까?"

"글쎄, 잘 모르겠소. 차를 몰고 오가는 사람들이 있긴 한데, 굳이 어디 사는지 나로서는 알 필요가 있나. 궁금하지도 않고. 여기는 더 이상 우체국이 아니니까."

"여기가 우체국이던 시절에도 이 동네에 살고 계셨습니까?"

"태어나서 지금까지 쭉."

"차를 몰고 오가는 사람들이 몇이나 되지요?"

"다 합쳐서 20명? 거기서 몇 명 빠질 수도 있고."

"너댓 명쯤이라고 들었습니다만."

"세금을 납부하고 있는 머릿수가 그렇다는 얘기겠지. 하지만 그쪽에는 빈집이 많거든. 그냥 들어가서 살고 있는 사람들이 왜 없겠소. 소위 비공식적인 주민들인 거지."

리처가 말했다. "혹시 세레나 샌더슨이라는 여자를 아십니까? 저와 마찬가지로 예비역 장교입니다. 체구가 아주 작은 게 특징인데."

헤들리가 말했다. "모르오."

"정말 모르는 사람입니까?"

"정말로."

"혹시 결혼을 했을지도 모르겠군요. 그렇다면 성은 상관없이 세레나라는 이름을 들어본 적이 있습니까?"

"아니."

"로즈라는 이름은요? 중간 이름으로 불릴 수도 있으니까요."

"들어본 적이 없소."

"알겠습니다." 리처가 말했다.

"정확히 무슨 일로 그녀를 찾는 거요?"

리처가 주머니에서 반지를 꺼냈다.

금세공, 흑석, 작은 사이즈. 웨스트포인트 2005.

그가 말했다. "그녀의 반지입니다. 전 이걸 그녀에게 돌려주고 싶습니다. 6주 전에 사이 포터필드가 래피드시티에서 이 반지를 팔았다는 얘기를 들었습니다."

"그는 그러지 않았소."

"그러게 말입니다."

"내 보기엔 대수롭지 않은 일 같은데?"

"아드님이라면 특전대 휘장을 처분할까요?"

"천만에, 그걸 얻기 위해 그 아이가 얼마나 고생했는데."

"바로 그겁니다."

"하지만 내가 도와줄 방법이 없군." 헤들리가 말했다. "사이 포터필드가 6주 전에 래피드시티에서 그 반지를 팔지 않았다는 것만큼은 장담할 수 있소. 그 친구는 1년도 훨씬 전에 전혀 다른 주에서 곰이건 퓨마건 맹수에게 잡아먹혔으니까."

"그럼 누군가 다른 사람이 그 반지를 팔아 치운 겁니다."

"이 동네 사람이?"

"그럴 수도 있겠지요. 확률은 50대 50입니다. 뮬크로싱이라는 지명도 언급됐으니까요. 정말이든 거짓말이든."

"차를 몰고 오가는 사람들을 보는 건 사실이오. 하지만 난 그들이 누군지 몰라."

"혹시 알 만한 사람이 없을까요?"

헤들리가 의자에 앉은 채로 상체를 뒤틀었다. 벽 너머 서쪽을 살펴보려는 듯, 어둠 속으로 멀리 사라지는 비포장도로를 훑으려는 듯. 잠시 후 그가 자세를 바로잡았다. 그가 말했다. "동절기에 제설차로 먹고사는 남자가 있어요. 왼쪽으로 첫 번째 집에 살고 있지. 비포장도로를 타고 3킬로미터 올라가면 그 집이 나와요. 그 남자라면 그 위쪽에 누가 살고 있는지 알수도 있을 거요. 겨울철에 차를 견인한 경험이 제법 있을 테니까. 정기적인 타이어 자국도 늘 눈여겨볼 테고."

"실제로 3킬로입니까, 아니면 와이오밍식 3킬로입니까?"

"차로 5분 거리요."

차로 5분. 비포장도로도 찻길이다. 따라서 3킬로미터가 넘을 수도 있다. 시속 50킬로로 달리면 4킬로미터, 시속 60킬로면 5킬로. 편도가 그렇다는 계산이다.

"차가 있으십니까?" 리처가 물었다.

"트럭이 한 대 있소만."

"혹시 빌릴 수 있을까요?"

"안 될 말씀."

"알겠습니다." 리처가 말했다. "그 사람 이름은 어떻게 됩니까? 제설차 사업하는 남자 말입니다."

"성은 모르겠소. 들어본 기억이 없는 것 같아. 하지만 이름은 알고 있지. 빌리."

13

리처가 밖으로 나왔다. 그가 비포장도로와 2차선 도로가 만나는 지점을 향해 걸음을 옮겼다. 칠흑 같은 어둠뿐, 아무것도 보이지 않았다. 먼 곳에서 비치는 불빛 한 점 없었다. 발바닥으로 전해지는 촉감으로는 모래와 자디잔 자갈길이었다. 그건 다행이었다. 하지만 어둠이 문제였다. 방향을 분간할 수 없는 건 물론, 길이 어디서 휘어지고 꺾이는지, 어느 부분이 패이고 어느 부분이 솟았는지 도무지 알 길이 없었다. 비틀거리며 걷다가 자칫 담장에 부딪히고 개울에 빠지는 눈먼 이들의 애환이 절실히 느껴졌다. 그 상태로 빌리의 집을 찾아 3킬로미터를 걸어간다는 건 애초에 불가능한 일이었다. 집배원을 직업으로 삼지 않은 게 천만다행이었다. 그랬다면 개인적으로는 물론 미합중국 우편시스템 차원에서도 엄청난 재난이었을 것이다. 몇 번이고 그 생각을 하며 주춤주춤 걷다 보니 어느덧 2차선 도로에 이르렀다. 그가 맞은편으로 건너갔다. 북쪽으로 올라가는 차선. 라라미로 돌아가는 길. 그가 갓길에 서서 기다렸다.

소형 세단 커플이 돌아오기에는 아직 일렀다. 하지만 다른 사람들도 있을 것이다. 학생이든 일반인이든 일찌감치 내려갔다가 쇼핑이나 식사를 마치고 올라오는 사람들이 왜 없겠는가. 리처는 희망 속에서 기다렸다.

5분 간격을 두고 나타난 첫 번째와 두 번째 차들은 속도조차 줄이지 않고 리처를 지나쳐갔다. 세 번째는 멈춰 섰다. 휠캡까지 모두 달아난 고물 세단이었다. 마흔쯤 돼보이는 운전자는 데님 재킷 차림이었다. 마침 라라미까지 간다고 했다. 리처가 시내 숙박업소들에 관해 물었다.

라라미의 숙박업소들은 세 집단으로 구분된다는 대답이 돌아왔다. 고속도로 남쪽의 프랜차이즈 호텔들, 중심가 북쪽 메인 도로변의 싸구려 모텔들, 그리고 대학교 근처의 또 다른 프랜차이즈 호텔들. 세 번째 집단의 호텔들은 풋볼 경기가 있을 때면 특히 붐빈다고 했다. 리처에게 필요한 건 침대와 공중전화뿐이었다. 그래서 세 곳 가운데 어디든 그 남자 편한 곳에 내려달라고 했다. 결과는 고속도로 남쪽이었다. 2차선 도로와 풀밭을 사이에 두고 나란히 나 있는 지선도로변에 호텔들이 늘어서 있었다.

그가 숙박비를 지불했다. 공중전화는 로비에서 멀찌감치 떨어진 벽감에 설치돼 있었다. 그가 주머니를 뒤져서 나카무라의 명함을 끄집어냈다. '이게 내 번호예요. 사무실과 휴대폰. 연락할 일이 생기면 전화하세요. 스콜피오는 위험한 인물이에요.'

리처가 그녀의 휴대폰 번호를 눌렀다.

그녀가 응답했다.

그가 말했다. "리처입니다."

그녀가 말했다. "괜찮은 거예요?" 걱정 어린 목소리였다.

"난 괜찮은데," 그가 말했다. "무슨 일이라도?"

"지금 어디예요?"

"라라미."

"뮬크로싱에 가면 안 돼요."

"방금 갔다 왔는데?"

"스콜피오가 그쪽에 연락을 해두었어요. 당신을 함정으로 유인한 거예요."

"세이모어 포터필드에 관해 그자가 거짓말을 했다는 건 나도 이미 알고 있습니다. 그 사람은 1년 반 전에 죽었더군요. 기회가 된다면 스콜피오에게 내 말 좀 전해주십시오. 어느 날이든 내가 다시 래피드시티로 찾아가서 그를 만나겠다고."

"난 지금 심각해요."

"나도 그렇습니다."

"그가 빌리라는 이름의 남자에게 당신을 발견하는 즉시 쏴 버리라고 지시했어요. 나무 뒤에서 사슴사냥총으로."

"그 남자 이름이 뭐라고요?"

"빌리."

리처가 말했다. "방금 전에 그 이름을 들었는데."

"뮬크로싱에 가면 안 돼요." 나카무라가 다시 말했다. "스콜피오의 얘기가 거짓이라면 어차피 그곳에 갈 필요가 없잖아요."

"포터필드에 관한 그자의 얘기는 거짓이었습니다. 하지만 뮬크로싱에 관한 얘기는 사실일 수도 있어요. 스콜피오가 빛의 속도로 돌아가는 두뇌의 소유자라면 모르겠지만. 그때는 너무나 급박한 상황이었으니까. 내가 그를 회전 건조기에 처넣기 직전이었거든요. 그 순간에 어떻게 뮬크로싱이라는 지명을 둘러댈 수 있겠습니까? 이름난 곳도 아닌데 말입니다. 허허벌판의 2차선 도로변에 벼룩시장 하나와 폭죽가게 하나만 달랑 서 있는 곳입니다. 따라서 스콜피오에게는 익숙한 이름이었다는 얘기가 되는 거지요. 결국 스콜피오가 사람에 관해서는 거짓말을 했지만 장소는 사실대로 얘기했을 가능성이 크다고 봐야 합니다. 포터필드가 한때는 그의 거래선이었을 수도 있습니다. 빌리라는 사내가 그 사업을 인수했고.”

“스콜피오의 보이스메일에는 특권 운운하는 대목이 있어요. 따라서 빌리가 모종의 특권을 누려왔다는 추측이 가능해요. 결국 두 사람은 사업적 이해관계로 얽혀 있는 사이일 거예요.”

“어떤 사업 말입니까?”

“나도 모르겠어요. 하지만 당신을 해치려는 의도는 분명히 드러나 있어요. 그가 빌리에게 살인 지령을 내렸어요. 난 내일 아침에 그 지역 보안관에게 전화할 생각이에요.”

“하지 말아요.” 리처가 말했다. “그러면 상황만 복잡해질 뿐이니까.”

“나는 경찰이에요. 그래야만 해요.”

“스콜피오가 전화로 정확히 무슨 얘기를 한 겁니까?”

“전화 통화가 아니라 보이스메일이에요. 옛 같은 상황이 벌어졌다고 했어요. 당신이 난데없이 끼어든 재수 없는 놈이라더군요. 쉽게 풀자면 이런 얘기예요. 당신이 갑자기 나타났다, 하지만 당신은 아무것도 모르고 있다, 그냥 지나가는 사람이다, 그래도 영 찝찝하다, 우리 사업에 걸림돌이 될 것 같으니 제거해야 한다, 그래서 당신을 제거하기 위해 포터필드의 이름을 흘렸다, 고 했어요. 그러고 나선 빌리에게 당신을 죽이라는 지시를 내렸어요. 하지만 당신과는 절대로 직접 상대하지 말라고 경고했어요. 헐크 같은 괴물이라면서. 그 대신 나무 뒤에서 사슴사냥총으로 저격하라더군요. 스콜피오가 살인교사를 한 거예요. 명백하게. 난 그쪽 보안관에게 연락을 취해야만 해요.”

“헐크? 난 내가 빅풋인 줄 알고 있었는데. 이 친구들 보게. 하나로 통일 좀 하지."

"웃어넘길 상황이 아니에요."

"뮬크로싱에 관해서도 언급하던가요?"

"그 보이스메일에서는 아니에요. 딱히 지명을 언급하지는 않았어요."

"상대방 지역번호가 뮬크로싱이었습니까?"

"아뇨. 그 전화기도 대포폰이에요. 추적할 방법이 없는 거죠."

"그럼 하루만 기다려요. 그 정도는 괜찮겠지요? 정확한 지명을 모르는 상태에서는 보안관도 별다른 조치를 취할 수 없을 겁니다. 와이오밍은 넓어요. 나 때문에 다른 사람이 시간을 허비하게 만들 수는 없습니다."

"뭘 어쩌려고요?"

"뭘 어쩌려는 생각은 없습니다." 리처가 말했다. "단지 그 반지의 출처를 알고 싶을 뿐."

나카무라는 대꾸하지 않았다. 두 사람의 통화는 그걸로 끝이었다.

룸서비스는 피자집 전화번호를 복사한 종이 한 장이 전부였다. 리처가 그 번호로 전화해서 라지 사이즈 파이를 주문했다. 페퍼로니와 앤초비도 추가로 부탁했다. 그가 로비로 나와 음식을 기다렸다. 오래된 습관. 리처는 자기가 묵고 있는 객실이 남들에게 알려지는 걸 좋아하지 않는다.

리처가 다음 날 해뜰 무렵에 기상했다. 그가 곧장 커피를 찾아 나섰다. 2차선 도로변으로 나가려면 호텔 주차장을 가로질러야 했다. 호텔 현관 가까이에 검정색 SUV가 주차돼 있었다. 도요타 랜드크루저. 대단한 자동차. 이 세상 구석구석의 모래밭과 산악지대에서 리처가 늘 보아왔던 차량. UN이 특히 선호하는 SUV. 주차장의 랜드크루저는 신형이었다. 차체는 깨끗한 편이었지만 장거리 주행의 흔적이 곳곳에 남아 있었다.

그리고 일리노이 번호판을 달고 있었다.

리처는 로비로 다시 돌아왔다. 그가 기억을 더듬어서 테리 브라몰의 휴대폰으로 전화를 걸었다. 시카고의 사설탐정. 일리노이 번호판의 검정색 SUV를 몰고 래피드시티를 떠나는 모습이 마지막이었던 인물.

신호음이 울렸다. 하지만 응답은 없었다. 녹음된 목소리가 메시지를 남길 것을 권했다. 리처는 그러지 않았다. 대신 어깨를 한 차례 으쓱거리고 나서 다시 커피를 찾아 나섰다.

리처가 3번가의 어느 식당에서 아침을 먹고 커피를 마셨다. 그가 웨이트리스에게 카운티 보안관 사무실 위치를 물었다.

그녀는 바로 시내에 있다고 대답했다. 그 식당에서부터 800미터 거리라고 했다. 쉽게 찾을 수 있을 거라고 했다. 하늘은 푸르렀고 태양은 빛났다. 하지만 공기는 서늘했다.

그가 옷가게에 들렀다. 리처의 경험상, 키 큰 사내들이 옷을 사 입기에는 동부보다 서부가 편하다. 실제로도 길이가 맞는 청바지를 어렵지 않게 찾을 수 있었다. 거기다 플란넬 셔츠와 얇은 면 소재 재킷. 늘 그랬던 것처럼 그는 피팅룸에서 옷을 갈아입었다. 입던 옷은 점원에게 버려 달라고 부탁했다.

웨이트리스의 얘기대로 보안관 사무실은 쉽게 찾을 수 있었다. 전면은 일반 상가와 비슷했다. 하지만 통유리 출입문이 간판보다 확실하게 그곳의 정체를 밝히고 있었다. 짙은 색으로 칠해진 하단, 그 위쪽으로 몇 개인가 그어진 금색 줄, 다시 그 위쪽에 상하좌우 각각 60센티 폭으로 그려진 금빛 별. 그 별의 위쪽에는 카운티 이름이, 아래쪽에는 보안관 사무실이라는 철자들이 서로 대칭되는 반원형으로 적혀 있었다. 리처 주머니 속의 웨스트포인트 반지와 비슷한 느낌의 디자인이었다.

그가 문을 열고 들어갔다. 접수대 뒤에 민간인 차림의 여자가 앉아 있었다.

그가 보안관과의 면회를 요청했다. 그녀가 이유를 물었다. 그는 어느 오래된 사건에 관해 궁금한 게 있다고 말했다. 그녀가 그의 이름을 물었다. 그가 말해주었다. 그녀가 사법기관 소속인지 물었다. 그가 지금은 아니라고 말했다. 하지만 헌병대에서 13년 동안 복무했다고 덧붙였다. 그녀가 2층으로 올라가라고 했다. 왼쪽 끝방이 보안관 집무실이라고 했다. 전혀 꺼려하는 기색 없이 시원시원했다. 리처의 경험상, 동부보다는 서부가 퇴역군인들에게 우호적이다. 그가 계단을 올라갔다. 왼쪽 마지막 문에 적힌 금색 글씨에 의하면 보안관의 이름은 코넬리였다. 리처가 노크를 하고 나서 들어갔다. 바닥과 벽 모두 목재로 마감한 공간이었다. 여기저기 반질거리는 것이 상당한 세월을 말해주고 있었다.

코넬리 보안관은 50쯤 된 사내였다. 살집 없이 다부져 보이는 몸매에 청바지와 카키색 셔츠 차림이었다. 머리에는 카우보이모자를 쓰고 있었다. 접수대 여직원으로부터 미리 전화 통지를 받았던 게 분명했다. 리처의 이름을 알고 있었으니까.

그가 말했다. "무엇을 도와 드릴까요, 리처 씨?"

리처가 말했다. "내가 와이오밍에 온 건 세이모어 포터필드라는 남자를 찾기 위해서입니다. 하지만 그 사람은 1년 반 전에 곰한테 잡아먹혔다더군요. 그 부분에 대해 아시는 대로 얘기해주셨으면 합니다."

"일단 앉으십시오, 리처 씨." 코넬리가 의자를 권했다. 수천 벌의 바지에 의해 광이 나도록 쓸리고 닦인 골동품이었다. 리처가 그 위에 엉덩이를 내려놓았다.

코넬리가 한동안 아무 말 없이 그를 바라보았다. 차분한 눈길. 탐색을 하면서도 그런 기미가 전혀 내비치지 않았다. 상당한 내공의 수사관.

그가 말했다. "세이모어 포터필드와는 어떤 관계였습니까?"

"아무 관계도 없습니다." 리처가 말했다. "내가 정말로 찾아야 할 사람은 따로 있습니다. 포터필드를 찾아온 건 그가 도움이 될 거라는 얘기를 들었기 때문입니다."

"그렇게 얘기한 사람은 누구였습니까?"

"사우스다코타에 살고 있는 남자입니다."

"당신이 정말로 찾고 있다는 사람은 누구지요?"

리처가 새로 사 입은 바지 주머니에서 반지를 꺼냈다. 그가 말했다. "이걸 정당한 주인에게 돌려주고 싶습니다."

"여자군요." 코넬리가 말했다.

"세레나 로즈 샌더슨이라는 이름의 여자입니다. 혹시 아시는지?"

보안관이 고개를 저었다. "그녀와 친구 사이인가요?"

"만난 적도 없는 사이입니다. 하지만 우리는 곤경에 처한 동료를 내버려두지 않습니다."

"당신도 웨스트포인트 출신입니까?"

"오래전 얘기입니다."

"이 반지는 어디서 찾았습니까?"

"위스콘신의 어느 전당포에서. 난 그 출처를 추적해서 사우스다코타 래피드시티까지 갔습니다. 와이오밍의 포터필드에게서 이 반지를 넘겨받았다는 얘기도 거기서 들었지요."

"반지를 넘긴 시점이 언제였답니까?"

"포터필드가 죽은 다음입니다."

"그럼 내가 어떻게 도와드려야 할까요?"

"도움을 주실 수 있는 문제가 아닌 것 같군요." 리처가 말했다. "하지만 궁금합니다. 곰한테 잡아먹힌다는 게 좀 극단적인 설정인 것 같아서 말이지요."

"퓨마일지도 모릅니다."

"그런 일이 실제로 발생할 확률이 얼마나 될까요?"

"그리 높지는 않겠지요." 코넬리가 말했다. "곰이든 퓨마든 가능성이 희박한 게 사실입니다."

"그렇다면 실제로는 무슨 일이 일어났던 걸까요?"

"확률적인 측면에서만 보자면 포터필드가 총이나 칼을 배에 맞은 뒤 숲에 버려졌다고 얘기할 수도 있겠지요. 겨울의 끝자락이었습니다. 곰이든 퓨마든 아주 굶주려 있을 시기지요. 그러니 그것들이 사람의 시체라고 마다했겠습니까. 날짐승들도 덤벼들었겠지요. 너구리를 비롯해서 다른 산짐승들도 그랬을 테고. 하지만 그 정황을 입증해줄 증거가 전혀 없었어요. 그게, 아니 그것들이 포터필드의 시체라는 건 명백히 확인할 수 있었어요. 하지만 갈기갈기 찢겨져 있었습니다. 우리는 총알을 찾을 수 없었습니다. 칼도 찾지 못했고, 뼈 곳곳에 자국들이 나 있기는 했지만 모두 짐승의 이빨 자국인 걸로 판명났습니다. 나는 법의학과 교수들에게까지 의뢰를 했어요. 그들이 장시간에 걸쳐 면밀하게 검시를 했지만 확실한 답을 내놓진 못하더군요. 결국 사고사로 결론을 내리고 수사를 종결할 수밖에 없었습니다. 물론 실제로 사고사였을 수도 있고."

리처가 말했다. "죽은 사람에 관해서는 얼마나 알고 계신가요?"

"아는 게 거의 없다고 봐야지요. 여기는 와이오밍입니다. 서로 간섭하지 않고 살아가는 곳이지요. 그는 혼자 살았어요. 차는 뽑은 지 얼마 되지 않았는데 주행 킬로수는 장난이 아니더군요. 줄기차게 돌아다녔다는 얘기지요. 그리고 그의 옷장 깊숙한 곳에서 현찰이 가득 찬 신발상자가 발견됐습니다. 그게 내가 아는 전부입니다."

"현찰이라면 그 액수는?"

"거의 만 달러."

"나쁘지 않군요."

"그렇죠. 나도 내 옷장 속에 만 달러만 있으면 원이 없을 겁니다. 아무튼 돈은 찾았지만 그 돈이 사건과 연관됐다는 단서는 찾지 못했습니다."

"그런데 말입니다. 당신은 방금 전에 포터필드가 총이나 칼에 의해 살해당했을 가능성을 언급했습니다. 그렇다면 그가 그런 일을 당할 만한 인물이라는 심증이 있었던 게 아닙니까?"

"난 모든 사건을 열린 마음으로 대하려는 것뿐입니다. 모든 가능성을 염두에 두는 게 내 원칙이지요."

"단서나 증거를 들고 찾아온 사람은 없었습니까? 아니면 수사 진척 상황을 물어보거나 재촉하는 사람은? 친구든 친척이든 말입니다."

"단 한 사람도 없었습니다."

"잘 알겠습니다." 리처가 말했다. "감사합니다."

"천만에요." 코넬리가 말했다. "찾고 있는 사람을 찾기를 바랍니다."

"찾을 겁니다." 리처가 말했다.

14

리처가 동쪽으로 방향을 잡고 걸음을 옮겼다. 1킬로쯤 걷고 나자 대학 캠퍼스가 나왔다. 그가 안내사무실이다 싶은 곳으로 들어갔다. 책상 뒤에는 청년 하나가 앉아서 졸고 있었다. 학생 같았다. 리처가 지리학과의 위치를 물었다. 처음에는 정신을 못 차리던 학생이 마침내 그의 질문을 알아듣고 물었다. "무슨 일 때문이시죠?"

"지도를 보고 싶은데." 리처가 말했다.

"그거야 휴대폰으로 보면 되잖아요."

"난 휴대폰이 없어."

"진짜요?"

"더구나 세세한 부분을 살펴보고 싶거든."

"위성지도로 보면 돼요."

"나무 말고는 아무것도 보이는 게 없을 거야. 그리고 방금 전에 말했듯이 난 휴대폰이 없어."

"아, 진짜요?"

"지리학과는 어디로 가면 되지?"

학생이 손가락으로 방향을 가리키며 도로를 따라 좀 더 내려가라고 말했다. 리처가 다시 걸음을 옮겼다. 5분쯤 걷고 나자 목적지에 이를 수 있었다.

지리학과 사무실 책상 뒤에도 학생 하나가 앉아 있었다. 이번에는 여학생이었다. 그리고 온전히 깨어 있었다.

리처가 그녀에게 용건을 말했다. 그녀가 일어나서 밖으로 나갔다. 잠시 후 그녀가 지도첩을 들고 돌아왔다. 와이오밍 지형도. 인도에 까는 블록만 한 크기였다. 그녀에게는 꽤나 무거웠을 것이다. 리처가 그걸 받아들고 창가로 걸어가서 테이블 위에 내려놓았다. 그가 지도첩을 펼쳤다. 그의 눈길이 와이오밍 주의 남동부 구석을 훑었다. 라라미가 나와 있었다. 콜로라도로 통하는 2차선 도로도 그어져 있었다.

웨스트포인트 생도 시절, 리처는 중요한 생존기술의 하나로서 종이지도 읽는 법을 배웠다. 군대에게 지형은 중요하다. 지형을 이해하느냐 못하느냐에 따라 전쟁의 승패가 좌우될 수도 있다.

리처가 예전 우체국 건물 서쪽에서 어렵지 않게 비포장도로를 찾아냈다. 적당한 너비에 거의 직선으로 뚫린 도로. 길이 시작되는 평원은 1킬로쯤 펼쳐지다 사라지고 그다음부터는 완만한 구릉지대였다. 거기서부터 50마일에 걸쳐 이어지는 스노위레인지 산맥의 남쪽 첫 번째 산자락.

구릉지대 곳곳에는 목장 울타리들이 길고 짧은 선으로 나타나 있었다. 아주 섬세한 모양이 마치 100달러 지폐에 새겨진 위조방지 선들 같았다. 오렌지색 등고선이 너울거리는 녹색 숲지대 사이사이에는 개울들이 파란 실선으로 그어져 있었다.

비포장도로 좌우로는 이따금씩 목장 도로들이 가지를 치고 있었다. 목장주들의 진출입로. 그 끝에는 밤색의 작은 사각형으로 표기된 건물들이 자리 잡고 있었다.

비포장도로의 왼쪽에서 첫 번째로 가지 쳐 나간 진출입로는 옛적 우체국 건물에서부터 정확히 3킬로미터 거리였다.

리처의 눈길이 그 길 위에 꽂혔다. 남쪽으로 한동안 내려가다가 성긴 침엽수림을 관통한 뒤 서쪽으로 꺾이고, 잠시 후에는 동쪽으로 완전히 방향을 틀고서 구불구불 이어지다가 다시 남서쪽으로 비스듬히 꺾인 산길. 그 끝은 U자 모양으로 솟은 산등성이 아래의 둔덕. 그 둔덕 위에는 밤색의 작은 사각형 두 개가 그려져 있었다.

하나는 집, 다른 하나는 헛간.

빌리의 거주지.

왼쪽으로 두 번째 진출입로는 서쪽으로 5킬로미터 남짓 떨어진 지점에서 가지를 치고 있었다. 첫 번째 것과 비슷한 조건이었다. 구릉지대와 성긴 숲을 이리저리 방향을 꺾어가며 통과한 뒤 또 다른 밤색의 작은 사각형으로 이어지는 길. 그 길을 이용하면 사각지대의 나무숲을 통과해서 빌리의 집 뒤편으로 숨어들어 갈 수 있을 것이다.

하지만 한 가지 문제가 있었다. 일단 그 두 번째 진출입로까지 가려면 옛적 우체국 건물에서부터 쭉 비포장도로를 타야 한다. 그 길을 걷는 내내 온몸이 노출될 것이다.

빌리의 둔덕에서 내려다볼 때 리처는 고작해야 작은 점 하나에 불과할 것이다. 하지만 상대방은 경계태세에 돌입해 있다. 망원경으로 감시하고 있을 것이다. 혹은 사슴사냥총의 조준경을 들여다보고 있을 것이다.

문제였다.

책상 뒤의 여학생이 말했다. "괜찮으세요, 아저씨?"

"아무 문제없어." 리처가 말했다.

그가 페이지를 넘겼다.

그의 눈길이 남쪽으로 사뭇 내려간 지점에 꽂혔다.

뮬크로싱에서 2차선 도로를 타고 남쪽으로 5킬로미터 남짓 내려온 지점에 오른쪽으로 빠지는 길이 하나 그어져 있었다. 자연보호림으로 들어가는 산림도로였다. 지도 위에는 그 숲 지대의 이름도 나와 있었다. 하지만 그 페이지의 맨 아랫부분이었기에 온전한 이름은 아니었다. '루즈벨트 국립', 거기까지였다. 그다음 단어는 아마도 보호림일 터, 다음 페이지부터 시작되는 콜로라도 지도의 최상단에 적혀 있을 것이다. 프랭클린 루스벨트가 아니라 테디 루스벨트일 것이다. 리처의 생각이 그랬다. 테디는 열성적인 자연보호론자였으니까. 호랑이나 코끼리를 엽총으로 사냥할 때만 빼고. 알다가도 모를 게 인간이다.

그 산림도로에서는 다시 여러 개의 산길들이 가지를 치고 있었다. 그중 하나를 확인한 순간 리처가 속으로 쾌재를 불렀다. 북쪽으로 크게 휘어져서 빌리의 둔덕 바로 뒤편, U자 모양의 산등성이 뒤 기슭까지 이어지는 오솔길. 그 산등성이가 빌리의 둔덕보다 40미터 이상 높다는 사실을 오렌지색 등고선들이 말해주고 있었다. 따라서 성능과 개수에 관계없이 어떤 망원경이나 조준경에도 잡히지 않고 숨어들어 갈 수 있을 것이다. 지도 읽기. 승패를 좌우하는 기술.

리처가 무거운 문을 닫듯 힘을 써서 지도책을 덮었다. 책상 뒤의 여학생이 그냥 책상 위에 놓아두라고 말했다. 그녀가 나중에 그걸 다시 가져다 놓지는 않을 것 같았다. 하루 치 이두박근 운동은 이미 충분하다고 생각하는 눈치였으니까.

리처가 그녀에게 감사의 뜻을 전한 뒤 인도로 나섰다. 그가 엄지를 세운 왼팔을 수평으로 뻗은 채 오른쪽 배수로를 따라 걸음을 옮겼다. 채 1분도 지나지 않아 차를 얻어 탈 수 있었다. 운전자는 마구 자란 턱수염의 소유자였다. 어쩌면 괴짜로 소문난 교수일 수도 있었다. 아무튼 친절한 사람이었다. 자기는 슈퍼마켓까지만 간다고 했다. 그래서 리처는 3번가 모퉁이에서 내렸다. 그리고 그 전날 밤처럼 남쪽으로 걸어 내려갔다.

중심가를 벗어나기 직전, 차 한 대가 그 옆에 멈춰 섰다. 고물 픽업트럭이었다. 리처가 목적지를 일러주었다. 로켓폭죽 광고판에서부터 남쪽으로 5킬로미터. 운전자는 어리둥절한 표정이 되었다. '거기 뭐가 있다고?' 하지만 아무것도 묻지 않았다. 묵묵히 운전만 했다.

'여기는 와이오밍입니다. 서로 간섭하지 않고 살아가는 곳.'

차가 고속도로 다리 아래를 통과할 때 리처가 왼쪽을 흘깃 쳐다보았다. 작은 풀밭 너머 호텔 앞 주차장. 검정색 SUV는 사라지고 없었다.

156

15

40분 뒤, 리처는 2차선 갓길 위에 다시 홀로 서 있었다. 그의 눈길은 멀어져가는 픽업트럭의 뒷모습을 좇고 있었다.

산림도로 어귀에는 산쑥이 군락을 이루고 자라 있었다. 제법 묵직해 보이는 쇠사슬이 두 개의 낡은 말뚝 사이에 늘어져 있었다. 그가 쇠사슬을 넘어선 뒤 산을 오르기 시작했다. 해발 2400미터가 넘는 고지대였다. 공기가 희박했다. 갈수록 호흡이 거칠어졌다. 어지럼증도 심해졌다. 전나무와 소나무가 주종인 숲, 간간이 비쳐든 햇살에 드문드문 군락을 이루고 있는 사시나무 잎사귀들이 노랗게 아롱거렸다.

숲 지대에서 북쪽으로 전진할 때 방향을 잃지 않는 최선의 방법은 리처도 익히 알고 있다. 나무 몸통의 이끼를 살펴보는 것이다. 물론 햇빛이 제대로 비쳐드는 곳에서만 통하는 방법이다. 그런 지역에서는 이끼가 가장 적게 피어난 곳이 동쪽, 그다음에는 남쪽과 서쪽이라고 간주하면 된다. 하지만 이번에는 그 방법을 활용할 수 없었다. 바짝 마른 공기 탓에 이끼 자체를 찾아볼 수가 없었다. 그래도 두 번째 방법, 즉, 태양에 의지하는 방법이 남아 있었다. 늦은 아침시간이었다. 그래서 그는 뒤편 하늘의 태양과 그의 오른쪽 어깨와의 각도를 45도로 유지하며 산길을 걸어 올라갔다.

굳이 뒤를 돌아보지 않아도 왼쪽으로 드리워진 자신의 그림자를 확인하며 걸음을 옮기면 되는 일이다. 그렇게 걸어 올라가면서 지형적인 조건이 허락할 때마다 서쪽으로 방향을 틀었다. 그때마다 오르막에서 벗어나지 않기 위해 신경의 절반은 발바닥에 집중시켰다.

그가 판단하기에 길어야 한 시간이면 U자 모양의 산등성이 뒤 기슭에 다다를 수 있을 것 같았다. 빌리는 반대편 지평선만 지켜보고 있을 것이다.

리처는 계속해서 걸음을 옮겼다. 헐떡거리며.

나카무라가 형사과장 사무실로 들어갔다. 그녀가 말했다. "어젯밤 리처가 저에게 전화를 했어요."

형사과장이 말했다. "누가 전화했다고?"

"빅풋." 그녀가 말했다. "헐크."

"그래서?"

"와이오밍 보안관과의 전화 통화를 하루만 늦춰 달라고 부탁했어요."

"이유는?"

"스콜피오의 보이스메일에서 정확한 지명이 언급되지 않았다는 점을 지적하더군요. 따라서 경고 전화를 받는다고 해서 그쪽 보안관이 크게 할 수 있는 일이 없다는 거예요. 괜한 헛수고일 뿐이라는 거죠. 자기 일로 남들이 시간을 허비하는 게 싫다면서."

"아주 양심적인 사람이군."

"제 생각에는 법이 개입하기 전에 자기 방식대로 일을 처리하고 싶어서가 아닐까 해요. 자유롭게."

"자네는 어때? 그에게 그런 자유를 허용해야 한다고 생각하나?"

"그건 제가 결정할 수 있는 문제가 아닌 것 같습니다. 그가 마음대로 결정해서도 안 되고요."

"우리는 래피드시티 시민들을 위해서만 일을 해야 해. 다른 사람들은 우리의 관심 밖이야. 서쪽의 카우보이들도 마찬가지고."

"네, 과장님."

"이제 그 사실을 염두에 두고 말해보게. 이번 일을 어떻게 처리해야 래피드시티에 제대로 도움이 될까?"

나카무라는 아무 말도 하지 않았다.

"어서."

"제가 그 사람에 관해 조사해봤어요." 나카무라가 말했다. "알 만한 사람들에게 전화를 쭉 돌렸죠. 아주 우수한 헌병장교였더군요. 훈장도 꽤 많이 받았어요. 웬만한 사람들보다는 좀 더 효율적으로 이번 일을 처리할 수 있지 않을까요?"

"스콜피오 문제를 해결하는 데 도움이 될 것 같나?"

"동물원에 데려다 놓고 싶을 정도예요." 그녀가 말했다. "누구도 그를 어쩌지 못할 거예요."

"알았어, 그럼." 형사과장이 말했다. "하루 기다려줘." 그가 곧장 다시 말했다. "아니, 이틀."

50분 동안 힘겹게 산을 오르고 나자 리처는 U자 능선이 뒤편 기슭이 분명하다고 판단되는 지점에 이르렀다. 씨알 굵은 솔방울들이 가득 널린 비탈에는 흙모래가 얇게 깔려 있었다. 그가 미끄러지지 않기 위해 발끝을 흙 속에 꽂아 넣어가며 짧게 끊어지는 걸음걸이로 비탈을 타기 시작했다.

마침내 정상에 오른 뒤 그가 무릎을 꿇고 앉아 주위를 살폈다. 그리고 깨달았다. 경로 이탈. 의도했던 위치에서 동쪽으로 200미터가량 벗어나 있었다. 그가 몇 미터 아래로 내려온 뒤 서쪽을 향해 천천히 3분간 이동했다. 그 3분 내내 양팔로 서툰 날갯짓을 하며 균형을 유지해야 했다.

그가 다시 정상으로 올라가서 주위를 살폈다. 빌리의 집이 그의 발 바로 아래 있었다. 수직으로 45미터 거리. 통나무집이었다. 세월의 더께가 앉아 탁한 갈색이었다. 통나무 헛간도 딸려 있었다. 그 두 채의 통나무 건물을 에워싸고 있는 덤불은 어느 정도 손질이 되어 있었다. 흙바닥도 제법 공들여 다진 흔적이 역력했다. 그 흙바닥에서 뻗어나간 진출입로가 숲속으로 파고 들어가 보이다 안 보이기를 반복하고 있었다. 오른쪽으로는 고도를 점점 낮추던 지형이 마침내 평원을 이루고 광활하게 펼쳐져 있었다. 그 평원 멀리 옛적 우체국 건물의 모습이 눈에 들어왔다. 폭죽가게도, 2차선 도로도 보였다. 1킬로 밖에서는 가지뿔영양 무리가 풀을 뜯고 있었다. 선명한 황토색의 비포장도로는 깔끔하게 정돈된 모습이었다. 왼쪽으로는 반대로 고도를 점점 높여가던 지형이 마침내 봉우리들을 이루고 뾰족뾰족하게 솟아 있었다. 거기서부터 서쪽으로 100마일 되는 지점에 장엄하게 서 있는 고산준령의 축소된 예고편처럼. 공기는 형언할 수 없을 만큼 맑았다. 하늘은 이를 데 없이 푸르렀다. 그 모든 풍경을 절대적인 적막이 감싸고 있었다.

빌리의 통나무집은 파란색 금속 지붕을 이고 있었다. 작은 창문들은 하나같이 어두웠다. 그림 같은 집은 아니었다. 주말 별장으로는 모든 면에서 빈약했다. 하지만 지저분한 상태는 아니었다. 마당에 쌓인 쓰레기 더미 따위는 없었다. 녹슨 세탁기도 없었다. 주차장 용도인 듯 블록을 깔아

놓은 공간도 깨끗했다. 그 위에 차는 세워져 있지 않았다. 목줄에 묶인 핏불테리어도 없었다. 그냥 평범한 가정집 같았다.

사람은 보이지 않았다.

리처가 비탈을 타고 내려가기 시작했다. 나무에서 나무로, 천천히.

35미터. 25미터. 솔방울 하나가 그의 앞으로 굴러 내려가 나무 둥치와 충돌한 뒤 공중으로 떠올랐다. 그가 호흡을 멈췄다.

무반응.

그가 다시 내려가기 시작했다. 미끄러지지 않기 위해 옆걸음으로. 나무들이 빽빽이 서 있는 지점에서는 잠시 쉬어가면서.

18미터. 9미터. 통나무집 뒷문이 눈에 들어왔다. 발길에 의해 다져진 통로가 헛간 뒷벽의 문짝까지 이어져 있었다. 그가 숲 테두리를 5미터 남겨두고 멈춰 섰다. 들킬 염려는 없었다. 모든 게 조용했다. 그는 기다렸다. 빌리가 스콜피오의 지시를 곧이곧대로 따를 리는 없었다. 실제로 나무 뒤에 숨어서 사냥총을 겨누고 있지는 않을 것이다. 십중팔구 현관 의자에 앉아 있을 것이다. 사냥총은 바닥에 걸쳐 놓았을 것이다. 그의 시야는 32킬로까지 확보돼 있을 것이다. 조기경보에 관해서는 전혀 걱정하지 않고 있을 것이다. 리처가 숲을 헤치고 동쪽으로 이동했다. 그가 헛간 뒷벽이 정면으로 보이는 지점에서 멈춰 섰다. 첫 번째 목표물. 그가 숨을 깊게 들이마신 뒤 숲 밖으로 걸어 나갔다.

무반응.

그가 숲과 헛간 사이의 공간을 가로질렀다. 침착하게, 빠르지도 느리지도 않게. 걸음을 옮길 때마다 모래와 자갈들이 그의 발밑에서 달그락 소리를 냈다.

무반응.

그가 헛간 뒷벽에 바짝 붙어 섰다. 창문은 없었다. 왼쪽으로 3미터 떨어진 곳에 출입문이 나 있었다. 그가 옆걸음으로 다가가 손잡이를 돌려보았다. 잠겨 있었다. 아쉬웠다. 헛간에는 유용한 물건들이 많은 법이다. 망치, 손도끼, 렌치, 그리고 칼.

그가 다시 옆걸음으로 돌아와 이번에는 모퉁이를 향해 다가갔다. 본채까지의 거리는 6미터 남짓. 여전히 조용했다. 마주 보이는 통나무 옆벽에는 모두 네 개의 창문이 나 있었다. 1층에 두 개, 2층에 두 개. 그것들 모두 색 바랜 커튼에 의해 절반쯤 가려져 있었다.

그가 다시 한 번 심호흡을 한 뒤 공간을 가로질러서 본채로 다가갔다. 그가 통나무 옆벽에 등을 붙이고 섰다.

1층 창턱은 그의 어깨 높이와 비슷했다. 그가 창가로 바짝 다가갔다. 그가 위험을 무릅쓰고 한 눈으로 안을 살폈다. 화장실이 보였다. 문은 닫혀 있었다. 그가 등으로 벽을 타고 이동했다. 그가 두 번째 창문에 조심스럽게 한 눈을 들이댔다. 층계가 보였다. 그 너머로 앞쪽 거실 절반이 보였다. 창문 두 개, 앞문, 석재 벽난로, 낡은 안락의자, 세월의 흔적이 역력한 통나무 벽.

사람은 없었다.

앞문 밖은 현관일 것이다. 다음 모퉁이를 돌면 그 현관이 보일 것이다. 그가 걸음을 옮겼다. 천천히, 조심스럽게.

그가 모퉁이 바로 앞에서 걸음을 멈추고 귀를 기울였다. 조용했다. 완전한 적막은 아니었다. 나뭇가지들을 어르는 바람소리, 먼 곳에서 들려오는 까마귀 울음소리. 하지만 거기까지였다. 숨소리는 없었다. 몸을 뒤척이는 소리도 없었다. 나무 판때기가 삐걱대는 소리도 없었다. 전혀 없었다. 리처가 반걸음을 내디뎠다. 그가 모퉁이 너머를 한 눈으로 살폈다. 지붕을 이고 있는 현관, 그 테두리를 따라 설치된 난간, 육중한 나무의자 두 개, 굵직한 사슬 네 개에 매달려 있는 그네의자. 현관에 서 있는 사람은 없었다. 나무의자에 앉아 있는 사람도 없었다. 그네의자는 미동도 없이 정지상태였다.

아무도 없었다. 바닥에 걸쳐진 사냥총도 없었다.

빌리는 없었다.

리처가 옆걸음으로 주춤주춤 건물 뒤쪽 모퉁이를 향해 다가갔다. 그가 잠시 호흡을 고른 뒤 미끄러지듯 모퉁이를 돌았다. 그가 뒷벽을 타고 조심스럽게 전진했다. 그가 첫 번째 창문을 확인했다. 주방이었다. 조용했다. 아무도 없었다. 주방 문은 바로 옆에 붙어 있었다. 튼튼한 나무문이었다. 유리창은 없었다. 그가 문을 지나쳐 두 번째 창문으로 다가갔다. 뒤쪽 거실이었다. 책상 하나, 의자 하나. 역시 조용했다. 아무도 없었다.

적막.

그가 살금살금 다시 주방 문 앞으로 돌아왔다. 빌리는 2층에 있을 것이다. 모든 정황이 그렇게 말해주고 있었다. 경계경보가 울리자 적절한 조치를 취한 것이다. 2층 창문에서는 보다 넓은 시야를 확보할 수 있다. 옛적 우체국 건물 너머로 뻗어 있는 2차선 도로를 1층 창문에서보다 1킬로 이상 멀리 내다볼 수 있을 것이다.

자동차가 아무리 빨리 달려온다고 해도 대비할 수 있는 시간적 여유가 6분 내지 7분은 될 것이다. 리처가 주방 문 손잡이를 돌려보았다.

돌아갔다. 문이 열렸다. 그가 활짝 편 손바닥으로 가볍게 문을 밀었다.

밀폐된 공간 특유의 텁텁한 공기 냄새가 콧속으로 파고들었다. 그가 실내를 살폈다. 짙은 색 목재 찬장들, 온기 없는 스토브, 싱크에 담긴 전날 치설거짓거리. 바닥에는 타일이 깔려 있었다. 앞쪽 거실로 통하는 문은 열려 있었다. 사람은 없었다. 벽난로 속에는 작년 겨울에 타고 남은 재가 아직 남아 있었다. 테두리 반석 위에 놓인 보관대에는 부지깽이, 빗자루, 긴 손잡이의 부삽 등이 나란히 걸려 있었다. 그가 천천히, 조심스럽게 부지깽이를 잡아 뺐다. 1미터 길이의 무쇠 제품, 그 끝에는 갈고리가 살벌하게 돌출돼 있었다. 히치하이커의 엄지손가락처럼. 뭐가 됐든 없는 것보다는 나은 법이다. 그가 계단으로 조심스럽게 다가갔다. 온몸이 귀가 된 상태로. 다행히 단단하게 지어진 통나무집이었다. 바닥이 울리는 소리는 없었다. 전혀 없었다. 이제 계단을 올라가야 했다. 가택 수색 작전에서 가장 위험한 과정. 빌리가 2층 복도에서 갑자기 나타나 총을 갈긴다면? 높게 들어온 강속구에 뒤늦게 헛스윙을 하는 타자처럼 부질없이 부지깽이를 휘두르는 게 고작일 것이다. 하지만 모험을 하지 않으면 얻는 것도 없다. 반으로 쪼갠 25센티 두께의 통나무 계단이었다. 삐걱대는 소리는 걱정할 필요가 없었다. 그가 숨을 참고 하나씩 하나씩 올라가기 시작했다. 그가 계단 꼭대기에 도착했다. 바로 앞에 문이 하나 나 있었다. 문은 절반 정도 열려 있었다. 주방 바로 위에 자리 잡은 화장실. 아무도 없었다. 거기서 좀더 깊숙이 들어간 지점에도 오른쪽으로 문이 하나 나 있었다. 역시 절반쯤 열려 있는 상태였다. 뒤쪽 거실 바로 위에 자리 잡은 침실에는 아무도 없었다.

그가 복도로 꺾어져 들어갔다. 침실 두 개가 나란히 자리 잡고 있었다. 첫 번째 침실 문은 활짝 열려 있었다. 아무도 없었다. 두 번째 침실 문은 굳게 닫혀 있었다. 리처가 부지깽이를 수직으로 세워 들었다. 앞에총 자세처럼.

너와 나다, 빌리. 그가 생각했다.

복도에는 천 조각을 이어 만든 깔개가 깔려 있었다. 리처가 그걸 밟으며 살금살금 닫힌 문을 향해 다가갔다. 그가 문짝을 1미터쯤 남겨두고 멈춰 섰다.

리처는 기습공격의 효용을 누구보다도 신봉하는 사람이다. 펜타곤의 책상귀신들이 온갖 복잡한 수식어들을 갖다 붙이기 전까지는 일반 상식이라고 불렸던 전략이다. 그가 두 다리로 단단히 버티고 섰다. 이어서 신기록을 노리는 높이뛰기 선수처럼 리듬을 주어가며 앞뒤로 몸을 흔들었다. 어느 순간 그가 부츠 발바닥으로 문을 박차고서 안으로 뛰어 들어갔다. 부지깽이로 허공을 가르며.

침실은 비어 있었다.

빌리는 없었다.

정돈되지 않은 침대, 잠자리 특유의 시큼한 냄새, 그리고 전면을 향해 시원하게 뚫린 세 틀짜리 유리창. 그 유리창 밖으로 먼 지평선까지 한눈에 들어왔다. 그 풍경 속에 움직이는 것은 아무것도 없었다. 단지 1킬로 밖에서 한가로이 풀을 뜯고 있는 가지뿔영양 무리뿐.

리처는 가택수색 전문가다. 이번에도 단 한 차례 시도 만에 헛간 열쇠를 찾아냈다. 그건 주방 문 옆벽에 걸려 있었다.

헛간은 단층이었다. 널찍한 공간 가득 먼지와 나무 가루, 그리고 차가운 엔진오일 냄새가 배어 있었다. 바닥 곳곳에는 닳아빠진 타이어와 자질

구레한 자동차 부품들이 무더기를 이루고 쌓여 있었다. 한쪽 구석에는 제설차의 삽날도 아무렇게나 뒹굴고 있었다. 주차된 차는 없었다. 애초에 관심을 기울일 만한 물건이 없었다.

그가 다시 집으로 돌아갔다. 안으로 들어가기 전에 그가 현관에 멈춰 섰다. 그의 눈길이 지도 위를 짚어가는 손가락처럼 움직이기 시작했다. 진출입로, 비포장도로, 옛적 우체국 건물, 폭죽가게.

다가오는 차량은 없었다. 비포장도로에는 먼지 한 점 일지 않았다.

그가 본격적인 수색작업에 착수했다. 일단 머릿속 시계를 작동시켰다. 알람은 60초에 맞췄다. 그가 1층부터 뒤지기 시작했다. 주방에는 특별한 게 없었다. 거실에도 없었다.

빌리는 결벽증까지는 아니어도 꽤 깔끔한 성격인 게 분명했다. 모든 게 아주 단정하게 정리돼 있었다. 청소 상태도 상당히 양호했다. 가구며 집기들은 모두 싸지도, 비싸지도 않은 것들이었다. 혼자 사는 게 분명했다. 뒤쪽 거실은 사무실로 꾸며져 있었다. 단출했다. 책상 하나, 의자 하나, 서류함 하나. 책상 위에 휴대폰이 하나 놓여 있었다. 구형 모델이었지만 기계 자체는 거의 새것이었다. 휴대폰은 충전기에 연결돼 있었다. 배터리 표시에는 100퍼센트가 찍혀 있었다. 화면에는 새로운 메시지가 떠올라 있었다.

알람이 울렸다. 60초. 리처가 현관으로 나와 주위를 살폈다.

다가오는 차량은 없었다. 그가 다시 사무실로 들어갔다. 리처는 휴대폰을 가져본 적이 없다. 하지만 가끔씩 사용해본 적은 있다. 그래서 작동법 정도는 알고 있다. 화면 하단에 두 개의 단어가 떠 있었다. 메뉴와 실행. 그 밑에는 얇은 막대모양의 버튼이 하나씩 표기돼 있었다. 리처가 실행 버튼을 눌렀다.

거친 호흡소리에 이어서 목 가다듬는 소리가 흘러나왔다. 그다음에는 스콜피오의 목소리. '빌리, 나 아더야. 옛 같은 일이 벌어지고 있어. 사실 그렇게 심각한 건 아니야. 묘하게 쩝쩝한 상황이라고 할까? 어떤 놈이 뜬금없이 나타나서는 웬 반지의 출처를 대라는 거야.'

60초. 리처가 현관으로 다시 나왔다. 다가오는 차량은 없었다. 그가 다시 집 안으로 들어갔다. 그가 계단을 타고 2층으로 올라간 뒤 곧장 세 틀짜리 창문이 있는 침실로 들어갔다. 그가 제일 먼저 옷장 문을 열었다. 단순한 호기심에서였다. 나란히 걸려 있는 바지들 안쪽 깊숙이 상자 네 개가 쌓여 있었다. 옷장 안벽에 기댄 채 두 개씩 두 줄로 단정하게. 위쪽 상자 두 개에는 신발들이 들어 있었다. 왼쪽 상자에는 흰색 운동화. 오른쪽 상자에는 고무 밑창 가죽구두. 시골 사내가 결혼식이나 장례식에 신고 갈 만한 신발. 혹은 은행 대출 담당자를 만나러 갈 때라든지. 두 켤레 모두 새것은 아니었다. 하지만 자주 신지는 않은 듯, 아주 말짱했다. 사이즈는 두 켤레 모두 265밀리. 걸려 있는 바지들은 모두 허리둘레 32에 길이가 30이었다. 빌리. 체구가 작은 사내.

60초. 리처가 창문 밖을 살폈다.

비포장도로에 먼지구름이 피어오르고 있었다. 앞쪽은 좁았다가 뒤로 갈수록 고도를 높이며 넓게 퍼져가는 황토색 소용돌이 구름. 빠른 속도로 달려오고 있는 자동차. 거리 탓에 작은 점으로만 보이는 형체. 아직은 색깔도 차종도 확인할 수 없었다.

여유 시간은 6분 정도?

그가 다시 옷장으로 다가갔다. 그가 아래쪽 상자 두 개를 확인했다.

첫 번째 상자 속에는 돈이 가득 들어 있었다.

신권들은 아니었다. 여기저기 구겨지고 해어진 10달러, 20달러, 50달러짜리 지폐들이 고무 밴드에 묶여 2.5센티짜리 다발을 이룬 채 차곡차곡 쌓여 있었다.

총액은 만 달러, 혹은 그 이상.

또 다른 상자 속에는 장신구들이 가득 차 있었다. 대부분이 금붙이였다. 금십자가, 엉클어진 금목걸이, 금귀걸이, 금팔찌, 금펜던트, 금초커.

그리고 금반지들. 그중에는 결혼반지들도 있었다.

그리고 졸업 반지들도 있었다.

리처가 다시 창문 앞으로 다가갔다. 바람 없는 허공에 먼지구름이 1.5킬로미터 남짓 길게 떠 있었다. 그 앞대가리에서는 아까보다 사뭇 커진 점 하나가 좌우로 요동을 치고 있었다. 가지뿔영양 무리가 물결처럼 흩어졌다.

검정색 차량인 것 같았다. 격렬하게 흔들리는 모양새로 미루어 속도는 시속 60킬로 이상. 비포장도로에 꽤 익숙한 모양이었다. 혹은 아주 급한 용무가 있을지도 모른다. 아니면 그 둘 모두일 수도 있겠고.

리처는 기다렸다.

차의 속도가 줄어들었다. 마치 덮쳐오는 먼지구름을 피하려는 듯 그 앞머리가 진출입로 안으로 꺾어져 들어왔다.

빌리의 차는 픽업트럭일 것이다. 리처의 판단이 그랬다. 제설차들은 대부분 트럭이니까. 스노우타이어, 체인, 수압장치, 그리고 높이 설치한 스포트라이트들.

그 모든 것들이 여름에는 분리되어 트럭은 3단 구조의 본모습을 되찾게 된다. 후드, 본체, 그리고 적재칸. 하지만 다가오는 차량은 아니었다. 픽업트럭이 아니었다. 통째로 직사각형의 상자 모양이었다. 검정색 SUV. 차체 곳곳에 장거리 주행의 흔적이 역력했다. 보이다 안 보이기를 몇 차례 반복하며 나무숲을 통과한 SUV가 마침내 다져진 흙마당 위로 올라섰다. 차는 마지막 100미터를 달리고 난 뒤 속도를 줄이다가 앞머리를 꺾으며 멈춰 섰다.

도요타 랜드크루저.

그리고 일리노이 번호판.

16

리처는 2층 창문을 통해 지켜보고 있었다. 검정색 SUV의 운전석 문이 열렸다. 한 남자가 내려섰다. 작은 체구, 단정한 외모, 넥타이 정장. 테리 브라몰. 시카고의 사설탐정. 전직 FBI. 실종사건 전문가. 래피드시티, 아더 스콜피오의 빨래방 맞은편 식당에서 그 전날 마지막으로 보았던 남자.

브라몰은 꽤 오랫동안 제자리에 서 있었다. 이윽고 그가 집을 향해 걸어오기 시작했다. 모종의 의지가 느껴지는 분위기였다.

리처가 계단을 내려갔다. 그가 아래층 바닥에 발을 딛는 것과 동시에 노크 소리가 울렸다. 그가 문을 열었다. 브라몰이 현관에 서 있었다. 예의를 지키려는 듯, 문 앞에서 한 발짝 물러선 위치였다. 단정히 빗어 넘긴 헤어스타일. 양복은 지난번과 똑같았다. 하지만 와이셔츠와 넥타이는 새것이었다. 얼굴에 떠올라 있는 표정은 리처에겐 익숙한 것이었다. 그 자신이 수없이 지어보였던 표정이었으니까. 솔직함, 궁금함, 실례에 대한 미안함, 하지만 명분 있는 방문의 당당함. 그 모든 요소를 선의라는 밑반죽 위에 토핑처럼 골고루 뿌려놓은 레시피. 노련한 수사관들의 전매특허.

하지만 그 표정은 순식간에 사라졌다. 대신 놀람과 당혹감이 차례로 떠올랐다.

"브라몰 씨." 리처가 말했다.

"리처 씨." 브라몰이 말했다. 어느새 그의 표정은 처음으로 돌아와 있었다. "어제 래피드시티의 식당에서 당신을 봤습니다. 그저께 밤에는 편의점에서 잠깐 스쳤고. 내 전화기에 메시지를 남기셨더군요."

"맞습니다."

"내 생각에는 이름이 빌리가 아닌 것 같은데."

"당신 생각이 맞습니다."

"그렇다면 여기서 뭘 하고 있는 건지 물어도 될까요?"

"나도 똑같은 질문을 하고 싶은데요."

"들어가도 되겠습니까?"

"내 집이 아닙니다. 그러니 내 마음대로 들어오라 마라 할 수가 없군요."

"하지만 당신 집인 것처럼 편해 보이시는데?"

리처가 브라몰의 어깨 너머를 살폈다.

비포장도로 위의 먼지구름은 가라앉았다. 가지뿔영양 무리는 다시 평화롭게 풀을 뜯고 있었다. 움직이는 건 없었다. 다가오는 차량은 더 이상 없었다.

그가 말했다. "무슨 용무로 빌리를 찾아오셨는지?"

"정보." 브라몰이 말했다.

"그는 여기 없습니다. 최소한 24시간 전에 떠난 게 분명합니다. 스콜피오가 어제 이맘때쯤 그에게 보이스메일을 남겼지만 확인을 하지 않았더군요."

"휴대폰 없이 외출했다는 얘깁니까?"

"충전 중인 상태였습니다. 어쩌면 그가 주로 사용하는 전화기가 아닐 수도 있겠지요. 내가 보기에는 대포폰인 것 같습니다. 그렇다면 특별한 용도로만 사용해왔겠지요."

"당신이 직접 메시지를 확인했습니까?"

"네."

"어떤 내용이던가요?"

"스콜피오가 빌리에게 나를 쏴 죽이라고 지시하더군요. 나무 뒤에 숨어서 사슴사냥총으로."

"당신을 쏴 죽이라고?"

"내 생김새까지 일러주면서 말입니다."

"유쾌한 이야기는 아니군요."

"그렇죠."

브라몰이 말했다. "나하고 얘기 좀 합시다."

"현관에서." 리처가 말했다. "빌리가 언제 돌아올지 모르니까요."

눈 두 개보다는 네 개가 나았다. 두 사람은 빌리의 나무의자 두 개를 나란히 늘어놓고 앉았다. 브라몰의 눈길은 지평선 서쪽 끝에 꽂혔고 리처의 눈길은 동쪽 끝에 꽂혔다. 그 상태로 눈앞의 허공에 대고 얘기를 주고받았다. 한편으로는 편했고 다른 한편으로는 불편했다.

브라몰이 말했다. "자, 당신이 뭘 알고 있는지 들어봅시다."

리처가 말했다. "당신은 은퇴한 상태입니다."

"그게 당신이 알고 있는 정보란 말입니까? 생뚱맞군요. 사실도 아니고. 난 두 번째 직장에서 열심히 일하고 있는 중입니다."

"당신이 전직 FBI라는 의미였습니다. 더 이상은 FBI들의 엿 같은 행태를 반복할 수 없는 입장이라는 사실을 상기시켜 드린 것이지요. 구체적으로 말하자면 혼자 질문을 퍼부은 다음 자리를 털고 일어나선 안 된다는 겁니다. 이젠 얻는 만큼 내놓아야 한다는 걸 명심하기 바랍니다."

"내가 FBI였다는 사실은 어떻게 아셨는지?"

"래피드시티 경찰서 직원에게 들었습니다. 나카무라 형사."

"그녀가 내 뒤를 캐본 모양이군요."

"그게 형사들이 하는 일 아니겠습니까."

"당신은 내게서 뭘 알아내고 싶은 겁니까?"

"당신이 찾고 있는 사람이 누굽니까?"

"미안합니다만 기밀 유지 의무 조항이 내 입을 막는군요."

리처는 아무 말도 하지 않았다.

브라몰이 말했다. "나는 당신이 누군지조차 모르고 있습니다."

"잭 리처. 중간 이름은 없고. 예비역 헌병입니다. 우리가 훈련시킨 FBI 요원들이 꽤 됩니다."

"우리도 적지 않은 헌병대원들을 훈련시켰지요."

"그럼 이제 우리는 대등한 위치인 겁니다. 주고받기. 잊지 마십시오, 브라몰 씨."

"계급은?"

"그게 중요합니까?"

"알면서 왜 이러십니까."

"소령으로 예편했습니다."

"소속은?"

"한 곳만 얘기하자면 110헌병대입니다."

"거긴 어떤 부대였습니까?"

"FBI와 비슷한 곳입니다. 하지만 헤어스타일은 훨씬 세련됐지요."

"당신이 여기까지 찾아온 이유가 군대와 상관이 있는 건가요?"

"그래야만 합니까?"

"난 진지하게 묻고 있는 겁니다." 브라몰이 말했다. "의뢰인들은 신중한 걸 좋아하지요. 난 입을 다무는 기술 하나로 먹고산다고 해도 과언이 아닙니다. 당신도 그 부분에서는 전문가인 것 같군요. 내 짐작인데 당신은 모종의 웹사이트를 위해서 일을 하고 있을 겁니다."

"천만에. 무슨 근거로 그런 얘기를 하는지는 모르겠지만 그렇지 않습니다."

"그럼 누굴 위해서 일하는 겁니까?"

"난 일하고 있는 게 아닙니다."

"그런데 왜 여기 와 있는 겁니까?"

"브라몰 씨, 당신의 고객에 관해 얘기해 주십시오. 대충이라도. 현재로서는 이름을 언급하지 않아도 좋습니다. 신원을 밝히지 않아도 상관없고."

"편하게 테리라고 부르십시오."

"그럼 나를 리처라고 부르시지요. 이제 그만 도망 다니시고."

"시카고에 살고 있는 사람입니다. 가족 한 사람의 신변을 걱정하고 있어요."

"걱정하는 이유는 뭡니까?"

"1년 반 동안 연락이 끊겼으니까요."

"래피드시티는 무슨 용무로 방문한 겁니까?"

"해묵은 통화 내역서에 그쪽과 통화가 오고간 기록이 남아 있더군요."

"여기는?"

"같은 이유입니다."

"실종자 가족이 원래 와이오밍 출신입니까?"

브라몰은 아무 대꾸가 없었다.

"와이오밍에서 거주하다 다른 주로 이주한 가족이 한둘이겠습니까. 몇 백, 아니, 몇 천 가구는 될 겁니다." 리처가 말했다. "그러니 당신은 기밀 유지 의무 조항을 위배하는 게 아닙니다."

"그래요." 브라몰이 말했다. "와이오밍에서 이주한 가족입니다. 원래는 스노위레인지 반대편 기슭에서 살았었지요. 여기서부터 70마일쯤 떨어진 동네. 그 정도야 와이오밍에서는 두 블록 거리지만."

리처가 말했다. "문제의 실종자가 한동안 외국에서 지낸 적이 있습니까?"

"받는 게 있으면 주는 것도 있어야지요, 리처 씨. 당신도 은퇴한 상태인데."

리처가 자기 쪽 지평선을 확인했다. 비포장도로부터 시작해서 뮬크로싱의 건물들, 그리고 2차선 도로까지 쭉. 조용했다. 그들을 향해 다가오는 차량은 없었다. 그가 브라몰 쪽 지평선도 확인했다. 그 끝이 구릉지대 안쪽으로 사라질 때까지 비포장도로를 서쪽으로 따라가며 쭉. 조용했다. 먼지 한 점 일지 않았다. 그들을 향해 다가오는 차량은 없었다.

리처가 주머니에서 반지를 꺼냈다. 그가 그걸 손바닥 위에 올려놓았다.

브라몰이 손을 내밀어 반지를 집어 들었다. 그가 그걸 들여다보다가 갑자기 안주머니를 더듬었다. 그가 거북등껍질 테 돋보기를 꺼냈다. 그가 반지 안쪽에 새겨진 철자와 숫자를 읽었다. "S.R.S. 2005." 그가 말했다. "이제 정식으로 대화를 나눠야겠군요."

리처가 그때까지 전개돼 온 상황을 들려주었다. 밀워키에서 출발한 버스, 휴게소, 전당포, 폭주족 단골 바의 지미 랫, 래피드시티 빨래방의 아더 스콜피오, 포터필드가 반지를 가져왔다는 그자의 얘기, 그리고 그 얘기가 거짓인 이유. 6주와 1년 반이라는 시간상의 괴리. 곰, 퓨마, 그리고 지역사회의 충격.

브라몰이 말했다. "1년 반 전에 일어난 사건이라고 했습니까?"

리처가 고개를 끄덕였다. "작년 초봄쯤입니다."

"내 의뢰인이 가족을 걱정하기 시작한 시점도 그 무렵이었어요."

"나는 모르는 일이니 당신이 그렇다면 그렇겠지요."

"그리고 당신이 빌리의 집을 찾아온 건 *그가* 포터필드의 후임자라고 판단했기 때문이다? 이 반지처럼 찝찝한 물건들을 유통하는 이 지역 담당자로서?"

"그럴 가능성이 높습니다."

"그 판단의 근거는 뭐죠?"

"직접 보여드리지요." 리처가 말했다.

그가 다시 한 번 지평선을 확인했다. 눈길로 짚어가며 끝에서 끝까지 쭉. 그들을 향해 다가오는 차량은 없었다.

리처가 브라몰을 집 안으로 데리고 들어갔다.

두 사람은 곧장 계단을 타고 2층으로 올라갔다. 리처가 브라몰을 빌리의 침실로 데려갔다. 그가 옷장 속의 신발상자 두 개를 보여주었다. 현금

상자와 금붙이 상자.

"마약 밀매꾼들이군요." 브라몰이 말했다. "당신이 보기에도 그렇지 않은가요? 잔챙이들일 겁니다. 수작업으로 제조한 메테드린이나 멕시코에서 밀반입한 저질 헤로인 따위가 주력 상품이겠지요. 20달러, 혹은 그마저 없는 경우 싸구려 장신구도 접수하는 겁니다. 이 금붙이 상자가 모든 걸 말해주고 있군요."

"요즘은 불법 진통제가 대세 아닙니까?" 리처가 말했다.

"그건 이미 한물갔습니다." 브라몰이 말했다. "이제 그쪽 시장은 다시 옛날로 돌아갔어요. 아무튼 스콜피오가 도매업자인 겁니다. 그가 이 지역 판매책으로 포터필드와 빌리를 차례로 고용한 거지요. 포터필드를 미끼로 사용해서 당신을 유인한 뒤, 빌리에게 살해를 지시한 거예요. 화근을 제거하기 위해서."

"가능한 시나리오군요." 리처가 말했다.

"또 다른 시나리오가 있다는 얘기처럼 들리는군요."

"당신의 의뢰인이 누굽니까?"

"레이크 포레스트에 살고 있는 여자예요. 이름은 티파니 제인 매켄지. 세레나 로즈 샌더슨의 쌍둥이 언니입니다. 결혼을 해서 성이 달라진 거죠. 어릴 때는 둘도 없이 친했지만 머리가 굵어지면서 서로 다른 길을 선택했다더군요. 매켄지는 꿈을 이뤘지요. 초호화저택, 대부호인 남편. 그녀는 쌍둥이 동생이 선택한 길이 마땅치 않았답니다. 하지만 피는 물보다 진한 법. 가끔씩이나마 서로 연락을 주고받았습니다. 작년 초봄까지는. 곰이든 퓨마든 그 사건의 수사는 철저하게 진행됐습니까?"

"아주 철저했던 것 같습니다." 리처가 말했다. "시골 기준으로는. 보안관이 확실한 사람이더군요. 시체는 단 한 구뿐이었습니다. 포터필드의 시체. 치과 진료기록을 통해서 신원을 파악할 수 있었답니다. 주머니 속의 열쇠들도 도움이 됐고요."

"그래서 당신은 샌더슨이 아직 살아 있다는 생각입니까?"

"아마도요. 그 반지가 래피드시티에 나타난 게 6주 전입니다. 그 2주 뒤에는 위스콘신으로 넘어갔고. 물건이 유통되는 속도가 아주 빠른 것 같습니다. 보안관 얘기로는 포터필드 차의 주행 킬로 수가 장난이 아니었다고 합니다. 정기적으로 장거리 왕복을 뛴 게 아닐까 합니다. 빌리도 마찬가지겠지요. 이 상자 속의 물건들은 몇 주 치에 불과할 겁니다. 보안관 얘기로는 포터필드의 옷장 속에서도 현금 상자가 나왔답니다. 이 상자 속 현찰과 비슷한 액수였습니다. 당신 말대로 이자들은 잔챙이일 수도 있습니다. 하지만 덩치가 커져가고 있는 게 분명합니다."

"그래서 빌리는 지금 어디 있을까요?"

리처가 창문으로 다가가 바깥을 살폈다. 동쪽에서도, 서쪽에서도 다가오는 차량은 없었다.

"빌리가 어디 있는지는 나로서도 알 수가 없습니다. 주방 싱크의 설거지들로만 보자면 잠깐 나간 것 같기도 하고요."

"그의 휴대폰 좀 봅시다."

리처가 브라몰을 1층 뒤쪽 거실로 데려갔다. 책상 위에 휴대폰이 그대로 놓여 있었다. 브라몰이 버튼 몇 개를 눌렀다. 음성 메시지가 다시 흘러나왔다. '헐크 같은 놈이야. 눈도 마주쳐서는 안 돼. 그래도 일은 깔끔하게 처리해, 알겠지? 느닷없이 끼어들어서 날 찝찝하게 만드는 놈이야. 반드시 제거해야 해.'

브라몰이 말했다. "위험을 감수하고 여기까지 오셨군요."

"아침에 깨어나는 게 위험한 거지요. 무슨 일이든 일어날 수 있으니까."

"샌더슨과는 알고 지낸 사이입니까?"

"아닙니다." 리처가 말했다. "그녀는 2005년에 졸업했고 난 그보다 8년 전에 이미 제대했으니까요."

"그럼 왜 그녀 일에 관심을 갖는 겁니까?"

"당신은 이해하지 못할 겁니다."

"어째서요?"

"나 자신도 확실히는 모르겠습니다."

"그래도 한번 들어나 봅시다."

"이 반지를 보는 순간 슬퍼졌습니다. 그게 전부일 만큼 단순합니다. 어떤 상황이든 이건 옳지 않다는 생각이 들었지요."

"당신도 웨스트포인트 출신인가요?"

"옛날 일입니다."

"당신 졸업 반지는?"

"난 구입하지 않았습니다."

브라몰이 버튼 몇 개를 더 눌렀다. 통화기록, 오래된 보이스메일. 아무것도 없었다. 그가 다른 메뉴를 띄우고 읽지 않은 메시지를 선택했다. 바뀐 화면이 하나의 읽지 않은 새 메시지가 있음을 알렸다. 리처가 처음 그걸 발견했을 때처럼.

진술 거부. 전직 FBI 의문의 1패.

브라몰이 말했다. "남아 있는 설거짓거리는 별 의미가 없어요. 그냥 게

으른 사람일 수도 있다는 얘기니까. 휴대폰을 두고 나간 것도 마찬가집니다. 구릉지대에서는 신호가 잘 잡히지 않을 테니까. 이 집에서는 라라미의 송신탑이 직선으로 보입니다. 따라서 집 안에서만 사용할 뿐 밖으로들고 나가지 않는 게 그자의 습관일 수도 있습니다."

리처가 말했다. "스콜피오는 즉각적인 응답을 기대하는 것처럼 들리던데요."

"곰이든 퓨마든, 그 얘기에 믿음이 갑니까?"

"보안관은 어느 정도 회의적이었습니다. 포터필드가 총이나 칼에 맞은 뒤 숲 지대에 버려졌을 가능성을 언급하더군요. 그다음은 생태계의 순리대로 처리된 것이고."

"빌리의 짓일 수도 있습니다. 그가 힘으로 포터필드를 제쳤을 수도 있다는 얘기지요. 무력 쿠데타처럼. 어쩌면 빌리도 똑같은 일을 당했을지 모릅니다. 칼로 흥한 자, 칼로 망하리라. 인과응보."

"어떻든 난 관심 없습니다." 리처가 말했다. "난 샌더슨을 찾기 위해 여기에 와 있는 겁니다. 그게 전부예요."

"행복한 결말이 아닐 수도 있습니다. 그녀가 잔챙이 마약 판매책에게 반지를 넘긴 게 맞다면 말입니다. 그런 이야기는 대부분 슬프거나 끔찍하게 끝나지요."

"누군가 그 반지를 훔쳤을 가능성도 있습니다."

"나도 제발 그랬기를 바라는 마음입니다." 브라몰이 말했다. "조만간 쌍둥이 언니에게 뭐든 알려줘야 합니다. 그러면서 청구서도 보낼 겁니다. 하지만 쉽게 결제가 안 되는 경우도 있거든요. 특히 비극적인 결말일 때는."

"청구서 금액은 얼마나 됩니까?"

"호수 위의 대저택에서 살고 있는 여자입니다. 얼마든지 감당할 능력이 있는 사람이지요."

"당신이 그 정도 가치는 되는 겁니까?"

"대개는."

"그래서 이제 어떻게 움직일 겁니까?"

"난 그녀가 상당히 가까이 있을 것 같습니다. 이제 다 왔다 싶은 느낌입니다. 빌리는 말단조직원인 게 분명합니다. 소비자들과 직접 접촉하는 창구 역할을 해왔던 것이지요. 그렇다면 이제 한 단계 남은 셈입니다. 그녀가 빌리에게 반지를 직접 건넸거나, 아니면 누군가 그걸 훔쳐서 그에게 팔아치웠거나."

"FBI치고는 나쁘지 않군요." 리처가 말했다. "한 가지 더. 빌리는 제설차 사업을 하고 있습니다. 당연히 이 일대의 도로들을 훤히 꿰고 있겠지요. 이런 지역에서 고객들에게 물건을 공급하기에는 최적의 조건입니다. 겨울철에도 일을 쉴 필요가 없을 테고. 하지만 영업지역이 엄청나게 넓을 겁니다. 당신도 지적했듯이 여기서는 70마일도 두 블록에 불과하니까. 따라서 샌더슨의 고향집도 그의 구역에 포함돼 있을 겁니다. 내 생각에는 당신이 이미 그곳에 다녀왔을 것 같은데, 아닌가요?"

"추정상 샌더슨은 무슨 일이 있어도 고향집으로 돌아가지 않을 겁니다. 쌍둥이 언니의 추정입니다만."

"추정의 근거는?"

"설명은 못 들었습니다. 아무튼 그렇다고 치고. 이제 당신은 어디부터 시작할 건가요?"

"알려줄 수는 있습니다. 하지만 청구서를 보낼 겁니다."

브라몰이 말했다. "차가 안 보이던데 헛간에 세워두었나 봅니다?"

리처가 말했다. "난 차가 없습니다."

"그럼 여기까지 어떻게 오신 겁니까?"

"얻어 타기도 하고, 걷기도 하면서."

"당신 생각에는 내가 트럭에 태워줄 것 같습니까?"

"그래주면 고맙겠지요."

"그럼 청구서 얘기는 더 이상 안 하시는 건가요?"

"그럽시다." 리처가 말했다.

"자, 어디서부터 시작할 건가요?"

"쌍둥이 언니에게서 다른 정보는 얻지 못했습니까? 이름이든 장소든."

"통화할 때마다 샌더슨이 지나치게 말을 아꼈답니다. 창피해서인지 화가 나서인지 이유는 모르겠지만 특히 장소나 지역에 관해서는 단 한마디도 한 적이 없다는군요. 뭘 하고 사는지 말해준 적도 없고. 아무튼 길게는 석 달까지 연락 없이 지낸 적도 있었답니다."

"그게 쌍둥이들에게 흔한 일인가요?"

"쌍둥이도 형제고 자매 아니겠습니까. 그러니 마찬가지겠지요."

"그럼 언니는 동생에 관해 아무것도 모르고 있는 겁니까?"

"마지막으로 통화할 때 샌더슨이 사이러스라는 이름을 중얼거렸다더군요. 그런데 그녀와 친구 사이라는 느낌이 오더랍니다."

"사이러스?"

"글쎄요. 첫 음절이 사이였던 것만은 분명하다고 했습니다. 그 사람과 동생이 한 방에 있는 것 같았답니다. '좀 조용히 해, 사이, 나 지금 통화 중이잖아.' 대충 그런 얘기를 중얼거렸는데 친근한 어조였다는군요. 아주 편한 상대에게 내뱉는 말투. 그 순간만큼은 행복해하는 것 같았답니다."

"행복해한 적이 별로 없었답니까?"

"거의 없었답니다."

"그게 언제였습니까?"

"2년 전으로 기억하더군요. 거기서 한두 달 차이가 날 수는 있답니다."

"그게 그녀가 알고 있는 전부입니까?"

"전화 통화라고 해야 대부분 안부만 묻는 정도였답니다. '너 괜찮니? 응, 나 괜찮아, 그럼 이만.' 대충 그런 식으로."

"사이러스의 사이가 아닐 수도 있습니다." 리처가 말했다. "세이모어의 사이일 수도 있다는 말입니다. 그건 포터필드의 이름입니다. 스콜피오의 얘기로는 줄여서 사이로 불린다고 했습니다. 그가 살았던 집을 찾아가야겠습니다. 거기가 내가 시작할 곳입니다. 아직 남아 있는 게 있을지도 모릅니다. 아니면 이웃들이라도 만날 수 있겠지요."

17

벼룩시장 영감은 포터필드가 구릉지대의 통나무집에서 살았다고 했다. 비포장도로를 타고 32킬로미터 남짓 달리면 나타나는 구릉지대, 100달러짜리 지폐의 위조방지 선처럼 섬세하게 그어진 울타리들, 군데군데 자리 잡고 있는 오래된 목장들, 작은 밤색 사각형들, 그 가운데 한 곳. 리처가 지리학과 지도첩에서 확인한 포터필드의 집.

브라몰의 랜드크루저에는 내비게이션이 장착돼 있었다. 그 화면에 비포장도로는 뚜렷이 그어져 있었다. 하지만 그 밖에는 도움이 될 만한 게 없었다. 그래서 주행거리계에 의존해야 했다. 두 사람은 수시로 킬로미터 수를 확인하며 서쪽을 향해 달렸다.

주인을 꼭 닮은 트럭이었다. 그만큼 깔끔했다. 성능도 우수했다. 거친 도로 위를 날아가듯 매끄럽게 달려 나갔다. 느낌상으로는 영원히 달릴 수도 있을 것 같았다.

리처가 물었다. "쌍둥이 자매가 마지막으로 만난 게 언제였습니까?"

브라몰이 말했다. "7년 전, 샌더슨이 세 번째 파병에서 돌아온 직후입니다. 하지만 즐거운 해후는 아니었나 봅니다. 그래서 둘 다 다시는 만나지 않기로 마음먹었던 모양입니다. 그 이후로는 가끔씩 전화만 주고받았습니다."

"정확한 시점은 알 수 없지만 샌더슨은 부상을 당했습니다."

"난 몰랐습니다. 그 부분에 관해서는 매켄지 여사에게서 한마디도 못 들었어요."

"그녀도 몰랐을 겁니다. 샌더슨이 그녀에게 말해주지 않았다면."

"그런 걸 왜 감췄을까요?"

"자주 있는 일입니다. 여러 가지 변수들이 복잡하게 작용하는 역학이지요. 가족에게 걱정을 끼치고 싶지 않아서, 약한 모습을 보이기 싫어서, 동정이나 도움을 원하는 것처럼 보일까봐 두려워서, 혹은 그것 보라는 반응이 돌아오는 게 끔찍해서. 특히 가족들이 군대를 싫어하는 경우에는 더욱 복잡해집니다."

"심각한 부상이었습니까?"

"나도 모릅니다." 리처가 말했다. "그녀가 퍼플하트 훈장을 받았다는 사실만 알고 있을 뿐입니다. 긁힌 상처부터 팔이나 다리 하나, 심지어 사지절단까지 모든 경우가 가능하겠지요. 만신창이가 돼서 고향으로 돌아오는 상이군인들이 실제로 적지 않습니다."

주행거리계가 13킬로미터를 넘어가고 있었다. 브라몰은 한동안 아무 말이 없었다. 이윽고 그가 입을 열었다. "진심으로 이번 일을 계속하고 싶은 건지 궁금하군요. 아무래도 행복한 결말을 기대하기는 힘들 것 같으니 말입니다. 샌더슨이 심각한 장애를 입었을 수도 있습니다. 마약중독자가 돼 있을 수도 있겠고요. 아니면 심각한 장애를 입은 마약중독자로 살고 있거나. 자신을 찾지 말아주기를 바랄지도 모릅니다."

"그런 경우라면 그냥 내버려둘 겁니다. 나는 세상을 구하러 나선 게 아닙니다. 단지 사연을 알고 싶을 뿐입니다."

16킬로미터. 길 양옆에 펼쳐진 고원지대가 높이를 더해가고 있었다. 구릉들이 간격을 좁히며 솟아오르고 침엽수림이 그 끝자락을 드러내는 빈도수가 더해져 갔다. 까마득히 높은 곳에 광활하게 펼쳐진 하늘은 형언하기 힘든 푸른빛이었다. 굳이 표현하자면 지평선 위에 얹힌 채 위로 갈수록 푸른빛이 짙어지는 사파이어 같다고나 할까? 외계의 끝자락이 대기권에 휘장을 드리운 듯, 비현실적인 색채가 마치 코닥 필름 광고사진을 보고 있는 것 같았다.

바람이 점점 거세졌다. 랜드크루저가 일으킨 먼지 기둥이 남쪽으로 쓸려가고 있었다.

"'외상 후 스트레스 장애'도 그녀를 괴롭히고 있을 겁니다." 브라몰이 말했다. "파병됐던 장병들은 하나같이 그 증상에 시달리는 것 같더군요."

"그럴 겁니다." 리처가 말했다.

22킬로미터. 산비탈에는 사시나무들이 군락을 이루고 있었다. 노란 잎사귀들이 바람에 한데 일렁이는 모습이 마치 거대한 화염이 이글거리는 것 같았다. 땅 위에서는 수백 그루가 하나하나 각개로 서 있지만 땅 밑에서는 단 하나의 뿌리로 이어진 유기체. 지구상에서 가장 거대한 생명체.

브라몰이 말했다. "상점 주인이 32킬로라고 말한 건 그 집 앞까지 거리입니까, 아니면 진출입로 어귀까지입니까?"

"진출입로 어귀까지일 겁니다." 리처가 말했다. "최소한 빌리의 경우에는 그랬습니다. 하지만 그 양반이 가깝게 잡았을 가능성을 배제할 수 없습니다. 한 20퍼센트 정도?"

"그럼 그의 32킬로는 38킬로가 될 수도 있겠군요."

"가끔씩 멀게 잡는 경우도 있다면 장담할 수 없겠지요. 만일 20퍼센트

멀게 잡았다면 그의 32킬로는 실제로는 26킬로가 되겠지요. 결국 12킬로미터 구간 어딘가에 진출입로가 뚫려 있을 겁니다."

"그럼 우리는 다음번에 나타나는 샛길로 무조건 빠져야겠군요. 12킬로미터 구간에 샛길이 두 개 이상 뚫려 있지는 않을 테니 말입니다. 여기는 와이오밍이니까. 따라서 첫 번째 샛길이 우리가 찾는 진출입로입니다. 지금 당장 나타나든 12킬로미터를 거의 다 가서 나타나든."

"FBI치고는 나쁘지 않군요." 리처가 말했다.

그 길은 12킬로미터 구간 중간쯤에서 나타났다. 옛적 우체국 건물에서 정확히 32킬로 떨어진 지점. 벼룩시장 영감님, 의문의 1승.

비포장도로에서 오른쪽으로 가지를 친 길이었다. 그 어귀에는 목장 문이 높게 서 있었다. 그 위에 현판이 달려 있었지만 오랜 세월 탓에 형편없이 마모되어 글씨들을 식별할 수가 없었다. 어귀에서부터 1킬로미터 남짓은 북쪽을 향해 일직선으로 뻗어 있었다. 그다음부터는 오르막이 되면서 서쪽으로 꺾여져 꾸불꾸불 나무숲으로 들어가더니 더 이상 보이지 않았다. 브라몰이 트럭을 세웠다.

그가 말했다. "현재까지의 상황은 내게 전혀 낯설지 않습니다. 지금껏 내가 차를 몰고 접근한 가옥이 몇 백 채는 될 테니까요. 소리를 질러대는 사람들이 가끔씩은 있었지요. 짖어대는 개들도 있었고. 하지만 나를 향해서 총을 쏜 사람은 없었습니다. 이제 돌발할 수도 있는 변수에 관해서 당신의 의견을 들었으면 합니다. 다시 말하자면 지금 내 바로 옆에 당신이 앉아 있는 상황에서 우리 쪽을 향해 총알이 날아올 가능성에 대해 어떻게 생각하십니까?"

"나더러 내려서 걸어가라는 얘기로 들리는군요." 리처가 말했다. "그 편이 당신에게는 더 안전할 테니까?"

"전략적인 대책을 의논하자는 겁니다. 최악의 경우, 빌리가 포터필드의 사업만이 아니라 집까지도 접수했을 가능성이 있잖습니까. 그렇다면 그가 지금 저 집 어딘가에 웅크리고 있을지도 모릅니다. 최소한 자기 집에는 없었으니까."

"그가 집을 두 채씩이나 가져서 뭐하게요?"

"그런 사람들이 있는 게 사실이니까요."

"32킬로 남짓 떨어진 곳에 두 번째 집을? 호수 위에 저택을 가진 사람이 산속에 별장을 갖는다면 몰라도 그건 아닐 겁니다."

"포터필드에게는 상속인도 친척도 없었습니다. 빌리가 그냥 주워 먹었을 수도 있잖아요."

"그랬다고 해도 난 상관없습니다. 그가 지금 저 집 안에 있다고 해도 상관없고요. 그는 음성 메시지를 듣지 못했습니다. 그러니 내가 누군지 전혀 모르고 있는 상태입니다. 우리를 모르몬교(Mormonism, 미국 신흥 종교의 하나) 교인이라고 생각할 겁니다."

"당신 차림새는 모르몬교인이 아닌데요."

"그럼 당신이 문을 두드리면 되겠지요. 만일의 경우에 대비해서. 그가 문을 열어준다면 모르몬교인이라고 신분을 밝힌 뒤 이렇게 말하는 겁니다. 마침 나도 제설차 사업을 하고 있다, 지구 온난화 현상과 그에 따른 보험 문제에 관해 함께 얘기 좀 나누자."

트럭이 다시 움직였다. 오르막 구간은 8킬로미터 남짓 계속되었다. 나무가 무성한 산비탈이다 보니 커브가 많은 데다가 도로 사정 또한 아주 열악했다. 깊게 팬 채 굳어 있는 바퀴자국들과 탁자만 한 바위들이 곳곳에 함정과 바리케이드처럼 도사리고 있었다. 하지만 좌우로 요동을 치면서도 랜드크루저는 꿋꿋하게 달려주었다. 마침내 마지막 커브를 돌아서 급격한 경사면까지 오르고 나자 눈앞에 새로운 고산지대가 펼쳐졌다. 종합운동장 크기의 평평한 땅덩어리 전체가 빽빽한 나무숲이었다. 그 숲속으로 3분의 1 남짓 진입한 지점에 택지가 조성돼 있었다. 낡고 뒤틀린 철조망 울타리가 허술하게 에워싸고 있는 4000제곱미터 정도의 공간이었다. 그 한가운데에 지붕 낮은 직사각형 통나무집 한 채가 자리 잡고 있었다. 건물 전체를 빙 둘러서 나무 데크를 설치한 구조가 특이했다. 브라몰이 다져진 흙마당으로 진입한 뒤 통나무집과 적당한 거리를 두고 차를 세웠다. 전면 데크의 출입구 양쪽 난간에는 노란 테이프 조각들이 군데군데 붙어 있었다. 한때는 경찰 저지선이 일반인의 출입을 막고 있었던 게 분명했다.

"여기는 범죄 현장이 아닌데요?" 브라몰이 말했다. "그 남자는 숲에서 죽었잖습니까."

"숲에서 죽은 게 아니라 발견된 겁니다." 리처가 말했다. "보안관은 그 두 단어의 차이점을 명확히 인식했던 겁니다. 그가 이 집을 수색했다는 건 우리도 알고 있는 사실입니다. 그래서 주행거리가 장난이 아닌 차량과 현찰 만 달러가 들어 있는 상자를 찾아낸 거고."

"빌리는 지금 어디 있을까요?"

"그가 어디 있든 당신이 무슨 걱정입니까?"

"난 걱정하지 않아요. 하지만 당신은 걱정해야지요. 스콜피오가 살인지령을 내렸으니까."

"빌리는 여기 없어요. 그가 저 집 안에 있을 확률이 얼마나 되겠습니까. 게다가 그는 메시지를 확인하지 못했습니다. 그러니 포터필드의 집에서 나를 기다리고 있을 리가 없지요. 더구나 우리가 이 집을 제대로 찾아올 거라고는 누구도 생각 못했을 겁니다. 벼룩시장 주인 양반의 거리 개념이 이렇게 확실할 줄은 또 누가 알았겠습니까. 빌리는 어딘가 다른 곳에 있습니다. 저 집은 비어 있고."

"알겠습니다." 브라몰이 말했다.

그가 차에서 내려 문을 향해 다가갔다. 절도 있는 걸음걸이로.

리처는 그가 문을 두드리는 모습을 보았다. 아주 극미한 차이이기는 했지만 소리는 뒤늦게 그의 귀를 두드렸다. 화면과 완전히 일치하지 않는 사운드트랙처럼. 거리와 소리의 물리적 법칙. 그는 브라몰이 예의를 지키기 위해 한 걸음 물러서는 모습도 보았다.

아무도 문을 열지 않았다. 그 어디에도 움직임은 없었다.

브라몰이 다시 문을 두드렸다.

여전히 무반응.

브라몰이 되돌아와서 트럭에 올라탔다. 그가 말했다. "빈 집입니다."

리처가 말했다. "우리가 안으로 들어가는 건 어떻습니까?"

"문이 잠겨 있어요."

"창문을 깨면 됩니다."

"이 집이 카운티 소유인지 아닌지부터 알아보는 게 합당한 법적 절차입니다. 알아보나 마나 그럴 겁니다. 세금을 내지 않았으니까. 카운티 소유의 부동산에 기물을 훼손하면서 침입하는 건 심각한 범죄행위입니다. 공공기관과 맞설 생각은 말아야 해요."

"문 앞에서 기다리는 동안 좋지 못한 냄새가 나지 않았습니까? 아니면 심상치 않은 소리가 들리지는 않았습니까? 이를테면 비명이라든지. 그랬다면 영장 없는 수색이 가능해집니다. 어때요, 그랬습니까?"

"아니요." 브라몰이 말했다.

"당신은 은퇴했어요." 리처가 말했다. "더 이상 엿 같은 FBI 방식들을 고수할 필요가 없습니다."

"육군 방식은? 집에 불을 질러버리는 겁니까?"

"아니. 그건 해병대 방식입니다. 육군이라면 먼저 외부를 주의 깊게 살펴볼 겁니다. 그 과정에서 엄청난 행운이 따라준다면 우리가 모르는 누군가에 의해 이미 깨진 창문을 발견할 수도 있습니다. 아주 오래전이든 지극히 최근이든 정확한 시점은 상관없이 이미 깨져 있기만 하면 되는 겁니다. 그런 긴급상황에 직면하면 우리는 당연히 집 안으로 진입해야 합니다. 그래서 내부를 철저히 수색해야겠지요. 대법원도 이의를 제기하지 못할 겁니다."

"아주 오래전이든 지극히 최근이든 이미 깨져 있기만 하면?"

"물론 당신 귀에 실시간으로 들리는 건 내가 내는 소리입니다. 과거의 어느 시점에 창문은 깨졌고 그 이후로 쭉 데크에 깔려 있던 유리 파편들이 내 발에 밟히면서 나는 소리지요. 실제로 창문이 깨지는 소리와 아주 흡사해서 오해를 유발하는 경우도 많습니다."

"그건 우리도 흔히 써먹는 수법입니다." 브라몰이 말했다. "FBI 방식이 그렇게 엿 같지만은 않거든요."

"우리가 훈련시킨 FBI 요원들이 적지 않습니다."

"우리에게 배워간 육군들의 숫자도 만만치 않습니다."

"나는 지금부터 주의 깊은 외부 조사를 실시할 겁니다." 리처가 말했다.

그가 차에서 내렸다.

18

규모가 상당한 집이었다. 하지만 살펴보기는 어렵지 않았다. 건물 사면을 빙 둘러 설치된 나무 데크 덕분이었다. 튼튼하고 평평한 바닥에다가 높이도 알맞아서 1층의 모든 문짝들과 창문들을 불편 없이 확인할 수 있었다. 리처는 브라몰이 두드렸던 앞문부터 시작했다. 단단한 나무문이었다. 게다가 야무지게 잠겨 있어서 부수고 들어가는 건 무리였다.

다음은 복도 창문. 그건 아주 쉽게 깨고 들어갈 수 있었다. 하지만 전면에 나 있는 창문이었다. 물론 다른 누구도 살고 있지 않은 산간지역이었다. 하지만 아주 오래전에 형성된 그의 두뇌 한 부분에서 울려대는 경보음을 무시할 수는 없었다. 건물 전면은 바람직하지 않다. 진입은 물론 수색을 진행 중일 때도, 수색을 끝낸 후에도 바람직하지 않다. 그렇다고 큰 흔적이 남는다는 얘기는 아니다. 유리창에는 덩치 큰 남성의 팔꿈치만 한 구멍만 남을 것이다. 깔끔하게 찢어진 방충망이 바람에 팔락팔락 나부끼는 정도일 것이다. 그게 전부일 것이다. 눈에 확 들어오는 흔적은 절대 남지 않을 것이다. 하지만 우연한 방문객의 눈에 띌 위험이 있다. 아직 빠져나오기 전에 그렇게 되면 절대로 좋을 일이 없다.

따라서 전면이 아니라 뒷면이 모든 면에서 안전하다.

옆벽에는 창문이 다섯 개 나 있었다. 앞쪽 창문들과 똑같은 제품들이었다. 그렇다면 뒤쪽 창문들도 마찬가지일 확률이 높았다. 통일된 디자인 테마, 혹은 할인을 염두에 둔 대량구매. 어느 쪽이든 좋은 소식이었다. 처리하기 쉬운 유리창이었으니까. 그가 옆벽 모퉁이를 타고 뒷면으로 돌아 들어갔다.

뒷벽 첫 번째 창문이 깨져 있었다.

덩치 큰 남성의 팔꿈치만 한 구멍. 깔끔하게 찢어진 방충망.

깨진 창문은 더러웠다. 찢어진 방충망에는 곰팡이가 피어 있었다. 1년, 혹은 그 이전. 최소한 사계절의 풍파가 남긴 흔적.

그 안쪽은 주방이었다. 반짝거려야 할 금속제 조리대가 빛을 잃고 먼지에 덮여 있었다. 주방 너머에는 식탁을 들인 공간이 마련돼 있었다. 빛이 들지 않아 어두침침했다. 그가 건물 전면으로 빙 돌아 나와 차로 다가갔다. 브라몰이 다시 내려서 있었다. 집에서부터 10미터가량 떨어진 흙바닥 위였다.

리처가 말했다. "깨진 창문을 발견했습니다."

"멋진 솜씨군요." 브라몰이 말했다. "깨지는 소리가 전혀 들리지 않았습니다."

"아니, 내가 깬 게 아니고, 진짜로 창문이 깨져 있었습니다. 예전에 누군가 다른 사람에 의해서. 내가 볼 때는 1년, 혹은 그 이전의 일이었던 것 같습니다. 유리를 깬 방식이 우리와 똑같더군요."

"함께 가봅시다." 브라몰이 말했다.

리처가 그를 데리고 나무 데크를 따라서 건물 뒤로 돌아갔다. 브라몰은 현장을 한참 동안 자세히 점검했다. 특히 방충망 곰팡이를 눈여겨 살폈다.

그가 말했다. "최소한 1년은 됐군요. 1년 반이라고 해도 무리가 아닐 것 같고. 그렇다면 포터필드가 사망한 직후가 되는데? 보안관이 이랬을까요? 당신 얘기에 따르면 당시 *그가* 이 집을 수색했으니까."

"보안관은 열쇠를 갖고 있었습니다." 리처가 말했다. "포터필드의 주머니에서 찾아냈습니다. 그래서 그의 신원을 확인할 수 있었던 겁니다. 물론 치과 진료기록이 결정적이기는 했지만. 아무튼 보안관은 창을 깨고 들어갈 필요가 없었어요. 누군가 다른 사람 짓입니다. 열쇠가 없는 사람."

"혹시 불법거주자들?"

"불법거주자들이라면 다른 창문을 깨고 들어갔을 겁니다. 주방은 그들에게 꼭 필요한 공간이니까요."

"그럼 평범한 강도짓일까요?"

"그럴 수도. 집 안 상태를 보고 나면 확실해지겠지요."

"그건 여전히 저 안에 들어가야 한다는 말씀이신가요?"

"빌리의 집에도 들어갔잖습니까." 리처가 말했다. "이 집이라고 못 들어갈 이유가 없지요. 게다가 깨진 창문은 우리더러 들어오라는 초청장이나 마찬가지입니다. 우리는 모범시민으로서의 의무에 충실해야 합니다."

"모범시민이라면 이 상황에서 보안관에게 먼저 연락을 해야지요."

"글쎄요. 법적인 절차를 따지기에는 좀 애매한 것 같은데요. 집주인은 사망했고 상속인은 없습니다. 아주 특별한 경우예요. 로스쿨 교수들도 의견이 갈려서 치열하게 논쟁을 벌일 만한 상황입니다. 가뜩이나 바쁜 보안관을 그런 논쟁 속으로 끌고 들어가서는 안 되겠지요. 게다가 샌더슨이 여기서 쌍둥이 언니에게 전화를 했을 수도 있습니다. '조용히 좀 해, 사이, 나 지금 통화 중이잖아'라고 말했던 곳. 물론 여기가 아니라 그녀의 집이었을 수도 있습니다. 하지만 그녀가 여기서 한동안 시간을 보냈던 것만은 분명합니다. 그러니 당신도 이 집 안을 확인해야 할 필요는 충분히 인정하고 있을 겁니다."

"그렇기는 하지만." 브라몰이 말했다. "당신은 법적인 의무로부터 자유로운 처지 아닙니까."

"갑자기 웬 관심이신지?"

"법적으로 문제가 될 만한 부분들을 미리 짚어야 한다는 느낌이 강하게 나를 사로잡는군요."

"오호, 이제 알겠습니다. 내가 먼저 들어가야 한다는 말씀이시로군. 당신은 난생 처음 범죄행위에 휩쓸리게 된 처지를 한탄하다가 뒤따라 들어오시겠죠? 나만 나쁜 놈이 되면 그만이군. 당신은 법적책임과 의무감 사이에서 갈등하다가 결단을 내린 양심적인 사람이고."

"그렇게까지 복잡한 건 아닙니다. 내가 가진 건 일리노이 사설탐정 면허뿐이고 난 어떻게든 그걸 지키고 싶을 뿐입니다. 누가 먼저 들어가느냐는 중요한 문제가 아니에요. 정작 중요한 건 이겁니다. 경험이 부족한 파트너에게 잠재적인 법적 제재에 관해 명백히 설명하지 않으면 나중에 큰코다칠 수도 있다는 사실."

"우리가 파트너라고요?"

"실질적으로는."

"내가 조수, 당신은 사수?"

"나이로 보나 경험으로 보나."

"앞으로 모든 과정에서 내게 일일이 설명을 해야만 법에 저촉되지 않는 겁니까?"

"엄밀히 말하자면 그렇지요."

"그 부분은 생략합시다. 그냥 전체적인 주의사항을 읽고서 숙지했다 치자고요. 그쪽이 더 재밌지 않겠습니까."

"그럽시다." 브라몰이 말했다. "알고 보니 재미를 원하셨군. 그럼 내가 양보해야지. 먼저 들어가실까?"

　그렇다고 브라몰이 구경만 하고 있었던 건 아니다. 그가 깨진 구멍 속으로 팔을 집어넣고 안쪽 손잡이를 조작해서 창문을 열었다. 하지만 리처는 곧장 들어가지 않았다. 새 재킷이었다. 새 셔츠였다. 어디에도 곰팡이를 묻히기 싫었다. 1년, 혹은 1년 반 전에 미지의 누군가가 침입했을 때는 방충망이 깨끗했을 것이다. 하지만 지금은 아니었다. 그래서 리처는 방충망을 완전히 뜯어냈다. 그가 그걸 대충 접어서 나무 데크 위에 아무렇게나 던져 놓았다. 이제 진입 준비 끝.

　주방 창문을 통해 집 안으로 진입할 때는 뒤돌아서서 두 다리부터 집어넣어야 한다. 그래야 조리대를 피해 주방 바닥에 똑바로, 그리고 안전하게 내려설 수 있다. 상체와 팔부터 들이미는 상황을 상상해보면 쉽게 이해가 갈 것이다. 그 경우에는 얼굴부터 바닥에 떨어지기 십상이니까. 물론 발부터 들어간다는 게 말처럼 쉬운 일은 아니다. 일단은 몸을 제대로 뒤틀어주는 기술이 필요하다. 만일 창문 아래에 수도꼭지 달린 싱크대가 설치돼 있으면 난이도가 훨씬 높아진다. 다행히 포터필드의 싱크대는 다른 쪽 벽에 설치돼 있었다. 리처가 안으로 집어넣은 두 다리를 휘저어보았다. 걸리는 게 없었다. 그가 다리를 가위질하듯 놀리며 허리를 뒤틀었다 풀기를 몇 차례 반복했다. 그 동작으로 얻어진 탄력을 활용해서 그가 상체까지 안으로 들이밀며 사뿐히 주방 바닥에 내려섰다. 그가 돌아섰다. 주방 안 여기저기에서 비바람에 바랜 흔적을 확인할 수 있었다. 유리창에 뚫린 구멍 때문이었다. 하지만 그런 흔적들이 원래의 고급스러움까지 훼손시킬 수는 없었다. 상당히 고급스러운 공간이었다. 두꺼운 목재들, 더욱 두꺼운 화강암들, 스테인리스 스틸 설비들. 곳곳에 디지털 시계판들이 박혀 있었다. 하지만 어둑한 화면들 모두 텅 비어 있었다. 공간 전체에는 완전한 적막이 감돌고 있었다. 전선이나 수도 파이프가 가늘게 떨어대는 소리조차 없었다. 단전. 단수. 당연했다. 요금 미납. 모두 끊긴 것이다. 그가 어둑한 주방을 가로질러 식당으로 나갔다. 그가 거기 멈춰 서서 거실을 둘러보았다.

내부에 벽이 없는 오픈 플랜으로 설계된 공간이었다. 높이 드리워진 천장은 성당 양식을 본떠 웅장하고 화려했다. 트랙터 타이어만 한 돌들로 쌓아 올린 벽난로가 그 천장까지 닿아 있었다. 집과는 어울리지 않는 거실이었다. 누가 지게차와 크레인까지 동원해서 오두막 벽난로를 설치하겠는가. 작은 돌로 아기자기하게 쌓은 벽난로가 제격일 것이다. 천장도 마찬가지다. 낮고 평평한 구조가 훨씬 어울렸을 것이다. 하지만 어쨌든 사람이 사는 곳이었다. 그리고 사람의 취향은 가지각색이다. 리처는 전혀 거슬리지 않았다. 내벽의 통나무들은 연한 꿀색을 띠고 있었다. 가구들은 편안해 보였다. 튀는 느낌은 전혀 없었다. 선반에는 특이한 수집품들이 진열돼 있었다. 동물 해골들, 기이한 형태의 돌멩이들, 신기한 모양의 솔방울들. 전반적으로 단란한 가족, 그것도 부유한 가족의 터전 같은 분위기였다. 그가 다시 주방으로 돌아왔다. 그가 유리창 앞으로 다가갔다. 밖에서 안을 살피던 브라몰과 눈이 마주쳤다.

리처가 말했다. "걱정 마십시오. 여긴 타임캡슐과 마찬가집니다. 모든 게 제자리에 있다는 얘기예요. 따라서 강도는 아닙니다. 먼지도 똑같은 두께로 쌓여 있습니다. 흐트러진 흔적이 전혀 없어요. 그러니 불법거주자도 아닌 겁니다."

"나도 들어가겠습니다." 브라몰이 말했다.

그의 관절은 리처보다 뻣뻣했다. 하지만 몸이 왜소했기에 한결 수월하게 바닥으로 내려설 수 있었다. 그가 자세를 바로잡고 난 뒤 리처가 했던 대로 집 안을 둘러보았다. 주방, 식당, 거실.

모두 다 온전한 상태.

브라몰이 말했다. "내가 예상했던 것과는 다른데요."

"어떻게 다르다는 겁니까?" 리처가 말했다.

"내게 오두막이 있다면 딱 이렇게 꾸몄을 겁니다. 바로 내 취향이라는 얘기지요."

"마약 판매상이라고 FBI 같은 취향이 없으란 법 있습니까?"

"없어야 정상이지요."

리처가 복도를 확인했다. 그가 말했다. "복도 양 끝에 침실이 하나씩 있군요."

브라몰이 말했다. "강도나 불법거주자들이 아니라면 누가 창문을 깬 걸까요?"

"보안관은 아닙니다." 리처가 말했다. "하지만 보안관 같은 사람입니다. 수색을 해야 할 이유가 있는 전문가."

"그렇다면 집 안이 이렇게 멀쩡한 걸 어떻게 설명할 수 있을까요? 수색 전문가였다면 완전히 찢어발겨져 있을 텐데?"

"찾고 싶었던 걸 단번에 찾아냈다면 얘기가 다르지요. 그래서 전문가 아니겠습니까. 혹은 그 물건이 어디 있는지 이미 알고 들어왔을 수도 있습니다. 어쩌면 자신들이 두고 갔던 물건을 회수하려는 게 목적이었을지도 모르고."

"그게 어떤 물건일까요?"

"그게 뭐든 난 관심 없습니다." 리처가 말했다. "나는 샌더슨만 찾으면 그만입니다."

"당신은 그녀가 여기서 지냈다는 생각을 확실히 굳힌 모양이군요. 그건 총이나 칼에 맞아 죽을 만한 마약 거래상과 동거를 했다는 얘기인데 말입니다."

"이제는 그녀의 오빠 노릇까지 하고 싶은 겁니까?"

"그녀가 그런 식의 관계를 맺고 있었다는 게 의심스러워서 하는 말입니다. 그녀 정도면 처신이 좀 더 올바르지 않았을까 해서."

"'조용히 좀 해, 사이, 통화 중이잖아.' 그녀가 그렇게 말했다면서요. 그녀를 못마땅해 하던 쌍둥이 언니조차도 친근하고 편안한 말투였다고 진술했습니다. 행복해 하는 것 같았다고 말했잖습니까. 그러니 막역한 친구 사이였을 수도 있습니다. 자, 이제 오빠의 걱정이 좀 누그러지시는지?"

"그건 더 끔찍한 상황이지요." 브라몰이 말했다. "친구를 보면 그 사람을 알 수 있다는 말도 있잖습니까."

"애인이든 친구든 그 두 사람이 함께 지냈던 건 분명합니다. 이 집과 그녀의 집에서. 그녀의 집이 어딘지는 모르겠지만."

"그랬다고 해도 1년 반이나 지난 일입니다."

"아무것도 모르는 것보다는 낫잖습니까."

"그것도 그 사이가 당신이 말하는 사이와 동일인일 때 얘기지요."

"맞든 틀리든 50대 50입니다. 그 정도면 그리 나쁜 확률이 아닙니다."

브라몰이 휴대폰을 꺼냈다. "막대기가 두 개 떠 있어요." 그가 말했다. "그녀가 여기서도 얼마든지 전화할 수 있었겠군요."

"그녀의 휴대폰 통화 내역에 나와 있지 않던가요?"

"삼각측량을 하기 위해서는 기둥 세 개가 필요합니다. 하지만 이 지역에는 하나뿐이에요. 범위가 전방위로 퍼져 있는 것이지요. 구체적으로 말하자면 그녀는 뉴저지만 한 원 속의 어느 한 지점에서 통화를 한 겁니다. 그게 우리가 알아낸 전부예요."

"그 한 지점이 바로 이곳일 수도 있잖습니까. 여기도 그 큰 원 안에 포함되니까."

브라몰이 거실 한가운데로 걸어 나갔다. 그가 말했다. "사건은 1년 반 전에 발생했고 그 이후로 수색이 두 번이나 실시됐습니다. 보안관은 확인할 걸 확인하고 떠났습니다. 그다음에 누군가가 들어와서 찾을 것만 찾아서 조용히 빠져나갔습니다. 당신 얘기가 맞는다면 말이지요. 아무튼 이제 우리는 그 두 팀이 찾지 못하고 남겨둔 것들을 찾아야 합니다. 그건 상당한 시간을 요하는 작업이 될 겁니다. 수색전문가들의 눈길을 피한 것들이니 말이지요. 우리에게 시간이 얼마나 있을까요?"

"여기서라면, 어디 보자, 백 년쯤?" 리처가 말했다. "당신 차만 어디다 숨겨 놓으면 이리로 이사 와서 남은 평생을 보낼 수 있을 겁니다. 아무도 모르게."

"좋아요, 어디 찾아봅시다. 망도 보지 말고 둘이 같이. 백지장도 맞들면 낫다니까."

첫 번째 물건은 채 1분도 지나지 않아서 모습을 드러냈다.

19

그건 뒷문 안쪽의 머드룸(mud room, 흙 묻은 레인코트·장화 등을 벗는 곳)에 있었다. 그 공간 한쪽 벽에 세워진 옷장 속이었다. 옷걸이에서 미끄러진 스키 바지 한 벌이 옷장 바닥에 떨어져 있었다.

뻣뻣한 나일론으로 방수 처리한 제품이었다. 반쯤은 바닥에 구겨진 채 펴져 있고 나머지 반쯤은 완전히 쓰러지지 않고 안쪽 구석에 기대서 있는 상태였다. 충격을 받고 후들거리는 만화 주인공의 다리를 연상시키는 모습이었다. 리처가 무심결에 바지를 들어냈다. 그러자 여성용 방한화 한 켤레가 모습을 드러냈다. 갈고리 후크를 이용해서 잠그게 돼 있는 겨울 부츠.

여자 사이즈 6.

작았다.

그가 말했다. "옷장 속 여자 부츠. 이제 하나 찾은 겁니다. 안 그렇습니까? 그녀는 이 집에 그냥 놀러 다닌 게 아닙니다. 이 신발이 그녀가 여기서 살았다는 증거입니다."

"그게 그녀의 부츠라면 그렇겠지요. 하지만 그걸 어떻게 장담합니까?"

"맞는 말씀. 하지만 이 집 주인이 늘 혼자서 살았고 또 그런 삶을 즐겼다는 증언이 두 사람의 입에서 나왔습니다. 그런데 사실은 다른 누군가와 함께 살고 있었습니다. 그런 사람이 죽은 채 발견됐다면 수사의 방향이 어느 정도는 달라졌어야 했습니다. 물론 보안관에게 책임을 물어야 한다는 얘기는 아닙니다. 이 지역 주민들의 특질을 너무나 잘 알고 있기에 그러려니 하고 넘어갔을 겁니다. 게다가 와이오밍의 주택들은 모두 다 이런 공간, 이런 옷장을 구비하고 있을 겁니다.

눈에 익숙한 걸 새롭게 눈여겨보기는 힘든 일입니다. 하지만 누구든 나중에 찾아온 사람은 여기를 뒤졌어야 합니다. 그들에게는 모두 다 새로웠을 테니까. 그 사람들의 정체가 정말 궁금하군요. 그리고 그들이 여길 찾아온 목적도. 그들은 이 머드룸, 이 옷장만이 아니라 어디도 수색하지 않았습니다. 잽싸게 들어왔다 잽싸게 빠져나간 겁니다. 집 안에 있던 뭔가를 집어 들고. 분명해요. 뒤진 흔적이 전혀 없지 않습니까."

브라몰이 말했다. "다른 옷장들도 확인해야 합니다."

그들이 즉시 실행에 들어갔다. 하지만 포터필드의 개인용품 말고는 아무것도 없었다. 그가 청바지를 좋아하고 올이 풀어질 때까지 세탁해가며 입었다는 사실 말고는 알아낸 것도 없었다.

여자 옷은 어느 옷장 속에도 없었다. 치마도, 바지도, 블라우스도 없었다.

브라몰이 말했다. "그녀가 왜 부츠만 남겨두고 떠났을까요?"

"그녀가 떠난 건 초봄 무렵이었습니다. 최소한 그 한 달 전부터는 겨울 부츠를 신을 일이 없었겠지요. 그러다 보니 깜빡했을 겁니다. 혹은 착용감이 불편해서 일부러 놓고 떠났을 수도 있겠지요. 아무튼 그녀, 혹은 다른 어떤 여자가 상당한 기간 동안 이 집에 머물렀던 건 사실입니다. 포터필드는 혼자 살고 있지 않았습니다. 최소한 늘 혼자는 아니었던 겁니다."

"부츠 한 켤레 가지고 너무 많은 걸 읽어내는 거 아닙니까?"

"다른 것들도 나올 겁니다. 두고 보시지요."

실제로 다른 것들도 나왔다. 두 시간을 더 수색한 결과였다. 하지만 양은 많지 않았다. 증거로서의 가치도 결정적이라기보다는 보완적이었다. 훤히 드러나 있는 곳들은 수색 대상이 아니었다. 두 사람은 안쪽과 아래쪽, 그리고 뒤쪽을 집중적으로 뒤졌다. 소파 쿠션 사이에서는 여성용 빗을 찾아냈다. 핑크색 플라스틱 제품이었다. 빗살의 간격이 여느 빗보다 넓었다. 안방 욕실에는 세면대가 두 개 있는 걸 확인했다. 두 개 모두 비누 접시가 딸려 있었다. 그 접시 위에 비누가 말라붙어 있는 건 양쪽 모두 똑같았다. 하지만 비누의 종류가 달랐다. 하나는 향이 첨가된 비누, 다른 하나는 보통 비누. 아무렇게나 던져져 있는 수건 두 장도 두 사람의 존재를 말해주고 있었다.

세탁실 건조기 뒤에서는 여자 양말 한 켤레를 찾아냈다.

신소재 제품이었다. 먼지투성이였지만 핑크색인 건 분명했다. 그리고 작은 사이즈였다. 거기까지였다. 더 이상은 없었다. 법정으로 가져갈 만한 건 없었다. 하지만 보완적 증거로서는 충분했다.

리처가 말했다. "이제 그녀, 혹은 다른 여자가 여기서 살았다는 사실이 분명해졌습니다. 아주 오랜 기간은 아닐 수도 있습니다. 혹은 찾아왔다 떠나기를 반복했을 수도 있습니다. 하지만 이 집이 편안하게 느껴질 만큼 시간을 보냈던 건 사실입니다. 그리고 미련 없이 떠난 것도 분명합니다. 강단 있는 여자인 것 같습니다. 깨끗하게 작별을 고한 겁니다. 다시는 돌아오지 않겠다는 통보처럼. 집 안을 샅샅이 뒤져서 자기 짐은 모두 챙겨갔으니까요. 물론 여기 몇 가지는 남겨두고 갈 수밖에 없었겠지요. 머리빗은 찾지 못해서, 비누는 가져갈 도리가 없어서. 젖은 상태에서 미끈거리는 비누를 어떻게 가져갈 수 있었겠습니까. 젖은 수건도 마찬가지고. 방한 부츠는 깜빡했을 겁니다. 그리고 이 핑크색 양말. 난 이게 제일 마음에 듭니다."

"이유는?"

"그녀의 두 다리가 아직 멀쩡하다는 사실을 말해주고 있으니까. 퍼플 하트 훈장은 받았지만 부상이 그리 심각하지 않다는 얘기니 말입니다."

"그녀가 맞을 때의 얘기지요."

"일단 맞다고 칩시다. 포터필드도 가끔씩은 그녀의 집으로 찾아갔을 겁니다. 거기가 어디일까요? 여기서 얼마나 떨어져 있을까요? 당신이 포터필드 같은 사내라고 생각해 봅시다. 여자친구와 한바탕 뒹굴고 싶은 마음이 들었을 때 어느 정도 거리면 달려갈 수 있을 것 같습니까?"

"경우에 따라 다르겠지요."

"어떤 경우?"

"여러 가지 경우들."

"우리 긍정적으로 생각합시다. 미스 아메리카까지는 아니어도 꽤 괜찮은 여자라면?"

"여긴 와이오밍입니다. 빵 한 덩어리 사려고 장거리를 운전하는 곳이지요. 여자친구라면 어디 보자, 두 시간? 그러니까 100마일쯤은 감수하지 않을까요?"

"그럼 포기해야겠군요." 리처가 말했다. "우리가 뒤지기에는 너무 넓으니까요."

브라몰이 고개를 끄덕였다. "나는 포터필드의 이웃들을 찾아가서 얘기를 나눠보자고 말할 참이었어요. 하지만 다시 생각해 보니 그래봐야 시간 낭비일 것 같군요. 서로 30킬로 이상씩 떨어져서 살아가는 곳이니 말입니다. 평생 얼굴 한 번 보지 못하는 이웃도 있을 겁니다."

"그래도 서로 의지하며 살아가지 않을까요? 갑자기 응급상황이 발생할 때는 어디다 전화를 하겠습니까? 두 시간 거리에 있는 경찰서나 소방서겠습니까, 아니면 15분 내에 달려와 줄 수 있는 이웃이겠습니까? 어쩌면 시골 생활이 다 그런 것일 수도 있습니다. 최소한 당신 생각보다는 이웃 사이가 더 가까울 겁니다. 어쩌면 서로 친하게 지냈을 수도 있겠고. 그 경우라면 우리에게 해줄 이야기가 많을 겁니다."

"당신은 대단히 낙관적이군요."

리처는 대꾸하지 않았다. 대신 혼자 주방으로 들어갔다. 특별한 이유는 없었다. 뿌리 깊은 습관. 실내에서는 탈출구가 보이는 위치를 확보해야 한다. 깨진 유리, 찢어진 방충망, 열린 창문. 선선한 바람이 불어 들어왔다. 그 날개에 여러 가지 소리가 실려 있었다. 청각을 곤두세울 필요 없는 소리들. 나무숲의 바람소리, 날짐승의 날갯짓 소리, 날다가 쉬었다가 다시 날아가는 꿀벌의 비행소리.

하지만 한 가지 전혀 성격이 다른 소리가 섞여 있었다. 아주 짧막했다. 아주 멀었다. 아주 미약했다. 아주 간헐적이었다. 작게 긁적이는 소리, 작게 부스럭거리는 소리, 작게 질벅거리는 소리. 지역 주민들의 귀에는 익숙하게 들릴 소리. 와이오밍의 소리. 특유의 지형을 이루고 있는 여러 요소들이 배합되면서 일으키는 소리. DNA처럼.

모래, 자갈, 그리고 고무.

"여기서 당장 나가야 합니다." 그가 말했다. "진출입로로 차가 올라오고 있어요."

브라몰이 먼저였다. 창틀에 몸이 낄 확률이 적으니까. 그 뒤를 따라 리처도 안전하게 빠져나왔다. 브라몰이 팔을 구멍 안으로 집어넣고서는 손잡이를 돌려서 창문을 닫았다. 두 사람이 서둘러 건물 앞으로 돌아나갔다.

아무것도 보이지 않았다. 아직은.

"차에 탑시다." 브라몰이 말했다. "만약을 대비해서."

리처가 말했다. "여차하면 차로 밀어버리는 겁니다."

그들이 도요타에 올라탔다. 브라몰이 시동을 걸었다. 트럭 한 대가 마지막 오르막길을 타고 다진 흙마당으로 올라선 뒤 그들을 향해 달려왔다. 포드 픽업이었다. 적재칸에 덮개를 씌워 SUV처럼 모양을 잡은 차량이었다. 깨끗한 차체가 반짝이고 있었다. 문짝들을 제외하고는 온통 흰색이었다. 문짝마다 가로세로 모두 60센티 너비의 금색 별이 그려져 있었다. 그 위쪽과 아래쪽에는 각각 카운티 이름과 보안관 사무실이라는 철자들이 서로 대칭이 되는 반달형으로 적혀 있었다. 웨스트포인트 반지와 비슷한 느낌을 주는 디자인.

코넬리 보안관.

코넬리가 도요타 가까이에 차를 세웠다. 특별히 각을 잡지 않은 것 같은 주차였다. 아무 생각 없이, 아주 자연스럽게, 따라서 상대방이 전혀 위협을 느끼지 않게 하려는 배려. 하지만 그건 표면적일 뿐, 사실은 노련한 경찰의 술수로서 도요타의 진로를 봉쇄하려는 의도. 리처의 판단이 그랬다.

실제로 절묘한 각도였다. 도요타가 나가려면 후진해서 돌아가는 수밖에 없었다.

코넬리가 창문을 내렸다. 차 안인데도 모자를 쓰고 있었다. 그만큼 실내가 넓고 차고가 높은 트럭이었다. 리처도 버튼을 눌러 창문을 내렸다. 그의 위치가 보안관 차와 가까웠으니까.

코넬리가 말했다. "내게는 포터필드와 아무 관계가 없다고 말씀하셨던 것 같은데."

리처가 말했다. "아무 관계도 없습니다."

"그런데 당신이 그의 집 앞에 와 있는 이유는?"

"내가 찾고 있는 여자가 이 집에 머물고 있었습니다. 최소한 수개월 동안. 나는 그녀가 어디로 갔는지 알아내기 위해 여기 온 겁니다."

"포터필드는 혼자 살았습니다."

"항상 혼자 살았던 건 아니었습니다."

코넬리가 말했다. "저 집 안에 들어갔다 나온 겁니까?"

"네." 리처가 말했다.

"어떻게?"

"1년, 혹은 그 이전에 누군가가 침입했습니다. 우리는 같은 구멍으로 들어갔고."

"침입이라니, 무슨?"

"포터필드가 죽었을 때 당신은 이 집을 수색했습니다. 찾을 걸 찾은 뒤에는 문을 걸어 잠그고 떠났지요. 그 뒤에 누군가가 찾아와서 창문을 통해 침입한 겁니다."

"내 눈으로 확인해야겠습니다." 코넬리가 말했다.

세 사람이 두 대의 차에서 내렸다. 그들이 함께 데크를 따라 집 뒤로 돌아갔다. 코넬리가 한참 동안, 주의 깊게 현장을 살폈다. 바닥에 떨어져 있던 방충망을 집어 들고 원래 자리에 맞춰보기도 했다. 곰팡이를 손가락 집게로 집어서 문질러보기도 하고 코끝에 대어보기도 했다.

그가 혼잣말처럼 말했다. "1년 반 전이라는 추정이 가능하겠군." 그가 두 사람에게 말했다. "집 안 상태는 어떻습니까?"

리처가 말했다. "아주 말짱합니다. 부서진 것도, 뒤집어진 것도 없습니다. 자리가 옮겨진 흔적도 없고. 강도나 불법거주자들이 침입했던 게 아니라는 얘기지요."

코넬리가 말했다. "여기에 여자가 살았다는 증거가 있습니까?"

세 사람이 함께 난간으로 다가갔다. 그들이 일렬로 서서 정면의 산과 숲을 바라보았다. 브라몰이 집 안에서 발견한 물품 목록을 쭉 읊었다. 부츠, 빗, 비누, 수건, 그리고 핑크색 작은 양말.

코넬리가 말했다. "부츠는 큰 의미가 없습니다. 빗이나 양말도 마찬가지고요. 아주 오래전에 분실한 물건들일 수도 있으니까요. 한 20년쯤 전에 조카들이 여름이고 겨울이고 방학만 되면 놀러왔다고 칩시다. 그때 잃어버린 물건들일 수도 있지 않겠습니까?"

"하지만?" 리처가 말했다.

"난 언제든 실수를 인정할 준비가 돼 있는 사람입니다. 비누와 수건에 관해서는 내 불찰을 인정할 수밖에 없군요. 세면대 두 개는 두 사람이라는 얘기고 비누 접시 하나에만 향비누가 놓여 있다면 남자와 여자라는 얘기겠지요. 게다가 수건 두 개가 보완 설명을 해주고 있습니다. 1년 반 전, 내가 이 집을 수색하러 왔을 때도 똑같은 상태였습니다. 그런데 난 그 증거들을 그냥 지나치고 말았습니다. 순전히 내 실수입니다. 하지만 당시에는 누구도 이의를 제기하지 않았습니다. 그 후로도 그랬고. 포터필드는 외톨이였고 그와 가깝게 지낸 사람은커녕 만나본 사람조차 거의 없었다는 주위의 증언을 나로서는 사실로 받아들일 수밖에 없었습니다. 이제 어떤 여자가 그와 함께 살았다는 사실에는 의문의 여지가 없군요. 그럼 포터필드가 사망할 당시 그 여자는 어디 있었을까요? 그리고 지금은 어디에 있을까요?"

"우리가 알아내고 싶은 게 바로 그겁니다."

"당신이 찾고 있는 여자와 동일인일 경우에는 그렇겠지요."

"동일인이 아니라는 증거도 없습니다."

코넬리가 말했다. "당신이 보여 주었던 반지는 아주 작던데."

"그렇습니다." 리처가 말했다.

"양말 사이즈 때문에 동일인이라고 판단하는 건가요? 양말은 줄어들 수도 있잖습니까."

"부츠는 줄어들 수 없습니다. 그것들도 작아요."

"그녀가 근무했던 곳이 어디였습니까?"

"이라크와 아프가니스탄. 다섯 번 파병됐습니다."

"강인한 성격이겠군요."

"믿기지 않을 만큼."

"동일한 여자라면 그렇겠지요."

"그럴 가능성도 있습니다."

"그런 여자가 고향에 돌아와서 향비누를 쓰고 핑크색 양말을 신을까요?"

"물론입니다. 그러고 싶어서 고향으로 돌아오는 거니까."

코넬리가 뒤돌아섰다. 그의 눈길이 깨진 창문에 꽂혔다.

리처가 말했다. "나도 압니다."

"뭘 말입니까?"

"누가 저 창문을 깨고 들어갔는지 우리로서는 알아낼 도리가 없습니다. 이건 전문가의 솜씨예요. 깔끔하게 깨고 들어간 것도, 집 안을 전혀 어지럽히지 않은 것도. 상당한 훈련과 풍부한 실전 경험이 있어야 가능한 일입니다. 기관요원이 아닐까 하는 생각까지 들게 만드는군요. 물론 터무니없는 생각이지만."

코넬리가 말했다. "그러게요. 어느 기관이든 포터필드 같은 사내에게 무슨 볼일이 있었겠습니까? 그가 뭘 해먹고 살았든 잔챙이에 불과했던 게 분명하니까요. 게다가 정부기관이라면 내게 먼저 연락을 취했을 겁니다. 최소한 내 체면을 지켜주기 위해서, 혹은 실질적인 도움을 요청하기 위해서. 만일 후자의 경우였다면 내가 충분히 도움이 됐을 겁니다. 이 집 열쇠를 내가 가지고 있었으니까."

"결국 정부기관은 확실히 아니고. 그렇다면 빈집이나 터는 잡범들의 솜씨가 갈수록 세련되어지는 걸까요?"

"내 경험에 따르자면 잡범들이 아닙니다."

"그럼 누굴까요?"

"굵직한 범죄자들. 아마도. 든든한 배경과 풍부한 자원을 모두 갖춘 범죄조직."

"그들이 포터필드 같은 잔챙이에게 무슨 볼일이 있었겠습니까?"

코넬리는 대꾸하지 않았다.

브라몰이 말했다. "무단 침입에 관해서는 사과드리겠습니다. 이 카운티의 법질서를 무시하려는 의도는 전혀 없었습니다."

코넬리가 말했다. "그 여자에 관해서는 두 분께 어떤 도움도 드릴 수 없군요. 카운티 예산 청문회장으로 비누와 수건을 들고 가서 수사 지원을 호소할 수는 없으니까요. 그것들이 여자의 존재를 입증해주는 증거인 건 사실이지만 범죄 사건의 단서는 될 수 없으니 말입니다. 미안합니다. 현재로서는 인력이 없군요."

"그럼 누구에게 도움을 요청할 수 있을까요?" 브라몰이 말했다. "이웃 사람들 중에 혹시 떠오르는 얼굴이라도?"

"글쎄요. 이 지역도 내 관할인 건 사실이지만 난 주민들 가운데 아는 사람이 한 명도 없습니다. 솔직히 말하자면 이 지역으로 출동한 게 이번이 두 번째입니다. 여긴 외지면서 조용한 곳이니까요. 우리 사무실 인력으로는 시끌벅적한 중심가를 관리하기에도 벅찬 게 현실입니다."

"이제 가봐야 할 것 같군요." 브라몰이 말했다. "보안관님, 바쁜 시간 내주셔서 고맙습니다."

그 시각, 300마일 떨어진 사우스다코타 래피드시티. 글로리아 나카무라가 스콜피오의 구역 한 곳에 자신의 연푸른 차를 세워 놓고 앉아 있었다. 스콜피오 패거리의 눈에 띌 걱정 없이 그들의 동정을 지켜볼 수 있는 위치. 하지만 이번에는 앞문이 아니라 뒷문이었다. 잠복을 시작한 지 두 시간이 가까워오고 있었다. 하지만 그녀의 관심을 끌 만한 일은 일어나지 않았다.

그때까지는.

어느 순간 몬태나 번호판의 할리 한 대가 뒷골목으로 꺾어져 들어갔다.

메아리까지 보태져 시끄럽던 엔진의 소음이 이내 잦아들었다. 라이더가 내렸다. 뒷문이 열렸다. 라이더가 들어갔다.

나카무라가 기록했다.

4분 뒤, 라이더가 밖으로 나왔다. 그가 바이크에 올라탔다. 엔진 소음이 다시 시끄럽게 울렸다. 바이크가 떠났다.

나카무라가 기록했다.

그녀가 경찰서를 향해 차를 몰고 떠났다.

브라몰과 리처는 진출입로를 따라 내려와 다시 비포장도로에 올라섰다. 그들이 서쪽으로 방향을 꺾었다. 그쪽에서는 이웃주민들을 조금이나마 수월하게 찾을 수 있을 것이다. 브라몰은 왼쪽 갓길을 살폈다. 리처는 오른쪽 갓길을 살폈다.

어느 쪽이든 샛길이 나타나기만 하면 곧장 빠질 요량이었다. 그 길이 끝나는 지점에 살고 있는 사람이 사이 포터필드의 가장 가까운 이웃일 테니까.

첫 번째 샛길은 17킬로를 달린 후에 나타났다. 왼쪽이었다. 주의 깊게 살피지 않았다면 모르고 지나쳤을 것이다. 눈에 잘 띄지 않는 입구도 입구였지만 길 자체가 금세 휘어졌다가 고도를 높이며 나무숲으로 숨어들어갔기 때문이다. 랜드크루저가 길을 따라 숲으로 진입했다. 과연 험한 길이었다. 하지만 포터필드의 진출입로보다는 관리 상태가 좋았다. 가파르고 좁은 비탈 구역을 5킬로미터 남짓 헤치고 나아가자 갑자기 숲이 열리며 동쪽으로 시야가 트인 평지가 나타났다. 그 위에 집이 한 채 서 있었다. 석재로 기초를 닦은 1층짜리 가옥이었다. 벽면을 두른 갈색 판자들은 곳곳이 뒤틀리고 군데군데 허옇게 변색돼 있었다. 전면에는 현관이 조성돼 있었다. 제법 공들여 제작한 나무 난간에도 세월의 흔적이 고스란히 배어 있었다. 현관에는 낡은 예배용 장의자가 놓여 있었다. 더 이상 본래의 용도로 쓰이지는 않을 것이다. 하지만 설교든, 산 공기든 그 의자에 앉는 사람들에게 유익한 건 마찬가지일 것이다. 브라몰이 예의를 갖추려는 듯 집에서 적당한 거리를 두고 차를 세웠다. 그가 휴대폰을 확인했다.

"배터리 막대기가 역시 두 개 뜨는데요." 그가 말했다. "여기서도 신호가 잘 잡히는군요. 그녀는 어디서든 전화 통화가 가능했겠어요."

그들이 차에서 내리려는 순간, 현관문이 열렸다. 안에서 여자 하나가 걸어 나왔다. 자동차 바퀴소리를 들은 게 분명했다. 바람과 햇볕에 그을린 피부가 호리호리한 체격에 감도는 강인한 분위기를 더해 주었다. 색바랜 빨간 드레스, 맨다리에 카우보이 부츠 차림이었다. 언뜻 보기에 마흔쯤 됐을까? 하지만 함부로 어림하기 어려운 외모였다. 리처로서는 부탁을 받아도 입을 열지 않았을 것이다. 그래도 강요받는다면 서른이라고 대답했을 것이다. 그래야 안전하니까. 하지만 실제로는 쉰이라고 해도 놀라지 않았을 것이다. 여자는 가볍게 주먹 쥔 양손을 골반 양쪽에 갖다 댄 자세로 두 사람이 차에서 내리는 모습을 지켜보고 있었다. 그 눈빛에 적대적인 기색은 없었다. 아직까지는.

브라몰이 말했다. "우리를 모르몬교인으로 착각한 모양입니다."

리처가 차에서 내렸다. 그가 한 손을 들었다. 세계 공통의 몸짓 언어. 비무장. 우호. 그녀가 고개를 까딱거렸다. 한편으로는 리처의 몸짓에 대한 응답, 또 한편으로는 방문의 목적을 묻는 질문.

브라몰이 차에서 내렸다. 두 사람이 현관을 향해 다가가다가 예의상 적당한 거리를 두고 멈춰 섰다.

리처가 말했다. "안녕하세요, 부인. 우리는 실종된 여자를 찾고 있는 중입니다. 우리 생각입니다만 그녀는 부인의 이웃인 사이 포터필드와 한동안 함께 지냈습니다. 혹시 그 부분에 관해 해주실 말씀이 있는지요?"

"일단 들어오세요." 여자가 말했다. "레모네이드라도 대접할 테니."

20

리처와 브라몰이 여자를 따라 집 안으로 들어갔다. 외벽과 마찬가지로 안벽도 판자로 마무리돼 있었다. 천장이 낮은 주방은 어둑했다. 그녀가 레모네이드를 잔에 따랐다. 세 사람이 함께 주방 식탁에 앉았다.

"사설탐정들이신가요?" 여자가 물었다.

"나는 그렇습니다." 브라몰이 말했다.

그녀가 리처를 쳐다보았다.

리처가 말했다. "군 수사관입니다."

사실이었다. 역사적인 관점에서는.

그녀가 말했다. "사이가 죽은 게 작년이었나요, 재작년이었나요?"

"작년이었습니다." 리처가 말했다. "초봄 무렵."

"난 그 사람과 제대로 알고 지내지는 못했어요. 몇 번인가 대충 만난 게 전부였죠. 고독을 즐기는 사람 같았어요. 늘 바쁘게 돌아다니기는 했지만."

"그의 직업이 뭐였습니까?"

"우리 중 그걸 아는 사람은 아무도 없었어요."

"우리? 사이에 관해 다른 사람들과 얘기를 나누곤 했다는 말씀입니까?"

"이웃들과 나누는 말이 다 그런 거 아닌가요? 이거 보세요, 선생님. 그게 싫으면 달나라에 가서 살지 그래요?"

"그래서 이웃들끼리 그에 관한 얘기 끝에 내린 결론이 뭐였습니까?"

"우리 모두 그가 분주히 돌아다니는 고독남이라고 생각했어요."

"그의 집에 여자가 살고 있다는 사실을 눈치 챈 사람은 없었습니까?"

"전혀요." 그녀가 말했다.

확신에 찬 어조였다.

리처가 말했다. "세레나라는 이름을 들어본 적이 있습니까?"

"태어나서 지금까지 살아오는 동안?"

"이 지역에서 살아오는 동안."

"없어요." 그녀가 말했다.

"로즈는?"

"없어요."

"샌더슨은?"

"없어요."

리처가 말했다. "우리는 포터필드의 집에서 물건들을 발견했습니다."

"어떤 물건들요?"

"여성용품과 세면도구들입니다. 몇 가지 되지는 않습니다. 희미한 단서에 불과하다고나 할까요?"

여자는 아무 말도 하지 않았다.

잠시 후 그녀가 말했다. "희미하다는 게 구체적으로 어느 정도죠?"

"우리는 두 사람이 함께 안방 화장실을 사용했다는 사실을 확인했습니다." 리처가 말했다.

여자가 말했다. "헐."

"그게 무슨 의미지요?"

"뭔가 미심쩍었던 적이 한 번 있었다는 의미예요. 결국 내 실수였다는
걸 깨닫기는 했지만."

"뭐가 미심쩍었던 겁니까?"

"어느 날인가 퓰크로싱에 나갈 일이 있었어요. 비포장도로를 타고 2차
선 도로를 향해 가던 중에 맞은편에서 그가 차를 몰고 오는 거예요. 2차
선 도로에서 빠져나와 집으로 가는 중이었나 봐요. 비포장도로에서 다른
차를 만나는 건 흔치 않은 일이에요. 퍼뜩 정신이 들게 만들어 주죠. 사고
가 날까봐.

아무튼 서로 스쳐 지나가게 됐어요. 내가 손을 흔들어주었어요. 그도
손을 흔들었던 것 같고. 그걸로 그만이었어요. 하지만 그의 옆, 조수석에
누군가 분명히 타고 있었어요. 젊은 여자인 것 같았어요. 그냥 형체로 보
아 그런 것뿐이지 확인할 수는 없었어요. 그녀가 몸을 잔뜩 웅크리고 있
었으니까요. 그에게 등을 돌리고 온몸을 구석에 밀착시킨 채. 그래서 얼
굴을 볼 수는 없었죠."

"나이는 얼마나 돼보였습니까?"

"어리지는 않았어요. 최소한 소녀라고 할 수는 없었어요. 하지만 아주
작았어요. 그리고 민첩하고 유연하다는 느낌을 받았어요. 몸이 완전히 돌
아가 있었으니까. 그에게서 얼굴을 돌리고 있느라고 말이죠."

"이상하군요."

"그리고 은빛이 감돌았어요. 이유는 모르겠지만 내 기억에 따르자면
그랬어요. 은색 계통의 빛깔."

"그것도 이상하군요."

"내 생각도 그랬어요. 그날 하루 종일 그 기억이 떠나지를 않았어요. 그래서 다음 날 그의 집으로 찾아갔어요. 파이 하나를 구워가지고. 그에게는 굽다 보니 남은 거라고 둘러댔죠. 물론 원래 목적은 사실 확인이었지만. 흉흉한 소문대로 인신매매일까? 혹은 양육권 분쟁에 지고 나서 아내에게 앙심을 품은 건 아닐까? 마음 한편에서는 그런 의심이 피어올랐죠. 하지만 다른 한편으로는 그건 아닐 거라는 생각도 있었어요. 그녀가 진짜 여자친구일 수도 있어, 누가 알아? 차 안에서 다퉜을지도 몰라, 이젠 다 풀렸을 거야, 그래서 내게 그녀를 소개해줄 거야, 대충 그 정도?"

"그래서 어떻게 됐습니까?"

"그의 행동이 이상했어요. 파이를 아주 고맙게 받더군요. 아주 공손하게. 하지만 날 집 안으로 데리고 들어가질 않는 거예요. 결국 현관에서 얘기를 나눴어요. 그는 한 손을 뒤로 돌려서 문을 꽉 잡고 있었어요. 빼꼼 열린 상태에서 닫히지도 않고 더 이상 틈이 벌어지지도 않게. 난 그 틈새로 안을 들여다볼 수가 없는 위치였어요. 그는 말을 많이 하지 않았어요. 난 알고 싶었던 걸 확인하려고 슬쩍 한번 떠봤어요. 한 명이 먹기에는 파이가 너무 크다고 말했죠. 그리고 그의 대답을 기다렸어요. 여자친구와 함께 먹으면 된다는 대답. 하지만 그런 대답은 없었어요. 먹고 남으면 호일에 싸두었다가 나중에 먹겠다고 말하더군요."

"무슨 파이였습니까?"

"딸기 파이." 그녀가 말했다. "마켓에서 괜찮은 것들을 팔더라고요. 그날 장보러 가던 길이었거든요. 그와 도로에서 마주쳤던 날 말이에요."

"그다음에는 어떻게 됐습니까?"

"아무 일도 없었어요. 거기까지였어요. 계속 현관에 서 있으려니 뻘쭘하더라고요. 그래서 작별을 고했죠. 이제 그만 가봐야겠다고. 그가 파이에 대해 다시 한 번 감사 인사를 하더군요. 그다음에는 날 거의 몰아내듯 떠나보냈어요."

"그래서 어떤 결론을 내리셨나요?"

"그가 서 있던 자세가 영 이상했어요. 나와 집 사이를 가로막고 있었던 거예요. 집 안에 뭔가를, 혹은 누군가를 숨겨 두고 있다는 생각이 들더군요. 그다음에는 차에 타고 있던 두 사람을 보았던 때를 다시 한 번 떠올려봤어요. 어쩌면 그 여자는 그가 아니라 내게서 얼굴을 돌리고 있었던 건지도 몰라요. 그가 그녀에게 그러라고 시켰을 수도 있어요. 그녀를 자신만 알고 있는 비밀로 지키고 싶어서."

"하지만 확인할 수는 없었지요?"

"그와는 그날 만났던 게 마지막이었어요. 그 한 달 뒤에 죽었으니까요. 사람들 사이에서 과부나 동거녀, 혹은 여자친구에 관해서는 한마디도 나오지 않았어요. 성노예나 인질 같은 끔찍한 얘기도 없었고요. 결국 난 내가 잘못 짚은 거라는 결론을 내릴 수밖에 없었어요. 그러고 나선 깨끗이 잊고 살았죠. 시간은 흐르는 거니까."

"사이가 그 집에서 얼마나 오래 살았습니까?"

"5년쯤?"

"이웃들 사이에서 그가 뭘 해서 돈을 벌었는지 얘기가 나온 적은 없었습니까? 전혀 생뚱맞은 추측이라도?"

"그랬다면 소문이 쫙 돌았겠죠."

"듣고 보니 그랬겠네요."

"우리는 그가 이미 돈을 많이 벌어 놓은 사람이라고 생각했어요. 온전한 자신을 찾기 위해 타주에서 이사 온 부자. 우리 동네에는 실제로 그런 사람들이 가끔씩 찾아오거든요. 대개 밥벌이 걱정 없이 소설이나 쓰며 시간을 보내는 모양이에요. 나로서는 관심도 없고 상관할 일도 아니지만."

그 시각 300마일 떨어진 사우스다코타 래피드시티의 편의점. 예의 그 점원이 베이컨, 상추, 토마토 샌드위치와 다이어트소다를 구매한 손님에게 거스름돈을 내어준 뒤 전화기를 집어 들었다. 번호를 누른 뒤 그가 말했다. "바쁘실 텐데 죄송합니다만 거기서 일하시는 여형사님과 통화를 하고 싶은데요. 동양인? 아니면 일본계 미국인? 어떻게 불러야 옳은지 잘 모르겠지만 아무튼 그런 분 계시죠?"

전화가 내선으로 연결됐고 목소리가 응답했다. "재산범죄과 나카무라입니다."

"편의점에서 일하는 사람입니다. 아더 스콜피오 빨래방 맞은편 모퉁이 편의점. 정보가 있어서 전화했어요. 나중에 형사님이 혼자 알아내고 나면 나한테 화내실까봐 먼저 말씀드리려고요."

"어떤 정보인데요?"

"아더 스콜피오가 방금 전에 우리 가게에 들렀다 갔어요."

"그래서요?"

"휴대폰을 또 하나 사갔어요."

"그게 정확히 언제였죠?"

"5분 전이요."

"어떤 휴대폰이었나요?"

"왼쪽 고리 맨 앞에 거요."

역시 같은 시각, 아더 스콜피오가 와이오밍의 빌리에게 다시 전화를 걸었다. 이번에도 응답이 없었다. 그가 다시 보이스메일을 남겼다.

스콜피오가 말했다. "빌리, 아더야. 왜 연락이 없는 건가? 걱정되잖아. 번번이 내 전화를 씹는 이유가 뭐야? 아무튼 그 헐크 같은 놈이 너한테 간 건 확실해. 그런데 그놈 말고 하나가 더 있을지도 몰라. 방금 전에 몬태나에서 연락을 받았어. 특별히 바이커 한 명을 내려 보냈더군. 기관요원 하나가 한참 여기저기 쑤시고 다니더니 얼마 전에 빌링스를 떠났다는 거야. 그자의 다음 목적지가 어딘지는 아무도 몰라. 하지만 만일을 대비해야 해. 눈 크게 뜨고 있어. 알았어? 그리고 빨리 전화 줘. 날 걱정시키지 마, 빌리."

그가 전화를 끊고 나서 휴대폰을 휴지통에 던져 넣었다.

브라몰의 휴대폰이 가볍게 한 번 울렸다. 리처도 그게 문자 메시지라는 걸 알아들었다. 이제 그 정도는 분간할 수 있었다. 색 바랜 빨간 드레스의 여자가 일어나더니 레모네이드 잔들을 치우기 시작했다.

브라몰이 메시지를 읽었다. 두 번. 그가 말했다. "부인, 레모네이드 잘 마셨습니다. 아주 맛있었습니다. 하지만 이제 진짜로 일어서야 할 것 같군요."

말을 마치는 즉시, 그가 벌떡 일어나 밖으로 나갔다. 리처가 여자를 바라보며 양 손바닥을 하늘로 향한 채 어깨를 한 차례 으쓱거렸다. 영문을 모르겠다는 세계 공통의 몸짓 언어. '그러게요. 나도 부인과 같은 생각입니다. 하지만 저 미친 친구를 따라 나갈 수밖에 없군요.'

그가 브라몰의 뒤를 쫓아 집 밖으로 나왔다. 그가 흙마당을 가로질러 차 앞으로 다가갔다.

리처가 말했다. "무슨 일입니까?"

브라몰이 말했다. "매켄지 여사가 현재까지의 진척 상황이 불만인 모양입니다. 문자 메시지를 통해 일방적으로 통보를 해왔습니다. 와이오밍으로 내려와서 고향집 인근의 몇 군데를 자기가 직접 뒤져보겠다는군요. 자기 동생이 고향으로는 절대 돌아가지 않을 거라던 생각을 고쳐먹은 모양입니다."

"당신이 그 집으로부터 고작 60마일 떨어진 곳에 있다는 걸 알면서도?"

"그녀는 모르고 있습니다." 브라몰이 말했다. "난 고객들에게 내 현재 위치를 절대 알려주지 않거든요."

"그건 또 왜?"

"신비감을 심어주고 싶어서."

"FBI의 B가 Boy의 약자인 줄 이제야 알았군요."

"우리가 먼저 가 있어야 합니다."

"시카고에서 여기까지 한참 걸릴 텐데?"

"그녀는 비행기를 전세 낼 겁니다. 카드가 있으니까. 지금 출발해야 해요. 거기부터 먼저 갔어야 했습니다. 하지만 샌더슨이 절대로 그곳엔 가지 않을 거라는 얘기를 들었으니 생각도 못했지 뭡니까. 그런데 이제 와서 그녀가 거기 있을 수도 있다고? 끝내주는군요. 어쩌면 그녀는 쭉 거기서 지내고 있었는지도 모릅니다. 여기서 차로 두 시간 거리. 포터필드가 투덜거릴 일은 없었겠군요."

'기관요원이 이 카운티에 볼일이 있다면 나에게 먼저 연락을 할 것이다.'

코넬리 보안관은 리처와 브라몰에게 그렇게 말했었다. 최소한 그의 체면은 세워주려고. 실제로 그런 일이 발생했다. 사실 그가 포터필드의 옛 집에 들렀던 건 사전 계획에 따른 출동이 아니었다. 불현듯 촉이 발동해서 들렀던 것뿐이었다. 리처 일행과 헤어진 뒤 사무실로 돌아오고 나서 2분쯤 지났을까? 그의 전화벨이 울렸다. 상대방은 마약단속국 현장요원이라고 신분을 밝혔다.

몬태나에서부터 남쪽으로 내려가는 중이라고 했다. 조만간 코넬리의 카운티를 지나갈 것이라고 했다. 특별한 볼일은 없지만 한두 군데쯤 들를 수는 있다고 했다. 하지만 그럴 경우에도 폐를 끼칠 일은 없을 거라고 했다. 물으시니 감사하지만 어떤 수고도, 어떤 예우도 마음으로만 받겠다고 했다.

그 얘기를 마지막으로 통화가 끝났다.

까마귀의 비행과 자동차의 주행에는 엄청난 차이가 있다. 그들의 현 위치에서 스노위레인지 산맥을 자동차로 넘어가기 위해서는 일단 비포장도로까지 돌아나가야 했다. 그 길을 타고 뮬크로싱에 들어선 다음에는 옛적 우체국 건물과 폭죽가게를 지난 뒤 한참을 내달려서 라라미로 올라가야 했다. 거기서부터 여행은 다시 시작이었다. 지금까지 달려온 거리는 모두 제로. 서쪽으로 뻗은 또 다른 도로를 타고 70마일을 새로 달려야 하기 때문이었다. 총알구멍 거울이 걸린 바에서부터 북쪽으로 네 블록 올라간 교차로가 출발선이었다. 랜드크루저가 왼쪽으로 방향을 꺾고 달려 나갔다.

리처가 브라몰에게 먼저 농담을 걸었다. 운전은 힘들겠지만 청구서 액면이 불어날 테니 잘된 일 아니냐고 했다. 브라몰은 변호사를 소재로 삼은 농담으로 맞받아쳤다. 어느 변호사가 죽었다. 그가 천국 문에 이르러 성 베드로를 만났다. 이건 너무하지 않느냐, 내 나이 고작 45세인데. 그가 베드로에게 따졌다. 성인이 말했다. 아니, 이제 나이 계산법이 바뀌었어. 청구서에 기재된 노동시간이 새로운 기준이 됐지. 그 계산에 따르면 자네 나이는 153세야.

차창 밖으로 안내판 하나가 지나갔다. 이제 곧 겨울이 되면 도로가 폐쇄된다는 내용이었다. 그 지점에서부터 오르막이 시작되었다. 최고봉의 높이가 해발 3000미터 이상인 산맥지대를 향해, 그 희박한 공기 속으로.

도요타의 속도가 약간 느려졌다. 하지만 역시 꿋꿋하게 달려주었다.

군데군데 작은 군락을 이루고 있는 나무숲은 우회하고 바위 봉우리 사이의 험난한 구간은 요동을 치며 나아갔다. 그렇게 한참을 오르다 보니 마치 세계의 지붕에 도달한 듯, 엄청난 높이가 온몸으로 느껴지는 지점에 이르렀다. 그 이후로 800미터 구간은 넓고 평평한 커브길이었다. 그 길이 끝나자 내리막이 시작되었다. 험난한 구간들, 나무숲들. 올라올 때와 똑같은 과정이 반복됐다. 하지만 속도는 점점 빨라졌다. 브라몰이 액셀에서 발을 떼고 있는데도 제 무게를 못 이긴 도요타가 마구 굴러 내려갔다. 그렇게 30마일을 내려오고 나자 내비게이션 화면에 가는 선들이 나타났다. 목장 도로들. 북쪽과 남쪽에 각각 두 개씩 모두 네 개. 더 이상은 아무것도 없었다.

"여기가 맞을까요?" 리처가 물었다.

"맞을 겁니다." 브라몰이 말했다. "목장들 가운데 하나가 나머지 세 곳보다 단연 규모가 큽니다. 그곳이 쌍둥이 자매의 고향집입니다. 작은 목장들은 나중에 생겨났고."

"쌍둥이가 목장을 상속받은 겁니까?"

"아니요. 그들이 대학에 다니던 무렵에 매각됐습니다. 그들의 부모는 이사 나가고 새 주인이 들어왔지요. 그러고 나서도 소유주가 여러 번 바뀌었을 겁니다. 나머지 세 곳도 마찬가지일 테고."

"그녀가 과연 저 네 곳 가운데 하나에서 불법으로 거주하고 있을까요?"

"반지까지 전당 잡히는 처지에 월세를 감당하지는 못하겠지요."

"난 저 목장 가옥들에 사람들이 살지 않는다는 게 이해가 가지 않습니다."

"시골 마을에서는 흔한 일입니다. 동네의 규모가 줄어드는가 하면 아예 소멸해버리는 경우도 있지요. 특히 명문가가 이사를 나가는 경우에는 큰 타격을 입게 되지요. 지금 여기처럼."

"명문가? 당신 표현입니까, 아니면 매켄지 여사가 그렇게 말하던가요?"

"나도, 그녀도 공감하는 표현입니다. 쌍둥이의 부친은 판사였습니다. 그 당시에는 이 지역 최고의 저명인사였겠지요. 법원이 모든 것의 근원이자 중심이던 시절이었으니까. 매켄지 여사도 그 부분을 의식하고 살았을 겁니다."

"쌍둥이의 부모는 왜 이사를 간 겁니까?"

"글쎄요, 매켄지 여사에게서 그것까지는 듣지 못했습니다. 설명을 안 한 게 아니라 못하더군요. 하지만 뻔하지 않겠습니까? 어린 시절, 쌍둥이

둘 다 자기 조랑말이 있었을 겁니다. 판사의 연봉을 생각해 보면 충분히 그랬겠지요."

"와이오밍의 아이들은 모두 더 조랑말을 갖고 있을 겁니다. 아이들 숫자보다 조랑말 머릿수가 더 많은 곳이니까."

"은유법을 한번 구사해본 것뿐입니다. 작은 것에도 만족하던 삶이 어느 순간부터 부족하다고 느껴지는 경우를 설명하려고 말입니다. 그런 상황에 처하게 되면 아예 삶의 터전까지 바꿔가며 새로 시작하는 사람들도 있습니다."

"매켄지 여사가 그렇게 기억하고 있는 겁니까?"

"그녀는 당시 대학에 다니고 있었습니다. 정확한 상황을 모르니 설명도 할 수 없었던 것이지요. 다만 조지 W. 부시 정권의 적폐 청산 프로젝트와 어느 정도 연관이 있다고 말하더군요. 그때 그녀의 부친도 공직에서 물러나 사업가로 변신을 시도했답니다."

"정확히 무슨 사업이었습니까?"

"거기까지는 아무도 모릅니다. 가족들도 사업이 망했다는 것 말고는 아는 게 없답니다."

"그래서 그녀의 부친은 지금 뭘 하고 있답니까?"

"그 일이 있고 나서 얼마 안 돼 사망했습니다."

"모친은?"

"역시 사망했어요. 하지만 최근의 일이었습니다. 얼마 전에."

"그래서 반쯤은 남이 된 쌍둥이 동생에 대해서 걱정이 깊어진 거군요."

"바로 그겁니다." 브라몰이 말했다. "이제 가족이라고는 반쯤은 남이 된 쌍둥이 동생이 유일하니까."

네 개의 목장 도로들 가운데 어느 게 가장 큰 목장 가옥의 진출입로인지 두 사람으로서는 한눈에 알아볼 도리가 없었다. 모두 다 시야가 미치지 않는 곳까지 뻗어 있었기 때문이다. 결국 그들은 도로의 너비와 시공 기술의 수준, 그리고 주변의 조경 상태를 기준으로 비교에 들어갔다. 그 결과 도로 하나가 두 사람의 합의 하에 낙점됐다. 다른 도로들에 비해 넓고 도로 표면도 잘 다져져 있었다. 그 입구 양쪽에만 한때 위풍당당한 게이트의 존재를 짐작케 해주는 돌무더기들이 쌓여 있었다. 웅장한 궁궐터의 잔해처럼.

도요타가 그 길로 꺾어 들어가서 올라가기 시작했다.

21

드넓게 펼쳐진 황갈색 평원, 진녹색 침엽수림, 곳곳에 머리를 내밀고 있는 바위들, 그 사이를 흐르는 파란 실개울들, 먼 곳에서는 안개에 잠긴 채 어슴푸레 외곽선만을 드러내고 있는 로키 산맥. 쌍둥이의 고향집은 그 모든 풍경을 거느리고 우뚝 서 있었다. 낡은 목장 가옥이었다. 하지만 컸다. 서부 산간지대의 전형적인 대저택. 본채는 각기 용도에 따라 덧붙여 지어진 공간들로 인해 들쭉날쭉 덩치가 커진 통나무 건물이었다. 그 주위로는 통나무 헛간들과 역시 통나무 차고들이 여러 개씩 흩어져 있었다. 전통적인 공법에 따라 도끼로 다듬어지고 나무 말뚝으로 이어진 아름드리 통나무들, 돌덩이처럼 무겁고 단단한 질감, 그 양과 규모에 리처도 내심 놀라웠다. 마치 공항 벽에 붙어 있는 옛적 여행포스터를 보고 있는 느낌이었다. 하지만 그 느낌은 풍경의 한 부분에 의해 분산되고 말았다. 집 앞에 비스듬히 주차된 빨간색 차량 한 대. 그리고 그 옆에 서 있는 여자. 차는 최고급 쉐보레 세단이었다. 특별한 사양 없는 차체와 뒤 유리에 잔뜩 붙어 있는 바코드 스티커로 미루어 렌터카인 게 분명했다. 여자는 작고 날씬했다. 157센티미터에 45킬로그램 정도? 앞섶을 여미지 않은 가죽 재킷, 속이 은은히 비치는 하얀색 티셔츠, 통 넓은 청바지, 그리고 부츠. 어깨에는 가방을 메고 있었다.

머리가 길었다. 숱도 많았다. 그 머리가 온통 엉키고 뻗쳐 있었다. 연붉은 빛깔의 머리칼은 부분부분 햇볕에 탈색돼 있었다. 하지만 그 머리 아래 얼굴은 '미인도' 그 자체였다. 잡티 하나 없는 흰 피부, 완벽하게 자리 잡은 골격, 솔직한 성격을 고스란히 드러내는 녹색 눈동자, 약간 치켜 올라간 입꼬리에 자신감과 자제심이 뚜렷이 배어 있는 붉은 입술. 자체발광. 하지만 차분했다. 30대인 건 분명했다. 하지만 싱그러웠다. 영화배우처럼.

"젠장." 브라몰이 말했다. "저 여자가 매켄지 여사예요."

쌍둥이 자매. 완벽한 복제품. 미 여군의 입영 신체기준은 145센티에 40킬로그램. 샌더슨은 무사히 통과했을 것이다. 하지만 그 밖의 모든 면에서는 두 배는 힘들었을 것이다. 일단 입대한 뒤로는. 특히 얼굴 때문에. 너무나 아름다웠으니까.

브라몰이 차에서 내렸다. 그가 몇 걸음 앞으로 나아갔다. 여자도 몇 걸음 다가왔다. 브라몰이 멈춰 섰다. 여자도 멈춰 섰다. 리처가 차에서 내렸다.

브라몰이 여자를 향해 말했다. "매켄지 여사님, 이렇게 일찍 뵙게 될 줄 몰랐습니다."

그녀가 말했다. "어쩔 수 없었어요. 비행 중에는 문자 전송이 불가능하더군요. 당신은 내가 시카고를 떠나면서 문자를 보냈다고 생각했을 거예요. 하지만 그 시점에 나는 라라미의 헤르츠 렌터카 사무실을 나서는 중이었어요."

"난 여기서 멀지 않은 곳에 있었습니다."

"알고 있어요. 그 부분에 대해서는 진심으로 사과드립니다. 그동안 수

집한 정보를 분석하고 그 정보에 따라 추리하셨다면 당신은 와이오밍으로 올 수밖에 없었겠죠. 하지만 미리 나와 의논하셨다면 난 반대했을 거예요. 동생이 절대 여기로 돌아오지 않을 거라는 제 말, 아직 기억하시죠?"

"어쩌다 생각이 바뀌신 겁니까?"

"친구분을 소개시켜 주셔야죠?"

리처가 그들을 향해 다가갔다. 그가 이름을 밝혔다. 그리고 그녀와 악수를 나눴다. 고릴라 앞발과 비둘기 날개의 조우.

"어쩌다 생각이 바뀌신 겁니까?" 브라몰이 다시 말했다.

"유감이지만 결국 바뀐 게 없는 셈이네요." 매켄지가 말했다. "이 집은 비어 있어요. 아무래도 내가 잘못 생각한 것 같아요. 괜히 하루만 허비했네요. 사과드릴게요."

"그녀가 여기로 돌아올 거라는 판단의 근거는 뭔가요?"

"익숙한 환경이 그 애에게 중요할지도 모른다는 생각이 문득 떠오르더군요. 난 뭐든 그 애의 입장에서 생각하려고 노력 중이거든요. 우린 여기서 참 좋은 시간들을 보냈어요. 18년 동안 평화롭게. 여길 떠난 이후로는 그런 느낌을 가져본 적이 없을 거예요. 혹시 그 애가 그 느낌을 그리워하지 않을까, 그런 생각이 들었어요."

리처가 집을 올려다보았다. 그가 물었다. "이 집은 얼마나 오래 비어 있었습니까?"

그녀가 말했다. "이제는 누군가가 여름 별장으로 사용하고 있는 것 같아요."

"아직 여름인데요."

"올해에는 건너뛰는 모양이죠."

"이 집을 누가 샀는지 기억하십니까?"

매켄지가 고개를 저었다. "우린 전혀 몰라요. 우리가 이미 여길 떠난 뒤의 일이니까요. 난 대학교, 로즈는 웨스트포인트."

"그녀를 로즈라고 부릅니까?"

"우리 둘이 그러기로 했어요. 제인과 로즈."

"부모님이 이 집을 매각했다는 사실을 알고 나서 어떤 기분이 들던가요?"

"내 가족 일에 당신이 관심을 가지는 이유를 물어도 될까요?"

그래서 리처는 다시 한 번 그 이야기를 반복해야 했다. 밀워키에서 출발한 버스부터 스노위레인지 산맥 횡단 여행까지. 하지만 세세한 부분까지 모두 얘기한 건 아니었다. 그의 이야기는 전당 잡힌 반지를 추적해온 경로에서 벗어나지 않았다. 스콜피오나 빌리에 관해서는 단 한마디도 흘리지 않았다. 그 밖에도 반지와 직접적으로 연관되지 않은 인물들에 관해서는 전혀 언급하지 않았다. 결국 그의 얘기는 사이 포터필드의 집을 수색한 결과로 끝을 맺었다. 머드룸 옷장, 거실 소파, 안방 화장실, 세탁실. 그 장소들에서 찾아낸 몇 안 되는 물건들.

매켄지는 잠시 아무 말이 없었다.

이윽고 그녀가 말했다. "부츠 사이즈가 몇이던가요?"

"6." 리처가 말했다.

"알겠어요."

리처의 눈길이 그녀의 머리에 꽂혔다. 떡 지고, 뻗치고, 엉켜 있는 머리칼. 굳이 정확한 표현을 찾자면 야생마의 갈기 같다고 할까? 한 번 감으려면 시간이 엄청 걸릴 것이다.

완벽한 복제품.

그가 말했다. "머리빗 좀 보여주시겠습니까?"

그녀가 다시 입을 다물었다.

잠시 후 그녀가 말했다. "네, 무슨 의미인지 알겠네요."

그녀가 가방 속에서 머리빗을 꺼냈다. 핑크색 플라스틱 제품. 빗살의 간격이 일반 제품보다 훨씬 넓었다.

리처가 말했다. "항상 이런 제품을 사용해왔습니까?"

"다른 종류로는 빗겨지질 않아요."

"똑같군요."

"부츠 사이즈도 똑같아요."

리처가 주머니에서 반지를 꺼냈다. 그가 그걸 손바닥 위에 올려놓았다. 그녀가 가녀린 손가락 두 개로 조심스럽게 그걸 집었다.

금세공, 흑석, 작은 사이즈.

그녀가 새겨진 철자와 숫자를 읽었다. 웨스트포인트 2005.

그녀가 손가락 하나에서 반지를 뺐다. 금니만큼 두꺼운 브랜드 패션반지였다. 그녀가 그 손가락에 쌍둥이 동생의 반지를 꼈다. 오른손 네 번째 손가락. 제자리였다. 완벽하게 맞았다. 가는 손가락에 끼워진 작은 물건. 하지만 당연하다는 듯 두드러져 보였다. 마땅하다는 듯 당당해 보였다.

리처의 머릿속에 똑같은 크기의 손 하나가 그려졌다. 모양까지 완전히 똑같지는 않을 것이다. 좀 더 말랐을 것이다. 좀 더 색이 짙을 것이다. 흰색으로 두드러진 상처와 흉터도 몇 개쯤은 있을 것이다. 이어서 똑같은 얼굴도 하나 그려졌다. 역시 손과 비슷한 상태일 것이다.

　매켄지가 말했다. "이 반지를 구입했다고 말씀하셨죠?"

　"맞습니다." 리처가 말했다.

　"내가 이걸 사도 될까요?"

　"이건 파는 물건이 아닙니다. 당신 동생을 위한 선물이지요."

　"내가 그 애에게 전해줄 수도 있어요."

　"웨스트포인트의 여비서도 얼마든지 그럴 수 있습니다."

　"굳이 직접 전해주려는 이유가 뭔가요?"

　"그녀가 무사하다는 걸 확인해야 하니까."

　"만난 적도 없는 사이잖아요."

　"그건 중요하지 않습니다. 아닙니까? 글쎄, 난 잘 모르겠는데, 한번 깨우쳐 주시겠습니까?"

　매켄지가 반지를 뺐다. 그녀가 그걸 다시 돌려주었다. 그녀의 완벽한 얼굴에 살짝 그늘이 드리워졌다.

　리처가 말했다. "나도 압니다."

　"뭘 안다는 말씀이신가요?"

　"당신이 무슨 생각을 하는지 알고 있다는 얘깁니다. 당신이 여기 와 있는 건 가족 문제이기 때문입니다. 브라몰 씨는 대가를 받기 때문이고. 하지만 나는? 당신은 내가 이상한 강박에 사로잡혀서 여기까지 온 게 아닌가 싶을 겁니다. 유감이군요. 하지만 이해할 수 있습니다. 내 존재가 불편할 겁니다."

　"전혀 그렇지 않아요."

　"배려가 깊은 분이군요."

"난 명예 때문이 아닌가 싶은데요. 로즈는 내가 이해할 수 없는 세상에서 살았으니까요."

"지금 우리에게 필요한 건 확실한 정보입니다. 이 집은 분명히 비어 있는 겁니까?"

"가구마다 커버가 씌워져 있어요. 물도 나오지 않고."

"여기가 아니라면 로즈가 어디로 찾아 들어갔을까요?"

"이건 좀 허무맹랑한 이야기인데."

"무슨 이야기?" 리처가 말했다.

"정신과 상담실에서나 어울릴 법한 이야기라서요."

"얘기해봐요."

"어린 시절, 우리 쌍둥이는 상상의 세계 속에서 살고 있었어요. 우린 이 저택의 영주다, 이 골짜기는 우리의 영지다, 새로 지어진 집은 우리가 내어준 거다. 그건 소작인들에게 베푸는 영주의 동정이요, 자비다. 어느 정도 머리가 굵어진 뒤에는 사실을 깨닫게 되었죠. 아버지가 몇 에이커씩 땅을 매각할 수밖에 없었던 현실 말이에요. 하지만 우리는 여전히 이 모든 게 우리 소유라는 환상에 빠져 있었어요. 우리에게 다른 집들은 하인들의 숙소나 마찬가지였죠. 우리가 거느리는 사람들의 주거지. 그래서 아무 때나 제 집처럼 드나들곤 했어요."

"그녀가 숨어들어 갔다면 그 세 채 중에 어디일 것 같습니까?"

"확률은 똑같을 거예요."

"우리 차로 같이 가시죠. 원한다면 앞자리에 앉아요. 어차피 모든 경비는 당신이 부담하는 거니까."

리처가 뒷좌석에 편안히 자리 잡았다. 매켄지는 조수석에 올라탔다. 브라몰은 다시 도로로 내려가지 않았다. 매켄지가 다른 길을 일러주었기 때문이다. 어린 시절, 쌍둥이가 타고 다니던 산길들. 여자아이들이 깡충거리며 다니기에는 재미있었을 것이다. 하지만 차량의 경우에는 얘기가 달랐다. 그래도 랜드크루저는 열심히 나아갔다. 어린 나무들을 타 넘어가며, 사륜구동으로, 노련한 들고양이처럼.

마침내 가장 가까운 이웃집이 눈에 들어왔다. 전원주택이라는 단어 자체가 생겨나기 전에 지어진 집이었다. 세상이 이렇게 복잡하지 않았던 시절, 별장이라는 단어가 단순히 그 기능으로만 이해되던 옛날. 그래서 건물 자체는 그다지 볼품이 없었다. 하지만 주변 풍경은 한 장의 그림엽서였다.

브라몰과 매켄지가 현관문으로 다가갔다. 그들이 문을 두드렸다.

문이 열렸다.

안쪽에 남자 하나가 서 있었다. 퓰크로싱 우체국 건물의 영감과 비슷한 연배였다. 어깨가 구부정한 체형도 비슷했다. 브라몰이 그에게 뭔가를 얘기했다. 이어서 매켄지도 뭔가를 말했다. 나이 든 남자가 고개를 끄덕이고 나서는 옆으로 비켜섰다. 브라몰이 뒤돌아서서 리처에게 손짓을 했다. 리처가 차에서 내렸다. 그가 문 앞으로 걸어가서 일행과 합류했다. 모두 함께 집 안으로 들어갔다. 나이 든 남자가 그러라고 했다. 그는 아주 오래전에 그 땅을 매입해서 집을 지었다고 했다. 가족의 휴가를 위해서였다고 했다. 이제는 자기 혼자 다닌다고 했다. 리처는 남자의 말이 사실이라는 걸 알 수 있었다. 나이 든 남자 혼자 지내고 있는 흔적이 곳곳에 역력했다. 남자는 자기 집에 놀러 다니던 쌍둥이를 기억한다고 했다. 아주 오래전 일이라고 했다. 촌스러운 원피스 차림에 머리가 온통 뻗친 여자 쌍둥이가 시도 때도 없이 찾아왔다고 했다. 열 살 남짓 먹을 때까지. 그 이후로는 방문이 뜸해졌다고 했다. 열다섯 살 남짓 머을 때끼지. 그다음에는 발길을 끊었다고 했다.

매켄지가 말했다. "최근에 로즈를 본 적이 있으신가요?"

나이 든 남자가 말했다. "내가 그녀를 어디서 보겠소?"

"이 주변에서, 혹시."

"그녀의 모습이 지금 어떻게 변해 있을지 묻는다면 멍청하다는 소리를 듣겠지?"

매켄지가 미소를 지었다. "나보다는 좀 더 피부가 그을렸을 거예요. 좀 더 근육질일 테고요. 이유를 묻는다면 열심히 살았기 때문이라고 말할 수 있겠네요. 머리카락은 짧게 잘랐을 수도 있어요. 염색을 했을 수도 있고. 어쩌면 문신도 새겼을 거예요."

그녀가 브라몰에게 눈으로 물었다. '다른 특징은 뭐가 있을까?'

브라몰이 리처에게 눈으로 물었다. '이 대목에서 그녀가 부상당했다는 얘기를 해야 할까요?'

리처가 말했다. "이분은 그녀의 생김새를 분명히 알고 계십니다."

"난 그녀를 보지 못했소." 나이 든 남자가 말했다.

그들이 나이 든 남자의 집 진출입로를 타고 내려왔다. 도로에 이르러 곧장 반대편의 진출입로로 들어갔다. 그 길 끝에는 목가적인 풍경이 또 한 폭 펼쳐져 있었다. 하지만 집은 작았다. 쌍둥이 고향집의 4분의 1쯤 될 까? 상대적으로 새집이었다. 그 앞으로 마른 개울이 흔적으로만 흐르고 있었다.

집은 비어 있었다. 문짝들은 모두 잠겨 있었다. 창문들에는 모두 커튼이 드리워져 있었다. 깨진 창문은 없었다. 강도도, 불법거주자의 흔적도 없었다. 고향을 찾아든 떠돌이 로즈 샌더슨의 자취도 없었다.

그들이 다시 움직였다. 이번에도 매켄지가 안내를 맡았다. 하지만 그녀도 절반쯤은 상상에 의존하는 것 같았다. 빽빽한 나무숲과 울퉁불퉁한 산길. 도요타는 요동을 치며 나아갔다. 하지만 브라몰은 느긋했다. 운전하는 내내 거의 한 손으로만 핸들을 조작했다. 마침내 마지막 집이 시야에 들어왔다. 이번에는 A자 모양의 통나무집이었다. 다른 집들과 마찬가지로 본연의 기능에만 중점을 둔 별장 가옥이었다. 수려한 경관을 집 안으로 들이려는 듯, 유리창이 많았다. 브라몰이 집과 적당한 거리를 두고 차를 세웠다. 진출입로를 향한 앞머리. 여러 번 다닌 곳인 양 아주 익숙한 솜씨였다.

현관문이 열렸다.

문 안쪽 어둑한 그늘 속에 여자 하나가 서 있었다. 타이어 소리를 들은 게 분명했다. 그녀가 한 발짝 걸어 나왔다. 기대를 품고, 햇빛 속으로. 포터필드의 이웃과 비슷한 외모에 비슷한 나이였다. 하지만 분위기는 훨씬 험악했다. 뭔가에 몹시 기분이 상해 있는 듯 여자가 날카로운 눈길로 사방을 살폈다. 그녀의 눈길이 그들의 차에 꽂혔다.

브라몰이 내려섰다.

여자가 그를 지켜보았다.

매켄지가 내려섰다. 여자가 그녀를 지켜보았다.

리처가 내려섰다. 여자가 그를 지켜보았다.

더 이상 내려설 사람은 없었다. 그녀의 몸이 뒤로 휘청거렸다. 마치 머리에 한 방 맞은 사람처럼. 그녀가 문틀에 몸을 기댔다.

그녀가 말했다. "당신들, 빌리를 못 봤나요?"

브라몰은 대답하지 않았다.

여자가 말했다. "난 빌리가 찾아온 줄 알았어요. 차를 새로 샀나 했죠. 우리 집에 오기로 돼 있는데."

"무슨 일로 말입니까?" 리처가 말했다.

"그를 보지 못했나요?"

매켄지가 말했다. "빌리가 누구죠?"

리처가 말했다. "이따가 설명할게요." 그가 문틀에 기대서 있는 여자에게 말했다. "먼저 한 가지만 묻겠습니다. 당신이 대답해주면 나도 빌리에 관해 말해 드리겠습니다."

"뭐가 궁금한 거죠?"

"여기 내 친구와 쌍둥이처럼 똑같이 생긴 여자에 관해서 아는 게 있습니까?"

"어떤 여자라고요?"

"방금 말했잖습니까. 집중 좀 해봐요. 여기 내 친구와 똑같이 생긴 여자. 이 근방에서 본 적이 있습니까?"

"본 적 없어요."

"그녀가 빌리의 친구일 수도 있습니다."

"그런 여자는 몰라요."

"확실합니까?"

"저 여자처럼 생겼단 말이죠? 난 본 적이 없어요."

"로즈라는 이름은 들어본 적이 있습니까?"

"단 한 번도 없어요. 이제 빌리에 관해 말해줘요."

"난 아직 그를 만나지 못했습니다." 리처가 말했다. "하지만 그의 특권이 정지됐다는 얘기는 들었습니다. 지금 그의 선반은 텅 비어 있어요. 그가 여기서 문제 하나를 해결하기 전까지는 계속 그 상태일 겁니다. 난 그가 아직 해결 못하고 있다는 걸 알고 있습니다. 내가 바로 그 문제니까. 그리고 난 여전히 이 동네에 머물고 있습니다. 그러니 만일 그가 여기 들르거든 내가 찾고 있다고 전하십시오. 조만간 그의 집으로 찾아가 만나겠다는 얘기도 함께. 내가 누구냐고 물으면 헐크라고 답하십시오. 그러면 알 겁니다. 내 생김새도 자세히 설명해주시오. 그 정도 정보라면 20달러어치는 될 겁니다. 그가 덤을 얹어줄지도 모릅니다."

"빌리는 덤 같은 거 모르는 사람이에요." 여자가 말했다.

"빌리가 누구죠?" 매켄지가 다시 물었다.

그들이 차 안에서 그녀에게 얘기해 주었다. 이번에도 모든 걸 얘기한 건 아니었다. 빌리가 전혀 우연히 나타난 것처럼, 전체 이야기와 완전히 분리해서 설명했다. 현찰 상자에 관해서는 말해주었다. 하지만 장신구 상자에 관해서는 입을 다물었다. 그러나 매켄지는 똑똑한 여자였다.

그녀가 말했다. "그렇다면 당신들은 애초에 왜 그 집을 찾아간 거죠?"

결국 두 남자는 그녀의 추궁하는 눈초리를 줄곧 의식하며 모든 걸 털어놓아야 했다. 스콜피오, 포터필드, 빌리, 브라몰이 찾아낸 옛날 통화내역, 나카무라가 도청한 보이스메일.

매켄지가 말했다. "그러니까 쉽게 말해서 최소한 2년이라는 기간 동안 로즈가 마약 판매상들과 거래를 하고 마약 복용자 무리와 어울렸다는 얘기네요. 메테드린과 헤로인, 그리고 그 끔찍한 물건들에 어울리는 추잡한 삶. 이를테면 곰한테 갑아먹힌 남자와의 농거라든지."

그들은 대답하지 않았다.

매켄지가 물었다, 나직하게. "그녀도 중독자인가요?"

그들이 장신구 상자에 관해 얘기해 주었다.

그녀가 울음을 터뜨렸다.

22

그들이 쌍둥이의 고향집으로 돌아왔다. 옛 정취를 고스란히 간직한 풍경 속에서 비스듬히 주차된 매켄지의 렌터카가 야광 사인처럼 빨갛게 반짝이고 있었다.

그녀가 말했다. "이젠 시간이 걱정돼요. 로즈의 빗은 최소한 1년 반 전에 분실됐어요. 그건 우리 모두 알고 있는 사실이에요. 실제로는 그보다 몇 달 전의 일이었을 수도 있어요. 그렇다면 2년 혹은 그 이상의 기간이에요. 하지만 그녀의 반지는 고작 6주 전에 와이오밍을 떠났어요. 왠지 마지막 문턱을 넘어선 것 같은 느낌 아닌가요? 마지막 단계까지 이미 마무리된 것 같은 느낌."

리처가 말했다. "그녀를 찾아다니는 동안 군대에 연락을 해봤습니까?"

"그들은 어떤 얘기도 해주지 않았어요. 사생활 보호 의무 때문이라더군요. 내 문제가 아니었다면 그들을 칭찬했을 거예요."

"난 알만 하다 싶은 곳에 전화를 넣어 봤습니다. 그리고 슬쩍 옆구리를 찔러 봤지요. 하지만 그들도 별로 아는 게 없었습니다. 웨스트포인트 생도 시절의 기록은 있었습니다. 성적이 아주 우수했더군요."

"그래요, 나도 기억나요."

"파병 기록도 있었습니다. 이라크와 아프가니스탄. 모두 다섯 차례."

"맞아요."

"훈장에 관한 기록도 있었습니다."

"로즈가 훈장을 받은 건 모르고 있었어요."

"동성무공훈장을 받았습니다."

"어떻게요?"

"미합중국 서훈 규정에 따르면 전장에서 영웅적인 행동, 뛰어난 임무 수행, 혹은 모범적인 자세로 미군의 기상을 드높인 군인에게 수여됩니다."

"난 모르고 있었어요." 매켄지가 다시 말했다.

"그리고 퍼플하트 훈장도 받았습니다."

매켄지는 한동안 아무 말이 없었다.

"난 모르고 있었어요." 그녀가 먼저 그렇게 입을 뗐다.

그러고 나서 말했다. "어떻게요?"

마지막으로 그녀가 말했다. "아아, 안 돼요."

리처는 퍼플하트 서훈 규정을 읊지 않았다. 매켄지가 들어서 좋을 게 없었으니까.

전투를 비롯한 임무 수행 과정에서 부상당하거나, 사망하거나, 혹은 부상이 직접적인 원인이 되어 추후에 사망한 미 군사요원.

매켄지가 말했다. "얼마나 심하게 다친 거죠?"

"거기까지는 모릅니다." 리처가 말했다. "현재로서는 그 훈장을 받았다는 사실만 알고 있을 뿐입니다. 퍼플하트 수훈자는 아주 많아요. 사실, 나도 그중 한 사람입니다. 쉽게 받을 수 있는 훈장은 아닙니다. 수훈자들 대부분이 영원히 흔적을 간직하게 되지요. 하지만 상처를 치료받고 사회로 복귀하면 되는 겁니다. 대부분의 경우 그렇습니다. 확률이 아주 높아요. 그러니 반드시 나쁜 소식인 것만은 아닙니다."

매켄지가 말했다. "이라크와 아프가니스탄은 언제나 나쁜 소식이에요."

그녀의 눈길이 정면에서 반짝거리고 있는 빨간 차에 꽂혔다.

그녀가 말했다. "난 집으로 돌아가지 않을래요. 이곳에 남겠어요. 로즈가 가까운 곳에 있으니까. 당신도 그렇게 말했잖아요. 그 애가 곤경에 처해 있다고. 어쩌면 팔 하나를 잃었을 수도 있어요. 머물 곳도, 먹을 것도 없는 상이군인으로 살아가고 있을지도 몰라요."

그녀가 헤르츠 렌터카 사무실까지 자기 차를 따라오라고 했다. 차를 반납한 뒤에는 빌리의 집에 데려가 달라고 했다.

나카무라가 노트북을 들고 형사과장의 모퉁이 사무실로 들어갔다. 그녀가 녹음된 보이스메일을 재생시켰다. '방금 몬태나에서 연락이 왔어. 특별히 바이커를 내려 보냈더군. 그 위에서 연방요원 하나가 여기저기 쑤시고 다녔다는 거야. 그자가 얼마 전에 빌링스를 떠났어.'

그녀가 말했다. "몬태나에서 온 바이커는 저도 봤어요. 그자는 4분 동안 머물렀다 떠났어요."

형사과장이 말했다. "이번에는 뭐 좀 건질 것 같아?"

"컴퓨터범죄과의 제 친구가 전화번호들을 제대로 추적하고 있어요."

"그래서 그가 뭘 바라는데, 명예훈장?"

"잘 아시면서 왜 이러세요. 그냥 격려 한 번 해주시면 되잖아요. 지나가다 잠깐 들러서 가볍게 인사를 건넨다든지."

"자네는 뭘 원하나?"

"빌링스의 연방요원이 정확히 누군지, 그리고 그가 뭣 때문에 여기저기 쑤시고 다녔는지 알고 싶어요. 스콜피오에게 경고 메시지를 보낸 사람도 궁금하고요. 하부조직원일까요, 하청업자일까요, 동업자일까요, 아니면 그냥 같은 업계의 지인일까요?"

"내가 어떻게 해주기를 바라나?"

"빌링스 경찰서에 전화해서 지난 밤 거기 다녀갔던 연방요원에 관해 물어보세요. 그들은 알고 있을 거예요. 관할 경찰서에 미리 일정을 통보하는 게 그쪽 사람들의 관례니까요."

"그 요원이 곧장 와이오밍으로 내려간다는 얘기는 없었는데? 자, 다시 한 번 말해보게. 내가 이 문제에 신경을 써야 할 이유가 뭐지?"

"스콜피오의 촉수 하나가 드러났잖아요. 그 메시지 속의 연방요원이 정확히 어느 기관 소속인지 알 수만 있다면 스콜피오가 무슨 일을 해왔는지 윤곽이라도 잡을 수 있을 거예요."

형사과장이 내선 통화로 비서를 호출했다. 그가 지시를 내렸다. 빌링스 경찰서의 형사과장급 이상 고위 간부의 전화번호를 알아볼 것, 그리로 전화해서 내선 1번으로 통화를 연결할 것.

그들이 빌리의 집에 도착한 건 늦은 오후였다. 태양이 먼 산맥 봉우리들 위로 낮게 걸려 있었다. 가지뿔영양들의 그림자가 그 주인보다 길게 드리워져 있었다. 대지와 풍경의 빛깔이 온통 변해 있었다.

빌리의 집은 여전히 비어 있었다. 세 사람이 주방문을 통해 집 안으로 들어갔다. 그들이 곧장 세 틀짜리 창문 침실로 올라갔다. 리처가 옷장에서 신발상자들을 꺼냈다. 그가 그것들을 침대 위에 올려놓았다. 매켄지가 손가락 하나로 현찰 다발들을 헤집었다. 장신구들은 마구 휘젓고 주물러서 새로운 무더기로 만들었다.

그녀가 말했다. "전당포 진열창도 이런 모습이었나요?"

"정확히." 리처가 말했다.

"가엾은 로즈."

"이 일대를 잘 알고 있습니까?"

"라라미는 알아요. 물론 옛날의 라라미. 이 지역은 모두 철도회사 땅이었어요. 철로가 놓이기 전에는 노새가 중요한 운송수단이었죠. 그래서 뮬(mule, 노새)크로싱이라는 이름도 생겨났을 거예요."

"어린 시절 친구들이나 친척들은 없습니까?"

"1년에 7개월은 도로가 폐쇄되는 곳이에요. 우리 쌍둥이는 외부와 단절된 세계에서 살았던 거죠."

"라라미 시내에서 그녀가 특별히 기억하고 있을 만한 곳이 있을까요?"

"최소한 사춘기 시절의 추억은 있을 거예요. 식당들, 가게들, 그리고 어쩌면 술집들? 어쩌다 한 번씩은 둘이 함께 대학가로 놀러 나가기도 했어요. 콘서트나 그 비슷한 행사들을 구경하려고요. 하지만 추억은 추억일 뿐, 시내에서 살고 싶지는 않을 거예요. 이젠 서른다섯 살이나 먹었으니까."

"그럼 어디서 살고 싶어 할까요?"

"내가 말했던 건 모두 잊으세요. 익숙한 환경 어쩌고 했던 얘기. 내가 잘못 생각했어요. 지푸라기라도 붙잡고 싶은 마음이었거든요. 그러다 보니 어떤 생각이든 모두 그럴 듯했던 게 사실이에요. 그녀는 정반대로 낮선 환경을 선택했을 수도 있어요. 전혀 모르는 곳으로 숨어들어 갔을 수도 있다는 얘기죠."

"그녀는 와이오밍을 잘 알고 있잖습니까."

"바로 그거예요. 두 가지 조건을 모두 충족시키는 곳. 익숙하면서도 낯선 장소."

리처가 세 틀 창문 밖의 풍경을 확인했다. 비포장도로에 먼지가 일고 있었다. 하루의 마지막 햇빛 속에서 붉은 빛을 발하며 길게 이어진 먼지 구름. 소용돌이치며 뒤로 갈수록 넓고 높게 퍼져가는 그 구름의 앞대가리에 반짝이는 점 하나가 찍혀 있었다.

6분 정도? 목적지가 빌리의 집이라면.

"이리로 오고 있는 겁니까?" 브라몰이 말했다.

"그럴 수도 있겠고," 리처가 말했다. "아닐 수도 있겠고. 하지만 이 집으로 오는 차량이라면 좋겠습니다. 빌리가 몰고 오는 자동차. 그는 로즈가 어디 사는지 알고 있을 겁니다. 다른 건 몰라도 그곳 진출입로의 눈도 치웠을 테니까."

"사슴사냥총을 갖고 있을 수도 있는데?"

"그는 아직 보이스메일을 확인하지 않았습니다."

"그건 모르는 일이지요. 그가 어느 시점에든 몰래 여길 다녀갔을 가능성을 무시할 수 없어요. 잽싸게 들어왔다 빠져나갔을 수도 있다는 얘기입니다. 우리가 비웠던 지난 몇 시간 동안에 말이지요."

"알겠습니다."

"이리로 오는 차가 맞는다면 어떻게 대처하는 게 좋을까요?"

"당연히 안에서 기다려야지요. 1층이 유리합니다. 벽난로 옆에는 부지깽이도 있어요. 내가 그쪽을 맡겠습니다. 당신은 반대쪽을 맡아요. 뭐든 쓸 만한 걸 찾아봐요. 스테이크 나이프라든지. 조리대 옆 서랍에 몇 개쯤 들어 있을 겁니다."

매켄지가 말했다. "난 뭘 해야죠?"

"뒤쪽 거실을 맡아요. 빌리의 휴대폰이 그 책상 위에 그대로 있는지 확인해요. 그대로 있는 경우에도 초기 화면이 떠 있다면 빌리가 왔다 간 겁니다. 메시지만 듣고 나서 휴대폰은 그냥 놓고 갔다는 얘기지요. 이유야 알 수 없지만. 그러니 가서 확인한 뒤 어느 쪽인지 알려줘요. 아주 큰 소리로. 그럼 우리가 대응할 방법을 마련할 겁니다."

"빌리일 경우에 말이지요." 브라몰이 말했다.

"희망은 최선을 기대하며 품는 겁니다."

그들이 1층으로 내려갔다. 앞장섰던 리처가 왼쪽으로 꺾어졌다. 브라몰은 오른쪽으로 꺾어졌다. 매켄지는 뒤쪽 거실로 돌아 들어갔다. 리처가 전면의 창문을 통해 밖을 확인했다. 석양에 붉게 물든 먼지구름이 가까이 다가오고 있었다.

이제 4분 남짓?

리처가 벽난로로 다가가서 부지깽이를 집어 들었다. 1미터 길이의 무쇠 막대기. 히치하이커의 엄지손가락 같은 갈고리.

매켄지가 소리쳤다. "휴대폰은 그대로 있어요. 화면에는 새로운 메시지가 두 개 떠 있고요."

리처가 한 박자 쉬고 나서 외쳤다. "두 번째 메시지를 들어봐요."

미약한 기계음이 잠깐 들리다가 끊어졌다. 첫 번째 메시지를 건너뛰는 과정. 이어서 두 번째 기계음이 들려왔다. 두 번째 메시지 재생. 그 속에는 다급한 숨소리가 희미하게 섞여 있었다.

매켄지가 소리쳤다. "아더 스콜피오가 빌리에게 남긴 메시지예요. 어떤 연방요원이 몬태나에서 탐문수사를 벌이고 나서는 다른 지역으로 떠났대요. 혹시 모르니 조심하라는군요. 그리고 빌리에게 전화하라고 다그쳤어요. 화난 목소리예요. '빌리, 날 걱정시키지 마.' 그렇게 말했는데 거의 협박 수준이에요."

브라몰이 말했다. "몬태나의 ATF(Alcohol Tobacco and Firearms, 주류담배총기단속국) 아니면 DEA(Drug Enforcement Administration, 마약단속국)일 겁니다. 두 곳 모두 서부 지부가 있으니까."

리처가 말했다. "난 관심 없습니다."

그들은 기다렸다.

리처는 어둑한 그림자 속에서 지켜보았다. 트럭의 앞머리가 나무숲을 헤치고 진출입로 어귀에 모습을 드러냈다. 픽업트럭이 아니었다. 대형 쉐보레 서버번 SUV였다. 검정색 차체에 벌건 흙먼지가 잔뜩 덮여 있었다. 기본 사양, 중저가 타이어, 평범한 크롬 장식, 지붕 한가운데 장착된 중고 안테나.

차는 다져진 땅을 굴러 와서 브라몰의 도요타로부터 멀지 않은 지점에 멈춰 섰다.

한 남자가 운전석에서 내려섰다. 그리 크지 않은 키에 떡 벌어진 체격, 나이는 50대 초중반? 회색 플란넬 바지와 트위드 반코트 차림이었다. 녹록치 않은 인생을 살아온 듯, 노련한 분위기였다. 몸동작도 범상치 않았다. 운동선수 출신인 것 같았다. 체격으로 미루어 달리기 종목은 아니었

을 것이다. 투포환이나 원반던지기라면 제격일 듯싶었다. 아무튼 현재는
정부기관 소속인 게 분명했다. 바지와 코트, 그리고 차량이 말해주고 있
었다.

"다들 긴장 풀어요." 리처가 말했다. "경계경보 해제."

매켄지가 뒤쪽 거실에서 소리쳤다. "그게 무슨 뜻이에요?"

"저 남자와 대화를 나눠보자는 얘기입니다. 일단은."

"빌리가 돌아온 거예요?"

"빌리는 아닌 게 분명해요." 리처가 말했다.

흙마당 위에서 남자가 코트 아랫단을 당기고 어깨를 추슬러서 매무새
를 바로잡았다. 그가 현관을 향해 다가오기 시작했다. 걸음을 옮기는 도중
에 그가 신분증 지갑을 꺼내 들었다. 그의 코트 자락이 열린 순간 가슴에
차고 있는 권총띠가 살짝 드러났다. 현관 데크에 구두 굽 소리가 울렸다.

이어서 노크 소리가 들려왔다.

23

브라몰이 문을 열었다. 리처와 매켄지는 그의 뒤에 서 있었다.

정부 차량에서 내린 남자가 신분증 지갑을 펼쳐 들었다. 독수리 방패가 보호하고 있는 낡은 금배지. 그 맞은편 포켓의 신분증은 운전면허증과 마찬가지로 플라스틱 재질이었다. 하지만 그 위에 찍힌 철자는 달랐다.

미합중국 법무부, 마약단속국.

좀 더 젊어 보이는 얼굴, 좀 더 단정한 머리 매무새, 좀 더 조여진 넥타이. 하지만 실물과 일치하는 사진이었다. 이름은 커크 노블, 직급은 특수요원.

리처는 참을 수가 없었다. 그가 말했다. "만화주인공 이름이군요. 소년 탐정, 커크 노블."

무반응.

"그런 얘기를 들어본 적이 없으신가 보군."

노블이 말했다. "당신들은 누굽니까?"

세 사람이 차례로 자기소개를 했다. 단지 이름만.

노블이 말했다. "여기서 뭘 하고 있는 겁니까?"

리처가 말했다. "빌리라는 이름의 남자를 기다리는 중입니다. 이 집 주인. 그에게 한 가지 물어볼 게 있어서요."

"뭘 묻고 싶은 겁니까?"

"우리는 실종된 여자를 찾고 있습니다. 그가 그녀의 소재를 알고 있을 겁니다. 우리 생각이긴 하지만."

"어떤 여자?"

노블이 별다른 도움은 되지 않을 것이다. 하지만 걸림돌이 될 확률은 높다. 그가 마음만 먹는다면 얼마든지 그럴 수 있다. 정부를 위해서 일하는 사람이다. 독수리 방패를 갖고 있는 한 그는 수많은 규정을 들이대며 훼방을 놓을 수 있다. 그래서 리처는 지금까지 전개되어 온 상황을 있는 그대로 들려주었다. 말하는 내내 은밀하게 상대방의 기색을 살폈다. 노블의 방어벽을 무너뜨려야 했다. 리처가 일단 자신과 브라몰의 약력을 쭉 읊었다. 한 사람은 은성무공훈장과 퍼플하트 훈장을 받은 예비역 육군 소령. 다른 사람은 40년 가까운 경력의 전직 FBI 고위간부이자 현재는 대도시의 거물급 사설탐정. 이어서 그들이 찾는 실종자의 이력도 언급했다. 동성무공훈장과 퍼플하트 훈장을 받은 예비역 육군 소령. 결국 일종의 순환논리였다.

그런 이력을 지닌 사람들이 그런 이력을 지닌 실종자를 찾아 나선 건 위법이 아니지 않은가, 오히려 적극적인 활동을 보장받아야 하지 않겠는가. 따라서 그들이 빌리의 집을 찾아온 건 전혀 잘못이 아니다. 그러니 규정에 어긋나는 부분이 있어도 모쪼록 눈감아 달라.

사실 어떤 연방요원이든 그들의 이력만으로도 눈감아주었을 것이다. 결국 한솥밥을 먹었던 공무원들 아니던가. 오히려 안타까워하며 편의를 베풀었을 것이다. 그리고 노블 역시 연방요원이었다. 설사 그가 규정을 따지고 들었다고 해도 리처와 브라몰에게는 아직 비장의 무기가 남아 있었다. 현장의 시비와 갈등은 물론 분위기까지 하얗게 정화시킬 수 있는 표백제. 실종자의 쌍둥이 자매. 어떤 남자든 그 얼굴과 머리칼 앞에서는 하얗게 정화될 수밖에 없을 것이다. 그리고 노블 역시 남자였다. 그의 마음 깊은 곳에서 일고 있는 생각은 규정상의 시시비비가 아니었다. 그건 흐뭇한 놀라움이었다.

저런 여자가 둘씩이나 존재한다고?

리처가 그의 표정을 슬쩍슬쩍 확인해가며 긴 이야기를 끝마쳤다.

노블이 말했다. "당신들은 대답을 듣지 못할 겁니다."

"어째서죠?"

"빌리는 여기로 돌아오지 않을 테니까."

"그건 또 왜입니까?"

"얘기가 깁니다."

노블이 복도 안쪽으로 걸어 들어가며 계단 위를 힐끗 훑었다. 그 눈길이 천장과 벽으로 차례차례 옮겨갔다. 그가 계속해서 이리저리 걸음을 옮기며 곳곳을 살폈다. 견적을 뽑으러 온 도급업자처럼.

그가 말했다. "냉장고는 확인해 봤습니까?"

리처가 말했다. "냉장고는 왜?"

"음식."

"아니요."

노블이 주방으로 들어갔다. 그의 눈길이 싱크에 담긴 접시들을 훑었다. 그가 뒤를 흘깃 돌아보았다. 눈길의 움직임으로 미루어 일행의 머릿수를 확인하려는 것 같았다. 그가 냉장고 문을 열고 안을 들여다보았다.

그가 말했다. "베이컨과 계란은 충분히 나눠 먹을 수 있겠군요. 맥주도 있고."

매켄지가 말했다. "빌리의 음식을 먹자는 얘기예요?"

"일단 이 냉장고 속의 음식은 더 이상 빌리의 것이 아닙니다. 그리고 난 이 음식들을 먹어야 합니다. 집 안에 음식이 있으면 식대를 청구할 수 없는 게 우리 규정이니까."

"누구에게 청구한다는 거죠?"

"결국은 당신들." 노블이 말했다. "납세자들 말입니다. 우리는 국민의 돈을 절약해주는 겁니다."

"우리 납세자들이 당신들에게 용의자의 냉장고 음식을 먹게 만든다는 얘긴가요?"

"이건 당신들의 냉장고입니다. 동시에 내 것이기도 하고. 이 집은 오늘 오후 2시 정각을 기해서 연방 재산으로 귀속됐습니다. 정부에 의해 압류된 거지요."

"그럼 빌리는 어디 있는 거죠?"

"그 부분이 바로 긴 이야기입니다." 노블이 말했다. "일단 먹읍시다."

'이 나이가 되도록 살아오면서 온갖 일을 겪어온 터, 특히 신선한 경험은 더 이상 없을 테고 굳이 기대하지도 않는다.'

누군가 여생에 관해 물었다면 리처는 이렇게 대답했을 것이다. 하지만 그날, 베이컨과 계란이 차려진 빌리의 식탁에서 리처는 그런 경험을 즐길 수 있었다. 음모집단의 비밀스러운 회식자리 같았다. 아니, 조난당한 사람들의 조촐한 모임이라는 표현이 더 가깝지 않을까 싶었다. 공항에 발이 묶인 채 호텔로 데려다줄 택시를 기다리고 있는 낯선 이들. 실제로도 거의 모르는 사이나 마찬가지였으니 무리한 설정은 아닐 것이다. 매켄지가 어디선가 찾아낸 양초에 불을 붙였다. 그러자 영화의 도입부 같은 분위기가 조성되었다. 긴 이야기의 서막.

순수한 사람들의 모임, 아직 많은 걸 모르고 있는 사람들.

노블이 요리를 맡았다. 그리고 이야기를 시작했다. 헤로인에 관한 이야기.

마약은 단순히 그가 월급을 받는 이유만이 아니었다. 그는 엄청난 열정을 지니고 마약과 전쟁을 벌여온 투사였다. 그런 만큼 그 역사에 관해서도 훤히 꿰뚫고 있었다. 그의 이야기도 바로 그 역사에서부터 시작했다.

옛날 한때는 헤로인이 합법적인 의약 재료였다. 수많은 의약품들에 헤로인이 함유돼 있었다. 그것들 중에는 오늘날까지도 이름이 전해지고 있는, 소위 명약들도 있었다. 헤로인 기침 시럽은 성인용만이 아니라 유아용까지도 버젓이 판매되었다. 오히려 성분이 더 강력한 제품도 있었다고 한다. 의사들은 까탈스러운 아기들에게까지 헤로인을 처방했다. 불면증, 불안증, 히스테리는 물론 기관지염을 비롯한 수많은 질병 치료제에도 헤로인이 첨가됐다.

환자들은 그 처방을 좋아했다. 그들에게는 역사상 최고의 의료서비스였다. 결국 중독자가 수백만 명에 이르렀다. 의약기업들은 돈을 쓸어 담았다. 하지만 일반 대중들이 각성하기 시작했다. 제1차 세계대전이 발발할 즈음엔 합법적인 헤로인 처방은 역사의 유물이 되었다. 하지만 의약기업들은 잊지 않고 있었다. 헤로인으로 벌어들였던 떼돈을.

이야기가 그 대목에 이르렀을 때 노블은 프라이팬에 버터를 녹이고 있었다. 그가 조리 수저를 허공에 치켜들었다. 아주 중요한 부분이니 경청하라는 듯. 그가 잊지 말라고 했다. 현역 마약 단속 요원이 직접 들려주는 포인트라고 했다. 우리 모두 현대 마약 범죄의 근원을 알고 있지 않느냐고 반문했다. 그의 이야기가 다시 본론으로 돌아갔다.

의약기업들이 다시 합법적인 헤로인 사업에 뛰어들기까지 80년이 걸렸다. 하지만 그들은 정문이 아니라 옆문으로 슬쩍 들어왔다. 그즈음 헤로인은 철저하게 부정적인 이미지로만 인식되고 있었다. 암흑세계의 돈벌이 수단, 과다복용으로 세상을 떠난 록 가수들 등 하나같이 추악하고 섬뜩한 이미지뿐이었다. 그래서 의약기업들은 새로운 버전을 창조했다. 일련의 화학적 공정을 거쳐서 복제품을 만들어낸 것이다. 일란성 쌍둥이.

노블이 매켄지를 흘깃 한 번 바라보고 나서 말을 이어갔다.

본질은 완전히 똑같지만 길고 깨끗한 이름을 가진 신제품. 헤로인이 그 이미지 탓에 음지에서만 섬뜩한 광채를 발했다면 그 쌍둥이는 그 이름 덕분에 양지에서 환하게 반짝거릴 수 있었다. 온 세상 사람들이 매일같이 사용하는 치약에 첨가되어도 거부 반응이 없었을 것이다. 하지만 의약기업들은 치약 대신 알약을 선택했다. 깔끔한 순백의 알약. 용도는 환각상태에 빠지게 하는 것. 헤로인과 똑같은 역할이다. 물론 그 용도를 포장지에 그대로 새겨 넣을 수는 없었다. 그래서 그들이 고안해낸 문구가 바로 통증 완화 효과, 다시 말해서 진통제인 것이다. 통증은 누구나 겪고 있는 질환이다. 그렇지 않은가? 아니, 그렇지 않다. 최소한 처음에는 그렇지 않았다. 통증은 원래 질병이 아니었다. 아예 병증의 범주에조차 들지 못했다. 누구나 살아가면서 이따금씩 시달리게 되는 불편함 정도였을 뿐. 통증이 오늘날의 클리닉에서 한자리를 차지하게 된 배경에는 의약기업들의 부단한 노력이 깃들어 있다. 그들은 기금을 조성했다. 그 분야의 의료진에게 전폭적인 장학 혜택도 베풀었다. 그러는 한편 통증을 호소하는 환자들을 다각적으로 부추겼다. 그래서 그 호소에 힘을 실어주었다. 결국 그들의 노력은 결실을 맺었다. 통증은 드디어 질병의 하나로 분류되기에 이르렀다. 판단 기준은 자각증상뿐, 어느 질병처럼 검사를 통해 확인할 방법이 없는 병증.

통증은 그렇게 일약 질병의 반열에 올랐다. 정당하고 합당하게. 그 결과 미국은 수백 톤의 합법적인 헤로인으로 넘쳐나게 되었다. 물론 가루가 아니라 순백색 알약의 형태로. 호일로 뒷면을 감싼 투명 플라스틱 볼록 포장 속에 하나씩 들어 있는 진통제.

노블의 얘기가 그 대목에 이를 즈음엔 다들 식사를 하는 중이었다. 학생들을 가르치듯 장광설을 늘어놓던 그가 어느 순간 말을 멈췄다. 그가 허공의 한 지점을 찌르려는 듯, 포크를 든 손을 들어올렸다.

그가 말했다. "여기서 두 가지 아주 중요한 사실을 강조하고 싶습니다. 첫째, 그 알약들 대부분은 정당한 절차를 거쳐서 정당한 사람들에게 공급됩니다. 그리고 진통제는 실제로 인류의 삶에 지대한 공헌을 해오고 있습니다. 그건 누구도 부인할 수 없는 사실입니다. 하지만 최근에 이르도록 정당한 절차를 거치지 않고 정당하지 않은 사람들에게 공급되는 양이 적지 않았습니다. 그 역시 누구도 부인할 수 없는 사실입니다. 그래서 우리 사회에 엄청난 해악을 끼쳤습니다. 왜냐면, 이게 두 번째 포인트입니다만, 절대로 마약에 취한 상태의 유혹을 과소평가해서는 안 되기 때문입니다. 나는, 그러니까 내 직업상으로는 마약에 취한 상태를 긍정적으로 표현할 수 없습니다. 하지만 중독자들은 이 세상 그 어느 것과도 비교할 수 없는 상태라고 표현합니다. 삶에서 부족하다고 느꼈던 부분을 가득 채워주기에 번번이 인생 자체를 새롭게 시작하는 기분이다, 그렇게 말하는 사람들까지 있습니다."

그가 말을 끊었다. 그가 빌리의 맥주를 한 모금 들이켰다. 그가 말을 이었다. "지금 내가 얘기하고 있는 사람들은 일반인들입니다. 지극히 평범한 미국시민들. 라디오로 야구중계를 즐겨 듣는 사람들. 록밴드 그레이트풀 데드의 암울한 가사보다는 발랄한 컨트리 리듬을 더 좋아하는 사람들. 그런 사람들이 그 흰 알약에 매혹당했던 겁니다. 왜? 기분 좋게 만들어주니까. 평생 처음으로 맛보는 기분. 그들 모두 만족스러웠습니다. 하지만 이제 중독이 된 그들은 어느새 더 많은 걸 바라기 시작했습니다. 더 큰 즐거움을 얻을 수는 없을까? 황홀한 상태를 보다 오래 지속시킬 수는 없을까? 그들은 그 방법을 금세 찾아냈습니다. 아니, 사실은 그들이 찾아낸 게 아니라 의약기업들이 시장의 요구에 부응을 한 겁니다. 고용량 지효성 진통제. '처방에 따라 식후 두 번씩, 혹은 세 번씩.' 중독자들에게는 복음이 따로 없었습니다. 원하는 단계까지 한 방에 훅 갈 수 있게 됐으니까. 하루에 두 번씩, 혹은 세 번씩. 그리고 복음은 이어졌습니다. 이번에는 패치였습니다. 금연할 때처럼 피부에 붙이는 진통제. 그 포장 위에는 길고 깨끗한 이름이 적혀 있습니다. 하지만 사실은 오래전, 그들의 고조할머니들이 줄을 지어 기다렸던 물건과 똑같은 약품입니다. 그거 한 장이면 하루 내내 편안한 상태를 유지할 수 있었습니다. 더 큰 효과를 원한다면 두 장, 혹은 세 장을 붙일 수도 있었지요. 하지만 그들은 다시 더 좋은 방법들을 찾아냈습니다. 혀로 핥거나, 입으로 빨거나, 아니면 아예 껌처럼 뭉쳐서 씹는 방법. 붙이는 것보다 훨씬 더 효과가 좋았습니다. 그들은 중독의 늪 속으로 더욱 깊숙이 빠져 들어갔습니다. 당연히 원하는 양도 많아졌습니다.

의사들이 처방해 주는 것보다 훨씬 더 많이. 결국 그들은 암시장을 찾게 됐습니다. 처음에는 10달러를 들고 나가 한두 개를 사왔겠지요. 하지만 갈수록 욕구가 강해지면서 액수도 커져갔습니다. 100달러에 열 개들이 포장, 그런 식으로, 매일같이. 그만한 돈이 어디서 나겠습니까? 물론 방법은 여러 가지 있습니다. 그 부분은 여러분의 상상에 맡기지요. 아무튼 그런 방법들까지 불사하게 될 정도면 이미 구제할 수 없는 중독 상태 아니겠습니까. 하지만 그들은 그렇게 생각하지 않습니다. 부분적으로는 자존심 문제겠지요. '난 마약중독자가 아니다. 마약중독자들은 화장실 변기에 올라앉아 주삿바늘을 찔러대는 폐인들이다.' 물론 억지라고 치부할 수만은 없습니다. 그들이 복용하는 진통제는 엄연히 의약품이니 말입니다. 흰 가운과 마스크를 착용한 예쁜 여자들이 맑고 푸른 두 눈에 열정과 의지를 가득 담고 실험실의 밝은 불빛에 플라스크와 튜브들을 비춰보고 있는 모습. 공중파 TV 방송의 황금시간 대에 광고로 방영되는 장면 아닙니까. 그렇게 만들어진 제품을 소비하는 자신들이 어떻게 마약중독자인지 반문할 수도 있겠지요. 하지만 자신들이 주삿바늘보다 더 큰 위험에 노출돼 있다는 걸 그들은 모르고 있습니다. 아니, 알지만 부인하고 있습니다. 그 패치들은 핥으라고 만들어진 게 아닙니다. 작년 한 해에만 평범한 미국시민 5만 명이 죽었습니다. 약물 오남용으로 죽은 사람이 총기범죄로 인해 사망한 사람보다 네 배나 많다는 얘기입니다."

노블이 말을 끊었다. 그리고 계란프라이 하나를 먹었다.

그가 다시 말을 이었다. "하지만 우리는 이기고 있는 중입니다. 최소한 내 관할구역에서는 이미 이겼다고 말할 수 있습니다. 우린 진통제 처방을 처음부터 끝까지 추적하고 있습니다. 의료인으로서의 윤리를 저버린 의사들은 적발해서 처벌합니다. 일반 의사들에게는 날짜와 개수를 정확히 맞춰서 처방하도록 여러 가지 방법을 통해 주지시킵니다. 공장과 운송과정에서 물건이 새어나갈 가능성은 전혀 없습니다. 우리가 24시간 모든 과정을 지켜보고 있기 때문입니다. 따라서 현재 암시장은 완전히 죽어버렸다고 해도 과언이 아닙니다. 그리고 합법적인 시장은 철저한 관리체계 아래에서 돌아가고 있습니다. 한마디로 대성공입니다. 물론 우리가 마약과의 세계대전에서 승리한 건 아닙니다. 불법 진통제의 범람으로 인해 수백만 명이 중독됐습니다. 그들이 평범한 시민들이라는 사실을 여기서 다시 한 번 상기해야 합니다. 한때는 변기와 주삿바늘을 지극히 혐오했던 사람들입니다. 하지만 미국은 자유시장 체제입니다. 규제가 철저하게 시행되자 알약들의 가격이 솟구쳤습니다. 수요와 공급의 원칙. 10달러였던 가격이 순식간에 50달러로 뛰어 올랐습니다. 중독자들에게 재정적으로 일대 위기가 닥친 겁니다. 물론 대안이 없는 건 아니었습니다. 멕시코에서 들어온 카르텔 가루. 내가 여러 번 지적했다시피 근본적으로는 똑같은 화학제품입니다. 중독자들 역시 일반 시민이고 가격에 예민한 소비자들입니다. 변기와 주삿바늘이 혐오스러웠지만 자존심만 내세울 수는 없었습니다. 카르텔 가루가 훨씬 저렴했으니까. 그들로서는 당연한 선택이었지요. 결국 우리는 문제 하나를 다른 문제와 맞바꾼 셈이 되고 말았습니다."

노블이 다시 말을 끊었다. 그가 자신의 포크와 나이프를 접시 위에 올려놓고 테이블 한편으로 밀어놓았다. 그가 맥주병을 들고 길게 한 모금 마셨다.

그가 말을 이었다. "그래도 전체적으로 보자면 우리에겐 좋은 소식이었습니다. 새로운 문제와의 전쟁이 훨씬 수월하니까요. 카르텔 가루는 숨기기가 더 어렵습니다. 그래서 추적이 한결 수월합니다. 마치 조영제를 삼킨 것처럼 전체 유통망이 반짝거립니다. 그리고 진통제는 엄밀하게 합법과 불법을 가려야 합니다. 카르텔 가루는 무조건 불법입니다. 그러니 우리가 일하기에 훨씬 쉽지 않겠습니까? 하지만 만만치 않은 지역도 있습니다. 몬태나의 특정 지역이 대표적입니다. 전혀 반짝거리질 않습니다. 밀반입되는 경로를 추적할 수가 없다는 얘기지요. 우리 레이더에 카르텔 가루가 단 한 봉지도 잡히질 않는 겁니다. 그렇다면 마약이 유통되지 않는 걸까요? 그럼 그 지역의 중독자들은? 전부 마약을 끊은 걸까요? 금단현상에 몸부림치면서? 아니면 전부 죽어버렸을까요? 그게 아니면 우리가 모르는 경로를 통해서 가루를 공급받고 있는 걸까요? 난 그게 궁금했습니다. 그래서 확인하러 나섰던 겁니다. 하지만 아무 소득이 없었습니다. 다만 사소한 정보 한 가지는 얻었지요. DEA 요원이 출동했다는 소문이 그 지역에 쫙 퍼졌던 모양입니다. 지레 겁을 먹은 말단조직원 하나가 곧장 도주했습니다. 그자는 또 다른 말단조직원과 약속을 해둔 게 있었습니다. 다른 네트워크에서 일하는 친구. '둘 중 하나라도 경계경보를 접수하게 되면 곧장 함께 내빼자.' 그건 아주 현명한 행동입니다. 내가 보기에 그세계에서 꽤 오랫동안 굴러먹었던 친구들인 것 같습니다. 경계경보는 언제나 집중단속으로 이어지고 가장 크게 당하는 건 항상 말단조직원들이라는 사실을 알고 있었다는 얘기니까. 수상한 낌새를 알아챈 즉시 빠져나가는 게 상책인 겁니다. 빌리가 이 집으로 다시 돌아오지 않는 이유가 바로 그겁니다. 다른 조직의 친구가 바로 빌리니까요. 와이오밍 뮬크로싱의 말단조직원. 그는 몬태나 빌링스의 친구와 함께 사라졌습니다."

매켄지가 말했다. "그들이 어디로 갔을까요?"

"글쎄요," 노블이 말했다. "어딘가에서 새로운 조직을 기웃거리고 있겠지요."

"당신들이 그들을 찾고 있는 중인가요?"

"국경경비대에 협조를 요청하지는 않을 겁니다. 그들의 이름과 사진을 연방 수배 사이트에 올리는 정도가 최선이겠지요."

리처가 말했다. "그들의 약속으로 미루어 그들은 같은 조직의 동료일 가능성이 높습니다. 경계경보 한 번으로 둘이 도망쳤으니까요. 얼핏 두 개의 네트워크 같지만 사실은 동일한 네트워크에 소속된 두 개의 소조직일 겁니다."

"그럴 수도 있겠지요." 노블이 말했다. "난 그들에 관해 별로 아는 게 없습니다. 보안이 철저한 네트워크입니다. 그래서 내가 직접 출동했던 겁니다. 몬태나의 피라미는 길거리 판매책이었을 확률이 높습니다. 빌리도 마찬가지고. 경영대학원에서는 고객 직접 응대라고 불릴 만한 방식. 지하 네트워크에는 실제로 MBA 출신들이 적지 않습니다. 물론 빌리 같은 피라미들보다 훨씬 윗대가리들 얘기입니다만."

"그래서 이제 어떻게 할 생각입니까?"

"깨끗한 시트를 찾을 겁니다. 잠자리를 준비해야 하니까. 집 안에 침대가 있는 경우에는 숙박비를 청구할 수 없거든요."

"그다음에는요?"

"진짜로 일을 해야겠지요. 지금까지는 시간만 허비했으니까."

"그냥 허비한 건 아닌 것 같은데요. 당신 덕분에 연방정부의 재산이 집한 채만큼 늘었잖습니까."

"두 채입니다." 노블이 말했다. "몬태나 빌링스에도 한 채 있으니까. 하지만 두 집 모두 사려는 사람은 없을 겁니다."

매켄지가 말했다. "빌리를 찾게 되면 혹시 우리에게 알려주실 수 있나요?"

노블이 고개를 저었다.

그가 말했다. "동생분에 관한 문제를 도와드릴 방법이 없습니다. 미안합니다. 하지만 당신들이 가진 게 너무 없군요. 몇 가지 추측과 최선을 기대하는 희망뿐이잖습니까. 연방 차원에서 범인을 추적하려면 하루에 백만 달러의 경비가 소요됩니다. 따라서 상부에서는 구체적인 증거를 요구합니다. 유감스럽게도 당신들에게는 그게 없어요. 현재로서는 막연한 심증뿐이니까."

매켄지는 대꾸하지 않았다.

노블이 말했다. "다만 부인께 큰 행운이 따르기를 바랄 뿐입니다."

24

    그들이 노블을 남겨두고 빌리의 집을 떠났다. 라라미로 가는 길, 리처는 뒷좌석에 완전히 퍼져 누웠다. 매켄지는 조수석에 꼿꼿이 앉았다. 브라몰은 한 손으로 차를 몰았다. 목적지는 전날 밤 리처와 브라몰이 묵었던 프랜차이즈 호텔. 매켄지에게도 크게 불편할 것 같지 않았다. 커피가 없다는 것 빼고는. 그건 큰 길가의 식당에서 해결하기로 했다. 리처가 먼저 그곳을 제안했다. 브라몰이 즉시 찬성하고 나섰다. 그가 말했다. "아침 식사가 꽤 잘 나오던데요."

    "아침을 먹은 다음에는요? 그러고 나선 뭘 해야죠? 이제 우리에겐 아무것도 없잖아요."

    "모두 DEA 때문입니다." 브라몰이 말했다. "그들이 섣부르게 덮치면 다들 지하로 숨어들어갈 게 뻔합니다."

    "그래도 우리가 모든 걸 잃은 건 아닙니다." 리처가 말했다. "빌리를 잃은 게 상당한 손실인 건 나도 인정합니다. 하지만 우리보다 훨씬 심각하게 타격을 입은 사람들이 있습니다. 그 목장 가옥의 여자를 생각해봐요. 집 밖으로 뛰쳐나왔다가 휘청거렸던 모습. 오늘 그녀는 뭔가를 절실히 바라고 있었습니다. 온몸이 가렵고 따끔거리는 증상을 느끼면서. 그녀는 빌리를 기다리고 있었습니다. 하지만 그는 오지 않았습니다. 앞으로도 쭉 그럴 테고. 그녀는 이제 어떻게 될까요? 내일이면 더욱 절박해질 겁니다. 그러니 직접 구하러 나설 겁니다. 반드시. 결국 그녀가 시내로 나올 거라는 얘기지요. 그녀뿐만이 아니라 모두 다. 로즈 역시 중독자라면 어쩔 수 없을 겁니다."

그들은 아침 8시에 로비에서 다시 모였다. 브라몰은 새 셔츠로 갈아입은 차림이었다. 매켄지의 블라우스도 새것이었다. 리처는 전날 옷차림 그대로였다. 하지만 그들과 함께 있는 게 신경 쓰이지는 않았다. 샤워하면서 새 비누 하나를 다 썼으니까. 그들이 식당으로 가서 테이블 하나를 차지하고 앉았다. 매켄지도 괜찮은 곳이라고 인정했다.

그녀가 말했다. "6주 전에 약값이 대폭으로 올랐을 수도 있어요. 그랬다면 로즈가 반지를 팔 수밖에 없었을 거예요. 약을 사려고 말이죠."

"가능한 얘기입니다." 리처가 말했다.

"난 알약이기를 바라는 마음이에요." 그녀가 말했다. "변기 위에 앉아서 주삿바늘을 찌르는 로즈의 모습은 상상조차 끔찍해요."

"물론 알약일 겁니다." 리처가 말했다.

"특수요원 노블은 암시장에서 더 이상 알약을 구할 수 없다고 말했어요. 하지만 100퍼센트는 아닐 거예요. 아직 어느 정도는 유통되고 있겠죠."

리처는 아무 말도 하지 않았다.

매켄지가 말했다. "이번 일이 끝나기 전에 난 어쩌다 로즈가 그렇게 됐는지 밝혀내고 싶어요."

"우리의 잘못일 가능성이 큽니다." 리처가 말했다. "물론 그녀의 부상

정도를 확인하지 않고는 단언할 수 없습니다. 찰과상 정도였다면 아닙니다. 하지만 심각한 부상, 그것도 총격전을 벌이다가 입은 부상이라면 군대에서 잘못된 게 맞습니다. 후송되기 전에 위생병들이 모르핀을 주사했을 겁니다. 병원에서는 진찰을 기다리며 또 한 방, 이어서 수술을 기다리는 동안 다시 한 방. 수술이 끝난 뒤에는 회복실로 옮겨져 2주쯤은 보내야 했을 겁니다. 그러는 동안은 아예 모르핀을 링거로 달아매고 지냈을 겁니다. 결국 퇴원하기 전에 이미 중독돼버렸겠지요."

"어떤 부상이냐에 따라 다르겠죠. 어쩌면 아직까지도 통증에 시달리고 있을지 몰라요. 그래서 알약이 필요한 거겠고. 아니면 가루든지. 화장실 변기 위에 앉아서 주삿바늘로. 노블 요원의 주장이 맞는다면 말이죠."

"당신의 쌍둥이 동생이 은색 계통의 옷들을 즐겨 입었나요?"

"그건 왜 묻죠?"

"포터필드의 이웃이 그의 차 안에서 그녀를 보았을 수도 있습니다. 그런데 은색 계통의 빛깔을 기억하고 있더군요."

"겨울이었나요?"

"봄을 한 달 앞둔 시점이었습니다."

"겨울옷이라면 얼마든지 은색일 수 있겠죠. 알루미늄 호일 같은 색감과 질감. 신소재 같은 거 말이에요."

"그녀가 그런 옷을 입을까요?"

"나라면 입을 수도 있어요."

리처의 머릿속에 그림 하나가 그려졌다. 머리칼, 눈, 얼굴, 그리고 은색 호일 코트. 일류 패션잡지의 표지 모델로도 손색이 없을 것이다.

완벽한 복제품.

그들이 차를 몰고 대학교로 갔다. 곧장 지리학과 사무실에 들러 예의 무거운 지도책을 다시 한 번 부탁했다. 그들이 뮬크로싱에서부터 갈라져 나간 비포장도로를 따라 서쪽으로 손가락을 짚어가며 거주자들을 확인했다. 첫 번째는 비포장도로 남쪽 빌리의 집, 두 번째는 북쪽의 포터필드, 그다음에는 딸기 파이 여자의 집, 거긴 다시 남쪽이고. 그 너머로 자리 잡고 있는 집들은 남북으로 각각 세 채씩 모두 여섯 채. 비포장도로는 그 집들을 거느리고 40마일을 더 뻗어나가다가 산맥이 시작되는 부근에서 끝이 났다.

막다른 길. 돌아 나오는 길 말고는 빠져나갈 통로가 없었다. 일대의 지형은 분지도 아니고 계곡이라고 할 수도 없었다. 그냥 울룩불룩 솟아오른 구릉의 연속이었다. 가지 쳐나간 산길들도 굴곡에 따라 끊어지고 이어지기를 반복하는 구릉지대.

매켄지가 말했다. "로즈가 여기 어딘가에 살고 있다는 생각인가요?"

리처가 말했다 "그녀는 포터필드와 함께 살았습니다. 최소한 정기적으로 그의 집에 드나든 것만은 분명합니다. 그런데도 그녀를 봤다는 사람이 아무도 없습니다. 단 한 번, 차 안에서 본 것 같다는 이웃 말고는. 그녀가 이 지역 말고 다른 곳에서 살고 있다면 뮬크로싱을 거치지 않고는 포터필드의 집을 드나들 수가 없습니다. 그렇다면 많은 사람들이 그녀를 목격했어야 합니다. 우체국 건물의 영감님 눈에도 띄었어야 하고요. 하지만 그녀를 확실히 보았다는 사람은 단 한 명도 없습니다. 따라서 그녀는 반대 방향에서 포터필드의 집에 드나들었던 겁니다. 비포장도로 안쪽의 구릉지대 어딘가에 숨어 지내면서. 십중팔구 지금도 거기서 살고 있을 겁니다. 그녀가 어디로 가겠습니까?"

"그녀에게는 차가 없어요." 브라몰이 말했다. "와이오밍은 물론 다른 어느 주의 차량관리국에도 기록이 없어요."

"그녀는 버려진 목장 가옥에 불법으로 거주하고 있는 처지입니다. 남의 차를 훔쳐 타는 건 일도 아니겠지요. 그게 누구 차든 개의치 않을 겁니다. 필요할 때 시동만 걸리면 그냥 몰고 다닐 거예요."

"난 그리로 가고 싶어요." 매켄지가 말했다. "다시 뮬크로싱으로. 거긴 깔때기의 목이나 마찬가지예요. 로즈가 안쪽 구릉지대에 숨어 있다면 조만간 밖으로 나올 수밖에 없어요. 그 애가 그 삼거리를 지나가는 순간에 우린 거기 있어야만 해요."

"내가 맞는다면." 리처가 말했다.

"당신이 틀렸다 해도 오늘 밤 시내에서 찾을 수 있을 거예요. 아니면 내일이라도."

그들이 옛적 우체국 건물 근처에 차를 세웠다. 비포장도로를 따라 내려오는 차량들을 한눈에 살펴볼 수 있는 위치. 운전자들은 그 삼거리에서 멈춰 서거나 속도를 늦출 것이다. 그 상태에서 좌우를 차례로 확인한 뒤, 왼쪽으로든 오른쪽으로든 꺾어질 것이다. 그러는 동안 그들의 얼굴을 얼마든지 확인할 수 있을 것이다. 처음에는 찝찝했다. 리처의 기분이 그랬다. 다른 두 사람도 그럴 것 같았다. 세 사람 모두 확증편향의 오류에 빠져 있었으니까. 다시 말해서 그들은 자기들이 보려는 모습만 예상하고 있었다. 빌리의 부재로 인해 구릉지대의 중독자들이 모두 차를 몰고 나올 것이다. 그들은 어떤 모습일까? 리처의 경우에는 좀비였다. 「워킹데드」에서 보았던. 그의 머릿속에 자기도 모르는 사이에 아비규환의 지옥도가 그려져 있던 것이다.

이윽고 첫 번째 후보가 나타났다. 1킬로짜리 먼지구름을 꽁무니에 매달고 서쪽에서부터 흔들흔들 다가오는 픽업트럭.

로즈 샌더슨이 아니었다. 속도를 줄이며 삼거리로 다가온 트럭의 운전자는 남자였다. 초췌한 얼굴에 아래로 처진 입꼬리, 개척시대의 목사 같은 인상이었다. 중독자일 수도 있었다. 아닐 수도 있었다. 남자는 왼쪽과 오른쪽을 차례로 살피고 나서 콜로라도를 향해 방향을 꺾었다.

먼지구름이 가라앉았다. 그들은 기다렸다.

리처가 뒷자리에서 매켄지에게 물었다. "로즈가 웨스트포인트 재학 중이던 시절에 부인은 어디 있었습니까?"

그녀가 뒤를 향해 상체를 틀었다. "시카고 대학." 그녀가 말했다. "졸업하고 나서는 프린스턴 대학원에 진학했고요."

"전공은?"

"영문학. 나도 알아요. 좀 다르죠."

"크게 다르지는 않습니다. 요즘은 웨스트포인트에서도 글을 읽을 줄 아는 친구들이 적지 않아요. 천천히 한 글자씩."

그녀가 미소를 지었다. "그런 뜻이 아니었어요." 그녀가 말했다. "로즈와 나는 공부머리도 비슷해요. 그건 과학적으로 입증된 사실이에요. 다르다는 건 그 애는 사람을 죽일 준비가 돼 있었지만 난 그렇지 않았다는 뜻이었어요."

"그 문제를 놓고 말다툼을 벌였던 적이 있습니까?"

"그것 때문에 다툰 적은 없어요. 자라는 동안 우린 단 한 번도 사이가 멀어진 적이 없었죠. 하지만 그 시절은 너무나 빨리 흘러갔어요. 어느 순간 로즈가 군인이 되어 있는 거예요. 그래서 우리가 소원해진 거죠. 로즈는 9년 동안 거의 집에 오지 않았어요. 난 그 애가 어디 있는지 모르고 지냈어요. 아무도 얘기해 주는 사람이 없었으니까. 그래서 찾아갈 수도 없었어요. 전화 통화도 어쩌다 한 번씩만 가능했고. 그동안 나는 직장에 다녔어요. 결혼도 하게 됐고요. 세상에 하나뿐인 언니고 동생이었지만 그냥 그렇게 돼버렸어요. 삶이라는 게 그렇죠, 뭐."

"그녀는 사람을 죽일 준비가 돼 있었지만 당신은 그렇지 않았기 때문에 두 사람이 소원해졌다?"

"로즈가 사람을 죽이고 싶어 했다는 의미가 아니에요. 그럴 계획이 있었다는 뜻도 아니고. 윤리와 현실을 저울질하며 둘이서 대화를 나눴을 뿐이에요. 그게 전부였어요. 우린 고작 열여덟 살이었어요. 우리 둘의 의견이 극과 극으로 갈라졌다는 얘기가 아니었어요. 실제로도 그렇잖아요. 반드시, 혹은 절대로,는 존재하지 않아요. 그런 단어를 자주 입에 올리는 사람들조차 속마음은 다르잖아요. 그 대신 다들 가끔씩,이라는 표현을 사용해요. 로즈의 가끔씩과 나의 가끔씩이 똑같지 않았을 뿐이에요. 방아쇠를 당기는 시점이 로즈가 나보다 더 빨랐을 거라는 얘기죠. 그게 잘못이라는 생각은 해본 적이 없었어요. 내 생각이 짧을 수도 있다, 내가 세상 물정을 너무 모르고 있을 수도 있다, 그렇게 생각한 적은 있지만. 아무튼 우리 두 사람의 의견이 달라서 힘들어한 적은 없어요. 사실 우린 늘 의견이 달랐으니까. 로즈는 오랫동안 진지하게 생각을 정리하고 나서 결심을 했어요. 그리고 그 결심을 실행에 옮긴 거예요. 그 이후로 로즈는 약간 달라졌어요. 스스로 변화를 일으킨 거죠. 난 평생 처음으로 로즈와 내가 서로 다르다는 걸 느꼈어요. 그래서 많이 힘들었죠."

리처는 아무 말도 하지 않았다.

그녀가 자세를 바로잡았다. 그녀의 눈길이 다시 앞 유리창 밖에 꽂혔다.

그들은 기다렸다.

지옥도의 두 번째 후보는 여자였다. 리처가 아는 얼굴. 포터필드에게 딸기 파이를 주었던 여자. 포터필드의 가장 가까운 이웃. 왼쪽으로 두 번째 집. 그녀의 차는 낡은 지프 SUV였다. 그녀가 삼거리에서 좌우를 살핀 뒤 라라미를 향해 꺾어졌다. 장 보러 가는 길일 수도 있었다. 과일을 사려고.

세 번째 차량은 그들 뒤에서 다가왔다. 2차선 도로에서 비포장도로로 꺾어져 들어와 그들을 지나친 다음 곧장 서쪽으로 달려 나간 픽업트럭.

앞대가리에는 제설 삽을 작동시키는 유압장치가 볼트로 고정되어 있었다.

25

브라몰이 눈으로 물었다. 매켄지와 리처가 동시에 고개를 끄덕였다. 브라몰이 시동을 켜고 덜컹거리며 비포장도로로 올라섰다. 만장일치. 당연한 작전. 최악의 경우에도 빌리의 집 앞까지만 따라가면 그뿐이었다. 거기서도 삼거리를 충분히 지켜볼 수 있다. 게다가 눈이 뒤집힌 중독자들이 시내로 나가려면 그들과 스쳐 지나갈 수밖에 없다. 얼마든지 운전자들을 확인할 수 있다. 만일 픽업트럭이 꺾어지지 않고 계속 달려 나간다면 추적을 중단하고 돌아오면 그뿐이다. 그 경우라면 제설장비는 묘한 우연의 일치에 불과할 것이다.

"만일 저 트럭이 꺾어져 들어가면 어쩌죠?" 매켄지가 말했다.

"경쟁업자가 빌리의 소식을 입수했을 가능성도 있습니다." 리처가 말했다. "빌리의 고객장부를 훔쳐낼 수 있을까 해서 찾아가는지도 모릅니다. 저 바닥의 경쟁이 아주 치열하다면 얼마든지 그럴 수 있을 겁니다."

"만일 빌리라면?"

"소년탐정이 반드시 자물쇠를 바꿨을 겁니다. 혹은 본드로 봉해버렸을 수도 있겠고, 아니면 뭐든 요즘 방식대로 조치를 취했겠지요. 결국 빌리는 화가 나서 돌아버리겠지요. 트럭에서 사슴사냥총을 들고 나와 자물쇠를 쏴 버릴 겁니다. 우리가 도착할 때쯤에는 현관문에 서서 씩씩거리고 있을 거예요. 손가락을 방아쇠에 건 채로."

"그럼 따라 올라가서는 안 되겠네요."

"그는 메시지를 듣지 못한 상태입니다. 우리가 모르몬교인들인 줄 알 거예요. 혹은 여자들도 함께 심방 다니는 종교단체 소속이거나."

그 시점에서 랜드크루저와 픽업트럭의 거리는 100미터 남짓으로 좁혀져 있었다. 광활한 평지에서는 지나치게 가까운 거리였다. 하지만 안전했다. 픽업트럭의 거울에는 먼지구름 말고는 아무것도 비치지 않을 것이다. 그들은 한동안 그 거리를 유지하며 트럭의 꽁무니를 쫓아갔다. 가지뿔영양 무리는 장소를 옮겨 풀을 뜯고 있었다. 이제 추격을 시작한 지 3킬로미터. 현재 속도라면 빌리의 진출입로까지 남은 시간은 1분 미만.

픽업트럭이 속도를 늦췄다. 거리가 급격히 좁혀지면서 먼지구름에 덮인 흐릿한 트럭의 형체가 눈앞으로 크게 다가왔다. 브라몰이 급히 차를 뒤로 뺐다. 픽업트럭의 브레이크 등이 먼지구름을 벌겋게 물들였다. 트럭이 평균 도보 속도로 느려지더니 크게 좌회전을 하며 빌리의 집 진출입로로 꺾어져 들어갔다.

"따라갑시다." 리처가 말했다. "그를 쫓아가야 해요."

브라몰이 매켄지를 바라보았다. 그녀는 선뜻 결정을 내리지 못했다.

리처가 말했다. "그는 아직 메시지를 듣지 못했습니다. 우리가 누군지 모른다는 얘기지요. 그에게 우리는 그냥 낯선 사람들일 뿐입니다."

매켄지가 말했다. "그는 로즈가 어디에 있는지 알고 있으니까."

브라몰이 랜드크루저 앞머리를 꺾었다. 진출입로에는 먼지가 일지 않았다. 산간도로였다. 바닥에는 돌과 모래, 그리고 자갈뿐. 이제는 노출될 걸 걱정해야 했다. 브라몰이 속도를 늦췄다. 트럭은 200미터 전방에서 나무숲을 통과하고 있었다. 햇빛을 받을 때마다 몸체가 반짝거렸다.

"도망갔다가 다시 돌아오다니 멍청한 녀석이군." 리처가 말했다.

"돈을 가지러 온 걸지도 몰라요." 매켄지가 말했다.

그들이 거리를 유지하며 계속 쫓아갔다. 픽업트럭이 마지막 커브를 돌고 나서 형체를 감췄다. 50미터 뒤에는 숲을 빠져나갈 것이다. 그다음에는 마지막 구간에 올라설 것이다. 다져진 흙마당 100미터.

"난 내리겠습니다." 리처가 말했다. "여기서부터는 걸어가겠습니다. 그게 지름길입니다. 내가 더 빨리 도착할 수 있을 겁니다."

"그게 좋은 생각일까요?" 브라몰이 말했다.

"함께 움직이는 것보다는 낫습니다. 노련한 분대는 절대 뭉쳐 다니지 않아요. 표적이 그만큼 커지니까."

브라몰이 차를 세웠다. 리처가 내렸다. 차가 다시 출발했다. 리처가 잠시 차의 뒤꽁무니를 지켜보았다. 그가 숲을 헤치고 들어갔다. 집에서 가장 가까운 나무까지 일직선으로 나아가길 바라면서.

그가 목표 지점에 성공적으로 도달했다. 픽업트럭이 마지막 흙길 구간을 달려와 현관 가까이에 멈춰 섰다.

리처는 기다렸다. 진출입로 어귀에서 100미터 남짓 떨어진 지점에 랜드크루저가 멈춰 섰다. 구도와 각도상 눈에 띌 염려는 없었다. 페인트는 반짝이지 않았다. 크롬 장식들도 빛나지 않았다. 붉은 흙먼지에 완전히 뒤덮여 있었으니까. 사막에서의 위장술보다 훨씬 효과적이었다.

리처는 기다렸다. 픽업트럭의 시동이 꺼졌다. 운전석 문이 열렸다. 운전자가 내려섰다. 젊은 남자였다. 20대 초반에 키는 182센티, 몸무게는 90킬로 정도? 아니 그 이상일 것 같았다. 대부분이 지방질. 한마디로 뚱보. 동작도 굼떴다.

빌리가 아니었다. 빌리의 바지 사이즈는 허리둘레 32에 길이 30. 신발은 8.5사이즈. 빌리일 수가 없었다.

뚱보가 주머니에서 열쇠꾸러미를 꺼냈다. 그가 마치 처음 보는 물건처럼 꾸러미를 유심히 살폈다. 그가 현관문 앞으로 다가갔다. 그가 열쇠 하나를 골라 들고는 상체를 굽혔다. 다음 순간 그의 얼굴에 당황한 표정이 떠올랐다. 그가 손가락 끝으로 열쇠구멍을 더듬었다.

그가 갑자기 꼿꼿이 자세를 바로잡더니 뒤로 휙 돌아섰다. 뒤에 서 있는 누군가를 그제야 알아챈 사람처럼. 어쩌면 카메라를 들고 서 있는 또래 청년을 예상했는지도 모른다. 몰래카메라. 지들끼리 돌려보면서 낄낄거릴 동영상.

리처가 나무숲에서 걸어 나갔다. 그가 흙마당을 가로질러 현관으로 다가가면서 브라몰에게 올라오라는 수신호를 보냈다.

뚱보 청년은 문 옆에 서서 리처를 지켜보고 있었다. 아무 반응도 없이. 여전히 어리둥절한 표정으로. 리처가 나무 데크로 올라섰다. 가까이에서 보니 전혀 위협적인 존재가 아니었다. 나올 데와 들어갈 데가 구분이 안 되는 체형 탓에 입고 있는 옷이 어느 부분은 꼭 끼고 또 어느 부분은 헐렁했다. 하지만 불룩 튀어나온 주머니는 없었다. 비무장. 그리고 어린 나이. 절대로 위험인물이 아니었다. 머리도 좋은 편은 아닌 것 같았다. 두 눈 안쪽이 텅 비어 있었다.

리처가 말했다. "자네는 누구지?"

뚱보 청년이 말했다. "뭣 좀 가지러 왔는데요?"

질문에 맞는 대답은 아니었다. 하지만 리처는 추궁하지 않고 넘어갔다.

브라몰과 매켄지가 나무 데크 위로 올라왔다. 청년의 눈길이 그 두 사람에게 꽂혔다. 여전히 어리둥절한 표정. 리처가 열쇠구멍을 살펴보았다. 안쪽에 본드가 꽉 차 있었다. 소년탐정의 안전조치. 뒷문 하나만 잠금 장치를 교체하고 다른 문의 열쇠구멍들은 모두 본드로 메워버렸을 것이다. 효율성. 피 같은 세금을 절약하려는 배려.

청년이 말했다. "당신들은 누구죠?"

리처가 말했다. "내가 먼저 물었어."

"난 나쁜 짓을 하고 있는 게 아니에요."

"일단 자네 이름부터 말해봐."

"메이슨이요."

"알았네, 메이슨. 만나서 반가워. 그런데 여긴 무슨 일로 온 거지?"

"뭣 좀 가져가려고 들렀어요."

"누구 심부름으로?"

"내 거예요. 빌리가 가져도 된다 그랬거든요."

"빌리가 누군데?"

청년이 말했다. "우리 형이에요."

"그래?"

"그러니까, 이복 형이요."

"그는 지금 어디 있지?"

"나도 몰라요. 또 도망쳤어요."

"전에도 그런 적이 있었다는 얘기인가?"

"내가 기억하는 건 두 번이에요. 하지만 이번엔 나한테 전화했어요. 저 트럭을 세워둔 곳을 알려주려고. 내가 가져도 된다고 했어요. 그리고 자기가 집 안에 남겨 놓고 간 물건 하나도 가지라고 했고요."

"트럭은 어디에 세워져 있었지?"

"저 위쪽 캐스퍼 근처였어요."

리처가 고개를 끄덕였다. 몬태나의 빌링스에서보다는 뮬크로싱에서 더 가까운 지점. 빌리의 친구가 더 먼 거리를 운전해 온 것이다.

왜? 사전에 그렇게 약속해 두었으니까. 그렇다면 그들은 남동쪽으로 도망갈 계획인 게 분명했다. 네브래스카를 지나고도 한참 더 떨어진 어느 곳.

리처가 말했다. "그가 집에 남겨 놓고 간 물건이 뭐지?"

"그건 말씀 드리기가 곤란한데요."

"상자 안에 들어 있는 현찰인가?"

청년이 깜짝 놀란 표정을 지었다.

"네." 그가 말했다. "신발상자 안에 있는 돈."

"빌리가 그걸 가져다 달라고 하던가?"

"아니에요, 선생님. 그건 제 거예요. 자기는 돈 많은 사람하고 같이 있으니까 저더러 가지라고 말했어요."

"어디에서 같이 있다던가?"

"그건 말하지 않았어요. 절대로 가르쳐주지 않을 거예요. 저한테 여러 번 얘기했거든요. 메이슨, 도망쳐야 할 일이 생기면 누구에게도 가는 곳을 말해주면 안 돼. 나한테까지도 절대 말하지 마. 그렇게요."

"정말로 말해주지 않았어? 확실해?"

"네, 선생님."

"빌리의 직업이 뭐지?"

"눈 치우는 일이요."

"여름에는?"

"물건을 사고팔아요. 제 생각에 그렇다는 얘기예요."

"어떤 물건들을 파는 거지?"

"그냥 물건들이요. 벼룩시장에서 파는 것들."

"그것들을 어디에서 파는 거지?"

"돌아다니면서 파는 것 같았어요. 그것들을 사는 사람들이 있는 곳이면 어디든지."

"그의 고객들 가운데 자네가 아는 사람이 있나?"

"한 명도 없어요."

"여기 있는 내 친구와 비슷하게 생긴 여자를 본 적 있어?"

"없어요."

"혹시 액세서리가 뭔지 알아?"

"트럭 같은 데다가 달아매는 것들이요?"

"법률용어이기도 해." 리처가 말했다. "방조자. 어떤 비밀을 알고 있으면서도 끝까지 감추면 감옥에 간다는 뜻이야. 올바른 길은 좁아. 그래도 우리는 그 길을 가야 해. 하지만 자네 형은 거기서 많이 벗어난 길을 걸었어. 하지 말아야 할 선택들을 여러 번 했던 거야. 어제 나라에서 이 집을 차압했어. 열쇠구멍에 본드를 짜 넣은 사람도 연방요원이야. 요즘은 그렇게 하는 게 그 사람들 방식이지. 자, 이제 우리가 자네를 도울 수 있는 마지막 기회야, 메이슨. 빌리가 어디 있는지 알고 있다면 지금 당장 털어 놓는 게 자네 자신을 위해 올바른 선택이야."

"빌리가 어디 있는지 전 몰라요." 빌리의 동생이 말했다. 은근히 다행스러워하는 기색이었다. "하지만 걱정 마세요. 1~2년 뒤에는 돌아올 테니까요. 옛날에도 그랬어요. 두 번 모두."

리처가 브라몰을 바라보았다. 브라몰이 어깨를 한 차례 들었다 놓았다. 리처가 매켄지에게로 눈길을 돌렸다. 그녀가 고개를 끄덕였다. 그녀는 청년의 얘기를 믿는 것이다.

청년이 말했다. "어떻게 들어가죠?"

"들어가지 마." 리처가 말했다. "헛수고일 뿐이니까. 돈은 진즉에 사라졌어. 오늘 아침 자네가 깨어나기도 전에 이미 연방 증거물 보관소 선반 위로 올라갔을 거야. 하지만 트럭은 가져도 돼. 어디서든 제설 삽날을 구해서 이번 겨울부터 사업을 시작해봐."

청년이 트럭을 몰고 떠났다. 매켄지가 현관 데크에 서서 사방을 둘러보았다. 오른쪽으로는 텅 빈 채로 넓게 펼쳐진 평원, 옛적 우체국 건물, 폭죽 가게, 1킬로 전방의 가지뿔영양 무리, 깔끔하게 정리돼 있는 비포장도로. 왼쪽으로는 산맥의 축소판인 듯 낮게 솟아오른 봉우리들.

그녀가 말했다. "아무래도 저 도로를 따라 계속 훑어 들어가야 할 것 같아요. 로즈는 여기에 살고 있지 않아요. 포터필드의 집에도 없어요. 거긴 순서상으로 여기 다음이에요. 그리고 딸기 파이 여자의 집에도 없어요. 거긴 또 그다음이에요. 그러니까 계속 그 순서를 따라가는 게 옳아요. 여기서 나가서는 곧장 네 번째 집의 진출입로 어귀로 가야 한다는 얘기죠. 그러다 보면 점점 그 애에게 가까워질 거예요. 뒤쪽에서는 어떤 소득도 기대할 수 없어요. 오직 앞쪽에만 신경을 모아야 해요."

"리처 씨의 판단이 옳다면 그래야겠지요." 브라몰이 말했다. "하지만 틀릴 수도 있습니다."

"그렇다면 지금까지 로즈를 봤다는 사람이 나타나지 않는 이유가 뭘까요?"

브라몰은 대꾸하지 않았다.

리처가 말했다. "트럭을 동생에게 선물로 준 건 일종의 카우보이 방식입니다. 자신의 앞날이 불투명한 상황에서 정성스럽게 돌봐줄 만한 사람에게 애마를 맡긴 거지요. 다른 소중한 물건들도 충분히 그럴 수 있습니다. 하지만 만 달러가 들어 있는 현금상자라면 얘기가 다릅니다. 일단 액수가 너무 커요. 빌리는 절대로 포기하고 싶지 않았을 겁니다. 그런데 왜? 차를 몰고 멀리 나가 있다가 전화를 받은 겁니다. 몬태나의 친구에게서 온 전화. 즉시 캐스퍼로 달려오라는 내용이었겠지요. 따라서 돈을 가지러 집에 돌아오기에는 시간이 부족했던 겁니다. 아무튼 상대방이 빌링스에서부터 차를 몰고 내려온 경로로 미루어 그들이 네브래스카를 거쳐 동쪽으로 달아났다는 추측이 가능합니다. 그리고 스콜피오의 첫 번째 보이스메일을 기준으로 계산하자면 최소한 48시간 이전에 일어난 일입니다. 지금쯤 시카고에 가 있을 수도 있겠지요. 하지만 거긴 아닐 겁니다. 그의 친구는 몰라도 빌리에게는 대도시라는 환경이 결코 편하지 않을 테니까요. 내 생각에는 오클라호마를 향해 남쪽으로 방향을 꺾었을 겁니다. 거기서는 편안하게 새 삶을 도모할 수 있을 거라고 판단했을 거예요. 아니면 여기서와 똑같은 사업을 벌이거나."

"그럴 수도 있겠군요." 브라몰이 말했다.

매켄지가 말했다. "하지만 특수요원 노블은 짐작조차 할 수 없을 거예요. 빌리의 트럭이 발견된 장소를 모르고 있으니까요. 우리의 결정에 따라 그 트럭은 이미 동생 것이 됐고."

브라몰이 말했다. "지금 '우리'라고 하셨습니까?"

"왜요, 찝찝하세요? 천만에. 우리의 의도는 너무나 정당했어요. 순진한 청년이 건전한 일자리를 갖게 됐으니 얼마나 좋은 일이에요? 다만 나는 특수요원 노블에게 빌리를 추적할 수 있는 단서를 줘야 한다고 생각해요. 그를 찾으면 우리에게도 알려줄 테니까요. 그러지 않을 이유가 없잖아요? 그러니 그에게 전화를 하는 게 옳아요. 그래서 오클라호마에 관해 알려줘야 해요."

"단지 추측일 뿐인데요." 브라몰이 말했다.

"중요한 사실에 근거한 추측이에요." 그녀가 말했다. "노블은 모르고 있는 사실."

"그의 추측은 다를 수도 있잖습니까?"

"최소한 추측할 기회는 얻는 거잖아요."

"정말로 내가 그에게 전화하기를 바라는 겁니까?"

"난 그래야 한다고 생각해요."

브라몰이 리처를 바라보았다.

리처가 말했다. "우리는 그에게 식사를 대접받았습니다. 어떤 식으로든 감사 표시는 해야 하지 않을까 싶습니다."

브라몰이 거북등껍질 테 돋보기와 작은 수첩을 꺼냈다. 그가 엄지손가락으로 수첩을 펼쳤다.

리처가 말했다. "거기에 노블의 전화번호까지 적혀 있습니까?"

브라몰이 말했다. "마약단속국 서부 지부 대표전화만 있습니다."

그가 번호를 눌렀다. 여러 차례 교환을 거치는 모양이었다. 특수요원

커크 노블, 특수요원 노블, 커크 노블. 매번 브라몰의 호칭이 약간씩 바뀌었다. 1분이 지나자 마침내 소년탐정과 연결이 됐다. 브라몰이 베이컨과 계란 어쩌고 하며 본인의 신원을 밝히는 걸로 미루어 그건 분명했다. 브라몰이 이내 본론으로 들어갔다. 도망자들이 오클라호마 어딘가로 숨어들어 갔을 가능성과 그 근거.

노블이 리처와의 통화를 요구했다. 그것도 분명했다. 브라몰이 리처에게 전화기를 넘겼으니까.

노블이 말했다. "포터필드를 캐 들어가는 과정에서 문제가 생겼습니다."

26

노블이 말했다. "우리 사무실에는 기존의 데이터베이스 자료들을 자동으로 검색해주는 소프트웨어가 있습니다. 난 당신에게 들은 내용을 근거로 해서 모든 이름들을 하나하나 꼼꼼히 입력했습니다. 그 이름들이 뭔가다른 이유로 우리 데이터베이스에 저장되어 있는지 확인해 보려고 말입니다. 세이모어 포터필드의 이름은 확실히 떴습니다. 하지만 모든 게 막혀 있어요. 그래서 여기저기 뒤져 봤더니 그에 관한 파일이 세 개씩이나작성돼 있더군요. 하지만 모두 잠겨 있습니다. 그걸 풀려면 내 직급보다훨씬 위쪽의 패스워드가 필요합니다."

리처가 말했다. "그런 파일의 주인공들은 대개 어떤 사람들입니까?"

"정보의 원천." 노블이 말했다. "보호와 보안 차원의 문제죠."

"흥미롭군요."

"난 포터필드가 어떤 사람이었는지 알아야 합니다."

"주방을 아주 고급스럽게 꾸며 놓은 사람입니다."

"아니, 그가 어떤 사람인지 아는 대로 말해봐요."

"난 포터필드에 관해서 아는 게 없습니다. 청바지를 즐겨 입었고, 인테리어에 안목이 있었다는 것 말고는 아무것도 모릅니다. 하지만 상관없습니다. 내가 여기 와 있는 건 그 친구 때문이 아니니까."

"파일들 중 하나는 포터필드와 또 다른 사람에 관한 겁니다. 분류 코드로 판단하자면 또 다른 사람은 여성입니다. 현재로서는 정확한 날짜를 확인할 수 없지만 순서로 볼 때 문제의 파일이 처음 열린 시점은 지금으로부터 대략 2년 전입니다. 마지막으로 열람된 시점은 포터필드가 사망하기 얼마 전이고요."

"흥미롭군요." 리처가 다시 말했다. "데이터베이스에 그 파일들이 저장된 위치는?"

"아주 깊은 곳. 그런데 우리 DEA에서 작성한 게 아닌 것 같습니다. 어딘가에서 관례에 따라 복사본을 전송받은 게 아닌가 싶군요."

"어딘가라면?"

"코드가 아주 이상합니다. FBI도, ATF도 아니에요. 굳이 선례를 찾자면 콜롬비아에 특수부대를 파견할 당시 연방기관들 간에 오갔던 파일 코드와 비슷합니다. 물론 전혀 무관한 기관에서 보낸 건 아닐 겁니다. 우리와 늘 공조 관계에 있는 부처일 거예요."

"알겠습니다." 리처가 말했다. "수고가 많으십니다. 잊지 말고 오클라호마에 연락하십시오."

그가 전화를 끊었다. 그리고 다른 두 사람에게 통화 내용을 말해주었다.

매켄지가 말했다. "그게 우리에게 도움이 될까요?"

"글쎄요." 리처가 말했다. "2년 전에 포터필드가 어떤 사람이었는지 알아냈다고 해서 지금 로즈의 소재가 밝혀지는 건 아닙니다. 그러니 그쪽에 많은 시간을 투자해서는 안 됩니다. 일단은 네 번째 진출입로로 가서 지켜봅시다. 기다리는 동안 한 군데 전화 통화를 해서 알아보죠."

그들이 경사진 갓길에 제대로 각을 잡고 차를 세웠다. 레이저 건을 소지한 순찰대처럼. 그 지점에서부터 비포장도로를 따라 40마일에 걸쳐 여섯 채의 가옥이 산재해 있다. 물론 단 한 채도 눈에 들어오지는 않았다. 비포장도로 위도 마찬가지였다. 다가오는 차량은 한 대도 없었다. 리처가 브라몰의 휴대폰으로 전화를 걸었다. 오래된 기억 속에 남아 있는 전화번호.

귀에 익은 여성의 목소리가 응답했다. "웨스트포인트 교장 부속실입니다. 어떻게 도와드릴까요?"

"리처입니다."

"안녕하세요, 소령님?"

"교장님과 통화할 수 있을까요?"

"교장님 성함을 모르시나요?"

"이제 곧 알게 되겠지요. 당신이 알려줄 테니까요."

"심슨 장군님이세요. 소령님 전화를 반가워하실 거예요. 전해줄 정보가 있으시니까. 잠시만 기다리세요, 소령님."

몇 차례 딸그락 소리에 이은 잠시 동안의 정적.

마침내 교장의 목소리가 들려왔다. "소령."

리처가 말했다. "장군님."

심슨이라는 이름은 덧붙이지 않았다. 사실이 아닐 수도 있으니까. 웨스트포인트는 짓궂은 장난 문화로 유명한 곳이다. 부속실 여자가 설마? 그래도 혹시 모를 일이었다.

교장이 말했다. "진척은 있나?"

"어느 정도는요." 리처가 말했다. "이제 그곳으로 거의 다 와가는 것 같습니다."

"그곳이 어딘가?"

"와이오밍 오른쪽 끝자락입니다."

"결국 그녀가 고향집으로 돌아갔군."

"정확히 고향집은 아닙니다. 하지만 거기서 멀지 않습니다. 뮬크로싱이라는 마을의 어느 가옥에서 그녀의 흔적을 찾았습니다. 대략 1년 반 전에 그녀가 그 집에 머물렀다는 증거들을 확보했습니다. 제 느낌상, 그녀는 아직 이 근처 어딘가에서 숨어 지내고 있습니다."

교장이 말했다. "자네가 알아야 할 게 있어. 어쩌면 아주 중요한 정보일지도 몰라. 내가 샌더슨의 복무 파일과 진료기록을 한번 훑어보고 싶었거든? 그냥 궁금해서 말이야. 그런데 그 자료들을 열어볼 수가 없는 거야. 이건 뭐 열쇠구멍에 본드를 짜 넣은 것보다 더 단단히 잠겨 있어. 내 생각엔 자네 쪽 사람들 짓인 것 같아."

"제 쪽 사람들이요?"

"헌병대."

"혹시 봉인된 시점을 아십니까?"

"정확한 시점은 알 수 없어. 하지만 최근 일은 아니야. 그녀가 제대하고 난 뒤인 건 거의 확실한데 말이지. 아마 2년 전쯤?"

"알겠습니다." 리처가 말했다. "이제 제가 오늘 전화 드린 용건이 뭔지 맞춰보십시오."

"내가 그걸 어떻게 알겠나?"

"그녀가 1년 반 전에 머물렀던 집 말입니다. 정부기관의 데이터베이스에 그 집 주인의 파일이 있습니다. 역시 봉인된 상태입니다. 그것도 세 개씩이나. 그 가운데 하나는 지금으로부터 2년 전에 처음 열렸습니다. 정보원에 따르면 그 집 주인과 어떤 여성에 관한 내용입니다. 하지만 원본은 아닙니다. 다른 부처에서 관례상 복사본을 보내온 것 같답니다."

"그 다른 부처가 어디라던가?"

"콜롬비아 특수부대 파견 당시를 얘기하며 힌트를 주더군요. 따라서 펜타곤인 게 분명합니다."

"재미있군." 교장이 말했다. "자네도 내가 재미있어 할 줄 알았겠지. 하지만 날 즐겁게 해주려고 전화한 건 아닐 거야. 자, 이번엔 내게서 뭘 바라는 건가?"

"그쪽에 물론 아는 사람들이 있으시겠지요?"

"몇 사람 있긴 하지."

"장군님께 신세 진 적이 있는 사람들입니까?"

"그들이 떠안아야 할 위험부담이 큰가?"

"그리 크진 않습니다. 이미 1년 반 전에 차갑게 식은 사건입니다. 완전히 역사에 묻힌 거지요. 게다가 파일 속의 모든 내용을 알 필요도 없습니다. 샌더슨이 그 집 주인의 파일에 등장하는 여성인지 아닌지만 알면 됩니다. 집주인의 이름은 세이모어 포터필드입니다. 사회보장 파일에는 작년 초봄 무렵 사망한 걸로 나와 있을 겁니다. 카운티 보안관이 서명했을 테고요."

"집주인이 죽었나?"

"여긴 와이오밍입니다. 곰한테 잡아먹혔습니다."

리처가 포터필드의 이름 철자를 불러주었다. 교장이 그 철자들을 다시 읊었다.

"감사합니다, 장군님." 리처가 말했다. "언제든 이 번호로 전화 주십시오. 제 파트너, 브라몰 씨가 받을 겁니다."

"고맙네, 소령."

리처가 말했다. "장군님, 혹시 성함이 심슨 맞으십니까?"

"맞네." 교장이 말했다. "션 심슨."

"네, 알겠습니다." 리처가 말했다. 순전히 습관적으로.

그가 전화를 끊었다. 그가 전화기를 브라몰에게 돌려주었다. 브라몰이 그걸 충전기에 연결했다.

갓길에서 기다린 지 어느덧 한 시간이 흘렀다. 아직 아무도 지나가지 않았다. 오직 한 번, 작은 무리의 사슴들이 한쪽 숲에서 나와 도로를 건넌 뒤 다른 쪽 숲으로 사라진 게 전부였다. 까마득히 높은 하늘에는 검정색 맹금류 한 마리가 정지 모드로 떠 있었다.

도로는 여전히 비어 있었다.

"미안해요." 매켄지가 말했다. "내가 또 실수했네요. 모든 생각이 다 그럴듯한 것 같아서. 번번이 틀리면서 말이에요."

"그 생각이 최선이었습니다." 리처가 말했다.

"어쩌면 로즈가 나타나지 않는 게 다행일지도 몰라요. 빌리의 물건이 로즈에게는 필요 없다는 얘기일 수도 있으니까요. 그건 또 그 애가 괜찮은 상태라는 의미일 수도 있고. 누군가 그 반지를 훔친 거예요. 당신도 그렇게 말했잖아요."

"최선의 경우를 얘기한 겁니다."

"최선의 경우도 가끔씩은 일어나는 게 사실이에요."

"가끔씩은." 리처가 말했다.

"확률이 얼마나 될까요?"

"아예 안 일어나는 것보다는 자주, 늘 일어나는 것보다는 드물게."

"잠깐." 브라몰이 말했다.

그가 손으로 서쪽을 가리켰다.

먼 지평선 위에 먼지구름이 일고 있었다. 그 앞머리에 찍힌 점 하나. 거리와 먼지에 의해 정확히 구별할 수는 없었지만 빠른 속도로 다가오고 있는 것만은 분명했다.

그들은 기다렸다. 점이 점점 커졌다. 그 뒤에는 먼지구름이 낙하산처럼 매달려 있었다. 끝없이 자기복제를 하며 넓고 높게 퍼져가는 소용돌이. 아주 길었다. 하지만 내부에서 작용하는 모종의 공기역학에 의해 온전히 한 덩어리를 유지하고 있었다. 먼저 일어난 먼지들은 바람과 중력에 굴복해서 뿔뿔이 날리다가 다시 땅 위로 내려앉았다. 하지만 새로운 먼지들 때문에 전체로서의 형체는 변하지 않았다.

"준비하시고." 브라몰이 말했다.

그가 충전기에서 휴대폰을 떼어냈다. 사진 촬영 준비 완료.

그들은 기다렸다.

어느 순간 SUV가 그들 옆을 빠르게 스치고 지나갔다. 구형 모델이었다. 낡은 직사각형 차체에는 잔뜩 녹이 슨 데다 붉은 흙먼지까지 두껍게 덮여 있어 마치 불에 구워낸 것 같았다. 유리창들도 먼지투성이였다. 다만 앞 유리의 와이퍼 반원 두 개에는 먼지 층이 얇았다. 그곳을 통해 아주 잠깐이나마 실내의 상황을 살필 수 있었다. 흐릿한 실루엣 수준에 불과했지만.

자그마한 형체. 그나마 잔뜩 웅크린 자세.

그리고 은색 계통의 빛깔.

27

브라몰이 잽싸게 도로에 진입해서 추격을 개시했다. 고속도로 순찰대처럼. 전방의 트럭은 여전히 속도를 내고 있었다. 한동안 곧게 뻗어나가던 길이 점점 험해지기 시작했다. 지형 탓이었다. 함몰된 구간과 솟아오른 구릉들, 그렇게 오르락내리락 한동안 반복하던 길이 마침내 크게 커브를 돌면서 시야에서 사라졌다. 하지만 먼지구름 덕분에 앞차를 놓칠 염려는 없었다. 도요타는 내내 그르렁거리며 거친 도로 위를 달려 나갔다. 상당한 속도였다. 하지만 앞차의 속도도 줄어들지 않았다. 오히려 속도를 높여가고 있었다. 두 차 사이에 피어난 먼지구름이 800미터까지 길어지곤 했다.

도요타가 길게 휘어 돌아간 커브 구간에서 빠져나왔다. 갑자기 시야가 툭 트였다. 먼지구름은 감쪽같이 사라지고 원래의 맑고 밝은 풍경이 펼쳐져 있었다.

그 풍경이 텅 비어 있었다. 트럭은 없었다. 아무것도 없었다. 그들 뒤에서는 먼지구름의 마지막 편린들이 분분히 흩날리다 관목 숲 위로 살포시 내려앉았다.

브라몰이 차를 세웠다.

"그녀가 샛길로 빠졌군요." 리처가 말했다. "진출입로에는 먼지가 일지 않으니까. 우리가 그 길을 못 보고 지나친 겁니다."

브라몰이 갓길과 갓길을 잇는 유턴을 해서 오던 길로 되돌아가기 시작했다.

"왼쪽에 진출입로가 있어요." 매켄지가 말했다. "그런 것 같아요. 확실히 본 건 아니지만."

"딸기 파이 여자." 리처가 말했다. "포터필드의 이웃. 어제 브라몰 씨와 함께 들렀던 집입니다. 그때도 그냥 지나칠 뻔했어요."

"하지만 그 여자는 집에 없어요. 우리 모두 그녀가 나가는 걸 봤잖아요."

브라몰이 그 길로 꺾어 들어갔다. 5킬로미터 남짓의 숲길을 전날보다 속도를 높이며 구불구불 올라가는 동안 그들의 눈에 띄는 건 아무것도 없었다. 차도, 사람도, 그 밖에 어떤 것도 없었다. 마침내 전날처럼 갑자기 나무들이 사라지며 도요타가 다져진 흙마당 위로 올라섰다. 동쪽으로 시야가 툭 트인 택지, 그 위에 자리 잡은 단층 주택. 갈색 데크, 오래된 난간, 낡은 예배의자.

아무것도 없었다.

붉게 구워낸 것 같은 SUV는 없었다. 움직임도 없었다. 아무 소리도 없었다.

매켄지가 말했다. "나가는 길들이 반드시 있을 거예요. 내가 어제 보여드렸던 곳들처럼요."

브라몰이 본채와 부속건물들이 자리 잡고 있는 택지를 한 바퀴 빙 돌았다. 나무숲이 이루고 있는 테두리에 바짝 붙어서, 덜컹거리며. 숲속으로 뻗어나간 샛길은 모두 세 개였다. 방향은 서로 달랐다. 하나는 곧장 서쪽, 다른 하나는 대충 남쪽, 나머지 하나는 그 중간쯤. 등산객이나 사냥꾼들을 위한 통로 같았다. 다져진 표면 곳곳에 나무뿌리와 바위들이 돌출돼 있었다. 세 개의 통로 모두 햇빛에 아롱거리며 한동안 숲속으로 뻗어 들어간 뒤 커브를 그리며 시야에서 사라졌다. 모두 좁았다. 그래도 사각의 구형 SUV 정도는 충분히 다닐 수 있는 너비였다. 하지만 어느 길인지 알 수가 없었다. 세 통로 모두 바짝 마른 표면에 선명한 타이어 자국이 널려 있었기 때문이다.

"도박 한번 해볼까요?" 브라몰이 말했다.

"시간 낭비." 리처가 말했다. "어느 길이든 또다시 가지를 치고 있을 겁니다. 그것도 여러 개씩. 따라서 성공할 확률은 제로에 가깝습니다. 게다가 이 트럭은 그녀 것보다 훨씬 큽니다. 길이 더 좁아지면 꼼짝없이 갇히게 될 겁니다."

"만일 그녀가 맞는다면." 브라몰이 말했다.

"그녀가 맞을 겁니다."

"로즈가 어느 길로 갔는지는 중요하지 않아요." 매켄지가 말했다. "왜 갔느냐가 중요해요. 그 이유가 뭘까요?"

"겁이 났으니까." 리처가 말했다. "갓길에서 기다리고 있는 검정색 대형 SUV라면 기관차량이라는 오해가 얼마든지 가능합니다. 그녀는 붙잡히고 싶지 않았고 그래서 비포장도로를 벗어나 도주한 겁니다. 자기만 알고 있는 숲길을 타고. 이제 그녀는 어딘가에 숨어서 다음 행동을 궁리 중일 겁니다."

"어딘가라면?"

"1000제곱마일에 달하는 지역 속의 어느 한 곳입니다. 우리로서는 찾아낼 재간이 없는 곳."

매켄지는 꽤 오랫동안 아무 말이 없었다.

이윽고 그녀가 다시 입을 열었다. "당신들도 은색 계통의 빛깔을 봤나요?"

브라몰이 말했다. "얼핏 그랬던 것 같습니다."

"그게 뭐였다고 생각하나요?"

"코트." 브라몰이 말했다. "후드 달린 윗도리."

"몸에 달라붙는 윗도리였습니다." 리처가 말했다. "코트라기보다는 운동복에 가까웠던 것 같습니다. 경주를 시작하기 전에 출발점에서 벗어버리는 운동복."

"알루미늄 호일 같다는 느낌은 없었나요?"

"어느 정도는." 브라몰이 말했다. "가장자리가 그랬던 것 같습니다."

매켄지가 말했다. "로즈는 왜 우리에게 붙잡히고 싶지 않았을까요?"

"당신인지 몰랐으니까." 리처가 말했다. "그녀는 당신 얼굴을 보지 못했습니다. 그녀의 창문들은 먼지투성이였어요. 우리 것도 마찬가지였고. 게다가 우리 앞을 지나갈 때는 고개를 돌리고 있었습니다. 일부러 외면했던 겁니다. 우리가 경찰인 줄 알고. 차 안을 수색당하면 아주 곤란해질 만한 사정이 있는 사람들은 대개 그런 자세를 취하지요."

"그녀가 맞는다면 그렇겠지요." 브라몰이 말했다.

"중독자라서 그랬던 거예요." 매켄지가 말했다.

"최악의 경우에는." 리처가 말했다.

"최악의 경우도 일어나는 게 사실이잖아요."

"아예 일어나지 않는 것보다는 자주, 늘 일어나는 것보다는 드물게."

"당신 생각은 어느 쪽이죠?"

"희망은 최선을 기대하며 품고 계획은 최악을 대비해서 세우는 겁니다."

"언어유희는 사절이에요. 난 진지한 대답을 원해요."

"난 세이모어 포터필드에 관해 생각 중입니다." 리처가 말했다. "우리의 추정대로 빌리가 그의 구역을 승계받았다면 그 이후의 상황이 어떻게 전개됐을까요? 특히 강제로 빼앗았다면 반드시 사업을 확장했을 겁니다. 그동안 지켜보면서 아쉬웠던 점을 보완하고 기대했던 부분들을 직접 실행에 옮겼을 테니까. 게다가 그들의 사업은 그 속성상 규모가 작아질 수 없습니다. 일망타진돼서 완전히 뿌리가 뽑히기 전까지는 계속해서 커져 나가는 겁니다. 그런 정황들을 종합해볼 때 관계 당국에서 빌리에게 더 많은 비중을 두고 있을 거라는 추측이 가능합니다. 최소한 포터필드의 시절에 비해서 말이죠. 하지만 소년탐정은 빌리 따위의 잔챙이에게는 흥미조차 없다는 의중을 은연중에 내비쳤습니다. 그의 이름과 얼굴을 연방 수배 사이트에 입력시키겠다는 게 전부였으니까요. 그건 빌리를 그냥 내 버려두겠다는 얘기나 마찬가지입니다. 길게 얘기하기조차 귀찮아서 그걸로 때워버린 것이지요. 반면에 비중이 훨씬 가벼웠던 세이모어 포터필드는 펜타곤에 봉인된 파일을 갖고 있습니다."

브라몰이 말했다. "별거 아닐 수도 있습니다. 중앙아메리카 친구들과 한두 번 거래를 했을 수도 있겠지요. 군대에서는 모든 걸 기록하니까요. 고작해야 한 단어짜리 파일일지도 모릅니다. 그건 당신이 잘 알고 있잖습니까. 내 생각에는 당신 파일도 거기 있을 것 같은데?"

"한 단어짜리 파일을 왜 봉인하겠습니까?"

브라몰이 말했다. "나야 모르지요."

"우리가 포터필드에 관해 확실히 알고 있는 게 뭘까요?"

"거의 없지요."

"당신 느낌은 어떻습니까?"

"그의 이웃 여자와 같은 느낌입니다. 타주에서 이사 온 부자. 잊고 살았던 자기 자신을 찾기 위해서, 혹은 조용한 집필 환경을 위해서."

"복 받은 인생이군."

"내 말이."

"내가 보기엔 그의 집을 마음에 들어 하시는 것 같던데?"

"아예 눌러 살 수도 있겠더군요."

"그러고 보면 모든 걸 다 가진 친구였습니다." 리처가 말했다. "집에는 화강암 조리대가 있고 펜타곤에는 개인 파일이 있으니 말입니다. 그것도 한 개가 아니라 세 개씩이나. 그중에 하나는 미지의 여성과 함께했던 마지막 6개월 동안의 기록일 겁니다. 그 파일의 맨 위, 그러니까 제일 마지막에 첨부된 내용은 그 집 유리창이 깨지게 된 경위일 테고. 난 보는 순간 기관요원의 작품이다 싶었지요. 하지만 그럴 리가 없다는 생각에서 그 가능성을 포기했습니다. 이제 다시 생각을 바꿔야 할 것 같군요. 게다가 곰한테 잡아먹혔다니, 이건 설정이 너무 지나친 것 같습니다. 퓨마라도 마찬가지고. 따라서 그 6개월 동안, 특히 마지막 두어 달 동안에 실제로 무슨 일이 있었던 건지 많은 생각을 하게 만드는군요. 로즈가 지금 도망을 친 이유도 그 맥락에서 설명할 수 있습니다. 사람이 가득 타고 있는 검정색 고급 차량은 무조건 위험하다는 교훈을 1년 반 전에 깨달았던 게 아닌가 싶어요. 따라서 매켄지 부인의 질문에 대한 내 대답은 이렇습니다.

실제 상황은 최악의 시나리오에서부터 점점 멀어지고 있다는 게 내 생각입니다. 최악의 시나리오라는 건 원래 지극히 단순한 법입니다. 하지만 이 상황은 아주 복잡합니다."

매켄지가 말했다. "포터필드가 당신이 생각했던 것과는 다른 사람이었다는 말씀이신가요?"

"내가 생각했던 것보다 열 배 더 나쁜 사람일 수도 있었습니다. 하지만 이제는 그렇게만 단정할 수가 없군요. 그게 흥미로운 부분입니다. 내가 생각했던 것보다 열 배는 더 좋은 사람일 수도 있었다는 겁니다."

브라몰이 말했다. "그가 좋은 사람이라면 아더 스콜피오가 그의 이름을 알고 있다는 사실은 어떻게 설명할 수 있을까요?"

"빌리를 통해서. 빌리는 포터필드의 이웃이었습니다. 딸기 파이 여자와 마찬가지로. 그들 모두 서로 이야기를 나누며 지냈습니다. 스콜피오가 이웃들 간의 소문에 늘 귀를 기울였는지도 모릅니다."

"그의 신발상자 속에 들어 있는 만 달러는?"

"소설을 쓰는 동안 생활비가 필요했겠지요."

브라몰은 더 이상 대꾸하지 않았다. 그의 휴대폰이 울렸다. 그가 전화를 받았다. 그가 잠시 귀를 기울이고 나서 리처에게 휴대폰을 건넸다.

"심슨 장군이랍니다." 그가 말했다. "당신을 바꿔달라는군요."

리처가 전화기를 귀에 가져다 댔다.

교장이 말했다. "포터필드가 해병대 출신이었어."

28

교장이 말했다. "현재까지 표면에 드러나 있는 것 말고는 단단히 잠겨 있어. 하지만 사회보장국 자료와 비공식적인 정보망을 통해서 그에 관해 알아볼 수 있었네. 작년에 와이오밍에서 사망한 세이모어 포터필드는 9·11사태 당시 아이비리그 대학원에 재학 중이었어. 그 참극이 발생하자 곧장 해병대에 자원입대했지. 아주 모범적인 케이스였어. 그야말로 국방부 포스터 주인공감 아닌가. 그는 곧장 이라크로 파병됐네. 소총부대 소대장으로. 하지만 한 달을 버티지 못했어. 참전 초기에 부상당한 거야. 어디를 어떻게 다쳤는지는 확인할 수 없었어. 아무튼 그는 명예제대를 했고 다시 일반사회로 돌아왔어. 그 시절, 해병대에서는 상이장병들을 대상으로 정신건강 검진을 하는 게 원칙이었어. 그 기록에 따르자면 포터필드가 다시 학업을 이어가게 된 상황에 무척 만족했다는 거야. 그리고 보상에 대한 기대도 컸다는군. 금전적 보상과 주택 지원 같은 거 말이야. 아무튼 그 이후로 오랫동안 그의 행적이 끊겨 있었어. 정부의 레이더망에서 완전히 벗어나 있었던 거지."

"언제까지였습니까?" 리처가 말했다.

"2년 전까지. 그 무렵 어느 날 펜타곤 깊숙한 사무실에 새로운 사건 하나가 접수됐어. 포터필드가 연루돼 있는 사건. 현재로서는 그 내용을 알 수 없어. 다만 펜타곤에서 뒷조사를 위해 그의 복무 파일을 검토한 뒤 그 사건을 극비 파일로 분류해버렸다는 추정은 가능해. 그건 뭔가가 있다는 얘기지. 사건을 조사하면서 그들은 또 다른 파일을 작성했어. 포터필드와 어느 여자에 관한 기록. 거기까지가 우리가 추정할 수 있는 전부야. 세 개의 파일. 자네가 얘기한 대로."

"그 여자가 샌더슨이었습니까?"

"우리도 아직 몰라. 그건 표면 아래 잠겨 있는 사항이니까."

"여전히 표면 아래를 살피고 있는 중이십니까?"

"은밀하게." 교장이 말했다. "내가 다시 연락하지."

휴대폰 배터리가 나갔다. 리처가 브라몰에게 그걸 다시 건넸다. 브라몰이 휴대폰을 충전기에 꽂았다.

매켄지가 말했다. "그 정보가 우리에게 도움이 될까요?"

리처가 말했다. "그녀가 아닐 수도 있습니다."

"그녀가 맞는다면?"

"부상당한 해병대 장교와 부상당한 육군 장교가 6개월 동안 같은 집에서 지냈다는 얘기가 되는 거지요. 여기서 우리는 두 가지 상황을 추정할 수 있습니다. 첫째, 그 두 사람은 역사상 가장 심각한 마약중독자로 변해갔을 수도 있습니다. 둘째, 서로 격려하면서 점점 상태가 좋아졌을 수도 있습니다. 어쩌면 처음부터 마약 중독이 아니었을지도 모릅니다. 두 사람 모두 아주 강인하고 명석한 인재들이었으니까요. 포터필드는 아이비리그 대학원을 중퇴하고 입대했습니다. 로즈는 웨스트포인트에서 열 손가락 안에 들었던 수재인 데다가 다섯 차례나 파병 임무를 수행했습니다. 어쩌면 두 사람은 서로의 처지를 깊이 이해하게 됐는지도 모릅니다. 그런 감정을 기반으로 삼아 평화롭고 조용한 삶을 나누기 위해 동거를 선택했을 수도 있습니다."

"그럼 그녀는 지금 어디 있을까요?"

"그게 바로 문제입니다. 질문이 또한 대답이 되는 현실."

"난 자꾸 서글퍼져요." 그녀가 말했다. "로즈가 평화롭고 조용한 삶이 아니라 중독자로 살아가고 있을 가능성이 높으니까요. 그 애가 내게 연락을 하지 않는 것만 봐도 그렇잖아요."

"그건 최악의 경우일 때 얘깁니다."

"당신 생각은 반대쪽으로 기울고 있었잖아요."

"지금도 마찬가집니다." 리처가 말했다. "최선을 기대하며 희망을 품어봅시다. 개인적인 질문 하나 해도 될까요?"

"해보세요." 그녀가 말했다.

"당신과 로즈는 어떤 유형의 쌍둥이인가요? 두 사람이 완전히 똑같이 생겼습니까?"

그녀가 고개를 끄덕였다. "우린 일란성 쌍둥이예요. 말 그대로 완전히 똑같아요. 어쩌면 다른 일란성 쌍둥이들보다 더욱."

"그렇다면 병원으로 가야 합니다."

"왜죠?"

"이 지역 중독자들은 지금쯤 아주 힘들어할 겁니다. 근처의 친구를 찾아가 조금이나마 약을 얻을 수 있는 사람들도 있겠지요. 마을로 내려와서 암시장을 두리번거리는 사람들도 있겠고. 하지만 대부분은 응급실로 갈 겁니다. 거기서 치통이나 요통을 비롯해서 검사가 불가능한 통증을 호소하겠지요. 의사들은 그들이 원하는 대로 처방을 해줄 수밖에 없습니다.

우린 그녀가 병원에 다녀갔는지 확인해야 합니다. 당신만 있으면 크게 힘들 일도 없습니다. 걸어 다니는 실종자 게시판 그 자체니까.”

“하지만 난 로즈를 배신하는 것 같은 기분이에요. 그 애가 마약중독자라는 사실을 인정하는 거니까.”

“이건 확률 게임입니다. 어딘가에서부터는 시작해야 해요.”

그녀가 한동안 침묵을 지켰다.

이윽고 그녀가 말했다. “알겠어요. 병원으로 가요.”

브라몰이 V8엔진을 작동시켰다. 그가 핸들을 조작해서 크게 원호를 그리며 진출입로를 향해 앞머리를 돌렸다. 동쪽으로 시야가 툭 트인 대지와 그 위에 자리 잡은 통나무집, 그리고 그 현관에 놓인 예배당 장의자를 뒤로하고 랜드크루저가 출발했다. 대략 5킬로미터를 덜컹거리며 달려 내려가자 다시 비포장도로. 브라몰이 그 위로 올라서려는 순간 퓰크로싱 쪽에서 차 한 대가 달려왔다. 지프 SUV. 딸기 파이 여자. 장을 보고 돌아오는 길. 아마도. 브라몰이 브레이크를 밟은 뒤 차를 뒤로 빼서 길을 터주었다. 하지만 여자 역시 차를 멈춰 세웠다. 랜드크루저와 나란히. 여자의 차창이 진동음과 함께 내려왔다. 브라몰이 운전석 창문을 내렸다. 리처도 자기 쪽 창문을 내렸다. 여자는 전날 보았던 얼굴들을 기억하고 있었다. 그녀가 조심스레 고개를 끄덕였다. 그녀의 눈길이 그들 너머의 매켄지에게 꽂혔다. 하지만 알아보는 기미는 없었다. 그녀의 눈빛이 말해주고 있었다.

완벽한 복제품. 인간 실종자 게시판.

하지만 낯선 얼굴.

여자가 말했다. “오늘은 또 무슨 일이죠?”

리처가 말했다. “몇 가지 확인할 게 있어서요. 어제 우리가 얘기했던 문제와 관련된 것들입니다. 우리는 집에 안 계신 걸 몰랐습니다."

"천만에요. 내가 집을 비운 건 알았잖아요. 아까 교차로에서 내가 당신들 차를 지나쳤는데?"

"우린 몰랐습니다."

"당신들은 사설탐정들이잖아요. 그런 걸 알아채지 못할 리가 없어요."

"우린 실종된 여자를 찾고 있는 중입니다." 리처가 말했다. "그 순간에는 다른 데 정신을 팔고 있었던 모양입니다."

"뭘 확인하고 싶었다는 거죠?"

"부인은 포터필드를 직접 만났던 사람입니다." 리처가 말했다. "그가 혹시 장애를 입었던가요?"

"그런 것 같진 않았어요."

"팔 두 개와 다리 두 개가 모두 멀쩡했습니까?"

"그럼요."

"다리를 절지도 않았습니까?"

"그런 것 같지 않았어요."

"말도 어눌하지 않고 생각도 제대로 하던가요?"

"아주 조리 있고 공손했어요."

"알겠습니다." 리처가 말했다. "한 가지 더, 비포장도로에서 스쳐 지나갈 때 그의 차 안에서 누군가를 봤다고 하셨지요? 그 얘기를 다시 한 번 해주시겠습니까?"

"차 안에는 아무것도 없었어요. 내가 착각했던 거예요."

"착각이 아니었다고 가정한다면? 그 차 안에서 뭘 보셨죠?"

그녀가 잠시 머뭇거렸다.

"정말 순식간이었어요." 그녀가 말했다. "차 두 대가 스쳐 지나간 것뿐이에요. 그게 전부예요. 바람이 마치 먼지 폭풍처럼 일었어요."

"그랬다고 해도," 리처가 말했다. "뭘 보신 거죠?"

그녀가 다시 머뭇거렸다.

"등을 돌리고 있는 젊은 여자." 그녀가 말했다. "그리고 은색 계통의 빛깔."

"부인은 그게 잊히지 않나보군요."

"이상했으니까요."

"전에도 그런 걸 본 적이 있습니까?"

"단 한 번도."

"그 이후로는 본 적이 있습니까?"

"단 한 번도."

"확실합니까?" 리처가 말했다. "다른 차에서도? 그러니까, 그 젊은 여자 혼자 서쪽에서부터 차를 몰고 오는 모습을 본 적이 없습니까?"

"단 한 번도." 여자가 다시 말했다. "지금 날 놀리고 있는 건가요?"

"아닙니다. 그럴 리가 있겠습니까. 이제 다른 질문 하나 하겠습니다. 누구든 원하면 이 진출입로를 이용하도록 허락해 주십니까?"

"당신들 말고?"

"우리 때문에 기분 상하신 건 정말 미안합니다." 리처가 말했다. "아무튼 사람들이 이리로 들어와서 산길을 이용해도 막지 않으십니까?"

"아뇨, 그건 안 되죠."

"한 번도 허락한 적이 없습니까?"

"내가 왜 그래야 하죠?"

"그럼 누구든 허락 없이 무단으로 드나든 경우가 한 번이라도 있었습니까?"

"단 한 번도." 그녀가 네 번째로 똑같은 대답을 했다. "대체 무슨 일이죠?"

"우리가 여기 오게 된 진짜 이유는 따로 있습니다. 우리를 피해 도망치는 트럭을 따라온 겁니다. 그 차가 부인 진출입로로 꺾어져 들어가더니 산길 하나를 타고 빠져나갔습니다. 우리로서는 어느 길인지 알 수 없고요."

여자가 주위를 둘러보았다.

그녀가 말했다. "여길 통해서 빠져나갔다고요?"

"전에는 이런 적이 없었습니까?"

"단 한 번도." 여자가 다시 말했다. "어떻게 그런 일이 있을 수 있겠어요? 이 산길들이 어디로 이어지는지 누가 안다고?"

웨스트포인트. 리처가 생각했다. 지도 읽는 기술에 따라 생사가 갈리던 시절.

그가 말했다. "이 산길들은 어디로 통합니까?"

"모든 곳으로." 여자가 말했다. "원한다면 콜로라도까지도 가능해요. 그나저나 당신들이 쫓아왔다는 사람은 누구죠? 여기를 통해 빠져나갈 생각을 했다면 꽤나 다급했던 게 분명한데."

"운전자가 여자였던 것 같습니다."

"그거야 뭐."

"체구가 작아 보였습니다. 고개를 돌린 채 바짝 웅크린 자세였고요. 그래서 얼굴을 확인하지는 못했습니다."

여자는 아무 말도 하지 않았다.

"하지만 은색 계통의 빛깔이 언뜻거렸습니다."

"오, 맙소사."

"그때 부인이 보았던 그대로."

"이리로?"

"우리는 그 트럭을 따라 들어온 겁니다."

"당신들 때문에 악몽에 시달릴 거예요."

그들이 여자를 남겨두고 떠났다. 비포장도로, 2차선 도로, 그리고 라라미. 병원은 대학 캠퍼스와 붙어 있었다. 부속병원일 수도 있었다. 응급실에는 일곱 명의 환자가 기다리고 있었다. 빌리의 부재로 인해 찾아왔을 것 같은 사람은 둘이었다. 불안해 보였다. 몸을 가늘게 떨고 있었다. 식은땀까지 흘리고 있었다. 대표적인 금단증상. 나머지 다섯은 학생들인 것 같았다. 일곱 명 모두 고개를 들고 문 쪽을 쳐다보았다. 일곱 쌍의 눈길이 새로 들어선 얼굴들을 쭉 훑었다.

매켄지의 얼굴도.

어느 눈길에도 알아보는 기색은 없었다.

접수대에서도 마찬가지였다. 매켄지가 로즈 샌더슨이라는 이름의 환자가 있는지 물었다. 친절한 여직원이 컴퓨터 화면을 확인한 뒤 다정하게 미소를 지었다. 그녀가 그런 이름의 환자는 내원한 적이 없다고 말했다. 그녀의 눈길은 매켄지에게 꽂혀 있었다. 따뜻하고 솔직하며 애틋한 감정까지 깃든 눈빛이었다. 하지만 알아보는 기색은 없었다.

매켄지가 접수대에서 물러나 두 사람에게로 돌아왔다. 그녀가 말했다. "그래요. 로즈는 기꺼이 약을 나눠줄 친구를 찾아갔거나 아니면 다른 판매책을 찾아서 시내로 내려와 있을 거예요."

　그들이 3번가와 그랜드 가가 만나는 모퉁이까지 차를 몰고 갔다. 가
는 내내 세 쌍의 눈길로 블록들을 훑었다. 그들이 찾고 싶었던 건 밀거래
가 이루어질 만한 술집들과 식당이었다. 브라몰과 리처는 아무 데서나 배
부터 채우고 싶었다. 하지만 매켄지는 아니었다. 그녀는 시간을 허비하고
싶지 않았다. 최소한 술집 두 군데를 지켜볼 수 있는 식당을 원했다. 그들
이 그 조건에 맞는 곳을 발견했다. 두 개의 카우보이 바, 그리고 그 건너편
의 카페. 바는 두 군데 모두 유리창이 아주 더러웠다. 그것 하나만으로도
밀거래 장소의 후보가 될 만했다. 게다가 카우보이들은 진통제를 필요로
한다. 로데오 경기, 밧줄 사고, 낙마.

　카페는 뉴에이지 색채가 짙은 곳이었다. 소위 해독주스와 건강 샌드위
치 등을 파는. 마치 눈을 감고 만든 음식들 같았다. 뒤죽박죽이라는 표현
은 원래 형편없는 조리법에서 유래했을 것이다. 리처의 생각이 그랬다.
그만큼 이것저것 체계도, 구분도 없이 섞여 있었다. 빵 속에 박아 넣은 큼
지막한 씨앗들은 보라고 만든 것이지 먹으라고 만든 게 아니었다. 쇠구슬
을 톱밥에 버무려 놓은 것 같아서 식욕까지 달아나게 만들었다.

　브라몰이 화장실에 가느라 자리를 비웠다. 이제 매켄지와 리처, 단 둘
뿐이었다. 그녀가 왼쪽 오른쪽으로 어깨를 들썩여가며 재킷을 벗었다. 그
녀가 그걸 의자 뒤에 걸쳐 놓은 뒤 자세를 바로잡았다. 그녀가 그를 빤히
쳐다보았다. 티끌 하나 없이 하얀 피부, 완벽하게 자리 잡은 골격, 섬세한
이목구비, 우수에 젖은 녹색 눈동자.

　그녀가 말했다. "사과할게요."

리처가 말했다. "웬 사과?"

"우리가 처음 만났을 때 내가 했던 얘기. 난 당신이 이상한 강박에 사로잡혔다고 했어요."

"그건 내가 했던 말인 것 같은데."

"내 생각을 읽고서 하신 말씀이잖아요."

"당신 입장에서는 충분히 그렇게 생각할 수 있었습니다."

"그럴 수도 있었겠죠." 그녀가 말했다. "하지만 이제는 당신이 함께 있는 게 참 다행이에요."

"다행스러운 얘기군요."

"난 브라몰 씨에게 지불하는 만큼 당신에게도 지불해야 한다는 생각이에요. 하루하루 수고하시는 대가로."

"난 돈을 받고 싶은 마음이 없습니다." 리처가 말했다.

"선행은 그 자체로 보상이라는 생각이신가요?"

"나는 선행에 관해서는 아는 게 없는 사람입니다. 단지 실제로 일어났던 상황을 알고 싶은 생각뿐입니다. 사적인 만족을 추구하면서 대가를 바라서야 되겠습니까."

브라몰이 돌아왔다. 그들이 식사를 했다. 창밖을 살피면서.

그들은 아무것도 보지 못했다.

매켄지가 계산했다.

리처가 말했다. "들러볼 만한 술집이 또 한 군데 있습니다."

"저런 술집입니까?" 브라몰이 말했다.

"수준이 조금 높은 정도? 어쩌면 거기서 얘기를 나눌 만한 사람을 만날 수도 있습니다."

그가 그들을 데리고 철길 방향으로 한 블록을 걸어 올라갔다. 모퉁이에서 꺾어진 다음에는 다시 두 블록을 내려왔다. 거울에 총알구멍이 있는 바. 지난번의 그 사내가 똑같은 테이블에 앉아 있었다. 예의 긴 목 맥주병을 앞에 놓고. 남 돕기를 좋아하는 사람, 혹은 나서기를 좋아하는 사람, 아니면 인근 지리를 꿰뚫고 있는 토박이. 그의 테이블은 2인용이었다. 매켄지가 그의 맞은편 의자에 앉았다. 브라몰과 리처는 그녀 뒤에 버티고 섰다.

사내가 말했다. "뮬크로싱에 관해 물었던 그 양반이로군."

"맞습니다." 리처가 말했다.

"제대로 찾았나요? 아니면 한눈팔다 놓치셨나?"

그는 리처에게 이야기를 하고 있었다. 하지만 그의 눈길은 매켄지에게 꽂혀 있었다. 그럴 수밖에. 엉클어진 머리칼, 얼굴, 눈, 그리고 흰색 얇은 블라우스 아래 실루엣으로 드러난 작고 날씬한 몸매.

알아보는 기색은 없었다.

"제대로 찾았습니다." 리처가 말했다. "사실은 거기서 한 가지 얘기를 들었습니다. 1년 반 전에 누군가가 곰한테 잡아먹혔다던데?"

사내가 한 모금 길게 들이켰다. 그가 손등으로 입술을 훔쳤다.

그가 말했다. "세이모어 포터필드."

"아는 사람입니까?"

"그 집 지붕을 고쳐준 사람이 내 친한 친구의 친구예요. 매년 겨울마다 물이 샜거든요. 처음부터 잘못 지어진 집이었어요. 아무튼 그래서 나도 귀동냥을 좀 했지요. 사실 그 땅에 관해서는 나도 옛날부터 알고 있었어요. 철길은 놓이지 않았지만 원래 철도부지였어요. 까마득한 과거에 그런 계획이 세워졌던 모양입니다. 가끔씩 땅을 상속받은 동부 사람들이 찾아

와서는 집을 지었어요. 포터필드의 아버지도 그런 사람들 가운데 하나였
지요. 그 양반은 신식으로 집을 지었어요. 내 생각에는 그래서 지붕이 새
게 된 거예요. 얼마 후 그 양반이 죽었고 포터필드가 그 집을 상속받았어
요. 그는 산속 생활이 마음에 들었던 모양이에요. 그러니까 완전히 이사
와서 살았겠지요."

"그의 직업은 뭐였습니까?"

"그는 휴대폰을 붙들고 살았어요. 엄청 돌아다니기도 했고요. 그가 뭘
해먹고 살았는지 정확히 아는 사람은 없었어요. 어쩌면 취미 생활만 하며
살았는지도 몰라요. 자기 아버지 돈을 모두 상속받았으니까. 몇 대에 걸
친 동부의 부자. 제철 분야가 아니었을까요? 철로와 상관있는 사업이었을
테니 말이에요."

"그는 어떤 사람이었습니까?"

"대학물을 먹은 사람이었어요. 해병대 출신이기도 하고요. 어쨌든 금수
저인 건 마찬가지지만."

"건강 상태는 어땠습니까?"

사내가 잠시 머뭇거렸다.

그가 말했다. "당신한테 그런 질문을 받으니 기분이 이상해지네요."

"이유는?"

"겉으로 보기에는 건강해 보였어요. 액션영화 포스터에 나올 만큼. 하
지만 그의 집에는 수술용 붕대가 박스로 있었어요. 약장에는 약병들이 가
득 차 있었고요."

"지붕을 고치러 간 사람이 그런 것까지 확인했다는 말입니까?"

"알면서 왜 이러시나. 사람한테는 호기심이라는 게 있잖습니까."

"문제가 일어난 적은 없었습니까? 이를테면 낯선 사람이 느닷없이 방문했다든지."

사내가 고개를 저었다. "낯선 사람이 찾아온 적은 없었어요." 그가 말했다. "어떤 문제도 없었어요. 이상한 일이 일어난 적도 없었고요. 포터필드의 비밀 여자친구가 나타나기 전까지는."

29

사내가 말했다. "재작년 초겨울 무렵이었을 거예요. 그 집 지붕이 다시 심하게 새기 시작했어요. 내 친구의 친구는 거기서 살다시피 했지요. 가끔씩은 창문으로 안을 들여다봤던 모양이에요. 여자 물건들이 보이기 시작하더랍니다. 물건들은 갈수록 많아졌대요. 하지만 정작 그 주인은 보지 못했어요. 내부에서 작업할 때도 마찬가지였대요. 집을 비웠거나 침실에 숨어서 나오지 않더랍니다. 분명하대요."

"그녀가 늘 거기 머물렀던 게 아닙니까?" 리처가 말했다.

"포터필드도 가끔씩은 며칠씩 집을 비웠대요. 그녀의 집이 따로 있었다는 얘기지요. 내 생각에는 두 사람이 두 집을 오고 갔던 거예요."

"하지만 그녀가 그 집에 있을 때에도 물건들을 숨기지 않았다?" 리처가 말했다.

"네. 그냥 훤히 보이는 곳에 놓아두었대요."

"잘못 본 건 아니고? 포터필드의 물건들을 착각했을 수도 있잖습니까."

사내가 고개를 저었다. 그가 말했다. "아니요. 특히 잠옷 같은 건 어떻게 착각합니까? 그게 아니어도 척 보면 알 수 있는 거잖아요. 남자와 여자는 어지럽히는 방식이 서로 다르니까요. 그곳은 그렇게 어지럽혀져 있었대요. 모든 게 두 개씩. 두 사람이니까. 싱크 속에는 접시 두 개. 소파 옆에는 책 두 권. 침대에는 움푹 꺼진 자국 두 개."

"당신 친구의 친구가 아주 철저하게 조사하셨군."

"지붕이란 게 원래 집 전체를 덮는 거 아니오, 형씨."

"그런데도 당신 친구의 친구는 그녀를 단 한 번도 본 적이 없다?"

"그래서 그가 그녀를 비밀 여자친구라고 불렀던 겁니다."

"그녀가 들어오고 나가는 모습도 본 적이 없답니까? 차를 모는 모습도?"

"단 한 번도."

"포터필드가 그녀에 관해 무슨 얘기든 한 적은 있습니까?"

사내가 병을 비운 뒤 탁자에 내려놓았다. 그가 말했다. "그 사실을 부정한 적은 없어요. 자긴 여자친구가 없다고 얘기한 적이 없다는 말이에요. 그렇다고 노골적으로 인정한 적도 없어요. 여자친구가 침실에서 낮잠을 자고 있으니까 거긴 들어가지 말라고 얘기한 적도 없다는 거죠. 그냥 침실에 들어가지 말라고 말하는 정도였다는 거예요. 그 이유는 말한 적이 없고. 내 친구의 친구는 그래서 그 집에서 겪었던 일들이 아주 묘한 경험 같았다고 했어요. 포터필드가 그녀를 숨겨두고는 그녀를 찾아올지도 모르는 사람들을 따돌리려는 게 아닌가 싶었대요. 하지만 또 한편으로는 그건 아니라는 생각이었지요. 그녀의 물건이 사방에 널려 있었으니까. 비밀을 지키려는 사람이라면 더 조심했어야 했을 테니까요."

리처가 말했다. "곰에 관한 이야기는 어떻게 생각합니까? 당신은 믿음이 가던가요?"

"보안관이 그걸 믿었어요." 사내가 말했다. "그랬으면 말 다한 거 아닙니까?"

"당신은 의심이 갔는데?"

"난 현장을 보지 못했어요. 하지만 본 사람이든 아니든 마음속으로는 똑같은 생각이었어요. 완전 자동이었지요. 살다 보면 누구나 한두 번은 그런 생각이 들겠지만 정말로 죽어 마땅한 사람을 당신이 죽였다 칩시다. 혹은 그럴 마음까진 없었는데 어쩌다 잘못돼서 그 사람이 죽었다 칩시다. 들키지 않으려면 어떻게 처리하는 게 좋을까요? 고산 지대의 숲속. 거기다 시체를 유기하는 게 가장 안전한 방법이에요. 포터필드가 발견된 장소가 바로 그런 곳이었어요. 누구나 대번에 떠올릴 수 있는 곳이지요. 좀 더 확실하게 처리하려면 시체에 꿀을 바르는 방법도 생각해볼 수 있어요. 동맥 두어 개를 더 끊어버리는 방법도 있겠고. 신선한 피 냄새가 좀 더 오래 가도록. 운이 좋으면 큰 짐승들이 대번에 달려들 거예요. 그게 아니어도 걱정할 게 없어요. 수많은 산짐승들이 입맛을 다시며 당신이 떠나기만 기다리고 있을 테니까. 내 말인즉슨 포터필드의 소식을 들은 사람이라면 누구든 맞아, 나라도 그랬을 거야, 라고 생각했다는 겁니다. 나도 그랬다는 얘기고."

"보안관도 그렇게 생각했을까요?"

"내심으로는, 물론."

"하지만 공개적으로는 사고사로 처리했잖습니까."

"증거가 없으니까." 사내가 말했다. "그래서 그 사건이 완전범죄가 된 거지요."

"포터필드에게 적이 많았습니까?"

"동부에서 온 부자였잖아요. 그런 사람들은 원래 적이 많아요."

"그 여자는 어떻게 됐습니까?"

"근처 어딘가에 남았다는 소문이 돌았어요. 정확히 어디인지는 아무도 모르고. 당연하지요. 어떻게 생겼는지 알아야 확인도 할 수 있는 것 아닙니까? 하지만 아무도 그녀를 본 적이 없어요."

"포터필드의 지붕은?"

"내 친구의 친구가 완벽하게 수리했어요. 보안관의 지시에 따라서. 물이 새는 곳들을 금속판으로 막아버렸지요. 처음부터 그렇게 하고 싶었대요. 하지만 포터필드가 완강히 거부했어요. 건축가의 설계도면과 다르다는 이유로."

그들이 사내가 즐기는 맥주 한 병을 주문해주고 나서 바를 나왔다. 그들이 도요타를 세워둔 곳까지 걸어갔다. 뉴에이지 카페 건너편, 창문이 더러운 카우보이 바들의 중간 정도 되는 지점. 어느새 가로등에는 불이 들어와 있었다. 하늘은 어두웠다. 뉴에이지 카페는 이미 문을 닫았다. 그건 분명했다. 카우보이 바들의 문도 닫혀 있었다. 하지만 안에서는 소음이 흘러나왔다.

도요타 주변에 남자 셋이 서 있었다. 적의 공격에 대비라도 하는 양 부채꼴 대형으로.

셋 다 키가 컸다. 모두 마른 몸매들이었지만 근육질이었다. 손들은 두툼하고 우악스러웠다. 모두 다 청바지에 부츠 차림이었다. 그중 하나는 도마뱀 가죽이었다.

브라몰이 건물 그림자 속에서 걸음을 멈췄다. 리처와 매켄지도 그를 따라 멈춰 섰다.

매켄지가 물었다. "저 사람들은 누굴까요?"

"카우보이들." 리처가 말했다. "엄마 젖을 떼자마자 소고기 육포와 튀긴 방울뱀을 씹고 자란 친구들."

"뭘 원하는 걸까요?"

"우리에게 겁을 줘서 달아나게 만들려는 것 같군요. 저 친구들이 버티고 서 있는 모양새만 보자면."

"우리한테 겁을 준다고요? 우리가 뭘 했다고?"

"우리가 여기저기 묻고 다니는 게 못마땅한 모양이지요. 이 지역에서 불건전한 향락 사업을 벌이고 있는 자들이라면 얼마든지 그럴 수 있을 겁니다. 우리가 어떤 여자를 찾아다닌다는 걸 알고 있을 테니 말입니다. 도둑이 제 발 저리는 격이지요."

"그럼 우리는 어떻게 해야 하는 거죠?"

"일단 내 상급자의 의견을 들어야겠습니다. 그래서 누가 먼저 나설지 결정해야지요."

브라몰이 말했다. "생각해둔 순서가 있습니까?"

"우리 셋이 함께 가는 게 좋을 것 같습니다. 내가 한 걸음만 앞서 나갈 생각입니다. 당신들도 저자들의 얼굴을 봐야 하니까."

"이유는?"

"내가 지게 되는 경우, 내 병원 침대 맡에서 경찰들에게 저자들의 인상착의를 설명해야 할 것 아닙니까."

"지다니요?" 매켄지가 말했다. "저 사람들은 우리와 대화를 원할 뿐이에요. 적대적이고 불쾌한 태도로 나올 것 같기는 해요. 하지만 그렇다고 꼭 싸움으로 이어질 필요는 없는 거잖아요. 우리가 싸우려 들지만 않는다면."

"어디서 살고 있다고 했지요?"

"일리노이, 레이크포레스트."

"알겠습니다."

"그게 무슨 의미죠?"

"싸움은 이미 시작된 상태입니다. 저 친구들이 서 있는 자세가 말해주고 있어요. 이제 이기거나 아니면 집에 가거나, 둘 중 하나가 된 겁니다."

"스콜피오가 보낸 사람들일까요?"

"한 가지 논리로만 따지자면 가능한 추정입니다." 리처가 말했다. "이 지역의 불건전한 사업은 모두 그가 운영하고 있을 테니까요. 사실 여기서부터 몬태나까지 전부 다 그럴 겁니다. 하지만 그 추정은 또 다른 논리에 의해 반박이 가능합니다. 스콜피오가 이렇게 빨리, 그리고 저렇게 덩치 좋은 카우보이들을 세 명씩이나 소집할 수 있다면 그가 왜 빌리 같은 양아치에게 나무 뒤에 숨어서 사슴사냥총으로 나를 쏴 죽이라는 지시를 내리겠느냐는 겁니다. 당연히 저 카우보이들을 시켰겠지요. 따라서 저 친구들의 배후는 이 지역을 맡고 있는 중간보스들일 겁니다. 가게 한두 개씩 대리로 운영하는 건달들끼리 조직한 상인회나 친목회 정도? 스콜피오는 그 존재를 모르는 자생조직인 것이지요."

"저 친구들한테 안 될 것 같은가요?" 브라몰이 말했다. "지게 될 경우까지 언급했잖습니까."

"싸움 상대로서는 카우보이들이 최악인 게 사실입니다." 리처가 말했다. "내가 그들에게 무슨 짓을 하든 말들한테 당한 것에 비하면 약과일 테니까."

그가 그림자 속에서 빠져나와 초저녁의 옅은 어둠을 뚫고 앞으로 걸어갔다.

그의 신발 굽이 콘크리트를 딛는 소리가 제법 요란하게 울렸다. 브라몰과 매켄지가 그의 등 뒤에 바짝 따라붙었다. 그들이 인도에서 내려선 뒤 사선으로 도로를 건너갔다. 그들이 곧장 차를 향해 다가갔다.

세 사내도 즉시 움직였다. 그들이 대형을 정비하고 리처 일행을 향해 다가왔다. 한 명은 앞에 서고 두 명은 바로 뒤에 거울처럼 포진한 삼각편대. 리처의 이성은 싸움꾼의 본능과 씨름 중이었다. 영원한 딜레마. '적 대열의 선봉을 즉시 쓰러뜨리지 않고 뭐 하는 거야? 저자의 콧등을 받아버려. 걸음을 멈추지도 말고.' 실전에서 가끔씩 제대로 먹히는 기술. 기습적인 박치기. 하지만 항상 그런 건 아니다.

리처가 멈춰 섰다. 카우보이들도 멈춰 섰다. 서로 간의 거리는 2.5미터 남짓. 가까이에서 보니 꽤 쓸 만한 친구들이었다. 리처의 생각이 그랬다. 둘은 40대 초반일 것 같았다. 나머지 하나는 도마뱀 가죽 부츠를 신고 있는 사내였다. 나이는 동료들보다 열 살쯤 어려 보였다. 그가 선봉이었다.

"어디 보자." 리처가 말했다. "자네들은 우리에게 모종의 메시지를 전하러 온 것 같군. 그래, 괜찮아. 누구든 말할 권리는 있는 거니까. 자, 이제 30초 줄게. 원한다면 당장 시작해도 돼. 이 동네 사투리 말고 표준말로 또박또박 읊어봐."

도마뱀 가죽 부츠를 신은 사내가 말했다. "당신들이 왔던 곳으로 돌아가. 그게 우리가 가져온 메시지야. 여긴 당신들이 찾는 게 없으니까."

"그럴 리가 있나." 그가 말했다. "메시지를 정확히 들은 게 맞아? 이 지역 사람들은 대부분 낯선 사람을 환영하던데."

사내가 말했다. "난 제대로 들었어."

거기까지였다. 더 이상은 아무 말이 없었다.

리처가 말했다. "순순히 떠나지 않으면 우리 엉덩이를 걷어차서 쫓아 버릴 거라는 대사는 언제쯤 나오는 거지?"

사내는 대꾸하지 않았다.

리처는 그를 지켜보았다. 그들 셋 모두를 지켜보았다. 물러서려는 기미가 없었다. 앞으로 다가서려는 기미도 없었다. 부동자세.

신병들로만 구성된 분대가 작전이 먹히지 않는 상황을 만났을 때와 비슷한 분위기. 모종의 요인으로 인해 그들은 혼란스러워하고 있었다. 매켄지는 아니었다. 험악한 메시지를 전하러 온 그들이 필요 이상으로 그녀에게 눈길을 주고 있는 건 사실이었다. 하지만 그건 순전히 생물학적인 반응일 뿐, 그녀를 알아보았기 때문이 아니었다. 그들의 입 모양이 그 사실을 말해주고 있었다.

도마뱀 가죽 부츠 사내가 말했다. "누구도 엉덩이가 걷어차일 필요는 없어."

"내 말이." 리처가 말했다. "특히 내 엉덩이는."

"하지만 포기하시지."

"내가 대안을 제시하지." 리처가 말했다. "날 건드리지 마. 그럼 나도 너희를 온전히 내버려둘 테니까."

사내가 고개를 끄덕였다. 공감의 표시가 아니었다. 그냥 무슨 얘기인지 알겠다는 무언의 대꾸였다.

리처가 말했다. "이봐, 젊은 친구." 그가 사내에게 가까이 다가오라는 손짓을 보냈다. 친밀한 두 나라의 정상들이 공적인 자리에서 사적인 정담을 나누려는 듯. 리처가 한 손을 사내의 팔꿈치 위에 얹었다. 다양한 의미를 갖되 대부분 우호와 친밀, 그리고 경우에 따라서는 공모로까지 해석이 가능한 몸짓. 그가 손아귀에 힘을 꾹 주었다. 그가 속삭였다. "그게 누구든 너희를 보낸 사람에게 전해. 이건 FBI나 DEA, 혹은 ATF와는 다른 경우라고. 그게 누구든 너희를 보낸 사람에게 전해. 이번에는 미 육군이라고."

사내가 리처의 얘기에 반응을 했다. 리처는 그자의 팔꿈치를 통해 느낄 수 있었다. 그가 사내를 풀어 주었다. 그들이 다시 2.5미터의 거리를 두고 마주 섰다. 리처가 허리를 곧게 펴고 자세를 잡았다. 헌병 시절의 전매특허였던 포즈. 대치 상태에서는 누구나 조만간 벌어질 수 있는 육박전을 대비하는 법이다. 그래서 기선을 제압하는 것이 중요하다. '저 자식한테 잘못 개기다가는 작살이 나겠구나' 하는 생각이 들게 기를 죽여 놓아야 한다. 그래서 리처가 자세를 잡은 것이다. 꼿꼿하게 서서, 턱은 들고, 어깨는 젖히고, 양손은 적당히 힘을 빼고. 서커스 묘기는 아니었다. 하지만 컸다. 일반적으로 크다고 인정받는 남자들보다 모든 부분이 조금씩은 더 컸다. 상대방으로서는 일단 기가 죽을 수밖에 없는 덩치. 거기다 또 한 가지. 그의 눈. 많은 사람들이 그의 눈을 마음에 들어 한다는 걸 그도 잘 알고 있다. 하지만 그건 싸움판이 아닐 때의 얘기다. 그가 작정하고 한 번 깜빡거리면 그 눈은 돌변한다. 즐거운 가족 프로그램에서 으스스한 선사시대 생존 다큐멘터리로 채널이 바뀌듯. 카우보이들을 바라보는 그의 눈빛이 바로 그랬다. 하지만 다음 순간 그가 다시 채널을 바꿨다. 그가 미소를 지으며 고개를 끄덕였다. '조금 전까지는 장난이었다'로 해석이 가능한 미소. 사내끼리 얼마든지 그럴 수 있지 않겠냐는 의미로 받아들여질 수 있는 고갯짓. 리처는 카우보이들이 그렇게 해석하고 받아들이기를 바랐다.

상대방에게 품위를 잃지 않고 후퇴할 기회를 제공하는 것, 그게 진정한 싸움꾼의 예절이다.

부츠 사내가 그 기회를 받아들였다. 그도 미소를 지었다. 남자끼리, 특히 입 벌어지게 예쁜 여자 앞에서 얼마든지 그럴 수 있는 일이 아니냐는 듯. 그가 돌아서서 패거리들을 데리고 떠났다. 그들이 모퉁이를 돌아서 사라졌다. 리처가 맞은편 인도로 건너가서 모퉁이 안쪽을 지켜보았다. 세 사내가 담장에 앞머리를 들이대고 주차돼 있는 대형 4도어 크루캡에 올라탔다. 트럭이 후진을 해서 빠져나온 다음 출발했다. 첫 번째 사거리까지 달려간 뒤에는 왼쪽으로 꺾어지며 리처의 시야에서 사라졌다.

"그것 봐요. 내 말이 맞죠?" 매켄지가 말했다. "꼭 싸움으로 이어질 필요는 없었던 거잖아요."

리처는 아무 말도 하지 않았다. 그가 그녀를 지그시 바라보았다. 잠시 후 그의 눈길이 그녀의 얼굴에서 떠나 트럭이 꺾어져 들어간 모퉁이에 꽂혔다.

뭔가 잘못됐다. 처음부터 잘못된 일이다.

그가 브라몰에게 말했다. "우리 육군 헌병대의 심문 강좌를 수강한 적이 있습니까?"

브라몰이 말했다. "고무호스와 방망이 다루는 법만 가르쳐주더군요."

"우리가 배웠던 바에 따르면 심문은 묻기보다는 듣기 능력을 발휘해야 하는 기술입니다. 내 귀에는 그 친구의 얘기가 이상하게 들렸습니다. 단어의 선택이 그랬다는 얘기입니다. 마지막에는 우리더러 포기하라고 말했습니다. 그게 무슨 의미일까요? 그러니까 뭘 포기하라는 걸까요?"

"우리의 목적." 매켄지가 말했다. "로즈를 찾는 걸 포기하라는 얘기 아니겠어요? 당연히. 뭔가를 포기하려면 일단 뭔가를 하고 있어야 하잖아

요. 우리가 하고 있는 건 로즈를 찾는 일이고, 그것 말고는 우리가 포기할
수 있는 게 없으니까요."

"긍정적으로든 부정적으로든 어떤 부류의 사람들이 우리가 로즈를 찾
고 있는 것에 대해 신경을 쓸까요?"

"그런 부류는 아주 많을 거예요. 우리가 많은 사람의 신경을 건드리고
있다면."

"그중에서도 어떤 부류가 가장 많이 신경을 쓸까요?"

매켄지는 대꾸하지 않았다.

'그게 누구든 너희를 보낸 사람에게 전해.'

리처의 머릿속에서 심슨 장군의 목소리가 울렸다.

그녀는 자신을 찾아주기를 바라지 않을 수도 있어.

그가 마음속으로 고개를 털었다.

아니야, 그럴 리가 없어.

30

리처가 말했다. "그 남자가 처음에는 우리가 찾는 게 이곳에 없다고 말했습니다. 포기하라는 건 마지막 말이었고. 정중하기는 했어도 첫마디와 마지막 마디가 모두 협박이었던 겁니다. 하지만 중간에는 싸움을 거절했어요. 왜? 이유는 하나뿐입니다. 확신이 없었으니까. 브리핑 당시에는 듣지 못했던 변수가 하나 튀어나온 겁니다. 그는 나와 얘기를 나누는 내내 그 변수를 분석하고 있었어요. 그들은 엉덩이를 걷어차서라도 우리를 쫓아버리라는 지시를 받았습니다. 하지만 우리를 만나고 나서야 깨달은 겁니다. 우리가 가만히 맞고 있을 사람들이 아니라는 사실을 말이지요. 그 부분에 관해서는 경고든 뭐든 한마디도 듣지 못했던 겁니다. 사전 정보가 전혀 없었다는 얘기지요. 난 그게 이상합니다. 샌더슨에 관해 물어보고 다니는 동안 우리는 몸을 숨긴 적이 단 한 번도 없었어요. 누구든 우리를 볼 수 있었습니다. 하지만 카우보이들에게 지시를 내린 사람은 그들에게 우리의 생김새를 일러주지 않았습니다. 누군가에게 메시지를 전하라면서 그 누군가의 인상착의를 설명해주지 않는다는 게 말이 안 되잖습니까."

매켄지가 말했다. "그러게요. 나도 이해가 가지 않네요."

"따라서 그 지시를 내린 사람이 우리가 서 있는 모습을 한 번도 본 적이 없을 거라는 추정이 가능합니다. 서 있는 모습만이 아니라 우리를 한 번도 제대로 본 적이 없는 인물. 우리가 차 안에 웅크리고 있는 모습만 얼핏 보았던 사람. 비포장도로에서 자기 차를 급하게 몰고 지나갔던 여자. 여기서 다시 한 가지 가정한다면 그녀는 우리가 아니라 우리의 차만 기억하고 있을 수도 있습니다. 검정색 도요타 랜드크루저, 일리노이 번호판. 그래서 믿을 만한 친구들에게 그 차를 추적해 달라고 부탁한 겁니다. 그 차에 타고 있는 사람들을 쫓아버리라고. 왜? 누구든 자신을 찾아주기를 바라지 않으니까."

매켄지가 말했다. "당신은 그 친구들이 방금 전 그 카우보이들이라고 생각하는 거죠?"

"잠시 그렇게 생각했던 게 사실입니다. 그의 팔꿈치를 잡고 이건 미 육군의 문제라고 얘기했더니 그가 반응을 보이는 겁니다. 처음에는 그 단어의 무게감 때문인 줄 알았습니다. 하지만 다시 한 번 생각해 보니 그게 아닌 것 같았습니다. 그에게 지시를 내린 사람 역시 미 육군 출신이기 때문이다 싶더군요. 묘하게 얽힌 상황에 그가 깜짝 놀라서 반응을 보인 거라고 생각했습니다. 자기 혼자서는 감당하기 힘든 상황, 그래서 지시를 내린 사람에게 보고하기 위해 부랴부랴 떠난 거라고 판단했지요."

"로즈에게." 매켄지가 말했다. "그 사람들이 로즈의 친구들이었군요."

"아니요, 그녀의 친구들이 아닙니다." 리처가 말했다. "모두 내 가정일 뿐, 실제로는 로즈와 아무 관련이 없는 사람들입니다. 그들은 그녀를 만난 적조차 없습니다. 그건 우리 모두 알고 있는 사실입니다. 그들이 당신을 알아보지 못했으니까. 당신을 몰라보는 사람이 어떻게 당신 쌍둥이의 친구일 수 있겠습니까. 내가 당신을 데리고 그들에게 다가갔던 건 바로 그래서였습니다. 가까운 거리에서 당신이 그들을 볼 수 있도록. 그래서 그들도 당신 얼굴을 볼 수 있도록. 만일 그들이 당신 쌍둥이의 친구였다면 당신을 빤히 쳐다보는 그들의 눈빛에 혼란스러운 감정이 훤히 드러났을 겁니다. 하지만 그런 감정과는 거리가 먼 눈빛들이었습니다."

"그럼 그들은 누구였을까요?"

"나도 모릅니다."

그들이 차를 몰고 호텔로 돌아왔다. 브라몰은 곧장 자기 방으로 올라갔다. 리처는 주차장에 남았다. 그가 밤하늘을 올려다보았다. 광활한 검정색 장막 가득 별들이 먼지처럼 흩뿌려져 있었다. 수백만 개는 될 듯싶은 그 먼지 알갱이들 모두 아주 밝게 빛나고 있었다.

미 대륙의 서부.

매켄지가 밖으로 나왔다. 그녀가 그의 옆으로 다가왔다.

그녀가 말했다. "어쩌면 우리가 전혀 잘못된 곳에 있는 건지도 몰라요."

리처의 눈길은 여전히 밤하늘에 꽂혀 있었다.

"이 우주에서?" 그가 말했다.

"이 주에서. 날 알아보는 사람이 아무도 없잖아요. 그건 아무도 로즈를 보지 못했다는 얘기예요. 우리가 알고 있는 건 로즈가 넓디넓은 빌리의 구역 어느 한구석에 머물렀다는 사실뿐이에요. 6주 전에 반지를 처분하느라고. 그 애가 그 구릉지대에 숨어 산다는 추정은 어떻게 나오게 된 거죠?"

"포터필드의 집. 그녀는 그곳에만 머물러 살았던 게 아닙니다. 지붕 고치는 사람의 얘기가 그랬습니다. 하지만 그녀가 2차선 도로를 향해 차를 몰고 가는 모습을 본 사람이 없습니다. 따라서 그녀는 반대 방향에서 두 집을 오갔던 겁니다."

"그것도 2년 전 얘기잖아요."

"그녀가 거처를 옮길 이유가 없잖습니까."

"남자친구가 죽었어요. 그런 일을 겪고 나면 사람들은 이사를 가는 법이에요. 큰 충격을 받았으니까."

"그녀는 이라크와 아프가니스탄으로 다섯 번이나 파병됐던 사람입니다. 그보다 더한 충격이 한두 번이었겠습니까? 그리고 그녀에게는 전략적으로 상황을 분석할 수 있는 능력이 있습니다. 그때까지 아무도 자신을 보지 못했으니 자신의 은신처 역시 웬만해서는 노출될 리가 없다는 결론을 내렸을 겁니다. 집 자체도 제법 괜찮을 겁니다. 포터필드가 편하게 들를 수 있었던 곳이니까. 그런 장소를 왜 포기하겠습니까? 다른 은신처를 찾기도 어려운 판에."

"나라면 옮겼을 거예요."

"그녀는 머물렀을 겁니다."

"당신이 로즈를 나보다 더 잘 알아요?"

"나는 어떻게 해야 다섯 번의 파병에서 살아남을 수 있는지 알고 있습니다."

"당신 생각이 맞았으면 좋겠어요."

"내일이면 알게 될 겁니다." 그가 말했다. "우리는 이제 그녀가 어디 있는지 대충은 알고 있습니다. 그녀는 영원히 숨어 있을 수 없어요."

"당신에게 술 한잔 사고 싶었어요." 그녀가 말했다. "그렇게라도 고마운 마음을 전하려고요. 당신이 돈은 거부하니까. 하지만 이 호텔에는 바가 없네요."

"고마워할 필요 없습니다." 리처가 말했다.

"여기가 술자리였다면 참 즐거웠을 거예요."

"나 역시 그랬을 겁니다."

그녀가 그에게서 두 걸음 떨어져 나갔다. 그녀가 콘크리트 벤치 위에 앉았다.

그가 그녀 옆에 앉았다.

그녀가 말했다. "결혼은 했나요?"

"아니," 그가 말했다. "하지만 당신은 했잖습니까."

그녀가 소리내어 웃었다. 짧게, 하지만 부드럽게.

그녀가 말했다. "복선을 깔고 물어본 게 아니었어요. 그냥 궁금했던 것뿐이에요. 프로이드 식의 해석은 곤란해요. 은연중에 속마음을 드러낸 게 아니니까."

"매켄지 씨는 어떤 사람입니까?"

"한마디로 좋은 남편이죠. 우린 잘 맞는 커플이에요."

"아이들은?"

"아직 없어요."

"나도 복선을 깔지 않은 질문 하나 해도 될까요? 순전히 호기심에서?"

그녀가 말했다. "해보세요."

"약간 이상한 질문이기는 합니다. 오해는 하지 말아요."

"노력해 볼게요."

"그렇게 예쁘면 기분이 어떻습니까?"

"맞네요, 이상한 질문."

"미안합니다."

"그 남자들이 당신 덩치를 보고 감히 덤비지 못했을 때 기분이 어땠나요?"

"쓸모 있군."

"우리 쌍둥이에게 예쁜 모습은 기본 조건이었어요. 우리 아버지는 일종의 과대망상증 환자였죠."

"그 판사님."

"아버지는 자신이 동화책 속에서 살고 있다는 환상에 빠져 있었어요. 그분에게는 주변의 모든 게 그림 같아야만 했어요. 햇빛이 환히 비치는 날이면 우린 흰 면 드레스를 입고 숲속을 뛰어다녔어요. 아버지의 연출에 맞춰서. 우리 머리카락이 그분의 환상을 더욱 부추겼어요. 형편없이 엉클어지고 마구 뻗힌 모양새가 사실 님프나 요정 같기는 했죠. 자라면서 우리 얼굴이 자리를 잡고 나자 아버지의 병증은 더 심해졌어요. 이제나저제나 우리를 맞으러 올 왕자들을 기다릴 만큼. 머리가 어느 정도 굵어지면서 우린 그 멍청한 삶이 지겨워졌어요. 하얀 면 드레스에서부터 예쁜 얼굴까지 모두. 21세기가 코앞인데 와이오밍 산골에서 그렇게 살고 있었으니 왜 안 그랬겠어요? 하지만 정말 솔직하게 말하자면 마음 깊은 곳에서는 내가 예쁘다는 사실을 늘 의식하고 지냈어요. 내 정체성의 일부가 되어버린 거죠. 자부심? 자만심? 혹은 특권의식? 예쁜 게 못생긴 것보다는 낫다. 혹은 다시 태어나도 이런 얼굴을 갖고 살고 싶다. 지금도 마음속 깊은 곳에서는 그런 생각들이 떠나지 않고 있는 것 같아요. 그래서 내가 너무 얄팍한 인간이 아닌지 걱정도 되고요. 당신이 만족할 만한 대답일지는 모르겠지만 그게 내가 내 얼굴에 대해서 느끼는 감정이에요."

"로즈도 같은 느낌이었을까요?"

매켄지가 고개를 끄덕였다.

그녀가 말했다. "로즈는 뭐든 완벽해야 직성이 풀리는 타입이에요. 머리만 좋은 게 아니라 노력도 열심히 했어요. 그래서 뭐든 거의, 혹은 진짜 완벽하게 해냈어요. 물론 얼굴은 그 애가 어쩔 수 있는 부분이 아니었어요. 다행히 로즈는 아무 관심 없는 것 같았어요. 겉으로는 그랬다는 얘기예요. 하지만 마음 깊은 곳에서는 로즈도 자기 모습에 만족하고 있었을 거예요. 그 애는 모든 면에서 최고가 되고 싶어 했어요. 이를테면 최상품 종합세트처럼. 그리고 그 애는 원하는 대로 됐어요."

"그녀가 왜 군인을 선택한 겁니까?"

"내가 말했잖아요."

"그녀는 낯선 사람이 현관에 올라서기도 전에 총으로 쏴 버리는 성격이고 반면에 당신은 조금 더 지켜보는 편이라는 얘기? 그런 일이라면 집에서도 충분히 할 수 있는 건데 왜 군이 입대를 한 걸까요?"

"정신과 상담실에 앉아 있는 것 같네요."

"그럼 등을 파묻고 당신이 영화 속 여주인공이라고 생각해봐요. 자, 호텔에 바가 있다고 칩시다. 지금쯤 당신이 내게 커피를 한잔 샀을 겁니다. 설탕 없이 블랙으로. 커피가 없다면 맥주로 합시다. 미제 맥주 한 병. 당신 앞에는 나로서는 처음 듣는 이름의 화이트 와인 한 잔이 놓여 있고. 그래야 일리노이 레이크포레스트의 품격에 어울릴 테니까. 이제 우리는 테이블에 마주 앉아 얘기를 나눕니다. 내가 당신에게 로즈가 입대한 이유를 묻습니다. 물론 당신은 대답해 줍니다."

"로즈는 뭔가 가치 있는 일을 하고 싶어 했어요. 동화책은 거짓이라는 걸 깨닫고 난 뒤에 말이죠. 아버지는 임금도, 영주도 아니었어요. 카운티에서 가장 현명한 사람도 아니었고. 오히려 어리석은 분이었죠. 지위를 이용해서 축재를 했으니까. 우린 원래 그런 건가 보다 했어요, 처음에는. 어쨌든 변호사였고 변호사는 언제나 돈을 받잖아요. 사건을 수임하지 않은 상태에서 법률적인 조언 몇 마디만으로도 말이에요. 하지만 언젠가부터 주위에서 수군거리기 시작했어요. 소문은 우리 귀에도 들려왔어요. 모두 사실이라면 아주 끔찍한 얘기들. 하지만 우린 그 진위를 끝내 알아내지 못했어요. 대학에 진학해서 집을 떠났으니까. 부모님은 집을 팔고 와이오밍에서 떠났어요. 우린 기뻤어요. 우리에게는 찝찝한 곳이었어요. 다른 사람의 무대 위에서 연극을 하고 있었다는 걸 이미 깨달았으니까. 그 극작가 자신도 가공의 인물이었다는 사실까지도. 우리 둘의 반응은 서로 달랐어요. 로즈는 정말로 현실적인 삶을 원했어요. 나는 진짜로 동화책 같은 삶을 원했고요. 그리고 우리 둘 다 목표를 이뤘어요. 내 생각이지만."

리처는 아무 말도 하지 않았다.

"이제 그만 자러 가야겠어요." 그녀가 말했다. "말동무 고마웠어요."

그녀가 그를 남겨두고 떠났다. 그는 어둠 속에 홀로 남아 콘크리트 벤치에 등을 기댄 채 별들만 바라보고 있었다.

그 시각, 리처의 벤치에서 300마일 떨어진 I-90의 어느 휴게소 인근. 사우스다코타 래피드시티와 그리 멀리 떨어지지 않은 그곳에서 한 사내가 적재칸에 텐트를 씌운 와이오밍 번호판 고물 픽업트럭을 몰고 지선도로로 꺾어져 들어가고 있었다. 사내의 이름은 스태클리, 나이는 38세, 아직 성공을 이루지는 못했지만 모든 일에 최선을 다할 준비만은 돼 있는 인물. 그 도로를 따라가면 대형 창고가 나온다고 했다. 그 안에는 제설차를 비롯한 겨울 장비들이 반쯤 들어차 있다고 했다. 나머지 절반은 비어 있으며 그 정도면 충분하다고 했다. 그 절반의 공간을 그들이 독점으로 사용하니까. 문 앞에는 경비원도 있을 거라고 했다.

경비원이 있었다. 그가 속도를 늦추다가 완전히 멈춰 섰다. 그가 창문을 내렸다.

그가 말했다. "내 이름은 스태클리예요. 스콜피오 씨에게 연락 받았지요? 내가 빌리의 일을 맡게 됐어요."

경비원이 말했다. "자네가 새로운 빌리로군."

"오늘 밤부터."

"축하해, 스태클리. 차를 몰고 들어가서 5번 자리에 세워. 앞머리부터 비스듬하게. 트럭에서 내린 뒤에는 적재칸 문을 열고."

스태클리가 지시에 따랐다. 그가 차를 몰고 창고 안으로 들어갔다. 항공기 격납고 크기에 골판 금속재로 벽면을 두른 공간 속에서 엔진의 소음이 메아리로 울렸다. 왼쪽에는 노란색 중장비들이 줄지어 늘어서 있었다. 여름에는 용도가 없는 겨울 장비들. 오른쪽은 텅 비어 있었다. 그쪽 바닥에는 분필로 주차선들이 그어져 있었다. 1번부터 10번까지. 1번은 출구 쪽, 10번은 입구 쪽. 7번과 3번은 이미 주인이 있었다. 7번 차량은 낡은 닷지 듀랑고였다. 그 뒷문이 위로 젖혀져 있었다. 3번은 녹슨 쉐보레 실버라도였다. 도르래식 적재칸 문짝이 완전히 말려 올라가 있었다. 스태클리가 실버라도 바로 뒤에 멈춰선 다음 핸들을 조작해서 5번 주차칸에 차체를 밀어 넣었다.

그가 곧장 내려선 뒤 적재칸 문짝을 열었다. 그가 시간을 확인했다. 그리고 기다리기 시작했다. 자정까지. 시간을 앞당길 수는 없는 노릇, 7번과 3번 사내들도 기다리고 있었다. 그들이 그를 향해 고개를 까딱거렸다. 우호적이지도 않고 적대적이지도 않은 고갯짓. 구불구불한 인생길에서 어느 한 구역을 동행하게 된 사람들끼리 주고받을 만한 인사. 그들도 스태클리와 크게 다를 게 없는 사람들이었다. 다시 엔진 소음의 메아리가 울렸다. 이번에는 검정색 사륜구동이었다. 차가 6번 자리에 멈춰 섰다. 운전자가 내려섰다. 그가 먼저 온 사내들에게 한 차례씩 고개를 까딱인 다음 뒷문을 들어 올렸다. 그러고 나선 그 옆에 서서 기다리기 시작했다. 역시 크게 다를 게 없는 사내였다. 30대 후반, 아직 성공을 이루지 못한 남자. 5분이 흐르고 나자 주차칸 열 개가 모두 들어찼다. 줄지어 늘어선 열 대의 차량, 들어 올려지고, 풀어 내려지고, 혹은 양쪽으로 열어 젖혀진 열 개의 뒷문. 그 옆에서 기다리고 있는 열 명의 운전자들. 경비원이 입구에서 지켜보고 있었다. 스태클리가 다시 시간을 확인했다. 자정이 가까워지고 있었다. 경비원이 휴대폰으로 전화를 건 뒤, 몇 마디를 나누고 나서 끊었다. 그가 소리쳤다. "친구들, 이제 2분 남았어! 거의 다 왔네!"

2분 뒤, 흰 패널 밴 한 대가 출구, 그러니까 1번 자리에서 가까운 문을 통해 창고 안으로 들어왔다. 고속도로에서 갓 내려선 것 같았다. 스태클리의 느낌이 그랬다. 그의 머릿속에 장거리를 달리고 나서 김을 내뿜고 있는 흰색 말 한 마리가 그려졌다. 속도를 유지한 채 앞머리부터 밀고 들어온 밴이 단번에 멈춰 섰다. 뒷문이 1번 트럭 꽁무니와 수평으로 이어지는 지점이었다. 밴의 기사가 내려섰다. 그가 뒷문 앞으로 걸어 돌아와 문짝을 열어젖혔다. 그가 그 안에서 빳빳한 흰색 상자들을 끌어내렸다. 1번 기사가 그것들을 받아서 자기 트럭 적재칸 안으로 밀어 넣었다. 밴의 기사가 다시 차에 올라탔다. 패널 밴이 2미터 남짓 전진했다가 다시 멈춰 섰다. 밴의 기사가 다시 내려섰다. 그가 같은 동작을 반복했다. 이번에는 2번 기사가 흰 상자들을 받아서 자기 트럭에 실었다. 밴이 다시 움직였다. 그리고 3번 차량 꽁무니에 다시 멈춰 섰다. 덕분에 1번 차량이 움직일 수 있는 공간이 생겼다. 1번 기사가 차를 뒤로 뺀 뒤, 밴이 들어왔던 문을 향해 앞머리를 돌리고 나서는 곧장 달려 나갔다.

모든 과정이 물 흐르듯 매끄럽게 진행되고 있었다. 배급량도 상당했다. 스태클리는 거의 넋을 잃은 채 지켜보고 있었다. 4번 차례가 되자 흰 박스들의 정체를 뚜렷이 확인할 수 있었다. 고광택 카드 재질에 멸균 처리된 상자. 의료 등급 표기 아래, 내용물 칸에 기입돼 있는 건 고용량 지효성 옥시코돈과 3단계로 강도가 구분된 펜타닐 패치. 게다가 브랜드 이름까지 적혀 있었다. 진품이었다. 국내 제약공장에서 직송된 미제 진통제.

순도 99.9퍼센트의 황금.

패널 밴이 다시 움직였다. 스태클리가 앞으로 몇 걸음 걸어 나갔다. 스콜피오는 빌리가 받았던 만큼 받을 거라고 했다. 인구수가 적은 시골인 점을 감안하면 상당한 양이었다. 그가 상자들을 자기 적재칸에 밀어 넣은 뒤 그 위에 담요를 덮었다. 창문을 통해 안이 들여다보일 걱정은 없었다. 적재칸 덮개는 노란색 누더기 천막이었으니까. 스태클리는 기다렸다. 마침내 패널 밴이 7번 트럭 뒤에 멈춰 섰다. 그가 후진을 했다. 그가 핸들을 열심히 조작해서 출구를 향해 앞머리를 돌린 뒤 곧장 달려 나갔다.

그 시각, 글로리아 나카무라는 어둑한 차 안에 앉아 있었다. 아더 스콜피오의 빨래방 뒷골목이 훤히 들여다보이는 위치. 그녀의 눈길은 뒷문에 꽂혀 있었다. 문짝에는 불빛 테두리가 둘러쳐져 있었다. 완전히 닫히지 않은 상태, 대략 2.5센티 정도? 늦여름의 밤 날씨, 따뜻한 정도일 뿐 덥지는 않았다. 이미 그 앞까지 걸어서 다녀온 뒤였다. 살금살금 다가가서 한 눈을 문틈에 가져다 댔었다. 하지만 아무것도 확인하지 못했다. 각도가 나오지 않았다. 그리고 이제 차로 돌아와 앉아서 생각을 가다듬고 있는 중이었다.

환기를 위해 문을 열어둘 만큼 실내가 더운 것이다. 장비들이 열을 내며 돌아가고 있는 것이다. 어떤 장비들일까? 회전식 건조기들? 가능한 얘기다. 하지만 이 밤에? 그것도 뒤쪽 사무실에서?

그녀의 휴대폰이 울렸다. 컴퓨터범죄과의 친구.

그가 말했다. "또다시 스콜피오를 놓쳤어. 어떤 번호인지 알아낼 수가 없어. 이번에는 대형 마트에서 대포폰을 박스째 사온 게 분명해."

나카무라가 말했다. "그는 지금 사무실 안에 틀어박혀 있어. 전화기를 붙들고 있을 거야. 내가 빨래방 밖에서 잠복 중이거든."

"우리가 신호 하나를 잡기는 했어. 그게 스콜피오일 가능성이 있기는 해. 삼각측량을 역으로 하면 신호의 형태를 추정할 수 있거든? 그 추정대로라면 그자가 북쪽 어딘가로 전화를 한 거야. 여기서 그리 멀리 떨어진 곳은 아니고. 방금 전에는 같은 번호에서 그에게 문자를 보냈어. '새로운 빌리까지 포함해서 오늘 밤 모든 일이 순조롭게 진행되고 있음.' 그게 문자 내용이야."

"그게 언제였다고?"

"방금 전. 1분이나 됐을까?"

"잠깐만." 그녀가 말했다.

문짝에 둘러쳐진 빛 테두리의 폭이 점점 넓어지고 있었다. 그러다 한순간에 완전히 사라져버렸다. 아더 스콜피오가 문밖의 어둠 속으로 걸어 나왔다. 그가 뒤돌아서서 문을 잠갔다. 그가 자기 차를 향해 걸어갔다.

그녀가 말했다. "스콜피오를 따라가 볼까?"

"기름 낭비." 그녀의 친구가 말했다. "집에 가는 거야. 사무실에서 나오면 언제나 곧장 집으로 가니까."

"그게 무슨 뜻일까? '새로운 빌리' 말이야."

"옛날 빌리에게 무슨 일이 생긴 모양이지."

리처. 그녀가 생각했다. 빌리가 충분히 큰 나무를 찾지 못했나 보군.

리처는 미신에 현혹되는 사람이 아니다. 허황된 생각으로 시간을 허비하거나 불길한 예감 때문에 공연한 걱정을 하는 법도 없다. 실존적 두려움과는 아예 거리가 먼 성격이고.

하지만 그 새벽에는 잠이 깨고서도 그냥 침대에 머물러 있었다. 일어나기가 싫었다. 그가 베개를 깔고 누운 채 맞은편 벽에 걸린 거울을 바라보았다. 그 속에 비치는 또 하나의 자기 자신. 군 시절에도 그런 아침들이 있었다. 물론 다른 직업을 가진 사람들도 마찬가지일 것이다. 잠에서 깨어난 뒤 뭔가를 확실히 깨닫게 되는 아침. 역사와 경험, 그리고 피곤하게 찔러대는 직관에 의한 깨달음.

'오늘 하루는 좋을 일이 전혀 없겠군.'

31

그들은 전날과 똑같이 아침 8시에 로비에서 만났다. 브라몰은 새 셔츠로, 매켄지 역시 새 블라우스로 갈아입은 차림이었다. 이제 리처의 옷가지들은 이틀째, 하지만 그날 아침에도 새 비누 한 덩어리를 다 써가면서 샤워를 했다. 그들이 전날과 같은 식당으로 걸어갔다. 그리고 전날과 같은 테이블에 앉았다. 그들이 주문을 했다. 브라몰이 법적인 부분에 관해 다른 두 사람의 의견을 물었다.

'리처의 가설을 받아들이면 우리는 비포장도로 서쪽의 목장 가옥들만 찾아다녀야 한다. 그건 지역을 극도로 한정한 수색 작업이다. 따라서 영장을 신청하는 게 원칙이다. 물론 반드시 영장이 있어야만 하는 건 아니다. 하지만 최소한 지역을 관할하는 경찰서, 혹은 연방기관에는 알려야 한다. 꼭 필요한 절차는 아니지만 그게 직업상의 예의이다. 그쪽에서도 그 정도 예의는 기대할 테고.'

세 사람 사이에서 열띤 토론이 벌어졌다.

"내게 다시 주의를 주려는 겁니까?" 리처가 말했다. "매번 이렇게 낱낱이?"

"반복할수록 득이 되는 일들도 있는 겁니다."

"코넬리 보안관은 로즈의 집이 포터필드 살해 현장이었을 가능성을 들고 나올 겁니다. 그러면 우린 그 근처에 얼씬도 못하게 됩니다. 그러니 그에게는 알리지 않는 게 옳습니다. 그는 아직도 포터필드가 어디서 죽었는지 궁금해 하고 있습니다. 아무리 사소할지라도 단서만 나오면 즉시 수사를 재개할 겁니다."

"로즈의 집은 범죄 현장이에요." 매켄지가 말했다. "잠재적 가능성이 아니라 실제로. 최소한 무단 침입. 혹은 타인 재산의 불법적 점유. 와이오밍의 법률도 범죄로 규정하고 있는 행위들이죠. 게다가 차량 절도, 확실히는 모르겠지만. 그리고 불법 진통제, 역시 확실하지는 않지만. 그리고 어떤 식이었든 그 구입 자금을 마련해온 방법. 난 카운티 보안관이 로즈를 찾아내도록 내버려둘 수 없어요. 그건 내 손으로 그 애를 철창 안에 집어넣는 것과 마찬가지예요. 다시는 그 애를 꺼내줄 수 없을지도 몰라요. 반드시 우리가 먼저 그 애를 찾아야 해요."

"알겠습니다." 브라몰이 말했다.

그들이 2차선 도로를 타고 뮬크로싱까지 내려간 뒤 로켓폭죽 광고판 앞에서 비포장도로로 꺾어졌다. 처음 5킬로미터 동안에는 아무것도 없었다. 하지만 빌리의 집을 지나치고 나서 얼마 되지 않아 서쪽 먼 지평선에 애벌레처럼 꿈틀거리는 먼지구름이 나타났다. 차 한 대가 그들 쪽으로 달려오고 있었다.

'비포장도로 위에서는 다른 차를 만나는 일이 드물어요.'

사이의 이웃 여자는 그렇게 말했었다.

두 차 간의 거리가 3킬로미터 정도로 가까워졌다.

"차 세워요." 리처가 말했다. "갓길에 주차합시다. 만일 그녀라면 따라가는 겁니다. 어젯밤의 카우보이들일 경우에도 마찬가지고. 그들이 아니라도 손해 볼 건 없습니다."

브라몰이 또다시 운전 실력을 발휘했다. 방식은 전날과 똑같았다. 그가 급정거를 했다. 그리고 마치 도시의 붐비는 주차장 마지막 한 자리에 차를 끼워 넣듯 조심스럽게 후진을 했다. 이어서 핸들을 열심히 조작해서 갓길에 차를 주차시켰다. 비포장도로와 차체가 정확히 직각을 이뤘다. 매켄지의 창문을 통해 서쪽의 풍경이 한눈에 들어왔다. 매켄지가 버튼을 눌러서 창문을 내렸다. 그리고 다시 올렸다. 먼지가 어느 정도 닦여 나갔다.

먼지구름이 조금 더 가까워졌다. 아직 아침 시간이었다. 대기는 서늘했다. 열기는 없었다. 실안개도, 아지랑이도 없었다. 먼지구름 앞머리에 찍혀 있는 차량이 또렷하게 보였다. 차체가 짙은 색이라는 건 분명했다. 하지만 다른 특징까지 확인하기에는 아직 거리가 너무 멀었다. 브라몰은 시동을 켜 놓고 있었다. 한 손은 핸들, 다른 손은 기어 손잡이, 한 발은 브레이크 페달, 왼쪽이든 오른쪽이든 추격 준비 완료.

먼지구름이 조금 더 가까워졌다. 차량의 모습이 조금 더 뚜렷해졌다. 낡았다. 혹은 칙칙했다. 어쩌면 낡고 칙칙했다. 아침 햇살을 반사하는 크롬 장식의 번뜩임은 없었다. 차체 페인트의 반짝임도 없었다.

"그 친구들이 아니에요." 매켄지가 말했다. "차체가 너무 작아요. 그들의 차는 엄청 컸는데."

먼지구름이 더 가까워졌다. 차체는 갈색이었다. 녹이 슬었거나, 황토 먼지를 뒤집어썼거나, 아니면 페인트가 햇빛에 그을었거나. 단정하기는 힘들었다. 차체는 높다기보다는 넓었다.

"로즈가 아니에요." 매켄지가 말했다. "너무 낮아요. 로즈의 차는 좀 더

정사각형에 가까웠어요."

잠시 후 그 차가 그들 앞을 흔들거리며 달려 지나갔다. 처음 보는 차량이었다. 적재칸에 텐트 같은 덮개를 씌운 와이오밍 번호판의 고물 픽업트럭. 운전석에는 남자가 앉아 있었다. 나이는 30대 후반쯤? 그는 갓길에 서 있는 도요타를 아랑곳하지 않은 채 전방만 주시하고 있었다.

전혀 상관없는 차량. 그리고 운전자.

"출발합시다." 리처가 말했다.

그들이 서쪽을 향해 달려 나갔다. 포터필드의 진출입로를 지나쳤다. 18킬로를 달린 뒤에는 이웃 여자의 진출입로도 지나쳤다. 자칫 그대로 지나칠 만큼 눈에 안 띄는 샛길.

이제 남은 집은 여섯 채, 왼쪽과 오른쪽에 각각 세 채씩.

하나씩 하나씩 모두 살펴볼 계획이었다. 생각으로는 어렵지 않게 실행할 수 있을 것 같았다. 하지만 현실은 달랐다. 지리학과 지도책에는 가옥과 헛간 건물들이 깔끔한 갈색 사각형으로 그려져 있었다. 하지만 매켄지가 현실을 지적하고 나섰다. 지도책을 제작할 당시에 비해 훨씬 더 많은 건물들이 들어섰을 가능성. 본체, 차고, 작은 헛간, 트랙터 헛간, 땔감 창고, 자가 발전소, 오두막, 직원 숙소, 손님용 별채, 친인척들 별채. 숲속 깊은 곳에는 여름 별장들. 로즈가 숨어들어 갈 만한 곳이 백 개도 넘는다. 리처의 생각이 그랬다. 하지만 집의 구색을 어느 정도 갖춘 곳일 것이다. 지하창고나 다락방은 아닐 것이다. 최소한 나무 위에 얹힌 원두막은 아닐 것이다. 그리고 제법 규모도 있을 것이다. 포터필드가 수시로 드나들 정도였다면.

희망은 최선을 기대하며 품는 것이다.

첫 번째 진출입로는 왼쪽에 뚫려 있었다. 그들이 그리로 꺾어져 들어갔다. 일대의 다른 진출입로들과 다를 게 없는 목장 도로였다. 나무뿌리, 바위, 그리고 자갈들. 도요타가 마치 비만증에 걸린 염소처럼 뒤뚱거리며 천천히 길을 따라 올라갔다.

그 이전의 풍경들에 비해 침엽수들이 많았다. 사시나무도 더 많았다. 고도가 더 높았기 때문이다. 이제는 구릉이라기보다는 산악 지형에 가까웠다. 산길은 처음부터 끝까지 숲을 벗어나지 않았다. 급하게 휘어져 올라간 커브 구역에서 갓길 한 자락이 맨땅을 드러낸 적은 있었다. 동쪽으로 시야가 뚫린 지점, 하지만 딸기 파이 여자의 집은 보이지 않았다. 거리도 거리였지만 지표면의 곡률 때문이었다. 그 커브를 돌자 다시 숲이었다. 요동을 치면서 한참을 더 올라가고 나서야 드디어 잡초 무성한 공터가 나타났다. 5에이커 남짓의 공터 위에는 매켄지가 나열했던 구조물들이 모두 모여 있었다.

적당한 크기의 낡은 통나무 본채, 크기는 작지만 외관은 똑같은 통나무 별채, 그 두 건물 사이에 어지럽게 들어서 있는 부속건물들. 웬만한 트럭이 드나들 수 있을 만한 헛간도 있었고 개집이나 공구 창고로 적당할 것 같은 창고도 있었다.

그들이 일단 현관문을 두드렸다. 집은 비어 있었다. 이상할 건 없었다. 최소한 2년 동안은 누구도 찾지 않은 곳이었다. 현관에서 걸음을 뗄 때마다 땀띠 파우더 같은 흙먼지가 풀썩거렸다.

그들이 현관에서 물러나 주변 지형을 확인했다. 바람과 해빙의 조화로 인해 땅바닥에는 흙먼지가 더께로 굳어 있었다. 그 위에는 방금 찍힌 랜드크루저의 타이어 자국 말고는 어떤 흔적도 없었다. 매켄지는 그걸로 끝이라고 선언했다. 와이오밍에서 차 없이 살아가는 건 불가능하다고 했다. 따라서 차량의 흔적이 없는 건 사람이 없다는 의미라고 했다. 결국 로즈 샌더슨은 그곳에 없었다. 본채와 별채는 물론 어느 부속 건물에도 없었다. 리처가 동의했다. 브라몰도 동의했다. 그들이 미련 없이 돌아섰다.

그들이 다시 10킬로미터의 목장 도로를 타고 내려와 비포장도로로 들어섰다. 그들이 곧장 서쪽을 향해 달려 나갔다. 한 곳은 확인했으니 이제 다섯 곳. 다음번 진출입로는 오른쪽에서 나타날 것이다.

"저기 보세요." 브라몰이 말했다.

그가 손으로 가리켰다. 전방 아주 멀리에서 피어나고 있는 애벌레 모양의 먼지구름. 그 앞대가리에는 점 하나가 통통거리고 있었다. 그들을 향해 달려오는 또 다른 차량.

비포장도로에서는 다른 차를 만나는 게 드문 일이라고? 교통량이 타임스퀘어와 비슷해지고 있었다. 그들은 계속해서 달려 나갔다. 거리가 급속도로 가까워져 갔다. 상대방은 덩치 큰 차량이었다.

"저건 그 카우보이들일 수도 있겠네요." 매켄지가 말했다. "그들의 트럭과 크기가 비슷해요."

"길을 막아요." 리처가 말했다. "그들을 멈추게 만듭시다."

브라몰이 액셀에서 발을 뗐다. 그가 핸들을 왼쪽으로 꺾었다. 차체가 도로 중앙의 불룩 솟은 부분에 올라타듯 걸쳐지자 그가 다시 핸들을 원위치로 꺾었다. 거기서부터는 왼쪽에는 바위 비탈, 오른쪽에는 배수로가 100미터 남짓 도로와 나란히 이어져 있는 직선 구간이었다. 브라몰이 비상점멸등을 켜고 하이빔을 깜빡거렸다. 그가 그 상태로 천천히 전진했다. 그 구간의 중간쯤에 이르자 그가 차를 멈춰 세웠다. 이제 다가오는 차량이 우회해서 빠져나갈 방법은 없었다. 랜드크루저의 엔진이 공회전하며 그르렁거렸다. 비상점멸등이 급박하게 깜빡거렸다. 브라몰이 헤드라이트 스위치를 열심히 조작했다. 빠르게, 느리게, 마구잡이로, 모스 부호처럼.

전방에서 달려오던 트럭의 속도가 눈에 띄게 줄어들었다. 그때까지 트럭의 꽁무니만 뒤쫓아 오던 먼지구름이 이때라는 듯 차체를 덮쳤다. 하지만 그것도 잠시, 먼지구름이 점차 옅어지더니 마침내 가루 가루 흩어져 날아갔다. 트럭이 300미터 전방에서 멈춰 섰다. 그만큼의 거리를 둔 차 대 차의 결투 장면.

"저 차 안에는 두 사람 이상이 타고 있습니다." 리처가 말했다. "의견이 일치되지 않은 겁니다. 결론을 내리려고 차를 세운 거고."

그들은 기다렸다.

전방의 트럭이 다시 움직였다. 앞으로, 천천히. 주차할 공간을 찾는 것처럼. 이제 200미터, 그리고 100미터, 그리고 50미터.

그 전날 밤, 그들이 보았던 바로 그 트럭이었다. 엄청나게 큰 차체, 천둥 같은 배기음. 안에 타고 있는 사람은 셋. 똑같은 사내들.

리처는 똑똑히 확인할 수 있었다. 이제 거리는 15미터. 브라몰이 비상점멸등을 껐다. 일순 정지 장면이 연출됐다. 광막한 산악지대, 그 한가운데를 가로지르는 붉은 도로, 그 위에서 공회전하는 엔진음을 울리며 마주보고 있는 두 대의 트럭.

매켄지가 도요타에서 내려섰다. 브라몰이 뒤따라 내리려 했다. 하지만 리처가 그의 어깨 위에 손을 얹었다.

"당신과 나눌 얘기가 있습니다." 리처가 말했다.

"뭐에 관해서?"

"당신 의뢰인. 그녀에게는 힘든 하루가 될 겁니다."

"앞으로 무슨 일이 벌어질지 당신은 알고 있다는 얘기로 들리는군요."

"불행하게도." 리처가 말했다. "이 상황에 들어맞는 시나리오는 그것뿐이군요."

두 사람의 대화는 더 이상 이어질 수 없었다. 매켄지가 뒤를 돌아보며 온몸으로 재촉했다. 그래서 브라몰이 내렸다. 그가 그녀에게 다가갔다. 리처도 뒤따라 내렸다. 그는 두 사람 뒤, 세 걸음 떨어진 위치에 버티고 섰다.

크루캡에서 도마뱀 가죽 부츠 사내와 그의 동료들이 내려섰다.

모두 여섯 명, 두 개의 자동차 앞대가리가 만들어낸 중립 지역에서 셋씩 뭉쳐선 채 서로를 응시하는 두 그룹. 원초적 본능이 장악한 분위기.

그들이 중립 지역 한가운데에서 만났다. 서로 간의 거리는 신사적인 1.5미터. 단검으로 불쑥 기습하기에는 먼 거리. 또 다른 원초적 본능의 작용.

부츠 사내가 말했다. "메시지는 달라진 게 없어."

"내가 그 부분에 관해서 생각해 봤거든?" 리처가 말했다. "그 내용을 간추리자면 우리더러 왔던 곳으로 돌아가라는 얘기인 것 같은데 말이야. 그건 명령이 되어서는 안 돼. 일단 듣는 사람이 기분 나쁘잖아. 그러니 부탁이어야 해. 그러면 예의 바르다는 칭찬까지 들을 테니 자네들도 좋을 테고. 그런데 말이야. 부탁할 때는 그만한 이유가 있어야 하거든? 그건 우리 모두 알고 있는 사실이야. 난 얼마든지 백만 달러를 부탁할 수 있어. 미스 와이오밍과의 저녁식사 자리도 없어서. 여기서 부탁의 본질이 드러나는 거야. 언제나 거절당할 여지가 있다는 사실. 많은 경우에 심심한 유감 어쩌고 하면서 공손하게 표현되기는 하지만 거절은 거절인 거야. 바로 지금 이 자리에서 무리한 부탁과 공손한 거절이 교환된 거야."

"거절은 용납할 수 없어."

"익숙해져야 해. 우리는 계속 여기 남아 있을 거야. 실제 땅주인들 가운데 누구라도 그 부분에 관해 이의를 제기한다면 난 법대로 하자고 버틸 거야."

사내가 말했다. "지금 우리는 좋게 해결하려고 노력 중이야."

"충고 하나 할까? 자네들은 계속 그렇게 노력해야만 해. 설사 우리가 지더라도 자네들에게 어느 정도 손실은 있을 거야. 둘은 병원 침대에 눕게 되겠지. 그게 최선의 경우야. 하지만 내 경험상 그런 경우는 일어나지 않을 거야. 왜? 우리가 지는 일은 없을 테니까. 결국 자네들 셋 모두 병원 신세를 지게 되는 거지."

사내가 잠시 머뭇거렸다. 그가 말했다. "알겠어요. 부탁입니다."

리처가 말했다. "이제 기분이 한결 나아지는군."

"여기에는 당신들이 찾는 게 없어요."

"부탁을 한 사람이 누구지?"

"그건 말할 수 없어요. 이건 사적인 문제예요. 아무튼 당신들은 그 부탁을 거절할 거잖아요, 안 그래요?"

리처가 말했다. "휴대폰 있나?"

"누구와 통화하려고요?"

"사진을 찍어. 동영상이라면 더 좋겠고. 휴대폰에 그런 기능도 있지?"

사내가 말했다. "그럴걸요."

"우린 그냥 이름만 말할 거야. 자기소개를 한 줄쯤 붙일 수도 있겠고. 그 동영상을 가지고 가서 그게 누구든 그 부탁을 한 사람에게 보여줘. 그게 최선의 방법이야. 모두를 위해서."

"당신들이 따라오면요?"

"그런 일은 없어. 우리가 약속하지."

"우리더러 그 약속을 무조건 믿으라고요?"

"자네들은 저기 어딘가에 살고 있어. 우린 그걸 알아. 이제 확률은 5분의 1이야. 어차피 우린 자네들을 찾아낼 거야. 단지 시간문제일 뿐이지."

사내는 대꾸하지 않았다.

"하지만 난 좀 전에 얘기했던 방법대로 일을 처리하면 좋겠어." 리처가 말했다. "그게 더 나은 방법이니까."

사내는 대꾸하지 않았다. 하지만 결국에는 고개를 끄덕였다. 뒷줄에 서 있던 사내 하나가 휴대폰을 들고 걸어 나왔다. 그가 휴대폰을 자기 눈높이까지 수평으로 들어 올렸다. 그가 두 눈을 모았다. 그리고 말했다. "시작."

매켄지가 말했다. "제인 매켄지."

브라몰이 말했다. "테리 브라몰, 시카고의 사설탐정."

리처가 말했다. "잭 리처, 예비역 육군 장교. 한때 110헌병대장."

휴대폰 사내가 손을 내렸다.

리처가 말했다. "우리는 여기서 기다리고 있을게."

"두 시간쯤 걸릴 거예요." 부츠 사내가 말했다. "물은 있어요?"

뒷줄의 또 다른 남자가 그들의 트럭에서 생수 여러 병을 도요타까지 가져다주었다. 크루캡이 뒤로 빠졌다가 유턴을 한 다음 오던 길로 달려 나갔다.

랜드크루저는 제자리에 남고 먼지구름만이 그 뒤를 쫓아갔다. 휘돌고 상승하고 하강하면서. 사내들이 달려간 방향을 알리고 싶기라도 한 듯. 만일 만화책이었다면 '휘리릭!' 하는 효과음이 먼지구름 상단에 박혀 있었을 것이다.

브라몰이 말했다. "쫓아갈까요?"

"아니요." 리처가 말했다. "직업상의 예의입니다. 요구는 못해도 기대는 할 테니까."

매켄지가 말했다. "당신은 알고 있어요, 그렇죠?"

"난 두 가지를 알고 있습니다." 리처가 말했다. "그녀가 여기 살고 있다. 그리고 아무도 당신을 알아보지 못한다."

32

뒤로 훌쩍 물러선 바위 비탈과 갓길 사이에 작은 개울이 흐르고 있었다. 브라몰이 개울 바로 앞까지 후진했다. 그가 핸들을 열심히 조작해서 앞머리가 서쪽으로 향하고 차체가 약간 기울어진 상태로 갓길에 차를 세웠다. 리처는 카우보이들이 건넨 물 한 병을 마셔가며 바위 비탈까지 걸어갔다. 그가 만만한 바위 하나를 골라 그 위에 걸터앉았다. 햇볕이 따뜻했다. 여름의 막바지. 아무도 입을 열지 않았다. 브라몰은 대부분의 시간을 차에 앉은 채 보냈다. 시종일관 무심한 표정이었다. 인생에서 인내심만은 확실히 터득한 남자. 매켄지는 차를 사이에 두고 리처와 반대편에 혼자 서서 대부분의 시간을 보냈다. 머리 위 높은 하늘에서 산까마귀 몇 마리가 몇 차례 원을 그리며 지상의 그림자들을 살폈다. 잠시 후 새들은 미련 없이 날아가 버렸다. 아직은 아니라는 듯.

결국은 두 시간이 채 안 되는 기다림이었다. 93분, 한 시간 반하고 몇 분 더. 멀리에서 먼지구름이 일었다. 그 앞대가리에 검정색 점 하나가 찍혀 있었다. 점이 점점 커졌다. 마침내 세 사람이 앞 유리 안쪽을 확인할 수 있을 만큼 거리가 가까워졌다. 크루캡, 카우보이 셋. 다시 돌아온 것이다. 차가 15미터 전방에 멈춰 섰다. 카우보이들이 내려섰다. 그들이 앞으로 걸어 나왔다. 리처, 브라몰, 매켄지도 그들을 향해 걸어 나갔다. 모두 걸음을 멈췄다. 여섯 명. 셋씩 무리를 지은 두 집단의 대치. 거리는 1.5미터.

부츠 카우보이가 말했다. "매켄지 부인만."

리처는 기다렸다.

매켄지가 말했다. "아니. 우리 셋 모두."

카우보이는 아무 대꾸가 없었다.

리처는 다시 기다렸다. 그들의 플랜 B.

그는 알고 있었다. 바보들이 아니라면 그냥 오지는 않았을 것이다.

카우보이가 말했다. "알았어요."

그가 돌아서서 트럭을 향해 걸어갔다. 그들 셋 모두 크루캡에 올라탔다. 브라몰, 매켄지, 리처도 도요타에 올라탔다. 크루캡이 뒤로 빠졌다가 유턴을 한 뒤 서쪽을 향해 달려 나갔다. 브라몰이 그 뒤를 쫓아갔다. 먼지 구름의 직격탄을 피하기 위해 왼쪽 오른쪽으로 열심히 핸들을 돌려가며.

크루캡이 오른쪽 두 번째 진출입로로 꺾어졌다. 브라몰이 그 뒤를 쫓아 앞머리를 틀었다. 길은 넓었다. 하지만 노면은 엉망이었다. 나무뿌리, 바위, 자갈. 앞서 올라가는 크루캡이 상하좌우로 요동을 쳤다. 표면이 마모된 바위를 타고 넘을 때마다 바퀴가 찍찍 미끄러졌다. 길 양쪽은 모두 나무숲이었다. 대부분이 침엽수였다. 바람에 뒤틀리며 자란 것들과 곧게 뻗어 오른 것들이 한데 뒤섞여 진녹색의 물결로 일렁이고 있었다. 그렇다고 온통 초록의 잔치는 아니었다. 눈길을 조금 멀리 두면 군데군데 선명한 노란빛이 화염처럼 이글거렸다. 계곡과 개울 주변. 사시나무가 가장 좋아하는 토양. 나무숲들을 좌우로 우회하고, 가끔씩은 두세 개씩 위태롭게 포개져 있는 바위들을 이리저리 피해 돌면서 랜드크루저는 트럭의 뒤를 쫓아갔다. 그렇게 6킬로미터 남짓 더디게 오르고 나자 눈앞에 건물 하나가 나타났다. 통나무집이었다. 별장용인 것 같았다. 단기간 머물기에만 적합한 곳. 정착해서 살 만한 집은 아니었다. 창문마다 먼지가 더께로 들러붙어 있었다. 빈집. 어쩌면 폐가. 크루캡은 멈춰 서지 않았다. 오히려 속도를 내며 그 앞을 지나쳐갔다. 800미터쯤 더 올라갔을까? 다시 건물 한채가 나타났다. 앞서의 별장과 상태가 비슷한 통나무집. 먼지투성이 창문들. 빈집. 혹은 폐가. 크루캡은 이번에도 그냥 지나쳐갔다. 두 집 모두 대규모 시설의 일부인 것 같았다. 대규모 캠프장의 부대건물들일 수도 있었다. 최소한 서로 연관은 있을 것이다. 리처의 생각이 그랬다. 넓은 구릉지대 곳곳에 터를 닦고 건축한 건물들. 회원들, 혹은 친지들의 숙소. 구불구불한 산길들은 일종의 연결통로일 것이다. 지금 그들이 타고 있는 산길도 그중 하나일 것이다. 그렇다면 이제 곧 본관 건물이 나타날 것이다.

실제로 그랬다. 길을 따라 오르다 보니 어느덧 나무가 우거진 언덕 기슭에 이르렀다. 그 위쪽에는 하늘이 펼쳐져 있었다. 언뜻 올려다보기에 그랬다는 얘기다. 실제로는 하늘이 아니었다. 푸른 초원이었다. 언덕 위쪽에 다시 솟아오른 봉우리, 그 완만한 비탈이 이루고 있는 초원. 북동쪽으로 시야가 툭 트인 그곳에 집 한 채가 자리 잡고 있었다. 역시 통나무집이었다. 하지만 앞서의 두 채와는 규모가 달랐다. 쌍둥이의 고향집만 한 대저택이었다. 벽면을 이루고 있는 통나무 하나하나가 말 그대로 아름드리였다. 상용 건물이 아니었다. 사무실이나 클럽하우스가 아니었다. 그냥 가정집이었다. 오는 길에 만났던 별장들은 손님들을 위한 시설인 게 분명했다. 혹은 자식들이나 손자들, 어쩌면 증손자까지 식구들을 위한 공간. 대저택의 주인은 식솔 많은 가부장의 꿈을 그 산악지대에 펼쳐냈을지도 모른다. 어쩌면 카운티의 세도가일 수도 있었다.

크루캡은 그 앞에서도 멈추지 않았다. 랜드크루저는 계속해서 쫓아갔다. 대저택 앞에서 새로 가지를 친 산길을 따라 구불구불. 어느 지점에선가 산길이 숲을 피해 크게 휘어져 올라갔다. 곧이어 반대편으로 다시 한 번 휘어졌다. 그 커브를 따라 크게 한 번 돌고 나자 또 다른 공터가 나타났다. 그 위에도 집 한 채가 서 있었다. 바위 위에 지어 올린 통나무집. 공터의 남서쪽은 갑자기 지형이 꺼지며 형성된 골짜기가 테두리를 짓고 있었다. 웅장한 수준은 아니었다. 하지만 나무가 거의 없었다. 그 가장자리까지 나와 서면 좁은 시야로나마 멀리 펼쳐진 남서쪽 평원과 그 끝에 그어진 지평선이 훤히 내려다보일 것이다. 매직 아워(magic hour, 촬영에 필요한 일광이 충분하면서도 인상적인 효과를 낼 수 있는 여명 혹은 황혼 시간대)에 노을이 물들면 현관에서 바라보는 풍경이 장관일 것이다. 집 자체는 아이가 그린 그림처럼 단출했다. 전면 한가운데에는 현관문, 그 왼쪽에 창문 하나, 오른쪽에 창문 하나. 초록색 철제 지붕, 그 지붕 위로 솟은 굴뚝 하나. 그럴듯한 주택이었다. 리처의 생각이 그랬다. 일단 나무 위에 얹힌 집이 아니었다. 제법 규모도 있었다. 숨어 지내기에도 적당한 곳이었다. 거리와 입지가 모두 그랬다. 누구도 찾아내기 힘든 통나무집. 그러면서도 시야가 충분히 확보된 현관.

그런 곳을 왜 포기하겠는가.

본채 옆에는 헛간도 하나 있었다. 그 문이 열려 있었다. 그 안에는 SUV 한 대가 서 있었다. 연식을 가늠하기 힘들 만큼 오래된 모델. 먼지투성이 사각형 차체는 마치 구워낸 것처럼 잔뜩 녹이 슬어 있었다.

전방에서 크루캡이 멈춰 섰다. 브라몰도 차를 세웠다.

부츠 사내가 차에서 내렸다. 그가 도요타 앞머리를 돌아 조수석으로 다가와서 차문을 열었다. 그가 말했다. "매켄지 부인 먼저."

그녀가 내려섰다. 사내가 그녀를 데리고 다져진 덤불길을 따라 걸어 내려갔다. 두 사람이 현관 계단을 통해 문 앞으로 다가갔다. 사내가 노크를 했다. 그녀는 기다렸다. 가녀린 몸매에 엉클어진 머리. 하지만 얼굴 표정은 차분했다. 안에서 응답이 왔다. 사내가 문을 연 뒤 손잡이를 잡은 채 기다렸다. 호텔 벨보이처럼. 매켄지는 잠시 더 서 있다가 사내를 지나쳐서 안으로 들어갔다. 사내가 그녀 등 뒤에서 문을 닫았다. 그가 현관 계단을 내려와서 트럭으로 돌아갔다.

아무 소리도 없었다.

어떤 움직임도 없었다.

"로즈 샌더슨이 저 안에 있는 건가요?" 브라몰이 말했다.

"그렇습니다." 리처가 말했다.

"당신은 그 두 가지를 알고 있기에 이것도 아는 건가요?"

"모두 합쳐서 세 가지입니다." 리처가 말했다. "마지막 한 가지는 내가 직접적으로 언급하지 않은 것뿐입니다."

"첫 번째, 로즈가 여기 어딘가에서 살고 있다. 두 번째, 여기서는 누구도 그녀의 쌍둥이를 알아보지 못한다. 그럼 세 번째는?"

"그녀가 퍼플하트 훈장을 받았다."

브라몰이 한참 동안 침묵을 지켰다.

"안면 부상을 입은 거군요." 그가 말했다.

리처가 고개를 끄덕였다. "다른 경우는 성립하지 않겠지요." 그가 말했다.

"얼마나 심한 상태일까요?"

"그녀의 쌍둥이 언니를 아무도 알아보지 못할 만큼, 늘 숨어 지내야 할 만큼, 사람과 마주칠 때는 고개를 돌려야 할 만큼, 지붕 고치는 사내가 집 안에서 일을 할 때는 침실에 꼼짝 않고 박혀 있을 만큼."

리처는 몸이 뻑적지근했다. 그가 브라몰을 차 안에 남겨두고 산책에 나섰다. 몸을 풀어주고 싶었다. 위스콘신의 휴게소에서 그랬던 것처럼. 그가 주머니에서 반지를 꺼냈다.

금세공, 흑석, 작은 크기. S.R.S. 2005.

주위에 펼쳐진 광활한 풍경 속에서 반지는 더욱 작고, 섬세하고, 우아하게 느껴졌다.

그가 골짜기 가장자리로 다가가서 풍경을 감상했다. 시야가 80킬로미터 이상 툭 트여 있었다. 콜로라도의 한 자락도 그 풍경 속에 포함돼 있었다. 하지만 대부분은 와이오밍이었다. 엷고 맑은 대기, 광대한 황갈색 평원, 짙푸른 침엽수림, 장대하게 우뚝 선 바위들, 실안개에 가린 봉우리들. 움직이는 건 아무것도 없었다. 텅 빈 행성 위에 홀로 있는 것 같은 느낌이었다. 누구를 볼 수도 없고, 누구도 날 찾아낼 수 없는 곳. 혼자 숨어 살기에 더할 나위 없는 조건.

그녀가 찾아주길 바라지 않을 수도 있어.

그가 돌아섰다. 그가 곧장 차고로 걸어 올라가서 낡은 SUV를 살펴보았다. 낡아빠진 포드 브롱코. 그가 캐스퍼에서부터 라라미까지 신세를 졌던 통나무 조각가의 차와 똑같은 모델. 조각가의 차는 기본 사양만 갖추고 있었다. 하지만 리처 눈앞의 물건은 차라는 형태만 갖추고 있었다. 바람과 모래에 의해 페인트는 모두 벗겨진 상태였다. 철재 골격은 광산으로 돌아가기 일보 직전이었다. 곳곳에 구멍이 뚫린 데다가 붉은 황토와 녹딱지가 더께로 덮여 있었으니 과장된 표현이 아니었다. 작은 사고도 끊이지 않았던 모양이다. 온통 패고 찌그러진 상처투성이였다. 온전한 부분은 찾아볼 수 없었다. 타이어는 주저앉을 만큼 낡았고 앞대가리에서는 새어나온 휘발유 냄새가 코를 찔렀다.

그가 다시 도요타로 돌아갔다. 매켄지가 집 안으로 들어간 지 한 시간째. 브라몰의 창문은 내려가 있었다. 환기를 위해서. 엷고 맑은 대기. 양지에서는 따뜻했고 음지에서는 서늘했다.

브라몰이 말했다. "좋을 일이 없는 하루군요."

"나도 어젯밤에야 깨달았습니다."

"직접 현장을 쫓아다니는 의뢰인들은 이래서 문제입니다. 나 혼자였다면 그녀에게 마음의 준비를 시켜둘 수 있었는데 말입니다. 최대한 정리하고 나서."

"이제 당신이 할 일은 끝난 것 같군요. 나를 두고 혼자 떠나지는 말아요. 시내로 돌아갈 차편이 필요하니까."

"그녀에게 반지를 돌려준 다음이겠지요."

"그건 더 이상 중요하지 않아요. 필요하지도 않은 과정이고. 반지는 매켄지 부인에게 맡기면 됩니다."

"난 바로 떠나기 힘들 겁니다." 브라몰이 말했다. "매켄지 부인이 계약을 연장하자고 나올 테니까. 앞으로 그녀에게는 많은 도움이 필요합니다. 그중에는 내가 할 수 있는 일들도 있어요. 최소한 호텔이나 공항까지 데려다 주기라도 해야지요."

"여기서도 휴대폰이 터집니까?"

"막대기 두 개. 골짜기 쪽으로 방향을 잡으면."

"저 집 현관도 골짜기를 마주 보고 있습니다. 그녀가 전화했던 장소가 이 집일 수도 있겠군요. '조용히 좀 해, 사이. 통화 중이잖아.' 그렇게 중얼거렸다던 전화 통화 말입니다. 여기 아니면 포터필드의 집, 둘 중 한 곳인 게 분명합니다."

"그녀에게 포터필드에 관해서 물어볼 생각이군요. 나는 여기 사람들 대다수와 같은 생각입니다. 곰이 어쩌고저쩌고는 모두 헛소리예요."

"그 생각은 진즉에 접었습니다. 직접 현장을 쫓아다니는 당신의 의뢰인 때문에. 전체적인 줄거리가 곧장 극적인 재회로 건너뛰었으니까. 로즈는 우리와 얘기를 나누려 하지 않을 겁니다. 아예 생각조차 들지 않을 거예요. 당연합니다. 오랫동안 잃어버렸던 쌍둥이 언니를 만난 판에 택시기사를 집 안으로 들이겠습니까? 이 상황에서 다른 사람과 소소한 대화를 나누고 싶어 한다면 그게 더 이상한 일이겠지요."

"당신은 그 부분을 알고 싶어 했잖아요."

"대부분은 이미 알아냈습니다." 리처가 말했다. "남은 부분이라야 얼마 되지 않아요."

20분 뒤, 앞문이 열렸다. 매켄지가 현관으로 걸어 나왔다. 그녀가 돌아서서 문을 닫았다. 하지만 더 이상 움직이지 않았다. 심호흡을 하는 듯, 그녀의 등이 눈에 보일 정도로 일렁거렸다. 그렇게 1분을 훌쩍 넘긴 뒤에 그녀가 덤불길 위로 내려섰다. 그녀가 걷기 시작했다. 브라몰과 리처가 차에서 내려 그녀를 향해 다가갔다. 그녀는 집 안에서 한참을 울었다. 그건 분명했다. 처음에는 아무 말도 하지 않았다. 입을 벌릴 힘조차 없는 것처럼. 입술이 오물거리며 신음 비슷한 소리가 새어 나오기는 했지만 말은 단 한마디도 튀어 나오지 않았다.

"진정해요." 브라몰이 말했다.

그녀가 숨을 들이마셨다. 그녀가 말했다. "내 동생이 리처 씨와 얘기를 나누고 싶다는군요. 지금."

리처가 놀란 눈빛으로 그녀를 쳐다보았다. 그 눈빛이 이내 변했다. 뭔가 물으려는 듯. 하지만 입으로는 묻지 않았다. 무슨 말을 할 수 있겠는가. 그녀의 상태가 그렇게 심하더냐고? 당신이 생각했던 것보다 훨씬 더?

그녀가 그를 마주 바라보았다. 참담한 눈빛으로. 그녀가 양어깨를 절반쯤만 들었다 놓으며 고개를 끄덕였다. 긍정과 부정이 반씩 섞인 몸짓.

그가 덤불길을 따라 내려가서 현관 위에 올라섰다.

33

리처가 손잡이를 돌려서 문을 열었다. 그가 집 안으로 들어갔다. 그제
야 자신이 머릿속으로 이미 실내의 풍경을 그리고 있었다는 걸 깨달았
다. 커튼이 쳐진 창문들, 어둠을 몰아내려는 의도가 아닌 촛불 한 자루, 한
층 어둠이 짙은 한구석에 두껍게 늘어진 장막, 그 장막 뒤에서 어른거리
는 가냘픈 형체, 그 형체의 입에서 흘러나오는 연약한 목소리. 하지만 아
니었다. 일단은 밝았다. 햇살에 비친 통나무들이 연한 꿀색으로 반짝이고
있었다. 현관문 안쪽은 곧장 거실이었다. 아담하고 깔끔한 공간이 거의
비어 있었다. 벽난로 양쪽에 비스듬히 놓여 있는 큼지막한 안락의자 두
개. 가구라고는 그게 전부였다.

로즈 샌더슨은 리처를 기준으로 왼쪽 의자에 앉아 있었다. 목 아래로는
쌍둥이 언니의 복사판이었다. 그건 분명했다. 앉은 자세부터 똑같았다. 손
목의 각도, 손가락을 벌린 모양새, 허리의 기울기까지 완전히 일치했다.

목 위로는, 그렇지 않았다. 더 이상은 똑같지 않았다. 그녀의 상의는 후
드 달린 은색 운동복이었다. 그 후드가 그녀의 머리를 감싸고 있었다. 턱
밑으로 후드 끈을 바짝 조인 탓에 얼굴의 일부분만 좁고 길쭉한 타원형으
로 드러나 있었다.

그 얼굴의 왼쪽은 불규칙한 거미줄 문양으로 얽혀 있었다. 오른쪽은 알

루미늄 호일이 감싸고 있었다. 그 가장자리에서는 약용 연고가 금세라도 흘러내릴 듯 걸쭉하게 비어져 나오고 있었다. 알루미늄 호일 마스크. 은색 계통의 빛깔. 그녀는 식은땀을 흘리고 있지 않았다. 떨고 있지도 않았다. 눈빛도 괜찮아 보였다. 아니, 괜찮은 것 이상이었다. 평화와 행복감에 도취된 사람의 눈빛이었다.

그녀가 말했다. "언니한테 들은 얘기에 관해서 묻고 싶은 게 있어요."

목소리도 똑같았다. 똑같은 어조, 똑같은 음역대, 똑같은 음량. 리처가 그녀와 악수를 나눈 뒤 빈 의자에 앉았다. 가까이에서 보니 그녀의 왼쪽 얼굴은 단지 상처로만 뒤덮인 게 아니었다. 복잡한 복원 수술을 거친 게 분명했다. 작은 조각들을 봉합한 흔적들이 역력했다. 오른쪽 얼굴의 호일 마스크는 일종의 습포였다. 가지런하지 못한 테두리로 미루어 직접 오려 낸 것이 분명했다.

그가 말했다. "뭘 묻고 싶은 건가?"

"언니 얘기로는 당신이 전당포에서 내 졸업 반지를 발견했다고 하던데요."

"그랬지."

"따라서 당신은 순전히 우발적으로 이 일에 관여하게 됐다는 거죠?"

"그렇네."

"그게 사실이든 아니든 당신은 그렇게 주장했을 거라는 생각이 내 머리를 스치는군요. 내 언니가 그런 얘기를 무조건 믿어버릴 사람이라는 건 그 전부터 알고 있는 사실이고."

"전당포가 아니면 어디서 내가 자네 반지를 발견했을 것 같은가?"

"경찰서 증거물 보관실일 수도 있겠고."

"그럼 자네 생각에는 내가 누굴까?"

"어쩌면 현역 110헌병대원?"

"그건 아주 오래전 일이야."

"그렇다면 동영상에서는 왜 그 이름을 들먹인 거죠?"

"군인이었다는 내 얘기가 거짓이 아니라는 걸 자네에게 알리려고. 아무리 가짜라도 110헌병대의 이름을 함부로 입에 담을 수는 없으니까."

그녀가 후드 속에서 고개를 끄덕였다. 알루미늄 호일 마스크가 절걱거렸다.

리처가 말했다. "110헌병대원이 들이닥칠 걸 예상하고 있었나?"

"딱히 110헌병대는 아니었어요." 그녀가 말했다. "그 정도쯤일 거라는 생각은 있었지만."

"이유는?"

"아주 많아요."

"난 아니야." 리처가 말했다. "난 그냥 지나가던 사람일 뿐, 그 이상도 이하도 아니야."

"확실한가요?"

"약속하지."

그녀가 다시 고개를 끄덕였다. 한 가지 문제는 해결됐다는 듯.

그가 주머니에서 반지를 꺼냈다. 마지막으로. 그의 생각이 그랬다. 그가 그걸 그녀에게 건넸다. 그녀가 손바닥 위에서 반지를 이리저리 굴렸다. 그녀의 눈길이 모든 부분을 세세히 훑었다. 그녀가 미소를 지었다. 아니, 그런 것 같았다. 호일이 절걱거렸다. 왼쪽 뺨 위엔 긴 홈이 얕게 패었다. 정상적이었다면 보조개라고 부를 수도 있었을 것이다. 하지만 지금은 그냥 함몰이었다. 어쩌면 그 부위의 봉합이 야물지 못한 탓일 수도 있었다.

그녀가 말했다. "고맙습니다."

그가 말했다. "천만의 말씀."

그녀가 말했다. "다시는 못 볼 거라고 생각했어요. 정말로."

그녀가 반지를 다시 리처에게 건넸다.

"40달러 빚졌네요." 그녀가 말했다. "지금은 돈이 없어요."

"선물이야." 그가 말했다.

"그럼 감사히 받을게요. 하지만 지금은 아니에요. 선배님이 보관해주시겠어요? 한 달 정도만. 준비가 되면 제가 연락드릴게요."

"다시 이걸 팔게 될까봐 걱정인 모양이군."

"최근 들어서 모든 게 너무나 비싸졌어요."

"먹고살기가 빠듯한가?"

"네, 그래요."

"그래서 110헌병대원 같은 사람을 만나기가 껄끄러운 건가?"

그녀가 고개를 저었다.

"내 문제 때문이 아니에요." 그녀가 말했다. "내가 처한 상황에 관심을 갖는 사람은 아무도 없어요. 나 같은 사람은 다들 포기해버렸으니까."

"그럼 그들의 방문을 기다렸던 이유가 뭐지?"

"다른 문제 때문이에요. 어떤 사건에 연루된 친구가 있었거든요. 심각한 사건은 아니에요. 하지만 아직 수사가 종결되지 않았어요. 조만간 관계기관에서 준비가 됐다는 판단을 내릴 거예요."

"무슨 준비?"

"여기를 한 번 더 둘러보러 올 거라는 얘기예요. 누군가 불쑥 들이닥치겠죠. 잠시 뿐이었지만 난 선배님이 그 누군가일 수도 있다는 기대를 품었어요. 내 반지는 극적인 등장을 위한 소품이고. 하지만 아니었어요. 이젠 됐어요. 궁금증이 풀렸으니까. 언니한테 다시 들어와 달라고 말해주실래요?"

매켄지는 도요타 조수석에 앉아 있었다. 그녀의 피부는 순백 그 자체였다. 이목구비의 정연함은 무결점을 넘어선 차원이었다. 표현을 찾을 수 없는 수준의 완벽한 얼굴. 리처가 그녀에게 로즈의 부탁을 전했다. 그녀가 눈으로 물었다. 리처는 그녀가 정확히 뭘 묻고 있는지 알 수 없었다. 어쩌면 동생의 상태가 그나마 다행이라는 대답을 듣고 싶은 건지도 모른다. 낙관적인 격려가 필요한 것이다. 그렇게 추측만 했을 뿐 아무 말도 할 수 없었다. 대신 다용도로 활용되는 모르쇠 표정을 지어 보였다. 그녀가 고개를 끄덕였다. 이해한다는 듯. 그녀가 차에서 내려 집으로 가는 통로를 따라 걸음을 옮겼다. 그녀가 다시 집 안으로 들어갔다. 그녀가 문을 닫았다.

리처가 그녀의 자리에 올라탔다. 그가 문을 닫았다.

브라몰이 말했다. "어땠습니까?"

"아주 심해요." 리처가 말했다. "아직 완전히 낫지 않은 상태입니다."

"심리상태는 어떻던가요?"

"완전히 취해 있더군요."

"뭐에 취한 겁니까?"

"최근 들어 아주 비싸졌다고 불평하는 물건에. 내 짐작입니다만 여전히 진통제에만 매달려 있더군요. 아직 변기에는 앉지 않은 겁니다."

"노블 요원의 얘기로 유추하자면 진즉에 주사기를 잡았을 텐데? 알약

하나까지 추적이 된다고 했잖습니까."

"실제 인생에 관해서는 배우지 못한 친구예요. 이 세상에 100퍼센트가 어디 존재하던가요?"

"그녀는 무슨 얘기를 하고 싶어서 당신을 불렀던 겁니까?"

"언젠가는 수사기관에서 사람이 찾아와 포터필드에 관해 물을 거라고 예상했답니다. 내가 그 사람이 아니라 실망스러웠던 모양입니다. 아직 종결되지 않은 사건이라더군요."

브라몰은 대꾸하지 않았다.

리처가 그에게 물었다. "매켄지 부인은 무슨 얘기를 하던가요?"

"좋은 이야기는 아니었어요."

"난 어젯밤부터 알고 있었습니다."

"로즈 샌더슨은 사제 폭탄 파편을 다섯 개씩이나 얼굴에 맞았어요. 아프가니스탄의 어느 작은 마을에서. 아무렇게나 절단한 금속 조각들을 탄피 속에 넣고 폭파시킨 거지요. 그 다섯 조각에 의해 그녀의 얼굴 살점들이 거의 전부 떨어져 나갔습니다. 그나마 붙어 있던 것들은 더 작은 파편들에 의해 껍질이 벗겨진 채 그을어 버렸고요. 하지만 요즘에는 야전병원도 일류 민간병원 못지않습니다. 시설 면에서든 기술 면에서든. 그들은 그녀의 전투모 속에서 떨어져 나간 살점들을 상당 부분 찾아냈어요. 그리고 거의 뼈만 남은 그녀의 얼굴에 그것들을 다시 갖다 붙였어요. 한 조각, 한 조각씩 잇고 봉합해서. 일류 성형외과 의사들이 집도했어요. 수술은 대성공이었지요."

"하지만?" 리처가 말했다.

"두 가지 문제가 있었습니다." 브라몰이 말했다. "수술 결과는 현대 의

술의 승전보 가운데 하나였어요. 그건 의심의 여지가 없어요. 베트남 전쟁 당시에 그런 부상을 입었다면 100퍼센트 목숨을 잃었을 거예요. 아프가니스탄 이전의 어떤 전쟁이었어도 그랬을 겁니다. 그건 의사들의 손에 의해 빚어진 명작이었습니다. 작품성으로만 따지자면 그랬다는 겁니다. 하지만 작품 자체는, 특히 심미적으로는 아주 형편없었습니다. 워낙에 부상이 심했으니 어쩔 수 없는 결과였지요. 그녀의 얼굴은 흉터로 뒤덮였습니다. 그림 조각 맞추기 퍼즐판처럼. 그나마도 제대로 맞는 조각이 없었습니다. 제대로 기능하는 것도 없고. 이제 그녀의 얼굴은 공포영화처럼 변해 버렸습니다. 그게 첫 번째 문제입니다. 그리고 그나마 좋은 소식이고."

"그럼 나쁜 소식은?"

"그 사제 폭탄은 죽은 개의 뱃속에 숨겨져 있었습니다. 그 자식들이 자주 이용하는 방법이랍니다. 이번에는 죽은 지 4일 정도 되는 개였습니다. 부패가 한창 진행 중이었겠지요. 푹푹 찌는 날씨였으니까요. 폭탄이 터지면서 부패한 살점과 함께 괴저성 병원균을 비롯한 온갖 악성 박테리아가 그녀의 얼굴 깊숙이 들어와 박혔습니다. 그게 4년 전 일입니다. 하지만 여전히 염증이 제거되지 않은 상태입니다. 고름이 계속 흘러나오고 있는 겁니다. 흉터에다 고름까지, 그녀는 괴물 중의 괴물 같은 모습이 되어버린 겁니다. 게다가 늘 통증에 시달리고 있고."

리처는 한참 동안 아무 말이 없었다.

이윽고 그가 말했다. "자기 언니에게 알리지 않은 것도 당연하군요."

"이제는 모두 밝혀졌으니 둘이서 치료 계획을 의논할 거라더군요."

"그녀가 1년 반 전에 전화 연락을 끊은 이유가 뭐라고 하던가요?"

"아직 거기까지는 얘기가 오가지 않은 모양입니다. 하지만 포터필드와 연관이 있는 게 분명합니다. 그것 말고 어떤 이유가 있겠습니까?"

리처가 다시 차에서 내렸다. 바람을 쐬고 싶어서. 그가 골짜기 가장자리로 바짝 다가갔다. 그리고 까마득하게 펼쳐진 풍경을 바라보았다. 좁은 창문 틈으로 먼 바다를 내다보는 기분이었다. 그의 등 뒤에서는 나무가 우거진 언덕이 로즈의 오두막을 감싸고 있었다. 아기를 품듯. 리처는 문득 그게 누구의 소유인지 궁금해졌다. 그가 돌아서서 크루캡을 향해 다가갔다. 유리창들은 모두 내려져 있었다. 세 사내 모두 등받이에 기댄 자세였다. 그들은 시간이 걸릴 만큼 걸려야 한다는 사실을 알고 있었다. 그래서 그때까지 기다리고 있는 것이다. 끈기 있게, 기력을 아끼며.

부츠 사내가 눈길을 들었다.

리처가 말했다. "자네는 좋게 해결하기 위해 노력 중이라고 말했어. 그건 나도 인정해. 자네들은 모든 점에서 최선을 다하고 있는 게 맞아. 군대였다면 훈장 신청이 들어갔을 거야."

사내가 고개를 까딱거렸다. 칭찬을 받아들인다는 듯.

리처가 말했다. "어떻게 시작된 건가?"

"우린 지낼 곳이 필요했어요. 그러다 보니 여기까지 오게 된 거예요. 여기는 이미 로즈의 구역이었어요. 하지만 그녀는 우리를 내쫓지 않았어요. 오히려 정착할 수 있게 도와줬어요. 그래서 우리도 그녀를 두어 번 도와줬지요. 큰 도움은 아니고 그냥 지켜줬을 뿐이에요. 그녀는 사람들의 눈에 띄는 걸 싫어하니까."

"그게 얼마 전 일이지?"

"3년 전. 로즈는 제대하자마자 이리로 들어왔어요. 우리보다 조금 먼저."

"이 집 주인은 누구지?"

"누군지는 몰라도 최소한 3년 동안 단 한 번도 찾아올 생각을 하지 않은 사람."

"자네도 사이 포터필드를 잘 알고 있을 거야."

"한두 번 만난 게 아니니까요."

"자네는 곰에 관한 이야기를 어떻게 받아들였지?"

"누구든 그렇게 처리할 거라고 생각했던 것 같아요. 우리 모두."

"포터필드는 뭘 해먹고 살았지?"

"우린 한 번도 물어본 적이 없어요. 그는 로즈를 행복하게 만들어주는 사람이었어요. 우리가 아는 건 그게 전부였어요."

"그녀는 지금 완전히 취해 있어."

"그래서 못마땅하다는 겁니까?"

"절대로 그렇지 않아. 다만 물건 공급에 차질이 생길까봐 걱정은 돼."

"우린 그 부분에 관해서는 당신과 얘기할 수 없어요. 당신이 누군지 모르니까."

"난 그녀의 언니와 같은 편이야."

"그건 아닌 것 같은데요. 다른 남자는 그녀가 고용한 탐정이에요. 하지만 당신의 정체는 아무도 모르고 있어요."

"난 경찰이 아니야." 리처가 말했다. "그게 제일 중요한 사실이야. 난 그 물건에 대해서는 관심이 없어. 하지만 그녀에게 문제가 생길 수도 있어. 빌리가 사라져버렸으니까. 난 그 생각뿐이야."

"빌리가 어떤 사람이었는지 알고 있다는 얘기예요?"

"제설차 기사. 가루를 다루는 분야에서 특별한 능력을 발휘했던 친구."

"당신은 한때 경찰이었어요."

"누구나 한때는 뭐였어. 이봐, 카우보이, 자네는 아직도 소만 보면 로프를 던지고 싶어지나? 아무튼 빌리는 다시 돌아오지 않을 거야. 난 로즈에게 아무 일도 없기를 바라는 사람이야. 진심으로."

사내가 말했다. "그들은 이미 빌리를 대신할 사람을 구했어요. 그 사람이 오늘 아침에 다녀갔어요. 이름이 스태클리예요. 아주 좋은 친구 같았어요. 보험회사에서 일하는 내 사촌이랑 닮았더라고요. 아무튼 이제 잘못될 일은 없어요. 모든 게 다시 자리를 잡았으니까."

리처가 말했다. "그녀가 그들에게서 구입하는 게 뭐지?"

"옥시하고 펜타닐 패치."

"어떤 사람 얘기로는 그 시대는 지나갔다던데?"

"가격이 계속해서 오르고 있어요."

"그 사람은 불법 유통이 거의 불가능하다던데, 어디서 들어오고 있는 거지?"

"병원에서 합법적으로 처방해주는 것과 똑같은 물건이에요. 지금까지 늘 그래왔어요. 브랜드 이름이 적혀 있는 흰 상자. 국내 제약공장에서 출고된 미제. 우리 정도 되면 싸구려 외제하고의 차이를 금방 알아차릴 수 있어요."

"자네들도 그걸 좋아하는 거야?"

"때때로 조금씩. 긴장을 풀고 싶을 때만."

"미제는 요즘 구하기 힘들다고 하던데, 내가 잘못 들은 모양이군."

"잘못 들은 게 아니에요." 사내가 말했다. "요즘은 구하기 힘든 게 사실이니까. 다른 곳에서는 그렇다는 얘기예요. 하지만 여기서는 아니에요. 그러니 당신들은 아주 곤란하게 됐어요. 어떤 계획인지는 모르겠지만 한 가지는 확실하게 알아두는 게 좋을 겁니다. 로즈는 여기서 떠나려 하지 않을 거예요. 백만 년이 지나도 꼼짝하지 않을 걸요? 단 1센티도. 그녀가 어떻게 떠날 수 있겠어요? 그녀는 여기에 묶여 있어요. 그 약이 우리 같은 사람들에게 얼마나 중요한지 당신은 몰라요. 그녀의 입장에서 생각해봐요."

34

매직 아워는 태양의 하루 여정 가운데 마지막 과정이다. 60분짜리 고별 공연이라고나 할까? 산속에서도 그 공연은 어김없이 펼쳐졌다. 낮은 하늘에 걸린 태양의 빛살이 각도를 줄여가며 점점 비껴들수록 대기에는 붉은 빛이 짙어지고 땅 위의 모든 그림자는 길어져 갔다.

리처는 현관 계단에 앉아 색깔이 변해가는 평원을 지켜보고 있었다. 갈색, 금색, 황갈색, 붉은색. 브라몰은 그의 발치 아래편, 골짜기 가장자리의 바위 위에 앉아 있었다. 어느새 크루캡에서 내려선 사내들은 근처의 나무 등걸에 기댄 채 맨바닥 위에 앉아 있었다.

어느 순간 앞문이 열리더니 매켄지가 걸어 나왔다.

리처가 일어났다. 그녀가 그를 지나쳐 현관 계단을 내려선 다음 덤불길을 따라 걸음을 옮겼다. 크루캡 사내들이 모두 일어나 옷에 묻은 흙을 털어냈다. 매켄지가 길 끝에서 그들과 만났다. 그녀가 그들과 차례차례 악수를 나눴다. 동생을 보살펴준 것에 대한 감사의 인사.

그녀가 브라몰에게 말했다. "호텔로 돌아가죠."

돌아가는 차 안에서 매켄지가 두 사람에게 말했다. 동생을 그곳에 남겨두고 떠나는 게 영 찝찝하다고 했다. 하지만 로즈의 고집을 꺾을 방법이

없었다고 했다. 로즈는 그곳이 좋고 필요한 건 모두 갖고 있다며 떠나자
는 제안을 단단히 거부했다. 단 하루도 거길 떠날 수 없는 건 물론 의사를
만나는 것도, 입원하는 것도 거부했다. 재향군인회, 정신과 상담, 재활치
료센터, 모두 싫다고 했다. 일리노이 레이크포레스트조차도.

"시간이 필요할 겁니다." 브라몰이 말했다.

그들이 뮬크로싱 우체국 앞에서 방향을 꺾은 뒤 2차선 도로를 타고 라
라미로 돌아왔다. 저녁은 시내의 어느 식당에서 해결했다. 브라몰은 호텔
주차장에서 작별인사를 한 뒤 곧장 객실로 올라갔다. 리처는 다시 주차장
에 남았다. 밤하늘은 여전히 제자리에 펼쳐져 있었다. 그 광활한 검은색
장막에는 여전히 수백만 개의 별들이 흩뿌려져 있었다. 그래도 그 전날
과 아주 조금은 달라졌을 것이다. 그의 생각이 그랬다. 하지만 그날 하루
동안 그가 겪었던 한편의 이야기 때문은 아니었다. 하늘은 세상 이야기에
아무 관심이 없을 테니까.

매켄지가 밖으로 나왔다. 그녀가 벤치에 앉았다. 그가 그녀 옆에 앉
았다.

그녀가 말했다. "로즈는 절반 정도만 중독된 상태예요."

그가 말했다. "내게는 형이 한 명 있었습니다. 쌍둥이는 아니었지만 우
리 형제는 어릴 때 참 사이좋게 지냈어요. 조금 전까지 나 자신에게 묻고
있었지요. 만일 내 형이 로즈와 똑같은 상황에 처해 있었다면 나는 세상
사람들에게 무얼 바랐을까? 친절한 거짓, 아니면 불편한 진실? 요점을 강
조하기 위해서 던져보는 질문이 아닙니다. 나도 정말 모르겠어요. 당신이
도와줘야겠습니다."

"난 진실을 원해요." 그녀가 말했다.

"내가 보기에 그녀의 중독 상태는 절반을 훌쩍 넘어선 것 같았습니다."

"난 로즈가 약에 매달리는 이유를 감안해서 판단했던 거예요. 그 애는 지독한 통증에 시달리고 있어요. 그래서 그게 필요한 거죠. 절반쯤은. 단순히 즐기려고만 그러는 게 아니라."

"알루미늄 호일은 어떻게 된 겁니까?"

"염증 때문이에요. 기회 있을 때마다 구해 놓은 항생제를 빻은 다음 집에 있는 소독연고를 짜 넣고 반죽을 해요. 그 반죽을 호일 위에 골고루 바르는 거예요. 버터처럼. 어쩌다 여유가 있을 때는 옥시코돈 한 알을 섞기도 하고."

"그녀가 기대했던 삶은 아니군요."

"당신은 어젯밤부터 알고 있었어요. 얼굴이 예쁘면 어떤 느낌이냐고 물었을 때."

"다른 이유로는 설명이 되지 않았으니까."

"로즈는 잘 지내고 있어요. 내 생각이지만."

"내 생각도 그렇습니다."

"난 그 집이 꽤 괜찮다는 생각까지 들더군요. 처음 들어갔을 때는 깜짝 놀랐어요. 무슨 이유에서인지는 모르겠지만 집 안이 어두울 거라고 생각했었거든요."

"내 생각도 그랬습니다." 그가 다시 말했다.

"앞으로 무슨 일이 벌어지게 될지 말해줘요."

"내가 무슨 수로?"

"난 진지하게 부탁하는 거예요." 그녀가 말했다. "이 상황을 헤쳐 나갈 방법이 필요해요."

"그녀가 잘 지내고 있는 건 매일같이 약에 취해 있기 때문입니다. 당신이 그녀에게 돈을 대주는 방법도 생각해볼 수는 있겠지요. 그러면 계속해서 잘 지낼 수 있을 겁니다. 스태클리라는 남자가 꼬박꼬박 찾아와만 준다면."

"그가 그럴 수도 있잖아요." 매켄지가 말했다.

리처가 다시 말을 이었다. "그리고 소년탐정이 마지막 구멍을 막아버린 뒤 그들 조직을 일망타진하지 않는다면."

"그가 그러지 못할 수도 있잖아요." 그녀가 말했다.

"뭐든 영원할 수 없어요." 리처가 말했다. "그녀가 처한 상황은 그녀가 생각하고 있는 만큼 안전하지 않습니다."

"설사 안전하다고 해도 난 로즈를 거기 내버려둘 수가 없어요."

"그녀를 떠나게 만들 방법이 있습니까?"

"내가 지금 그 방법을 묻고 있는 거잖아요. 어떤 생각이든 환영이에요."

리처가 말했다. "그녀는 현재 어떤 치료도 받지 않고 있습니까?"

"처음에는 병원에서 지냈어요. 하지만 1년이 지난 뒤 인내심에 한계가 왔어요. 그러고 나선 지금까지 병원 근처에도 가지 않았어요. 앞으로도 그럴 거예요. 심경에 큰 변화가 일어나지 않는 한."

"그 대신 그녀는 조용히 숨어 살면서 자가 치료를 하고 있습니다. 우리 둘 다 공감할 만큼 잘 지내고 있고요. 우린 그 부분을 존중해야 합니다. 그렇다면 장소만 다를 뿐 나머지 환경은 똑같이 제공하겠다는 약속을 하는 겁니다. 그게 그녀를 거기서 떠나게 만들 수 있는 유일한 방법입니다. 아니, 좀 더 나은 환경을 내세워서 설득해야 합니다. 그녀가 원하는 만큼 알약과 패치를 공급해줄 수 있는 환경 말이지요. 그러기 위해서는 의사를 제대로 찾아야 합니다. 그녀가 조용히 지낼 수 있는 장소도 마련해야 합니다. 절대로 귀찮게 하지 않겠다는 약속도 해야 합니다. 그건 당신 자신에 대한 약속이기도 합니다. 최소한 1년은 그녀를 혼자 내버려둬요. 그 정도는 긴 세월이 아닙니다. 이건 장기전이니까."

"로즈는 사람들이 자기를 보는 걸 싫어해요."

"그렇다면 일리노이보다는 여기가 낫겠군요."

"여기에서는 의사를 제대로 찾을 수가 없잖아요."

"당신네 마당이 얼마나 넓은가요?"

"6에이커 정도?"

"그녀를 위해 오두막 정도는 지어줄 수 있겠군요. 담장은 높게 둘러치고. 약은 그 담장 너머로 던져주면 될 겁니다. 그 상태로 1년 동안 가만히 내버려둬요. 담장 바깥쪽에서 지켜만 보면서."

"그러니까 더 나은 공급원이 되는 게 로즈를 도울 수 있는 유일한 방법이라는 얘기인가요?"

"소년탐정은 마약에 취한 상태에서의 유혹을 과소평가해서는 안 된다고 경고했습니다. 그녀는 당신을 만난 게 너무나 기쁠 겁니다. 그건 분명해요. 하지만 당신은 한 가지 사실을 인정해야 합니다. 지금 그녀에게는 당장 필요한 걸 손에 넣는 게 더 중요하다는 사실 말이지요."

"인정하기가 힘드네요. 나에 관해서가 아니라 그 애의 상태가 이렇게 심각해져 있다는 사실이요."

"그녀를 위해서는 당신이 자기편이라는 믿음을 심어줘야 해요. 그게 현재 당신에게 가장 중요한 일입니다. 그녀가 뭘 하든 나무라면 안 됩니다. 그녀가 어떤 반응을 보일지 너무나 빤하니까. 그냥 입술을 질끈 깨물고 그녀가 원하는 대로 약을 공급해 주는 겁니다. 그녀가 내면적으로 강인한 사람이라는 사실을 잊지 말아요. 그녀는 전투 경험까지 있는 보병장교 출신입니다. 따라서 조만간 자신을 추슬러야 할 필요를 느낄 겁니다. 그때가 되면 자기 문제에 관해 솔직하게 대화를 나누고 싶어 할 거예요. 그 상대방은 물론 당신일 테고. 왜? 자신을 제대로 대해준 사람이 당신뿐이니까. 그제야 당신은 그녀를 제대로 도와줄 수 있게 되는 겁니다."

"그럴 수만 있다면 얼마나 좋을까요."

"그런 문제를 다루고 있는 책들이 있어요. 처음 1년 동안은 그 책들을 읽으며 기다리는 것도 괜찮을 겁니다."

"모두 군대에서 배운 건가요?"

"그럴 만한 시간이 없었습니다." 리처가 말했다. "헌병 교육대에서는 고무호스와 방망이 휘두르는 법만 가르쳐줍니다. 하지만 의무대에는 그 방면에 정통한 지식을 갖고 있는 사람들이 많습니다. 정신과 군의관들 말입니다. 정말 희한한 부류예요. 하나같이 계급을 올려 달고 다닙니다. 나도 알고 지내던 사람이 몇 명 있었습니다. 그들이라면 많은 얘기를 해줄 수 있었을 겁니다."

"이를테면 어떤 얘기들?"

"마음 깊은 곳에서 그녀를 괴롭히고 있는 요인들을 생각해보라고 말할 겁니다."

"그건 너무나 빤하잖아요."

"하지만 그들은 정신과 의사들입니다. 그들은 한 사람이 동시에 두 개의 부정적인 요인을 품고 있을 수도 있다고 말할 겁니다. 또한 그들은 군복을 입은 사람들입니다. 그래서 자기들은 보병장교들의 특성을 잘 알고 있다고 말할 겁니다. 그러니 문제의 사제 폭탄 사건에 관해 좀 더 자세히 알고 싶어 할 겁니다."

"이유가 뭐죠?"

"특히 그들은 아군의 사상자가 더 있었는지 알고 싶어 할 겁니다. 그렇다면 로즈가 그것 때문에 괴로워할 거라고 추정할 겁니다. 그녀는 보병장교였습니다. 그리고 자기 부하들을 전사하게 만들었습니다. 여기서 그 경위는 크게 중요하지 않습니다. 그녀가 가장 먼저 부상을 당해서 의식을 잃었을 수도 있으니까. 그 경우라면 그들이 어떻게 전사했는지는 상관이 없어요. 그들이 그녀의 부하들이라는 사실이 중요합니다. 그래서 그녀의 잘못인 겁니다. 보병장교들은 그렇게 생각합니다. 일반인들은 그냥 듣고 넘길 수 있지만 그들에게는 엄청난 충격입니다. 웨스트포인트의 대장이 말해주더군요. 그녀가 부하들을 잘 이끌었다고. 그건 바로 명예의 전당으로 직행하는 티켓입니다. 묘비명에도 새겨 넣을 수 있는 문구지요. '부하들을 잘 이끄는 지휘관'. 보병장교에게 그보다 더한 칭찬은 없습니다. 왜? 실제로는 아주 어려운 일이니까. 그 효력은 실전에서 유감없이 발휘됩니다. 부하들을 잘 이끈다는 건 결코 전사하게 만드는 일이 없을 거라는 무언의 약속을 의미하기 때문입니다. 부하들의 뇌리 속에 깊숙이 박혀 들어가는 약속."

매켄지가 말했다. "로즈는 폭탄 사건에 관해서는 말을 하려고 하지 않아요."

리처가 말했다. "그들은 또한 그녀가 그 임무를 맡게 된 경위를 알고 싶어 할 겁니다. 상부의 지시에 따라 무작위로 차출된 걸까? 아니면 자원한 걸까? 후자의 경우라면 그녀가 더욱 괴로울 거라고 추정할 겁니다. 말 그대로 부하들을 사지로 끌고 들어간 거니까."

"그들은 정신과 의사잖아요. 당신도 그렇게 말했어요. 그들은 모든 걸 너무 복잡하게 만들어요. 발굽 소리가 들리면 일단 말을 찾아야지 얼룩말 부터 찾으면 안 되는 거잖아요. 로즈를 근본적으로 괴롭게 만드는 건 누군가가 그 애의 얼굴을 믹서기에 넣고 갈아버린 다음 개똥으로 문질렀기 때문이에요."

리처는 아무 말도 하지 않았다.

매켄지가 말했다. "뭐죠, 이 침묵은?"

"내 생각에도 그게 가장 큰 요인인 건 분명합니다."

"그런데요?"

"난 경찰의 입장에서 생각을 하게 됩니다. 그건 나도 어쩔 수 없습니다. 그녀는 소령으로 예편했어요. 웨스트포인트 대장의 얘기로는 마지막 파병 당시 그녀는 중책을 맡았습니다. 소령과 중책. 그건 사무용 책상과 브리핑을 의미합니다. 그녀는 행정업무에 파묻혀서 사령부 영내를 떠날 시간조차 없었을 겁니다. 그런 상황을 감안하면 그녀가 작은 마을의 도로변을 살피는 임무에 자원했을 리가 없습니다. 게다가 그런 임무라면 앞선 네 차례의 파병, 아니, 첫 번째 파병 당시에 이미 신물이 났을 테니까. 따라서 사령부, 혹은 상급자의 명령에 따른 겁니다. 모종의 작전을 지휘하라는 명령. 현장에서 그녀의 경호막은 아주 단단했을 겁니다. 주위에 둘러선 위관급 장교들이 적으면 십수 명, 많으면 수십 명이었을 테니까. 결국 폭탄에 의한 사상자가 그녀 말고도 많을 거라는 추정이 가능합니다. 하지만 현재로서는 확인할 길이 없습니다. 파일이 봉인됐으니 말입니다.

372

그건 그녀의 작전이 실패했을 가능성이 아주 높다는 걸 시사합니다. 다수의 아군 사상자를 내고서도 실패한 작전. 따라서 그녀의 얼굴만이 전부가 아닐 수도 있는 겁니다."

매켄지가 말했다. "당신이 내게 희망을 심어주려는 건지, 아니면 좌절시키려는 건지 난 잘 모르겠어요."

"현재로서는 둘 다 의미가 없습니다." 리처가 말했다. "희망이든 좌절이든. 어쨌든 지나친 낙관은 금물입니다. 하지만 그녀에게 남자친구가 있었다는 사실은 기억해야 합니다. 사이 포터필드. 침대 위에 꺼진 자국이 두 개 있었습니다. 그 사실을 통해서 그녀가 자기 자신을 어떻게 바라보고 있는지 조금이나마 엿볼 수 있습니다. 그건 긍정적인 미래를 기대할 수 있게 만드는 불빛입니다. 아주 희미하기는 하지만."

"그 애는 그에 관해서는 아무 말도 하지 않으려고 해요. 내가 당신이 찾아낸 머리빗 얘기를 했어요. 로즈도 잡아떼지는 않았어요. 무조건 내가 모르고 있는 게 더 안전하다고만 말하더군요."

"그녀는 나를 포터필드 때문에 찾아온 수사관으로 착각했습니다."

"곰 이야기를 믿는 사람은 아무도 없어요."

"그건 또 다른 요인이 될 수도 있습니다. 그녀가 자기 남자친구에게 정말로 무슨 일이 일어났는지 모른다면 말이지요. 물론 곰이든 사람이든 둘 다 끔찍한 건 마찬가지입니다. 이제 정신과 의사들은 축배를 들 겁니다. 자기들 생각대로 여러 가지 요인들이 뒤섞인 경우라고 얘기하면서."

"결국 심리적인 요인들이 얼굴보다 더 큰 문제라는 얘기군요."

"그건 술잔이 반이나 비었다, 반밖에 안 비었다 식의 해석입니다. 그래서 내가 당신에게 물었던 겁니다. 친절한 거짓과 불편한 진실에 관해서."

"난 진실을 원한다고 말했어요. 당신은 추측만 늘어놓았고."

"인정합니다." 리처가 말했다. "그리고 난 내 추측이 모두 틀렸기를 진심으로 바랍니다."

그녀는 꽤 오랫동안 아무 말이 없었다.

이윽고 그녀가 말했다. "당신은 좋은 사람이에요."

"귀에 익숙한 얘기는 아니군요."

"여기 있어줘서 고마워요."

"내가 좋아서 하는 일입니다." 그가 말했다. 사실이었다. 검은 아스팔트 위에 놓인 콘크리트 벤치였다. 하지만 지상에서 1미터 떨어진 높이에는 장관이 펼쳐져 있었다. 그렇게 아름다운 별무리는 처음이었다. 신선하고 부드러운 대기는 묵음으로 콧노래를 흥얼거렸다. 벤치 위, 그의 옆자리에는 일류 잡지의 표지 모델 같은 여인이 앉아 있었다. 그가 생각했다. 탄탄할 것이다. 유연할 것이다. 서늘할 것이다. 그래도 등허리 아래쪽, 움푹 들어간 부분은 촉촉할 것이다.

그녀가 그에게 물었다. "내가 내 남편에 관해 했던 얘기 기억나요?"

"좋은 남편이다, 우린 잘 맞는 커플이다, 그 얘기?"

"기억력이 비상하시군요."

"어제 일이잖습니까."

"남편이 바람을 피우면서 나를 외롭게 만든다고 말할 걸 그랬어요."

리처가 미소를 지었다.

그가 말했다. "매켄지 부인, 좋은 밤 되시길."

그녀가 그를 남겨 두고 떠났다. 그는 어둠 속에서 혼자 벤치에 앉아 별들만 쳐다보고 있었다. 그 전날 밤처럼.

그 시각, 리처의 벤치에서 1킬로미터 떨어진 지점. 정확히는 라라미 중심가에서 세 블록 거리, 폐업한 점포 건물 뒤편 주차장. 방금 전화 통화를 끝낸 스태클리가 자신의 낡은 픽업트럭을 그곳에 주차시켰다. 철없던 시절, 그는 헤어스타일에 늘 신경을 썼다. 어느 날 고급 미용실에서 차례를 기다리는 동안 잡지를 뒤적인 적이 있었다. 그 속에 적혀 있던 한 구절이 그의 평생 교훈이 되었다.

'사업의 성패는 가차 없는 비용 삭감에 의해 좌우된다.'

그래서 그는 여건이 허락하는 한 트럭에서 잠을 잤다. 적재칸 덮개를 텐트처럼 꾸민 것도 그래서였다. 모텔에서 하룻밤을 묵으면 알약 두 개를 팔아서 남긴 이윤이 날아간다. 어떻게 번 돈인데 그렇게 날리겠는가.

스노위레인지 건너편 산기슭에 살고 있는 할망구에게 펜타닐 패치 한 박스를 팔았다. 돈은 제값대로 받았지만 온전한 박스를 넘겨주지는 않았다. 한 시간 전에 살짝 뜯었다가 다시 덮은 박스, 거기서 빼낸 패치 한 봉은 그의 주머니 속으로 들어갔다. 할망구는 절대 눈치채지 못할 것이다. 설사 눈치챈다 하더라도 너무 취해서 숫자를 제대로 세지 못한 제 탓을 할 것이다. 당연한 얘기. 마약중독자들은 스스로를 탓하는 데에 익숙해지기 마련이다. 그건 세계 어느 나라의 중독자든 마찬가지다.

그가 주머니에서 그걸 꺼냈다. 앞자리 사물함에서는 가위를 꺼냈다. 그가 패치 포장을 뜯은 뒤 6센티 길이만큼 잘라냈다. 그가 그걸 혀 밑으로 밀어 넣었다. 혀밑샘이라고 불리는 부위. 같은 미용실, 다른 잡지에서 익힌 단어이다. 약효를 가장 확실하게 느낄 수 있는 방법도 거기서 알게 되었다. 두고두고 지당한 말씀.

그 시각, 스태클리의 주차장에서 60마일 떨어진 지점. 뮬크로싱 서쪽의 구릉지대에서 로즈 샌더슨이 잠잘 준비를 하고 있었다. 그녀가 후드를 뒤로 잡아 당겨 젖혔다. 그녀가 은색 운동복 상의를 벗었다. 그 아래 입고 있던 티셔츠도 벗었다. 브라도 벗었다. 그녀가 오른쪽 얼굴에서 호일을 벗겨냈다. 이어서 칫솔을 거꾸로 집어 들었다. 그녀가 칫솔 손잡이 부분을 이용해서 얼굴 피부에 덩어리져 있는 연고를 긁어냈다. 그녀가 그걸 호일 위에 골고루 펴 발랐다. 운이 좋으면 그걸로 하루는 더 버틸 수 있을 것이다. 그녀가 싱크에 찬물을 가득 받았다. 그녀가 숨을 들이마신 뒤 얼굴을 물속에 담갔다. 지금까지 최장 기록은 4분. 그녀가 머리를 들고 고개를 내저었다. 머리카락은 다시 자라나 있었다.

웨스트포인트에 입교하기 일주일 전, 그녀는 머리를 아주 짧게 잘랐다. 모자를 쓰려면 어쩔 수 없었다. 그곳에는 규율이 있다. 그 이후로 13년 동안 그 길이를 유지했다. 이제 다시 원래 길이로 돌아온 것이다. 마구 엉킨 붉은색 실타래, 군데군데 탈색된 흔적들, 모자를 거부할 만큼 굵고 긴 철사 오라기. 이제는 고민거리도 아닌 문제.

그녀가 서랍에서 가위를 꺼냈다. 그녀가 패치에서 6센티 길이만큼 잘라냈다. 그녀가 그걸 아랫입술 바로 밑에 붙였다. 적정 복용량. 밤새 푹 자게 해줄 것이다.

따뜻하고, 부드럽고, 편안하고, 차분하고, 평화롭고, 포근하고, 행복하게, 그녀가 원하는 모든 느낌들을 안겨줄 것이다.

그 시각, 로즈 샌더슨의 통나무집에서 300마일 떨어진 사우스다코타 래피드 시티, 글로리아 나카무라가 차 안에 앉아 아더 스콜피오의 빨래방 뒷문을 지켜보고 있었다.

문짝에는 다시 한 번 빛의 테두리가 둘러쳐져 있었다. 틈새는 역시 2.5센티. 따뜻한 밤이었다. 스콜피오는 두 시간이 넘도록 사무실에 틀어박혀 있었다.

그녀는 또다시 생각을 정리하는 중이었다. 환기가 필요할 만큼 열을 내며 돌아가고 있는 장비가 뭘까? 전자기기? 가능한 얘기다. 그녀가 아는 사람 가운데 집 안에 홈시어터를 설치한 남자가 있다. 그곳에는 검정색 박스들이 가득 찬 벽장이 하나 있다. 거기서 내뿜어지는 열기는 장난이 아니다. 그 속에는 윤활유와 실리콘 냄새도 엷게 배어 있다. 그곳에서는 늘 선풍기가 돌아가고 있다.

그녀의 휴대폰이 울렸다. 컴퓨터범죄과의 친구.

그가 말했다. "맞다, 아니다로만 대답해. 새로운 빌리에 관한 문자 메시지를 받은 사람이 스콜피오라고 추정하는 거지?"

그녀가 말했다. "법정에서 증거로 채택되기는 어려울 거야."

"그건 맞다, 아니다가 아니잖아."

"맞아. 스콜피오라는 추정이 가능해."

"방금 전 와이오밍 라라미의 어느 송신탑에서 똑같은 신호로 보이스메일을 보내왔어. 보낸 사람의 이름은 스태클리야. 스콜피오 사장님부터 시작해서 꼬박꼬박 존댓말을 사용했어. 모든 게 순조롭게 진행 중이라고 하더군. 그런데 그 내용 중에 남자 둘과 여자 한 명에 관한 부분이 있어. 그들이 여기저기 질문을 던지며 쑤시고 다닌다는 거야. 남자 하나는 덩치가 엄청나다고 했어. 그들의 차량에 관한 대목도 있어. 검정색 도요타."

리처. 그녀가 생각했다.

그녀의 친구가 말했다. "스콜피오가 곧장 그에게 전화해서 보이스메일을 남겼어. 그런데 빌리에게 내렸던 것과 똑같은 지시를 하는 거야. 그 덩치 큰 남자를 그림에서 지워버리고 싶다고 했어. 그가 또다시 살인지령을 내린 거지."

"잠깐만." 나카무라가 말했다.

스콜피오의 뒷문이 열리고 있었다. 그가 골목으로 나왔다. 그가 돌아서서 문을 잠갔다. 그가 자기 차를 향해 걸어갔다.

"스콜피오를 미행해야겠어." 그녀가 말했다.

"기름 낭비." 그녀의 친구가 말했다.

그녀가 전화를 끊고 시동을 걸었다.

스콜피오는 곧장 집으로 갔다.

그는 언제나 곧장 집으로 간다.

그 시각, 스콜피오의 빨래방에서 600마일 떨어진 지점, 오클라호마 북서단의 팬핸들 지역, 그곳에 자리 잡고 있는 설리반이라는 이름의 작은 마을, 빌리가 빨간 신호를 무시하고 교차로를 달려 지나갔다. 그가 몰고 있는 차량은 20년도 더 묵은 600달러짜리 포드 레인저 픽업트럭. 두 번째 식스팩(six-pack, 맥주 여섯 개들이 한 세트)을 사러 가는 길이었다.

1차로 제 몫의 몇 캔을 비운 탓에 약간 취기가 오른 상태였다. 몬태나에서 내려온 그의 친구는 모텔 방에 남아서 그와 맥주를 기다리고 있었다. 텍사스 주 아마리요의 마약상들과 선이 닿아 있다는 남자와는 그 다음 날 오후에 약속을 잡아둔 상태였다. 그 자리에서 만족스러운 제안을 받을 게 분명했다.

교차로에는 순찰차 한 대가 서 있었다. 경관이 경광등을 켜고 사이렌을 한 차례 울렸다. 빌리는 바짝 쫄은 나머지 엉겁결에 액셀을 밟았다. 하지만 금세 자신의 행동을 후회했다.

'멍청한 놈. 이 차 안에는 숨기고 있는 게 없잖아. 술 냄새? 고작 맥주 몇 캔인데? 게다가 여긴 팬핸들이야. 단속이 느슨하기로 유명한 곳이라고. 아무 일 없을 거야.'

그 실수를 제외하면 빌리의 후속 조치는 모범적이었다. 어차피 계속 도망갈 수도 없었다. 600달러짜리 똥차로는 절대 불가능한 일이었다.

그가 브레이크를 밟고 도로변에 차를 세웠다.

인간은 지극히 미묘한 감정의 작용에 의해 평소와 다른 행동을 보이기도 한다. 그 점에서는 교차로의 경관도 마찬가지였다. 신호 위반을 한 똥차는 즉시 멈춰 서지 않았다. 그래서 그는 약이 올랐다. 감히 공권력을 무시하다니. 그래도 여느 때 같았으면 그냥 넘어갔을 것이다. 늦게나마 지시에 따르기는 했으니까. 따라서 조수석 창문을 내리고 조심하라는 경고를 날린 뒤 순순히 보내줬을 것이다. 하지만 그 날은 아니었다. 약이 오르다 못해 화가 치밀었다. 자신도 모르게 양어깨에 힘이 들어가고 턱이 바짝 들렸다. 정식으로 검문을 실시해야겠다는 결심도 순전히 냉철한 직업정신에서 비롯한 건 아니었다. 그가 경광등을 반짝이며 픽업 뒤에 자기 차를 세웠다. 그가 모자를 썼다. 그리고 20까지 헤아린 뒤 차에서 내렸다. 그가 권총 지갑의 똑딱단추를 풀고 한 손을 개머리판에 얹었다. 그가 천천히 걸어 나가서 낡은 포드의 적재칸과 수평을 이루는 지점에 멈춰 섰다. 그가 크고 분명하게 소리쳤다. "차에서 내려서십시오."

문이 열렸다.

빌리가 내려섰다.

"죄송해요, 경관님." 그가 말했다. "잠시 딴생각을 하고 있었나 봐요. 다른 차가 없었던 게 다행이에요."

경관은 그 사내의 숨결에서 맥주 냄새를 뚜렷이 맡을 수 있었다.

그가 말했다. "면허증을 제시해 주십시오."

빌리가 주머니를 뒤적거려서 면허증을 꺼낸 뒤 경관에게 건넸다.

경관이 말했다. "여기서 기다리십시오."

그가 아주 천천히 자기 차로 돌아갔다. 그가 다시 차에 올라탔다. 기어박스 가까이에는 백조 모가지 같은 거치대가 볼트로 접착돼 있었다. 그 끝에는 컴퓨터 단말기가 장착돼 있었다. 새로 선출된 시장의 수많은 공약 사항 가운데 하나였다. 그가 빌리의 신원을 입력했다. 연방 DEA 서부 지부의 수배 코드가 화면에 떴다.

그가 다시 차에서 내렸다. 그가 다시 빌리에게 다가갔다. 아주 천천히. 그가 빌리를 돌려 세우고선 한 손으로 그의 머리를 차 지붕에 처박았다. 이어서 뒷짐 자세를 취하게 만든 다음 그의 양 손목에 수갑을 채웠다.

35

그들은 아침 8시에 로비에서 만났다. 다 함께 식당에서 아침을 먹은 뒤 곧장 차를 몰고 마켓으로 갔다. 거기서는 로즈를 위해 쇼핑을 했다. 대부분이 먹거리였다. 건강에 좋은 것들, 해로운 것들. 비누 한 상자와 책도 한 권 샀다. 핑크색 양말 한 켤레와 빗살 간격이 넓은 빗도 잊지 않았다. 돈에 쪼들릴 때면 포기하고 살아가는 물건들. 소독 크림은 모든 종류를 두 개씩 샀다. 계산대 앞에서 차례를 기다리는 동안 브라몰의 휴대폰이 울렸다. 그가 화면을 확인하고 나서 말했다. "마약단속국의 노블 특수요원이에요."

그가 전화를 받았다. 한동안 귀를 기울이던 그가 어정쩡하게 감사 인사를 우물거렸다. 그 뒤로도 계속해서 듣고만 있던 그가 어느 한순간 입을 열었다. 뭔가 말하려는 듯. 하지만 아무 소리도 내지 않고 이내 그 입을 다물었다. 묵묵히 듣는 게 최선이라는 판단을 내린 듯. 연방요원들 간의 체스 게임. 리처는 충분히 알아챌 수 있었다. 브라몰이 전화를 끊었다.

그가 말했다. "빌리가 어제 검거됐습니다. 오클라호마의 어느 작은 도시에서. 노블이 전화로 그를 심문했습니다. 현재까지는 모든 혐의를 부인하고 있습니다. 로즈 샌더슨에 관해서도 마찬가지입니다. 오리발 작전. 그녀의 소재는 물론 이름조차 들어본 적이 없답니다."

"어제의 뉴스네요." 매켄지가 말했다. "우린 더 이상 빌리가 필요 없으니 말이에요."

로즈의 거처로 돌아가는 길은 일종의 시간 왜곡 여행이었다. 와이오밍에서 흔히 겪을 수 있는 시간상의 착각. 생각으로는 먼 길이 아니었다. 단순히 옆 동네를 찾아가는 정도였다. 퓰크로싱은 바로 길 아래에 있고 로즈의 집은 삼거리에서 서쪽으로 조금만 더 가면 있지 않은가. 하지만 실제로는 두 시간이 꼬박 소요되는 장거리 여행이었다. 끝없이 이어지는 것만 같은 2차선 도로, 광막한 무인지대를 관통하기에 더욱 길게 느껴지는 비포장도로, 그다음에는 바퀴자국이 깊게 팬 6킬로미터의 진출입로. 하늘은 제련되지 않은 무쇠 빛깔이었다. 그 하늘이 넌지시 상기시켜주고 있었다. '추운 계절이 다가오고 있다.'

랜드크루저가 마침내 숲을 빠져나와 흙마당으로 진입했다. 카우보이 셋이 집에서 30미터 떨어진 지점에 대충 모여 서서 진출입로 어귀를 지켜보고 있었다. 허술한 방어선처럼.

'큰 도움은 아니고 그냥 지켜줬을 뿐이에요.'

브라몰이 아무 적의가 없다는 걸 보여주려는 듯, 속도를 급격히 낮추고 지난번 주차했던 자리에 차를 멈춰 세웠다. 리처가 장 본 꾸러미들을 차에서 내려 현관에 쌓아 놓았다. 매켄지가 그것들을 집 안으로 옮겼다. 그녀의 등 뒤로 문이 닫혔다. 공터에 정적이 내려앉았다. 브라몰은 어느새 골짜기 가장자리에 서 있었다. 작고 단정한 남자. 와이셔츠에 넥타이까지 갖춘 짙은 색 정장 차림. 상식적으로는 야생에서 절대 어울릴 수 없는 존재. 하지만 그렇지 않았다. 단지 어울리는 정도가 아니라 마치 제집에 있는 듯 편안해 보였다. 브라몰은 그런 남자였다. 그는 생각에 사로잡혀 있었다. 그의 표정이 말해주고 있었기 때문이다. 문제, 갈등, 윤리적 딜레마.

리처는 충분히 짐작할 수 있었다.

빌리.

브라몰에게는 어제의 뉴스가 아니었다.

내일의 뉴스.

리처가 브라몰에게 다가갔다.

그가 말했다. "나도 압니다." 진심이 전달되기를 바라는 마음으로.

"뭘 안다는 겁니까?" 브라몰이 받아쳤다.

"빌리 없이도 우리끼리 로즈를 찾아냈다는 사실을 소년탐정에게 알리지 않아서 영 찜찜하잖습니까."

"당신이 내 입장이라면 역시 마음이 불편했을까요?"

"천만에." 리처가 말했다. "너무 많이 알려줄 필요는 없으니까. 오클라호마에서 정확히 무슨 일이 벌어진 겁니까?"

"빌리가 신호를 무시하고 달렸어요. 그의 이름과 사진은 이미 연방 데이터베이스에 입력돼 있었고. 노블이 그와 전화 통화를 하면서 자백을 유도했어요. 그가 왜 그런 수고를 마다하지 않았을까요? 우리를 배려해서가 아닐까요? 특히 매켄지 부인의 처지가 측은해서. 더구나 뭐든 나오면 알려 달라는 부탁을 받았으니까. 그러니 그녀를 위해서 최선을 다하는 모습이라도 보이려는 게 아닐까요? 물론 그게 아닐 수도 있겠지요. 지극히 현실적인 계산에서 나온 행동일지도 모릅니다. 어차피 빌리를 손에 넣었으니 일사천리로 수사를 종결시키자는 계산. 그로서는 그게 최선일 테지요. 만일 그렇다면 다음 절차는 로즈를 증인으로 소환하거나 마약 매입 혐의로 체포하는 겁니다. 그 두 가지 경우 모두 나로서는 최악의 상황입니다. 최소한 지금 당장에는 그런 일이 일어나서는 안 됩니다. 거기에는 많은 이유가 있습니다. 쌍둥이 동생이 어떤 식으로든 법적인 제재를 받지 않게 해달라는 내 의뢰인의 바람도 그 이유 중 하나입니다. 그래서 난 노블 요원에게 아무 얘기도 하지 않았습니다. 그래요. 그 부분에 대해서 마음이 찝찝한 게 사실입니다. 노블 같은 사람들에게 뭐든 감추는 건 내 원칙에 어긋나니까."

"계약이 연장된 겁니까?"

"현재의 위기 상태가 해소될 때까지."

"그때까지 얼마나 걸릴 것 같습니까?"

브라몰이 로즈의 집을 흘깃 올려다보았다.

그가 말했다. "글쎄요, 딱히 장담하기가 어렵군요."

"빌리가 얼마나 오래 버틸 것 같습니까?"

"노블이 작정하고 쥐어짤 경우에?"

"그러지 않더라도 노블은 조만간 뭐든 얻어낼 겁니다. 빌리가 아주 사소한 거라도 은연중에 흘릴 거예요. 소년탐정은 귀를 쫑긋 세우고 그 쪼가리들을 주워 담겠지요. 이건 엄청난 사건입니다. 알 만한 사람이면 모두 알고 있는 사실이에요. 미국산 진통제. 공장에서 곧바로 암시장에 풀린 의약품. 그것도 합법적 포장에다가 대량으로. 소년탐정은 절대 불가능하다고 말했습니다. 그러니 이를 악물고 추적할 겁니다. 집안의 원수를 쫓는 심정으로 말이지요. 결국 새는 부분을 찾아내서 단단히 봉해버릴 거예요. 당신의 의뢰인은 쌍둥이 동생이 감옥에 가기를 바라지 않습니다. 하지만 정신병원에 갇힌 채 금단현상으로 몸부림치는 모습도 보고 싶지 않을 겁니다. 안 그렇습니까?"

브라몰이 다시 한 번 집을 흘깃 올려다보았다.

"쉽게 결정할 수 없을 겁니다. 아무래도 시간이 오래 걸릴 테지요. 나로서는 그때까지 기다리는 수밖에."

"일반적인 경우라면 나도 당신과 같은 생각일 겁니다." 리처가 말했다. "하지만 지금은 시간이 너무 빠듯합니다."

"우리에게 시간이 얼마나 있는 겁니까?"

"느낌상으로는 2~3일 안에 여기서 벗어나야 합니다."

"그때까지는 노블에게 어떤 얘기도 해서는 안 된다?"

"나한테는 쉬운 일입니다." 리처가 말했다. "하지만 당신에게는 일리노이 면허증이 달려 있는 문제겠지요."

"내 얘기 한번 들어보십시오. 우리는 사우스다코타 래피드시티의 아더 스콜피오라는 거물에 관해서 결정적인 증거를 입수한 상태입니다. 그리고 그 사건은 DEA 서부 지부 소관입니다. 스콜피오는 현재 DEA가 알지 못하는 네트워크를 운영하고 있습니다. 사우스다코타는 물론 와이오밍과 몬태나까지 뻗어 있는 조직입니다. 그 네트워크를 통해 유통되는 물건은 DEA가 눈치채지 못하고 있는 구멍에서 새어 나오고 있습니다. 범인들에게는 엘도라도나 마찬가지겠지요. 그 구멍을 발견하고 나아가 그 네트워크를 일망타진한다면 연방기관 역사에 길이 남을 승리와 공훈으로 기록될 겁니다. 나는 그걸 접시째 노블에게 넘겨줄 수도 있습니다. 사실 직업적인 의무만 생각한다면 마땅히 그래야만 합니다. 범죄가 일어났거나 일어나려는 기미를 포착한 경우에 해당하니까. 그건 둘째 치고라도 난 내가 정한 원칙대로 살고 싶은 사람입니다. 따라서 나는 내가 알고 있는 것 모두를 노블에게 알려야 합니다."

"하지만 지금은 때가 아닙니다." 리처가 말했다.

"불법적인 공급이 끊기면 안 되니까. 내 의뢰인이 반쯤이라도 합법적인 공급원을 찾아내기 전까지는."

"너무 마음 쓰지 말아요." 리처가 말했다. "당신은 이미 은퇴했으니까."

"두 번째 직업입니다."

"첫 번째에 비해 규범이 적지 않습니까."

"그래도 당신보다는 많습니다."

"내게도 지켜야 할 규범이 있습니다." 리처가 말했다. "그것도 아주 많이. 그중 하나가 이렇게 얘기하는군요. 상이군인에게는 일단 무죄추정의 원칙이 적용된다. 그리고 또 다른 규범도 있습니다. 정부의 손길이 뻗치기 전에 사라져야 한다. 아무튼 나는 당신 얘기에 공감합니다. 일단 공급 문제가 해결돼야 해요. 그것도 빨리."

집 안은 여전히 조용했다. 문은 열리지 않고 있었다. 리처가 브라몰에게서 휴대폰을 빌린 뒤 그에게서 떨어져 나갔다. 그가 기억 속에 남아 있는 번호를 눌렀다.

이번에도 같은 목소리였다.

"웨스트포인트 교장 부속실입니다." 그녀가 말했다. "어떻게 도와드릴까요?"

"리처입니다." 그가 말했다.

"안녕하세요, 소령님."

"심슨 장군님과 통화 가능할까요?"

"잠시만 기다리세요."

이내 교장의 목소리가 들려왔다. "진척이 있나?"

"그녀를 찾았습니다." 리처가 말했다.

"상태는?"

"문제가 있습니다." 리처가 말했다. "퍼플하트 훈장은 심각한 안면 부상 때문이었습니다. 현장에서 우리가 주사한 진통제 때문에 마약 의존증이 생겼습니다. 현재로서는 그걸 해결할 방법이 없습니다."

"내가 도울 일은?"

"이 시점에서는 오직 정보뿐입니다. 그녀가 어떤 칸에 체크 표시를 했는지 알아야 합니다. 심리검사 말입니다. 그러면 다음 상황을 대처하기가 한결 쉬워질 것 같습니다."

"어떤 정보?"

"길가에 매설된 사제 폭탄이었습니다. 당시 상황에 대해 자세히 조사해 주시면 감사하겠습니다. 특히 그녀가 그 현장에 있게 된 이유와 다른 사상자의 유무가 밝혀지면 큰 도움이 될 것 같습니다."

"노력해보지."

"그리고 포터필드에 관한 세부 정보도 필요합니다. 샌더슨은 모르는 게 안전하다고 말했습니다. 저는 그게 무슨 뜻인지 모르겠습니다. 대체 그가 누구일까요? 14년 전에 소위로 임관해서 파병됐다가 한 달도 못 채우고 전역한 친구입니다. 그 이후로 12년 동안 그가 뭘 어쨌기에 연방기관에서 그 정도로 큰 관심을 기울였을까요?"

"샌더슨은 분명히 알고 있을 거야."

"저로서는 그녀를 다그칠 수가 없습니다. 감정적으로 아주 불안정한 상태입니다."

"반지는 돌려줬나?"

"아직 제가 갖고 있습니다. 상황이 나아지면 그때 찾아가겠답니다."

"그런 날이 올까?"

"올 수도 있습니다." 리처가 말했다. 처음 얼마 동안이 고비입니다."

그가 브라몰에게 휴대폰을 돌려주었다. 그러고 나서 함께 기다렸다. 전날처럼 서로 다른 장소에서. 리처는 현관 계단, 브라몰은 골짜기 가장자리의 바위. 카우보이들은 진출입로 어귀에 한데 뭉쳐 있었다. 당장이라도 등장할 누군가를 기다리는 듯.

'자료와 정보는 입수하는 즉시 실전에 활용해야 한다.'

그게 현대 사업 환경에서 스태클리의 첫 번째 규칙이었다. 아니, 언제나 그런 건 아니었다. 비용의 가차 없는 삭감 규칙과 늘 선두 다툼을 벌이니까. 잡지들마다 우선순위가 달랐다. 그래서 그는 늘 유연성을 잃지 않으려고 노력해 왔다. 그날 아침에는 즉시 활용 규칙이 첫 번째였다. 매일 아침 그는 적재칸 텐트 속에 누운 채 밤새 도착한 텍스트를 읽고 보이스 메일을 듣는다. 그날 아침에도 마찬가지였다. 그래서 그는 덩치 큰 사내가 그림에서 빠져야 한다는 걸 알게 되었다. 그 즉시 여기저기 전화까지 걸어가며 방법을 궁리하느라 아침 몇 시간을 보냈다. '그런 일을 성공시키려면 남의 힘을 빌려야 한다.' 그게 현대 사업 환경에서 스태클리의 첫 번째 규칙이었다. 물론 두 번째나 세 번째로 밀려나는 경우도 있었다. 아무튼 상위에 있는 규칙인 것만은 분명했다.

뮬크로싱에서 비포장도로로 꺾어질 즈음에는 전략이 완성됐다. 얘기로만 들었던 그의 전임, 빌리의 집 앞을 지나갈 즈음에는 미끼도 결정됐다. 역시 얘기로만 들었던 포터필드의 옛 집 앞을 지나갈 즈음에는 그 미끼를 던질 장소도 떠올랐다. 그가 계속해서 서쪽으로 달려 나갔다. 첫 번째 나타난 진출입로는 그냥 지나쳤다. 이윽고 두 번째 진출입로가 오른쪽에서 나타났다. 그가 핸들을 꺾었다. 그가 그 전날 아침에도 이용했던 목장 도로. 나무뿌리와 바위들 때문에 속도를 낼 수 없는 6킬로미터. 트럭만 생각하자면 좋을 게 없었다. 하지만 스태클리는 새롭게 만들어낸 규칙에 충실히 따랐다.

새로운 환경에서의 제1규칙. '생산성은 모든 고정 자산의 최대 활용에 의존한다.'

리처는 등 뒤에서 문이 열리는 소리를 들었다. 그가 자리에서 일어나 뒤로 돌아섰다. 매켄지가 집 안에서 걸어 나왔다. 그녀 등 뒤의 어둠 속에서 작은 형체가 어른거렸다. 은색 계통의 빛깔.

매켄지가 문을 닫았다. 그녀가 곧장 골짜기 가장자리를 향해 다가갔다. 그녀의 눈길이 여전히 진출입로 어귀에 모여 서 있는 카우보이들을 훑었다. 리처가 그녀를 쫓아갔다. 그녀가 바위 하나를 골라 앉았다. 리처도 2미터 남짓 떨어진 바위 위에 앉았다. 브라몰은 그의 단골 바위에 앉았다. 암초 해안에서 조난당한 채 앞날을 상의하려는 사람들 같았다. 그들 등 뒤로는 큰 바다 같은 초원이 끝이 없을 듯 펼쳐져 있었다.

매켄지가 말했다. "진전이 있는 것 같아요. 예상했던 것보다 훨씬 빠르네요. 물론 로즈의 얘기가 모두 진심이라면 말이죠. 사실 로즈가 너무 쉽게 수긍하는 것 같아서 걱정이 돼요. 모두 미래의 일들이니까 그런 게 아닌가 싶어서. 로즈가 중요하게 생각하는 건 오직 오늘 하루뿐이에요. 한 번에 하루씩만 살자는 원칙을 세워놓은 것 같아요. 하지만 내일도 오늘이 되는 거잖아요. 로즈는 그 부분을 좀 더 진지하게 생각해야 해요. 그래야 언젠가는 여길 떠날 수밖에 없다는 사실을 인정하게 될 테니 말이에요."

"그게 언제쯤일 것 같습니까?" 브라몰이 말했다.

"일단은 새로운 거처와 의사들을 찾아야 해요. 로즈의 결심이 설 때까지 기다리는 동안 얼마든지 해결할 수 있는 문제예요. 당장 내일이라도 검색을 시작할 수 있어요. 그리고 난 이리로 들어와서 지내기로 했어요. 우리 모두 다 같이. 여긴 빈집들이 널려 있어요. 호텔에서 여기까지 왔다 갔다 하는 건 모든 면에서 어리석은 짓이에요."

브라몰이 말했다. "이리로 들어와서 지내자고요?"

"그게 훨씬 효율적이에요. 안 그런가요? 곁에 있으면 로즈를 늘 보살펴줄 수 있잖아요. 그러다 보면 이곳에서 더 일찍 벗어날 수도 있을 거예요."

브라몰이 말했다. "우린 이 집 주인이 누군지도 모르는데요?"

"3년씩이나 나타나지 않은 사람이에요. 그랬던 사람이 이제 와서 왜? 게다가 우린 그리 오래 머물지 않을 거예요."

브라몰이 말했다. "그 기간이 얼마나 될 것 같습니까?"

"그건 전적으로 거처와 의사에 달려 있는 거죠."

"그게 얼마나 걸릴까요? 대충 계산해서."

"마음 같아서는 한 달?" 그녀가 말했다. "여의치 않으면 두 달쯤?"

진출입로 어귀에서 엔진 소음이 들려왔다. 타이어의 마찰음도 함께였다. 카우보이들이 물러섰다. 낡은 픽업트럭 한 대가 숲을 빠져나와 흙마당으로 들어섰다. 텐트를 이고 있는 적재칸. 리처가 보았던 차량이었다. 비포장도로 위에서. 그때 운전석에 앉아 있던 30대 후반의 남자는 그들의 도요타를 아랑곳하지 않고 정면만 바라보고 있었다. 매켄지가 그쪽으로 상체를 틀었다.

"스태클리인 게 분명해요." 그녀가 말했다. "로즈가 오늘 다시 찾아와주기를 바랐던 남자."

36

스태클리는 카우보이들이 물러서는 모습을 보았다. 그는 그들을 알아볼 수 있었다. 전날 보았으니까. 똑같은 세 사람. 그에게 길을 터주기 위해서 물러섰을 것이다. 하지만 환영 대열을 정비하려는 움직임 같기도 했다. 스태클리의 느낌이 그랬다. 의장대처럼. 사실 그는 마약 밀매 사업이 아주 마음에 들었다. 고객들은 늘 그를 환영했다. 언제나 고마워했다. 지금까지 여러 직업을 전전했지만 그 어디에서도 누려본 적이 없는 즐거움이었다. 카우보이들 너머에 먼지 낀 검정색 도요타가 서 있었다. 바로 거기에. 그가 스콜피오에게 전화로 보고했던 차량. 비포장도로 갓길에 순찰차처럼 멈춰 서 있던 SUV. 그때는 앞만 바라보는 척하면서 곁눈으로 슬쩍 확인했었다. 차 안에는 남자 둘과 여자 하나가 타고 있었다. 여기저기 쑤시고 다닌다는 세 사람. 남자 하나는 엄청난 덩치였다.

스콜피오의 답장은 이미 받았다. 그 지시에 따라 계획도 세워 두었다. 그가 집을 바라보았다. 아주 조용했다. 앞문은 닫혀 있었다. 그가 눈길을 오른쪽으로 돌렸다. 멀리 떨어진 숲지대. 그 언저리에는 아무것도 없었다. 그가 왼쪽으로 눈길을 돌렸다. 골짜기 가장자리의 바위들. 세 사람이 앉아 있었다.

정장 차림의 나이 든 남자, 예쁜 여자, 그리고 덩치가 엄청난 남자.

스태클리가 진출입로 어귀에 트럭을 멈춰 세웠다. 그가 한 박자 쉬고 나서 시동을 껐다. 그가 차에서 내려섰다. 그가 신바람 난 카우보이들을 트럭 꽁무니로 데리고 갔다. 고객에게 적재칸 안을 보여준 건 장사를 시작하고 나서 그때가 처음이었다. 그가 담요를 필요 이상으로 멀찍이 걷어냈다. 계산된 실수. 수십 개의 상자가 모습을 드러냈다. 정갈한 흰색 표면 위에는 영어 철자들이 박혀 있었다. 대부분 개봉되지 않은 상태였다. 개봉된 몇 개도 안이 거의 가득 차 있었다. 그의 어깨 뒤에서는 욕구의 화염이 이글거리고 있었다. 그의 느낌이 그랬다. 바람직한 현상.

카우보이들에게 일단 보상을 확인시켜줄 필요가 있었다. 그가 그들을 자기 앞으로 바짝 불러 모았다. 그리고 말했다. 그들이 그를 위해 해줄 수 있는 일과 그가 그들을 위해 해줄 수 있는 일에 관해서. 대가를 전제한 위임, 혹은 하청. 직설법으로는 청부. 현대 사업 환경에서 스태클리의 제1규칙. 특히 덩치가 엄청난 사내를 처리할 때는 반드시 활용해야 할 교훈.

리처는 그들이 트럭 꽁무니 주위에 모여 있는 걸 보았다. 모두 함께 적재칸 안을 들여다보는 모습도 보았다. 물건을 확인하기 위해서. 아마도. 결과가 만족스러운 것 같았다. 품질, 혹은 분량, 아니면 둘 다. 그들을 지켜보는 동안 리처의 머릿속에 한 사람이 떠올랐다. 그의 어머니. 까마득한 옛날, 이름조차 기억에서 지워진 어느 해외 기지에서 생선장수가 나와 보라고 외칠 때마다 그녀는 달려 나가곤 했다. 그녀를 비롯한 장교 부인들이 길가에 세워진 트럭 꽁무니 주위에 모여 서 있던 모습이 눈앞의 카우보이들과 크게 다르지 않았다.

어느 순간 네 사내의 간격이 바짝 좁혀졌다. 거의 한 덩어리가 된 그들 사이에서 부지런히 대화가 오갔다. 가격 협상. 리처의 생각이 그랬다. 더 받으려는 자, 덜 주려는 자. 그 밖에 무슨 흥정이 있으랴.

매켄지가 말했다. "로즈는 집에서 나오지 않을 거예요. 로즈의 친구들이 대신 사주겠죠. 늘 그런 식이었을 거예요. 그렇다면 빌리는 로즈를 본 적이 없을 테고. 결국 그 사람은 우리에게 도움이 될 수 없었던 거네요."

리처가 말했다. "빌리는 여전히 커다란 변수입니다."

"무슨 얘기죠?"

"현재 그는 구금된 상태입니다. 소년탐정이 이미 한 차례 심문을 했고."

"모든 걸 부인하고 있다면서요."

"그가 언제까지 버틸 수 있을까요?"

"고무호스와 방망이? 난 농담인 줄만 알았는데."

"그는 조건부 감형 제의를 받아들이고 술술 불어댈 겁니다. 아니면 실수로 정보를 흘리든지. 게다가 빌리는 노블이 어느 조각을 찾지 못하고 있는지 모르는 상태입니다. 그러니 거짓으로 자백을 할 수도 있습니다. 로즈까지 엮어 가면서. 따라서 이미 초시계가 작동을 시작했다고 간주해야 합니다. 이제 우리는 여기 머무르는 기간을 다시 생각해야 합니다. 공급이 끊기면 더 이상 머물 이유가 없습니다. 그리고 연방수사관들이 덮칠 때까지 기다리고 있는 건 멍청한 짓입니다. 당신들 자매에게는 아주 힘든 일이라는 걸 잘 알고 있습니다. 하지만 감정적인 문제들에 얽매이는 건 상황을 악화시킬 뿐입니다."

"한 달도 너무 길다는 얘기인가요?"

리처의 눈길이 진출입로 어귀의 트럭 꽁무니에 꽂혔다. 한 손에서 다른 손으로 돈이 건너갔다.

눈길을 돌리지 않은 채 그가 말했다. "조금 더 서둘러야 합니다."

작은 흰색 상자들이 이번에는 반대 방향으로 건너갔다.

"얼마나?" 매켄지가 물었다.

리처가 매켄지를 바라보며 말했다. "브라몰 씨에게 이미 말했듯이 느낌상으로는 2~3일 내에 빠져나가야 합니다."

"불가능해요."

"그럼 얼마나?"

그 순간 엔진 소음이 들려왔다. 스태클리의 트럭이 반 바퀴 돌아서 방향을 바꾼 다음 진출입로를 따라 덜컹덜컹 내려갔다.

카우보이들이 작은 흰색 상자들을 들고 집을 향해 다가갔다. 그들이 상자들 절반을 현관에 쌓아 놓은 뒤 나머지 절반을 들고 그들의 통로를 따라 걸어 내려갔다. 길이 숲속으로 휘어지면서 그들의 모습도 사라졌다.

"의사를 제대로 찾아내는 일이 최우선이에요." 매켄지가 말했다. "로즈는 저 물건들 없이는 살 수가 없어요."

"레이크포레스트의 이웃들을 통해 소개받는 건 어떻습니까?"

"그들은 재활시설들만 추천할 거예요. 그런 곳에서는 로즈에게 필요한 만큼 처방해주지 않을 게 분명해요."

"우린 현재 무방비 상태입니다." 리처가 말했다. "곤란한 상황이 닥쳐오고 있는데 말입니다."

매켄지는 동생과 한 시간을 더 보낸 뒤에 집 밖으로 나왔다. 그녀가 체크아웃 하러 갈 준비가 됐다고 했다. 로즈와는 단단히 약속했다고 말했다. '네 시간 뒤에 짐을 가지고 돌아오겠다. 그다음에는 모든 게 결정될 때까지 너와 함께 지내겠다.' 브라몰은 어깨를 으쓱거렸다. 흔쾌히 동의한 건 아니었다. 그로서는 지극히 불편한 상황이었다. 하지만 어쩔 수 없었다. 어쨌든 두 번째 직업 아니던가. 리처는 자신이 이미 체크아웃을 한 셈이라고 말했다. 그는 한 번에 하룻밤씩만 결제를 하니까. 게다가 그의 칫솔은 주머니 속에 들어 있었다. 다른 짐은 없었다. 사실 평화와 정적 속에 혼자 남아 있고 싶은 마음도 있었다. 그가 두 사람에게 잘 다녀오라는 인사를 건넸다. 매켄지가 다시 집 안으로 들어갔다. 살짝 변경된 계획을 알리기 위해서. 그녀가 다시 밖으로 나왔다. 그러곤 곧장 브라몰과 함께 떠났다.

리처가 현관 계단에 앉았다. 어느새 익숙해진 자리.

너비를 좁혀가며 제법 멀리까지 뻗어 나간 골짜기, 그 멀리에는 칙칙한 오렌지색으로 그어진 지평선, 다시 그 뒤에는 어슴푸레 푸른 윤곽으로 서 있는 산봉우리들. 그 모든 풍경이 그의 눈앞에 펼쳐져 있었다. 대기는 맑고 고요했다. 푸른 창공은 상승기류 덕분에 날갯짓을 멈춘 맹금류 몇 마리의 독무대였다. 새들의 머리 높은 곳에서는 아주 기다란 비행운이 꼬리부터 서서히 흩어져 가고 있었다. 다시 눈길을 돌린 지상, 그의 발치에서 3미터 남짓 떨어진 바위 위에 어느새 줄무늬다람쥐 한 마리가 올라앉아 있었다.

그 순간 그의 등 뒤에서 현관문이 열렸다. 줄무늬다람쥐가 사라졌다.

두 사람이 함께 사용하는 목소리가 들려왔다. "리처 소령님?"

그가 일어났다. 그리고 돌아섰다. 그녀가 문 안쪽에 서 있었다. 여전히 은색 운동복 차림이었다. 후드 역시 바짝 조여진 상태였다.

그 속 깊은 곳에서 그녀가 그를 응시하고 있었다. 거뭇거뭇한 흉터들, 그리고 알루미늄 호일. 하지만 안정된 눈빛.

그녀가 말했다. "어제 나눴던 대화를 계속하고 싶어요."

"어떤 부분?"

"선배님이 용무차 찾아온 거라고 생각했던 부분."

"아니야."

"그건 순전히 내 오해였다는 걸 인정해요. 지금 제가 원하는 건 선배님의 의견이에요. 제가 모르고 있는 것들을 알고 계실 것 같아서."

"여기 와서 앉아." 그가 말했다. "날씨가 아주 좋군."

그녀가 잠시 머뭇거렸다. 하지만 결국 밖으로 나왔다. 그녀가 현관을 가로질러 계단으로 다가왔다. 작았다. 하지만 유연하고 민첩했다. 육상선수처럼. 당연했다. 보병장교였으니까. 보병들이 왜 땅개라는 별칭으로 불리겠는가. 그녀가 그와 같은 계단에 앉았다. 1미터 남짓 거리를 두고.

리처의 코끝에 비누 향기가 풍겨왔다. 그 속에는 뭔가 톡 쏘는 듯한 냄새도 섞여 있었다. 얼굴에 바른 연고. 그의 생각이 그랬다. 알루미늄 호일 아래. 나란히 앉은 상태였으니 그가 볼 수 있는 건 오직 바짝 당겨진 후드뿐이었다. 터널처럼. 줄무늬다람쥐가 다시 나타났다.

그녀가 말했다. "어제 얘기한 대로 아직 종결되지 않은 사건에 연루된 친구가 한 명 있었어요."

"사이 포터필드." 그가 말했다.

"용무가 있어서 찾아온 거군요."

"오는 길에 사연이 생긴 것뿐이야."

"그에 대해 얼마나 알고 있나요?"

"별로 없어." 리처가 말했다. "한동안 자네와 친구 사이였다, 아이비 출신의 금수저였다, 해병장교였다, 부상당했다, 그리고 양동이로 빗물을 받을지언정 새는 지붕을 완전히 교체하기를 거부할 만큼 정통성에 대한 집착이 강했다."

"깔끔한 요약이네요."

"그리고 펜타곤에 봉인된 파일을 세 개씩이나 가지고 있었다."

"전 그 부분에 관해서는 어떤 얘기도 할 수 없어요."

"그럼 내가 어떻게 의견을 내놓을 수 있나?"

그녀가 말했다. "수사가 갑자기 흐지부지 될 때는 어떤 이유가 있을까요?"

"이유야 많겠지. 실체를 확인하고 보니 득보다 실이 많은 경우, 막다른 골목에 다다른 경우, 혹은 그 과정이 지나치게 힘들어서 접어 버리는 경우 등등. 정확한 이유를 알기 위해서는 더 많은 설명이 필요해."

"전 말할 수 없어요."

"그럼 내 경험에 의존해서 얘기해 볼까? 연방기관 두 곳 사이, 경계가 모호한 지점에 떨어진 사건일 가능성이 높아. 내가 듣기로는 펜타곤에 원본 파일이 있다더군. 2년 전, 포터필드가 정부기관에 모종의 민원을 넣으려는 결심을 했다고 쳐. 그런데 왜 그 정부기관이 펜타곤이었을까? 상식적으로는 이해가 가지 않는 부분이야. 그가 해병대 소위로 복무했던 건 그 12년 전이야. 그 전이든 그 이후로든 펜타곤과 엮일 일이 없는 인생이었어. 그는 펜타곤에 가본 적도 없었을 거야. 전화번호도 몰랐을 테고. 하지만 그는 번호를 알아내서 연락을 취했어. 따라서 그 모종의 민원이 고위급 군 인사, 혹은 고급 군사정보에 관한 내용인 게 분명해.

한편 펜타곤은 그 내용을 복사해서 DEA로 전송했어. 그건 그의 민원이 마약과 관련된 고급 정보를 포함하고 있었다는 걸 의미해. 그렇다면 왜 어느 곳에서도 수사를 진행하지 않았을까? 내 생각에는 소통 체계에 오류가 발생했기 때문일 거야. 펜타곤은 DEA가 사건을 수사 중이라고 생각했고, DEA는 그 반대로 생각해서 두 기관 모두 방임했다는 얘기지."

　"전 세부적인 사항에 대해서 얘기할 수 없어요."

　"그가 죽은 뒤에 누군가 그의 집에 침입했다는 사실은 우리 모두 알고 있어."

　"네, 저도 직접 확인했어요. 그가 떠나고 난 뒤에도 여러 번 그곳을 찾아갔거든요. 그냥 걸으면서 생각이나 하려고."

　"내 보기에는 연방기관 친구들 솜씨 같던데. 그들이 내 현역 시절의 정보수집 방법을 고수하고 있다면 말이야."

　"깔끔한 솜씨였다는 데에는 저도 동감이에요."

　"자네는 누구의 소행인지 알고 있어."

　"전 얘기할 수 없어요."

　"자네는 어떤 물건이 사라졌는지도 알고 있어."

　"알아요."

　"한 가지 질문에 대답해줄 수 있나?"

　"어떤 질문이냐에 따라 다르겠죠."

　"그냥 맞다, 아니다로만 대답하면 돼. 그 정도면 충분하니까. 세부 정보도 필요 없고 배경 설명도 필요 없어. 자네가 말하고 싶은 것 이상을 강요하지는 않을 거야."

　"약속할 수 있어요?"

"그냥 맞다, 아니라면 돼. 그걸 알아야 내 마음이 편해질 것 같아서."

"그게 뭐죠?"

"포터필드가 어떻게 죽었는지 자네는 알고 있나?"

"네." 그녀가 말했다. "제가 그 현장에 있었어요."

DEA 서부 지부는 콜로라도 주 덴버에 자리 잡고 있다. 특수요원 커크 노블이 근무하는 곳. 그의 사무실은 단조로운 베이지색 공간이었다. 하지만 지금은 그 공간이 번쩍거리고 있었다. 와이오밍, 빌리의 집에서 가져온 신발상자 덕분이었다. 그 속에 가득 차 있던 금붙이들이 그의 책상 위에 널려 있었으니까. 그렇다고 아무렇게나 널린 건 아니었다. 십자가 목걸이들, 귀걸이들, 팔찌들, 초커들, 패션 반지들, 결혼반지들, 졸업 반지들. 종류별로 정연하게 정리된 상태였다. 증거물 보관실로 보내기 전에 먼저 목록을 작성해야 하니까. 하나하나, 특징과 가치를.

노블이 작업을 개시했다.

너무 허접해서 아예 가격을 매길 수 없는 것들도 있었다. 납틀에 넣고 대량으로 찍어낸 합금 나부랭이들도 있었다. 보석상에 들고 갔다간 망신만 당했을 물건들. 원가로 따지면 20센트? 나머지 금붙이들도 대부분 거기서 거기였다. 그럭저럭 7달러, 잘 받으면 9달러. 하지만 제법 고급인 것들도 있었다. 특히 18k짜리 결혼반지. 두툼한 모양새에 무게도 제법이었다. 어느 전당포에서도 50달러는 내어줄 것 같았다. 그리고 귀걸이. 역시 두툼한 18k에 참신한 디자인. 반지보다는 가볍지만 한 쌍이니까 60달러.

마침내 그가 작업을 마쳤다. 그가 목록을 훑어보았다. 오른쪽에 기입돼 있는 가격들. 이건 아니었다. 0부터 시작해서 60달러 이상까지 모든 숫자가 나열돼 있었다. 2달러, 3달러, 4달러…… 완전히 반찬가게 장부가 아닌가. 이거 얼마 치, 저거 얼마 치, 이건 덜어 내고, 저건 더 넣고, 거기다 에누리와 덤까지. 마약은 절대 그렇게 판매되지 않는다. 10달러짜리 갈색 가루 봉지는 10달러에. 20달러짜리는 20달러에, 30달러짜리는 30달러에. 반드시 그래야 한다. 에누리도 없고 덤도 없다. 굳이 말을 만들자면 계단식 정량, 정찰제라고 할까? 하지만 그가 책정한 가격들은 전혀 체계가 없었다. 그대로 따르자면 5달러 봉지, 6달러 봉지, 13달러 봉지, 17달러 봉지, 다시 9달러 봉지, 정량도, 정찰도 없이 고객이 원하는 대로 팔았다는 얘기가 된다. 그럴 수는 없었다. 최소한 노블의 경험으로는 아니었다. 혹시 빌리가 자루째 받아 와서 나눠 팔았을까? 저울에 달아가면서? 가난한 중독자들을 위해? 불가능하다. 마약조직이 아니던가.

그렇다면? 빌리가 판매했던 건 가루 봉지들이 아닐 수도 있다.

그가 책상 전화기를 들고 유치장 내선 번호를 눌렀다.

그가 말했다. "오클라호마에서부터 한 녀석이 이송돼 올 텐데, 아직 소식 없나? 이름은 빌리야, 성은 모르겠고."

상대방이 말했다. "방금 절차를 끝내고 그자의 신병을 인계받았습니다."

"그를 곧장 취조실로 데려가. 내가 물어볼 게 있다고 전해. 난 두 시간쯤 뒤에 내려갈 거야. 그때까지 똥줄 타게 내버려둬."

'자네가 말하고 싶은 것 이상을 강요하지는 않을 거야.'

리처는 그렇게 약속했었다. 그리고 로즈 샌더슨은 더 이상은 말하고 싶어 하지 않았다. 최소한 포터필드에 관해서는. 그녀가 스스로에게 다짐을 하듯, 후드 속에서 고개를 끄덕였다. 그 주제에 관한 대화는 그걸로 끝이라는 고갯짓.

이어서 그녀가 말했다. "언니한테 들었어요. 얼굴이 예쁘면 어떤 기분이냐고 물었다면서요?"

"맞아." 그가 말했다.

"그때 이미 내 상황을 알고 계셨군요."

"다른 경우는 성립하지를 않았으니까."

"언니의 대답은 혼란스러웠을 거예요. 그녀는 여전히 예쁘니까. 얼굴이 예쁘면 뭐든 거저 얻으면서 세상을 쉽게 살아갈 수 있다고들 생각하죠. 예쁜 여자들도 가슴 깊은 곳에서는 그런 편견을 늘 의식하며 살아요. 그래서 미안한 마음을 가져야 한다고 자신을 다그치기도 하죠. 자신이 속물스럽다는 느낌도 수시로 들고요. 하지만 난 이제는 자신 있게 말할 수 있어요. 얼굴이 예쁘면 스스로 대단하다는 생각을 갖게 돼요. 칼싸움 판에 총을 들고 끼어드는 기분이랄까요? 만일 내 얼굴이 망가지지 않았다면 난 계속해서 그런 기분으로 세상을 살아가고 있을 거예요. 앞을 가로막는 사람은 모조리 탕, 탕, 탕 거꾸러뜨리면서. 미모는 초능력이에요. 마비에서 사망으로 출력을 업그레이드시킨 페이저 건을 들고 다니는 기분이죠. 그건 부정할 수 없는 사실이에요. 예쁘다는 건 진화론적으로 엄청나게 유리한 장점이에요. 선배님처럼 덩치가 큰 것과 마찬가지로."

"우리 둘이 아이를 만들어야겠군."

후드 속에서 호일이 한 차례 절꺽거렸다. 미소. 그의 바람이 그랬다.

그녀가 말했다. "그럴 수 있던 시절은 지나갔어요."

"포터필드는 그 얘기에 동의하지 않았을 거야."

"우린 그냥 친구 사이였어요. 그게 전부예요."

"안방 침대에 움푹 팬 곳이 두 군데 있었어."

"선배님이 그걸 어떻게 알죠?"

"어느 술집에서 어떤 남자한테 들었어. 그 집 지붕을 고친 남자가 그 사람의 친구와 친구라더군."

"지붕 고치는 사람이 내 침대를 확인했다고요?"

"자네 침대? 그 얘기를 인정하는군."

그녀가 말했다. "사이는 달랐어요."

그가 말했다. "염증은 어떻게 치료하는 거지?"

"항생제 정맥 주사. 오랫동안 꾸준히. 그게 일반적인 치료법이에요. 상처 부위는 대부분 감염이 돼요. 박테리아는 스스로 방어벽을 쌓죠. 그래서 완전히 제거하기가 힘들어요."

"하지만 자네는 병원에 가고 싶지 않고?"

"난 병원이 싫었어요. 거기에서는 내 존재 자체가 민폐였어요. 모든 병사들의 악몽이었으니까. 얼굴이 기형이 된 부상. 팔이나 다리는 아무것도 아니었죠. 과학기술 덕분에. 티타늄과 탄소 섬유. 백만 달러짜리 의족도 있어요. 새로 다리가 생겨난 것보다 더 멋져 보이더군요. 그걸 자랑하려고 반바지만 입고 다니는 친구들도 있어요. 하지만 난 아니었어요. 입영 포스터에 내 얼굴이 박혀 나왔다면 지원율이 역사상 최저치로 떨어졌을 거예요."

"정맥 주사는 집에서도 맞을 수 있어." 리처가 말했다. "상황을 이해하고 적절하게 조치해줄 수 있는 의사만 있다면 말이지. 그런 의사는 자네 언니가 곧 찾아낼 거야. 깊은 이해심과 인내심으로 무장하고 약물 의존증까지 치료해줄 수 있는 우리 편. 그런 의사라면 최소한 1년 동안은 자네의 현재 복용량을 유지하도록 권장할 거야."

"난 그녀를 믿지 않아요."

"그런 의사를 찾겠다는 마음을?"

"그녀가 해낼 수 있다는 걸."

"그녀에게는 돈이 있어. 지금 우리는 자본주의 사회의 민간 의료 시스템에 관해 얘기하고 있는 거야. 그녀가 원하는 건 뭐든지 찾아낼 수 있어."

"사람들이 날 보게 될 거예요. 교외에도 사람은 살고 있으니까."

"일리노이, 레이크포레스트야. 머리에 가방을 쓰고 다녀도 되는 곳이라고. 사람들이 행위예술이라고 생각할 거야. 그렇게 1년을 지내고 나면 자네 이름을 걸고 공연을 할 수도 있을 걸?"

"난 여기가 더 좋아요."

"스태클리가 가져오는 물건들 때문이겠지. 그 이전에는 빌리가 가져다주었고. 하지만 그것들은 불법으로 유통되고 있어. 한마디로 장물이지. 그 시장은 이제 막바지에 이르렀어. 자네에게 공급되는 물건은 마지막 구멍에서 새어나오는 것들이야. 관계기관에서는 현재 그 구멍을 찾기 위해 전력을 다하고 있는 중이고. 그들은 이미 빌리를 체포했어. 이제 곧 그 공급마저 중단될 거야. 전략적으로 생각해봐. 우린 당장 행동을 취해야 해."

그녀는 대꾸하지 않았다. 대신 호흡이 가빠지기 시작했다. 사지도 뻣뻣해져 갔다. 1미터의 거리를 두고 있었지만 리처는 그녀의 증상을 충분히 느낄 수 있었다. 나무 계단을 통해 미약한 떨림이 전해졌으니까.

그녀가 말했다. "이제 그만 들어갈래요."

그가 말했다. "나 때문에 기분이 상했다면 미안하군."

"10분쯤 지나면 괜찮아질 거예요."

그녀가 계단에서 일어나 현관으로 올라섰다. 하지만 곧장 집 안으로 들어가지는 않았다. 리처는 그녀가 다시 몸을 돌리고 기다리고 있는 기척을 느꼈다. 그가 그녀를 올려다보았다. 후드 속 깊은 곳에서 그녀가 그를 마주 쏘아 보았다. 영화 속이었다면 그 후드 안에 이글거리는 빨간 점 두 개가 찍혀 있었을 것이다.

그녀가 말했다. "이게 문제예요. 원활한 공급. 불행하게도 난 내게 이 물건이 필요하다는 걸 알고 있어요. 지금 내게 이 세상에서 가장 중요한 건 새로운 펜타닐 패치 한 봉지예요. 지금은 반지 백 개보다, 그리고 쌍둥이 언니 열두 명보다 그게 더 중요해요. 하지만 다행스럽게도 내겐 펜타닐 패치 한 봉이 남아 있어요. 난 이제 들어가서 그걸 핥을 생각이에요. 난 이미 선택했어요. 그래서 선배님은 화가 나시나요?"

"그래." 리처가 말했다. "약간은."

"나도 마찬가지예요." 그녀가 말했다.

그는 약효가 발휘될 때까지 10분을 기다렸다. 하지만 그녀는 다시 나오지 않았다. 그래서 산책에 나섰다. 공터와 숲의 경계선을 따라서. 어느 순간 그를 향해 산길을 올라오고 있는 카우보이들의 모습이 눈에 들어왔다. 세 명의 사내들. 언제나처럼 도마뱀 가죽 부츠가 선봉으로 나선 삼각편대. 그들이 리처에게 쭈뼛쭈뼛 인사를 건넸다. 그를 보고 당황한 것 같은 눈치였다. 그가 자기 혼자 남아 있었다고 말했다.

부츠 사내가 말했다. "다른 사람들은 여기 없어요?"

"두 시간은 지나야 돌아올 거야." 리처가 말했다.

"로즈와 얘기를 나눴나요?"

"그랬지." 리처가 말했다.

"그녀가 무슨 얘기를 하던가요?"

"포터필드가 죽었을 때 그 현장에 같이 있었다더군."

"내가 알기로는 사실이에요."

"자네들은 어디 있었지?"

"우리는 콜로라도에 있었어요. 거기는 여기보다 봄이 늦거든요. 매년 그맘때면 건초더미 운반하는 일이 쏟아지죠."

"자네들이 돌아왔을 때 그녀가 무슨 얘기를 하던가?"

"그녀가 그 얘기를 꺼낸 적은 단 한 번도 없어요."

리처는 아무 말도 하지 않았다. 세 사내가 서로의 얼굴을 쳐다보았다. 중요한 얘기가 있지만 선뜻 말을 꺼내기가 힘들다는 듯.

마침내 부츠 사내가 말했다. "원한다면 포터필드가 발견된 곳을 우리가 보여줄 수도 있어요."

"여기서 가까운가?" 리처가 말했다.

"걸어서 한 시간 정도 거리예요. 대부분이 오르막이고."

"재미난 거라도 있나?"

"산책이 재미난 거지요. 굳이 재미를 따지자면 말이에요. 하지만 그 험한 길을 타고 시체를 나를 수 있었던 사람들에 관해서 조금이나마 윤곽이 잡힐 거예요."

"지난번에는 누구라도 그렇게 했을 거라고 말했던 것 같은데?"

"맞아요. 그렇게 했을 거라고 말했어요. 지금은 그럴 수 있는 사람들이라고 말했고요. 서로 다른 얘기잖아요. 실제로 그럴 수 있는 사람은 전체 인구 가운데 극히 일부에 불과해요."

"알았어." 리처가 말했다. "함께 가보자고."

그들이 집 모퉁이 공터를 가로질렀다. 그들의 발길이 숲속으로 향했다. 하지만 그 전에 부츠 카우보이가 자기들 차로 가서 소총을 들고 돌아왔다. 그가 이유를 말했다. 포터필드가 실제로 어떻게 죽었든 지금 그들이 찾아가는 곳이 어디인지 생각해보라고 했다.

곰의 영역.

37

숲속을 관통하는 비탈길이었다. 올라갈수록 나무들의 간격이 넓어졌다. 사슴뿔에 생채기가 난 나무들도 더러 눈에 띄었다. 바닥에는 무스 발굽 자국이 무수했다. 곰의 흔적은 없었다. 아직까지는. 리처로서는 안심이었다. 사내의 소총은 구식 M14 개런드였다. 미 보병의 주력무기. 60년 전에. 하지만 성능이 우수한 모델이다. 다만 실탄이 문제였다. 가늘고 작은 나토 실탄. 곰을 한 방에 제압하기에는 너무 약했다. 어쩌면 그들의 마지막 무기일지도 모른다. 다른 총기는 모두 처분했을 수도 있다. 갑자기 값이 오른 그 뭔가를 구입하기 위해서. 그래도 없는 것보다는 나았다. 리처의 생각이 그랬다.

그들은 계속해서 걸음을 옮겼다. 리처는 산소가 희박해지는 걸 분명히 느낄 수 있었다. 호흡이 점점 힘들어졌다. 카우보이들은 괜찮은 것 같았다. 최소한 겉보기에는 멀쩡했다. 환경에 적응한 것이다. 어쩌면 낮은 고도에서는 오히려 머리가 빙빙 돌지도 모른다. 산소 과잉으로. 그 편이 패치를 핥는 것보다 더 황홀할지도 모른다.

올라가는 것 자체는 별문제가 아니었다. 나무뿌리, 바위, 자갈. 폭만 좁을 뿐 차를 타고 올라왔던 진출입로와 똑같은 조건이었다.

경사는 완만했다. 그래도 가끔씩은 크게 한 걸음을 올려 디뎌야 할 때도 있었다. 무거운 짐, 이를테면 축 늘어진 성인남자의 시체를 옮기는 중이었다면 상당히 힘이 들었을 것이다. 그래도 세 명의 카우보이들이라면 충분했을 것이다. 젊은 사내들이니까. '전체 인구 가운데 일부만이 할 수 있는 일.' 부츠 카우보이의 말이 옳기는 옳았다.

5분 뒤, 그들이 어느 공터에 이르렀다. 그 초입에는 어린 나무 한 그루가 무스의 발굽에 의해 쓰러져 있었다. 주변에는 산짐승들에 의해 다져진 통로들이 무수했다. 그중에는 제법 큼지막한 것들도 있었다.

소총을 들고 있는 사내가 말했다. "여기와 비슷한 곳이었어요."

"비슷한 곳?" 리처가 말했다. "아니면 여기?"

"그 현장은 좀 더 가야 해요. 내 말은 대충 그림을 그려보라는 뜻이에요. 도중에 돌아가고 싶어지는 경우를 위해서 말이지요."

리처가 왼쪽, 오른쪽을 번갈아 살폈다. 그리고 다시 전방의 나무숲을 바라보았다. 뭘 보고 싶은 건지 스스로도 분명하지는 않았다. 다만 곰이 출몰할 만한 지역은 아닌 것 같았다. 확률이 희박했다.

"난 괜찮아." 그가 말했다. "계속 가보자고."

그들은 계속해서 걸음을 옮겼다. 숲의 모양이 변해갔다. 더 이상 공터는 없었다. 애초에 공터가 생길 수 있는 조건이 아니었다. 절반은 성긴 숲이고 나머지 절반은 맨땅인 지형으로 변해버렸기 때문이다. 정확히 맨땅은 아니었다. 키 낮은 덤불로 뒤덮여 있었으니까. 주변의 오솔길들은 모두 거의 일직선으로 뚫려 있었다. 그만큼 시야도 충분히 확보할 수 있었다. 포식자들이 먹잇감을 기다리기에 적합한 지형이었다.

소총을 든 사내가 말했다. "괜찮겠어요?"

리처가 사방을 둘러보았다. 그의 두뇌 뒷부분이 돌아가기 시작했다.

'이런 지형에서는 빨리 벗어나야 한다.' 일종의 원시적 본능. 두뇌 앞부분은 곰에 매달려 있었다. '이런 곳에 곰이? 하지만 일말의 가능성이 없는 건 아니다.' 변수. 고려해볼 만한 변수. 대비해야 할 변수.

불현듯 심슨 장군의 얘기가 생각났다.

기지 밖에서는 그녀도 항상 무장을 하고 있었을 거야.

그가 다시 한 번 사방을 둘러보았다.

곰은 없었다. 그곳은 아니었다.

그가 말했다. "그만 돌아가는 게 좋겠군."

소총 든 사내가 말했다. "왜요?"

그가 생각했다. '나무숲 속으로 들어가고 싶으니까.'

그가 말했다. "이제 그림이 그려졌으니까."

실제로 그림이 그려졌다. 스태클리는 새로운 빌리다. 그 구역의 새로운 주인. 그는 모든 걸 상속받았을 것이다. 주기적으로 전달되는 보이스메일까지. 이제 새로운 메일을 받았을 것이다. 나무 뒤에 숨어서 헐크를 쏴 버려라. 이번에는 다른 캐릭터일 수도 있었다. 어쨌거나 살인지령은 분명히 떨어졌을 것이다. 스태클리는 임무를 수락했을 것이다. 다만 자기 손에 피를 묻히기는 싫었을 것이다. 그래서 용병을 고용한 것이다. 적재칸 뒤에 모여 서서 한동안 수군거렸던 건 계약을 체결하기 위해서였다. 권유, 미끼, 계획, 수락, 어쩌면 악수까지.

그들의 무기가 단서였다. 보완증거는 문화와 습관, 그리고 일반상식.

와이오밍 카우보이가 곰을 잡을 수 없는 총을 가지고 곰의 영역으로 들어갈 확률이 얼마나 되겠는가. 아침에 일어나 옷을 입는 것과 마찬가지다. 따라서 일련의 논리적 전개가 가능해진다.

잘못된 총은 곰이 없다는 걸 의미한다. 그건 현재 그들의 위치가 포터필드의 시체가 발견된 지점에서 가깝지 않다는 걸 의미한다. 그 지점에서는 곰이 출몰하니까. 그렇다면 세 사내는 전혀 다른 목적을 가지고 전혀 엉뚱한 곳으로 그를 데려온 것이다. M14, 곰은 몰라도 사람은 한 방에 쏘아 죽일 수 있는 무기. 특히 하복부. 그다음에도 곰이 등장할 필요는 없다.

수많은 산짐승들이 입맛을 다시고 있을 테니까.

처음에는 리처에게 뮬크로싱으로 가는 길을 일러주었고 그다음에는 매켄지에게서 눈을 떼지 못했던 술집 사내도 그렇게 말했었다. 리처가 주위를 둘러보았다. 공터는 넓었다. 좋지 않았다. 나무들의 몸통은 죄다 가늘었다. 외부세계와 완전히 단절된 산간벽지. 목격자가 있을 리 없었다.

'증거가 없잖아요. 그래서 완전범죄가 된 거예요.'

잠시 동안 그는 궁금했다. 그들이 어떤 대가를 약속받았을까? 하지만 이내 궁금증을 떨쳐버렸다. 일단은 본질적으로 의미가 없는 질문이었다. 그리고 대답이 너무나 빤했다.

'그들은 이 세상 어느 것과도 비교할 수 없는 즐거움이라고 표현합니다.'

옥시코돈과 펜타닐 패치 몇 박스일 것이다. 감방으로 치자면 담배 한 갑.

목숨값 한번 싸군. 생각이 거기에 이르자 배신당한 기분이 들었다. '지금까지 잘 지내오지 않았는가. 내가 잘 대해주려고 얼마나 노력했는데.'

그가 이내 그 생각도 떨쳐버렸다. 그리고 그들의 입장에서 생각을 해보았다. 사람의 목숨보다 더 중요한 물건. 가족, 친구, 그 밖에 어떤 인간관계보다도 필요한 물건.

'마약에 취한 상태에서의 유혹을 절대로 과소평가해서는 안 됩니다.'

리처는 그들의 보상이 일인당 두 박스씩이기를 바랐다. 그리고 그걸 받게 해주고 싶었다. 물론 다른 방법으로.

그가 돌아서서 걸음을 옮기기 시작했다. 소총 든 사내를 눈가에 담은 채. 첫 번째 총알은 걱정할 게 없다. 분명히 헛방일 것이다. 허겁지겁 엉성한 자세에 조준도 없이 방아쇠를 당길 테니까. 하지만 두 번째 총알은 장담할 수 없다. 그리고 세 번째. 그리고 그 나머지. M14의 탄창에는 모두 스무 발이 들어간다.

그가 걷는 속도를 늦췄다. 소총 든 사내를 앞세워야 했다. 이런 경우에는 등허리도 하복부만큼 효과적이다. 그의 등뼈를 관통한 총알은 고작 3미터쯤 더 날아간 뒤에 떨어질 것이다. 하지만 산길의 자갈 속에 영원히 파묻힐 것이다. 와이오밍의 무인지대는 웬만한 국가의 영토보다 더 넓게 펼쳐져 있다. 그 속에서 0.6센티짜리 피 묻은 총알을 무슨 수로 찾아내겠는가.

'증거가 없잖아요. 그래서 완전범죄가 된 거예요.'

그가 한층 더 속도를 늦췄다. 무언의 양보. 예의 바른 '먼저 가시죠'.

소총 든 사내가 그를 추월했다. 앞서 걷는 그의 등짝에는 여유가 배어 있었다. 이제 곧 올라올 때 잠시 멈춰 섰던 공터가 나올 것이다. 무스의 발굽에 의해 어린 나무가 쓰러져 있는 곳.

'여기와 비슷한 곳이었어요.'

십중팔구 그들이 점찍어둔 장소. 그래서 그곳에 잠시 멈췄던 것이다. 사전답사.

그들이 1분가량 산길을 걸어 내려갔다. 일렬종대로. 그럴 수밖에 없었다. 길 양쪽으로 나무가 빽빽이 우거진 구간이었으니까. 리처는 내내 끝자리를 유지했다. 그래야만 했다. 그가 전방을 살핀 뒤 한 곳을 점찍었다. 만약에 대비해서.

그가 말했다. "다른 길로 내려가는 게 어떨까? 여긴 올라오면서 훑어봤으니 말이야."

자칫 위험을 자초할 수 있는 제안이었다. 카우보이들은 그가 눈치챘다는 사실을 모르고 있었다. 아직까지는 아니었다. 시점만 놓고 보자면 그들이 깨닫고 난 뒤에 전략을 바꾸는 것이 옳았다. 하지만 지금은 그럴 만한 여유가 없었다. 그들이 원하는 장소까지 따라간 뒤에는 기회가 오지 않을 것이다. 그건 너무나 분명했다. 굳이 문제의 공터가 아니라도 툭 트여 있는 건 마찬가지일 것이다. 그들은 알고, 리처는 모르는 곳.

소총 든 사내가 걸음을 멈추고 뒤돌아섰다.

그가 말했다. "내가 알기로는 다른 길이 없어요."

"반드시 있을 거야." 리처가 말했다.

"자칫하면 길을 잃고 헤매게 될 거예요."

"난 방향 감각이 좋아. 최소한 오르막과 내리막은 구분할 수 있거든."

사내가 리처를 향해 한 걸음 내디뎠다. 좁은 산길. 거리는 3미터 남짓. 그래도 아직은 소총을 쥔 손이 옆구리 아래로 내려뜨려져 있었다. 다른 두 사내는 리처와 좀 더 가까운 위치에 서 있었다. 1.5미터 정도? 둘 사이의 간격은 좁은 산길이 허용하는 만큼 벌어져 있었다. 소총 사내의 시야를 확보해주기 위해서. 바닥은 나무뿌리와 바위, 그리고 자갈들. 왼쪽, 오른쪽은 모두 빽빽한 나무숲.

일을 처리하기에 어느 곳 못지않은 조건.

리처가 앞으로 한 걸음 내디뎠다.

그가 말했다. "포터필드의 시체가 발견된 곳은 이 근처가 아니야."

"갑자기 이 동네 토박이라도 되셨나?" 소총 든 사내가 말했다.

"코넬리 보안관의 수사는 철저했어. 따라서 포터필드의 시체가 발견된 지역 내의 모든 건물을 수색했을 거라는 추정이 가능해. 하지만 실제로 그가 수색했던 건물은 포터필드의 집, 한 채뿐이었어. 왜? 그의 시체가 그쪽 어딘가에서 발견됐으니까. 거긴 여기서부터 65킬로미터 떨어져 있어. 여기와는 생태계가 다르겠지. 곰도 있을 테고."

M14의 안전장치는 방아쇠울 바로 앞에 부착돼 있다. 뒤로 당겨 닫으면 안전 상태, 앞으로 밀어 튕겨내면 격발준비 완료.

리처의 눈길이 그 부분에 꽂혔다.

아직까지는 닫혀 있었다. 하지만 사내의 네 손가락이 모두 가까이에 있었다.

리처가 말했다. "무기를 내려놔. 그리고 같이 얘기해보자. 이럴 필요까지는 없잖아. 모두가 만족할 수 있는 방법을 찾아보자고."

사내가 말했다. "무슨 방법?"

"일단 무기부터 내려놓고 얘기하자."

사내는 응하지 않았다.

리처가 말했다. "앞으로 일어날 일들을 생각해봐. 스태클리가 오늘은 자네들의 절친일 수 있어. 하지만 당장 내일이라도 이 사업에서 빠질 수 있는 거잖아. 로즈의 언니는 그녀를 시카고로 데려갈 거야. 그녀의 집도 시골에 있어. 시내 한복판이 아니라. 아주 멋진 곳이지. 그녀가 그곳에 자선단체를 설립할 수도 있어. 자네들이 원한다면 얼마든지 함께 데려갈 거야."

"우린 여기서도 잘 지내고 있어."

"그들이 이미 빌리를 감방에 처넣었어." 리처가 말했다. "이제 곧 공급이 완전히 끊어질 거야."

그 말을 뱉은 순간 아차 싶었다. 하지만 이미 엎질러진 물이었다. 카우보이들이 로즈 샌더슨과 똑같은 반응을 보였다. 호흡이 급격히 가빠지고 사지가 뻣뻣해졌다. 공황이 그들을 덮친 것이다. 제대로 판단을 내릴 수 없는 상태. 게다가 마음까지 급해졌다. 당장에 일을 처리하지 않으면 큰일이라는 생각이 그들을 사로잡았다. 그러지 않으면 그들이 약속받은 보상이 눈앞에서 사라질 것이다. 리처는 그들의 얼굴에서 그 생각을 똑똑히 읽을 수 있었다. '공급이 완전히 끊긴다'라는 그의 얘기가 그들의 머릿속에서 천둥처럼 울리고 있었다. 행동을 재촉하는 메아리와 함께. '그러니 지금 조금이라도 더 확보해야 한다. 조금이라도 더, 더, 더.'

사내가 소총을 들어올렸다. 오른손에서 왼손으로, 그리고 다시 오른손으로. 6킬로그램에 가까운 무게에 1.2미터에 가까운 길이의 투박한 무기. 사내의 검지가 방아쇠울 앞을 더듬었다. 딸깍, 안전장치가 앞으로 튕겨 나왔다.

리처가 가장 가까이에 서 있던 사내를 몸으로 힘껏 밀었다. 그가 그 반동을 이용해서 옆에 서 있는 나무를 향해 온몸을 던졌다. 탄도에서 완전히 벗어나기 위해서가 아니었다. 그건 불가능한 일이었다. 좁은 산길, 빽빽한 나무숲. 결국 리처는 다른 계산을 하고 있었다. 뉴턴의 운동법칙, 작용과 반작용. 리처와 부딪힌 사내의 몸뚱이는 반대 방향으로 밀려 나갔다. 총구 쪽으로, 총알이 격발되는 바로 그 순간에.

사내의 몸뚱이가 빨랫줄에 걸린 것처럼 뒤로 꼿꼿이 넘어갔다. 천둥처럼 울렸던 격발음의 메아리가 점점 작아지다가 마침내 완전히 사라졌다. 소총 든 사내는 제자리에서 꼼짝도 않은 채 눈만 부릅뜨고 있었다. 리처가 나무에 기대고 있던 자세를 바로잡았다. 그가 사내의 머리에 주먹을 날렸다. 그가 비틀거리며 무너지는 사내에게서 소총을 빼앗았다. 사내가 털썩 무릎을 꿇었다. 세 번째 사내는 제자리에 얼어붙어 있었다.

리처가 그에게 말했다. "친구를 살펴봐." 이미 가망이 없다는 건 알고 있었지만.

소총 사내의 조준은 높았다. 총알은 그의 친구의 목을 관통했다. 이런 경우에는 배를 쏘는 것만큼 효과적이었다. 어쩌면 더 나을 수도 있었다. 총알은 100미터쯤 더 날아간 뒤 땅에 떨어져 영원히 묻혀 버릴 것이다. 목 부위의 부드러운 살점은 순식간에 뜯어 먹힐 것이다. 손상된 등골은 어딘가로 끌려간 뒤 척수를 찾으려는 발톱과 이빨에 의해 산산이 부서질 것이다. 어떤 증거도 남지 않을 것이다.

무릎을 꿇은 자세로 친구를 살피던 세 번째 사내가 리처를 올려다보았다. 그가 고개를 저었다. 리처가 그에게 총구를 겨눴다. 그가 총신을 저어 방향을 지시했다. 부츠 카우보이가 손바닥으로 땅을 짚어 가며 가까스로 몸을 일으켜 세웠다. 세 번째 사내가 리처의 지시에 따라 그의 옆으로 다가섰다.

"앞장서." 리처가 말했다. "결국 이 길로 가게 됐군."

두 사내가 비틀거리며 산길을 걸어 내려갔다. 리처는 한 손에 소총을 들고 그 뒤를 따라갔다. 사내들은 저항하지 않았다. 모든 걸 체념한 듯 순순히 지시에 따랐다. 충격을 받은 탓일 것이다. 혹은 중독자들이기 때문일 수도 있었다. 아니면 카우보이들의 특성이 원래 그런지도 몰랐다.

브라몰과 매켄지는 체크아웃을 끝내고 2분 전에 돌아와 있었다. 로즈 샌더슨은 현관에 나와 언니를 맞이했다. 브라몰은 쌍둥이의 재회를 방해하지 않기 위해 차 옆을 지키고 있었다. 숲에서 빠져나온 카우보이들과 리처는 마침 그들 중간에 서게 되었다.

중앙 무대. 설명은 필요 없었다. 셋이 아니라 두 명의 카우보이, 맞은 흔적과 양처럼 순한 태도, 그리고 총을 든 채 그들을 몰고 온 리처.

후드로 덮인 로즈 샌더슨의 머리가 중앙 무대를 잠망경처럼 훑었다. 두 카우보이, 소총, 그리고 리처.

그녀는 생각을 정리하고 있었다. 리처는 알 수 있었다. 보병장교답게. 그녀는 체스 컴퓨터처럼 전쟁게임을 벌이고 있는 것이다. 웨스트포인트 출신답게.

그리고 상황에 맞는 시나리오를 찾아냈다.

그녀가 말했다. "스태클리가 던진 미끼 때문이었나요?"

그가 말했다. "맞아."

"참 더럽게 됐네요."

"내 생각에도 지금까진 별로 깨끗하지 않은 것 같아."

"스태클리가 선배님한테 무슨 감정이 있다고?"

"그 조직의 두목이 나를 좋아하지 않아."

"하지만 선배님은 그들과 얽힌 문제 때문에 여기 온 게 아니잖아요."

"여기로 오는 도중에 사연이 생긴 거야."

"저 위에서는 무슨 일이 있었던 거죠?"

"작전 중 한 명 전사." 그가 말했다. "우군의 사격으로. 섣부른 조준, 움직이는 표적, 눈앞에 전개된 혼란 상황."

"그 두 사람은 그냥 보내주세요." 그녀가 말했다. "소총은 압수하고. 그들에게는 더 이상 무기가 없어요."

두 사내가 숙소를 향해 처덕처덕 걸어 내려갔다. 남은 네 사람은 현관 계단으로 모였다. 그들이 함께 앉아서 이야기를 나눴다. 샌더슨의 후드는 다시 바짝 조여져 있었다. 타원보다는 직선에 가까운 좁은 틈새. 그 틈새가 리처를 정면으로 향했다.

그녀가 말했다. "그들을 대신해서 사과할게요."

"그럴 필요 없어." 그가 말했다. "난 괜찮으니까. 우월한 전략과 그 수행 과정에서의 탁월한 기술이 초기의 물리적 열세를 극복한 거야."

"언제 알아차린 거죠?"

"어느 공터에서 잠깐 멈춰 섰을 때. 그들의 행동이 수상쩍었어. 하지만 그 친구는 즉시 방아쇠를 당기지 못했어. 이런 일은 처음이었던 모양이야."

"그들을 대신해서 사과할게요." 그녀가 다시 말했다. "내 친구들이었어요."

"그럴 필요 없어." 그가 다시 말했다.

"하지만 난 그들을 비난할 수 없어요. 그 미끼가 그들에게 얼마나 중요한 건지 선배님은 상상도 못할 거예요."

"나도 이제 어느 정도는 알 것 같아. 원인과 결과만 놓고 볼 때 말이지. 그래서 그 문제에 관해서만큼은 신중하려고 노력 중이야. 그건 분명해. 사회적 잣대를 내세워서 함부로 판단하지도 않을 거야. 일단은 있는 그대로 받아들여야지. 어쩔 수 없는 일이니까. 자네도 마찬가지로 해야 할 일은 할 테고, 안 그래?"

"맞아요."

"지금 당장 자네가 해야 할 일은 집 안으로 들어가서 새 패치를 붙이는 거야. 그다음에 해야 할 일은 현명한 선택이니까."

"어떤 선택?"

"일단 앞으로 일어날 일들에 관해서 차분하게 얘기해 보자고."

"그렇게 못하겠다면요?"

"난 자네 없이 떠날 거야."

38

로즈 샌더슨이 패치를 갈아 붙이기 위해 집 안으로 들어갔다. 그녀 등 뒤로 현관문이 닫혔다. 그 순간 브라몰의 휴대폰이 울렸다. 그가 화면을 확인했다. 그가 말했다. "특수요원 노블이에요. 덴버의 자기 사무실이군요."

"받지 말아요." 리처가 말했다. "로즈를 찾았는지 알아보려고 전화한 겁니다. 심심한 김에 한번 찔러보는 걸 수도 있겠지요. 아니면 그녀를 증인으로 확보하고 싶어서일 거예요. 그에게 그녀의 소재를 가르쳐줘서는 안 됩니다. 지금은 때가 아니에요. 물론 당신으로서는 기분이 찝찝하겠지만."

"우리에게 도움이 될 만한 정보를 입수한 건 아닐까요?"

"그가 아직 은퇴하지 않은 상태라는 걸 기억합시다. 필요한 것만 얻으려 할 뿐 하나라도 줄 생각은 없을 겁니다. 받지 말아요."

브라몰이 전화를 받지 않았다. 전화벨이 울릴 만큼 울리다 끊어졌다. 이내 보이스메일이 도착했다. 브라몰이 즉시 화면을 문질렀다. 그가 귀를 기울였다. 그가 말했다. "우리가 로즈를 찾았는지 알고 싶어 합니다."

그들 등 뒤에서 현관문이 다시 열렸다. 로즈가 밖으로 걸어 나왔다. 작고, 유연하고, 우아한 체격. 얼굴은 여전히 후드 그림자 속에 묻혀 있었다.

그녀가 계단 위에 앉았다.

그녀의 후드가 리처를 향했다.

그녀가 말했다. "여기서 떠나는 시간은 무조건 선배님이 결정하는 대로 따라야겠죠?"

그가 말했다. "난 세상을 구하려는 게 아니야. 그냥 반지에 얽힌 사연을 알고 싶었을 뿐이지. 그리고 이제 그 사연을 알게 됐어. 행복한 결말은 아니군. 난 이만 떠날까 해. 상황이 악화되는 걸 내 눈으로 보고 싶지 않으니까. 자네는 연방교도소에서 금단증상에 몸부림치게 될 거야. 치료는커녕 소독제조차 없이 말이지. 자네 언니는 그 소년탐정이 어떻게 해서든 방조범으로 얽어 넣을 거야. 돈 많은 백인 여성이 연루돼야 TV 뉴스로든 신문 기사로든 모양이 산다는 생각일 테니까. 그녀가 법정 투쟁을 하면서 파산하든 말든 상관없을 테고. 브라몰 씨는 면허를 뺏기고 세 번째 직업을 찾아 나서야겠지. 난 그런 일들이 일어나기 전에 떠나고 싶어."

그녀가 말했다. "그런 일들이 실제로 일어날 것처럼 말씀하시는군요."

"그들은 이미 빌리의 신병을 확보했어. 그리고 여기서는 카우보이 하나가 죽었어. 누군가 그 시체를 발견할 거야. 포터필드의 경우처럼. 그러면 코넬리 보안관이 자네 집을 수색할 거야. 만일 빌리가 순순히 불어댄다면 소년탐정이 먼저 들이닥칠 수도 있겠지. 물론 그 두 사람이 자네를 체포하기 전에 공급이 끊길 수도 있어. 그렇게 되면 하루에 다섯 번씩은 응급실을 찾아가야 할 거야. 치통 핑계를 대고. 그런 상황들 가운데 한 가지는 반드시 일어나게 돼 있어."

"선배님 생각에는 얼마 뒤면 공급이 끊길까요?"

그녀의 최대 관심사. 다른 무엇보다 중요한 문제.

"그건 순환논증이야." 리처가 말했다. "자네 없이 내가 여길 떠난다면 내 첫 번째 목적지는 사우스다코타 래피드시티가 될 거야. 난 아더 스콜피오를 만나야 해. 그자는 포터필드에 관해서 내게 거짓말을 했어. 두 번씩이나 나를 죽이라는 지시도 내렸고. 넘지 말아야 할 선을 넘어선 거지. 결국 불행한 결말을 자초한 거야. 회전식 건조기 속에 처박힐 테니까. 어디 보자, 거기까지 가는 데 이틀, 그리고 일을 처리하는 데 하루. 그러니 지금부터 사흘 뒤에는 공급이 끊기겠군."

"결국 내 선택은 없다는 얘기군요. 지금 선배님을 따라나서지 않아도 결국은 떠나게 만들겠다는 거죠? 3일 기한으로."

"의도치 않은 결과일 뿐이야. 내 입장에서 한번 생각해봐. 상황이 악화되기 전에 떠나고 싶은 건 당연하잖아. 그리고 일단 여길 떠나면 난 반드시 래피드시티로 가야만 돼. 선택의 여지가 없잖아. 그자가 날 계속해서 엿 먹이고 있으니 말이야. 멀리 떨어진 건물에서 총알이 쉬지 않고 날아온다면 자넨 어쩌겠어?"

"공습지원을 요청하겠죠."

"그자를 찾아가는 게 내 공습이야."

"결국 난 3일 뒤에는 여기를 떠나야만 하네요."

"어쩔 수 없는 결과야. 절대 내가 의도한 게 아니라고. 난 세상을 구하려고 나선 사람이 아니니까."

그녀는 아무 대꾸가 없었다.

제인 매켄지가 말했다. "3일은 불가능해요, 리처."

"그 불가능에 도전합시다." 그가 말했다. "가능하게 만들어야 합니다."

그들이 다 함께 집 안으로 들어갔다. 의자는 두 개뿐. 브라몰이 하나를 차지했다. 나머지 하나는 매켄지. 샌더슨은 바닥에 책상다리를 하고 앉았다. 그래도 편하다고 했다. 리처는 한 팔을 베개 삼아 바닥에 등을 깔고 누웠다. 그가 천장에 눈길을 꽂은 채 다른 사람들의 대화에 귀를 기울였다. 그들이 로즈에게 반드시 필요한 것들을 짚어나가기 시작했다. 단출한 삶. 필요한 건 많지 않았다. 이내 목록이 만들어졌다. 가장 중요한 건 외부의 시선을 의식하지 않고 머물 수 있는 곳. 그리고 일반 처방을 훨씬 초과한 복용량 확보.

매켄지가 장소는 충분히 마련할 수 있다고 했다. 하지만 시간이 필요하다고 했다. 자기네 부부는 해안이든 산속이든 별장은 없다고 했다. 주택 단지 안에 자기네가 사용할 수 있는 관리동이 있다고 했다. 하지만 난방 장치와 화장실을 비롯해서 개보수 공사가 필요하다고 했다.

리처가 말했다. "자택에 손님을 위한 공간이 있습니까?"

"두 곳. 하지만 모두 집 안에 있어요. 별채가 아니라."

"매켄지 씨가 좋은 분이고 두 사람이 아주 잘 맞는 부부라고 말씀하셨는데 혹시 남편이 이번 문제에 대해 불편해하지는 않을까요?"

"전혀. 남편은 완전히 우리 편이에요."

"확실한가요?"

"물론이죠."

"좋습니다." 리처가 말했다. "그럼 완벽한 대안이 마련되기 전까지 로즈가 댁에 머무는 건 어떻습니까? 가능하다면 호수를 마주 보고 있는 공간이 좋겠지요. 넓은 뒷마당과 호수 사이에는 나무들 말고는 아무것도 없을 것 같은데. 설마 타임스퀘어 한가운데에 텐트 치고 사는 것 같지는 않겠지요. 신속하게 결정해야 합니다. 완벽을 기하는 것도 좋지만 시간이 빠듯합니다."

매켄지가 로즈를 바라보았다. 그녀가 고개를 끄덕였다. 하지만 확신에 찬 동의는 아니었을 것이다. 언니의 배려에 대한 감사의 표현 정도? 하기야 미래의 일을 누가 알겠는가. 당장 두 번째 문제만 해도 그랬다. 그 조건을 충족시키지 못한다면 호숫가에서의 은둔 생활은 정신병원에 갇혀 지내는 것보다 고통스러울 것이다.

매켄지가 말했다. "의사를 찾는 문제는 현실적으로 진지하게 고려해야 해요. 우린 아직 시작도 하지 못했어요. 로즈의 문제를 이해하고 적극적으로 나서줄 만한 의사는 드물 거예요. 물론 인터넷이 도움은 되겠죠. 하지만 예약을 하고 기다리는 시간만도 만만치 않을 거예요. 그들을 설득하느라 또 시간이 걸릴 테고. 대번에 수락해줄 의사도 있긴 있겠지만 혹시 알아요? 장기간 휴가를 떠나 있을지. 인연으로든, 시간으로든 그쪽 세계에서는 결코 쉽지 않은 일이에요. 다들 알고 있겠지만."

"난 모르겠는데." 리처가 말했다.

"2주." 그녀가 말했다. "난 그쪽 세계에서 살고 있는 사람이에요. 내 말 믿어요. 최소한 2주는 필요한 일이에요."

아무도 대꾸하지 않았다.

한동안의 침묵을 깨고 후드 깊숙이에서 로즈가 말했다. "일단 날 배려해주는 마음들은 너무나 고마워요. 그러니 내 입으로 말하는 게 옳을 것 같군요. 머물 곳이나 의사보다도 더 큰 문제는 바로 나예요. 그때까지 공백은 어떻게 메울 수 있을까요? 무슨 수로 2주 동안 매일같이 약을 공급받을 수 있을까요? 더구나 그 가운데 며칠은 도로 위에서 보내야 해요. 매일 밤 다른 도시에서. 도저히 불가능한 일이에요."

또다시 아무도 대꾸하지 않았다. 로즈의 질문은 휑한 허공에 걸려 있었다.

공백은 어떻게 메울까? 매일같이 어떻게 약을 공급받을 수 있을까?

사실이었다. 그게 가장 큰 문제였다. 보폭보다 넓게 떨어져 나간 구름다리 위의 널판.

나머지는 문제가 아니었다. 리처의 머릿속에는 얼마든지 그림이 그려졌다. 그 문제를 빼고는. 엄청난 양이 필요할 것이다. 그만큼을 확보한다는 건 불가능에 가까웠다.

매켄지가 어색한 침묵을 깨뜨렸다. 해결책은 아니었다. 단지 일리노이 레이크포레스트에 관한 이야기였다. 얘기로만 들어도 멋진 곳이었다. 고풍스러운 벽돌과 납틀 창문이 두드러지는 튜더 양식의 대저택.

완만한 경사를 이루고 조성된 너른 잔디 정원과 돌로 만든 전용 부두. 거기에 매어져 있는 배 한 척. 그 너머로 대양처럼 펼쳐진 호수.

어느 순간 리처는 깨달았다. 매켄지는 어색한 침묵이 견디기 힘들어서 그 얘기를 하고 있는 게 아니다. 자기 집을 자랑하기 위해서도 아니다. 그녀는 그 이야기를 물레로 삼아 오래전부터 그들 쌍둥이가 공유해 왔던 환상을 자아내고 있는 것이다. 그들이 앞으로 함께 살아 나갈 삶, 그 속에서 피어나게 될 어린 시절의 꿈. 산간지역에서 태어나고 자란 소녀들이 바다나 호수에 대해 품고 있는 동경. 지금 매켄지는 그 꿈을 이뤘다는 얘기를 하고 있는 것이다. 자신과 쌍둥이 동생 모두를 위해. 그녀의 얘기는 남은 평생 동안 그 꿈을 함께 누리며 살자는 초대였다. 촉촉한 잔디와 이끼 낀 벽돌들. 그녀는 얘기라는 물레를 통해 자아낸 환상으로 이번에는 은은히 비치는 망사를 만들어 동생에게 입히려는 것이다. 유혹에도 평가점수를 매길 수 있다면 단연 만점짜리였다. 쌍둥이들 간의 유대가 얼마나 끈끈한지 리처는 물론 알지 못한다. 하지만 상상은 할 수 있었다. 염치와 체면을 비롯해서 모든 세속적 겉치레와 계산이 배제된 관계. 꿈을 나누며 영원히 함께 살자는 유혹은 받아들여질 수밖에 없을 것이다. 대단한 심리전. 리처도 내심 감탄할 수밖에 없었다. 하지만 그의 머릿속에서는 두 가지 질문이 떠나지 않고 있었다. 공백을 어떻게 메울 것인가. 2주 동안 매일같이 어떻게 약을 공급받을 것인가.

그 시각 남쪽의 덴버. 커크 노블이 그제야 두 가지 급한 용무를 끝마쳤다. 결국 본의 아니게 빌리를 더 오랫동안 똥줄 타게 내버려둔 셈이었다. 예정했던 두 시간을 훌쩍 넘어 거의 네 시간 가까이.

그가 취조실 창문을 통해 한참 동안 안을 들여다보았다. 안에서는 밖이 보이지 않는 창문. 그는 상대방의 외모와 몸동작을 통해 심리상태를 읽어내는 전문가였다. 최소한 스스로는 그렇게 자부하고 있었다. 외모로만 놓고 볼 때 빌리는 궁상맞은 촌놈이었다. 하지만 눈빛과 몸동작은 다른 얘기를 들려주고 있었다. 마흔 전후의 나이. 호리호리한 몸매. 교활한 인상. 여우와 다람쥐 사이에서 새끼가 태어난다면 딱 그 모습일 것이다. 어린 시절의 절반은 모질게 맞아가면서 자라났을 것이다. 나머지 절반은 밖으로 쏘다니며 일찌감치 살아남는 법을 터득했을 것이다. 절대 만만한 상대가 아니었다. 실제로도 초조한 기색은 전혀 없었다. 진땀을 흘리지도 않았고 몸을 떨지도 않았다. 발가락을 까닥거리지도 않았고 손톱을 물어뜯지도 않았다. 마약중독자가 아니었다. 담배조차 멀리해온 게 분명했다. 그렇다면 쉽게 입을 열지 않을 것이다. 실수로 말을 흘리는 경우 말고는. 빌리를 지켜보는 동안 노블은 생각을 정리해 나갔다. 여우와 다람쥐는 장점이 많은 동물들이다. 하지만 대학 공부는 못한 게 사실 아닌가. 정문이 어렵다면 옆문으로 들어가면 되는 일이다. 그 문을 열 수 있는 열쇠가 반드시 있을 것이다. 어쩌면 칭찬이 열쇠일 수도 있다. 빌리는 칭찬에 목말라 있을지도 모른다. 그러고 나면 우쭐해져서 무용담을 늘어놓을 수도 있다. 그가 성공적으로 처리한 굵직한 거래들. 그렇다면 싸구려 장신구 상자가 도움이 될 수도 있다. 그 금붙이들을 어떻게 손에 넣게 됐는지 하나하나 짚어가며 썰을 풀어 놓을지도 모른다. '맞아, 이거. 어떤 계집애가 주더라고.'

그때를 틈타 찔러 보는 것이다. '빌리, 그 계집애가 뭣 때문에?'

노블이 부하 직원에게 지시를 내렸다. 사무실로 가서 장신구가 들어 있는 신발상자를 가져올 것.

즉흥적인 회의가 끝났다. 리처가 현관으로 나갔다. 브라몰이 곧장 따라 나왔다. 샌더슨이 빈 의자에 올라앉았을 것이다. 두 자매가 대화를 나눌 것이다. 리처의 생각이 그랬다. 모쪼록 긴 대화가 아니기를. 리처의 바람이 그랬다.

브라몰이 말했다. "우리로서는 해낼 방법이 없어요."

"분명히 방법이 있을 겁니다." 리처가 말했다.

"방법을 찾아내면 내게 꼭 알려줘요."

"꼭 알려달라고요? 당신에게? 확실합니까? 나보다 더 많은 규범에 묶여 있는 걸로 아는데?"

"의뢰인을 대신해서 플랜 B를 세워놓지 않을 경우, 일종의 직무유기에 해당한다는 규범도 그중에 있습니다. 따라서 최소한 밑그림이라도 필요합니다. 이번 경우에는 로즈를 입원시키는 게 그 밑그림의 일부가 되겠지요. 교도소가 아니라 우리가 선택한 병원으로 보내는 겁니다. 비용은 우리가 충당하지만 실질적으로는 구속 상태나 마찬가지예요. 그 점을 강조하면 사법기관에서도 어느 정도 참작해주지 않을까요? 어쨌든 대화의 창구는 덴버의 노블입니다. 그에게는 재량권이 있어요. 우리와는 이미 안면을 튼 사이기도 하고. 난 그 사람과의 관계를 우호적으로 유지해야 합니다. 그 점에서 보자면 지난번 그의 전화를 받았어야 했어요. 다음번 전화는 꼭 받을 겁니다. 앞으로 그의 도움을 받아야 할지도 모르니까."

"지금은 플랜 B가 필요한 상황이 아닙니다."

"미리 준비해서 나쁠 건 없잖습니까."

"당신이 지금 그의 전화를 받으면 로즈의 소재를 말해줘야 합니다. 그건 플랜 C로 가는 지름길입니다. 그렇게 되면 모든 게 망가져버립니다. 그 사태를 피하려면 그에게 거짓말을 둘러대야 합니다. 그건 실질적인 범법행위 아닙니까?"

브라몰은 대꾸하지 않았다.

리처가 말했다. "부탁 하나 들어주시겠습니까?"

"어떤 부탁인지 일단 들어보고."

"지금 안으로 들어가서 한 가지만 물어보십시오. 스태클리가 내일 다시 찾아올 건지."

"이유는?"

"궁금해서."

브라몰이 집 안으로 들어갔다. 잠시 후, 밖으로 나온 사람은 그가 아니라 로즈 샌더슨이었다. 그녀가 지난번처럼 현관 계단 위에 앉았다. 후드를 뒤집어쓰고. 리처와의 거리는 여전히 1미터 남짓.

그녀가 말했다. "언니가 내게 돈을 줬어요. 난 스태클리에게 돈이 바닥날 때까지 하루도 빼지 말고 들르라고 말했어요. 아니면 그의 재고가 다 떨어질 때까지."

리처가 말했다. "재고가 떨어지면, 그다음에는?"

"그 사람들은 가끔씩 하루를 건너뛰곤 해요. 물건을 받으러 어딘가에 다녀오느라 그렇겠죠. 그래서 그들이 다시 돌아오면 우린 정말 기뻐요."

"상상이 가는군."

"미안해요."

"미안해할 것 없어. 우린 같은 역사 수업을 들었잖아."

그녀가 고개를 끄덕였다. 후드 속에서.

그녀가 말했다. "모르핀의 기원은 1805년이에요. 피하주사기가 처음 등장한 건 1851년이었고. 마약과 주사기. 환상의 궁합이었죠. 시기적으로도 남북전쟁과 맞아 떨어졌고요. 결국 수십만 명이 중독되고 말았어요. 그다음에는 제1차 세계대전. 규모가 규모였던 만큼 1920년대에는 중독자 수도 수백만 명에 이르렀죠."

"군대는 전통을 중시하지."

"제1차 세계대전은 또한 안면 부상이 대규모로 발생한 첫 번째 전쟁이기도 하죠. 종전 무렵에는 그 숫자가 수백만을 헤아릴 정도였어요. 사지 절단과는 다르지만 사회로 나와서는 그냥 뭉뚱그려서 불구자로 분류되는 사람들. 적절한 단어이기는 해요. 사지는 멀쩡하지만 당사자들도 불구라고 느끼니 말이에요. 구제할 수 없다는 의미로 해석해도 그럴듯하고요. 실제로 대부분이 그런 느낌으로 여생을 살게 되니까. 부상을 입기 전까지 와는 전혀 다른 삶이에요. 아예 다른 사람이 되어 버리는 거죠. 그 당시는 성형 클리닉의 태동기였어요. 조악하나마 얼굴 성형이 가능하기는 했죠. 하지만 안면 부상을 입은 사람들은 대부분 가면을 선택했어요. 양철가면. 그 계통의 예술가들이 피부색을 맞춰주는 역할을 담당했어요. 하지만 별다른 효과는 없었어요. 도시의 공원마다 파란색으로 칠해진 벤치가 설치돼 있었어요. 일반인들은 그쪽으로 눈길을 돌리지 않는 게 예의였죠. 가면을 쓴 불구자들이 쉬어가는 장소였으니까. 하지만 그들 대부분은 아예 밖에 나가질 않았어요. 다시는 햇볕을 쬐지 못했죠. 대부분이 감염으로 인한 합병증이나 자살로 일찌감치 생을 마감했으니까."

"날 납득시키려고 노력할 필요 없어." 리처가 말했다. "난 자네가 뭘 씹든 상관없으니까."

"하지만 그걸 구해줄 수 없잖아요. 14일 동안 하루도 빠지지 않고."

"그럴 수 있다면? 평생 동안 끊이지 않고 공급받을 수 있다면? 자넨 어쩔 거지?"

"진담이에요?"

"솔직한 생각을 얘기해줘. 자네는 진실을 좋아하잖아."

그녀가 잠시 머뭇거렸다.

"일단 파티를 열 거예요." 그녀가 말했다. "성대한 축제. 빠듯하게 쪼개고 나누던 시절과 작별을 고하는 거죠. 그걸 욕조에 가득 풀어 놓고 목욕을 할 거예요."

"그건 위험한데."

"제발 그랬으면 좋겠어요. 중독자가 되기 전까지는 절대로 이해할 수 없는 세계예요. 죽음의 문턱까지 살금살금 다가가는 기분은 이 세상 무엇과도 비교할 수 없을 만큼 짜릿해요. 그 검은 대문 앞에 서서 노크를 하는 거예요. 그건 차원이 다른 세계예요. 다른 중독자가 과다복용으로 사망했다는 소식을 들을 때마다 내 기분이 어떤지 아세요? 죽은 사람에 대한 연민? 유감? 천만에. 어디서 그런 물건을 그만큼 구할 수 있었을까, 그 생각이 먼저 떠올라요. 나도 자살하고 싶어서? 그것도 천만의 말씀이에요. 죽기는커녕 정반대로 영원히 살고 싶어요. 매일매일 황홀한 기분에 취하고 싶으니까. 미안해요. 난 예전의 내가 아니에요. 돌연변이가 된 거죠. 당신은 누군가 다른 사람의 반지를 찾았어야 했어요."

"그다음에는? 파티를 끝낸 뒤에는 어떻게 할 거지?"

"양을 조금씩 줄여 가야겠죠. 정맥 주사가 좋을 것 같아요. 집에서 맞을 수만 있다면."

"조금씩이라도 줄여 갈 자신이 있나?"

그녀가 고개를 끄덕였다. 후드 속에서. "난 그걸 미치도록 좋아해요. 하지만 아직 내 안에는 예전의 내가 충분히 남아 있어요. 분명히 느껴져요. 난 웨스트포인트를 무사히 졸업한 사람이에요. 게다가 보병으로 9년을 복무했고. 이번에도 성공할 수 있을 거예요. 완전히 끊을 필요까지는 없다는 보장이 있는 한. 그래서 절실하게 필요할 때는 공급받을 수 있다는 약속이 있는 한. 이를테면 한 주 동안 잘 참아낸 보상으로 토요일 밤에 한 번이라든가, 뭐 그런 식으로요. 그 정도 수준까지는 가능할 것 같아요."

"그다음에는?"

"언니네 집에서 숨어 살 거예요. 백 살 먹을 때까지. 그 나이에는 누구나 추해지니까 내 모습이 크게 두드러지지는 않을 거예요. 모든 게 다 아스라한 옛날이야기가 될 테고요. 그 전까지는 절대 세상 밖으로 나오지 않을 거예요. 난 역경 속에서도 항상 웃을 수 있는 폴리아나(Pollyanna, 지나친 낙천주의자)가 아니니까. 내 내공으로는 거기까지예요."

"그 전에 나올 수는 없을까? 직장을 구한다든지 해서."

"'용모단정'이라는 문구를 한 번도 보지 못한 모양이네요."

그가 미소를 지었다.

"나도 가끔씩은 일을 하는데?" 그가 말했다. "막노동이나 나이트클럽 기도. 한번은 플로리다 키웨스트에서 풀장을 파는 일도 했어. 달랑 삽 한 자루 들고. 아직도 그 풀장이 남아 있을 거야."

"내가 입원 중일 때 정신과 의사들이 찾아오곤 했어요. 그쪽 클리닉에서 새로운 임상 치료법이 힘을 얻던 시기였어요. 환자로 하여금 현실을 직시하게 만들자, 요약하자면 대충 그런 취지였던 모양이에요. 실제로 입발림 식의 공감이나 위로 따위는 늘어놓지 않더군요. 난 소령이었어요. 그걸 잊으면 안 돼요. 그리고 성숙한 어른이기도 했고요. 그러니 그들도 내가 충분히 견뎌낼 수 있다고 믿은 거죠. 그들은 내게 자료까지 보여주었어요. 안면이 기형인 종업원들은 고객은 물론 동료까지 불쾌하게 만든다. 결국 스스로 그만두지 않는 한 백이면 백 모두 뒤편 사무실에서 혼자 일하게 된다."

"알았어. 직장을 구하라는 얘기는 취소하지."

"난 그 의사들과 또 다른 주제를 놓고 오랫동안 대화를 나누었어요. 얼굴과 성격의 긴밀한 연관성. 얼굴 표정의 미묘한 변화들과 그것들이 상대방에게 미치는 영향력 등등. 처음에는 나도 제법 떠들어댔어요. 빤히 아는 주제였으니까. 그러다 문득 기분이 싸해지는 거예요. 의사들이 어느새 직설법을 버리고 은유나 비유법을 구사하더라고요. 차마 자기들 입으로 는 얘기하지 못할 사실에 대해서 힌트를 주려고 말이죠. 이 얼굴로는 이 성과의 로맨틱한 관계는 더 이상 있을 수 없으니 아예 기대를 접어라, 바로 그 얘기였던 거죠."

"포터필드가 들었으면 방방 떴을 얘기로군."

"그는 남다른 사람이었어요."

"장님이었나?"

"그에게는 자신만의 문제가 따로 있었어요."

그때 그들 등 뒤에서 현관문이 열렸다. 집 안에서 매켄지가 밖으로 걸어 나왔다. 브라몰이 곧장 그 뒤를 따라 나왔다. 매켄지가 뭔가 말하려는 순간 브라몰의 휴대폰이 울렸다. 그가 그걸 꺼내 들고 화면을 확인했다.

그가 말했다. "특수요원 노블이에요. 덴버의 자기 사무실이군요."

그가 로즈를 바라보았다. 그가 눈길을 돌려 리처를 바라보았다.

그 눈빛이 뭔가를 묻고 있었다.

리처가 말했다. "알겠습니다. 내가 악역을 맡지요."

그가 전화기를 받았다. 그가 초록색 버튼을 누르고 전화기를 귀에 가져다 댔다.

그가 말했다. "여보세요?"

39

노블이 왜 리처가 브라몰의 전화를 받는지 물었다. 리처는 대충 대답해주었다. 브라몰이 산책을 나갔다. 집 밖에서는 신호가 잡히지 않는 모양이다, 그래서 휴대폰을 두고 나갔다.

노블이 말했다. "매켄지 여사가 브라몰을 고용한 게 맞지요? 수임료를 지불하고."

리처가 말했다. "그렇습니다."

"하지만 당신은 아니지요?"

"네, 아닙니다."

"그럼 당신이 전화를 받은 게 잘된 일이네요. 지금 매켄지 여사가 당신 얘기를 들을 수 있을 만큼 가까이에 있습니까?"

"그렇습니다."

"자리를 옮기세요."

리처가 골짜기를 향해 휴대폰을 들어올렸다. 그가 그리로 주춤주춤 발길을 옮겼다. 누가 봐도 더 강한 신호를 찾아가는 모습이었다. 이윽고 골짜기 앞에 이르자 그가 바위 위에 올라섰다.

그가 말했다. "무슨 일입니까?"

노블이 말했다. "내 생각에는 당신들이 쌍둥이 동생을 찾아낸 것 같은

데."

"왜 그런 생각을?"

"그건 찾지 못했다는 뜻입니까?"

"우리가 찾았다고 생각하는 근거를 물은 것뿐입니다."

"힘든 일이 아니잖습니까. 그녀는 거기 어딘가에 있었을 테니까."

"아주 넓은 지역입니다."

"그건 설명이고." 노블이 말했다. "부정이 아니라."

"무한대로 펼쳐진 숲지대에 오두막들이 드문드문 흩어져 있어요. 그중 한 곳에 숨어들어 간 사람을 찾는다는 건 사실상 불가능한 일입니다."

"그것도 설명이고."

"난 하루 종일 설명할 수도 있습니다." 리처가 말했다. "내가 군 출신이라는 사실을 잊지 마십시오."

노블이 말했다. "난 로즈 샌더슨이 필요합니다."

"이유가 뭡니까?"

"정보를 얻으려고. 이제 수사를 종결해야 하니 말입니다."

"그거라면 빌리가 있잖습니까."

"빌리 때문에 샌더슨이 필요한 겁니다. 빌리가 거짓말을 하고 있는 것 같아요. 그자는 허풍을 떨고 있습니다. 단순히 재미로, 혹은 수사에 혼선을 주기 위해서, 그것도 아니라면 잘난 자존심 때문이겠고. 실제로 마약상들 가운데는 자기네 유통망을 과시하는 놈들이 있거든요. 품질과 유통 과정 모두 말이지요. 거물 행세를 하고 싶어서 그러는 겁니다. 아무튼 수사를 종결하기 전에 난 빌리의 고객으로부터 보완 진술을 확보해야 합니다. 만일의 경우를 위해서요. 밥줄이 끊기지 않으려면 어쩔 수 없습니다.

당신도 아시잖습니까."

"빌리가 무슨 얘기를 하던가요?"

"자신은 늘 팔아 왔던 걸 팔고 있을 뿐이라더군요. 국내산 옥시코돈과 펜타닐. 제조와 포장 작업 모두 미국 본토에서 이루어진 제품들이라고 우겨댑니다."

"그렇다면 허풍을 떠는 게 맞는군요." 리처가 말했다. "당신 얘기에 따르자면 그건 불가능한 일이니까."

"실제로 불가능합니다. 난 충분히 입증할 수 있어요. 제조부터 포장까지 모든 단계에서 모든 제품에 바코드가 찍힙니다. 알약 하나까지 말이지요. 그 자료는 투명, 그 자체입니다. 물론 우리는 언제든 그 자료에 접근할 수 있고요. 따라서 물건이 새어 나가는 경우는 절대 있을 수 없습니다."

"그렇다면 그자가 허풍을 떠는 게 맞는군요."

"하지만 그자가 알 턱이 없는 걸 알고 있습니다. 사실 포장이 계속 변해왔거든요. 그런데 빌리가 새로운 홍보 문구를 알고 있는 겁니다. 병원 납품 상자 안쪽에 적혀 있는 건데 말입니다. 그가 어떻게 그걸 본 건지 나로서는 이해가 가질 않습니다."

"그렇다면 그자가 허풍을 떠는 게 아니군요."

"아니요. 허풍이 맞습니다. 컨베이어 벨트, 포장 팩, 포장 상자, 모두 면밀한 감시 속에서 작업이 진행됩니다. 그것들이 공장 문을 나서는 즉시 추적이 시작되고요. 모든 운송 차량에 GPS가 장착돼 있으니까요. 생산과 주문은 언제나 일대일입니다. 영수증들을 늘어놓고 늘 확인을 하지요. 서로 일치하지 않는 경우가 발생하면 즉시 전 시스템에 비상벨이 울립니다. 하지만 지금까지 그런 일은 단 한 번도 일어나지 않았습니다. 알약 하나조차 새어 나간 적이 없다는 얘기지요."

"그래서 어느 쪽입니까? 허풍입니까, 아닙니까?"

"그래서 내가 확실히 정리하고 싶은 겁니다. 로즈 샌더슨에게 그녀가 정확히 뭘 샀는지 물어보기만 하면 되는 일입니다."

"그거야 빌리의 윗선을 쑤셔 보면 되는 일 아닙니까? 일개 소비자보다는 도매업자의 진술을 확보하는 게 신빙성 측면에서 훨씬 유리할 텐데요."

"난 그자의 윗선들을 모릅니다. 보안이 철저한 구조예요."

"빌리를 쥐어짜면 이름 몇 개쯤은 얻어낼 수 있지 않을까요?"

"현재까지 그자는 영웅적인 전쟁포로 놀이에 빠져 있습니다. 그나마 확보한 진술도 속이고 구슬려 댄 끝에 간신히 얻어낸 겁니다. 이제 전혀 새로운 각도에서 수사를 진행해야 합니다. 하지만 시간이 별로 없어요. 로즈 샌더슨이 가장 빠른 길입니다. 많은 게 필요한 것도 아니에요. 우린 수사만 종결시키면 됩니다. 그녀는 빌리놈의 얘기가 순전히 거짓말이라는 것만 밝혀주면 됩니다. 그자가 팔아왔던 게 멕시코 산 코카인이라는 진술만 해주면 그만인 거죠."

샌더슨과 그녀의 쌍둥이 동생, 그리고 브라몰은 여전히 현관 앞에 모여서 있었다. 그들은 대화 중이었다. 많은 이야기. 뭔가 심각한 문제를 두고 토론 중인 모양이었다.

리처가 말했다. "잘 알겠습니다. 만약에 그녀를 찾는다면 당신 얘기를 전하겠습니다."

노블이 말했다. "당신은 지금 어디 있는 겁니까?"

"아주 넓은 지역입니다."

"그녀 집에 있는 겁니까?"

"어디라고 꼭 집어 말하기가 어렵습니다."

"지금 휴대폰으로 통화 중이잖습니까."

"전방위 송수신이 가능한 안테나 덕분입니다. 하지만 그 범위는 뉴저지 크기만 한 원이에요. 그러니 여기가 어딘지 내가 어떻게 알겠습니까."

노블이 물었다. "그거 아십니까?"

"뭘 말입니까?"

"일반 시민이 연방요원과 대화할 때는 특정한 규범들이 적용됩니다."

리처가 말했다. "아이쿠, 이거 크게 실례했군요. 난 또 대단한 말씀이 나올 줄 알았네요."

"로즈 샌더슨의 현 소재를 알고 있습니까?"

"나라는 시민이 연방요원과 대화할 때는 또 다른 규범들이 적용된다는 사실은 모르시는 모양이군. 거기 보면 엿 같은 소리들은 못 들은 척 넘겨야 건강에 좋다고 나와 있는데. 난 당신들 세계에서 일이 어떻게 돌아가는지 잘 알고 있는 사람입니다. 당신도 물론 그렇다는 걸 알고 있을 테고. 그쪽 일이란 게 항상 기대에 못 미치는 법이지요. 그래서 당신들은 늘 플랜 B를 마련하게 돼 있습니다. 어떻게든 성과를 올리기 위해서, 혹은 단순히 상부의 질책을 모면하기 위해서. 그건 충분히 이해합니다. 이번도 마찬가지 아닙니까? 일망타진이 불가능하다면 잔챙이라도 엮자는 계산. 그래서 당신이 로즈 샌더슨을 원하는 겁니다. 정확히 얘기하자면 그녀가 멕시코 산 코카인을 구입했다는 증거를 원하는 것이지요. 그녀가 바로 당신의 플랜 B인 겁니다."

"그녀가 매일같이 이 나라의 법률을 위반하고 있는 건 사실이잖습니까."

"지금 이 순간부로 그녀에 관해서는 깡그리 잊어버려요. 진심으로 하는 얘기입니다. 그녀를 잘못 건드렸다간 당신이 박살날 수도 있어요. 그녀는 아프가니스탄에서 얼굴에 부상을 입었어요. 당신은 그녀의 쌍둥이 언니를 직접 봤습니다. 생각해봐요. 이 세상 모든 신문에 그 쌍둥이의 사진이 나란히 찍혀 나올 겁니다. 영화배우와 괴물. 비포 앤 애프터. 조국을 위해 복무하기 전과 후. 그 상황에서 당신이 그녀를 진통제 과다 복용 혐의로 엮는다? 온 세상 사람들이 들고 일어날 겁니다. DEA는 세상의 조롱거리가 될 테고. 난 지금 당신과 당신의 조직을 대참사로부터 구해주려고 노력 중입니다."

"그녀가 어디 있는지 알고 있습니까?"

"와이오밍 주."

"지금 내 질문에 답변을 거부하는 겁니까?"

"아니." 리처가 말했다. "난 당신이 뭘 묻든 대답해줄 겁니다. 당신이 미처 생각하지 못했던 질문들까지 모두. 자, 지금부터 3일 뒤에 다시 통화하기로 합시다. 하지만 두 가지 조건이 있어요. 하나, 그때까지는 절대로 우리 일에 개입하지 말 것. 둘, 로즈 샌더슨이라는 이름을 들었던 기억까지 지워버릴 것."

"3일이어야 할 이유는?"

"그런 질문은 첫 번째 조건에 위배되는 겁니다."

"난 어떤 조건으로든 당신과 협상할 생각이 없습니다."

"그럼 어떤 대안이든 제시해봐요. 다른 방법이 없지요? 바로 그겁니다. 그러니 기분 좋게 갑시다. 난 헌병 출신입니다. 그걸 잊으면 안 돼요. 유니

폼만 다를 뿐 한때는 당신과 한솥밥을 먹었던 사람입니다. 그러니 당신을 엿 먹으려고 이러는 게 아닙니다. 오히려 도우려고 노력하는 겁니다. 당신에게는 어쩌다 한 번일 뿐인 기회입니다. 난 내가 원하는 작은 부분, 그러니까 로즈 샌더슨만 가질 테니 나머지는 모두 당신이 가져요. 당신에게는 엄청 수지맞는 장사 아닙니까. 아무렴. 훈장은 물론이고 영웅이 될 수도 있습니다. 당신처럼 이 나라를 위해 평생을 바쳤던 브라몰 씨까지도 감탄할 겁니다. 연방기관 역사상 손꼽을 만한 업적이라고 말이지요. 노블, 당신은 그 모든 걸 거저 얻게 되는 겁니다. 부수적 피해와는 정반대로 말이지요. 만화 주인공, 소년탐정이라면 내 제안을 두말 않고 받아들일 겁니다. 그 친구도 연방기관이 일을 처리하는 방식을 잘 알고 있으니까."

"당신은 더 이상 정부 소속이 아니잖습니까."

"한 번 몸담으면 영원히 떠나지 못하는 법입니다." 리처가 말했다. "올바른 공무원이라면."

노블은 아무 말도 하지 않았다. 또 한 번의 결정타. 그로서는 더 이상 따지고 들 수 없었다. 혹시 속으로 투덜거릴 수는 있겠지만. '그래, 우리 일이란 게 늘 이렇게 엿 같은 거지 뭐.'

"3일." 리처가 말했다. "그동안 느긋하게 지내시도록. 영화 감상이라도 하면서."

리처가 전화를 끊었다. 그가 집을 향해 걸음을 옮겼다. 브라몰이 그를 향해 걸어왔다. 두 사람이 중간에서 만났다. 리처가 브라몰에게 휴대폰을 돌려주었다.

"3일." 리처가 말했다. "로즈에 관해서는 잊기로 하고."

"멋지게 해냈군요."

"감사합니다."

"그에게는 뭘 주기로 한 겁니까?"

"땅에 떨어진 조각들을 주워 담을 특권."

"어떤 것들 말이지요?"

"떨어지는 것들이 반드시 있을 겁니다."

"이제 방법이 떠올랐다는 얘긴가요?"

"머릿속에 밑그림만 그린 정도입니다." 리처가 말했다. "이제 당신에게 질문 하나 해야겠습니다."

"어떤 질문?"

"래피드시티에서 스콜피오의 빨래방을 감시했던 이유. 거기서 뭘 지켜보고 있었던 겁니까?"

"손님들. 통화 기록에 따르면 로즈가 그리로 한 번 전화를 한 적이 있습니다. 빨래방 직통번호로. 거기서 뭔가를 잃어버렸을 수도 있습니다. 아니면 개점 시간을 알고 싶었을 수도 있겠고. 다른 용건은 있을 리가 없겠지요. 그래서 난 그녀가 그 근처에 살았거나 현재도 살고 있는 게 아닌가 싶었습니다."

"하지만 손님이 없었어요."

"그래요. 고작 한둘쯤?"

"다른 움직임은 없었습니까?"

"전혀."

"뒤쪽도 지켜봤습니까?"

"바이크 몇 대."

"하지만 짐을 싣거나 부리지는 않았지요?"

"전혀." 브라몰이 다시 말했다. "그곳은 상하차 도크가 아니에요. 그냥 출입문일 뿐이지."

"알겠습니다." 리처가 말했다.

매켄지가 그들에게로 다가왔다. 그녀가 밤을 지낼 만한 오두막들을 살펴보러 가자고 했다. 로즈가 일러준 게 분명했다. 멀지 않은 공터의 작은 오두막 몇 채. 깔끔하게 청소돼 있어서 하루쯤 묵기에는 충분하다고 말했을 것이다. 로즈는 늘 그 상태를 유지하도록 관리해왔을 것이다. 아름다운 환경 속에 지어진 아름다운 집들이 폐가로 변해가는 게 안타까웠을 것이다.

그들이 공터로 이어지는 산길을 따라 올라갔다. 일대의 여느 산길이나 똑같았다. 부츠 사내가 그에게 소총을 겨눴던 산길과도 별반 다를 게 없었다. 100미터쯤 올라가자 공터가 나타났다. 테니스장 너비의 다져진 대지 위에 네 채의 오두막이 세워져 있었다. 작은 마을 같았다. 서로 형태는 달랐지만 통나무로 지어진 건 똑같았다. 네 채 모두 한 대짜리 차고 크기만 한 것도 똑같았다. 작았다. 하지만 제대로 지은 집들이었다.

출입문은 네 개 모두 잠겨 있었다. 브라몰이 선뜻 한 채를 골라잡았다. 매켄지는 그 맞은편 오두막을 선택했다. 리처는 남향의 오두막을 골랐다. 먼저 두 채의 중간쯤 되는 위치였다. 대도시에서는 스튜디오 아파트라는 이름으로 불릴 만한 공간이었다. 침대가 들여진 거실, 혹은 소파가 있는 침실, 거기에 미니 주방과 작은 화장실이 딸린 구조. 집들이 같은 행사를 대비한 시설일 것이다. 리처의 생각이 그랬다.

넓은 본채에서 먹고 마셔가며 실컷 즐긴 다음 손님들이 묵어가는 곳. 네 커플. 오랜 지인들.

그가 칫솔을 유리 선반 위에 올려놓고 다시 집 밖으로 나왔다. 매켄지가 자기 현관 앞에서 그를 지켜보고 있었다. 그녀가 말했다. "남편이 의사를 찾기 시작했어요. 며칠 휴가를 냈다더군요. 그도 상황이 다급하다는 걸 충분히 이해하고 있어요. 가정부는 손님방을 정리하고 있는 중이에요. 브라몰 씨가 우리를 일리노이까지 데려다줄 거예요. 그의 차라면 충분히 편안하겠죠."

"동감입니다." 리처가 말했다. "썩 괜찮은 트럭이에요."

"이제 남은 부분은 당신에게 달렸다는 말씀을 드리고 싶네요."

"남은 부분?"

"공백을 메우는 일."

"알겠습니다." 리처가 말했다. "공정한 배분인 것 같군요."

"당신이 해낼 수 있다면."

"노력 중입니다."

"가능할까요?"

"모쪼록 로즈가 굳세게 버텨줘야 합니다. 특히 처음에는 무척 초조하고 불안할 겁니다. 하지만 난 그녀가 해낼 수 있다고 봅니다. 그녀가 내게 말했습니다. 자기 안에 아직 예전의 자기가 남아 있다고 말이지요. 나더러 반지를 조금만 더 갖고 있어달라고 부탁한 건 그녀의 판단력이 살아 있다는 증거입니다. 그녀도 자신이 위태로운 상황에 처해 있다는 걸 어느 정도 깨닫고 있습니다. 예전처럼 생각할 능력이 아직 남아 있는 것이지요. 조만간 우리를 완전히 믿고 따르는 모습을 보일 겁니다. 그 시점에서는 우리도 그녀를 믿어줘야 합니다."

"언제 출발하는 게 좋을까요?"

"내일." 그가 말했다.

　저녁식사는 넷이 함께했다. 마켓에서 사온 먹거리들이 아직 남아 있었다. 로즈는 완전히 취해 있는 상태였다. 말 한마디, 움직임 하나가 모두 들떠 있었다. 후드와 호일에 덮인 얼굴을 웃음이 다시 뒤덮었다. 그녀는 그렇게 행복해 하며 한 사람씩 차례로 돌아가며 신나게 대화를 나누었다. 매켄지도 그녀와 함께 웃었다. 하지만 그녀의 웃음은 양면적이었다. 절반은 쌍둥이 동생에게 보내는 전폭적인 응원과 격려. '로즈, 여기 너와 함께 웃고 있는 내가 있잖아. 내 가슴에 기대. 얼마든지 보살펴줄게.' 나머지 절반은 결코 익숙해지지 않을 현실에 대한 당혹과 절망.

　아름다웠던 자매가 마구 망가진 채 집에 돌아오면 일단 분노와 원망이 활화산처럼 분출된다. 그다음에야 눈물바다 속에서 화해가 이루어진다. 그게 우리에게 익숙한 시나리오다. 하지만 리처 눈앞의 쌍둥이는 달랐다. 옛날에 어쩌고저쩌고는 필요 없었다. 둘 다 여전히 아름다운 쌍둥이 언니고 동생이었다. 예전과 똑같을 뿐, 달라진 건 없었다. 분노와 원망은 없었다. 그 밖에 어떤 문제도 개입할 여지가 없었다. 그들은 둘이면서 한 사람이었다. 그들 사이에 이따금씩 가공의 바람이 일었다. 그때마다 그들도 따로따로 흔들렸다. 하지만 어떤 바람도 그들을 완전히 갈라놓을 수는 없었다. 사시나무 숲. 리처의 느낌이 그랬다. 두 사람은 하나의 유기체를 이루고 있었다. 그들은 하나의 그들이었다. 지금까지 그래왔고 앞으로도 그럴 것이다. 하지만 현재의 모습이 앞으로 어떤 결과를 불러올지 두 사람 모두 모르고 있었다. 세상이 그들을 어떤 시각으로 보게 될지 감히 예상할 수조차 없었다. 이제 자신들을 어떻게 묘사할 것인가? 나와 그녀? 더

444

이상 우리가 아니고? 그들로서는 처음으로 직면한 문제였다. 매켄지의 반쪽 자아는 방황하고 있었다. 그럴 수밖에 없었다.

리처가 세 사람에게 다음 날 벌어질 상황을 설명해주었다. 뼈대만 간추린 설명이었다. 세 단계 전략. 그나마 아직은 미완성인 계획.

매켄지는 겁에 질렸다. 브라몰은 시선을 돌렸다. 로즈는 침착하게 귀를 기울였다. 리처는 후드 그늘 속에서 뻗어 나온 눈길을 온 얼굴로 느끼며 이야기를 이어갔다. 그녀는 잃을 게 가장 많은 사람이었다. 그리고 직업군인이었다. 그래서 어떤 전략도 적과의 첫 번째 교전 이후에는 소용이 없다는 사실을 잘 알고 있었다. 그 이후의 승패를 결정하는 건 운이라는 사실도.

식사 자리가 파한 뒤 리처가 브라몰에게 부탁했다. 진출입로 어귀에서 보이지 않도록 트럭을 본채 뒤로 옮겨 세워 놓을 것.

브라몰과 헤어진 뒤 그가 카우보이들의 산길을 따라 걸어 내려갔다. 그 길 끝에 그들의 오두막이 있을 것이다. 그리고 그 현관에서 그들을 발견했다. 합숙소답게 길쭉한 구조의 통나무집이었다. 그들은 맥주캔을 홀짝이고 있었다. 이제는 셋이 아니라 둘이서.

그들은 불안해 보였다. 충격과 죄책감, 그리고 잠재의식 깊숙이 자리 잡은 복종심. 부츠 사내는 온 얼굴로 그런 감정들을 드러냈다. 당연했다.

한 사람을 죽이려 했다. 하지만 실패했다. 그 사람이 자신을 향해 걸어오고 있다.

서열의 사다리 위에서 자신의 위치를 확연히 깨달은 상태. 타고 올라가는 건 오직 나무뿐이던 시절에 두뇌 깊숙이 자리 잡게 된 인간 본연의 생존기술.

리처가 말했다. "우린 미쳐 돌아가는 시대에 살고 있어."

두 사내 모두 아무 대꾸가 없었다. 그 자리에서 이야기할 권리는 오직 리처에게만 있다는 듯. '무슨 말씀이든 하십시오. 저희는 입은 닫고 귀만 열겠습니다.'

아니면 카우보이들이 원래 과묵할 수도 있겠고.

리처는 그들에게 개인적인 감정은 없다는 얘기를 해주고 싶었다. 숨통이 막혔던 그들의 처지를 백번 이해한다는 얘기도 해주고 싶었다. 그러다 보니 판단력이 흐려진 것이라고 위로해 주고 싶었다. 하지만 한마디도 입 밖에 내지 않았다. 너무 복잡했다. 카우보이들이니까. 그 대신 그들에게 단도직입적으로 지시를 내렸다. 그를 위해 해줄 일들. 차근차근 한마디씩 분명하게. 이어서 예행연습도 시켰다. 용서한다는 백 마디 말보다 그게 더 나은 방법이었다. 리처의 판단이 그랬다. 그리고 그 판단은 옳았다. 내내 수그러져 있던 그들의 고개가 반 뼘 정도 추켜세워졌다. 두 쌍의 눈이 빛을 되찾았다. 응분의 대가를 치르고 나면 잃어버렸던 자유를 되찾을 수 있다는 희망. 그 기회를 놓치지 않겠다는 결심.

리처가 샌더슨의 집 주변을 둘러보았다. 그녀의 통나무집에는 불이 환히 켜져 있었다. 그가 도요타의 새로운 위치를 확인했다. 들킬 염려 없이 안전했다. 브라몰. FBI치고는 나쁘지 않았다. 그가 자신의 원룸 오두막으로 돌아왔다. 작은 마을. 매켄지의 오두막에는 불이 밝혀져 있었다. 브라몰의 오두막에도. 서로 다른 사람들이 잠자리를 준비하는 시간. 서로 다른 의식들이 치러지고 있을 것이다. 브라몰은 양복을 손질하고 있을 것이다. 깔끔한 차림새를 위해서는 당연할 것이다. 매켄지는 물론 훨씬 복잡한 과정을 밟고 있을 것이다. 그 얼굴을 위해서는 당연할 것이다. 샌더슨은 더더욱 복잡할 것이다. 연고와 호일, 그리고 어쩌면 물약들까지.

리처가 침대에 누웠다. 통나무 벽. 통나무 천장. 비로소 통나무집의 매력을 실감할 수 있었다. 튼튼했다. 웅장했다. 그래서 안전하다는 느낌이 들었다.

40

카우보이들은 새벽에 기상했다. 그들이 합숙소 현관에서 흔들의자에 앉아 양철컵으로 커피를 홀짝이며 기다렸다.

마침내 태양이 구릉지대 뒤에서 떠오르자 평원은 긴 그림자들로 뒤덮였다. 로즈 샌더슨은 자기 집에서 잠에 취해 있었다. 아침형 인간은 아니었다. 그것도 펜타닐 탓일 것이다. 브라몰은 진즉에 깨어나 있었다. 아침 샤워와 머리 손질은 물론 옷을 입고 넥타이까지 조여 맨 상태였다. 매켄지는 꿈지럭거리다가 일어났다. 그녀가 새 아침의 백지 상태를 잠시나마 만끽했다. 어느 순간 퍼뜩 의식이 돌아왔다. 반쯤은 다시 눕고 싶었다. 나머지 반쯤은 벌떡 일어나 움직이고 싶었다. 자신이 마주친 현실에 도움이 된다고 느껴지는 일이라면 뭐든지 하고 싶었다. 결국 첫 번째 절반이 승리했다. 그녀가 다시 잠 속으로 빠져 들어갔다. 그리 길지 않을 것 같은 아침잠. 바깥 공기는 차가웠다. 늦여름 고산지대의 이른 아침.

한 시간이 흘렀다. 카우보이들이 진출입로 어귀로 나왔다. 그들은 거기서 기다렸다. 그 전날 아침에 그랬던 것처럼. 그 전전날 아침에도 그랬던 것처럼. 다만 지금은 둘이었다. 셋이 아니라. 그들은 서로 아무 말 없이 우두커니 서 있었다. 마치 풍경의 일부라도 된 듯, 무한한 인내심을 발휘하며.

로즈가 자기 집에서 꿈지럭거리다가 깨어났다.

그녀가 한 손으로 머리맡 탁자 위를 더듬었다. 패치 두 개. 그대로였다. 그녀가 길게 숨을 내쉬며 머리를 베개에 다시 파묻었다. 일어나도 안전했다. 브라몰이 미니 주방에서 끓여낸 커피를 현관으로 들고 나와 홀짝거렸다. 매켄지는 샤워부스에 들어가 있었다. 그녀가 계속해서 물을 뿌려가며 머리를 감았다.

다시 한 시간이 흘렀다. 카우보이들은 여전히 기다리고 있었다. 한 시간만큼 높아진 태양이 그들 등 뒤의 산등성이 위로 떠올랐다. 주위의 나무들이 온통 빛 무늬로 얼룩졌다. 대기는 사뭇 따뜻해졌다. 로즈는 자기 집에서 샤워 중이었다. 브라몰은 여전히 현관에 나와 있었다. 커피잔은 진즉에 비워진 상태였다. 그는 시간만 죽이고 있었다. 평생 살아오는 동안 인내만은 확실하게 터득한 인물. 매켄지는 자기 오두막 안락의자에 앉아 남편과 통화 중이었다. 의사들에 관해서.

다시 한 시간이 흘렀다. 카우보이들은 여전히 기다리고 있었다. 그 남자, 그들의 공급원, 그들의 생명선. 기다리며 보내는 헛된 시간들. 중독자의 삶이란 게 원래 그런 법이다. 그들이 나무에 기대섰다. 그들이 큰 호흡으로 공기를 들이마셨다. 따뜻했다. 소나무 향이 배어 있었다. 로즈 샌더슨이 자기 집에서 옷을 입었다. 은색 후디. 그녀가 후드를 이마 아래로 한껏 잡아 내렸다. 그녀가 알루미늄 호일을 새로 한 조각 잘라냈다. 그녀가 그 위에 새 로션을 짜서 골고루 문질렀다. 그녀가 그걸 제자리에 갖다 붙였다. 조심스럽게. 현재 위치는 거실. 창문은 열려 있었다. 준비 완료.

준비된 건 브라몰도 마찬가지였다. 그의 위치는 숲에서 50미터 떨어진 지점. 그는 통나무에 걸터앉아 있었다. 매켄지의 위치는 그의 반대편 50

미터 지점. 그녀는 전나무 둥치에 기대서 있었다. 잎이 무성한 가지들을 뚫고 들어온 햇살이 그녀의 머리칼에 아롱거렸다.

진출입로 어귀에서 힘겨운 엔진 소리가 들려왔다. 거친 바닥을 구르는 타이어 소리도 함께였다. 카우보이들이 한쪽으로 물러섰다. 낡은 트럭이 숲을 헤치고 모습을 드러냈다. 텐트를 씌운 적재함이 거북등껍질 같았다. 운전석에 앉은 스태클리가 전방을 살폈다. 검정색 도요타는 보이지 않았다. 덩치 큰 사내도 없었다. 다른 누구도 없었다.

그가 천천히 차를 세웠다. 부츠 카우보이가 걸어 나갔다. 스태클리가 차에서 내려섰다.

그가 말했다. "잘 지냈어?"

카우보이가 말했다. "우리에게 신세진 거 알지?"

"무슨 신세?"

"덩치 큰 남자."

"벌써 처리한 거야?"

"어제 오후에."

"어떻게 처리한 거지?"

"숲속으로 유인한 다음 소총으로 쏴 버렸어."

"현장을 보여줄 수 있어?"

"물론이지." 카우보이가 말했다. "하지만 산길을 타고 한 시간은 올라가야 해. 그자의 시체가 쉽게 발견돼서는 안 되니까."

"그럼 너희가 처리했다는 걸 내가 어떻게 믿어?"

"그랬다고 말하잖아."

"내겐 증거가 필요해. 한두 푼짜리 일거리가 아니잖아."

"한 사람당 두 박스씩."

"너희 세 사람에게만." 스태클리가 말했다.

그가 주위를 훑어본 뒤 말을 이었다. "어제는 셋이었는데?"

카우보이가 말했다. "몸이 안 좋아서."

"어디가 어떻게 안 좋은데?"

"목이 아프대. 인후염인가 봐."

"덩치 큰 놈이 제거됐다는 증거가 필요해." 스태클리가 말했다. "이건 엄연히 사업상의 거래라고."

부츠 카우보이가 주머니를 뒤적이더니 파란색 얇은 수첩을 꺼냈다. 은색으로 인쇄된 철자들. 여권. 살짝 구김이 가고 휘어진 모양새로 미루어 3년 전쯤 발행된 것 같았다. 카우보이가 그걸 스태클리에게 건넸다. 그가 여권을 펼쳤다. 덩치 큰 사내의 사진이 붙어 있었다. 바위 같은 얼굴. 이름은 잭 리처. 중간 이니셜은 없었다.

"그의 주머니에서 꺼낸 거야." 카우보이가 말했다. "머리 가죽을 벗겨 오는 건 너무 지저분하잖아."

스태클리가 여권을 자기 주머니에 쑤셔 넣었다.

그가 말했다. "내가 가져야겠어. 기념품으로."

"마음대로 해."

"아무튼 수고했어."

"최선을 다했지. 사업상의 거래니까."

"그런데 어쩌지?" 스태클리가 말했다. "장사가 너무 잘돼. 그래서 재고가 부족해."

"그게 무슨 소리야?"

"좀 기다려야 할 것 같아."

"그건 약속과 다르잖아."

"그럼 나더러 어쩌라고? 다른 고객에게 없어서 못 판다고 말할까? 너희가 일을 제대로 처리했기 때문에? 솔직히 말해서 난 너희들이 이렇게 빨리 손을 쓸 줄은 몰랐어. 그래서 재고를 확보해 두지 못했던 것뿐이야."

"그래서 하나도 안 남았다는 얘기야?"

"별로 없어."

카우보이가 말했다. "확인해도 되겠어?"

"물론이지." 스태클리가 말했다. 진심이었다. 그로서는 거리낄 이유가 없었다. 급속도로 줄어가는 재고량은 그 자체로 훌륭한 광고니까. 오늘날의 장사판이 그렇다. 이제는 속도가 사업의 생명이다. 그건 제1의 규칙이다. 그가 적재칸 문짝을 향해 돌아섰다.

그리고 여권 속의 바위 같은 얼굴과 맞닥뜨렸다.

조용히 숲을 빠져나온 리처는 살금살금 스태클리의 등 뒤에서 1미터 떨어진 위치까지 다가와 있었다. 처음에는 등허리에 한 방 먹여줄 생각이었다. 하지만 그 순간 상대방이 돌아섰다. 그래서 복부에 주먹을 찔러 넣었다. 가볍게. 상대방이 허리를 접으며 고꾸라질 만큼만. 그가 한 손으로 스태클리의 어깨를 눌렀다. 그자가 얼굴을 땅에 박은 채 버둥대는 동안 리처가 다른 손으로 몸뚱이를 수색했다. 코트 한쪽 주머니에서는 자신의 여권, 다른 쪽 주머니에서는 9밀리 권총, 한쪽 부츠 속에서는 22구경 권총, 다른 쪽 부츠 속에서는 주머니칼. 9밀리는 스미스 앤드 웨슨의 39 모델이었다. 광을 낸 나무 손잡이가 멋졌다. 22구경은 루거였다. 처음부터 호주머니가 아니라 부츠에 맞도록 제작된 모델. 주머니칼은 장난감 공장에서 만들었나 싶을 만큼 허접한 중국제였다.

스태클리는 눌린 입으로 흙먼지를 마셨다가 뿜어가며 버둥대고 있었다. 가볍게 한 방 맞은 사내치고는 지나친 할리우드 액션, 리처의 생각이 그랬다.

그가 트럭 실내를 확인했다. 사물함에는 아무것도 없었다. 운전석 아래에는 있었다. 원래는 소화기가 장착돼 있어야 할 자리. 하지만 고정 고리까지 개조된 틀에는 역시 나무 개머리 9밀리 한 자루가 끼워져 있었다. 이번에는 구형 스프링필드 P9 모델이었다. 그 밖에 찾아낸 건 없었다. 단지 샌드위치 포장지와 영수증 무더기들뿐.

리처가 자빠져 있는 스태클리에게 다시 다가갔다. 그가 스미스 9밀리를 쥔 팔을 수평으로 쭉 뻗었다. 그가 손가락을 놀렸다. 탄창이 빠지면서 수직으로 낙하했다. 1.5미터 아래 스태클리의 머리통을 향해서. 스태클리가 비명을 질렀다. 리처가 이번에는 권총을 쥔 손을 풀었다. 스태클리가 다시 비명을 질렀다. 리처가 루거 22구경으로 똑같은 동작을 반복했다. 탄창, 그리고 본체. 이어서 스프링필드 9밀리. 탄창, 그리고 본체. 모두 여섯 차례의 비명.

리처가 말했다. "일어나라, 스태클리."

스태클리가 용을 쓰며 일어섰다. 살짝 구부린 상체, 핼쑥해진 낯빛. 머리통을 문질러대는 손은 덜덜 떨고 있었다. 그 전날 밤, 카우보이들이 당면했던 것과 똑같은 상황. 죽이려 했지만 그러지 못한 사내가 코앞에서 버티고 있다. 동물들의 서열이 이번에도 확실히 정해질 것인가?

리처가 말했다. "트럭 뒷문 열어."

조잡한 플라스틱 두짝문이었다. 스태클리가 그걸 양쪽으로 활짝 열어 젖혔다. 그가 뒤로 물러섰다. 리처가 담요를 한쪽으로 걷어냈다. 달랑 박스 하나. 그나마 거의 비어 있는 상태. 낱개 포장된 패치 세 개가 널찍한 공간에서 아무렇게나 뒹굴고 있었다.

'재고가 별로 없어.'

리처가 물러섰다.

"재고가 다 떨어져가는군." 그가 말했다. "이런 경우에는 어떻게 하지? 정상적으로 사업을 한다고 치면 말이야."

"이봐요, 미안하게 됐어요." 스태클리가 말했다. "그거 말이에요. 나로 서는 선택의 여지가 없었어요. 지시에 따랐을 뿐이에요. 개인적인 감정은 없었어요."

"그건 나중에 얘기하자고." 리처가 말했다.

"어떤 남자가 있어요. 난 그가 시키는 대로 따라야 해요. 이번에도 그가 시킨 일이에요. 내가 좋아서 그런 게 아니에요. 그것만은 믿어줘요."

"나중에 얘기하자니까."

"이 친구들이 정말로 그럴 줄은 몰랐어요. 내 물건에 눈이 뒤집혀서 건성으로 대답만 한 건 줄 알았다고요. 그게 전부예요. 당신을 죽이라고 지시한 사람한테는 최선을 다했다고 말할 생각이었어요. 이건 엄연히 저 자식들 잘못이에요."

"내 질문에나 대답해."

"어떤 질문인지 기억이 안 나요."

"재고가 바닥이야." 리처가 말했다. "이럴 때는 어떻게 하지?"

스태클리의 눈빛에 변화가 일어났다. 안쪽 깊숙한 곳에서 일련의 사고과정이 진행되고 있다는 걸 말해주는 눈빛이었다. 눈길도 위아래로 흔들렸다. 교착점, 혹은 전환점. 리처의 생각이 그랬다. 한 지점에서 다른 지점으로 옮겨가는 과정. 승리에서 패배로. 희망에서 절망으로. 그리고 항복으로.

스태클리가 길게 숨을 내쉬었다. 패배의 한숨처럼.

그가 말했다. "물건이 떨어지면 다시 받으러 가요."

"받는 곳은?"

"물류창고 비슷한 곳이에요. 지붕을 씌운 대형 창고. 그 안으로 차를 몰고 들어가서 줄을 지어 기다리는 거예요. 자정까지."

"그 창고는 어디 있지?"

스태클리가 잠시 머뭇거렸다.

"우리끼리 연락할 때만 사용하는 대포폰이 있어요." 그가 말했다. "우리는 그걸로 문자 메시지를 주고받아요."

"그 대포폰은 어디 있나?"

스태클리가 텐트 씌운 적재칸을 가리켰다.

그가 말했다. "적재칸 사물함 속에 있어요."

리처가 말했다. "가서 가져와."

스태클리가 적재칸으로 다가가서 상체를 안으로 밀어 넣었다. 리처의 귀에 뭔가를 급히 잡아채는 소리가 들렸다. 그 순간 수많은 생각들이 그의 머릿속을 빛의 속도로 스쳐갔다. 한평생의 경험이 주마등처럼 떠오르듯. 아니, 정확히 말하자면 한평생의 경험이 아니었다. 떠오른 건 지난 30초 동안 그가 저지른 실수였다.

머릿속에 재연된 30초 분량의 드라마 속에서 그의 대사와 행동이 철저한 분석과 검증을 거쳤다. 명백한 실수. 너무도 어처구니가 없어서 실험심리학 교재에 대표적인 실례로 실릴 만한 실수. 그 챕터의 제목은 확증편향.

'한 남자가 상대방 남자의 눈빛이 변하는 걸 목격한다. 그 변화를 자기가 원하는 의미로 해석한 뒤 그대로 믿어버린다.'

스태클리는 항복한 게 아니었다. 대신 열심히, 그리고 잽싸게 머리를 굴려서 탈출구를 마련했다. 생명줄. 멍청이가 아니었다. 눈빛의 변화는 실제로 교착점, 혹은 전환점이었다. 하지만 방향은 정반대였다. 패배에서 승리로, 절망에서 희망으로의 전환이었다. 리처가 그걸 완전히 잘못 읽고 반대로 해석한 것이다. 너무나 낙관적이었다. 인생의 밝은 면만 보기 위해 너무나 급급했다. 그러다 보니 적의 무기에 대한 판단도 틀어져버렸다. 스미스와 루거 22구경, 그리고 스프링필드까지 뺏어 냈으니 더 이상의 수색은 필요 없다는 판단. 그 판단은 더 큰 실수로 이어졌다. 권총들을 분해해서 상대방의 머리통에 떨어뜨리지 않았던가. 단순히 재미 삼아서. 실험심리학 교재의 다음 페이지에는 이렇게 나와 있을 것이다.

'뭐든 세 개를 가진 사람은 네 개도 갖고 있을 수 있다.'

당연한 이치 아니던가. 더군다나 상대방은 마약 밀매꾼이다. 그것도 재고 부족에 시달릴 만큼 재미를 보고 있는 중이다.

정말이지 멍청한 실수였다.

스태클리가 자세를 바로잡은 뒤 뒤돌아섰다. 그의 손에는 총이 들려 있었다. 적재칸 사물함에서 꺼낸 무기. 구형 콜트 45구경. 강철 부분은 마모돼 있었지만 워낙에 내구성이 강한 모델이다. 거리는 2.8미터. 그가 제대로 사격자세를 잡는다면 2.5미터로 좁혀질 것이다. 못 맞추기가 더 어려운 거리. 덩치 큰 남자의 단점. 진화론상의 우성이 갑자기 열성으로 뒤바뀌는 변화. 과녁이 너무나 컸다.

리처가 스태클리의 눈을 지켜보았다. 여전히 생각에 몰두한 눈빛이었다. 비용, 수익, 이익, 불이익. 생각은 길지 않을 것이다. 모든 면에서 남는 장사였다. 단기적으로는 현재의 국면을 타결할 수 있을 것이다. 장기적으로는 아더 스콜피오에게 믿을 만한 부하로서 뚜렷한 인상을 심어줄 것이다. 방아쇠를 당기기만 하면. 바로 지금, 이 자리에서, 단 한 차례.

부정적인 변수가 아예 없는 건 아니었다. 현장의 위치. 진출입로 어귀에 시체를 내버려둘 수는 없는 노릇, 최소한 숲속으로 1킬로미터는 끌고 올라가서 유기해야 했다. 하지만 해결할 방법이 있었다. 카우보이들. 패치 하나면 좋다고 나설 것이다. 두 개면 숲속이 아니라 네브래스카까지도 마다하지 않을 것이다.

리처가 말했다. "내게 총을 겨누지 마."

스태클리가 말했다. "웃기시네. 왜 겨누지 말라는 거야?"

"엄청난 실수니까."

"지랄. 이봐, 이게 왜 실수지?"

스태클리가 콜트를 들어올렸다.

두 손으로.

그가 리처의 가슴팍 한가운데를 향해 총구를 겨눴다. 헛간 문짝을 조준하듯.

그가 말했다. "다시 한 번 정확히 말해봐. 이게 어떻게 실수라는 거지?"

"두고봐." 리처가 말했다. "자네한테 개인적인 감정은 없어."

스태클리의 머리통이 터졌다.

탁자에서 굴러 떨어진 수박이 깨지듯, 눅눅한 소음이 가장 먼저 들렸다. 곧바로 초음속 나토 총탄이 허공을 가르는 소리와 M14의 격발음이 차례로 울렸다.

스태클리의 머리통은 붉은 안개구름을 피워 올리며 완전히 박살났다. 뼛조각과 살점들이 분분히 떨어져 내렸다. 생명을 잃은 몸뚱이가 수직으로 바닥에 널브러졌다. 붉은 안개조명이 비치는 속에서 몸이 사라지는 마술 쇼처럼.

리처가 로즈 샌더슨의 집을 향해 눈길을 돌렸다. 그녀가 창가에 서 있었다. 현장을 살피며 자신의 사격기술을 평가하고 있는 듯한 모습. 리처의 평가로는 물론 만점이었다. 100미터 거리였다. 장애물도 있었다. 리처와 카우보이들. 하지만 단 한 발로 명중. 그것도 표적의 머리통. 정확히는 귀 바로 윗부분. 그것도 그녀가 태어나기 20년 전에 육군이 폐기한 소총으로. 대단한 사격술이었다.

그녀가 집에서 나와 그들을 향해 걸어왔다. 이마 아래로 바짝 잡아 내린 후드, 한 손에는 M14. 오른쪽에서 브라몰이 서둘러 다가왔다. 왼쪽에서는 매켄지가 다가왔다. 현장의 광경에 가장 충격을 받은 건 물론 그녀였다. 이성적인 측면에서만 보자면 그 결과에 대해서 기뻐해야 했다. 사회 전체를 위해서도 잘된 일이라고 좋아해야 했다. 하지만 강력한 소총탄에 의해 박살난 머리통을 직접 목격하는 건 이성이 개입할 수 있는 문제가 아니었다.

선홍색 난장판이었다. 차가운 산 공기 탓에 김까지 살짝 모락거렸다. 그녀가 몸을 돌리고 쌍둥이 동생을 바라보았다.

그녀는 사람을 죽일 준비가 되어 있었어요. 난 그렇지 않았고.

리처가 말했다. "고마워, 소령."

로즈가 말했다. "얼마나 가지고 있던가요?"

그녀의 최대 관심사.

"별로 없어." 그가 말했다.

"빌어먹을."

샌더슨이 스태클리를 돌아서 트럭 꽁무니로 다가갔다. 그녀가 적재칸 안으로 상체를 밀어 넣었다. 그녀가 담요를 한쪽으로 젖히고 상자 속을 확인했다. 그녀의 어깨가 축 처졌다. 딱히 놀란 건 아니었다. 하지만 실망한 건 분명했다.

어떤 전략도 적과의 첫 번째 교전 이후에는 소용이 없다.

그녀가 리처를 돌아보았다. 그 눈빛이 말하고 있었다. '이 정도야 순식간에 사라질 거예요. 안 그래요?'

그녀가 말했다. "보급기지가 어디라던가요?"

그가 말했다. "거기까지는 얘기가 오가지 못했어."

"아더 스콜피오의 빨래방. 거기예요, 아닐까요?"

"아니야." 리처가 말했다. "스콜피오의 빨래방 근처에서는 그런 움직임이 없어. 거긴 짐을 싣고 부리는 장소가 절대 아니야. 그자가 정확히 뭘 하는지는 모르겠지만 리모컨으로 수작을 부리고 있는 것만은 분명해."

"스태클리가 선배님한테 정확히 무슨 얘기를 하던가요?"

"물류창고가 있다고 했어. 차를 몰고 그 안으로 들어간 뒤 자정까지 줄을 서서 기다린다더군."

"거기가 어디죠?"

"대포폰으로 문자 메시지를 받는다고 했어. 그 전화기는 적재칸 안에 있고."

그 즉시 사물함 문짝이 열리고 닫히는 소리가 들렸다. 모두 열두 번쯤? 그만큼 사물함들이 많았다. 보트 안에 마련된 살림집처럼.

"이 안에는 전화기가 없어요." 그녀가 말했다.

"처음부터 전화기 따위는 없었어." 그가 말했다. "단순한 구실이었을 뿐이야. 총을 가지러 가기 위해서."

"그럼 그곳을 알아낼 수 있는 방법이 없는 건가요?"

"없어."

그녀는 그냥 서 있었다. 작은 몸집, 축 처진 어깨, 실망한 표정. 그녀는 마약중독자였다. 그런데 방금 공급원을 쏴 죽인 것이다. 대재앙. 고층건물에서 뛰어내린 것과 마찬가지였다. 그녀는 수직낙하 중이었다. 쇠날을 가는 듯한 바람소리가 고막을 때려대고 있을 것이다. 말 그대로 공황상태.

리처가 말했다. "휴대폰 얘기는 잊어버려. 그건 속임수였어. 그가 꾸며낸 거야. 그자들이 일을 하는 방식은 절대 그럴 수 없어. 차를 몰고 들어가 줄을 서서 기다릴 정도의 규모라면 창고든 헛간이든 매번 장소를 바꿀 수 있겠어? 한곳으로 정해져 있는 게 분명해. 눈에 쉽게 띄지 않는 어딘가 안전한 장소."

로즈가 말했다. "하지만 거기가 어디일까요?"

브라몰이 말했다. "그의 진짜 휴대폰은 어디 있을까요?"

그가 머리통만큼 작아진 시체 위로 허리를 굽혔다. 그가 구겨진 주머니들을 뒤졌다. 마침내 그가 휴대폰을 찾아냈다. 그가 허리를 폈다. 문고판 크기의 삼성 스마트폰이었다. 화면은 깨져 있었지만 제대로 작동 중이었다. 패스워드는 없었다. 브라몰이 화면을 두드리고 문질러댔다.

"이자가 빌리의 빈자리에 투입된 게 3일 전이에요." 브라몰이 말했다. "재고가 바닥난 게 당연하군요."

3일 전에 들어온 문자 메시지는 없었다. 이메일도 없었다. 하지만 보이스메일은 있었다. 브라몰이 그걸 재생시켰다. 그가 전화기를 귀에 대고 들으면서 그 내용을 전달했다.

"어느 지선도로를 따라가면 지붕을 씌운 대형 창고가 나온대요. 제설기를 비롯해서 겨울 장비들을 보관하는 곳이랍니다. 내부가 아주 넓은데 자기들이 독점으로 사용한다는군요. 출입구에는 경비원도 있답니다."

리처가 말했다. "정확한 위치는?"

"위치 얘기는 없어요."

"반드시 있을 겁니다. 스태클리는 신참이니까."

"진짜로 없어요. 그가 이미 알고 있는 장소일 수도 있어요. 아니면 그전에 통지를 받았거나."

"메시지를 남긴 사람은?"

"운송단계 책임자 같아요. 그 부분에 관해서만 시시콜콜 떠들다가 끊었으니까."

"지역번호는 찍혀 있습니까?"

"발신자 정보 차단."

"끝내주는군."

로즈 샌더슨이 다시 트럭 꽁무니로 다가갔다. 그녀가 적재칸 안으로 상체를 밀어 넣었다. 그녀가 패치 포장 세 개를 찾아 쥐고 다시 자세를 바로잡았다. 그녀가 카우보이들에게 하나씩 나눠주었다. 옛정을 생각해서. 리처의 판단이 그랬다. 작별선물. 역시 훌륭한 지휘관다웠다. 부하들을 먼저 챙기는 배려심.

그녀가 주머니 속에서 패치 포장 하나를 꺼냈다. 그 전날 구입한 패치의 마지막 하나. 나눠주고 남은 셋까지 모두 두 개. 그녀가 그 두 개를 포개서 한 손에 쥐었다. 그녀가 개수를 헤아렸다. 하나, 둘. 그리고 다시 한 번 하나, 둘. 세다 보면 숫자가 늘어나는 마법을 기대라도 하는 듯 하나, 둘, 또다시. 정신줄이라도 놓은 듯 하나, 둘, 계속해서. 하지만 매번 결과는 똑같았다.

그녀가 말했다. "이거 안 좋은데요."

리처가 말했다. "얼마나 버틸 수 있을 것 같아?"

"오늘 밤쯤에는 상태가 안 좋아질 거예요."

"제설장비들을 어디서 찾을 수 있을까?"

"지금 농담해요? 어디든 가능하잖아요. 빌리도 하나 있는데."

"그건 집이고. 난 대형 창고 속에 보관된 제설장비들을 얘기하는 거야."

"공항?" 브라몰이 말했다. "혹시, 덴버?"

리처는 아무 말도 하지 않았다.

잠시 후 그가 말했다. "3일 전이라."

그가 아직도 피를 뿜어내고 있는 시체를 넘어선 뒤 픽업의 운전석으로 다가갔다.

샌드위치 포장지들. 영수증들. 그가 작업을 개시했다. 포장지들은 운전석 위에 구겨 던지고, 영수증들은 조수석 위에 쌓고. 마침내 바닥이 깨끗해졌다. 문짝 보관함들도 완전히 비워졌다.

그가 말했다. "3일 전이면 며칠이지?"

매켄지가 날짜를 일러주었다. 리처가 지저분한 영수증 무더기를 뒤지기 시작했다.

1년 전에 발행된 것들도 있었다. 아예 세월을 알 수 없을 만큼 누렇게 변색된 것들도 있었다. 따라서 빳빳한 것들이 먼저였다.

브라몰이 말했다. "나도 거들게요."

쌍둥이들도 따라나섰다. 네 사람이 픽업 후드에 둘러서서 엄지에 침을 발라가며 작업에 열중했다. 지폐를 세는 은행원들처럼.

"하나 찾았어요." 매켄지가 말했다. "3일 전, 밤늦은 시간이네요. 주유소 영수증이 아니에요. 식당에서 발행된 것 같아요."

"여기 주유소 영수증이 나왔습니다." 브라몰이 말했다. "3일 전, 이것도 밤늦은 시간이에요."

그들이 그 두 장을 앞 유리 와이퍼 밑에 끼워 넣었다. 주차 위반 딱지처럼. 그들이 다시 작업을 이어갔다. 하지만 더 이상은 나오지 않았다.

"자," 리처가 말했다. "이제 이 두 장을 자세히 살펴봅시다."

식당 영수증에 찍혀 있는 요금은 13달러 몇 센트였다. 밤 10시 57분. 현금 계산. 3일 전. 주유소 영수증 금액은 딱 떨어지는 40달러였다. 주유를 하기 전에 미리 계산대에서 지불했을 것이다. 현찰로. 시간은 밤 11시 23분. 역시 3일 전.

리처가 말했다. "그는 늦은 저녁을 먹었습니다. 식당을 나온 건 11시쯤. 이어서 20분 남짓 차를 몰고 주유소로 갔습니다. 거기서 용무를 끝낸 건 11시 30분쯤. 그다음에는 문제의 보급창고로 가서 자정까지 기다렸습니다."

주유 영수증에는 엑슨 모빌(Exxon Mobil Corporation, 미국의 다국적

석유화학기업) 로고가 찍혀 있었다. 하지만 주소는 없었다. 단지 영업장 고유번호뿐. 식당의 상호는 클링거스였다. 영수증에 전화번호가 찍혀 있었다. 지역번호 605.

"사우스다코타." 브라몰이 말했다.

그가 강한 신호를 잡기 위해 골짜기 앞까지 걸어갔다. 그가 번호를 눌렀다. 그가 다시 돌아와서 말했다. "가족끼리 운영하는 개인 식당이에요. 위치는 래피드시티 북쪽의 4차선 도로변이고."

매켄지, 브라몰, 샌더슨은 도요타에 짐을 실으러 갔다. 리처의 칫솔은 진즉에 주머니 속에 들어 있었다. 여권도 이미 회수한 터, 더 이상 짐은 없었다. 그래도 현장에서 챙길 건 있었다. 스태클리의 콜트. 그리고 분해된 채 흩어져 있는 나머지 세 자루.

그가 카우보이들에게 스태클리의 시체를 처리할 방법을 일러주었다. 적재칸에 싣고서 멀리 떨어진 곳으로 몰고 가 트럭째로 유기하라고 했다. 버려진 목장 정도면 된다고 했다. 헛간이 있을 테니 그 안에 박아 넣으라고 했다.

10년쯤 흐른 뒤 아주 우연히 발견될 가능성은 있었다. 리처의 머릿속에 그림이 그려졌다. 미라가 된 몸뚱이. 펜타닐 상자 속에 들어 있는 부서진 해골. 그게 전부였다. 영구 미제 사건.

카우보이들이 스태클리의 트럭을 몰고 떠났다. 그렇다고 현장이 말끔히 치워진 건 아니었다. 피웅덩이, 뼛조각, 뇌 파편들. 하지만 걱정할 건 없었다. 사람들의 그림자가 사라지고 나서 한 시간 뒤면 깨끗하게 치워질 것이다.

수많은 산짐승들이 입맛을 다셔가며 우리가 떠나기만을 기다리고 있으니까.

브라몰이 도요타를 몰고 돌아왔다. 여자들은 뒷자리에 앉아 있었다. 매켄지의 여행가방들은 브라몰의 가방들과 함께 트렁크에 실려 있었다. 샌더슨의 짐이라고는 큼직한 천 가방 하나뿐이었다. 그녀가 사방을 둘러보았다. 두껍게 틴팅된 차 유리창이 지난 3년과의 단절을 이미 선언한 뒤였다. 그녀의 눈빛에 미련 따위는 배어 있지 않았다. 더 이상 남아 있을 이유가 없었다. 어느 공급원도 한동안은 그곳을 찾지 않을 것이다. 그건 분명했다. 그녀가 등받이에 몸을 파묻었다. 그녀가 시선을 정면에 고정시킨 채 얕은 호흡을 반복했다. 리처가 조수석에 올라탔다. 브라몰이 시동을 켜고 진출입로를 내려가기 시작했다. 나무뿌리와 바위투성이 6킬로미터. 그다음에는 그들을 거기서 벗어나게 해줄 비포장도로.

41

글로리아 나카무라가 복도를 지나 형사과장의 사무실로 들어갔다. 이 번에는 과장의 호출이었다. 이유는 아직 알 수 없었다. 과장은 컴퓨터 화면을 들여다보고 있었다. 이메일이 아니었다. 어느 사법기관의 데이터베이스였다.

그가 말했다. "연방 DEA가 한 남자의 신병을 확보했어. 이름은 빌리. 주소는 와이오밍, 뮬크로싱. 신호를 무시하고 달리다가 체포됐어. 오클라호마 팬핸들 지역에서. 와이오밍에서부터 도망쳐 나오는 중이었다는군. DEA가 몬태나에서 쑤시고 다닌다는 얘기를 친구한테 들은 뒤 즉시. 그러니 대원 둘과 개 한 마리가 지키고 있는 사무실에 전화할 필요가 없어졌어. 나무 뒤에서 사람들을 쏘아대던 빌리의 시대가 끝났으니까."

리처가 해결한 게 아니다. 그녀가 생각했다.

왠지 섭섭했다.

"하지만 우리는 한 가지 사실에 주목해야 해." 형사과장이 말했다. 연방친구들은 스콜피오의 존재를 모르고 있어. 그들이 공조 수사를 요청했어. 우리 데이터베이스에 빌리의 이름을 대조해 달라는 거야. 그의 배후를 캐기 위해서. 그러니 모르고 있는 게 분명해."

"그들에게 알려주실 거예요?"

"내가 미쳤어? 양복을 빼입은 연방 애들이 우르르 내 사무실로 들이닥쳐서 단물을 쪽쪽 빨아먹는 꼴을 보라고? 스콜피오는 우리 래피드시티 경찰서 거야. 처음부터 끝까지. 그러니 우리 손으로 잡아 처넣어야 해. 반드시 그렇게 될 거고."

"알겠습니다, 과장님." 나카무라가 말했다. "우리는 스콜피오가 이미 빌리의 후임자를 투입했다는 걸 알고 있습니다. 누군지 아직은 모르지만 새로운 판매책이 그 지역을 돌아다니고 있을 거예요."

형사과장이 말했다. "DEA가 요청한 게 또 있어. 언뜻 보기에는 별개의 사안인 것 같지만 아무래도 연관이 있는 것 같아. 일단 시점만 봐도 그래. 연달아 요청해 왔거든. 서부지역에서 내수용 옥시코돈이나 펜타닐을 대량으로 빼돌릴 만한 용의자가 있냐는 거야."

"그건 이미 옛날 얘기 아닌가요?"

"진즉에 끝난 얘기지. 운송트럭에 관한 정보는 모두 컴퓨터에 입력돼 있어. 공장 문을 나서는 순간부터 GPS로 쫓아갈 수 있다는 얘기지. 게다가 관계기관에서는 그 안에 뭐가 실렸는지 정확히 알고 있어. 따라서 유사시에는 알약 하나까지 추적할 수 있다고."

"그런데 뭐가 걱정이죠?"

"그들의 시스템에 이상이 생긴 게 분명해. 아니면 스콜피오가 우리 생각보다 똑똑하거나. 어느 쪽이든 우린 연방 친구들이 그를 먼저 덮치도록 내버려둘 수 없어. 따라서 자네가 얼마나 열심히 일을 해왔든, 지금부터는 열 배 더 열심히 해야 해. 다른 사건들은 모두 뒤로 미뤄버려. 연방 친구들이 이리로 들이닥치지 못하도록."

브라몰의 내비게이션 화면에 따르면 고속도로를 타고 라라미에서 샤이엔까지 올라간 뒤 간선도로를 타고 북쪽으로 곧장 달리는 게 최선이었다. 그래서 그들은 뮬크로싱에서 비포장도로를 벗어나 2차선 도로로 올라섰다. 옛적 우체국 건물, 폭죽가게, 로켓폭죽 광고판이 차례로 지나갔다. 한참을 더 달려서 고속도로에 올라탄 뒤에는 오른쪽으로 방향을 꺾었다. 매켄지는 내내 불안해 보였다. 그녀 역시 동생과 함께 빌딩에서 뛰어내린 것이다. 서로 손을 잡은 채. 두 사람은 똑같은 문제에 당면해 있었다. 하나는 외부에서, 다른 하나는 내부에서.

샌더슨은 고개를 돌린 채 앉아 있었다. 그녀의 눈길은 창밖에만 꽂혀 있었다. 두 손을 서로 꽉 움켜쥔 채. 자꾸 떨리는 걸 억제하려고. 리처의 생각이 그랬다. 그녀는 기를 쓰고 참아내는 중이었다. 한계에 달할 때까지. 어쩌면 분배의 원칙을 정해두고 있는지도 몰랐다. 100마일까지만 참자. 빨간 트럭을 다섯 대 지나칠 때까지만 참자. 혹은 다음 휴게소까지만 참자. 아니면 하이브리드 차량이 나타날 때까지만 참자.

리처가 총기들을 확인했다. 스미스 앤드 웨슨 39, 루거 22구경, 스프링필드 P9, 그리고 콜트 45구경. 모두 생채기투성이에다가 낡아빠진 권총들. 하지만 무리 없이 작동할 것이다. 네 자루 모두 탄창이 거의 비어 있었다. 스미스에는 패러벨럼 네 발, 스프링필드에는 다섯 발. 리처는 스미스를 더 좋아한다. 그래서 스프링필드의 실탄을 모두 스미스에 채워 넣었다. 이제 스미스에는 모두 아홉 발. 탄창에 여덟 발, 약실에 한 발. 비어버린 스프링필드는 문짝 보관함에 던져 넣었다. 스미스는 코트 주머니에 쑤셔 넣었다. 루거는 스탠다드 모델이었다. 1949년 회사 창립 당시에 런칭한 제품. 형편없이 낡은 모양새만 보면 그때 제작된 것일 수도 있었다. 실탄은 고작 두 발. 22구경 롱라이플 림파이어. 리처가 선호하지 않는 제품. 그래서 권총째로 문짝 보관함에 던져 넣었다. 콜트는 군용 M1911 모델이었다. 몸체에 새겨진 문양과 글씨들로 미루어 루거보다 더 오래된 역사를 가지고 있을 것 같았다. 총알은 세 발. 리처가 손잡이 대신 총신을 잡고 상체를 반쯤 돌렸다. 그가 샌더슨을 향해 권총을 내밀었다. 브라몰 뒤에 앉아 있던 그녀가 그를 향해 몸을 돌렸다. 리처를 기준으로 오른쪽보다 왼쪽 얼굴이 더 많이 드러나는 각도였다.

브라몰은 놀라운 솜씨라고 했다. 거장의 작품이라는 표현까지 서슴지 않았다. 맞는 얘기였다. 하지만 심미적으로는 끔찍한 작품이라고 했다. 그것도 맞는 얘기였다. 그녀의 왼쪽 얼굴은 일반 우표 크기의 조각들로 이어져 있었다. 얼마나 공들인 수술이었는지 상상이 갔다. 여러 차례에 걸쳐 몇 시간씩 이어졌을 대수술. 하지만 조각조각 끊어진 신경과 근육을 모두 다 제자리에 이어 붙일 수는 없었을 것이다. 그녀의 얼굴이 그 사실을 입증하고 있었다. 그나마 제자리에 이어진 조각들마저 온통 생채기투성이였다. 그 테두리들은 실밥자국 탓에 우둘투둘 응어리져 있었다. 어쩔 수 없이 기형이 되어버린 부분도 있었다. 특히 그녀의 왼쪽 콧구멍은 이상한 각도로 뺨에 꿰매어져 있었다. 호일 때문에 오른쪽과 비교해볼 수는 없었지만 혼자서도 대칭을 이루지 못하고 있는 것만은 분명했다.

그녀가 총을 거절했다. 말이 아니라 동작으로. 그녀가 맞잡고 있던 두 손을 풀고 양손바닥을 들어 보였다. 그 두 손이 가늘게 떨리고 있었다. 심각한 상태는 아니었다. 하지만 증상이 나타나고 있는 것만은 분명했다. 생각보다 일찍. 그가 자세를 바로잡은 뒤 이번에는 브라몰에게 총을 권했다. 샌더슨과는 다른 문제를 갖고 있는 인물. 리처보다 법률적으로 더 많은 제약을 받고 있는 사람. 그리고 일리노이 탐정 면허. 브라몰이 잠시 머뭇거린 뒤 총을 받았다. 그가 그걸 코트 주머니 대신 문짝 보관함 속에 던져 넣었다. 일종의 윤리적인 타협.

늦은 아침이 점심시간으로 넘어가고 있었다. 나카무라는 스콜피오가 빨래방 뒷문으로 들어가는 모습을 지켜보고 있었다. 적절히 각을 잡아 교차로 변에 세워놓은 차 안에서. 스콜피오는 이번에도 문을 완전히 닫지 않았다. 2.5센티쯤 벌어진 틈새. 여전히 따뜻한 날씨였다. 구름 한 점 없는 하늘, 그 아래 기울어진 전봇대들, 그사이로 늘어진 케이블들. 두꺼운 것도 있었고 가는 것도 있었다. 오래된 것도 있었고 새것도 있었다. 아주 새것들도. 인터넷 전용 케이블들. 어쩌면. 그녀가 휴대폰을 꺼냈다. 그리고 친구의 번호를 눌렀다.

그녀가 말했다. "그 신호를 다시 추적해줘. 스콜피오가 지금 막 자기 사무실로 들어갔어."

그녀의 친구가 말했다. "이건 과학 공식으로 해결할 수 있는 문제가 아니야."

"지난번에는 해결했잖아. 새로운 빌리에 관해서 말이야. 얼마 전에 DEA에서 공조수사를 요청했어."

"그건 나도 봤어."

"그게 전부가 아니야. 그들이 곧장 또 다른 요청을 해왔어. 이번에는 불법으로 대량 유통되는 진정제야. 이상하지 않아? 철저하게 추적이 가능한데 말이야. 공장을 떠나는 트럭들은 모두 컴퓨터에 입력돼 있고 운행 노선도 GPS에 기록이 되거든? 그리고 주문과 생산은 늘 일대일이야. 도대체 어디에서 새는 걸까?"

"그건 너희가 할 일이잖아. 난 일개 기술자에 불과해."

"그래서 내가 늘 너한테 부탁하는 거잖아. 내 생각이 기술적인 측면에서 어떤 하자가 있는지 확인하려고."

"이번에는 무슨 생각이 든 거지?"

"공장의 컴퓨터 직원들이 트럭 한 대를 통째로 지워버릴 수 있다는 생각. 그게 기술적으로 가능한 거 맞지? 그냥 완전히 없던 일로 만들어버리는 기술. 출고 기록과 GPS 기록 모두. 아예 물건이 나간 적이 없는 것처럼 말이야. 문제의 트럭이 문제의 날짜에 창고나 주차장에서 단 한 번도 움직이지 않았던 것처럼."

"그렇다고 대답하면 우리 세계가 얼마든지 부패할 수 있다는 사실을 인정하는 셈이잖아. 날 곤란하게 만들지 말아줘."

"그건 가능하다는 얘기지?" 그녀가 말했다.

"완전범죄를 노린다면 청구서까지 지워야겠지. 주문서는 물론이고. 공장 생산 기록도 고쳐야 해. 안 그러면 과잉생산을 하게 된 꼴이니까. 그러고 나면 일대일로 균형이 맞춰지겠지. 기록에서 누락된 물품은 그림자도 남기지 않은 채 어딘가에서 떠돌아다니는 거고."

"그 모든 작업이 실제로 가능한 거야?" 그녀가 말했다.

"물론이지." 그녀의 친구가 말했다. "컴퓨터는 시키는 대로 작업을 수행하니까. 결국 시키는 사람이 누구냐에 따라 결과가 좌우되는 거야."

"공장에 없는 사람도 가능한 거야? 그러니까 리모컨 같은 걸로 조종할 수도 있어?"

"해커? 그걸 말하고 싶은 거야? 물론 가능하지. 방어벽만 뚫는다면 얼마든지. 의약기업과 DEA의 컴퓨터니까 쉽지는 않을 거야. 하지만 불가능한 건 아니야. 러시아 같은 곳에서 소프트웨어를 구할 수 있거든."

"그런 해킹에는 어떤 장비들이 필요하지?"

"결국에는 노트북 하나면 돼. 하지만 고속처리 과정을 거쳐야 해. 그것도 대량으로. 따라서 여러 대의 장비를 동시에 돌려야 할 거야. 큼지막한 선반이 두 개는 필요할 걸? 개인용 서버를 갖추는 수준이니까."

"뜨겁겠네, 그렇지?"

"우리 사무실에서는 대형 에어컨이 24시간 돌아가고 있어."

"고마워." 그녀가 말했다.

그녀가 전화를 끊었다. 그녀가 허공에 늘어진 케이블들을 바라보았다. 그다음엔 살짝 열려 있는 스콜피오의 뒷문.

디파이언트라는 이름의 작은 마을. 존디어 농기구 대리점 말고는 별게 없는 그곳을 막 지나쳤을 때 브라몰의 휴대폰이 울렸다. 그가 주머니를 더듬어서 휴대폰을 꺼냈다. 그가 화면을 확인했다. 그가 그걸 리처에게 내밀었다. 리처가 콜트를 권했을 때와 똑같은 방식으로.

웨스트포인트 교장실.

화면에는 그렇게 떠 있었다.

리처가 말했다. "이 기계가 어떻게 이런 것까지?"

"내가 입력했어요." 브라몰이 말했다. "그 양반이 처음 전화하고 난 다음에."

"이제 FBI에서 Boy를 빼드려야겠군요." 리처가 말했다.

그가 전화를 받았다.

교장 부속실의 그 여자.

그녀가 말했다. "리처 소령님 부탁합니다."

"안녕하십니까, 리처입니다."

"잠시만요. 심슨 장군님 바꿔드릴게요."

교장이 전화를 바꿨다. "소령."

리처가 말했다. "네, 장군님."

"진척 상황은?"

"저희는 지금 차 안입니다."

"그녀가 자네 얘기를 들을 수 있다는 거지?"

"크고 분명하게."

"그녀는 괜찮나?"

"아직까지는요."

"그 사제 폭탄에 관해서는 여전히 알아보고 있는 중이야. 관련 파일들이 단단히 밀봉돼 있어. 하지만 포터필드에 관해서는 새로운 걸 알아냈어. 해병대 데이터베이스 덕분이지. 3급 수준의 허술한 복사 파일이 있더군."

"거기서 뭘 알아내셨습니까?"

"그에게 구속영장이 발급됐었네. 그가 사망하기 일주일 전 날짜로."

"누가 발급했습니까?"

"DIA(Defense Intelligence Agency, 국방부 정보국)."

"장군님이 직접 내용을 확인하셨습니까?"

"그건 아무 의미가 없어. DIA한테는 이유가 필요 없으니까."

"장군님 느낌으로는 중대한 사안인 것 같습니까?"

"DIA잖아. 언제나 중대한 사안인 거지."

"그쪽에도 아는 사람이 있으시지 말입니다."

"큰일 날 소리." 심슨이 말했다. "난 플로리다에서 명예롭게 은퇴하고 싶어. 레번워스 군 형무소 말고."

"잘 알겠습니다." 리처가 말했다. "감사합니다, 장군님."

그가 전화를 끊고 브라몰에게 전화기를 돌려주었다. 그가 몸을 돌리는 순간 자신을 쳐다보고 있는 눈길을 느꼈다. 후드 아래에서 쏘아져 나오는 샌더슨의 눈길. 뭔가 일이 진행되고 있다는 사실을 그녀도 알고 있었다. 그가 심슨 장군에게 묻지 않았던가. '뭘 알아내셨습니까?' 멍청한 여자가 아니었다. 그녀는 저 밖에 뭐가 있는지 알고 있는 보병장교였다.

리처는 아무 말도 하지 않았다.

그녀가 말했다. "이따 얘기 좀 하시죠."

그녀의 눈길이 다시 창밖에 꽂혔다. 리처는 정면을 향해 자세를 바로잡았다. 브라몰은 계속해서 차를 몰았다.

42

한 시간 후 그들이 어느 작은 마을에 차를 세웠다. 늦은 점심을 위해서였다. 그곳에는 쉘 주유소와 패밀리 레스토랑이 있었다.

샌더슨은 식당 밖에 남아 있고 싶은 마음이었다. 리처의 느낌이 그랬다. 흡연구역 벤치에서 고대하던 일을 처리하기 위해. 하지만 그녀는 잠시 욕구를 억눌렀다. 그 대신 엄청 빠른 속도로 식사를 끝냈다. 그녀가 지저분해진 자리에서 양해를 구하고 일어섰다. 그녀가 고개를 숙인 채 식당 밖으로 나갔다. 리처가 곧장 따라 나갔다. 그가 콘크리트 벤치에 그녀와 나란히 앉았다. 1미터 남짓 사이를 두고. 지지난 밤과 똑같은 환경, 거의 똑같은 여자.

그녀가 여러 쪽으로 나누어서 살뜰하게 말아둔 패치 한 조각을 꺼냈다. 껌 뭉치만 한 크기였다. 그녀가 그걸 입 안에 밀어 넣었다. 그녀가 입을 우물거렸다. 절반은 씹고 절반은 빠는 듯. 그녀가 목을 좌우로 한 번씩 꺾고 나서 등받이에 깊숙이 상체를 기댄 다음 고개를 젖히고 하늘을 올려다보았다.

그녀가 말했다 "선배님이 웨스트포인트 교장과 수시로 전화 통화를 한다는 게 난 믿기질 않아요."

그가 말했다. "교장도 말동무는 필요해."

"그분이 어떤 얘기를 하시던가요?"

"포터필드에게 구속영장이 발급됐었다는 얘기."

그녀가 길게 숨을 내뱉었다. 해방감과 만족감이 한데 섞인 한숨. 펜타닐 때문일 것이다. 리처의 짐작이 그랬다. 남자친구의 죽음에 얽힌 기억 때문이 아닐 것이다.

그녀가 말했다. "피의자가 사망하면 구속영장은 소멸돼요. 그건 누구나 아는 사실이에요. 따라서 이젠 역사 속에 묻혀버린 이야기에 불과해요. 선배님도 그 문제에 관해서는 모두 잊으세요. 물론 그러지 못할 걸 알고 있지만. 언니는 선배님이 여전히 경찰처럼 생각한다고 말하더군요. 궁금증을 완전히 해소하기 전까지는 뭐든 그냥 덮어버릴 수가 없는 거죠? 아마 선배님은 내가 포터필드를 죽인 게 아닌가 싶으실 거예요. 경찰이라면 당연히 그래야겠죠. 사건 당시 우리는 동거 중이었으니까. 통계수치는 거짓말을 하는 법이 없잖아요."

"자네가 그를 죽인 거야?"

"어떤 면에서 보자면 그렇다고 할 수도 있겠죠."

"어떤 면에서?"

"모르는 게 더 나아요. 알고 나면 또 뭐든 하려고 덤비실 테니까."

"뭐든 그냥 덮어버리는 법이 없는 사람에게 할 만한 얘기는 아닌 것 같군."

그녀는 대꾸하지 않았다. 그냥 숨소리뿐이었다. 깊게, 길게, 들이마시고, 내뱉고.

세상 모든 것이 좋게 보이게 시작하는 것이다. 리처도 글을 통해 익히 알고 있는 상태였다. 마약중독자들의 주장으로는 이 세상 그 무엇과도 비교할 수 없을 만큼 황홀한 상태.

그녀가 말했다. "사이는 사타구니에 부상을 입었어요."

리처가 말했다. "유감이군."

"환영할 만한 부위는 아니었죠." 그녀가 말했다. "사실, 얼굴 다음으로 두려워들 하는 곳이에요. 하지만 사이의 경우에는 봉합수술을 통해 원상 복구 됐어요. 기능도 제대로 돌아왔고. 성관계가 얼마든지 가능했어요. 다만 한 가지 문제가 있었어요. 봉합된 부위 가운데 한 곳이 새는 거예요. 특정한 상황에서는 언제나. 지저분한 건 둘째 치고 본인 마음이 어땠겠어요?"

리처는 아무 말도 하지 않았다.

"거기에 피가 많이 쏠릴 때마다." 그녀가 말했다.

"그건 바람직한 일이긴 하지." 리처가 말했다.

"게다가 지독한 염증에도 시달렸어요. 부상당한 직후부터. 그의 군복 바지는 아주 더러웠어요. 캘리포니아에서부터 매일같이 입었으니까. 총알이 더러운 옷 조각을 살 속 깊숙이 박아 넣었어요. 늘 일어나는 일이죠. 벌레들이 몸속에 자리 잡고 나면 웬만해서는 제거하기 힘들잖아요. 우리 인간들보다 그것들이 더 똑똑한가봐요."

"그래도 12년 동안 어쩌지 못했다는 건 이상하군."

"처음에는 그도 열심히 병원을 쫓아다녔어요. 하지만 마음에 들지 않았던 모양이에요. 그래서 결국 자가 치료를 선택했어요."

"자네가 그랬던 것처럼." 그가 말했다.

"정확히 말하자면 내가 그를 따라 한 거죠." 그녀가 말했다. "그가 내게 방법을 가르쳐주었으니까. 전부 다. 죽음의 문턱에 이르는 방법들까지. 의사들은 새는 부위가 아예 터져버릴 수도 있다고 말했어요. 사이는 과다출혈로 죽게 될지도 모른다는 두려움 속에서 매일 밤을 보내야 했어요. 그러다 보니 익숙해졌고, 익숙해지다 보니 즐기게 된 거예요."

"그렇게 사는 것도 재미있을 것 같군."

"그가 말했어요. 나와 함께 있으면 마음이 편안해진다고. 하지만 난 아직까지도 그 이유를 정확히 모르겠어요. 내가 정말 좋은 사람이라서? 아니면 자신보다 훨씬 흉측한 내 모습 때문에? 자기가 그 모습을 참고 봐주었으니 나도 그의 상태를 전혀 개의치 않을 거라는 마음에서? 만일 후자의 경우가 확실했다면 난 잠시도 그와 함께 있지 못했을 거예요. 내가 다른 사람의 특별한 호의를 무조건 받아들여야 할 처지인가요? 예전에는 단 한 번도 받아본 적이 없는데? 이제 와서?"

리처는 대꾸하지 않았다. 그녀도 한동안 입을 열지 않았다. 그녀가 다시 긴 숨을 내쉬었다. 그 숨소리에는 깊숙한 곳에서부터 뿜어져 나오는 희열이 파문처럼 번져 있었다. 그녀가 벤치 등받이와 수평으로 두 팔을 활짝 펼쳤다. 그녀의 오른손이 리처의 어깨 가까이까지 다가왔다. 그녀가 등받이에 몸을 파묻으며 하늘을 올려다보았다.

그녀가 말했다. "여자의 얼굴이 얼마나 중요한가요?"

"나에게?"

"예를 들자면."

"어느 정도는 그렇겠지. 하지만 내게 진짜 중요한 건 눈이야. 그 안에 영혼이 깃들어 있는 눈이 있는가 하면 텅 빈 눈도 있어. 전자라면 그 문에 노크를 하고 싶어져. 후자라면 그냥 지나치고."

그녀가 자세를 일으키더니 앉은 채로 반쯤 몸을 돌렸다. 이제 리처와 정면으로 마주한 자세. 그녀가 은색 윗도리의 지퍼를 내렸다. 8센티 남짓? 이어서 후드를 뒤로 잡아 당겨서 완전히 벗어버렸다. 그녀의 머리칼들이 쏟아져 내렸다. 아래로, 앞이마로. 쌍둥이 언니와 똑같았다. 길이만 짧을 뿐. 아니, 색깔도 약간은 옅은 것 같았다. 그래도 흘러내리는 형태는 똑같았다. 두 개의 똑같은 액자처럼. 그 액자 속에 박힌 초록색 두 눈. 따뜻했다. 촉촉했다. 마음 깊은 곳에서 우러나오는 희열 때문일 것이다. 숲 속 개울에 아롱거리는 햇살처럼 두 눈이 소리 없이 반짝이고 있었다.

그 반짝임 속에서 리처는 씁쓸한 해학을 읽어낼 수 있었다. 그녀가 그를 놀리고 있는 것이다. 그뿐만이 아니라 자기 자신과 온 세상을 조롱하고 있는 것이다.

그가 말했다. "우린 같은 계급이야. 그러니 위력에 의한 성희롱죄가 적용되지 않아. 그렇다 해도 정당화될 수는 없어. 하지만 넘어가줄 수는 있겠지. 만일 기회가 된다면 난 자네 문에 노크를 할 거야."

"말씀이라도 고맙군요."

"빈말이 아니야. 포터필드도 분명히 진심이었을 거야. 그리고 그럴 사람은 그 친구 하나만이 아니야. 이성에게 끌리는 데에는 여러 가지 이유가 있으니까."

그녀가 다시 후드를 뒤집어썼다. 그녀가 흘러나온 머리칼들을 후드 테두리 안으로 밀어 넣었다.

그가 말했다. "정맥 주사를 맞아야 해. 그 호일 때문에 이상하게 보이는 거야."

"일단은 오늘 밤을 살아남아야 해요."

"코넬리 보안관이 만 달러가 들어 있는 상자를 발견했어."

"사이는 은행을 믿지 않았어요. 현찰을 선호했죠. 그 상자 속에 들어 있던 게 그의 전 재산이었어요. 나머지는 은행이 다 날려버렸대요. 내가 파병돼 있던 시기에. 그래서 은행을 꺼려했던 것 같아요."

"만 달러로 얼마나 버틸 수 있었을까?"

그녀가 다시 한숨을 내쉬었다. 아직까지는 행복에 겨운 숨소리였다.

"오래가지는 못했을 거예요." 그녀가 말했다. "우리가 소비하는 양을 생각해볼 때 절대 그럴 수 없었을 거예요. 게다가 먹을 것도 사야 하니까. 그리고 물이 새는 지붕. 정말이지 그 남자에게 계속해서 돈이 들어갔어요."

"그가 죽은 뒤로 왜 언니에게 전화 연락을 끊은 거지?"

"그 대답은 간단해요." 그녀가 말했다. "생활이 빠듯했기 때문이에요. 그래서 휴대폰까지 처분했거든요."

"그의 집을 털어간 건 DIA 소행이었나?"

그녀가 고개를 끄덕였다. "그들은 파티에 늦은 셈이었어요. 공연이 이미 끝난 뒤였죠. 하지만 자기들이 원하던 건 가져갔어요."

"그게 뭐였지?"

그녀는 대답하지 않았다. 대신 허공에 대고 한 손을 털었다. 전혀 중요한 문제가 아니라는 듯.

나카무라의 휴대폰이 울렸다. 컴퓨터범죄과의 친구.

그가 말했다. "현재 스콜피오가 전화 통화 중이야. 최소한 그자의 전용 회선인 것만은 분명해. 3일 전과 동일하니까. 그리고 상대방 번호도 똑같아. 새로운 빌리에 관해서 문자로 회신을 보내왔던 번호 말이야."

그녀가 말했다. "스콜피오는 여전히 자기 사무실에 틀어박혀 있어."

"원격으로 관리하는 거야. 실제 현장은 여기서 북쪽으로 조금 떨어져 있는 것 같아. 문자를 보낸 사람은 스콜피오가 파견한 현장 관리자일 테고."

"그의 컴퓨터 라인을 도청할 수 있어?"

"이미 노력 중이야. 그나저나 용어 좀 정리하지 그래. 컴퓨터 라인이 아니라 인터넷이고 도청이 아니라 해킹이거든? 아무튼 해킹은 물론 가능해. 하지만 방화벽을 뚫어야 해. 며칠은 걸릴 거야."

그녀가 말했다. "그 트럭 기사도 스콜피오의 사람일 게 분명해. 공장을 떠난 적이 없는 유령 트럭 기사 말이야. 하지만 기록상 그럴 뿐이고 실제로는 열심히 돌아다니고 있겠지. 그 기사라면 장소를 정확히 알고 있을 거야."

그녀의 친구가 말했다. "문서로 된 기록들이 없을까? 고용 계약서와 배송 일지 같은 것들 말이야. 그 기사의 근무시간과 운행거리를 조작한 증거를 찾아낼 수도 있을 테니까. 그러면 실마리를 풀어나갈 수 있을 거야."

"우리 데이터베이스에는 그런 기록들이 없어. 현재로서는 확보할 방법도 없고."

"그렇다면 더 이상 방법이 없어."

"방법이 있을 수도 있어. 기록과 컴퓨터의 비중은 절반에 불과해. 나머지 절반은 실체를 추적할 수 있는 현실이야. 진짜 도로 위를 달리는 진짜 트럭. 짐칸에는 진짜 물건들이 실려 있고. 그 물건들이 여기까지 어떻게 오게 될까?"

"어디서부터?"

"뉴저지, 내 생각이지만."

"그렇다면 I-90을 타고 오겠지."

"문자를 보낸 장소가 여기서 약간 북쪽이라면 거기에 뭐가 있지?"

"I-90."

"그 기사가 어디에서 차를 세울까?"

"그럴 만한 곳들은 많아. 출구에서부터 15킬로미터 거리에 외떨어져 있는 주유소. 혹은 폐쇄된 공업단지, 그런 곳에는 빈 창고들이 널려 있으니까."

그녀가 말했다. "스콜피오가 오늘 밤 자기 사무실을 떠날 일은 없겠지, 안 그래?"

"한 번도 그런 적이 없어." 그녀의 친구가 말했다. "집에 갈 때 빼고는."

"좋았어. 그럼 난 I-90으로 가서 둘러보고 올 거야."

그녀가 전화를 끊고 시동을 걸었다.

그들은 이미 뉴욕에서 보스턴까지에 해당하는 거리를 달려왔다. 하지만 여전히 와이오밍을 벗어나지 못하고 있었다. 이제 겨우 여정의 절반 정도를 소화한 상태. 대형 도요타는 계속해서 달려 나갔다. 매켄지와 샌더슨은 뒷좌석에 나란히 앉아 소곤소곤 대화를 나눴다. 리처는 그 내용을 거의 알아들을 수 없었다. 낮은 목소리, 빠른 어조, 게다가 줄임말들을 사용하며 얘기를 나눴기 때문이다. 쌍둥이들끼리만 통하는 방식. 리처의 생각이 그랬다. 샌더슨의 상태는 거의 한 시간 동안 안전지대에 머물러 있었다. 하지만 그 이후로는 시들해지기 시작했다. 말수가 눈에 띄게 줄어들더니 마침내 완전히 입을 다물어버렸다. 다시 스스로를 가둬버린 것이다. 곧이어 벌어질 내면의 전투를 대비하려는 듯. 실제로 가늘게 몸을 떨면서 불안해하는 것 같았다. 그녀의 눈길은 창밖에만 꽂혀 있었다. 어쩌면 새로운 목표를 설정하고 있는 중일지도 몰랐다. 고속도로에서와는 다른 목표일 것이다. 세 번째 영양떼, 혹은 두 번째 노새, 아니면 첫 번째 부서진 방설책.

　나카무라가 4차선 도로를 타고 북쪽으로 달려 올라가서 시내를 벗어났다. 도중에 클링거 패밀리 레스토랑을 지나쳤다. 업무상 그쪽으로 나갈 때면 한 번씩 들르는 식당. 그녀는 계속해서 달렸다. I-90까지 가는 동안 몇 킬로미터를 왼쪽, 오른쪽 고개를 돌려가며 살폈다. 눈여겨볼 만한 곳은 많지 않았다. 아니, 사실상 하나도 없었다. 트럭 기사의 관점에서. 아주 뜨거운 트럭. 절취한 건 아니었지만 범죄에 연루된 것만은 분명하니까. 아니, 어쩌면 아주 차갑다는 표현이 더 적절할 것이다. 0도. 존재하는 트럭이 아니니까. 따라서 기사에게 가해지는 스트레스는 엄청날 것이다. 어떤 식으로든 주의를 끄는 건 금물. 과속이나 차선 위반은 물론 이유 없이 차체가 흔들려서도 안 된다. 순찰차는 물론 감시 카메라에 잡혀서도 안 된다.
　고속도로 남쪽은 아닌 것 같았다. 나카무라의 느낌이 그랬다. 고속도로 북쪽은 더더욱 아닌 것 같았다. 사실이 그랬다. 고가 아래를 통과하자 곧장 허허벌판이었다. 은폐물도, 엄폐물도 없었다. 툭 트인 초원, 그것도 먼 지평선까지 뻗어나간 평지. 10분을 더 달려 올라간 뒤 그녀가 갓길에 차를 세웠다. 전방에는 아무것도 없었다.
　고속도로 남쪽은 아니다.

고속도로 북쪽도 아니다.

그렇다면 고속도로?

결국 그곳뿐이다. 선택의 여지가 없다. 그렇다면 고속도로 어디? 진입로에서부터 동쪽으로 10킬로미터 남짓 떨어진 곳에 휴게소가 있다. 규모가 상당한 곳이다. 그녀도 몇 번 가 본 적이 있는 곳. 식당, 주유소, 고속도로 순찰대 건물, 뒤편의 모텔, 고속도로 관리공단 건물들, 그리고 넓은 주차장.

그녀가 배수로에서 배수로까지 크게 유턴을 한 뒤 고속도로를 향해 달려 내려갔다. 그녀가 액셀을 힘껏 밟으며 진입로에 올라섰다.

그들이 다시 멈춰 섰다. 이번에는 주유소였다. 테이블 두 개짜리 미니 커피숍과 자동 세차 시설을 갖춘 곳이었다. 매켄지가 화장실에 다녀왔다. 샌더슨은 패치 한 조각을 입에 넣었다. 그녀가 바깥 벤치에 앉았다. 두 손으로는 종이 커피컵을 어르듯 감싸고 있었다. 한쪽에서는 휘발유 냄새, 반대쪽에서는 세차용 세제 냄새가 풍겨왔다. 리처가 밖으로 나왔다. 그녀가 자리를 좁혀 앉았다. 리처의 자리, 그리고 1미터 공간. 무언의 초대.

그가 앉았다.

그가 말했다. "괜찮은가?"

"지금은요." 그녀가 말했다.

"죽음의 문턱에 관한 얘기가 듣고 싶군."

그녀는 한참 동안 아무 말이 없었다.

이윽고 그녀가 입을 열었다. "내성이 쌓이게 돼요. 원하는 상태에 이르기 위해서 점점 더 많은 양이 필요해지는 거예요. 그러다 보면 어느새 실

484

질적인 치사량을 복용하게 되죠. 일반인 같으면 한 번만 들이마셔도 죽음에 이를 수 있을 만큼. 하지만 거기서도 멈출 수가 없어요. 결국 치사량을 넘어서게 되는 거죠. 선배님이라면 그다음 단계에 도전할 수 있겠어요?"

"자네는 어땠어?"

"파병 근무 시절에는 그런 정신으로 버텼어요. 헤쳐 나가려면 물러서서는 안 된다, 반드시 다음 단계로 올라서야 한다, 끝까지 붙어보자. 그러기 위해서는 운명이든 적군이든 비웃을 수 있는 용기가 있어야 해요. 이게 전부냐? 더는 없는 거야? 그런 식으로 말이에요. 네, 맞아요. 그래서 나는 다음 단계에 도전했어요. 그다음 단계도."

그녀가 깊은 숨을 내쉬었다. 새로운 조각이 효력을 발휘하기 시작한 것이다.

그녀가 말했다. "다음 단계라는 건 그래서 아름다운 거예요. 항상 그다음 단계가 기다리고 있으니까."

리처가 말했다. "그래도 언젠가는 마지막 단계가 올 수밖에 없어."

그녀는 대꾸하지 않았다.

그가 말했다. "포터필드는 뭘 해먹고 살았던 거지?"

"지붕 고치는 남자의 친구의 친구가 말해주지 않던가요?"

"그의 얘기로는 전화기를 붙들고 살았다더군. 코넬리 보안관은 그의 자동차 주행거리가 장난이 아니라는 얘기를 했고."

"사이는 상이군인이었어요. 일 때문에 그런 게 아니었죠. 직업이 없었으니까."

"그래도 어떻게든 시간을 때웠을 텐데? 취미생활은 어땠나?"

"사이에게 이렇게 관심을 보이는 이유가 뭐죠?"

"그냥 직업적인 관심일 뿐이야. 다른 곳에서 살해당한 뒤 숲지대에 버려졌거나 아니면 진짜 곰에게 잡아먹혔거나 둘 중 하나잖아. 난 곰에게 잡아먹혔을 가능성이 이렇게 크게 대두되는 상황은 단 한 번도 겪어 본 적이 없거든."

"세 번째 가능성도 있어요."

"나도 알고 있어. 현장에 있었던 자네."

그녀가 한 박자 머뭇거렸다.

"나하고 내기 하나 하실래요?" 그녀가 말했다. "우리가 오늘 밤에 성공한다면 전부 다 얘기할게요."

"그건 나한테 너무 불리하잖아." 그가 말했다. "성공을 장담하기 힘드니 말이야. 그 얘기가 그만한 값어치가 있는 건가?"

"신나는 얘기는 아니에요." 그녀가 말했다. "하지만 슬퍼요."

"그 정도로는 부족할 것 같은데? 자네 얘기까지 얹어 준다면 생각해볼 수도 있지만."

"사제 폭탄 사건 말인가요? 언니한테 선배님 생각을 들었어요. 다수의 아군 사상자를 내고서도 실패한 작전."

"최악의 경우를 얘기했던 거야." 그가 말했다.

그녀가 다시 한 번 숨을 내쉬었다. 길게, 거칠게, 깊게, 행복하게.

고양이가 가르랑거리듯.

그녀가 말했다. "최악의 경우보다 훨씬 더 끔찍했어요. 한마디로 재난이었죠. 하지만 내 작전이 아니었어요. 난 지원 임무를 위임받은 것뿐이니까. 사령부 별짜리들이 대규모로 구상한 점령 작전이었어요. 목표는 구릉지대의 작은 마을이었죠. 성벽으로 둘러싸인 건 아니었지만 방어선이

튼튼하게 구축돼 있었어요. 오른쪽으로 돌아 들어와서 왼쪽으로 빠져나가는 도로가 마을을 관통하고 있었고. 그런데 사령부의 꼰대들이 조건을 단 거예요. 민간인 사상자가 발생해서는 안 된다는 조건.

그건 공중지원이 없다는 뜻이잖아요. 결국 우리는 보병만으로 작전을 짜야 했어요. 도로 입구와 출구 양쪽에서 동시에 진입하는 작전. 하지만 다시 꼰대들이 간섭하고 나섰어요. 그 정도는 적군도 충분히 예상할 것이다, 따라서 만반의 방어 태세를 갖추고 있을 테니 그 작전은 무리다, 그 대신 도로의 중간 구역이 마주 내려다보이는 산비탈에 매복해 있다가 마을 중심부로 진입해라, 그다음엔 입구와 출구 양쪽에 포진한 적군을 등 뒤에서 공격해서 궤멸시켜라."

리처가 말했다. "그 산비탈이 아군에게 많이 불리한 지형이었나?"

"우리 모두 그게 걱정이었어요. 훤히 노출된 곳이었으니까. 꼰대들은 지도만 펼쳐 놓고 장소를 골랐던 거예요. 그들이 등고선 하나를 짚었어요. 그러면서 우리를 안심시켰어요. RPG 사거리를 벗어난 곳이니 걱정 말라고. 우리는 그곳으로 출동했어요. 실제로 마을 전경이 한눈에 들어오더군요. 꼰대들은 지도를 정확히 읽었어요. 하지만 적군은 꼰대들의 머릿속을 정확히 읽었어요. 바로 그 지점에 죽은 개가 놓여 있었으니까. 아군 셋이 전사했어요. 부상자는 열한 명이었고."

"자네 부하들도 당했어?"

"아뇨, 나를 제외하고는 모두 전투부대 간부들이었어요. 그나마 다행인 셈이죠. 내게는 충격의 강도가 다르니까. 어쨌든 대규모 사상자가 발생했으니 큰일 난 거예요. 별들이 우수수 떨어졌어요. 정보전에서 완전히 패배한 책임을 지고. 그 모든 과정은 최대한 은밀하게 진행됐어요. 그래서 파일들도 봉인된 거예요. 아무튼 우린 졌어요. 적군을 만만하게 여긴 대가를 다시 한 번 치른 거죠. 긴 치마 털북숭이들이 우리의 진입작전을 정확히 꿰뚫고 있었던 거예요. 장소와 시간 모두. 그들은 하루 정도의 오차까지 감안했어요. 그래서 4일 된 개의 사체를 가져다 놓은 거예요. 우리는 그들의 함정 속으로 곧장 걸어 들어갔어요. 야구 경기였다면 완봉패였죠. 아군의 손실은 열네 명에 달하는 사상자. 그들은 달랑 휴대폰 한 대와 죽은 개 한 마리."

"그랬군." 리처가 말했다.

"선배님은 내 부하들이 당했을까봐 걱정했군요."

"그래서 자네가 돌아버리지 않았나 싶었지."

"그랬다면 난 지금 이 자리에 없었을 거예요." 그녀가 말했다. "도저히 그 충격에서 헤어 나오지 못했을 테니까."

매켄지가 밖으로 나왔다. 브라몰도 뒤따라 나왔다. 두 사람이 이제 떠나자는 자세로 버티고 섰다. 샌더슨이 먼저 일어났다. 리처도 그녀 뒤를 따라 차를 향해 걸어갔다.

그들이 래피드시티 남쪽 경계선을 통과할 즈음에는 어지간한 여름 해도 뉘엿뉘엿 넘어가고 있었다.

43

그들이 어둠에 물들어가는 시내를 남쪽에서 북쪽으로 달려 올라갔다. 차창 밖으로는 리처의 눈에 익은 장소들이 이따금씩 스쳐 지나갔다. 프랜차이즈 호텔들이 몰려 있는 거리, 그가 브라몰을 찾아다녔던 곳. 그리고 24시간 영업 중인 중국식당, 스콜피오의 부하가 찌그러진 링컨에 그를 태웠던 곳.

그들이 마침내 래피드시티 북쪽 경계선을 통과했다. 브라몰이 휴대폰으로 확인한 4차선 도로에서 조금만 올라가면 클링거 식당이 나온다고 했다. 사실이었다. 하지만 가족끼리 운영하는 소규모 식당이 아니었다. 외관상으로만 보자면 어엿한 패밀리 레스토랑 규모였다. 어둠 속에서 환히 불을 밝힌 채 넓은 주차장 위에 홀로 떠 있는 듯한 모습이 퇴역한 군함 같았다.

그들이 안으로 들어갔다. 그리고 저녁을 먹었다. 저녁시간이었으니까. 다음 기회가 언제 올지 모르니 먹을 수 있을 때 먹어야 한다, 리처가 그렇게 말했다. 샌더슨이 맞장구를 쳤다. 브라몰은 작은 체구에 비해 식욕이 왕성한 사람이었다. 매켄지는 처음엔 식욕이 없다며 사양했지만 결국 주문을 했다. 다 먹고 나서는 맛있다고 했다. 이번에는 리처가 맞장구를 쳤다.

그들이 웨이트리스에게 물었다. 차로 20분 남짓 되는 거리에 엑슨 주유소가 있는지. 여자의 양 미간이 모아졌다. 알듯, 말듯, 대답이 혀끝에서 맴도는 듯, 하지만 쉽게 입을 떼지 못했다. 비슷한 종류의 질문을 수없이 받아온 터라 무척 헛갈리는 모양이었다. 그래도 결국에는 생각을 해냈다.

"고속도로 주유소, 그게 엑슨이에요." 그녀가 말했다. "휴게소 위쪽 구역에 있어요."

그들이 다시 차로 돌아왔다. 브라몰이 즉시 내비게이션 화면을 확인했다. 가장 가까운 휴게소는 가장 가까운 진입로에서부터 동쪽으로 10킬로미터 남짓 떨어져 있었다. 기계가 20분 거리라고 일러주었다. 브라몰이 말했다. 제약 공장들은 대부분 뉴저지에 있다. 그렇다면 트럭은 동쪽에서부터 달려올 것이다. I-90 선상의 휴게소 구내에 마련된 그들만의 물류 창고. 은밀한 임무를 띤 트럭 기사에게는 그야말로 안성맞춤일 것이다. 밤낮을 가리지 않고 언제든 물건을 부릴 수 있을 테니까. 각지에서 찾아오는 판매책들에게도 마찬가지일 것이다. 밤낮을 가리지 않고 언제든 물건을 실어갈 수 있을 테니까.

"하지만 실제로는 그렇지 않았습니다." 리처가 말했다. "스태클리는 자정까지 기다려야 한다고 말했어요. 그렇다면 일반적인 물류 창고와는 성질이 다른 곳일 겁니다. 찾아온 판매책들이 즉시 실어갈 수 있도록 물건을 쌓아 놓는 곳이 아니라는 얘깁니다. 오히려 그 반대일 겁니다. 판매책들이 먼저 와서 물건을 기다리는 시스템. 트럭이 12시경에 휴게소에 도착할 수는 있겠지요. 따라서 그곳이 안성맞춤이라는 브라몰 씨의 의견에는 나도 동의합니다. 하지만 단지 접선장소로서만 그렇다는 생각입니다. 엔진 소리가 요란할 겁니다. 동쪽에서 들어오는 불법 약품 트럭, 그리고 빌리와 스태클리 같은 사내들이 각지에서 몰고 온 여섯 내지 열 대의 차량들. 물건을 부리고 옮겨 싣는 작업은 당연히 신속하게 이루어지겠지요. I-90 휴게소 한가운데에서. 하지만 절반은 제설장비로 차 있는 창고 속에서 은밀하게 진행되어야 합니다. 보이스메일에 따르면 자기들이 단독으로 사용하는 공간이라고 했습니다. 그건 사실일 겁니다. 지금은 여름이니까."

브라몰이 말했다. "그럼 정리해 볼까요? 스태클리가 클링거에서 늦은 저녁을 먹은 뒤 20분 동안 운전해서 그 휴게소로 갔다, 일단 기름을 넣은 뒤 100미터가량 떨어진 어느 구석에 차를 세웠다, 그리고 거기서 자정까지 기다렸다. 이제 그 구석진 곳이 어딘지 찾는 일만 남았네요. 그건 어렵지 않을 겁니다. 휴게소가 넓으면 얼마나 넓겠습니까? 그다음엔 그 구석과 제설장비 창고를 연결하는 지선도로만 찾으면 끝입니다. 그것도 어렵지 않을 거예요. 지선도로가 많으면 얼마나 많겠습니까?"

"항상 이렇게 쉽게 풀리는 건가요?" 매켄지가 말했다.

"브라몰 씨가 쉽게 풀리는 것처럼 얘기했을 뿐입니다." 리처가 말했다.

샌더슨은 아무 말도 하지 않았다. 그녀는 보병이었다. 그래서 책상머리의 꼰대들과 그들이 고안해내는 최선의 작전에 관해 너무나 잘 알고 있었다.

랜드크루저가 어둠을 뚫고 북쪽으로 4차선 도로를 달려서 고속도로에 도착했다. 그들이 곧장 진입로를 타고 올라가 동쪽으로 가는 차선에 들어섰다. 내비게이션 화면에 따르면 이제 6분.

기계의 예언은 정확했다. 1초의 오차도 없는 6분 뒤, 랜드크루저가 휴게소로 진입했다. 엄청난 규모였다. 허허벌판 위에 휘어져 들어온 동쪽 차선과 서쪽 차선이 각각 반원의 테두리를 그리며 형성한 지역. 1.6킬로 미터에 달하는 직경. 그 자체로 웬만한 마을 크기였다. 휘발유와 경유 사인을 함께 내건 채 환하게 불을 밝히고 있는 엑슨 주유소 부지만 해도 수 에이커에 달했다. 그 밖에도 여섯 개의 패스트푸드 프랜차이즈 간판이 걸린 식당가, 고속도로 순찰대 건물, 계량 시설을 갖춘 고속도로 관리공단 건물, 그리고 프랜차이즈 모텔까지 들어서 있었다. 없는 건 제설장비 창고뿐이었다. 최소한 그들의 눈에는 들어오지 않았다. 리처는 샌더슨의 후드 깊숙한 곳에서 보병 특유의 회의 섞인 눈빛이 형형하게 쏟아져 나오는 걸 느꼈다. 매켄지는 실망한 표정이 역력했다. '말처럼 쉽게 풀리는 게 아니구나.'

그들이 다시 한 바퀴 돌며 찬찬히 살펴보았다. 그러고 나서는 휴게소 구내 어느 곳에도 쌓여 있는 제설장비가 없다는 결론을 얻을 수 있었다. 그것들이 반쯤 들어차 있는 창고로 통하는 지선도로도 없었다. 그 결론에 이어 당연한 질문이 하나 대두됐다.

여기가 아니라면 어디일까?

겨울 장비들을 보관하고 있는 곳이 반드시 있을 것이다. 상당한 규모일 것이다. 사우스다코타의 겨울은 결코 만만한 계절이 아니니까.

매켄지가 말했다. "아주 중요한 장비들이니 대형 창고를 따로 마련해 두지 않았을까요?"

하지만 그 장소가 어디일까? 누구에게 물어봐야 할 것인가? 그 자체로 이상한 질문이었다. '혹시 주 정부에서 제설장비를 따로 보관해두는 창고 가 어디 있는지 아십니까?'

아무도 모를 것이다. 다들 복선이 깔린 질문으로 받아들일 것이다. 본론을 전개하기 위한 전제, 혹은 상식이 아닌 상식의 부재를 지적하기 위한 우문. 지역구 국회의원의 이름을 묻는 것처럼.

물론 답해줄 사람은 있다. 그곳의 관리자들. 하지만 그들을 어디에서 찾을 수 있겠는가.

리처가 말했다. "스태클리는 11시 23분에 미리 계산을 치렀습니다. 바로 저 주유소에서. 그가 계산기에서 주유대로 걸어 돌아오는 데 2분이 걸렸다고 칩시다. 그러면 주유를 시작한 시각은 11시 25분. 40달러어치 기름을 넣으려면 시간이 얼마나 소요될까요?"

매켄지가 말했다. "여기 기름값이면 큰 탱크 하나를 채울 수 있어요."

"그럼 트럭이 주유소를 떠난 시간은 11시 30분을 훌쩍 넘어섰을 겁니다. 여기서 우리는 그가 신참이었다는 사실을 기억해야 합니다. 바짝 긴장한 상태였을 겁니다. 이르면 일렀지 늦어서는 안 된다는 생각이었겠지요. 그렇다면 현장에서 아주 가까운 지점까지 곧장 트럭을 몰고 갔을 겁니다. 길어야 3분 거리?"

"여기서 3분 거리에 뭐가 있을까요?" 매켄지가 말했다.

"독립 건물일 수도 있습니다. 주 정부 소유의 겨울 장비 보관 창고. 여기처럼 동쪽과 서쪽에서 모두 출입이 가능한 시설. 그렇다면 양쪽 차선들이 원래 모습대로 좁아지기 전이어야 합니다. 따라서 그 진출입로는 이 휴게소 바로 다음에 뚫려 있을 겁니다. 공간의 효율성을 생각한다면 당연히 그래야 합니다. 아마 쉽게 눈에 들어오지 않는 지선도로겠지요. 어귀에는 '고속도로 관리공단 관계자 외 출입금지' 표지판이 서 있을 테고. 주변에는 가지를 치지 않은 나무들이 무성할 겁니다. 일반인의 눈에 잘 띄도록 관리할 필요가 없을 테니까."

매켄지가 말했다. "그렇다면 동쪽과 서쪽 모두 가능하겠네요. 어쩌면 우리가 이미 그 지선도로를 지나쳐 왔을 수도 있어요. 이 휴게소 양쪽 모두 부지가 넉넉하니까. 그럼 이제 어느 쪽으로 가야 하는 거죠?"

"우린 그곳을 지나치지 않았어." 샌더슨이 말했다. "오는 길에는 그런 조건을 가진 진출입로가 없었거든. 내가 쭉 눈여겨보고 있었어. 만일 군사 작전이었다면 이제 후방을 맡은 기총사수는 긴장을 풀어도 되는 상황이지. 하지만 전방의 사정은 그 반대야. 적의 함정을 향해 다가가는 거니까. 다행히 여기는 전쟁터가 아니야. 그러니 매복 따위는 걱정할 필요가 없어. 그래서 난 마음이 편안해. 아무튼 언니 말대로 따로 떨어진 대형 창고가 맞는다면 그 위치는 여기서 동쪽일 수밖에 없어. 그리고 리처 선배의 생각대로 스태클리가 바짝 긴장하고 있었다면 여기서 아주 가까운 지점일 거야.

고속도로로 들어서는 즉시 다시 꺾어져 들어가야 할 만큼 가까운 곳. 만일 리처 선배가 스태클리의 심리 상태를 잘못 짚은 거라면 거리는 더 멀어지겠지. 하지만 그래봐야 25킬로미터 내지 32킬로미터 정도일 거야. 절대 그 이상은 아니야. 그자가 아무리 느긋한 성격이라고 해도 자정까지는 현장에 도착해야만 했으니까. 게다가 뒤가 구린 친구들에게 과속은 금물이야. 경찰에게 걸려서는 모든 게 끝장이니까. 그러니 규정 속도를 지킬 수밖에 없어. 모든 정황을 종합해볼 때 동쪽을 수색하는 게 옳아. 만일 아무것도 없을 때는 다시 여기로 돌아와서 생각을 모으면 되는 거고. 아직 시간은 충분하니까."

브라몰이 어깨 너머로 매켄지를 돌아보았다.

고용주.

"어떻습니까?" 그가 말했다.

"그렇게 하죠." 매켄지가 말했다.

브라몰이 높다란 가로등이 늘어선 구역에서 출구로 이어지는 차선을 찾기 위해 크게 한 바퀴 돌았다. 어느 순간 그들과 반대 방향으로 원을 그리고 있는 차 한 대가 리처의 눈에 들어왔다. 익숙한 모습. 그의 느낌이 그랬다. 연푸른색. 미제. 아마도 쉐보레? 평범한 사양.

그가 그쪽을 향해 고개를 돌렸다. 차는 사라지고 없었다. 브라몰이 출구를 찾았다. 그가 수폴스 이정표의 화살표를 따라 차를 몰았다. 동쪽. 그의 눈길은 전방에만 꽂혀 있었다. 쌍둥이 자매와 리처는 왼쪽 창밖만 지켜보았다. 동서 양쪽 차선이 테두리를 형성하고 있는 공간이 점점 좁아져 갔다.

스태클리가 긴장하고 있었던 건 사실이었다. 하지만 리처가 생각했던 만큼은 아니었다. 거리는 3분 이상이었다. 거의 4분 30초. 문제의 지선도로가 나타났다. 눈에 쉽게 들어오지 않는 어귀. 그 어귀에 서 있는 표지판 하나. 관계자 외 출입금지.

"빠지지 말아요." 리처가 말했다. "아직은 아닙니다. 계획부터 세워야 하니까."

44

글로리아 나카무라가 차를 몰고 휴게소 구석구석을 샅샅이 훑었다. 밤이 깊어가고 있었다. 하지만 그 공간 전체에는 환히 불이 밝혀져 있었다. 그녀가 머릿속으로 그림을 그리기 시작했다.

트럭 한 대가 들어온다. 대형 트럭은 아닐 것이다. 18륜 트레일러는 더욱 아닐 것이다. 패널 밴일 것이다. 소규모 약국과 시골 병원들에서 주문받는 분량만큼만 실려 있을 테니까. 포드 이코노라인 수준의 모델일 것이다. 차체는 흰색일 것이다. 표면은 광택 처리로 마감했을 것이다. 건강과 청결, 그리고 멸균 처리된 약품을 표방하기 위해서. 그 위에는 풀잎처럼 연초록색, 혹은 하늘처럼 푸른색의 수수한 브랜드 로고가 친숙한 서체로 새겨져 있을 것이다. 그 트럭은 어디에 멈춰 설까? 순찰대 건물 주변은 아니다. 이유를 따지면 바보다. 주유소 부근도 아니다. 깜깜한 밤이어도 거긴 아니다. 옥외 감시카메라는 주유소의 기본 설비. 돈을 내지 않고 내빼는 손님을 대비해서. 휴게소 입구나 출구 근처도 아니다. 교통 카메라가 여러 대 설치돼 있으니까. 어떤 카메라에든 찍혀서는 안 되는 트럭이다. 최소한 사우스다코타에서는 안 된다. 기록상으로는 뉴저지 공장 주차장에 박혀 있는 차량이니까. 화장실 블록과 식당가 사이에도 널찍한 주차 공간이 마련돼 있다. 하지만 거기도 아니다. 불이 환히 밝혀져 있는 데다가 역시 카메라들이 설치돼 있으니까. 법적인 시시비비를 가리기 위해서. 가벼운 사고를 일으키고는 무조건 가게 측에 책임을 전가하는 손님들이 있게 마련이다. 따라서 카메라 설치는 보험회사의 요구 내지 권고 조항일 것이다.

그렇다면 계량설비를 갖춘 고속도로 관리공단 사무소? 갈색 벽돌과 쇠창살로 이루어진 건물. 문들은 모두 굳게 닫혔고 주변은 어둡다. 하지만 거기도 아니다. 툭 트인 입지였기에 눈에 쉽게 띨 위험이 있다.

그녀가 다시 머릿속으로 그림을 그렸다.

뒤 문짝 두 개를 활짝 열어젖힌 흰색 패널 밴, 그 주위에 모여드는 작은 차량들. 불안과 초조 속에서 기다리고 있는 운전수들. 빌리와 새로운 빌리, 그리고 그들과 비슷한 무리들. 픽업트럭들, SUV들, 그리고 낡은 세단들. 이윽고 황급히 짐을 실은 뒤 떠나는 모습들.

그 장면이 연출되는 장소가 어디일까?

없었다. 그녀가 주차장을 한 바퀴 더 돌았다. 어느 순간 그녀와는 반대 방향으로 돌고 있는 검정색 SUV 한 대가 그녀의 눈에 들어왔다. 파란색 번호판. 그녀의 느낌이 그랬다. 어쩌면 일리노이. 그녀가 그쪽으로 고개를 돌렸다. 차는 사라지고 없었다.

브라몰이 어둠을 뚫고 1.5킬로미터 남짓 더 달린 뒤 갓길에 차를 세웠다. 동서 양쪽의 차선들이 원래 너비로 다시 돌아와 각자 갈 길을 향해 뻗어 있는 지점이었다. 충분히 안전했다. 교통경찰이 다가와도 변명거리는 얼마든지 있었다. 엔진 점검등, 혹은 타이어 이상. 양쪽 차선 모두 한산했다. 따로 한 대씩 속도를 올리며 지나쳐갈 뿐. 18륜 트레일러도 한 대 있었다. 엄청난 소음과 함께 소용돌이가 일었다. 그 서슬에 도요타가 흔들거렸다.

리처가 말했다. "다음 출구와의 거리는?"

브라몰이 화면을 확인했다. "50킬로미터." 그가 말했다.

"그렇다면 기름 낭비군요. 중앙 풀밭을 넘어서 유턴합시다. 로즈와 나는 그 출구 앞에서 내릴 겁니다. 당신은 매켄지 부인과 함께 휴게소로 돌아가 거기 어디다 차를 세워놔요. 그러고 나선 걸어서 돌아와요. 나무숲을 통해서. 우리 둘은 당신들이 숲을 빠져나오는 지점에서 기다리고 있을 겁니다. 다 함께 주변을 둘러본 뒤에 계획을 세웁시다."

"나더러 함께 움직이자는 말씀인가요?" 샌더슨이 말했다.

"안 될 이유라도 있나?"

"난 그럴 수 없어요." 그녀가 말했다. "상태가 그리 좋지 않아요."

"좋게 만들 수 있는 방법이 있잖아."

"난 그럴 수 없어요." 그녀가 다시 말했다. "이제 한 조각밖에 남지 않았어요."

"곧 더 구할 수 있어."

"그건 모르는 일이잖아요."

"언젠가는 마지막 조각을 사용해야만 해."

"한 조각이라도 남아 있어야 안심이 되는 걸 어떡해요."

"정신 차려, 소령. 난 지금 자네가 있어야 해. 자정 무렵에도 괜찮은 상태를 유지하고 있는 파트너가 필요하다고. 남은 한 조각을 처리하는 방법은 자네한테 일임하지."

차 안이 조용해졌다.

매켄지가 말했다. "출발하죠."

　브라몰은 기다렸다. 마침내 양쪽 차선들 위에서 헤드라이트 불빛이 사라진 것을 확인한 순간 그가 핸들을 조작해서 편도 3차선을 한 번에 가로질렀다. 중앙 풀밭에 이르자 차가 덜컹거리며 앞머리가 아래로 기울어졌다. 풀밭 한가운데에 폭 넓은 배수로가 설치돼 있었다. 비가 아니라 눈 녹은 물 때문일 것이다. 리처의 판단이 그랬다. 제설기가 쓸어 담은 눈 더미를 버리는 곳. 차가 다시 한 번 덜컹거리며 앞머리가 솟구쳤다. 랜드크루저가 그렇게 중앙 풀밭을 통과해서 반대쪽 차선에 앞바퀴를 들이밀었다. 브라몰이 잽싸게 핸들을 조작해서 방향을 바로잡은 뒤 서쪽을 향해 달려나갔다. 유령 트럭은 그들 뒤에서 달려오고 있을 것이다. 뉴저지에서부터 서쪽을 향해. 이미 고속도로만 몇 시간째 타고 있을 것이다. 지금쯤 수폴스를 지나고 있을 것이다. 운전석 뒤에 좌석 대신 침상을 들인 트럭이 리처를 태워 주었던 곳. 나이 든 기사의 빨간 트럭.

　'내 아내라면 당신이 뭔가에 대해 죄책감을 느끼고 있다고 말할 겁니다. 책 좀 읽는 여자거든요. 생각도 꽤 깊은 편이고.'

　1.5킬로미터를 달리는 동안 특별히 눈에 띄는 건 없었다. 출구의 존재를 알리는 표지판도 물론 없었다. 마침내 왼쪽 헤드라이트 불빛 모서리에 문제의 출구가 비쳤다. 그리고 그 어귀에 서 있는 표지판. 관계자 외 출입금지.

　브라몰이 100미터를 더 나아간 뒤 갓길에 차를 세웠다. 리처가 내려섰다. 그가 차체를 돌아서 샌더슨의 문 앞으로 다가갔다. 그녀도 내려섰다. 부츠, 청바지, 목까지 지퍼를 올린 은색 재킷. 하지만 후드 앞머리가 위로 접혀 있었다. 시야를 확보하기 위해, 주변 상황을 정확히 판단하기 위해. 작전 준비 완료. 대신 그녀의 얼굴은 완전히 드러나 있었다. 오른쪽에는 흉일, 왼쪽에는 흉터. 기형이 되어버린 코와 입. 왼쪽 눈썹은 반만 남아 있었다. 나머지 절반은 그냥 봉합된 흔적이었다.

"어둡잖아요." 그녀가 말했다. "그러니 상관없어요"

브라몰이 매켄지와 함께 차를 몰고 떠났다.

두 사람은 갓길에서 기다렸다. 지나가는 차는 없었다. 그녀는 뭔가를 열심히 씹고 있었다. 껌은 아니다. 리처의 생각이 그랬다. 마지막 조각일 것이다. 반쪽은 남겨두었을지도 모른다. 그렇다면 엄지손톱들을 사용해서 쪼갰을 것이다.

'남은 한 조각을 처리하는 방법은 자네한테 일임하지.'

패치는 예전처럼 효과를 발휘하지 못하고 있었다. 리처는 충분히 느낄수 있었다. 안정되지 않는 분위기. 마지막 조각이기 때문일 것이다. 당연했다. 공중그네를 타다가 손을 놓아 버린 기분일 것이다. 허공을 날아가면서 땅에 떨어지기 전에 자신을 받아 안아줄 누군가를 절실히 기다리는 심정일 것이다. 불안감을 점수로 매긴다면 최고점인 상태. 주머니가 텅비어버린 중독자. 발아래 심연이 도사리고 있는 허공, 잡을 것 하나 없이 그곳에 떠 있는 기분.

그들이 뒤돌아서서 100미터를 걸어갔다. '관계자 외 출입금지' 표지판과 수평으로 이어지는 지점. 다가오는 차량은 없었다.

리처가 말했다. "준비됐나?"

두 사람이 동시에 뛰기 시작했다. 그들이 서쪽으로 향하는 차선들을 가로질러 건넌 다음 표지판을 돌아서 출구로 들어갔다. 그들이 멈춰 서서 호흡을 가다듬으며 전방을 살폈다. 대형 트럭들을 감안해서 튼튼하게 가설된 산업도로. 그 끝은 어둠 속에 파묻혀 있었다. 도로 양쪽에 가지런하게 늘어선 나무들이 삭막한 분위기를 사뭇 누그러뜨리고 있었다. 그래도 산업도로일 뿐, 소풍 다닐 만한 곳은 아니었다.

샌더슨이 말했다. "손전등 있어요?"

리처가 말했다. "없어."

"브라몰 씨에게 부탁할 걸 그랬어요. 분명히 여러 개 갖고 있을 텐데."

"그 사람이 마음에 드나?"

"언니가 사람을 제대로 고른 것 같아요."

그들이 어둠 속으로 걸어 들어갔다. 맑은 밤하늘에 달이 떠 있었다. 가끔씩 카메라 플래시처럼 훑고 지나가는 헤드라이트 불빛도 도움이 됐다. 덕분에 주변 지형을 대충이나마 파악할 수 있었다. 전체 길이가 800미터 남짓 되는 도로였다. 그 끝에는 중장비들을 보관하기에 충분할 만한 창고가 자리 잡고 있었다. 대형 트럭들이 얼마든지 드나들 수 있는 규모였다. 동쪽과 서쪽에 진입로와 진출로 한 쌍씩, 모두 네 개의 지선도로가 고속도로와 창고를 이어주고 있었다. 그 모습이 마치 네 개의 긴 다리를 가진 곤충 같았다. 창고의 앞벽과 뒷벽에는 문이 하나씩 나 있었다. 두 개 모두 굳게 닫힌 상태였다. 사람은 보이지 않았다. 차량도 없었다. 아무 소리도 들리지 않았다. 늦여름, 제설장비 보관창고. 한시적인 폐허.

"지금이 몇 시죠?" 샌더슨이 물었다.

"10시." 리처가 말했다. "두 시간만 기다리면 돼."

"우리 생각이 맞을까요?"

"일단 장소는 맞는 것 같아. 보이스메일 내용대로잖아. 지붕 씌운 창고로 이어지는 지선도로."

"그건 그때였고, 오늘 밤에는 장소를 바꿨을 수도 있잖아요."

"그럴 리가 없어. 여기처럼 좋은 조건을 갖춘 곳은 쉽게 찾을 수 없을 거야."

"사람의 그림자도 없잖아요."

"아직은 없는 게 당연하지. 그게 그들의 작전이니까. 잽싸게 들어왔다가 잽싸게 빠져나가는 작전. 여긴 완전히 감춰진 곳이야. 누가 이런 장소에 신경을 쓰겠어? 누구든 여기로 차를 몰고 들어오는 즉시 투명인간이 되는 거야."

그가 돌아서서 후방을 살폈다. 뉴저지에서 달려온 트럭은 동쪽 출구를 통해 빠져나올 것이다. 그들이 걸어 들어온 지선도로. 그다음에는 건물을 빙 돌아서 반대쪽 지선도로를 타고 빠져나갈 것이다. 적재칸이 텅 빈 상태로. 스태클리가 있었다면 물건을 싣고 같은 방향으로 빠져나갈 것이다. 다른 운전자들은 동쪽이든 서쪽이든 각자 가야 할 방향으로 빠져나갈 것이다. 비밀 접선, 신속한 상하차, 그 모든 게 이루어지는 베일 속의 고속도로 인터체인지. 그들이 지선도로를 천천히 걸어 올라가며 브라몰과 매켄지의 기척을 살폈다. 어느 순간 그들이 숲을 헤치고 그들 앞에 나타났다. 이번에는 넷이서 함께 다시 한 번 현장을 답사했다.

매켄지가 말했다. "난 아무것도 몰라요. 하지만 어떤 작전을 어떻게 수행할지 궁금하군요."

샌더슨이 말했다. "실전 경험상, 이 상황에서는 기습 작전이 우선이야. 이 도로 어딘가에 매복해 있다가 그 트럭을 덮치는 거지. 고속도로에서 벗어났지만 아직 창고까지는 도달하지 못한 상태에서 말이야. 피치 못할 경우 한 발의 총탄, 그리고 적군 한 명 사살."

"어떤 트럭인 줄 알고? 그리고 사람까지 또 죽여야 하는 거야?"

"피치 못할 상황이 발생하지 않기를 바라야지."

"난 이해가 가지 않아."

리처가 말했다. "당신이 지적한 대로 우린 어떤 트럭인지 정확히 모르고 있습니다. 하지만 공장에서 곧장 나왔으니 제약회사 트럭인 게 분명합니다. 그리고 그런 트럭은 충분히 구별이 가능합니다. 문제는 운전기사입니다. DEA의 지시에 의해 적재칸은 단단히 잠겨 있을 겁니다. 그걸 여는 방법은 기사만 알고 있을 테고. 패스워드 입력식이거나 특수키가 필요하겠지요. 따라서 기사가 강하게 반발하면 골치 아픈 상황이 벌어질 수도 있습니다. 로즈는 바로 그 부분을 걱정하고 있는 겁니다."

"당신은?"

"트럭 기사는 불법으로 물건을 운송하는 대가로 돈맛을 들인 상태입니다. 그러니 또 다른 제안에도 얼마든지 귀를 기울일 겁니다. 공정한 교환은 절대 강탈이 아니지요."

"그렇다면 어떤 작전인가요?" 매켄지가 리처에게 물었다.

브라몰이 먼저 말했다. "배달 트럭보다는 판매책들의 차량을 덮치는 게 어떨까요? 빠져나가는 길목을 지키고 있다가 하나씩, 하나씩. 주차장 티켓 부스처럼 말이지요. 물론 그 작전에도 부정적인 변수는 있습니다. 특히 시간이 문제겠지요. 판매책들이 열 명 이상일 수도 있으니까. 그래도 매복 작전보다는 나을 것 같습니다."

"로즈?"

"난 여전히 매복 작전이 최선이라고 생각해. 트럭 문이 문제이기는 하지만."

　"세 번째 방법이 있습니다." 리처가 말했다. "두 가지 작전의 절충안이면서 최선의 방법."

45

　나카무라가 다시 휴게소 중앙 주차장으로 돌아왔다. 주변에서는 더 이상 찾아볼 곳이 없었다. 중앙 주차장 역시 현장일 것 같지는 않았다. 하지만 그나마 가능성이 있는 곳은 거기뿐이었다. 하얗게 빛나는 패널 밴. 일을 처리하려면 어디다 주차를 할까? 건물들에서 최대한 멀리 떨어진 지점일 것이다. 주차장에서 가장 외진 구석. 밤이 깊어가고 있었다. 주차장에는 비어 있는 자리들이 수두룩했다. 휴게소에서는 가고자 하는 건물 가까이에 주차를 하는 법이다. 당연하다. 몇 걸음이라도 절약하고 싶은 게 본능이니까. 그녀가 연푸른 차를 몰고 주차장을 천천히 돌았다. 서쪽 구석에는 단 한 대도 없었다. 그냥 텅 비어 있을 뿐. 동쪽 구석에는 달랑 한 대가 주차돼 있었다. 그런데 이상했다. 마지막 주차 라인에서도 멀리 떨어진 채 숲을 향해 앞머리를 바짝 들이댄 주차. SUV였다. 차체는 검정색, 번호판은 파란색. 일리노이.

　그녀가 전화기를 집어 들었다.

　그녀가 말했다. "타주 차량 한 대, 신속한 조회 부탁합니다."

　치직거리는 기계음과 함께 알겠다는 대답이 돌아왔다. 그녀가 차량 번호판을 큰 소리로 읽어주었다. 그녀가 휴대폰을 귀에서 떼지 않은 채, 검정색 SUV를 향해 천천히 차를 몰았다.

도요타였다. 그녀가 차에서 내렸다. 차체는 온통 먼지투성이였다. 장거리를 달려온 게 분명했다. 차 안을 제대로 들여다보기는 힘들었다. 창턱은 높았고 그녀는 작았으니까. 하지만 여행객들의 차량인 것 같았다. 트렁크에 짐 가방들이 쌓여 있었다.

그런데 왜 그 자리에 주차를 했을까? 그녀의 눈길이 전방의 나무숲에 꽂혔다. 길은 보이지 않았다. 하지만 사람이 얼마든지 다닐 수는 있었다. 하지만 왜? 그렇고 그런 수작을 위해서라면 주차장 마지막 라인에서도 충분할 텐데 굳이 숲으로 숨어들어 갈 필요가 있을까? 숲속에는 아무것도 없었다. 그 너머도 마찬가지였다. 그냥 평원이었다. 그 풀밭을 가로질러 한참을 걸어가면 다음번 휴게소가 나오긴 한다. 하지만 누가 그런 수고를 하겠는가? 왜? 잠깐, 고속도로 관리공단 창고가 그쪽 어디에 있었던가? 제대로 기억이 나지는 않았다. 아무튼 휴게소 근방 어딘가에 주 정부 소유의 대형 창고가 있긴 있었다. 아무도 관심을 갖지 않는 곳. 그녀가 기억을 가다듬으려는 순간, 치직거리는 기계음이 그녀의 귓속을 파고 들어왔다. 곧이어 목소리도 들려왔다. "일리노이 DMV(Department of Motor Vehicles, 차량관리부)에 등록돼 있는 번호판입니다. 검정색 도요타 랜드 크루저, 차주의 이름은 테렌스 브라몰, 주소는 시카고 시내 사무실, 그리고 차주의 직업은 사설탐정으로 기입돼 있습니다."

샌더슨이 자신의 대기 지점을 향해 걸어갔다. 리처도 그녀를 따라갔다. 그녀가 여전히 씹고 있는지 궁금했다. 그렇지 않다면 그게 좋은 조짐인지 아닌지 확인하고 싶었다.

그녀는 여전히 씹고 있었다. 상태는 괜찮은 것 같았다.

이제 너무 일찍 절정에 이르지 않기를 바랄 뿐이었다. 그녀의 권총은 루거 스탠다드. 22구경 실탄 두 발. 더 이상은 필요 없다고 했다. 브라몰은 45구경 콜트, 실탄은 세 발. 매켄지는 탄창이 완전히 비어 있는 스프링필드. 없는 것보다는 나았다.

'모든 일의 90퍼센트는 제대로 된 자세에 달려 있다.'

누군가 그렇게 말했었다.

리처가 말했다. "얘기해줄 준비는 돼 있는 거지?"

샌더슨이 말했다. "실패를 야기할 변수가 백 개는 될 거예요."

"백 개까지는 아니고," 그가 말했다. "한 스무 개쯤은 되겠지."

"그 구속 영장은 날조된 거예요. 난 선배님이 그걸 알아두셨으면 해요. 그의 입을 다물게 만들려는 계책이었어요."

"내가 그 이야기의 한 부분만은 알아야 한다? 전체는 아니고?"

"최소한 그 부분만은 알고 있기를 바라는 것뿐이에요."

"그가 폭로하려던 게 뭐였지?"

"폭로하지 말아야 할 것."

"알았어." 리처가 말했다. "잘 간직했다가 나중에 전부 얘기해줘. 상태는 괜찮아?"

"아직까지는요."

"언제까지 괜찮을 것 같아?"

"지금 몇 시죠?"

"거의 10시 30분."

그녀가 계산을 하는 눈치였다. 하지만 대꾸는 없었다.

리처가 뒤돌아서서 자신의 대기 지점을 향해 걸음을 옮겼다. 하지만 도중에 브라몰이 그를 멈춰 세웠다. 그가 휴대폰을 내밀었다. 녹색으로 빛나는 스크린. 통화 중. 상대방은 웨스트포인트 교장일 것이다.

"당신 전화예요." 브라몰이 말했다.

리처가 휴대폰을 받았다.

그가 말했다. "장군님."

교장이 말했다. "소령."

"작전을 개시했습니다. 지금으로부터 두 시간 이내에 성패가 판가름 날 겁니다."

"내가 세부적인 것까지 알고 싶어 할까?"

"그렇지 않으실 겁니다."

"성공할 확률은?"

"확실하지 않습니다. 서로 다른 교전 규칙이 걸림돌이 될 것 같습니다."

"그래? 그녀가 자네보다 좀 더 인도적인 모양이군."

"아무래도 그렇지 말입니다. 하지만 저도 절대 하지 않는 일들이 있습니다. 더구나 지금은 민간인들까지 합류한 작전입니다."

"드디어 자네가 신식 군대의 기본 정신을 깨우쳤군. 이제 이리로 돌아와서 수업을 맡아도 되겠는걸?"

"그녀는 포터필드의 구속 영장이 날조된 거라고 주장합니다."

"자넨 그 얘기를 듣고 어떤 생각이 들었나?"

"그녀의 입장에서는 그렇게 얘기하는 게 당연하다 정도였습니다."

"내 생각도 그래. 하지만 그녀의 주장이 사실인 것 같아. 남쪽에 있는 내 친구들이 어찌어찌해서 그 파일에 접근했거든? 그런데 텅 비어 있는

508

거야. 최소한 그 구속 영장이 가짜인 건 확실해. 영장을 발급받은 인물을 아무도 모르는 거야. 그래서 우리가 좀 더 파고들어갔지. 일치하는 이름이 딱 하나 나오더군. 그런데 검찰은커녕 사법기관하고는 아무 상관이 없는 사람인 거야. 해병 의무대의 홍보 장교였어."

"그녀는 포터필드에게 정당한 명분이 있었다고 믿는 것 같습니다. 최소한 분위기상으로는 그렇습니다. 그렇다면 파일이 한두 개가 아닐 겁니다. 그는 실직 상태의 참전용사였습니다. 그것도 매일매일 붕대를 갈아야 하는 상이군인이었지 말입니다. 그런 친구가 뚜껑이 열렸는데 가만히 있었겠습니까? 언론사에 편지도 보내고 지역구 국회의원에게 매일같이 전화를 걸어댔을 겁니다. 뿐만 아니라 백악관부터 시작해서 정부기관들을 닥치는 대로 볶아댔을 게 뻔합니다. 시사토크쇼도 마찬가지고. 그렇다면 그의 이름이 여기저기서 튀어나와야만 합니다. 전 그 내막을 알고 싶습니다. 하지만 그녀에게서는 영원히 들을 수 없을지도 모릅니다."

"그녀는 괜찮아?"

"전체적으로 보자면 상당히 괜찮은 상태입니다."

"그녀의 태도도 괜찮고?"

"어떤 식으로 말씀이십니까?"

"지금 편하게 통화할 수 있는 상황인가?"

"물론입니다." 리처가 말했다.

"이제 자네와 통화하고 싶었던 이유를 말해주지. 의료인으로서의 윤리적 의무를 저버린 혐의로 의사 하나가 법정에 선 적이 있었네. 정신과 군의관. 그가 발표한 논문이 문제가 됐던 거야. 어떤 여군 장교에 관한 내용이었어. 그녀의 신원을 적절히 보호해주지 않았다는 게 기소 이유였지.

그녀는 안면에 심한 부상을 입고 전역한 상이군인이었어. 문제는 그녀가 다른 장교의 부탁으로 현장에 출동했었다는 거야. 원래 자신의 임무가 아니었는데 말이지. 순전히 개인적인 부탁이었어. 나중에 밝혀진 바에 따르면 정말 허접한 이유였어. 육군 최고의 미녀 장교가 불구가 되는 동안 그 자식은 아프칸 창녀와 뒹굴고 있었던 거야. 심리가 시작되고 소환장이 발부되자마자 그 친구는 자살해버렸어. 문제의 군의관은 그 모든 경위와 함께 그녀의 심리적 갈등을 자신의 논문에 수록했던 거야. 헛되게 부상을 입은 현실을 극구 부인하고 싶은 그녀 자아의 몸부림."

"그 여군 장교가 로즈 샌더슨이군요."

"그 논문이 발표된 시점에 그녀는 여전히 입원 중이었어. 당시 그녀가 극단적인 심경을 토로했더군. 세간의 관심 때문에 더욱 더 돌아버리겠다고 말이야."

"그 부분에 관해서는 그녀에게서 한마디도 듣지 못했습니다."

"아무튼 그 사건도 그녀를 괴롭히고 있는 한 가지 요인인 게 분명해." 교장이 말했다. "배신감이 사무칠 거라는 얘기지."

11시. 주변은 여전히 먹물을 뿌려놓은 듯 캄캄했고 쥐 죽은 듯 고요했다. 리처의 예상대로였다. 어떤 움직임이든 앞으로 40분 뒤에야 시작될 것이다. 그 이후로 20분에 걸쳐서 하나씩 둘씩 은밀하게 모여든 다음, 자정이 되는 순간 치고 빠질 것이다. 순식간에. 그다음에는 다시 어둠과 정적만이 남을 것이다.

그래서 그는 걱정하지 않았다. 아직은 아니었다. 물론 그의 예상이 완전히 빗나갈 수도 있었다. 거기서 몇 킬로미터 떨어진 지점에 사내들 여럿이 모여 서서 낄낄거리고 있을지도 모른다. 각자의 트렁크를 활짝 열어 놓은 채. 가능한 얘기였다.

그는 기다렸다.

11시 30분. 여전히 어둠과 정적.

걱정할 건 없었다. 예상대로일 것이다. 아직 시간이 남아 있다. 하지만 그 시간이 가까워지고 있었다. 접점, 교차점, 정점, 클라이맥스. 온갖 단어들이 그의 머릿속에 떠올랐다. 난생 처음으로 그는 객관적인 입장에 서서 자신의 몸 상태를 찬찬히 점검했다. 쌓여가는 스트레스 속에서 작동을 시작한 자율신경. 전사의 DNA. 태곳적 본능의 잔재가 집중력과 힘, 그리고 공격성이라는 특질로 형체를 드러내고 있었다. 두피는 따끔거렸고 손끝은 저릿했다. 한층 밝아진 두 눈. 몸은 부풀어 오르고 근육은 단단해져 갔다. 신경은 예민해지고 반응은 민첩해져 갔다. 팔다리에는 힘이 솟구쳤다.

샌더슨도 똑같은 증상을 느끼고 있을 것이다. 리처는 확신할 수 있었다. 그 증상과 펜타닐이 섞이면 시너지 효과가 발생하게 될까? 아니면 그 반대일까? 모쪼록 긍정적인 결과이기만을 바랄 뿐.

그 순간 지선도로 위로 헤드라이트 불빛이 비쳐들었다.

46

흐릿한 노란색이었다. 그건 낡은 차량이라는 얘기였다. 불빛의 높이와 간격이 적당했다. 그건 보통 크기의 차량이라는 얘기였다. 중형 픽업트럭이 아니었다. 대형 SUV도 아니었다. 차가 건물 앞으로 바짝 다가섰다. 벽면에 반사된 헤드라이트 불빛에 차체의 모습이 드러났다. 20년은 묵었을 것 같은 세단이었다. 마치 민달팽이 같은 모습이었다. 정확히 구분되지 않는 짙은 색의 칙칙한 페인트, 달아난 휠캡들, 부러진 안테나.

차가 뒤로 약간 빠졌다가 깔끔하게 자리를 잡고 멈춰 섰다. 입구를 막지 않은 주차. 사내 하나가 내려섰다. 50쯤 되어 보이는 나이. 두두룩한 허리. 머릿기름으로 바짝 붙인 헤어스타일. 파란 데님 바지에 회색 스웨터 차림. 스웨터 위에는 단어 하나가 적혀 있었다. 브랜드 네임, 어쩌면. 사내가 도르래식 철문 앞으로 다가갔다. 그가 열쇠를 꺼내 들고 잠금 장치를 풀었다.

이어서 역도선수처럼 쭈그리고 앉은 뒤 문짝의 하단을 두 손으로 당겨 올렸다. 문이 덜그럭거리며 올라가기 시작했다. 사내의 손을 떠난 뒤에는 말려 올라가는 속도가 점점 더 빨라졌다. 안쪽 어딘가에 장착된 평행추의 작용일 것이다. 사내가 창고 안으로 걸어 들어갔다. 잠시 후, 반대쪽 문짝이 열리는 소리가 먹먹하게 들려왔다.

내부 공간 왼편에는 노란색 대형 제설기들이 좁은 대열을 이루고 늘어서 있었다. 하지만 오른편은 텅 비어 있었다. 콘크리트 바닥 위에는 사선으로 주차 칸들이 그려져 있었다. 1부터 10까지 모두 열 칸. 리처의 위치에서는 1번이 가장 멀고 10번이 가장 가까웠다.

스웨터 사내가 다시 자기 차로 돌아왔다. 그가 차 안으로 상체를 밀어 넣고 조수석에서 물건 하나를 꺼냈다. 볼펜까지 끈으로 매달린 메모 철.

일종의 리스트. 사내가 다시 창고 안으로 들어가서 입구 가까운 지점에 버티고 섰다.

'입구에는 경비원이 있을 거야.'

사내가 권총을 꺼내 들고 약실을 확인했다.

현재 시각 11시 41분.

4분이 흐르고 나자 지선도로에 다시 헤드라이트 불빛이 비쳐들었다. 경비원의 구형 세단보다 불빛이 한층 밝았다. 서로 간의 간격도 넓었다. 닷지 듀랑고 SUV였다. 입구를 향해 다가간 듀랑고가 경비원 옆에 멈춰 섰다. 창문이 내려왔다. 차 안에서 몇 마디가 흘러 나왔다. 경비원이 리스트를 확인했다. 그가 창고 안쪽을 향해 손을 저었다. 듀랑고가 안으로 진입한 다음 주차 칸 하나를 차지하고 멈춰 섰다.

1분 뒤, 녹슨 실버라도 한 대가 지선도로를 타고 다가왔다. 스태클리의 픽업만큼이나 형편없이 낡은 트럭이었다. 하지만 적재칸에 텐트 덮개는 없었다. 대신 사각의 비닐 덮개가 씌워져 있었다. 그다음은 검정색 사륜구동. 두 차 모두 창고 안으로 들어가 한 자리씩 차지하고 멈춰 섰다.

12시 5분 전이 되자 열 개의 주차 칸 가운데 아홉 개가 들어찼다. 비어 있는 칸은 5번. 경비원은 그다지 신경 쓰지 않는 기색이었다. 규칙대로 하면 그만일 테니까. 각자의 트럭 옆에서 기다리고 있는 아홉 명의 사내들은 반가워하는 분위기였다. 각자의 몫이 그만큼 늘어날 테니까. 경비원이 시계를 확인했다. 그 순간 그의 휴대폰이 울렸다. 그가 귀를 기울였다.

그가 소리쳤다. "2분 남았어, 친구들! 거의 다 왔대!"

2분 뒤, 흰 패널 밴이 지선도로를 따라 빠른 속도로 달려 내려왔다. 차가 입구 앞에서 한 번에 멈춰 섰다. 그리고 기다렸다. 경비원이 수신호를 보냈다.

경비원이 돌아서서 창고 안으로 달려 들어갔다. 패널 밴은 앞머리를 돌리고 건물 외벽을 따라 뒤로 돌아갔다. 거기서 다시 요령 있게 방향을 잡은 뒤, 뒷문을 통해 창고 안으로 진입했다.

다른 차량들과는 반대 방향. 패널 밴이 1번 차량과 수평을 이루는 지점에 멈춰 섰다. 경비원은 이미 그 지점에서 기다리고 있었다.

패널 밴의 기사가 내려섰다.

그들의 계획이 뒤집혀버렸다. 그제야 리처는 후회가 일었다. 바닥에 그어놓은 분필 주차선들을 좀 더 면밀히 살폈어야 했다. 판매책들의 구역, 혹은 조직에 몸담은 짬밥 순서인 줄 알았다. 조직의 체계를 과시하기 위해, 아니면 주차선을 그린 김에 번호까지 적어 놓은 것뿐이라고 생각했었다. 그렇게 넘어갔던 게 불찰이었다.

실제로는 우선순위를 매긴 번호들이었다. 일종의 계급 시스템.

판매량이 가장 많은 사내가 1번일 것이다. 금주의 최우수 영업사원. 그 포상은 가장 먼저 물건을 공급받고 가장 먼저 떠날 수 있는 권리. 잠재적인 위험을 고려하면 상당한 특권이 아닌가. 1번 판매책이 그 특권을 누리게 해줄 수 있는 방법은 많았다. 하지만 가장 간단하고 확실한 방법은 지금처럼 패널 밴을 뒷문으로 끌고 들어오는 것이다.

리처의 담당은 앞문. 그게 그들의 계획이었다. 매복도 강탈도 아닌 최선의 작전. 그 계획에 따르면 패널 밴의 기사는 앞문으로 들어가야 했다. 그리고 아무 의심 없이 밴의 문짝을 열어야 했다. 협박도 구타도 없는 상태에서 자발적으로. 그 순간 리처가 모습을 드러내고 그들의 머리 위로 9밀리 실탄 한 발을 발사하는 것이다. 창고 안에 울리는 총성에 패널 밴 기사와 경비원을 포함해서 열한 명의 사내들은 모두 바짝 얼어붙을 것이다. 그들을 향해 리처가 외치는 것이다. '이 패널 밴은 우리가 가져간다.' 그 순간 사내들 뒤쪽에서 샌더슨이 나타나서 외치는 것이다. '모두 꼼짝 마.' 사내들은 뒤를 돌아보고 나서 완전히 전의를 상실할 것이다.

총기 전문가가 아니면 그녀의 권총이 루거 22구경이라는 걸 알아차릴 수 없을 것이다. 그리고 투시력을 가진 총기 전문가가 아니면 그 탄창이 거의 비어 있다는 사실을 눈치채지 못할 것이다.

리처는 성공을 확신했었다. 경비원과 패널 밴 기사, 그리고 나머지 아홉 명의 사내들. 같은 네트워크 소속이라는 것뿐, 공격이든 방어든 서로 호흡을 맞춰본 적이 없는 집단. 따라서 리처의 계획이 실패할 리 없었다. 순서만 제대로 지켜진다면. 하지만 지금 그 순서가 뒤바뀐 것이다. 당장에 리처의 현재 위치가 문제였다.

이제 그가 샌더슨인 것이다.

이제 그녀가 리처인 것이다.

아드레날린, 그리고 전투 호르몬, 그리고 펜타닐 한 조각, 아니, 나머지 절반은 무력감으로 채워진 펜타닐 반 조각. 통증, 불안, 식은땀, 경련.

그녀는 지금 패널 밴 기사를 지켜보고 있을 것이다. 그가 문짝을 열기를 기다리고 있을 것이다. 패스워드 입력식이거나 특수키가 필요한 문짝. 아니, 어쩌면 일반 문짝일 수도 있다. 그렇다면 상황은 더욱 빨리 전개될 것이다.

22구경은 상대적으로 소음이 작다. 그래도 총알다운 소리는 낼 수 있다. 더구나 메아리가 울리는 공간에서는 충분히 제 역할을 해낼 것이다.

그녀가 졸지에 바뀐 역할을 맡아주기만 한다면.

그녀가 그 역할을 제대로 해내주기만 한다면.

아직은 무소식.

여전히 무소식. 패스워드가 복잡해서일까? 컴퓨터처럼. 수많은 알파벳, 대문자, 소문자, 숫자들과 기호들.

무소식.

다음 순간, 천둥 같은 격발음이 고막을 때렸다. 이어서 또 다른 굉음이 울렸다. 총알이 천장의 철재 빔을 맞춘 것이다.

사내들 모두 바짝 얼어붙었다.

그녀가 뒷문 바깥쪽의 어둠 속에서 창고 안으로 몇 걸음 걸어 들어왔다. 그녀가 외쳤다. "모두 제자리에서 꼼짝 마!"

리처가 그랬을 것처럼.

사내들 뒤에서 그가 걸어 들어갔다. 그가 외쳤다. "아무도 움직이지 마."

샌더슨이 그랬을 것처럼.

사내들의 눈길이 그에게로 쏠렸다. 낮게 조준된 스미스. 사내들의 허리 부근. 상대적으로 더욱 두려운 곳. 남자들의 원초적 본능.

전방에서 그녀가 홰홰 고개를 저었다. 사내들이 리처를 향해 완전히 돌아섰다. 이제 그가 대사를 칠 차례. 헌병의 목소리로.

그가 말했다. "모두 주머니, 총 지갑, 그 밖에 어디에서든 휴대폰과 총기를 꺼낸다. 그리고 발치에다 그것들을 내려놓는다. 장난칠 생각은 마라. 잠시 후에 내가 너희들을 수색할 테니까. 만일 숨겨둔 무기가 나오면 그걸로 그놈의 무릎을 쏴 버릴 거다. 만일 숨겨둔 휴대폰이 나오면 내 총으로 그놈 무릎을 쏴 버릴 거다. 이건 나라에 빚진 돈과 마찬가지로 반드시 지켜지게 될 약속이다. 다들 생각해봐라. 우린 경찰이 아니다. 연방요원도 아니다. 이건 순전히 개인적인 일이다. 너희들로서는 잠깐 쪽팔리면 그만이다. 그러니 제대로 저울을 달아야 한다. 남은 인생 동안 두 다리로 걸어 다니겠나, 아니면 휠체어 신세를 지겠나? 어느 쪽이 너희들을 위해 최선인지 올바로 판단하기 바란다. 자, 지시받은 대로 실시."

열한 명의 사내들, 열한 개의 휴대폰, 열두 자루의 총. 경비원이 발목에 차고 있던 소형 38구경까지. 매켄지가 창고 안으로 걸어 들어왔다. 비어 있는 스프링필드를 사내들을 향해 겨누고. 오후의 영화처럼 아름다운 모습. 지하세계의 여왕. 사내들의 동공이 커졌다.

리처가 그들에게 다시 지시를 내렸다. 발치의 휴대폰들과 권총들을 발로 차서 그녀 앞으로 보낼 것.

그녀가 그것들을 차례차례 수거해서 패널 밴 안에서 찾아낸 봉지 속에 담았다. 봉지 표면에는 녹색과 푸른색의 산뜻한 로고가 그려져 있었다. 초원과 하늘처럼.

리처와 샌더슨이 열한 명의 사내들을 모두 5번 주차 칸에 몰아넣었다. 죄수들로 미어터지는 간이 유치장. 경기 직후의 야구장 계단처럼.

양쪽 트럭의 옆면이 쇠창살 구실을 해주었다. 리처와 샌더슨은 창살 없는 전방과 후방에 서로 엇각으로 버티고 서서 그들을 향해 총을 겨누고 있었다. 반드시 필요한 조치는 아니었다. 둘 중 한 명만으로도 충분했을 것이다. 하지만 포로들을 제압하는 효과는 컸다. 무모한 반발을 억제하는 효과. 따라서 사상자의 발생을 방지하는 효과. 인도적인 차원에서의 병력 운용. 신식 군대.

리처는 그 작전이 제대로 먹혔다고 생각했다. 처음에는. 하지만 이상했다. 그의 기대보다 훨씬 더 가라앉은 분위기였다. 숨을 죽이라는 명령에 아예 숨이 멎은 시늉을 하고 있다고나 할까? 멍 때리는 눈빛, 꾹 다문 입술, 그들은 패배를 인정한 채 떨고 있었다. 사기는 완전히 밑바닥이었다.

그리고 역겨워하고 있었다.

리처는 깨달았다.

여전히 뒤로 젖혀져 있는 샌더슨의 후드.

뒷문을 통해 도요타가 후진으로 진입하는 모습이 리처의 눈에 들어왔다. 브라몰. 그가 요령 있게 핸들을 조작해서 도요타의 꽁무니가 패널 밴의 뒷문과 정확히 마주 보는 지점에 멈춰 섰다. 매켄지가 화물을 옮겨 싣기 시작했다. 빠닥빠닥 윤이 나는 흰 상자들. 아주 많았다. 브라몰도 거들었다. 두 사람이 열심히 일했다. 한 상자씩, 한 상자씩. 공간이 부족했다. 리처는 그들이 도요타 트렁크의 짐들을 뒷좌석으로 던져대는 모습을 보았다.

그가 뒤로 한 걸음 물러섰다. 그의 눈길이 왼쪽과 오른쪽에 늘어선 차량들을 훑었다. 닷지 듀랑고가 제일 마음에 들었다. 외양이 평범했다. 특별한 운전 기술이 필요할 것 같지 않았다.

그가 손가락으로 듀랑고를 가리켰다.

그가 말했다. "이 차 주인이 누구지?"

한 사내가 반응을 보였다.

리처가 말했다. "키는 차 안에 있나?"

사내가 고개를 끄덕였다.

"기름은?"

사내가 고개를 끄덕였다.

"여긴 떠날 준비 완료." 브라몰이 소리쳤다.

"알겠습니다." 리처가 말했다. "자, 이제 순서대로 하나, 둘, 세 단계를 거쳐서 여길 벗어납시다."

첫 번째 단계. 매켄지가 듀랑고를 제외한 모든 차량을 뒤져서 키를 수거한 뒤 가방 속에 챙겼다. 물론 경비원의 낡은 세단과 패널 밴까지. 대부분의 차량들은 태곳적 연식이었다. 따라서 와이어를 뜯어내어 연결하는 방식으로도 시동이 걸릴 것이다. 하지만 패널 밴은 아니었다. 신형 메르세데스 약품 운반 차량. 칩이 삽입된 키. 따라서 절대로 움직일 수 없을 것이다. 그건 아주 잘된 일. 소년탐정이 직접 확인할 수 있을 테니까. 순백색 피부에 평화와 안녕의 문신을 새겼지만 불법 네트워크의 욕심을 채워주기 위해 소리 없이 뛰어다녔던 그들의 애마. 그 자체로 완벽한 증거인 터, 더 이상의 설명은 필요 없을 것이다.

두 번째 단계. 매켄지와 브라몰이 도요타를 타고 빠져나갔다.

세 번째 단계. 리처가 사내들과의 거리를 좁혔다. 이제 좀 더 중앙에 가까운 위치. 그가 스미스를 두 손으로 잡고 그들의 허리 아래 부분에 총구를 겨눴다. 샌더슨이 한 걸음, 한 걸음 조심스럽게 뒤로 물러나 듀랑고를 향해 다가갔다. 그녀가 뒤로 손을 뻗어서 손잡이를 더듬어 찾은 뒤 문을 열고 올라탔다. 그녀가 후진으로 주차 칸을 빠져나왔다. 하지만 뒷문을 향해 앞머리를 돌릴 수 없었다. 소용없었다. 패널 밴이 앞을 막고 있었으니까. 그렇다고 작전상 중대한 차질이 생긴 건 아니었다. 그녀가 계속 후진해서 앞문으로 빠져나갔다. 듀랑고가 리처의 시야에서 완전히 사라졌다.

리처는 기다렸다. 혼자서. 간이 유치장에 갇혀 있는 열한 명의 사내들을 감시하며. 그들의 분위기가 되살아나고 있었다. 분노와 수치가 뒤섞인 동요. 그 화살은 자신들을 가리키고 있었다. 아직까지는. 11대 1. 이게 말이 되는 상황인가? 우린 뭐지? 겁쟁이 새끼들 같으니라고. 위험한 생각이었다. 자칫 무모한 반발로 이어질 수 있었다. 리처는 전에도 그런 경험을 한 적이 있었다. 조만간 22개의 다리 가운데 하나를 쏴 버려야 할지도 모른다. 경고를 주기 위해서. 그건 순전히 그들이 자초한 불행이다.

후방에서 듀랑고가 꽁무니부터 뒷문으로 진입하는 모습이 그의 눈에 들어왔다. 이제 원래 계획대로 제 위치를 잡은 것이다. 그와의 거리는 대략 10미터. 기어를 바꾸는 소리가 그의 귀에 들려왔다. 후진에서 전진으로. 그르렁거리는 엔진음, 브레이크 페달 위에 얹힌 발. 출발 준비 완료. 그가 뒷걸음질 치기 시작했다. 조금 더 높아진 총구가 왼쪽 끝 사내를 겨눴다. 그리고 오른쪽 끝 사내. 그리고 다시 중앙. 그들로부터 점점 멀어지며 뒤로 한 걸음, 한 걸음씩. 어느 순간 금속성의 비명이 울렸다. 듀랑고의 조수석 문이 열리는 소리. 샌더슨의 상체가 그쪽으로 바짝 기울어져 있을 것이다.

그가 엉덩이부터 차 안으로 들이밀었다. 스미스의 총구는 여전히 사내들을 향한 상태. 하지만 그럴 필요도 없었다. 그들은 이미 포기했으니까.

무기도 없고, 휴대폰도 없고, 차량도 없었다. 경찰이 덮치기 전에 어떻게 빠져나가야 할까, 그들의 머릿속엔 오직 그 생각뿐이었다.

"출발." 리처가 말했다.

샌더슨이 액셀을 밟았다. 그녀가 두 차례 급격히 핸들을 꺾었다. 처음에는 오른쪽, 그다음에는 왼쪽. 시속 95킬로미터. 듀랑고는 순식간에 고속도로 진입로 어귀에 이르렀다.

47

샌더슨이 급격히 속력을 줄였다. 2차선에서 차량이 달려오고 있었다. 그 차가 지나가고 나자 그녀가 곧장 고속도로로 진입했다. 시속 95킬로미터의 속도. 휴게소까지 4분 30초.

승차감이 형편없었다. 엔진 소음도 요란했다. 브라몰의 기준에는 한참 모자를 것이다. 하지만 그녀의 고물 브롱코보다는 나을 것이다.

그녀가 말했다. "얼마나 챙긴 거죠?"

세상에서 가장 중요한 물건.

"2주 이상은 너끈할 거야." 그가 말했다. "그건 확실해. 이제 얘기를 들어볼까?"

"힘든 일은 나 혼자 다 했어요."

"무슨 말씀. 우리가 오늘 밤에 성공하기만 하면 얘기해준다고 약속했잖아. 역할에 관한 조항은 없었어."

"내 눈으로 직접 보고 난 뒤에." 그녀가 말했다. "2주 치 이상인지 확인부터 해야겠어요."

"훨씬 넘을 거야."

"난 그걸로 목욕하고 싶어요."

"자넨 그럴 자격이 있어. 오늘 밤 아주 멋지게 해냈어."

"고마워요."

"상태는 아직 괜찮은 거야?"

"그 사람들이 언니를 바라보는 눈빛을 봤어요?"

"그래." 리처가 말했다.

"그들이 나를 쳐다보는 눈빛도?"

"그래." 리처가 말했다. "봤어."

"그게 지금 내 상태예요."

그들이 휴게소로 꺾어져 들어갔다.

주유소, 패스트푸드 상가, 고속도로 순찰대 건물, 고속도로 관리공단 계량대, 그리고 프랜차이즈 모텔. 브라몰은 그 모텔이 두 가지 면에서 유리하다고 했다.

첫 번째는 건물 뒤에 자리 잡은 전용 주차장. 그곳이라면 도요타가 눈에 띌 염려가 없다. 최소한 훑고 지나가는 눈길은 피할 수 있다. 두 번째는 범행 현장에서 터무니없을 만큼 가까운 위치. 누구도 그곳을 자세히 살펴볼 생각은 하지 않을 것이다. 사우스다코타. 끝없이 펼쳐진 광야. 수색 반경의 테두리를 철저하게 훑는 것이 수색자들의 본능이다. 그리고 그 반경은 시간당 95킬로미터씩 너비를 더해갈 것이다. 등잔 밑이 어두운 법.

샌더슨이 모텔 건물을 돌아 들어갔다. 도요타가 전용 주차장 한 자리를 차지하고 주차돼 있었다. 브리몰과 매켄지는 도요타 꽁무니 근처에 서서 그들을 기다리고 있었다. 뒷문은 열려 있었다. 짐 정리는 이미 끝난 상태.

환상적이었다. 가로, 세로, 깊이까지 모두 1미터 길이로 쌓여 있는 상자들. 흰 표면 위에 찍힌 상표와 로고. 그리고 수량을 말해주는 숫자들. 10개, 20개, 50개, 100개, 그리고 그 이상. 20개들이 포장이 20개 들어 있는 상자도 하나 있었다. 펜타닐 패치 400개. 원래는 대형 약국으로 배달되어야 할 물건.

"2주 치가 훨씬 넘어요." 샌더슨이 말했다.

그녀가 트렁크 안으로 상체를 밀어 넣고서는 상자 하나를 끌어냈다. 그녀가 그걸 개봉한 뒤 두툼한 호일 포장 하나를 꺼냈다. 패치 20개.

그녀가 그걸 주머니 속에 쑤셔 넣었다. 세상에서 가장 부유한 여자. 풍요의 정도를 측정하는 새로운 금 본위 제도(금의 일정량의 가치를 기준으로 단위 화폐의 가치를 재는 화폐 제도). 한 번 이상의 절정을 보장받은 중독자. 그녀가 리처를 향해 돌아섰다.

그녀가 말했다. "이제 얘기해드릴게요."

"나중에." 그가 말했다. "스콜피오가 먼저야."

"나도 같이 갈래요." 그녀가 말했다. "스콜피오도 그 이야기의 등장인물들 가운데 하나니까."

그들이 매켄지의 가방을 뒤져서 경비원의 휴대폰을 찾아냈다. 3일 전의 문자 메시지들. 그 마지막은 '새로운 빌리를 포함해서 오늘 밤 모든 일이 순조롭게 진행되고 있습니다.'

그날 밤의 메시지들은 그렇게 순조롭지 못했다. 보낸 건 없고 모두 받은 것들뿐이었다. 0시 15분부터 이어지기 시작한 스콜피오의 메시지들. 발신 간격이 점점 더 짧아지고 그 내용도 격해져 갔다.

'무슨 일이 벌어지고 있는 거야? 지금 당장 전화해.'

리처가 말했다. "조금 늦어졌다고 메시지를 보냅시다. 수습되는 대로 직접 빨래방으로 찾아가서 보고하겠다는 내용도 덧붙여서. 경비원이 직접 쓴 것처럼 보여야 해요."

매켄지가 임무를 자청했다. 그녀의 손가락들이 스크린 위에서 춤을 추었다. 우아하게.

샌더슨이 브라몰과 권총을 맞바꿨다. 한 발 남은 루거와 세 발 남은 콜트.

그녀가 리처와 함께 듀랑고에 올라탔다.

글로리아 나카무라는 숲속에 몸을 숨긴 채 모든 걸 지켜보았다. 도요타의 주차 위치는 언뜻 보기에 너무나 이상했다. 하지만 결국은 상식에 따른 주차였다. 다른 모든 사람들과 마찬가지로 그 차의 주인도 적절한 위치에 차를 세운 것이다. 목표물에서 최대한 가까운 지점. 몇 걸음이라도 절약하기 위해서. 그들의 목표는 화장실이 아니었다. 그 반대 방향, 즉 나무숲이었다. 아무것도 없는 곳. 그녀의 기억 속에서 아물거리는 대형 창고 말고는. 따라서 그곳이 목표였다. 그렇지 않고는 숲으로 걸어 들어갈 이유가 없었다. 순환논증이었다. 하지만 그녀에게 다른 시나리오는 떠오르지 않았다. 그래서 그녀도 숲으로 들어섰다. 그녀가 숲 테두리를 3미터 남겨두고 걸음을 멈췄다.

그녀가 빅풋을 보았다. 테렌스 브라몰도 보았다. 시카고의 사설탐정. 아침 식당에서 그녀의 테이블을 차지하고 있던 남자. 그것도 두 번씩이나.

예쁜 여자도 보았다. 또 다른 여자도 보았다. 끔찍하게 일그러진 얼굴. 그 즉시 깨달았다. 반지의 주인.

그녀의 세 번째 손가락 한 부분에서 느낌이 번져왔다. 그 반지가 잠시 머물렀던 자리. 웨스트포인트 2005. 흑석.

그녀는 지켜보았다. 브라몰과 예쁜 여자가 다시 숲속으로 걸어 들어왔다. 그들이 6미터 거리를 두고 그녀 옆을 지나갔다. 하지만 그들은 그녀의 존재를 알아채지 못했다. 그러고 나서 한동안은 아무 일도 일어나지 않았다.

거의 한 시간이 흐르고 나자 차량들이 등장하기 시작했다. 그 행렬의 마지막은 흰색 패널 밴이었다. 뉴저지 번호판. 그녀의 눈앞에 있지만 존재하지 않는 차량. 최소한 서류상으로는.

어느 순간 창고 안에서 총성이 울렸다. 검정색 도요타가 안으로 들어갔다가 잠시 후 다시 나와서 사라졌다. 그다음에는 닷지 듀랑고가 창고를 빠져나갔다. 그 뒤로는 한참 동안 정적이 이어졌다. 이윽고 사내들이 걸어 나오기 시작했다. 모두 열한 명쯤? 기운 없는 걸음걸이, 풀 죽은 분위기, 전투에 패하고 갈 곳조차 잃은 패잔병들 같았다.

나카무라가 숲 밖으로 걸어 나갔다. 그녀가 건물 앞에서 서성대고 있는 사내들을 향해 곧장 다가갔다. 한 손에는 배지, 다른 손에는 권총. 사내들이 뛰어 달아났다. 열심히, 빠르게, 열한 군데 서로 다른 방향으로. 그녀가 지원을 요청했다. 아무 소용이 없다는 건 그녀도 이미 알고 있었다. 고속도로는 주 경찰국 교통과 관할이니까. 게다가 밤늦은 시간이었다. 지나다니는 차량이 거의 없었다. 사내들은 이쪽이든 저쪽이든 편도 3차선을 한달음에 가로질렀을 것이다. 남쪽 갓길에 도착한 몇몇은 그 너머로 끝없이 펼쳐진 무인지대 속으로 몸을 감췄을 것이다. 북쪽 갓길에 도착한 몇몇도 마찬가지일 것이다. 그들은 그렇게 사라졌다.

그녀가 창고 안으로 들어갔다. 텅 비어버린 패널 밴, 그리고 여덟 대의 차량들. 그녀가 다시 밖으로 나왔다. 그녀가 입구 근처에 주차된 낡은 세단을 살펴보았다. 그녀가 다시 숲속으로 들어갔다. 그녀가 차를 몰고 시내로 돌아왔다. 이제 스콜피오를 보러 갈 차례.

샌더슨과 리처는 4차선 도로를 타고 남쪽으로 내려갔다. 클링거 식당이 차창 밖으로 스쳐 지나갔다.

그녀는 계속해서 우물거리고 있었다. 파티도, 목욕도 아직은 이른 얘기. 그녀는 상당히 안정돼 보였다. 자신이 원하는 상태까지 도달한 뒤, 그 상태를 유지하고 있는 것이다.

패널 밴에서 탈취한 상자들 덕분일 것이다. 그 엄청난 양이 그녀를 변하게 만든 것이다. 중독자는 불안감을 안고 살아간다. 다음 한 방, 다음날, 다음 시간, 다음 구입 자금.

그녀는 더 이상 불안해하지 않았다. 앞으로도 오랫동안 불안해하지 않을 것이다. 어쩌면 영원히 그럴 일은 없을 것이다. 쌍둥이 언니가 제 역할을 제대로 해준다면.

물론 그래도 중독자인 건 마찬가지다. 하지만 예전과는 전혀 다른 방식의 중독이다. 오직 밝은 햇빛 속에서 포만감을 만끽할 뿐, 칙칙한 그늘 속에서 몸부림치는 일은 없을 것이다. 앞으로는 계속해서 취한 상태로 살아갈 것이다.

그들이 왜 그토록 취하고 싶어 하는지 리처는 핸들을 잡고 있는 샌더슨을 통해 똑똑히 확인할 수 있었다. 그녀의 얼굴에서는 어떤 표정도 읽을 수 없었다. 이미 그 기능을 상실한 조직이었다. 하지만 그녀의 두 눈은 살아 있었다. 그건 그녀의 육체도 마찬가지였다. 그녀는 인생에서 최고의 순간을 즐기고 있었다. 치사량에 가까운 양을 복용하지 않고도. 어쩌면 한 번은 그래야 할 수도 있다. 지난 열두 시간 동안의 스트레스를 날려버리기 위해서. 하지만 더 이상은 아닐 것이다. 앞으로 불안감에 시달릴 일은 없을 테니까. 그러다 보면 완치를 기대할 수도 있지 않을까. 리처의 희망이 그랬다. 하지만 그건 모를 일이다.

그가 말했다. "교장에게 들었어. 자네가 그 작은 마을 근처로 출동하게 됐던 경위."

그녀가 말했다. "내가 얘기했잖아요."

"그랬지. 하지만 자네는 부탁이 아니라 위임이라는 단어를 사용했어. 마치 상급 장교의 지시에 의해 지원부대의 지휘권을 승계받았던 것처럼. 하지만 자네는 소령이었어. 중령이나 대령이 지원 부대를 이끌고 직접 언덕을 타는 경우는 생각하기 힘들어. 즉, 처음 그 작전을 맡았던 장교는 자네와 동급이거나 하급이었을 거라는 얘기지. 결국 자네는 사적인 부탁을 들어준 게 빌미가 되어 부상을 당하게 된 현실을 부인하고 싶었던 거야."

그녀는 잠시 동안 아무 말이 없었다.

이윽고 그녀가 입을 열었다. "교장이 그걸 어떻게 알아낸 거죠?"

"정신과 군의관이 작성한 논문."

"그분이 그걸 봤다는 얘기예요?"

"그 양반은 백방으로 자네 흔적을 찾아다녔어."

"거짓말."

"보상을 해주고 싶었던 거야."

"나에게?"

"자네가 배신당한 기분일 거라고 말하더군."

"그 군의관에게."

"아니. 부상을 당한 상황에 의해."

그녀가 다시 조용해졌다.

그녀가 말했다. "난 오랫동안 입원해 있었어요. 그동안 많은 사람을 알게 됐죠. 팔 하나를 잃은 사람, 혹은 다리 하나가 달아난 사람. 모두 힘들어 했어요. 하지만 난 그 사람들을 증오했어요. 정말로. 그들은 반바지를 입고 다녔어요. 불구가 됐지만 나름대로 만회할 수 있는 기회는 주어진 거죠. 다리 하나 정도였으면 나도 괜찮았을 거예요. 부탁을 받고 출동했더라도 말이죠. 난 다섯 차례나 파병됐던 사람이에요. 사지가 멀쩡하기를 바라는 게 이상한 거죠. 팔 하나도 마찬가지였을 거예요. 하지만 이 얼굴은 아니에요. 그 남자들이 나를 바라보는 눈빛들을 선배님도 느꼈잖아요."

리처는 아무 말도 하지 않았다.

그녀가 말했다. "정신과 의사들이 잘못 진단한 거예요. 사실 진단도 아니었죠. 빈칸에 체크 표시만 해댄 게 전부였으니까. 난 배신당했다고 느낀 적이 없어요. 진실을 얘기하자면 난 불운하다고 느꼈어요. 태어나서 처음으로. 처음 얼마 동안은 그게 어떤 느낌인지조차 몰랐어요. 전혀 생소했으니까. 보통 사람이 평생 동안 겪는 불운을 단 하루 만에 겪는 것 같았죠. 얼굴 한가득 박테리아를 뒤집어쓰는 게 아무한테나 일어나는 일은 아니잖아요. 그 부분에서는 내게 그 임무를 부탁했던 장교도 마찬가지였겠죠. 그 친구도 나와 똑같은 시점에 박테리아한테 당했으니까. 부위는 달랐지만 말이에요. 한심한 친구. 난 더 못된 짓을 하기 위해서였다고 생각했는데. 그래서 사실을 알고 나서는 오히려 놀랐어요."

그가 말했다. "이제 포터필드의 얘기 좀 들어볼까?"

그녀가 머리를 숙이고 두 눈을 치켜뜨며 도로 표지판들을 두리번거렸다.

그녀가 말했다. "여기가 어디쯤이죠?"

그가 말했다. "저 앞에서 우회전하면 돼. 그다음에는 어딘가에서 좌회전이고."

"차를 세워야겠어요."

"왜?"

"그 얘기를 해드리려고요. 목적지에 닿기 전에."

나카무라가 교차로에서 천천히 속도를 줄이기 시작했다. 시야가 완전히 확보되는 지점에 이르자 그녀가 차를 세웠다. 스콜피오의 뒷문은 또다시 살짝 열려 있었다. 빛 테두리. 그녀가 시동을 껐다. 그녀가 차에서 내렸다. 하지만 문 앞까지 곧장 다가가지는 않았다. 그녀가 중간쯤에 멈춰 서서 생각했다. 즉시 범죄가 발생할 것 같은 상황에서는 영장 없이 개입할 수 있다. 법 규정이 그렇다. 하지만 그 규정에는 단서가 있다. 객관적으로 충분한 정황이 있어야 한다. 그리고 그 현장이 공공장소여야 한다.

하지만 스콜피오의 뒤쪽 사무실은 공공장소가 아니다. 따라서 긴급상황을 확신할 수 있는 증거가 필요하다.

총성, 비명소리, 혹은 구조 요청.

골목은 쥐 죽은 듯 조용했다. 그녀가 살금살금 문을 향해 다가갔다. 스콜피오의 목소리가 들려왔다. 준비된 원고를 읽는 듯 나지막한 목소리. 독백. 음성 메시지를 남기고 있는 것이다. 그녀는 목소리 주인의 걱정과 불안을 충분히 느낄 수 있었다. 그는 답신을 재촉하고 있었다. 상대방은 물론 창고 입구의 경비원일 것이다. 현장에 파견된 스콜피오의 부하. 그 자는 답신을 할 수 없다. 리처가 휴대폰들을 모두 수거해 갔으니까. 그녀는 숲속에서도 그의 경고를 똑똑히 들을 수 있었다. '무릎을 쏴 버리겠다.' 그게 단순한 으름장이 아니라는 걸 그녀는 충분히 느낄 수 있었다.

그녀가 좀 더 가까이 다가갔다. 스콜피오는 통화를 끝낸 상태였다. 더이상 아무 소리도 들리지 않았다. 아니, 나지막이 웅웅거리는 소리는 있었다. 선풍기 돌아가는 소리, 어쩌면. 아무튼 총소리는 없었다. 비명도, 구조 요청도 없었다.

그녀가 좀 더 가까이 다가갔다. 그녀가 문틈에 한 눈을 갖다 댔다. 각이 나오질 않았다. 그녀가 손바닥을 활짝 펴고 손가락 끝을 문짝에 갖다 댔다.

샌더슨이 상가 주차장에 차를 세웠다. 그녀가 변속기 레버를 P에 맞췄다. 하지만 시동은 끄지 않았다. 듀랑고의 연료 탱크는 가득 차 있었다. 장거리 여행을 위한 준비. 사업상의 여행. 아이다호일지도 모른다. 워싱턴주일 수도 있겠고.

그녀가 말했다. "사타구니에 신경이 엄청 몰려 있다는 걸 그때 처음 알았어요."

"나도 몰랐어." 리처가 말했다.

"사이는 늘 통증에 시달렸어요. 물론 이미 중독된 상태였죠. 처음 얼마 동안은 해병대 병원에서 직접 치료를 받았어요. 그런데 어느 날 갑자기 진통제 처방이 끊긴 거예요. 아무 이유 없이. 처음에는 그의 건강을 염려한 조치라고 생각했대요. 그 약들이라는 게 결국 강력한 마약이니까요.

하지만 그에게는 그것들이 필요했어요. 그래서 사정도 하고 따지기도 했죠. 하지만 아무 소용이 없었어요. 그래서 다른 병원들을 알아보기 시작했어요. 차를 몰고 안 가본 곳이 없었대요. 그러다가 직접 약을 구입하기 시작했어요. 그건 아주 쉬운 일이었어요. 그 당시에는 불법 유통되는 양이 엄청났으니까.

그래서 그는 화가 났어요. 다른 수도꼭지는 모두 활짝 열려 있는데 왜 해병대 병원에서는 그리 빡빡하게 군 건지. 결국 그리로 찾아가 따졌어요. 병원 사람들은 은연중에 정보를 흘렸어요. 환자 보호 차원에서 처방에 신중을 기했던 게 아니었어요. 병원조차 약을 제대로 공급받지 못하고 있었던 거예요. 재고는 바닥난 상태였는데."

"누군가가 빼돌리고 있었군."

"사이는 그 누군가를 찾아내는 게 자기의 소명이라고 결심했어요. 그 자신과 해병대 전우들을 위해서. 하긴 사이가 그 과업에 적임자이긴 했어요. 비록 잔챙이 판매책들이었지만 밀매 네트워크와 끈이 닿아 있었던 건 사실이잖아요. 여기저기 찔러보기만 하면 되는 일이었어요. 결국 그는 범인을 알아냈어요. 그리고 그 모든 정황을 서류로 정리한 뒤 DIA에 보냈어요."

"왜 그곳이었지?"

"DIA라면 믿을 수 있다고 판단한 거죠. 해병대로 직접 보내면 슬쩍 덮어버릴 수도 있잖아요."

"그래서?"

"우린 기다렸어요. 5일 내지 6일이면 소식이 올 거라고 생각했죠. 여기에서는 우편 배송이 아무래도 느리니까. 하지만 그들이 곧장 응답할 거라는 믿음에는 변함이 없었어요. 그런데 아니었어요. 6개월 동안 감감무소식이었던 거예요. 그러고 나서 어느 날 구속 영장이 날아온 거예요."

"그 누군가가 철저히 손을 썼군."

"사이의 생각도 그랬어요. 그리고 그 자리에서 포기해버렸어요. 명분이 확실하다고 해서 모든 싸움에 이길 수 있는 건 아니잖아요. 싸움의 가장 중요한 변수는 상대방이에요. 이번에는 미군 최고 정보기관을 등에 업은 고위급 군 인사였어요. 우리는 산으로 올라갔어요. 높이, 더 높이. 초봄이었잖아요. 첫 번째 새싹들이 푸릇푸릇 고개를 내밀고 있었어요. 그는 정말 행복해 했어요. 동부 출신답게 자기관리에 철저한 성격이었거든요? 하지만 그날은 마구 흐트러진 모습을 보였어요. 나뭇가지까지 씹어대더군요. 마치 산사람처럼. 우리는 맨땅에 드러누웠어요. 주머니 속에는 그것들이 들어 있었죠. 아주 많이. 어느 때보다도 절실했으니까. 정말로 훅 가버릴 생각이었어요. 우리 둘 다. 우린 같은 취미를 가진 커플이었어요. 함께 구름 위를 산책하자는 마음이었죠."

"그런데?"

"그가 죽었어요."

나카무라가 문을 밀었다. 15센티, 20센티, 25센티, 30센티.

그녀가 안으로 상체를 들이밀었다. 스콜피오는 긴 탁자 위에 앉아 있었다. 그녀에게 등을 돌린 채. 사람은 그 혼자뿐이었다. 하지만 기계들은 많았다. 그 탁자 위에 가득 쌓인 채 웅웅거리고 있는 컴퓨터 본체들, 그리고 모니터와 키보드를 비롯한 부속 기기들. 실내는 더웠다. 선풍기가 열심히 돌아가고 있었다.

그녀가 배지와 권총을 꺼냈다. 그녀가 문을 힘껏 밀었다.

스콜피오가 문이 활짝 열리는 소리를 들었다. 아니, 대기의 진동, 혹은 인기척을 느꼈을 수도 있다.

그가 뒤로 돌아앉았다.

"움직이지 마." 그녀가 말했다. "손 들어."

그가 말했다. "이건 무단침입이야."

"여긴 실제 범죄 현장이야."

"당신은 선량한 민간인을 이유 없이 괴롭히고 있는 거야."

그녀가 그를 향해 한 걸음 다가선 뒤 총을 들어 올렸다.

그녀가 말했다. "바닥에 엎드려."

그가 말했다. "당신은 지금 멍청한 짓을 하고 있는 거야. 난 하루 종일 고되게 일하고 나서 장부를 정리하고 있는 중이야. 세금을 내서 당신 같은 사람들을 먹여 살리려고 말이지. 그건 가난한 자영업자들에게 떠맡겨진 빌어먹을 의무들 가운데 하나이고."

"당신은 약품 산업의 보안망을 해킹해 왔어. 그건 연방정부 관할이야. 그쪽 사람들이 러시안 소프트웨어를 찾아내겠지? 그럼 당신은 아주 곤란해질 거야."

"난 빨래방을 운영하는 사람일 뿐이야."

"미래의 빨래방이겠지. 내 눈에는 IBM 실험실처럼 보이는데? 어쨌든 당신의 시스템은 방금 전에 박살났어. GPS를 확인해봐. 당신의 패널 밴은 지금 제설장비 창고에 처박혀 있어. 리처가 키를 가져갔거든. 그 밖의 것들도 전부."

스콜피오가 조용해졌다.

그녀가 배지를 집어넣고 대신 수갑을 꺼냈다.

다음 순간 모든 게 잘못돼 버렸다.

열려 있는 뒷문을 통해 사내 하나가 들어왔다. 그의 양손에는 편의점 커피가 한 잔씩 들려 있었다. 검정색 코트, 검정색 스웨터, 검정색 바지, 검정색 구두. 182센티는 훌쩍 넘을 것 같은 키. 목 부위에 선명한 멍 자국. 그녀의 눈에 익은 모습이었다.

스콜피오가 그녀의 뒤통수를 가격했다. 그녀가 바닥에 널브러졌다. 권총이 통통거리며 바닥 멀리 떨어져 나갔다.

그녀는 잠시 정신을 차릴 수 없었다. 하지만 느낌은 있었다. 누군가에 의해 거칠게 다뤄지는 느낌. 이윽고 그녀가 용을 쓰며 일어나 앉았다. 한쪽 손목이 탁자 다리에 자신의 수갑으로 묶여 있었다. 치마는 위로 말려 올라간 상태였다. 그녀가 한 손으로 잡아 내렸다. 가방은 사라졌다. 그 안에 들어 있는 휴대폰과 함께.

스콜피오가 그녀에게 물었다. "그 밖의 다른 것들도 전부? 그게 무슨 뜻이지?"

그녀가 말했다. "거기 있던 것 모두."

검은 차림의 사내가 말했다. "제가 가서 확인해 볼까요?"

"같이 가자." 스콜피오가 말했다.

그가 뒷문을 바라보았다. 이어서 빨래방과 통하는 사무실 문, 그다음에는 나카무라.

"차를 앞으로 끌고 와." 그가 말했다. "나도 앞문으로 나갈 테니까. 이 여자는 여기 그냥 내버려두고."

검은 차림의 사내가 서둘러 나갔다. 스콜피오가 뒷문을 잠갔다. 그가 탁자에 돌아와 앉아 스크린 하나를 지켜보았다.

나카무라가 말했다. "당신은 이제 망한 거야."

"아니." 그가 말했다. "난 절대 망하지 않아. 그냥 옮겨가는 것뿐이지. 그게 전부야. 한쪽 문이 닫히면 다른 쪽 문이 열리게 돼 있거든? 뭐든 영원한 건 없어. 난 어딘가 다른 곳에서 내게 필요한 걸 얻게 될 거야. 지금까지 그래왔던 것처럼."

스콜피오는 그녀를 내버려두었다. 수갑에 묶인 그대로, 바닥에 앉은 그대로. 그가 불을 껐다. 그가 빨래방으로 나갔다. 그의 등 뒤에서 문이 닫혔다. 사무실 안이 칠흑같이 어두워졌다. 그녀는 문이 잠기는 소리를 들었다. 그 즉시, 앞문이 열리는 소리가 들려왔다. 빨래방의 깊이는 대략 9미터. 스콜피오가 거리로 나서는 소리가 아니었다. 시간상으로 불가능했다. 누군가 다른 사람이 들어오는 소리였다. 검은 차림의 사내, 어쩌면. 차를 대 놓고.

하지만 다음 순간 먹먹한 목소리가 들려왔다.

익숙한 목소리.

'주머니에 뭐가 들어 있지?' 그렇게 얘기하는 것 같았다.

샌더슨이 말했다. "그러고 나서야 난 그가 씹고 있던 게 나뭇가지가 아니라는 걸 알았어요. 아니, 나뭇가지를 씹긴 했지만 그건 일종의 위장 전술이었어요. 진짜로 씹고 있는 걸 감추기 위해서. 일찌감치 자기 혼자서 파티를 시작했던 거예요. 과다복용으로 자살할 결심을 하고. 올라오면서 치사량 한 번, 현장에 도착한 뒤에 또 한 번. 그는 자기 인생을 증오했어요. DIA와의 승부가 마지막 버팀목이었죠. 하지만 그것마저 수포로 돌아갔어요. 상대가 되지 않는 게임이었으니까. 그래서 그는 모든 걸 포기했던 거예요. 그리고 결심한 거죠. 죽음의 문을 다시 한 번 두드려 보자. 만일 열리면 곧장 걸어 들어가자.”

리처는 아무 말도 하지 않았다.

“왜 아니었겠어요?” 그녀가 말했다. “모든 게 끝장났는데. 더 이상 돈도 없었어요. 그는 금수저로 태어나서 금수저로 살아온 사람이에요. 그런 사람들에게 가난은 일종의 재앙이죠. 내 경우에는 불운이 그랬던 것처럼. 난 그가 죽어가는 모습을 지켜봤어요. 시작은 좋았어요. 아주 행복해 하더군요. 자기에게 닥칠 일을 이미 알고 있는 것 같았어요. 솔향기 가득한 숲속 맨땅에 등을 깔고 누운 채 말이죠. 호흡이 점점 느려졌어요. 그러다 어느 순간 딱 멈춰 버리더군요. 그는 그렇게 떠났어요.”

“안됐군.”

“내 생각도 그랬어요. 나 자신을 위해서는. 하지만 그를 위해서는 기뻤어요. 황홀감이 극치에 달한 상태에서 죽었으니까. 중독자들이 늘 원하는 대로. 난 그를 그 자리에 내버려뒀어요. 그는 그 산비탈들을 좋아했어요. 그곳에 사는 짐승들도 좋아했고요. 난 그냥 짐만 챙겨서 내 집으로 돌아왔어요.”

“그의 집에 침입한 자들은 어디서 뭘 훔쳐간 거지?”

“탄원서 복사본. 책상 서랍. 누구든 제일 먼저 뒤져보는 곳.”

“어떤 내용이었지?”

“보급 창고에서 약품이 새어 나가고 있는 정황. 해병 의무대의 대령 하나가 빼돌린 물건을 아더 스콜피오에게 넘겨왔던 거예요. 2년 전에는 스콜피오가 그런 식으로 물량을 확보했던 거죠. 지금은 다르지만. 사이를 비롯해서 수많은 상이용사들은 당연히 무상으로 처방받아야 할 약품을 자기 돈으로 사야 했던 거예요. 그 엿 같은 대령 때문에. 사이의 탄원서를 가로챈 것도 그자의 수작이었을 거예요. 그다음에는 온갖 수단을 동원해서 묻어버린 거고."

"스콜피오도 사이의 이름을 알고 있었어." 리처가 말했다. "내게 미끼로 사용했거든."

"그 대령이 일러주었을 거예요."

"그 반대일 수도 있어. 사이의 집에서 빌리가 그 탄원서 사본을 봤다면? 지붕 고치는 사람이 그 집 화장실 약장까지 들여다볼 정도였으니 무리한 설정은 아닐 거야. 아무튼 그랬다면 빌리는 즉시 스콜피오에게 보고했겠지. 스콜피오는 다시 그 대령에게 정보를 넘겼을 테고. 결국 수사는 처음부터 불가능했어. 앞으로도 영원히. 그 엿 같은 대령이 가짜 구속 영장으로 모든 걸 종결시킨 셈이지. 시간적으로 맞아 떨어지는 건 그 시나리오 하나뿐이야."

"결국 스콜피오가 사이를 팔아넘긴 거군요."

"출발하자고." 리처가 말했다. "이제 스콜피오를 만나야 할 이유가 하나 더 늘었어."

48

닷지 듀랑고가 무덤 속처럼 어둡고 적막한 거리를 천천히 굴러서 편의점 모퉁이로 다가갔다. 마침 검정색 세단 한 대가 빨래방 정문 앞에 멈춰섰다. 아더 스콜피오의 자가용. 24시간 중국식당 앞에서 리처를 태웠던 차량. 운전자도 그때 그 사내였다. 빨래방 바닥에서 숨을 헐떡이던 모습이 마지막이었던 사내.

샌더슨이 링컨 꽁무니에 앞머리를 바짝 들이대고 차를 세웠다. 리처가 인도에서 사내를 붙잡았다. 그가 일단 한 방 먹였다. 숨을 껄떡거릴 만큼만 가볍게. 사내가 콘크리트 바닥 위에 털썩 무릎을 꿇었다. 그가 한 손바닥을 파닥거렸다. 무조건 항복. 차를 가져다 대라는 지시를 받았다고 했다. 목적지는 고속도로 관리공단 창고라고 했다. 그곳에 문제가 생긴 것 같다고 했다. 스콜피오 씨도 함께 갈 거라고 했다. 그러니 이제 곧 그가 나올 거라고 했다.

리처가 사내를 링컨 트렁크 속에 처넣었다. 그만한 덩치 둘이 들어가도 될 만큼 공간이 넉넉했다. 고물 직사각형 모델.

그가 빨래방 앞문을 향해 걸음을 옮겼다. 그가 문 앞에 다가선 순간 스콜피오가 사무실에서 나왔다. 큰 키에 삐쩍 마른 몸매, 희끗희끗한 머리, 50줄에 들어선 나이, 타이 없는 흰 와이셔츠에 검정색 정장 차림.

그가 사무실 문을 잠근 뒤 돌아섰다. 리처가 안으로 걸어 들어갔다.

그가 말했다. "주머니에 뭐가 들어 있지?"

스콜피오의 동공이 커졌다.

대꾸는 없었다.

"당신은 빌리에게 나를 쏴 죽이라는 지시를 내렸어." 리처가 말했다. "그의 후임자에게도 그랬고."

묵묵부답.

"그 친구들은 지시대로 처리하지 못했어." 리처가 말했다. "당신이 보다시피. 이제 무슨 일이 일어날까?"

스콜피오가 말했다. "개인적인 감정은 없었어."

그가 유리창 밖을 흘깃거렸다.

"똘마니는 오지 않아." 리처가 말했다. "이제 당신과 나 뿐이야."

"사업상 어쩔 수 없는 일이었어. 당신이 내 입장이었어도 마찬가지였을 거야."

"당신은 사이 포터필드도 팔아넘겼어."

"그는 성가신 존재였어. 없애야만 했다고."

리처의 귀에 희미한 금속성 소음이 들려왔다. 사무실에서. 동전 세는 기계 소리? 어쩌면.

그가 말했다. "그 대령의 이름이 뭐지?"

스콜피오는 대답하지 않았다.

리처가 그에게 다가갔다. 한 방 먹일 기세로.

스콜피오가 악을 썼다. "베이트맨."

재채기처럼.

"고맙군." 리처가 말했다.

나카무라는 스콜피오의 얘기를 들었다. '포터필드가 성가신 존재이며 따라서 없애야만 했다.'

그건 일종의 자백이었다. 법적인 무게가 실린 진술.

그녀가 잠시 갈등에 빠졌다. 소리치느냐, 조용히 있느냐. 그녀가 절충안을 생각해냈다. 그녀가 탁자 다리에 수갑을 부딪쳤다. 철그렁.

아무 반응이 없었다. 문을 부수고 뛰어 들어오는 사람은 없었다. 다음 순간 스콜피오가 찢어지는 목소리로 히어로 캐릭터의 이름을 외쳤다. '배트맨.'

그걸로 그만, 목소리는 더 이상 들리지 않았다. 끙끙대는 소리, 헐떡거리는 소리, 그리고 구두 굽이 바닥에 끌리는 소리만이 뒤섞여서 들려올 뿐.

마지막으로 들려온 건 회전식 건조기의 그르렁거리는 소음이었다. 뭔가 무거운 물건이 통통 구르고 돌아가는 소리와 함께.

샌더슨이 도요타 바로 옆에 듀랑고를 세웠다. 훑고 지나가는 시선들로부터 충분히 안전했다. 그녀의 객실은 리처의 객실과 붙어 있었다. 그녀가 잘 자라는 인사를 남기고 자기 객실로 들어갔다. 리처도 자기 객실로 들어갔다. 그가 침대 위에 걸터앉았다. 그녀의 기척이 벽을 통해 들려왔다. 서성거리는 발걸음. 마침내 그녀의 객실 문이 열리는 소리가 들렸다. 이어서 그의 객실 문을 두드리는 소리.

그가 문을 열었다.

그녀의 후드는 여전히 뒤통수에 얹혀 있었다.

그녀가 말했다. "여러 가지 변수들 덕분에 앞으로 내 삶이 달라질 거예요. 이제 내 반지를 돌려주셔도 될 것 같아요. 안전할 거예요."

"들어와." 그가 말했다.

그녀가 방금 전까지 그가 앉아 있던 자리에 걸터앉았다. 그가 주머니에서 반지를 꺼냈다. 금세공, 흑석, 작은 사이즈. 조그만 몸뚱이로 길고 긴 여정을 마친 물건.

그녀가 그걸 받았다.

그녀가 말했다. "다시 한 번 감사해요."

"다시 한 번 천만의 말씀."

그녀는 한참 동안 아무 말이 없었다.

이윽고 그녀가 말했다. "이 상황에서 제일 이상한 게 뭔지 아세요?"

그가 말했다. "뭐지?"

"난 내 안에 스스로를 가둔 채 바깥쪽만 내다보며 살아왔어요. 그러니 내 모습은 볼 수가 없었던 거죠. 가끔씩은 내 존재를 아예 잊기도 해요."

"그 부분에 관해서 정신과 의사들의 처방은 없었나?"

"110헌병대라면 어떤 처방을 내릴까요?"

"견뎌내라." 리처가 말했다. "이미 일어난 일, 없던 일이 될 수는 없어. 실제로 많은 사람들이 자네 모습을 꺼려할 거야. 외모지상주의는 인간 본성에 뿌리 깊이 박혀 있으니까. 하지만 그런 부분에 신경 쓰지 않는 사람들도 있어. 자네도 그런 사람들을 만나게 될 거야."

"선배님도 그런 사람들 가운데 하나인 거죠?"

"내가 말했잖아." 리처가 말했다. "난 여자의 눈을 보거든."

그녀가 후드를 완전히 젖혔다. 머리칼들이 마구 흘러내렸다.

그녀가 말했다. "호일을 벗은 얼굴 한번 보실래요?"

"솔직한 대답을 원해?"

"진실만."

"정말이지?"

"예의 따위는 집어치우고."

"난 모두 다 벗어버린 모습을 보고 싶어."

"자주 먹히는 대사인가요?"

"가끔씩은."

"연고투성이예요."

"더욱 고맙지." 그가 말했다.

"그걸 깨끗이 닦이내려면 샤워를 해야 하는데?"

"얼마든지. 여긴 모텔이야. 비누 하나를 다 써도 괜찮아. 또 가져다주니까."

그녀가 문을 닫았다. 그녀가 침대 위에 올라섰다. 그녀는 그렇게 서서 그와 키스를 나눴다. 당연했다. 38센티가 작았으니까. 몸무게는 절반에도 미치지 못했고. 감당하기 겁날 만큼 여린 육체였다. 호일이 구겨지면서 연고가 새어 나왔다.

"샤워." 그녀가 말했다.

그가 그녀의 은색 윗도리 지퍼를 내렸다. 그녀가 어깨를 털어서 그걸 벗었다. 그가 그녀의 티셔츠를 머리 위로 당겨 벗겼다. 그가 그녀의 브라 후크를 풀었다. 언젠가 그녀 언니의 촉감을 상상한 적이 있었다. 탄탄할 것이다, 유연할 것이다, 서늘할 것이다. 등허리 아래 움푹 팬 곳은 촉촉할 것이다. 샌더슨의 촉감이 바로 그랬다. 그녀가 호일을 떼어냈다. 숨겨져 있던 얼굴 반쪽이 드러났다. 왼쪽보다는 한결 나은 모습이었다. 파편들이 뚫고 들어간 상처들. 빠져나온 상처들보다 꿰매기가 쉽다. 하지만 염증 때문에 벌겋게 부어오른 상태였다.

두 사람은 물줄기 아래에서 20분을 보냈다. 침대에서는 함께 네 시간을 보냈다. 대부분은 잠을 잤다. 하지만 전부 그랬던 건 아니다. 처음에는 리처가 조심스러웠다. 그녀의 얼굴 때문이 아니었다. 그녀의 사이즈 때문이었다. 작았다. 작아도 너무 작았다. 욕심대로 다루다간 부러뜨릴 것 같았다. 하지만 그 걱정은 오래가지 않았다. 육군에서 살아남은 여자가 아니던가. 이 정도쯤이야. 그다음부터는 둘이서 마음껏 리듬을 타기 시작했다. 똑같은 리듬.

펜타닐보다는 못할 것이다. 아마도. 하지만 아스피린보다는 나을 것이다. 리처는 장담할 수 있었다.

아침 7시에 조금 못 미친 시각, 커피를 들고 객실로 돌아가는 리처를 브라몰이 불러 세웠다. 웨스트포인트 교장 부속실에서 걸려온 전화.

하지만 먼저 브라몰이 말했다. "노블 특수요원에게는 내가 이미 연락을 취했습니다. DEA가 조각들을 주우러 오고 있는 중입니다. 지금 당장 여기서 빠져나가야 합니다."

"당연히 그래야지요." 리처가 말했다.

그가 전화기를 받아 들었다.

그가 말했다. "장군님."

교장이 말했다. "소령."

"저희는 지금 적지에서 탈출하려는 중입니다. 임무는 성공했습니다. 물자도 재보급 받았습니다. 곧 출발할 겁니다."

"내가 그런 상황들을 꼬치꼬치 알고 싶어 할 것 같나?"

"아닐 것 같지 말입니다." 리처가 말했다.

"우리는 포터필드가 시도했던 십자군 전쟁의 내막을 알아냈어. 그걸 덮어버린 건 베이트맨이라는 이름의 해병 의무대 대령이었어. 하지만 DIA는 그자를 좋아하지 않았지. 그래서 포터필드의 탄원서 사본을 한 달 동안이나 그 집 서랍에 내버려두었던 거야. 카운티 보안관이 그걸 발견하기를 바랐던 거지. 다른 사법기관에 의해서 그 사건이 공론화되면 여론을 등에 업고 수사를 전개할 수 있을 테니까. 포터필드가 죽었어도 말이야. 하지만 보안관은 그걸 찾아내지 못했어. 혹은 대수롭지 않게 넘겼을 수도 있고. 결국 DIA는 그 집에 다시 잠입해서 그 사본을 회수했어. 베이트맨은 얼마 뒤에 잡아들였어. 그 사건 하나만이 아니었던 거지. 이제 그자는 완전히 끝장났어."

"감사합니다, 장군님."

"고맙네, 소령."

브라몰은 도요타 트렁크 앞에 붙어서 있었다. 매켄지와 함께 열심히 짐을 정리하는 중이었다. 리처가 그에게 휴대폰을 돌려주었다.

리처가 말했다. "너무 서두를 것 없습니다."

그가 자기 객실로 돌아왔다. 샌더슨의 오른쪽 얼굴은 어느새 새 호일에 가려져 있었다. 끈을 바짝 조인 후드도 다시 내려 덮여 있었다.

그가 말했다. "방금 교장과 통화했어. 베이트맨은 결국 체포됐어. 이제 둘 다 처리된 거야. 그자와 스콜피오."

"그래서 기분이 좀 나아지셨나요?"

"조금은." 그가 말했다.

"나도 그런 것 같아요."

"난 함께 못 가."

"알고 있어요."

"정맥 주사는 꼭 맞도록."

"그럴게요."

"행운을 빌어."

"선배도요."

키스는 나누지 않았다. 새 호일이었으니까. 두 사람이 함께 밖으로 나갔다. 샌더슨이 도요타에 올라탔다. 리처가 브라몰과 악수를 나눴다. 매켄지와도 악수를 나눴다. 그가 눈으로 그들을 배웅했다.

도요타의 뒷모습이 시야에서 사라지자 그가 발길을 옮겼다. 주유소를 향해서. 또 다른 노숙자의 히치하이킹 사업장. 가격은 1달러. 수폴스에서처럼. 어쩌면 사우스다코타의 관습. 선택은 이미 세 가지로 정해져 있었다. I-90을 동쪽으로 타고 시카고 방면으로, I-90을 서쪽으로 타고 시애틀 방면으로, 와이오밍 간선도로를 남쪽으로 타고 래피드시티를 거쳐 더 아래로.

리처가 1달러를 지불했다. 그의 선택은 남쪽.

10분 뒤, 그는 목수가 모는 트럭에 앉아 있었다. 목수는 토네이도가 남겨준 일거리를 찾아서 캔자스로 내려가는 중이라고 했다.

웨스트포인트 2005

초판 1쇄 인쇄 2019년 3월 15일
초판 1쇄 발행 2019년 3월 22일

지은이 | 리 차일드
옮긴이 | 정경호
펴낸이 | 정상우
편집 | 이민정
디자인 | 김해연
관리 | 남영애 한지윤

펴낸곳 | 오픈하우스
출판등록 | 2007년 11월 29일 (제13-237호)
주소 | 서울시 마포구 동교로13길 34(04003)
전화 | 02-333-3705 팩스 | 02-333-3745
facebook.com/vertigo.kr
instagram.com/vertigo_mysterybook

ISBN 979-11-88285-66-2 04800
     979-11-86009-19-2 (세트)

VERTIGO는 (주)오픈하우스의 장르문학 시리즈입니다.

이 도서의 국립중앙도서관 출판예정도서목록(CIP)은 서지정보유통지원시스템 홈페이지(http://seoji.nl.go.kr)
와 국가자료공동목록시스템(http://www.nl.go.kr/kolisnet)에서 이용하실 수 있습니다.
(CIP제어번호: CIP2019007044)